SCIENCE FICTION

Herausgegeben
von Wolfgang Jeschke

SCIENCE FICTION aus den GOLDENEN JAHREN

herausgegeben
von
ISAAC ASIMOV & MARTIN H. GREENBERG

Das Jahr 1944

Deutsche Erstausgabe

WILHELM HEYNE VERLAG
MÜNCHEN

HEYNE SCIENCE FICTION & FANTASY
Band 06/4600

Titel der amerikanischen Originalausgabe
ISAAC ASIMOV PRESENTS THE GREAT SF STORIES 6
(1944)
Deutsche Übersetzungen von Irene Holicki,
Rosemarie Hundertmarck, Elisabeth Klein, Edda Petri,
Bernd W. Holzrichter und Ulrich Kiesow;
die Einführung und die einleitenden Texte übersetzte
Rosemarie Hundertmarck
Das Umschlagbild schuf John Harris

Redaktion: Wolfgang Jeschke

Printed in Germany 1989
Umschlaggestaltung: Atelier Ingrid Schütz, München
Satz: Schaber, Wels
Druck und Bindung: Elsnerdruck, Berlin

ISBN 3-453-03452-X

Einführung

In der Welt außerhalb der Realität wurden 1944 auf den Kriegsschauplätzen weiter Fortschritte gemacht. Am 22. Januar landeten alliierte Streitkräfte am Strand von Anzio in Italien, was der Beginn eines langen und blutigen Feldzugs werden sollte, während die tapferen Einwohner von Leningrad, dieser vom Krieg zerrissenen Stadt, am 27. Januar von der deutschen Belagerung befreit wurden. Am 4. März kehrte die sowjetische Armee in die Ukraine zurück, und bis zum 19. hatten die Russen den Dnjester überschritten. Inzwischen führten amerikanische Streitkräfte an den Iden des März einen schweren Angriff gegen das Kloster auf dem Monte Cassino durch, dem Berg, der eins der berühmtesten Schlachtfelder des Krieges werden sollte. Monte Cassino fiel am 18. Mai.

Am 2. April waren sowjetische Truppen auf der Krim, und am 21. Mai durchbrachen die Alliierten schließlich die ›Hitler-Linie‹ in Italien. Am 4. Juni zog die 5. US-Armee in Rom ein. Zwei Tage später, an ›Dem längsten Tag‹ landete ein gewaltiges alliiertes Kontingent am Strand der Normandie – die langerwartete Invasion Europas hatte begonnen. Am 27. Juni hatten die Alliierten Cherbourg erobert (komplett mit seinen Regenschirmen). Aber die Deutschen hatten immer noch ein paar unangenehme Tricks in der Hinterhand, wie die Briten am 13. Juni herausfanden, dem Tag, als die erste V-1-Rakete auf London fiel, am 8. September gefolgt von der ersten V-2.

Am 20. Juli scheiterte ein Versuch von Mitgliedern des deutschen Generalstabs, Hitler mit einer Bombe zu töten. Die Verschwörer (und viele andere) bezahlten ihren Mißerfolg mit dem Leben. Drei Tage später rückten sowjetische Truppen in Polen ein. In Italien wurde Florenz am 19. August befreit, während Brest-Litowsk den unaufhaltsam näher kommenden Russen am 28. Juli zufiel. Am 1. August erhob sich die polnische Widerstandsbewegung in Warschau gegen die deutschen Besatzer, nur um gnadenlos zermalmt zu werden, lange bevor sowjetische Truppen die Stadt erreichten. Im Westen wurde Paris am 25. August befreit, und am 4. September nahmen die Alliierten Antwerpen, so daß ihnen nun ein größerer Seehafen zum Landen von Nachschub zur Verfügung stand. Eine Woche später betraten die ersten amerikanischen Truppen in der Nähe von Trier deutschen Boden, während die Sowjets am 29. September in Jugoslawien und am 23. Oktober in Ungarn einzogen.

Im November wurde Präsident Roosevelt, auf den 3500000 Stimmen mehr als auf Thomas Dewey fielen, wiedergewählt, und Edward Stettinius löste Cordell Hull als Außenminister ab. Das Jahr endete damit, daß alliierte und sowjetische Armeen Deutschland einkreisten, das einen letzten größeren Schachzug versuchte – eine Offensive, die als die ›Ardennenschlacht‹ bekannt wurde.

Im Pazifik eroberten US-Streitkräfte am 15. Februar die letzte der Salomoninseln von den Japanern, während die Briten am 28. eine größere Offensive im oberen Burma durchführten. Saipan fiel den amerikanischen Truppen am 19. Juni zu – am 18. Juli trat General Tojo als Leiter der japanischen Kriegsmaschinerie zurück. Am 19. Oktober landeten die ersten US-Truppen, angeführt von General MacArthur, auf den Philippinen. Gegen Ende des Jahres rückten amerikanische Streitkräfte stetig über den philippinischen Archipel vor, und das nördliche Burma war von japanischen Truppen gesäubert.

Im Jahr 1944 gewann Ingrid Bergman einen Academy Award für ihre Rolle in *Gaslicht*, und Sumner Welles veröffentlichte *The Time for Decision*. Die U.S. Military Academy stand auf Platz eins der Liste der College-

Footballteams. Tennessee Williams' *Glasmenagerie* wurde am Broadway uraufgeführt. Clinton in Tennessee wurde Standort des zweiten Uranmeilers der Welt. Pensive hieß der Überraschungssieger im Kentucky-Derby. Carl Jung veröffentlichte sein einflußreiches Werk *Psychologie und Religion.* Zu den größten Filmerfolgen des Jahres gehörten *Zola, Heinrich V.* (mit dem großen Lawrence Olivier in der Titelrolle), *The White Cliffs of Dover* und Hitchcocks *Lifeboat.*

Das offene Golfturnier der Vereinigten Staaten wurde wiederum des Krieges wegen abgesagt. Zum ersten Mal gelang die synthetische Herstellung von Chinin. Alberto Moravia veröffentlichte *Agostino.* Die Green Bay Packers wurden Champions der National Football League. Lewis Mumfords *The Condition of Man* wurde begeistert aufgenommen, ebenso Somerset Maughams *Auf Messers Schneide.* Sargent Frank Parker gewann das US-Tennis-Championat; bei den Damen wiederholte Pauline Betz ihren Sieg. Sutherland malte ›Christus am Kreuz‹.

T. S. Eliot veröffentlichte *Four Quartets,* und Joe Louis war immer noch Boxweltmeister im Schwergewicht. Bela Bartoks Violinkonzert wurde uraufgeführt, ebenso Dmitrij Schostakowitschs Achte Symphonie. Marty Marion von den St. Louis Cardinals und Hal Newhouser von den Detroit Tigers waren die höchstgeschätzten Spieler in der National- beziehungsweise amerikanischen Liga. Bing Crosby gewann den Academy Award für seine Rolle in *Going My Way,* und der Streifen selbst erhielt den Oscar für den besten Film. St. Louis wurde wahnsinnig, als die Cardinals die Browns vom anderen Ende der Stadt vier zu zwei schlugen. Paul Hindemiths Oper *Herodias* wurde uraufgeführt. Arne Andersson, Schweden, hielt den halboffiziellen Weltrekord über eine Meile mit 4:02,6, aber er lief sie 1944 mit 4:01,6 – das internationale Komitee konnte des Zweiten Weltkrieges wegen nicht zusammentreten.

Der Tod raffte Wendell Willki und Lucien Pissarro dahin.

Mel Brooks war noch Melvin Kaminsky.

In der realen Welt war es trotz der Inanspruchnahme durch den Krieg und des Todes von *Captain Future* im Frühling ein weiteres gutes Jahr.

Wundersame Dinge geschahen: Olaf Stapledon gab *Sirius* heraus. *Renaissance* von Raymond F. Jones und *The Riddle of the Tower* von J. D. Beresford und Esme Wynne-Tyson erschienen ebenso wie *Worlds Beginning* von Robert Ardrey, der sich später Ruhm auf einem anderen Gebiet erwarb. *The Lady and the Monster*, eine von mehreren Filmversionen von Curt Siodmaks *Donovan's Brain*, kam in die Kinos. Und ein australischer Seemann namens A. Bertram Chandler machte im Mai seine Jungfernfahrt in die Realität mit ›This Means War‹.

Und ferne Schwingen schlugen, als P. J. Plauger, James Sallis, Bruce Pennington, Stanley Schmidt, George Lucas, Katherine Kurtz, Vernor Vinge, Jack Chalker, David Gerrold, Peter Weston und Vance Aandahl geboren wurden.

Reisen wir zurück in dieses ausgezeichnete Jahr und freuen wir uns an den besten Stories, die die reale Welt uns schenkte!

Isaac Asimov

A. E. van Vogt
(geb. 1912)

Ferner Centaurus

(›*Astounding*‹, Januar)

1943 war für A. E. van Vogt ein produktives Jahr, in dem er ein halbes Dutzend oder mehr ausgezeichneter Kurzgeschichten sowie Die Waffenschmiede *(in* Astounding *als Fortsetzungsroman abgedruckt) veröffentlichte. 1944 war für ihn nicht so produktiv, aber das Jahr begann mit der Story ›Ferner Centaurus‹, die viele für seine beste aus den Kriegsjahren halten. Das Thema ausgedehnter Raumreisen, die Jahrhunderte dauern, war vor ihm von Robert A. Heinlein (und davor vielleicht anderen) in Angriff genommen worden, aber van Vogts Behandlung und Variierung sind superb.*

Wie Sam Moskowitz darlegte, war 1944 für van Vogt auch persönlich wichtig, denn er zog nach Kalifornien um und entwickelte Interessen, die ihn schließlich für Jahre von der SF wegführen sollten.

(Zu den ›Interessen‹, von denen Marty spricht, gehört unter anderem die ›Dianetik‹, die noch ein halbes Dutzend Jahre in der Zukunft lag, aber auf die Science Fiction verheerenden Einfluß haben sollte. Der traurigste Verlust, den wir der Dianetik zuzuschreiben haben, war A. E. van Vogt. Neben Robert Heinlein war er der hellste Stern des Goldenen Zeitalters, aber während Heinlein und viele andere weiterleuchteten, begann van Vogt, sich mit der Dianetik zu befassen, und hielt auch dann noch daran fest, als John Campbell selbst sie aufgegeben hatte. Die unmittelbare Folge war, daß van Vogt keine Science Fiction mehr schrieb und für viele Jahre in die Eklipse ging. Welch ein Jammer! – I. A.)

Ich erwachte mit einem Ruck und dem Gedanken: Wie wohl Renfrew mit dem allen zurechtkommt?

Ich muß mich körperlich bewegt haben, denn mit Schmerz durchsetzte Schwärze schloß sich über mir. Wie lange ich in dieser qualvollen Ohnmacht lag, läßt sich nicht feststellen. Als nächstes nahm ich das Stoßen der Maschinen wahr, die das Raumschiff antrieben.

Das Bewußtsein kehrte zurück, langsam diesmal. Ich lag ganz ruhig da, fühlte die Jahre des Schlafes auf mir lasten und sagte mir, daß ich dem uns vor so langer Zeit von Pelham vorgeschriebenen Programm folgen müsse.

Ich wollte nicht wieder ohnmächtig werden.

Ich lag da und dachte: Es war töricht, daß ich mir Sorgen um Jim Renfrew gemacht habe. Nach dem Plan sollte er erst in weiteren fünfzig Jahren aus diesem Zustand ausgesetzten Lebens geweckt werden.

Jetzt betrachtete ich die erleuchtete Uhr an der Decke. Sie hatte 23:12 gezeigt; jetzt war es 23:22. Die zehn Minuten, die Pelham für die Spanne zwischen Passivität und erster Aktion festgesetzt hatte, waren vergangen.

Langsam schob ich meine Hand auf den Rand des Bettes zu. *Klick!* Meine Finger drückten den Knopf, der sich dort befand. Ein schwaches Summen erklang. Die Massage-Automatik begann, sanft meinen nackten Körper zu kneten.

Zuerst rieb sie meine Arme, dann wanderte sie zu meinen Beinen und so weiter über meinen Körper. Dabei spürte ich das feine, schlüpfrige Öl, das sie ausschied, in meine trockene Haut eindringen.

Ein Dutzendmal hätte ich vor Schmerz über das zurückkehrende Leben aufschreien können. Aber eine Stunde darauf war ich fähig, mich aufzusetzen und das Licht einzuschalten.

Die kleine, sparsam möblierte, mir wohlbekannte Kabine konnte meine Aufmerksamkeit nur für einen Augenblick fesseln. Ich stand auf.

Die Bewegung mußte zu abrupt gewesen sein. Ich

schwankte, hielt mich an der Metallsäule des Bettes fest und würgte farblose Magensäfte hervor.

Die Übelkeit verging. Aber es bedeutete eine Willensanstrengung für mich, zur Tür zu gehen, sie zu öffnen und den engen Korridor hinunterzulaufen, der zum Kontrollraum führte.

Es war nicht vorgesehen, daß ich dort Pause machte, aber eine absolut fürchterliche Faszination erfaßte mich wie ein Krampf, so daß ich einfach nicht anders konnte. Ich beugte mich über den Kontrollsessel und sah auf den Chronometer.

Er gab an: 53 Jahre, 7 Monate, 2 Wochen, 0 Tage, 0 Stunden und 27 Minuten.

Dreiundfünfzig Jahre! Benommen dachte ich: Auf der Erde sind die Menschen, die wir gekannt haben – die jungen Männer, mit denen wir ins College gegangen sind, das Mädchen, das mich bei unserer Abschiedsparty geküßt hat – alle tot. Oder sie sterben allmählich an Altersschwäche.

Ich erinnerte mich sehr deutlich an das Mädchen. Sie war hübsch, lebhaft und mir vollkommen fremd. Lachend hatte sie mir ihre roten Lippen dargeboten und gesagt: »Ein Kuß auch für den Häßlichen.«

Jetzt würde sie Großmutter sein oder im Grab liegen.

Tränen traten mir in die Augen. Ich wischte sie weg und erhitzte die Dose mit konzentrierter Flüssigkeit, die meine erste Nahrung sein sollte. Langsam kamen meine Gedanken zur Ruhe.

Dreiundfünfzig Jahre und siebeneinhalb Monate, dachte ich trübsinnig. Beinahe vier Jahre mehr als die für mich vorgesehene Zeit. Ich würde einige Berechnungen durchführen müssen, bevor ich die nächste Dosis der Ewigkeitsdroge nahm. Zwanzig Gran hätten mein Fleisch und mein Leben genau fünfzig Jahre lang konservieren sollen.

Offenbar war das Zeug wirksamer, als Pelham nach seinen kurzfristigen Voraustests hatte schätzen können.

Verkrampft, mit zusammengekniffenen Augen saß ich da und dachte darüber nach. Plötzlich wurde mir bewußt, was ich tat. Gelächter quoll über meine Lippen. Das Geräusch zerriß die Stille wie eine Folge von Pistolenschüssen und erschreckte mich.

Aber es erleichterte mich auch. Wollte ich tatsächlich Kritik üben?

Ein Fehler von nur vier Jahren war ein Augenblick verglichen mit dieser Zeitspanne.

Was soll's? dachte ich, ich lebe und bin immer noch jung. Zeit und Raum waren erobert. Das Universum gehörte dem Menschen.

Ich aß meine ›Suppe‹ und ließ mir für jeden Löffelvoll Zeit, so daß ich für den Napf jede Sekunde der vorgesehenen dreißig Minuten brauchte. Dann machte ich mich sehr gestärkt auf den Rückweg zum Kontrollraum.

Diesmal blieb ich für einen langen Blick auf die Schirme. Es kostete mich nur ein paar Sekunden. Sol zu finden, einen sehr hell leuchtenden Stern ungefähr in der Mitte des Rückansicht-Schirms.

Für Alpha Centauri brauchte ich länger. Aber schließlich fand ich ihn, ein glühendes Pünktchen in einer lichtgesprenkelten Dunkelheit.

Ich verschwendete keine Zeit darauf, die Entfernungen beider Sterne zu schätzen. *Aussehen* taten sie richtig. In vierundfünfzig Jahren hatten wir ungefähr ein Zehntel der vier und ein Drittel Lichtjahre zu dem berühmten nächsten Sternsystem zurückgelegt.

Zufrieden schlängelte ich mich zu den Wohnquartieren zurück. Einen nach dem anderen, dachte ich. Pelham zuerst.

Ich öffnete die luftdichte Tür von Pelhams Kabine. Ein übelkeitserregender Geruch nach verwestem Fleisch reizte meine Nüstern. Keuchend knallte ich die Tür wieder zu und stand dann schaudernd in dem engen Flur.

Nach einer Minute gab es immer noch nichts anderes als die Realität.

Pelham war tot.

Ich erinnere mich nicht deutlich, was ich danach tat. Ich rannte, soviel weiß ich. Ich riß Renfrews Tür auf, dann Blakes Tür. Der saubere, süße Geruch ihrer Kammern, der Anblick ihrer ruhigen Körper auf den Betten brachte ein gewisses Maß von Vernunft zurück.

Große Traurigkeit kam über mich. Armer, tapferer Pelham. Der Erfinder der Ewigkeitsdroge, die den großen Sprung in den interstellaren Raum möglich gemacht hatte, war tot, gestorben an seinem eigenen Mittel.

Wie hatte er doch gesagt? »Die Wahrscheinlichkeit, daß einer von uns stirbt, ist äußerst gering. Aber da gibt es diesen Todesfaktor, wie ich ihn nenne, von rund zehn Prozent, ein Nebenprodukt der ersten Dosis. Wenn unsere Körper den anfänglichen Schock überleben, werden ihnen weitere Dosen nichts mehr ausmachen.«

Der Todesfaktor mußte größer sein als zehn Prozent. Diese zusätzlichen vier Jahre, die die Droge mich hatte schlafen lassen ...

In düsterer Stimmung ging ich ins Vorratslager, wo ich mir meinen Raumanzug und eine Zeltplane holte. Doch auch mit ihrer Hilfe war es eine grauenhafte Arbeit. Die Droge hatte die Leiche zwar bis zu einem gewissen Grad konserviert, aber als ich sie hochhob, fielen dauernd Stücke davon ab.

Endlich trug ich die Zeltplane mit ihrem Inhalt an die Luftschleuse und schob sie in den Raum.

Jetzt wurde mir die Zeit knapp. Diese Wachperioden sollten kurze Unterbrechungen sein, in denen das, was wir den »kursierenden« Sauerstoff nannten, verbraucht, aber die Hauptreserve nicht angerührt werden durfte. In jedem Raum vorhandene Chemikalien erneuerten die ›kursierende‹ Luft im Laufe der Jahre langsam und machten sie für den nächsten bereit, der erwachen würde.

Auf seltsam defensive Art hatten wir keinen Notfall wie den Tod eines von uns vorgesehen. Als ich aus dem Raumanzug stieg, spürte ich bereits den Unterschied in der Luft, die ich atmete.

Als erstes trat ich ans Funkgerät. Es war berechnet worden, ein halbes Lichtjahr sei die Grenze des Funkempfangs, und wir näherten uns dieser Grenze jetzt.

Rasch, wenn auch sorgfältig, schrieb ich meinen Bericht, sprach ihn auf Band und begann mit der Sendung. Ich stellte das Gerät auf hundert Wiederholungen ein.

In wenig mehr als fünf Monaten von nun an würde es auf der Erde Schlagzeilen geben.

Ich klammerte den geschriebenen Bericht im Schiffslogbuch fest und fügte unten auf der Seite eine Notiz für Renfrew hinzu. Sie bestand aus einem kurzen Nachruf für Pelham. Meine ihn ehrenden Worte kamen von Herzen, aber es steckte ein anderer Grund hinter meiner Nachricht. Sie waren Freunde gewesen, Renfrew, das technische Genie, der das Schiff gebaut hatte, und Pelham, der große Chemiker und Arzt, dessen Ewigkeitsdroge es Menschen möglich gemacht hatte, diese phantastische Reise in den tiefen Raum zu unternehmen.

Ich hatte das Gefühl, Renfrew werde meinen Tribut an seinen Freund und Kollegen brauchen, wenn er in dem großen Schweigen des dahinrasenden Schiffes aufwachte. Es war wenig genug, was ich, der ich sie beide liebte, tun konnte.

Nachdem ich die Botschaft geschrieben hatte, überprüfte ich eilig die glühenden Maschinen, notierte die Anzeigen von verschiedenen Instrumenten und zählte dann fünfundfünfzig Körner der Ewigkeitsdroge ab. Das war die genaueste mir mögliche Annäherung an die Menge, die ich, wie ich glaubte, für einhundertundfünfzig Jahre brauchen würde.

Zwischendurch: [redacted] Was tut ein Mensch, der die Zeit von Generationen verschlafen hat? Er geht zur Kombüse und löffelt seine Supersuppe. [redacted] Für den Leser, der die verstrichene Zeit auf wenigen Buchseiten übersprungen hat, wird bestimmt eine kleine warme Mahlzeit zwischendurch genügen, um sich für kommende Abenteuer zu stärken: Er braucht dazu ja nur heißes Wasser, einen Löffel und die... [redacted]

Bevor der Schlaf kam, dachte ich für einen langen Augenblick an Renfrew und den furchtbaren Schock, der ihn zusätzlich zu all den natürlichen Reaktionen auf seine Situation bei seiner besonders sensiblen Art schwer treffen würde …

Bei diesem Bild wand ich mich vor Unbehagen.

Meine Gedanken beschäftigten sich immer noch mit dieser Sorge, als die Dunkelheit kam.

Fast unmittelbar darauf öffnete ich die Augen. Ich lag da und dachte nach. Die Droge! Sie hatte nicht gewirkt.

Die Schwere meines Körpers verriet mir die Wahrheit. Ich blieb ganz still liegen und betrachtete die Uhr an der Decke. Diesmal fiel es mir leichter, dem Programm zu folgen, ausgenommen daß ich mich wieder nicht enthalten konnte, beim Weg durch die Kombüse den Chronometer zu überprüfen.

Er verkündete: 201 Jahre, 1 Monat, 3 Wochen, 5 Tage, 7 Stunden, 8 Minuten.

Ich aß meinen Napf mit dieser Supersuppe leer und schlug dann gespannt das große Logbuch auf.

Es ist mir einfach unmöglich, die Erregung zu beschreiben, die mich beim Anblick der mir bekannten Handschrift Blakes und, als ich zurückblätterte, Renfrews packte.

Sie verebbte langsam, als ich las, was Renfrew geschrieben hatte. Es war ein Bericht, weiter nichts, gravitometrische Ablesungen, eine sorgfältige Berechnung der zurückgelegten Entfernung, eine detaillierte Aufzählung der Maschinenfunktionen und schließlich eine Schätzung unserer Geschwindigkeitsvariationen, basierend auf den sieben konstanten Faktoren.

Es war eine großartige mathematische Arbeit, eine erstklassige wissenschaftliche Analyse. Aber das war auch alles. Keine Erwähnung Pelhams, kein kommentierendes Wort zu dem, was ich geschrieben hatte oder was geschehen war.

Renfrew war erwacht, und wenn man nach seinem Bericht ging, hätte er ebensogut ein Roboter sein können.

Ich wußte es besser.

Blake auch, wie ich erkannte, als ich seine Nachricht zu lesen begann.

Bill:

REISS DIESES BLATT HERAUS,
WENN DU ES GELESEN HAST!

Das Schlimmste ist also geschehen. Wir hätten das Schicksal nicht um einen unfreundlicheren Tritt in den Hintern bitten können. Es ist mir furchtbar, daß Pelham tot ist. Was für ein Mann war er, was für ein Freund! Aber wir alle kannten das Risiko, das wir eingingen, er besser als jeder andere von uns. Deshalb können wir nur sagen: »Schlaf gut, alter Freund. Wir werden dich nie vergessen.«

Renfrews Fall ist jetzt allerdings ernst. Wir haben uns schließlich schon vorher Sorgen gemacht, wie er sein erstes Erwachen verkraften würde, ganz zu schweigen von einem Schlag zwischen die Augen, wie ihn Pelhams Tod für ihn bedeuten mußte. Und ich glaube, daß unsere Angst berechtigt war.

Wie Du und ich immer gewußt haben, war Renfrew einer der Lieblinge der Erde. Man muß sich nur einmal vorstellen, daß ein menschliches Wesen mit dieser Kombination von gutem Aussehen, Geld und Intelligenz geboren wurde. Sein großer Fehler war, daß er sich nie von der Zukunft beunruhigen ließ. Bei seiner blendenden Persönlichkeit, bei dem Haufen ihn anbetender Frauen und ihm nach dem Mund redender Männer um sich hatte er nicht viel Zeit für irgend etwas anderes als die Gegenwart.

Mit der Realität konfrontiert, war er immer wie vom Blitz getroffen. Er konnte seine drei Ex-Frauen verlassen

– und wenn Du mich fragst, ganz so ex waren sie nicht –, ohne zu begreifen, daß es für immer war.

Diese Abschiedsparty genügte, um jeden mit einer Art von mentalem Nebel zu umhüllen, was die Realität betraf. Hundert Jahre später aufzuwachen und sich bewußt zu werden, daß diejenigen, die er geliebt hatte, dahingewelkt, gestorben und von den Würmern gefressen sind – na!

(Ich drücke es absichtlich so kraß aus, weil das menschliche Gehirn in äußerst merkwürdigen Richtungen denkt, ganz gleich, wie es die Sprache zensiert.)

Ich persönlich hatte mich darauf verlassen, daß Pelham als eine Art Stütze für Renfrews Psyche fungieren werde, und wir wußten beide, daß Pelham den Umfang seines Einflusses auf Renfrew kannte. Dieser Einfluß muß ersetzt werden. Versuche, Dir etwas auszudenken, Bill, während Du herumläufst und die notwendigen Arbeiten verrichtest. Wir müssen mit dem Mann leben, wenn wir am Ende von fünfhundert Jahren alle aufwachen.

Reiß dieses Blatt heraus! Was folgt, ist Routine.

Ned

Ich vernichtete den Brief in der Verbrennungsanlage, überprüfte die beiden schlafenden Körper – wie totenstill sie lagen! – und kehrte dann in den Kontrollraum zurück.

Auf dem Schirm war die Sonne ein sehr heller Stern, ein Edelstein auf schwarzem Samt, ein überwältigender, leuchtender Brillant!

Alpha Centauri war heller. Er war ein strahlendes Licht in diesem Baldachin aus Schwarz und Geglitzer. Noch war es unmöglich, die einzelnen Sonnen Alpha, A, B, C und Proxima auszumachen, aber ihr kombiniertes Licht war von ehrfurchtgebietender Majestät.

Erregung flammte in mir auf, und mir wurde bewußt, wie glorreich unsere Reise war. Als erste Menschen waren wir unterwegs zum fernen Centaurus, die ersten Menschen, die es wagten, zu den Sternen zu streben.

Nicht einmal der Gedanke an die Erde war imstande, die mich überflutende Begeisterung zu dämpfen, der Gedanke, daß sieben, vielleicht acht Generationen seit unserer Abreise geboren worden waren, der Gedanke, daß das Mädchen, das mir die süße Erinnerung an seine roten Lippen geschenkt hatte, jetzt ihren Nachkommen als ihre Ur-ur-ur-urgroßmutter bekannt war – wenn man sich überhaupt noch an sie erinnerte!

Die Zeitspanne, um die es hier ging, die ganze Idee war zu gewaltig für Emotionen.

Ich tat meine Arbeit, nahm die dritte Dosis der Droge und legte mich zu Bett. Der Schlaf fand mich immer noch ohne Plan, was wegen Renfrew geschehen solle.

Als ich erwachte, läuteten die Alarmglocken.

Ich lag still. Etwas anderes konnte ich nicht tun. Jede Bewegung hatte zur Folge gehabt, daß ich das Bewußtsein verlor. Obwohl es eine seelische Folter war, auch nur daran zu denken, sagte ich mir, ganz gleich, worin die Gefahr bestehe, gehe es am schnellsten, wenn ich dem vorgeschriebenen Programm auf die Sekunde und in jeder Einzelheit genau folgte.

Irgendwie schaffte ich es. Der Klang der Glocken ging in ein Schnarren über. Trotzdem blieb ich liegen, bis es Zeit war, aufzustehen. Im Kontrollraum war der Lärm ohrenbetäubend, aber ich ging hindurch und verwendete eine halbe Stunde darauf, meine Suppe zu essen.

Ich gewann die Überzeugung, daß Blake und Renfrew, sollte dieses Geräusch noch länger andauern, bestimmt aus dem Schlaf erwachen würden.

Endlich fühlte ich mich berechtigt, mich um den Notfall zu kümmern. Schwer atmend ließ ich mich in den Kontrollsessel gleiten, stellte den nervenzerrüttenden Alarm ab und schaltete die Schirme ein.

Auf dem Rückansicht-Schirm loderte mir ein Feuer entgegen. Es war ein kolossales *weißes* Feuer, länger als breit, und es füllte nahezu ein Viertel des ganzen Himmels. Mir kam der gräßliche Gedanke, wir müßten auf wenige Millionen Meilen an eine monströse Sonne herangeraten sein, die erst kürzlich in diesen Teil des Raums hineingebraust war.

In wilder Hast stellte ich die Entfernungsschätzer ein – und starrte dann für einen Augenblick in blankem Unglauben auf die Antworten, die mit metallischem Klicken auf dem Anzeigeschirm erschienen.

Sieben Meilen! *Nur* sieben Meilen! Der menschliche Verstand funktionierte merkwürdig. Eben noch, als ich das Ding für eine anomal geformte Sonne hielt, hatte es mit nichts weiter Ähnlichkeit gehabt als mit einer leuchtenden Masse. Jetzt erkannte ich plötzlich, daß es einen festen Umriß besaß, eine unmißverständliche materielle Gestalt.

Sprachlos sprang ich auf die Füße, denn …

Das war ein Raumschiff! Ein enormes, meilenlanges Schiff. Oder vielmehr – ich sank auf meinen Sitz zurück, niedergeschmettert von der Katastrophe, deren Zeuge ich wurde, und mit bewußter Anpassung meiner Warnehmung – die flammende Hölle dessen, was ein Raumschiff gewesen war. In diesem grauenhaft wütenden Feuer konnte nichts Lebendes mehr existieren. Die einzige Möglichkeit war, daß die Besatzung es geschafft hatte, Rettungsboote zu starten.

Wie ein Wahnsinniger suchte ich den Himmel nach einem Licht, einem Glitzern von Metall ab, das mir die Gegenwart von Überlebenden verraten würde.

Da war nichts als die Nacht und die Sterne und das brennende Schiff.

Nach langer Zeit bemerkte ich, daß die Entfernung sich vergrößert hatte und es sich anscheinend weiter zurückzog. Welche Antriebskräfte seine Geschwindigkeit auch der unseren angepaßt haben mochten, sie mußten der Wut der Energien erliegen, die das Schiff verzehrten.

Ich begann zu fotografieren und fühlte mich berechtigt, die Sauerstoff-Reserve anzustellen. Während die Miniatur-Nova, die einmal ein torpedoförmiges Linienschiff gewesen war, in der Weite des Raums verschwand, änderte sich die Farbe und verlor das intensive Weiß. Sie wurde zu einem roten Feuer, das sich vor der Dunkelheit abzeichnete. Der letzte Blick, den ich darauf erhaschte, zeigte es als ein langes, trübes Glühen, das nach nichts anderem aussah als einem kirschfarbenen Nebel, vom Rand aus betrachtet, einer Reflexion aus der Nacht unterhalb eines fernen Horizonts.

Zwischen den Beobachtungen hatte ich bereits alles andere erledigt, was von mir erwartet wurde. Jetzt stellte ich das Alarmsystem wieder ein und kehrte äußerst ungern, denn mein Gehirn brodelte vor Spekulationen, ins Bett zurück.

Ich wartete darauf, daß meine letzte Dosis auf dieser Reise zu wirken begann, und dachte: Das große Sternensystem von Alpha Centauri muß bewohnte Planeten haben. Wenn ich richtig gerechnet hatte, waren wir nur noch Null Komma sechs Lichtjahre von der Hauptgruppe der Alpha-Sonnen entfernt, die uns etwas näher waren als die der roten Proxima.

Hier war der Beweis, daß das Universum mindestens eine weitere hochentwickelte intelligente Rasse beherbergte. Wunder erwarteten uns, die über unsere wildesten Erwartungen hinausgingen. Ein Strom der Erregung nach dem anderen durchraste mich.

Erst im letzten Augenblick, als der Schlaf bereits nach meinem Gehirn griff, fiel mir ein, daß ich das Problem Renfrew vollkommen vergessen hatte.

Es beunruhigte mich nicht. Sicher würde auch Renfrew zu seiner gewohnten großen Form auflaufen, wenn er sich einer komplexen fremden Zivilisation gegenüberfand.

Unsere Sorgen waren vorbei.

Die Aufregung muß diese letzten einhundertfünfzig Jahre überbrückt haben. Denn als ich erwachte, dachte ich:

»Wir sind da! Es ist vorbei, die lange Nacht, die unglaubliche Reise. Wir werden alle wach sein, werden uns gegenseitig und ebenso die Zivilisation dort draußen sehen. Und die großen Centauri-Sonnen auch.«

Seltsam kam es mir vor, als ich dalag und mich freute, daß die Zeit lang zu sein schien. Und doch ... und doch war ich nur dreimal wach gewesen und davon nur einmal für eine Spanne, die einem vollen Tag entsprach.

Im wahrsten Sinne des Wortes hatte ich Blake und Renfrew – und Pelham – noch vor einem und einem halben Tag gesehen. Ich hatte bewußt nicht mehr als sechsunddreißig Stunden erlebt, seit sich ein Paar weicher Lippen in dem süßesten Kuß meines Lebens auf die meinen gelegt hatten.

Woher kam dann dieses Gefühl, Jahrtausende seien vergangen, Sekunde um langsame Sekunde? Woher dieses unheimliche, leere Wissen von einer Reise durch bodenlose, nicht endende Nacht?

Läßt sich der menschliche Verstand so leicht täuschen?

Schließlich fand ich die Antwort, daß es mich diese ganzen fünfhundert Jahre immerhin gegeben hatte, alle meine Zellen und meine Organe hatten existiert, und es war nicht einmal unmöglich, daß ein Teil meines Gehirns während der gesamten unvorstellbaren Spanne auf gräßliche Weise bei Bewußtsein gewesen war.

Natürlich spielte psychologisch außerdem die Tatsache eine Rolle, daß ich jetzt wußte, diese fünfhundert Jahre waren vorbei und ...

Mit innerem Erschrecken sah ich, daß meine zehn Minuten vorbei waren. Vorsichtig stellte ich den Massageapparat an.

Die sanften, gepolsterten Hände hatten mich ungefähr fünfzehn Minuten lang bearbeitet, als meine Tür sich öffnete. Mit einem Klicken ging das Licht an, und da stand Blake.

Von der zu heftigen Bewegung, mit der ich ihm den Kopf zudrehte, wurde mir schwindelig. Ich schloß die Augen und hörte ihn durch die Kabine auf mich zugehen.

Nach einer Minute war ich fähig, ihn anzusehen, ohne daß das Bild vor mir verschwamm. Jetzt erkannte ich, daß er einen Napf mit der Suppe trug. Er blickte mit seltsam ernstem Ausdruck auf mich nieder.

Endlich verzog sich sein langes, mageres Gesicht zu einem bleichen Grinsen.

»Hallo, Bill«, sagte er und zischte sofort: »*Pst!* Nein, nicht sprechen! Ich werde dich mit dieser Suppe füttern, solange du noch liegst. Je eher du aufstehen kannst, desto besser wird es mir gefallen.«

Wieder ernst setzte er hinzu, als sei es ihm gerade erst eingefallen: »Ich bin seit zwei Wochen auf.«

Er setzte sich auf die Bettkante und füllte den Löffel mit Suppe. Bis auf das Rascheln des Massageapparats war es ganz still. Langsam strömte neue Kraft in meinen Körper, und mit jeder verstreichenden Sekunde wurde ich mir der grimmigen Stimmung Blakes stärker bewußt.

»Was ist mit Renfrew?« stieß ich schließlich heiser hervor. »Ist er wach?«

Blake zögerte, dann nickte er. Ein Stirnrunzeln verdunkelte sein Gesicht, er stellte einfach fest:

»Er ist verrückt, Bill, völlig verrückt. Ich mußte ihn fesseln. Ich habe ihn in seine Kabine gebracht. Er ist jetzt ruhiger, aber zuerst war er ein schnatternder Wahnsinniger.«

»Bist du noch bei Trost?« flüsterte ich. »So empfindsam ist Renfrew nie gewesen. Deprimiert und krank mag er sein, aber das bloße Vergehen der Zeit, die plötzliche Erkenntnis, daß alle seine Freunde tot sind, das allein kann ihn nicht in den Wahnsinn getrieben haben.«

Blake schüttelte den Kopf. »Es ist nicht nur das. Bill ...«

Nach einer Pause: »Bill, ich möchte dich auf den größten Schock deines Lebens vorbereiten.«

Ich blickte zu ihm auf und hatte ein hohles Gefühl in meinem Innern. »Was meinst du damit?«

Er verzog das Gesicht. »Ich weiß, du bist stark genug, es hinzunehmen. Also ängstige dich nicht. Du und ich, Bill, wir sind nichts als zwei Trottel. Wir sind mitgekommen, weil wir mit Renfrew und Pelham zusammen auf der Uni waren. Im Grunde wäre es für Dickhäuter wie uns ganz gleichgültig, ob wir im Jahr eine Million vor oder nach Christi Geburt landen. Wir würden uns nur umsehen und sagen: ›Wie nett, dich hier zu treffen, altes Haus‹ oder ›Wer war dieser Pterodaktylus, mit dem ich dich gestern abend gesehen habe?‹ ›Das war kein Pterodaktylus, das war Unthathorstens knollenköpfige Frau.‹«

Ich flüsterte: »Komm zur Sache, Ned! Was ist los?«

Blake stand auf. »Bill, nachdem ich deinen Bericht über das brennende Schiff gelesen und deine Fotos gesehen hatte, kam mir ein Gedanke. Die Alpha-Sonnen waren vor zwei Wochen ziemlich nahe, bei unserer Durchschnittsgeschwindigkeit von fünfhundert Meilen pro Sekunde nur sechs Monate von uns entfernt. Ich dachte bei mir: ›Ich will einmal sehen, ob ich nicht einen ihrer Radiosender hereinbekomme.‹«

Er lächelte schief. »Nun, in wenigen Minuten hatte ich Hunderte gehört. Sie kamen alle auf unseren gebräuchlichen Wellen herein, und zwar glockenklar.«

Er hielt inne und sah mich an, und sein Lächeln wirkte kränklich. »Bill«, stöhnte er, »wir sind die größten Hornochsen der Geschichte. Als ich Renfrew die Wahrheit mitteilte, löste er sich auf wie Eis, das im Wasser schmilzt.«

Von neuem verstummte er. Meine angespannten Nerven ertrugen das Schweigen nicht.

»Um Himmels willen, Mann ...«, begann ich. Und brach ab. Und lag da, ganz still. Die Erkenntnis hatte mich wie ein Blitzstrahl getroffen. Das Blut donnerte mir durch die Adern. Endlich flüsterte ich schwach: »Du meinst ...«

Blake nickte. »Ja, so ist es. Und sie haben uns mit ihren Spionstrahlen und Energieschirmen bereits entdeckt. Ein Schiff kommt, uns abzuholen.

Ich kann nur hoffen«, schloß er düster, »daß sie imstande sind, etwas für Jim zu tun.«

Eine Stunde später saß ich im Kontrollsessel und sah das Glitzern in der Dunkelheit. Ein silbernes Aufblitzen explodierte zu einem Körper. Im nächsten Augenblick hatte ein gigantisches Raumschiff, das nicht einmal eine Meile von uns entfernt war, sich an unsere Geschwindigkeit angeglichen.

Blake und ich sahen uns an. »Haben sie gesagt«, fragte ich zittrig, »dieses Schiff habe vor zehn Minuten seinen Hangar verlassen?«

Blake nickte. »Sie schaffen die Reise von der Erde bis Centauri in drei Stunden.«

Das hatte ich bisher noch nicht gehört. Etwas geschah in meinem Gehirn. »Was!« rief ich. »Und uns hat es fünfhundert ...«

Es verschlug mir die Sprache, ich saß nur da. »Drei Stunden!« flüsterte ich. »Wie konnten wir nur vergessen, daß die Menschheit ständig Fortschritte macht?«

In dem nun einfallenden Schweigen sahen wir, wie sich ein dunkles Loch in der klippengleichen Wand vor uns öffnete. Ich steuerte unser Schiff in diese Höhle.

Der Rückansicht-Schirm zeigte, daß der Höhleneingang sich schloß. Vor uns flammten Lichter auf und strahlten eine Tür an. Ich ließ unser Fahrzeug auf den Metallboden niedersinken. Ein Gesicht erschien flakkernd auf unserem Kommunikationsschirm.

»Das ist Cassellahat«, zischte Blake mir ins Ohr, »der einzige, der bisher direkt mit mir gesprochen hat.«

Es war ein distinguiertes, ein gelehrtenhaft wirkendes Gesicht, das uns betrachtete. Cassellahat lächelte.

»Sie können Ihr Schiff verlassen und durch die Tür gehen, die Sie sehen.«

Wir stiegen vorsichtig in die weite Empfangshalle hinaus. Ich hatte das Gefühl von leeren Räumen um uns. Hangars für interplanetare Raumschiffe waren so, sagte ich mir. Nur hatte der hier eine fremdartige Eigenschaft, die ...

»Nerven!« rief ich mich energisch zur Ordnung.

Ich sah jedoch, daß Blake es auch empfand. Als schweigendes Duo marschierten wir durch die Tür auf einen Flur, der sich auf einen sehr großen, luxuriösen Raum öffnete.

Es war so ein Raum, in den ein König oder eine Schauspielerin bei einer Filmaufnahme ohne Wimpernzucken hineingeschritten wäre. Er war ganz mit herrlichen Wandteppichen behangen – das heißt, im ersten Augenblick hielt ich sie für Wandteppiche, doch dann sah ich, daß es keine waren. Sie waren – ich konnte es nicht sagen.

Ich hatte schon teure Möbel in einigen der Wohnungen, die Renfrew gehabt hatte, gesehen. Aber diese Sofas, Sessel und Tische glitzerten uns an, als seien sie zusammenpassende Entwürfe aus verschiedenfarbigen Feuern. Nein, das war falsch, glitzern taten sie überhaupt nicht. Sie ...

Wieder konnte ich es nicht sagen.

Für eine genauere Betrachtung blieb mir allerdings keine Zeit. Denn ein Mann, fast ebenso gekleidet wie wir, erhob sich aus einem der Sessel. Ich erkannte Cassellahat.

Lächelnd kam er uns entgegen. Dann verlangsamte er den Schritt. Seine Nase kräuselte sich. Einen Augenblick später schüttelte er uns hastig die Hand, zog sich schnell zu einem in zehn Fuß Entfernung stehenden

Sessel zurück und setzte sich in irgendwie verkrampfter Haltung.

Es war ein erstaunlich ungeschicktes Verhalten. Aber ich war froh, daß er sich auf diese Weise von uns zurückgezogen hatte. Denn als er meine Hand so kurz schüttelte, war mir ein von ihm ausgehender schwacher Parfumgeruch in die Nase gestiegen. Es war ein vage unangenehmer Geruch, und außerdem – ein Mann, der Parfum in Mengen benutzt!

Ich schüttelte mich. Was mochte die menschliche Rasse für affige Gewohnheiten entwickelt haben?

Cassellahat winkte uns, Platz zu nehmen. Ich tat es und fragte mich: War das unser Empfang? Der Mann, der mit uns in Funkkontakt gestanden hatte, begann:

»Was Ihren Freund angeht, muß ich Sie warnen. Er ist ein schizoider Typ, und unsere Psychologen werden auf die Schnelle nur eine vorübergehende Besserung bei ihm erzielen können. Eine Heilung auf Dauer erfordert eine längere Zeit und Ihre vollste Unterstützung. Gehen Sie bereitwillig auf alle Pläne Mr. Renfrews ein, außer natürlich, er kommt auf gefährliche Ideen.

Aber jetzt ...« – er spritzte ein Lächeln zu uns herüber – »erlauben Sie mir, Sie auf den vier Planeten von Centauri willkommen zu heißen. Es ist für mich persönlich ein großer Augenblick. Von früher Kindheit an bin ich zu dem einzigen Zweck ausgebildet worden, Ihr Mentor und Führer zu sein, und natürlich bin ich außer mir vor Freude, daß die Zeit gekommen ist, in der die erschöpfenden Studien, die ich der Sprache und den Sitten des Amerika der mittleren Periode gewidmet habe, die praktische Anwendung finden, für die sie gedacht waren.«

Er sah gar nicht wie außer sich vor Freude aus. Er zog die Nase auf diese komische Weise hoch, die ich bereits bemerkt hatte, und sein Gesicht im allgemeinen trug einen gequälten Ausdruck. Was mich jedoch schockierte, waren seine Worte.

»Was meinen Sie mit Studien des Amerikanischen? Sprechen die Menschen die universelle Sprache nicht mehr?«

»Doch, natürlich ...« – er lächelte –, »aber sie hat sich bis zu einem Punkt entwickelt, wo – ich kann ebensogut offen sein – Sie Schwierigkeiten hätten, ein so einfaches Wort wie ›Jei‹ zu verstehen.«

»Jei?« wiederholte Blake.

»Das bedeutet ›Ja‹.«

»Oh!«

Wir saßen schweigend. Blake kaute auf der Unterlippe. Doch schließlich sagte er:

»Wie sieht es aus auf den Centauri-Planeten? Sie sagten über Funk etwas wie dem Sinne, die Bevölkerungszentren seien zu City-Strukturen zurückgekehrt.«

»Es wird mich glücklich machen«, antwortete Cassellahat, »Ihnen so viele unserer großen Cities zu zeigen, wie Sie sehen möchten. Sie sind unsere Gäste, und für jeden von Ihnen sind auf ein Konto mehrere Millionen Credits eingezahlt worden, die Sie ganz nach eigenem Belieben verwenden können.«

»Donnerwetter!« rief Blake.

»Ich muß Sie jedoch warnen«, fuhr Cassellahat fort. »Es ist wichtig, daß Sie unsere Leute nicht desillusionieren, was Ihre Personen betrifft. Deshalb dürfen Sie niemals in den Straßen umherlaufen oder sich unter Menschenmengen mischen. Der Kontakt muß immer mittels Wochenschau oder Radio oder aus dem *Innern* einer geschlossenen Maschine heraus erfolgen. Falls Sie irgendwelche Heiratspläne haben, geben Sie die Idee endgültig auf.«

»Da komme ich nicht mehr mit!« stellte Blake erstaunt fest, und er sprach für uns beide.

Cassellahat fügte mit Nachdruck hinzu: »Niemand darf merken, daß Sie einen lästigen Körpergeruch haben. Es könnte Ihren finanziellen Aussichten beträchtlich schaden.

Und nun ...« – er stand auf – »werde ich Sie erst einmal verlassen. Ich hoffe, es macht Ihnen nichts aus, wenn ich in Zukunft in Ihrer Anwesenheit eine Maske trage. Ich meine es gut mit Ihnen, Gentlemen, und ...«

Er brach ab, sah an uns vorbei und sagte: »Ah, da ist Ihr Freund.«

Ich fuhr herum, und ich sah, daß Blake den Kopf drehte und starrte ...

»Hei, ihr da«, rief Renfrew fröhlich von der Tür her und setzte sarkastisch hinzu: »Sind wir nicht ein Haufen von Blödmännern gewesen?«

Mich würgte es in der Kehle. Ich rannte zu ihm, faßte seine Hand, umarmte ihn. Blake versuchte, das gleiche zu tun.

Als wir Renfrew schließlich losließen und uns umsahen, war Cassellahat gegangen.

Sein Glück. Ich hatte ihm für seine letzten Bemerkungen eins auf die Nase geben wollen.

»Jetzt geht es los!« sagte Renfrew.

Er sah Blake und mich an, grinste und rieb sich schadenfroh die Hände.

»Eine Woche lang habe ich die Augen offengehalten, mir Fragen ausgedacht, die ich diesem Trottel stellen will, und ...«

Er wandte sich Cassellahat zu. »Was«, begann er, »macht die Lichtgeschwindigkeit konstant?«

Cassellahat zuckte nicht mit der Wimper. »Die Geschwindigkeit ist gleich der dritten Potenz der Kubikwurzel von *gd*«, antwortete er, »wobei *d* die Tiefe des Raumzeitkontinuums, *g* die totale Toleranz oder Schwerkraft, wie Sie sagen würden, der gesamten Materie in diesem Kontinuum bedeutet.«

»Wie entstehen Planeten?«

»Eine Sonne muß sich in dem Raum, in dem sie sich befindet, im Gleichgewicht halten. Sie stößt Materie ab, wie ein Schiff auf dem Wasser Anker wirft. Das ist eine sehr grobe Beschreibung. Ich könnte sie Ihnen in mathematischen Formeln liefern, aber die würde ich niederschreiben müssen. Schließlich bin ich kein Wissenschaftler. Das sind lediglich Tatsachen, die ich von Kind an kenne. So kommt es mir wenigstens vor.«

»Einen Augenblick!« Renfrew war verwirrt. »Eine Sonne stößt diese Materie ohne einen anderen Druck als ihren – Wunsch – ab, ihr Gleichgewicht zu halten?«

Cassellahat starrte ihn an. »Natürlich nicht. Der Grund, der ursächliche Druck ist sehr stark, das versichere ich Ihnen. Ohne ein solches Gleichgewicht würde die Sonne aus diesem Raum fallen. Nur einige wenige Junggesellensonnen haben gelernt, die Stabilität ohne Planeten aufrechtzuerhalten.«

»Einige wenige was?« wiederholte Renfrew.

Ich merkte, daß er vor Verblüffung seine Absicht vergessen hatte, eine schnelle Frage nach der anderen abzufeuern. Cassellahats Antwort durchschnitt meine Überlegungen; er sagte:

»Eine Junggesellensonne ist ein sehr alter, abgekühlter Stern der M-Klasse. Der heißeste bekannte hat eine Temperatur von einhundertneunzig Grad Fahrenheit, der kälteste eine von achtundvierzig. Ein Junggeselle ist im wörtlichen Sinn bösartig, grillenhaft vor Alter. Seine Haupteigenschaft ist, daß er keinerlei Materie in seiner Nachbarschaft duldet, keine Planeten und nicht einmal Gase.«

Renfrew versank stirnrunzelnd in Nachsinnen. Ich ergriff die Gelegenheit, einen Gedankengang vorzutragen.

»Mich interessiert«, sagte ich, »wieso Sie all das parat haben, ohne Wissenschaftler zu sein. Damals zu Hause verstand zum Beispiel jedes Kind praktisch vom Tag seiner Geburt an das Prinzip des Atomantriebs von Raketen. Jungen von acht und zehn fuhren in eigens hergestellten Spielzeugen herum, nahmen sie auseinander und setzten sie wieder zusammen. Sie *dachten* atomar, und jede neue Entwicklung auf dem Gebiet wurde von ihnen einfach absorbiert.

Nun möchte ich folgendes gern wissen: Was ist hier die Parallele zu diesem speziellen Gesichtspunkt?«

»Die Adeledicnander-Energie«, antwortete Cassellahat. »Ich habe bereits versucht, sie Mr. Renfrew zu erklären, aber anscheinend scheut sein Verstand vor einigen der einfachsten Aspekte zurück.«

Renfrew erhob sich und verzog das Gesicht. »Er wollte mir weismachen, daß Elektronen denken, und ich wollte das nicht schlucken.«

Cassellahat schüttelte den Kopf. »Nicht denken; das tun sie nicht. Aber sie haben eine Psyche.«

»Elektronen-Psychologie«, warf ich ein.

»Einfach Adeledicnander«, erwiderte Cassellahat. »Jedes Kind ...«

»Ich weiß«, stöhnte Renfrew. »Jedes Kind von sechs könnte es mir erklären.«

Er drehte sich zu uns um. »Aus diesem Grund habe ich eine Menge Fragen vorbereitet. Ich sagte mir, wenn wir eine gute Einführung in das Wissensgebiet erhielten, könnten wir vielleicht in dieses Adeledicnander-Zeug schlüpfen, wie es die Kinder hier tun.«

Er wandte sich wieder Cassellahat zu. »Nächste Frage. Was ...«

Cassellahat warf einen Blick auf seine Uhr und unterbrach: »Es tut mir leid, Mr. Renfrew, aber wenn Sie und ich die Fähre zum Pelham-Planeten erreichen wollen, sollten wir jetzt gehen. Sie können mir Ihre Fragen unterwegs stellen.«

»Was hat das alles zu bedeuten?« wollte ich wissen.

Renfrew antwortete: »Er bringt mich zu den großen Laboratorien im Europa-Gebirge von Pelham. Möchtet ihr mitkommen?«

»Ich nicht«, lehnte ich ab.

Blake zuckte die Achseln. »Ich habe keine Lust, in einen dieser Anzüge zu steigen, die Cassellahat für uns besorgt hat. Sie sind dazu konstruiert, unseren Geruch drinnen zu halten, aber sie halten den der anderen nicht draußen.«

Er fügte hinzu: »Bill und ich werden hierbleiben und um etwas von dem Kies im Wert von fünf Millionen Credits, der für uns auf der Staatsbank liegt, Poker spielen.«

Cassellahat sah von der Tür aus zurück. Auf der Fleischmaske, die er trug, war deutlich ein Stirnrunzeln zu erkennen. »Sie gehen mit dem Geschenk unserer Regierung sehr leichtfertig um.«

»Jei!« sagte Blake.

»Wir stinken also«, stellte Blake fest.

Es war neun Tage her, daß Renfrew mit Cassellahat zu dem Planeten Pelham abgereist war, und unser einziger Kontakt hatte in einem Funktelefonanruf von Renfrew am dritten Tag bestanden, bei dem er uns sagte, wir sollten uns keine Sorgen machen.

Blake stand am Fenster unseres Penthouse-Apartments in der City von Newmerica. Ich lag auf einer Couch auf dem Rücken, im Kopf ein Durcheinander von Gedanken zu Renfrews potentiellem Irrsinn und all den Dingen, die ich über die Geschichte der vergangenen fünfhundert Jahre gehört und gesehen hatte.

Ich richtete mich auf. »Vergiß es!« sagte ich. »Wir haben es mit einer Veränderung des menschlichen Stoffwechsels zu tun, die wahrscheinlich auf die vielen verschiedenen Nahrungsmittel von fernen Sternen, die sie essen, zurückzuführen ist. Sie müssen auch bessere Nasen haben, denn für Cassellahat ist es eine Qual, in unserer Nähe zu sein, während wir an ihm nur einen nicht angenehmen Geruch bemerken. Aber uns dreien stehen Milliarden von ihnen gegenüber. Offen gestanden, ich kann mir keinen baldigen Sieg über das Problem vorstellen, also wollen wir darüber absolute Ruhe bewahren.«

Es kam keine Antwort, deshalb ließ ich mich in meine Träumerei zurücksinken. Meine erste Funkbotschaft zur Erde war empfangen worden. Im Jahr a.D. 2320, nicht einmal einhundertvierzig Jahre nach unserer Abreise, wurde dann der interstellare Antrieb erfunden, und man machte sich klar, was letzten Endes geschehen würde.

Uns zu Ehren wurden die vier bewohnbaren Planeten der Sonnen Alpha A und B Renfrew, Pelham, Blake und Endicott genannt. Seit 2320 war die Besiedelung der vier Planeten so dicht geworden, daß jetzt insgesamt neunzehn Milliarden Menschen auf den enger werdenden Landgebieten wohnten, und das ungeachtet der Auswanderungen zu Planeten fernerer Sterne.

Das brennende Linienschiff, das ich im Jahr 2511 a.D. gesehen hatte, war das einzige, das auf der Erde-Centauri-Route je verlorengegangen war. Seine Schirme mußten, als es mit Höchstgeschwindigkeit unterwegs war, auf unser Raumschiff reagiert haben. Natürlich waren sofort sämtliche Verteidigungsautomatiken aktiviert worden, und da sie zu der Zeit noch kein Schiff anhalten konnten, das minus unendlich geworden war, hatten sie wahrscheinlich jede mit Atomkraft betriebene Maschine an Bord explodieren lassen.

So etwas würde niemals wieder passieren. Der Fortschritt bei dem Adeledicnander-Kraftfeld war so gewaltig gewesen, daß die größten Linienschiffe jetzt in vollem Flug augenblicklich stillstehen konnten.

Uns war gesagt worden, wir sollten uns dieses einen Unglücks wegen nicht schuldig fühlen, da viele der wichtigsten Fortschritte in der Adeledicnander-Elektronenpsychologie als Ergebnis theoretischer Analysen dieser großen Katastrophe zustandegekommen seien.

Blake warf sich angewidert auf den nächsten Sessel.

»Mann, o Mann«, ächzte er, »wird das für uns ein Leben! Wir müssen damit rechnen, noch rund fünfzig weitere Jahre Parias in einer Zivilisation zu sein, wo wir nicht einmal verstehen, wie die einfachsten Maschinen funktionieren.«

Ich wechselte voller Unbehagen die Stellung. Mir waren schon ähnliche Gedanken gekommen. Aber ich sagte nichts. Blake fuhr fort:

»Ich muß gestehen, als ich entdeckte, daß die Centauri-Planeten kolonisiert sind, hatte ich Visionen von mir, wie ich mich in eine hiesige Dame verliebte und sie heiratete.«

Unwillkürlich machten meine Gedanken einen Satz zurück zu einem Paar Lippen, die sich meinen entgegenhoben. Ich schüttelte mich und sagte:

»Wie wohl Renfrew mit all dem zurechtkommt? Er ...«

Eine wohlbekannte Stimme erklang von der Tür her und schnitt mir das Wort ab. »Renfrew«, sagte sie, »kommt ausgezeichnet damit zurecht, jetzt, wo der erste Schock der Resignation und die Resignation der Verfolgung eines Ziels gewichen ist.«

Bis er fertig war mit seinem Satz, hatten wir uns ihm zugedreht. Renfrew schlenderte langsam auf uns zu. Er grinste. Bei seinem Anblick war ich mir gar nicht sicher, was ich von seiner neugewonnenen geistigen Gesundheit halten sollte.

Er war in Bestform. Sein dunkles, welliges Haar war perfekt frisiert. Seine überraschend blauen Augen verliehen seinem ganzen Gesicht Leben. Er war körperlich ein Naturwunder, und in seiner normalen Verfassung hatte er das ganze glanzvolle Auftreten eines Schauspielers in einem sorgfältig zurechtgetrimmten Film.

Er hatte jetzt dieses glanzvolle Auftreten. Er sagte:

»Ich habe ein Raumschiff gekauft, Freunde. Hat mein ganzes Geld gekostet und ein Teil von eurem dazu. Aber ich wußte, ihr würdet mir beispringen. Habe ich recht?«

»Natürlich«, riefen Blake und ich im Chor.

Blake fuhr solo fort: »Was hast du damit vor?«

»Ich weiß schon«, fiel ich ein. »Wir kreuzen durch das ganze Universum und verbringen unser Leben mit der Erkundung neuer Welten. Jim, da hast du dir etwas Gutes einfallen lassen. Blake und ich waren schon soweit, daß wir einen Selbstmordpakt schließen wollten.«

Renfrew lächelte. »Eine Weile kreuzen werden wir auf jeden Fall.«

Zwei Tage später – Cassellahat hatte keinen Einwand erhoben und uns keinen Rat wegen Renfrew gegeben – waren wir im Raum.

Es folgten drei seltsame Monate. Eine Zeitlang war ich von Ehrfurcht über die Weite des Kosmos überwältigt. Stumme Planeten schwangen sich auf unsere Sichtschirme und verblaßten hinter uns, sehnsüchtige Gedanken an unbewohnte, windgepeitschte Wälder und Ebenen, verlassene, schwellende Meere und namenlose Sonnen zurücklassend.

Der Anblick und die Erinnerung schärften die Einsamkeit zum Schmerz und festigten langsam das Wissen, unsere Reise werde die Bürde der Fremdheit, die seit der Ankunft auf Alpha Centauri auf uns lastete, nicht von uns nehmen.

Nichts war da, das unseren Seelen Nahrung gegeben hätte, nichts, das ein einziges Jahr unseres Lebens befriedigend hätte füllen können, ganz zu schweigen von fünfzig Jahren.

Ich beobachtete, wie dies Blake zu Bewußtsein kam, und ich wartete auf ein Anzeichen, daß auch Renfrew es fühlte. Das Anzeichen kam nicht. Das allein beunruhigte mich schon. Dann fiel mir etwas anderes auf. Renfrew beobachtete uns. Er beobachtete uns, und in seinem Benehmen deutete sich ein insgeheim verfolgtes Ziel an.

Ich sorgte mich immer mehr, und Renfrews ständige Fröhlichkeit machte es nicht besser. Ich lag gegen Ende des dritten Monats in meiner Koje und dachte unglücklich über die ganze verfahrene Situation nach, als sich meine Tür öffnete und Renfrew hereinkam.

Er trug eine Lähmpistole und einen Strick, richtete die Lähmpistole auf mich und sagte:

»Tut mir leid, Bill. Cassellahat hat mir geraten, kein Risiko einzugehen. Also lieg still, während ich dich feßle.«

»Blake!« brüllte ich.

Renfrew schüttelte sacht den Kopf. »Nützt nichts. Ich war zuerst in seiner Kabine.«

Die Pistole lag ruhig in seiner Hand, seine blauen Augen blickten stählern. Ich konnte nichts weiter tun als meine Muskeln gegen die Stricke spannen, als er mich band, und auf die Tatsache vertrauen, daß ich mindestens doppelt so stark war wie er.

In meiner Verzweiflung dachte ich: Sicher kann ich ihn daran hindern, mich zu fest zu fesseln.

Schließlich trat er zurück und erklärte noch einmal: »Tut mir leid, Bill.« Er setzte hinzu: »Ich sage es dir ungern, aber ihr beide habt, als wir auf Centauri ankamen, psychisch den Boden unter den Füßen verloren, und dies ist die Kur, die die von Cassellahat konsultierten Psychologen euch verschrieben haben. Ihr müßt einen Schock bekommen, der ebenso groß ist wie der, der euch umgehauen hat.«

Das erste Mal hatte ich nicht weiter darauf geachtet, daß er Cassellahats Namen erwähnte. Jetzt ging mir ein helles Licht auf.

Unglaublich, aber Renfrew war gesagt worden, Blake und ich seien verrückt! In all diesen Monaten hatte ich das Gefühl, für uns verantwortlich zu sein, aufrechterhalten. Es war vom psychologischen Standpunkt aus ein wundervoller Plan. Die einzige Frage war: Was für einen Schock wollte er uns verpassen?

Renfrew riß mich aus meinen Grübeleien mit der Versicherung:

»Es wird jetzt nicht mehr lange dauern. Wir geraten bereits in das Feld der Junggesellensonne.«

»Junggesellensonne!« schrie ich.

Er gab mir keine Antwort. In dem Augenblick, als sich die Tür hinter ihm schloß, begann ich an meinen Fesseln zu arbeiten, und dabei dachte ich die ganze Zeit:

Was hatte Cassellahat gesagt? Junggesellensonnen hielten sich nur durch mühevolles Balancieren in diesem Raum.

In *diesem* Raum! Ich malte mir aus, wie wir auf eine andere Ebene des Raumzeitkontinuums geschleudert wurden, und der Schweiß floß mir dabei übers Gesicht. Als ich meine Hände von dem Strick befreit hatte, fühlte ich das Schiff fallen.

Ich war nicht so lange gefesselt gewesen, daß es meinem Blutkreislauf geschadet hätte. Jetzt rannte ich zu Blakes Kabine. Zwei Minuten später waren wir zum Kontrollraum unterwegs.

Renfrew sah uns erst, als wir ihn schon hatten. Blake nahm ihm die Pistole ab. Ich zog ihn mit einem mächtigen Ruck aus dem Kontrollsessel und ließ ihn auf den Boden plumpsen.

Er blieb dort liegen, ohne uns Widerstand zu leisten, und grinste zu uns hoch. »Zu spät«, verspottete er uns. »Wir nähern uns dem ersten Punkt der Intoleranz, und ihr könnt nichts anderes tun, als euch auf den Schock vorzubereiten.«

Ich hörte ihn kaum. Ich ließ mich in den Sessel fallen und betrachtete die Bildschirme. Nichts zeigte sich darauf. Eine Sekunde lang war ich ratlos. Dann sah ich, daß die Aufnahmegeräte heftig zitterten und einen Körper von UNENDLICHER Größe registrierten.

Lange Zeit starrte ich diese unglaublichen Zahlen wie wahnsinnig an. Dann riß ich den Hebel für die negative Beschleunigung herum. Unter dem vollen Adelidicnander-Druck wurde die Maschine starr. Vor meinem geistigen Auge entstand plötzlich das phantastische Bild von zwei unwiderstehlichen Kräften in voller Kollision. Keuchend schaltete ich die Energiezufuhr aus.

Wir fielen immer noch.

»Eine Kreisbahn!« rief Blake. »Bring uns in eine Kreisbahn!«

Mit zitternden Fingern gab ich eine in die Tastatur ein, wobei ich meinen Zahlen die Größe, Anziehungskraft und Masse von Sol zugrundelegte.

Der Junggeselle ließ uns nicht einschwenken.

Ich versuchte es mit einem anderen Orbit, einem dritten und weiteren – schließlich mit einem, der uns sogar um den mächtigen Antares herumgeführt hätte. Aber die tödliche Realität blieb. Das Schiff stürzte immer weiter hinunter.

Und da war nichts Sichtbares auf den Schirmen, nicht einmal der Schatten einer Substanz. Einmal meinte ich, eine verschwommene größere Dunkelheit vor den schwarzen Tiefen des Raums ausmachen zu können. Aber Sterne gab es in allen Richtungen nur wenige, und es war unmöglich, sicher zu sein.

In meiner Verzweiflung sprang ich schließlich aus dem Sessel und kniete mich neben Renfrew, der immer noch keine Anstrengungen traf aufzustehen.

»Hör zu, Jim«, flehte ich, »zu welchem Zweck hast du das getan? Was wird geschehen?«

Er lächelte unbeschwert. »Stell dir einen alten, verkrusteten menschlichen Junggesellen vor. Er hält Beziehungen zu seinen Mitmenschen aufrecht, aber sie sind sich nicht näher als eine Junggesellensonne und die Sterne der Galaxis, zu der sie gehört.

In jeder Sekunde«, dozierte er weiter, »können wir jetzt auf die erste Periode der Intoleranz stoßen. Sie funktioniert in Sprüngen wie Quanten. Jede Periode beträgt vierhundertachtundneunzig Jahre, sieben Monate und acht Tage plus ein paar Stunden.«

Das hörte sich wie lauter Unsinn an. »Aber was wird

geschehen?« drängte ich ihn. »Um Himmels willen, Mann!«

Er sah seelenruhig zu mir hoch, und plötzlich wurde mir zu meiner Verwunderung klar, daß er geistig gesund, daß er der alte, völlig vernünftige Jim Renfrew war, irgendwie besser und stärker geworden. Er stellte schlicht fest:

»Nun, die Sonne wird uns aus ihrem Toleranzgebiet hinauswerfen, und indem sie das tut, wird sie uns zurück ...«

PENG!

Es war ein ungeheuer heftiger Ruck. Ich knallte auf den Boden, rutschte weiter, und dann hielt mich eine Hand – Renfrews Hand – fest. Und es war alles vorbei.

Ich stand auf. Wir fielen nicht mehr. Ich sah zum Instrumentenpaneel hin. Alle Kontrollampen brannten stetig, und die Nadeln standen fest auf Null. Ich drehte mich um und starrte Renfrew an, dann Blake, der sich kläglich vom Boden hochrappelte.

Renfrew versuchte, mich zu überreden: »Laß mich an die Kontrollen, Bill. Ich möchte unseren Kurs zur Erde eingeben.«

Eine ganze Minute lang betrachtete ich ihn, und dann trat ich langsam zur Seite. Ich blieb neben ihm stehen, als er die Kontrollen einstellte und den Beschleunigungshebel zog. Er blickte zu mir auf.

»Wir werden die Erde in etwa acht Stunden erreichen«, sagte er, »und es wird ungefähr ein und ein halbes Jahr seit unserer Abreise vor fünfhundert Jahren vergangen sein.«

Etwas begann, an meinem Schädel zu zupfen. Ich brauchte mehrere Sekunden, um zu erkennen, daß das wahrscheinlich mein Gehirn war, das unter dem plötzlich in mir aufsteigenden, gewaltigen Begreifen hüpfte.

Die Junggesellensonne, dachte ich benommen. Indem sie uns aus ihrem Toleranzfeld warf, hatte sie uns einfach in eine Zeitperiode jenseits ihres Feldes geschleudert. Renfrew hatte gesagt ... hatte gesagt, das funktioniere in Sprüngen von ... vierhundertachtundneunzig Jahren und sieben Monaten und noch etwas ...

Aber was war mit dem Schiff? Würde es den Lauf der Geschichte nicht verändern, wenn wir ein Adeledicnanderfeld des 27. Jahrhunderts in das 22. Jahrhundert brachten, wo es noch gar nicht erfunden war? Ich murmelte die Frage vor mich hin.

Renfrew schüttelte den Kopf. »Verstehen *wir* es denn? Wagen wir es, mit den schrecklichen Energien innerhalb dieser Maschinen herumzuspielen? Ich würde sagen, nein. Das Schiff können wir ja für unseren Privatgebrauch behalten.«

»A-aber ...«, begann ich.

Er unterbrach mich. »Paß auf, Bill! Die Situation ist die: Das Mädchen, das dich geküßt hat – glaube nicht, ich hätte nicht gemerkt, daß du dich Knall und Fall in sie verliebt hast –, wird in fünfzig Jahren neben dir sitzen, wenn *deine* Stimme aus dem Weltraum der Erde meldet, du seist aus der ersten Schlafperiode der ersten Reise zum Centaurus aufgewacht.«

Genauso geschah es dann auch.

Aus dem Amerikanischen übersetzt von Rosemarie Hundertmarck

Cleve Cartmill
(1908–1964)

In letzter Sekunde

(›*Astounding*‹, März)

›In letzter Sekunde‹ wurde zu der umstrittensten Story des Jahres, doch nicht innerhalb der Science Fiction-Gemeinde. Die Spekulationen des Autors über gewisse Feinheiten der Kernspaltung lenkten die Aufmerksamkeit der US-Regierung auf sich, die zu wissen wünschte, wer Geheimdaten des Manhattan-Projekts – dabei ging es um die Entwicklung der ersten Atombombe – verraten habe. Es hat einige widersprüchliche Aussagen darüber gegeben, was sich genau abspielte, aber jedenfalls erschienen Agenten in den Büros von John W. Campbell junior, dem Herausgeber von Astounding *(und auch bei dem Autor, der in Manhattan Beach wohnte). Laut einigen Quellen waren sie vom FBI, laut anderen vom militärischen Geheimdienst. Nachdem sie sich überzeugt hatten, daß alle Beteiligten sauber und die verwendeten Informationen öffentlich bekannt gewesen waren, sollen sie verlangt haben, daß die Veröffentlichung ähnlicher Geschichten in Zukunft unterbleibe. Campbell hat ihnen darauf entweder geantwortet, sie sollten abschwirren, oder sie (nach einer anderen Version) überzeugt, ein plötzliches Versiegen aller Geschichten über Atomenergie werde dem Feind erst recht einen Hinweis auf die Richtung der amerikanischen Forschung und Entwicklung geben.*

Die Story ist zweifellos Cartmills berühmteste, obwohl seine ›Space Salvage‹-Erzählungen in Thrilling Wonder *sehr beliebt waren.*

(Die Anekdote über Cartmills Story und den Besuch der Geheimdienstleute in Campbells Büro habe ich jahrelang erzählt und damit immer Erfolg gehabt, besonders in Colleges. Ich be-

schrieb, wie Campbell Zeitungsausschnitte über die Entdekkung der Uranspaltung (unbefangen diskutiert, bis sich die Wissenschaftler aus offensichtlichen Gründen eine Selbstkontrolle auferlegten) vorwies und erklärte, eine Atombombe sei die unausweichliche Schlußfolgerung daraus. Die Geheimdienstler dachten heftig nach und sahen es schließlich ein, befahlen ihm jedoch, mit dem Veröffentlichen solcher Geschichten aufzuhören. Aber Campell legte dar, gerade dadurch würde die Sache ruchbar werden (jedenfalls habe ich es so gehört). An dieser Stelle fuhr ich dann fort: »Das bedeutete für die Agenten unerträgliche Qualen, denn Campbell forderte sie auf, an ein und demselben Tag ein zweites Mal nachzudenken«, und das trug mir jedesmal einen Lacherfolg ein. – I. A.)

DETONATION UND MONTAGE

12.16. Wie in Kapitel II erwähnt, ist es unmöglich, das Eintreten einer Kettenreaktion zu verhindern, wenn die Masse den kritischen Punkt überschreitet. Denn es sind immer genügend Neutronen vorhanden (von kosmischen Strahlen, von spontanen atomaren Reaktionen oder von Reaktionen in Unreinheiten, die von Alpha-Partikeln hervorgerufen werden), um die Kette auszulösen. Daher muß die Bombe bis zum gewünschten Zeitpunkt der Detonation aus mehreren Einzelheiten bestehen, von denen jedes entweder wegen seiner geringen Größe oder seiner ungünstigen Form unterhalb der kritischen Masse bleibt. Um eine Detonation zu erzielen, müssen die Teile der Bombe schnell zusammengebracht werden. Im Verlauf dieses Montageprozesses ist es wegen der Anwesenheit von freien Neutronen wahrscheinlich, daß die Kettenreaktion beginnt, bevor die Bombe ihre kompakteste (höchst reaktive) Form erreicht hat. Deshalb neigt die Explosion dazu, die Bombe an der Erreichung ihrer kompaktesten Form zu hindern. Es mag sich sogar herausstellen, daß die Explosion relativ unwirksam ist. Das Problem ist daher zweifacher Natur: 1. Die Montagezeit auf ein Minimum zu reduzieren und 2. die Zahl der freien (Prädetonations-)Neutronen auf ein Minimum zu reduzieren.

Offizieller Bericht: *Atomenergie für militärische Zwecke*
Henry D. Smyth

Schwere Flak-Geschosse explodierten über und unter der Bomberkette, die über den nächtlichen Himmel des Planeten Cathor zog. Grinsend steuerte Ybor Sebrof seinen Gleiter in steilem Winkel weg von dem Feuerwerk. Die Bomber hatten ihre Mission erfüllt: Sie hatten ihn in der Nähe von Nilreq abgesetzt und einen Angriff simuliert.

Er hatte sich von den Flugzeugen entfernt, bevor Scheinwerfer mit schlanken weißen Armen über den Himmel fuhren. Den Gleiter, der ihre Insignien zeigte, hatten sie nicht erfaßt. Tatsächlich *war* es ihr eigener Gleiter, erbeutet, als Seilla-Vortrupps die Namo-Garnison im Schlaf überraschten. Ybor würde ihn stehenlassen, wo er landete. Sollte der Sixa-Geheimdienst sich den Kopf zerbrechen, wie er dort hingekommen war.

Vorausgesetzt natürlich, es gelang ihm, ungesehen zu landen.

Auf die Geheimdienstler von Sixa wartete noch eine weitere Arbeit. Sie würden eine Erklärung finden müssen, warum bei einem Bombenangriff keine Bomben fielen. Die Sixa hatten keines der Seilla-Flugzeuge abgeschossen, und so konnten sie nicht wissen, daß sie leer waren. Sie hatten keine Bomben, keine Besatzungen, nur Geschwindigkeit.

Ybor sah schon die Zeitungen von morgen vor sich, hörte die morgigen Nachrichtensendungen. »Bombenangriff abgeschlagen. Feige Piloten der Demokratie vor der Flak von Nilreq geflohen.« Aber die höheren Chargen würden sich Gedanken machen. Die Seilla-Flugzeuge hätten Bomben abwerfen können, wenn sie welche gehabt hätten. Sie waren voller Unverschämtheit über die große Industriestadt hinweggeflitzt. Sie hätten Gelegenheit gehabt, ihre Eier zu legen. Die Bonzen würden sich wundern. Warum hatten sie es nicht getan? würden sie einander tiefsinnig fragen. Was war der Grund?

Ybor grinste. Er war der Grund. Er würde dafür sorgen, daß sie sich wünschten, statt seiner mit Bomben bedacht worden zu sein. Die Möglichkeit eines Versagens kam ihm gar nicht in den Sinn. Er hatte nichts weiter zu tun, als in die Festung des Feindes einzudringen, Dr. Sitruc zu finden, ihn zu töten und die verheerendste Waffe der Geschichte zu vernichten. Das war alles.

Vor ihm ragte in einiger Entfernung ein Farmhaus in die Höhe. Ybor holte scharf Atem und schwenkte zu dem dunklen Rand eines Waldes ab. Das grün-graue Flugzeug war vor diesem Hintergrund unsichtbar, falls nicht scharfe Augen seinen Schatten unter einem flüchtigen Mond erspähten.

Er glitt jetzt ruhig auf einem leichten Wind dahin, der mit den Baumwipfeln schwatzte. Nur der Wind und die Bäume bemerkten, daß er vorbeiflog. Sie konnten das Geheimnis bewahren.

Er landete auf einem Kornfeld, das heftigen Protest wisperte, als der Gleiter durch seine schwerbeladenen Ähren fegte. Die Halme waren höher als das motorlose Flugzeug, und Ybor nahm an, es würde erst gefunden werden, wenn Erntemaschinen das Korn einsammelten.

Eine Entdeckung des Gleiters aus der Luft war ein anderes Problem. Das durfte nicht zu schnell geschehen, vor allem deswegen nicht, weil er auf seiner Reise in die feindliche Hauptstadt abgefangen werden konnte. Sollte er aus irgendeinem Grund in dieser Gegend festgenommen werden, würde ihn auch ein Anfänger im Geheimdienst sofort mit dem aufgegebenen Flugzeug in Verbindung bringen, falls von einer Landung in einem Kornfeld morgen schon etwas bekannt war.

Er zog ein langes Messer aus einer in den Gleiter eingebauten Scheide und mähte damit mehrere Armlasten Korn ab. Die Halme verteilte er unregelmäßig – nicht in irgendeinem Muster – über Teile des Flugzeugs. Nun sah es auch aus der Luft nicht mehr wie ein Gleiter aus.

Ybor zwängte sich durch die schulterhohen Halme bis an den Waldrand.

Jetzt bewegte er sich verstohlen. Es war fast sicher, daß hier schwere Geschütze versteckt waren, und er mußte eine Entdeckung vermeiden. Wie eine nächtliche Katze schlüpfte er über den weichen Pflanzenteppich, auf allen vieren unter niedrigen Ästen, aufrechtgehend, wo es möglich war.

Ein scharfer Geruch nach Gefahr stach ihm in die Nase. Bewegungslos hockend prüfte er ihn. Der Geruch erzeugte ein Bild in seinem Kopf: Männer und Öl und der beißende Qualm explodierter Gase. Eine Geschützstellung war genau vor ihm.

Ybor setzte seinen Weg über die Bäume fort. Er bewegte sich vom einen zum anderen ohne mehr Geräusch als die weichen Flügel von Nachtvögeln und näherte sich der Quelle des Geruchs. Hin und wieder hielt er an und lauschte auf Schritte von Wachtposten. Schließlich hörte er sie, ein leises *Tap-tap,* das sich mit einem anderen Rhythmus mischte, Schnarchlauten, die der leichte Wind herantrug.

Am klügsten wäre es nun gewesen, darüber war Ybor sich klar, um diesen Ort einen Bogen zu schlagen und den Posten gar nicht erst wissen zu lassen, daß er durch den Wald schlich. Aber die Gewohnheit war zu stark. Er mußte die Männer töten, denn sie waren der Feind.

Er bewegte sich dichter an das Geräusch der Schritte heran. Schließlich hing er über der Strecke, die der Posten abschritt, und erforschte die Dunkelheit mit Augen und Ohren. Der Mann ging unten vorbei, und Ybor ließ ihn gehen. Seine Ohren durchdrangen das Schnarchen aus den nahegelegenen Zelten, bis er einen zweiten Posten hörte. Zwei Mann hatten Wachdienst.

Er zog das Messer aus dem Gürtel und wartete. Als der Posten unter ihm vorbeischlurfte, sprang ihm Ybor auf die Schultern und stach im Fallen zu.

Es gab wenig Geräusch. Nicht viel, aber ein bißchen. Genug, um den zweiten Posten mit gedämpfter Stimme rufen zu lassen:

»Namreh? Was ist passiert?«

Ybor grunzte, rüstete sich mit Gewehr und Helm des Toten aus und übernahm seine Runde. Er marschierte in dem gleichen Rhythmus, den die feindlichen Füße erzeugt hatten, bis er auf den zweiten Posten traf. Ybor brachte Fragen mit einem schnellen Messerstich zum Verstummen, und dann wandte er seine Aufmerksamkeit den Zelten zu.

Die Arbeit war bald getan. Er schloß die Finger des ersten Postens um das Heft des Messers und ging davon. Sollten sie denken, einer ihrer Männer sei wahnsinnig geworden, habe die anderen umgebracht und dann Selbstmord begangen. Sollten die Psychologen sich die Zähne daran ausbeißen.

Er erreichte das andere Ende des Waldes. Die Morgendämmerung hatte hinter Nilreq blasse Farben verspritzt und ein Durcheinander von Gebäuden in eine dunkle Silhouette verwandelt. Dort lag sein Operationsfeld. Dort lag vielleicht sein Schicksal, vielleicht auch das Schicksal der ganzen Rasse.

Der letztere Gedanke wurde nicht aus rhetorischem Überschwang geboren. Das war kalte, harte Wirklichkeit. Es hatte nichts mit Patriotismus zu tun, auch hing es nicht mit politoökonomischer Philosophie zusammen, sondern nur mit einer bestimmten Tatsache: Wenn die Waffe, die sich irgendwo in der feindlichen Hauptstadt befand, eingesetzt wurde, konnte die gesamte Rasse sehr wohl bis auf ihr letztes Mitglied untergehen.

Jetzt begann der schwierige Teil von Ybors Aufgabe. Er trat aus dem Wald hinaus. Ein leises Geräusch erklang hinter seinem Rücken. Er blieb für einen Sekundenbruchteil stocksteif stehen und identifizierte es. Dann warf er sich in einer einzigen, unglaublich schnellen Bewegung herum und auf den Verursacher des Geräusches.

Sofort nach dem ersten Kontakt erkannte er, daß er mit einer Frau kämpfte. Das erschreckte ihn ein bißchen, aber nicht so sehr, daß es seine Leistungsfähigkeit beeinträchtigt hätte. Ein hackender Schlag, und sie lag ihm bewußtlos zu Füßen. Er kniff die Augen zusammen, aber er konnte in dem Dunkel unter den Zweigen nicht erkennen, wie sie aussah.

Dann explodierte die Dämmerung im Osten wie eine Salve, und er sah, daß sie jung war. Durchaus nicht unreif, aber jung. Als ein Speer aus Sonnenlicht in den Schatten stach, sah er, daß sie schön war.

Ybor zog sein Kampfmesser. Sie war ein Feind und mußte vernichtet werden. Sein zum *coup de grâce* erhobener Arm blieb in der Luft hängen. Er konnte die Klinge nicht in ihren Körper treiben. Sie sah in ihrer Bewußtlosigkeit aus, als schlafe sie, die vollen Lippen geteilt, die Hände entspannt. Du kannst einen Mann im Schlaf töten, aber die Natur hat einen tiefen Widerwillen gegen das Töten einer hilflosen Frau in deine Instinkte gepflanzt.

Sie stöhnte leise. Dann öffnete sie ihre großen braunen Augen, die sanft wie die eines gefangenen Rehkitzes waren.

»Du hast mich niedergeschlagen«, klagte sie ihn flüsternd an.

Ybor schwieg.

»Du hast mich niedergeschlagen«, wiederholte sie.

»Was hast du denn erwartet?« fragte er barsch. »Pralinen und Blumen? Was hast du überhaupt hier zu suchen?«

»Ich bin dir gefolgt«, antwortete sie. »Darf ich aufstehen?«

»Ja. Warum bist du mir gefolgt?«

»Ich sah dich auf unserem Feld landen und wollte wissen, warum. Ich lief hinaus, und da tarntest du dein Schiff und schlüpftest in den Wald. Ich folgte dir.«

Ybor glaubte ihr nicht. »Du bist mir durch diesen Wald gefolgt?«

»Ich hätte dich berühren können«, behauptete sie. »Jederzeit.«

»Du lügst!«

»Laß dich durch das nicht kränken.« Mit einer fließenden Bewegung kam sie auf die Füße. Ihre Augen waren fast auf gleicher Höhe mit den seinen. Lächelnd entblößte sie kleine weiße Zähne. »Ich bin in so etwas sehr gut«, sagte sie. »Besser als fast jeder andere, obwohl ich gerne zugebe, daß du auch nicht ungeschickt bist.«

»Danke«, gab er knapp zurück. »Na gut, laß deine Geschichte hören. Wahrscheinlich wird es die letzte sein, die du erzählst. Welches Spiel treibst du?«

»Du sprichst ynamrenisch wie ein Einheimischer«, stellte das Mädchen fest.

Ybors Augen glitzerten. »Ich bin ein Einheimischer.«

Sie lächelte ungläubig. »Und du tötest deine eigenen Soldaten? Nein, nein! Ich habe gesehen, wie du diese Geschützstellung ausgelöscht hast. Das geschah mit zuviel Sachlichkeit. Einer von uns würde es mit Haß tun. Für dich war es ein taktisches Manöver.«

»Du schneidest dir den eigenen Hals durch«, warnte Ybor. »Ich kann dich nicht gehen lassen. Du beobachtest zu genau.«

Sie wiederholte: »Nein, nein!« Nach einer Pause erklärte sie: »Du wirst Hilfe brauchen, auf welcher Mission du auch sein magst. Ich kann sie dir bieten.«

Er reagierte verächtlich. »Du bietest meinen Kopf einem Löwenrachen dar. Kann ich ihn darin verstecken?

Ich brauche keine Hilfe. Besonders nicht von jemandem, der tölpelhaft genug ist, sich fangen zu lassen. Und ich habe dich gefangen, meine Hübsche.«

Sie errötete. »Du bereitetest dich innerlich darauf vor, eine Festung zu stürmen. Ich las es in deinem seltsamen Gesicht, als du nach Nilreq hinüberstarrtest. Ich hielt meinen Atem an in der Hoffnung, es werde dir gelingen. Das hast du gehört. Hätte ich dich für meinen Feind gehalten, hättest du nichts gehört. Außer vielleicht das Singen meiner Messerklinge, die dein Herz erreichte.«

»Was ist seltsam an meinem Gesicht?« wollte er wissen. »Es würde in einer Menschenmenge unbemerkt bleiben.«

»Frauen würden es bemerken«, sagte sie. »Es ist schief.«

Er tat die persönliche Bemerkung mit einem Achselzucken ab. Dann legte er ihr die Hände um die Kehle. »Ich muß es tun«, sagte er. »Es ist ungeheuer wichtig, daß niemand von meiner Anwesenheit hier erfährt. Es ist Krieg. Ich kann es mir nicht leisten, human zu sein.«

Sie leistete keinen Widerstand. Ruhig blickte sie zu ihm auf und fragte: »Hast du schon von Ylas gehört?«

Seine Finger schlossen sich nicht um das weiche Fleisch. »Wer nicht?«

»Ich bin Ylas«, sagte sie.

»Ein Trick.«

»Kein Trick. Laß es mich dir beweisen!« Seine Augen verengten sich. »Nein«, versicherte sie, »Papiere habe ich natürlich keine. Hör zu! Du kennst Mulb, Sworb und Nomos? Ich habe ihnen zur Flucht verholfen.«

Ybor zögerte. Sie konnte Ylas sein, aber es wäre ein phantastisch glücklicher Zufall, wenn er so schnell auf die legendäre Führerin des ynamrenischen Untergrunds gestoßen wäre. Das war fast nicht mehr zu glauben. Trotzdem war es möglich, daß sie die Wahrheit sagte. Diese Chance durfte er nicht vertun.

»Namen«, wehrte er ab. »Die hättest du überall hören können.«

»Nomos hat eine Neumond-Narbe auf dem Handgelenk«, berichtete sie. »Sworb ist groß, beinahe so groß wie du, und seine Schultern hängen ein bißchen. Er spricht so schnell, daß man ihm kaum folgen kann. Mulb ist ein Schafskopf. Er schafft es mit seinem priesterartigen Benehmen.«

Das waren knappe, treffende Skizzen, mußte Ybor einräumen.

Sie nahm ihren Vorteil wahr. »Hätte ich mich ruhig verhalten, als du die Soldaten von der Geschützstellung tötetest, wenn ich ein loyales Mitglied der Sixa-Allianz wäre? Hätte ich keine Warnung gerufen, als du den ersten Posten erstachst und seinen Helm und sein Gewehr nahmst?«

Das hatte etwas für sich, dachte Ybor.

»War es für mich nicht von dem Augenblick an, als du auf meinem Kornfeld landetest, offensichtlich«, fuhr sie fort, »daß du ein Seilla-Agent bist? Ich hätte die Behörde telefonisch benachrichtigen können.«

Ybor nahm die Hände von ihrem Hals. »Ich will zu Dr. Sitruc«, sagte er.

Stirnrunzelnd sah sie nach Nilreq hinüber, auf Türme, golden im Morgensonnenschein. Ybor stellte leidenschaftslos fest, daß sie mit dem Gesicht zur Sonne ein farbiges Bild abgab. Eine dunkle Blüte, die sich dem Morgenlicht öffnete. Nicht, daß es darauf ankam. Er hatte keine Zeit für sie. Er hatte überhaupt keine Zeit.

»Das wird einige Arbeit kosten«, meinte sie.

Er wandte sich ab. »Dann werde ich sie selbst tun. Die Zeit ist knapp.«

»Warte!« Ihre Stimme hatte einen Ton, der ihn veranlaßte, sich umzudrehen. Mit saurem Lächeln nahm er die Pistole in ihrer Hand zur Kenntnis.

Selbstverachtung verdunkelte Ybors Gedanken. Er

hatte sie in seiner Gewalt gehabt, aber er hatte in ihr eine Frau gesehen, keinen bewaffneten Feind. Aus naiver Sentimentalität hatte er sie nicht durchsucht. Er hatte den Gipfel der Dummheit erreicht und würde jetzt sein verdientes Ende finden. Die Pistole lag ganz ruhig in der Hand des Mädchens, aus dessen Augen die Entschlossenheit dunkel leuchtete.

»Auf Märchen falle ich zu leicht herein«, sagte sie. »Eine Weile habe ich wirklich geglaubt, du seist ein Seilla-Agent. Wie teuflisch schlau ihr seid, du und euer Rat! Ich hätte es mir denken können, als diese Flugzeuge vorüberzogen. Sie waren viel zu schnell.«

Ybor versuchte schweigend, das zu verdauen.

»Es war eine gute Idee«, fuhr sie mit scharfer, bitterer Stimme fort. »Sie haben dich hergeschleppt, und du bist auf meinem Feld gelandet. Welch ein Zufall! Ich wohne erst seit drei Tagen in diesem Farmhaus, und von allen möglichen Orten suchst du dir ausgerechnet den aus! Nein, das kann kein Zufall sein. Du und die anderen großen Geister im Sixa-Rat, ihr wußtet, die Flugzeuge würden mich ans Fenster locken, ihr wußtet, ich würde den Schatten des Gleiters bemerken, ihr wußtet, ich würde nachsehen kommen. Du hast sogar sechs eurer eigenen Leute getötet, um meinen Argwohn zu beschwichtigen. Oh, ich habe mich eine Zeitlang wirklich täuschen lassen.«

»Du sprichst wie eine Wahnsinnige«, erwiderte Ybor. »Steck die Pistole weg!«

»Als du eine Chance hattest, mich zu töten, und es nicht tatest«, fuhr sie fort, »starb mein letzter Verdacht. Wie dumm von mir! Nein, Freundchen, du wirst nicht zurückkehren, um von meinem Aufenthaltsort zu berichten, damit eure Schergen nur zu warten brauchen, bis mein Komitee zusammentrifft, und uns alle gefangennehmen können. O nein. Du stirbst hier und jetzt!«

Ybors Gedanken rasten. Es wäre Energieverschwendung, an sie mit der Begründung zu appellieren, wenn sie ihn tötete, werde sie tatsächlich ihre ganze Spezies vernichten. Das schmeckte nach Rhetorik. Er brauchte eine einfache Aussage, knapp und aufrüttelnd. Aber was? Seine Zeit verrann, das sah er in ihren dunklen Augen.

»Deine letzte Adresse ...« – ihm fiel ein, was Sworb von seiner Flucht erzählt hatte – »war Curkway 40. Du hast Backwaren verkauft, und Sworb wurde von Teilchen übel. Er mußte sich in deinem Lastwagen übergeben, der ihn elf Minuten nach Mitternacht wegbrachte.«

»Das stimmt.« Die Entschlossenheit, zu töten, verschwand bei der Erinnerung aus ihrem Gesicht. Für einen Augenblick wurde sie nachdenklich.

Dann blitzten ihre Augen auf. »Ich habe nicht gehört, daß er gut in Acireb angekommen sei. Vielleicht habt ihr ihn an der Enarta-Grenze erwischt und die Wahrheit aus ihm herausgeprügelt. Trotzdem«, überlegte sie, »du könntest immerhin die Wahrheit sagen ...«

»Ich sage die Wahrheit«, erklärte Ybor ruhig. »Ich bin ein Seilla-Agent und in einer ungeheuer wichtigen Mission hier. Wenn du mir nicht direkt helfen kannst, mußt du mich gehen lassen. Sofort!«

»Aber du könntest auch lügen. Das Risiko darf ich nicht eingehen. Du wirst vor mir um den Wald gehen. Machst du eine einzige verdächtige Bewegung oder auch nur eine Bewegung, die ich nicht verstehe, erschieße ich dich.«

»Wohin willst du mich bringen?«

»In mein Haus. Wohin sonst? Dort werden wir reden.«

»Jetzt hör mir zu«, flehte er leidenschaftlich, »es ist keine Zeit für ...«

»Marsch!«

Er marschierte.

Ybors Plan, sie zu überrumpeln, sobald sie sich innerhalb des Farmhauses befanden, löste sich in Nichts auf, als er den Koloß sah, der sie einließ. Es war ein ungeschlachter Kerl mit dem muskulösesten Körper, den Ybor je gesehen hatte, und überragte seine mehr als durchschnittliche Größe beträchlich. Die Arme des Mannes waren so dick wie Ybors Oberschenkel, und die gelben Augen waren klein und bösartig. Doch so affenartig er aussehen mochte, der Riese bewegte sich wie eine Bergkatze, lautlos und sehr viel schneller, als es den Anschein hatte.

»Bewache ihn!« befahl das Mädchen, und Ybor wußte, die gelben Augen würden sich nicht von ihm abwenden.

Er sank auf einen Stuhl, einen alten Stuhl mit primitivem Schwanzschlitz, und sah dem Mädchen zu, das sich an dem gewaltigen Kochherd zu schaffen machte. In dieser Küche hätten zwanzig Farmarbeiter Platz gefunden, und dieser Herd mit seinen vielen Platten könnte Mahlzeiten für alle liefern.

»Wir sollten essen«, sagte das Mädchen. »Wenn du nicht lügst, wirst du Kraft brauchen. Wenn du lügst, kannst du die Folter lange genug ertragen, um uns die Wahrheit zu sagen.«

»Du machst einen Fehler«, begann Ybor hitzig, brach jedoch ab, als sein Bewacher eine drohende Geste machte.

Bald stellte das Mädchen das Essen auf den Tisch. Es war eine gute Mahlzeit, und Ybor langte herzhaft zu. »Der Verurteilte«, bemerkte er lächelnd.

Denn es war so etwas wie eine kameradschaftliche Stimmung entstanden. Er war männlich, er hatte seine Jugend noch nicht allzu lange hinter sich, er hatte klare dunkle Augen und war im Hinblick auf Leistungsfähigkeit konstruiert worden. Sie war weiblich und im reifenden Stadium. Die häusliche Beschäftigung, eine Mahlzeit zuzubereiten und sie zu teilen, hatte die Spannung zwischen ihnen gemildert. Während er in sein Essen einhieb, bedachte sie ihn ab und zu mit einem flüchtigen Lächeln.

»Du bist eine gute Köchin«, lobte er, als er fertig war.

Alle Wärme wich von ihr. Sie musterte ihn. »Und jetzt Beweise!« verlangte sie scharf.

Ybor zuckte zornig die Achseln. »Glaubst du, ich trage Papiere bei mir, die mich als Seilla-Agent identifizieren? ›An alle, die es angeht: Inhaber bekleidet einen hohen Rang im Seilla-Rat. Jede ihm geleistete Hilfe werden wir anerkennen.‹ Ich habe Papiere, nach denen ich ein Journalist aus Eeras bin. Das Gebäude der Zeitungsredaktion ist inzwischen zerstört worden, und es gibt keine Möglichkeit, meine Identität nachzuprüfen.«

Sie dachte darüber nach. »Ich will dir eine Chance geben. Wenn du ein Top-Agent aus Seilla bist, kann dich einer eurer Nilreq-Männer identifizieren. Nenne einen, und wir werden ihn herholen.«

»Keiner von ihnen kennt mich vom Sehen. Mein Gesicht wurde verändert, bevor ich diesen Auftrag übernahm, damit mich niemand, auch nicht unabsichtlich, verraten kann.«

»Du hast auf alles eine Antwort, wie?« schimpfte sie. »Dann bringen wir dich jetzt in den Keller und holen die Wahrheit aus dir heraus. Und du wirst nicht sterben, bevor wir das geschafft haben. So oder so werden wir dich am Leben halten.«

»Warte einen Augenblick«, bat Ybor. »Einen Mann gibt es, der mich erkennen wird. Er ist vielleicht noch nicht angekommen. Solraq.«

»Er ist seit gestern da«, antwortete sie. »Gut. Wenn er dich identifiziert, soll mir das genügen. Sleyg«, wandte sie sich an den riesigen Wächter, »hole Solraq.«

Es rumpelte tief in Sleygs Kehle, und das Mädchen machte eine ungeduldige Handbewegung. »Ich kann auf mich selbst aufpassen. »Geh!« Sie faßte in ihre Bluse, zog ihre Pistole aus dem Schulterhalfter und richtete sie über den Tisch auf Ybor. »Du sitzt ganz still!«

Sleyg ging hinaus. Ybor hörte einen Wagen starten. Das Motorengeräusch erstarb schnell.

»Darf ich rauchen?« fragte er.

»Sicher.« Mit ihrer freien Hand warf sie ihm ein Päckchen Zigaretten über den Tisch. Er zündete eine an, wobei er darauf achtete, seine Hände in Sicht zu halten, reichte sie ihr und führte die Flamme an seine Zigarette. »Du bist also Ylas«, bemerkte er im Gesprächston.

Sie machte sich nicht die Mühe, ihm zu antworten.

»Du hast gute Arbeit geleistet«, fuhr er fort. »Genau vor ihrer Nase. Es kann dir ein paarmal nur knapp gelungen sein.«

Sie lächelte tolerant. »Versuch gar nicht erst, listig zu sein, Sportsfreund. Auf die unwahrscheinliche Chance hin, daß dir die Flucht gelingen sollte, werde ich dir keine Informationen geben, die du später verwenden könntest.«

»Es wird kein Später geben, wenn ich hier nicht herauskomme. Weder für dich noch für sonstwen.«

»Jetzt wirst du melodramatisch. Es gibt immer ein Später, solange es die Zeit gibt.«

»Die Zeit existiert nur im Bewußtsein«, sagte er. »Es wird keine Zeit mehr geben, es sei denn, Staub und Fels sind sich ihrer bewußt.«

»Du malst da ein Bild völliger Zerstörung.«

»Es wird eine völlige Zerstörung sein. Und du bringst sie uns jede Minute näher. Du beschneidest die Frist, in der sie noch angewendet werden kann.«

Sie grinste. »Was bin ich doch ungezogen!«

»Selbst wenn du mich noch in diesem Augenblick gehen ließest ...«, begann er.

»Was ich nicht tun werde.«

»... ist die Katastrophe vielleicht schon nicht mehr zu verhindern. Unsere Gehirne können die unvorstellbare Gewalt nicht fassen, die sehr wohl imstande ist, alles höhere Leben auszulöschen. Es ist eine eigentümliche Vorstellung«, sann er. »Stell dir vor, Raumreisende der Zukunft sehen diesen Planeten bar allen höheren Lebens, überwuchert von Dschungel. Er würde nicht einmal einen Namen tragen. Alle Spuren der Zivilisation wären vollkommen vernichtet. Sie stochern in den zerfallenen Ruinen herum und finden Stückchen der Geschichte, und dann kehren sie mit dem Geheimnis von Cathor auf ihren Heimatplaneten zurück. Warum ist alles Leben von Cathor verschwunden? Sie finden genug Skelette, um unsere Größe und Form feststellen zu können, und sie entziffern einige Aufzeichnungen. Aber nirgendwo entdecken sie auch nur einen Hinweis, aus welchem Grund unsere Zivilisation zerstört wurde. Nirgendwo finden sie den Namen Ylas, den Grund.«

Sie grinste nur.

»So schlimm wird es sein«, schloß Ybor. »Kein Vogel am Himmel, kein Schwein in einem Stall. Vielleicht nicht einmal Insekten. Ich möchte wissen«, meinte er nachdenklich, »ob solche Explosionen das Leben auf anderen Planeten unseres Systems ausgelöscht haben. Auf Lara zum Beispiel. Dort hat es einmal Leben gegeben. Erreichte die Zivilisation einen Höhepunkt und endete dann in einem Krieg, in dem jede einzelne Person auf der einen oder der anderen Seite umkam? Setzte die eine Seite aus Verzweiflung einen Sprengstoff ein, der beiden zur Verfügung stand, aber unkontrollierbar war, und ging so die Welt verloren?«

»*Still!*« befahl sie. Sie lauschte angespannt.

Jetzt hörte auch er es, das rhythmische Stampfen von Füßen. Er warf einen Blick durch das Fenster zum Wald hin. »Ynamre«, stellte er fest.

Ein Feldwebel ließ einen Trupp von acht Soldaten über das Feld auf das Haus zumarschieren. Ybor drehte sich zu dem Mädchen um.

»Du mußt mich verstecken! Schnell!«

Sie sah ihn kalt an. »Hier gibt es kein Versteck.«

»Es muß eins geben! Du nimmst doch Flüchtlinge auf! Wo ist es?«

»Du magst mich gefangen haben«, erklärte sie grimmig, »aber du wirst nichts erfahren. Der Untergrund wird bestehen bleiben.«

»Du kleine Närrin! Ich stehe auf eurer Seite.«

»Das sagst du. Ich habe dafür keinen Beweis.«

Ybor verschwendete keine Zeit mehr. Der Trupp war schon fast an der Tür. Mit einem Sprung war er an der Wand und hockte sich dort nieder. Er zog seinen Mantel halb herunter, schüttelte sich das schwarze Haar über die Augen und ließ die Muskeln seines Gesichts so erschlaffen, daß es den leeren Ausdruck eines Idioten annahm. Er spielte mit seinen Fingern und brabbelte.

Ein Gewehrkolben hämmerte gegen die Tür. Das Mädchen ging hin. Ybor blickte nicht auf. Er drehte seine Finger und gluckste sie an.

»Haben Sie heute nacht irgend etwas gehört?« fragte der Feldwebel.

»Irgend etwas?« wiederholte Ylas. »Flugzeuge – Schüsse.«

»Sind Sie aufgestanden? Haben Sie nach draußen gesehen?«

»Ich hatte Angst«, antwortete sie kleinlaut.

Er spie verächtlich aus. Es folgte ein kurzes Schweigen, unterbrochen nur von Ybors Gurgeln.

»Was ist das?« fuhr der Feldwebel auf. Er trampelte durch die Küche und riß Ybors Kopf an einem Haarbüschel hoch. Ybor bedachte ihn mit einem schwachsinnigen, sabbernden Grinsen. Der Feldwebel blickte angewidert drein. »Idiot!« fauchte er und nahm seine Hand weg. »Warum tötest du den nicht?« fragte er das Mädchen. »Dann hättest du mehr zu essen. Sieh mal an ...« – es klang, als sehe er sie gerade zum ersten Mal – »... nicht schlecht, nicht schlecht. Ich werde dich einmal abends besuchen kommen, Süße.«

Ybor regte sich nicht, bis die Soldaten außer Hörweite waren. Dann stand er auf und sah Ylas finster an. »Inzwischen könnte ich schon in Nilreq sein. Du mußt mich fortschaffen. Sie haben die Toten in der Geschützstellung entdeckt und werden jetzt aufpassen.«

Sie hielt wieder die Pistole in der Hand und winkte ihn zu dem Stuhl. »Sollen wir uns nicht setzen?«

»Nach diesem Zwischenfall? Bist du immer noch mißtrauisch? Du bist eine Närrin.«

»So? Ich denke nicht. Das könnte Bestandteil des Tricks gewesen sein, um mein Mißtrauen einzuschläfern. Setz dich!«

Er setzte sich. Zu sagen hatte er nichts mehr. Er dachte über den Besuch der Soldaten nach. Dieser Feldwebel würde ihn wahrscheinlich nicht wiedererkennen, sollten sie einander noch einmal begegnen. Trotzdem war es wichtig, daß er ihn im Gedächtnis behielt. Ein weiteres Gesicht, an das er sich erinnern, dem er ausweichen mußte.

Wenn nur dieser große Affe mit Solraq zurückkäme! Wie aufs Stichwort fingen Ybors Ohren das Geräusch eines sich nähernden Motors auf. Befriedigt stellte er fest, daß er es eine volle Sekunde eher als Ylas hörte. So gut waren ihre Reflexe also doch nicht.

Es war Sleyg, und zwar Sleyg allein. Er kam auf seinen leisen Katzenfüßen ins Haus. »Solraq«, meldete er, »ist tot. Letzte Nacht umgebracht worden.«

Ylas schenkte Ybor ein tödliches Lächeln.

»Wie überaus günstig für dich! Kommt es nicht sogar Ihnen merkwürdig vor, Herr Sixa-Spion, daß Sie sich unter allen Seilla-Agenten ausgerechnet einen ausgesucht haben, der tot ist? Ich finde, das ist jetzt weit genug gegangen. In den Keller mit ihm, Sleyg! Diesmal werden wir die Wahrheit aus ihm herausholen. Auch dann«, setzte sie an Ybors Adresse hinzu, »wenn es dich umbringen wird.«

Der Stuhl war wie eine Zwangsjacke gebaut, mit einer Anordnung von Klammern und Gurten, die Ybor vollständig bewegungsunfähig machten. Er konnte nur noch mit den Augen rollen.

Ylas inspizierte ihn. Sie nickte zufrieden. »Geh und mach deine Eisen heiß!« sagte sie zu Sleyg. »Zuerst«, erläuterte sie Ybor, »werden wir dir die Ohren abbrennen, Stückchen für Stückchen. Wenn dich das nicht schafft, werden wir Ernst machen.«

»Ich werde dir jetzt die Wahrheit sagen«, erklärte Ybor.

Sie antwortete darauf mit Hohn. »Kein Wunder, daß der Feind an eure Tore klopft. Ihr seid im Süden aus Aissu und im Norden aus Ytal vertrieben worden. Nun zieht ihr euch in euer Stammland zurück, weil ihr Feiglinge seid.«

»Ich bin überzeugt, daß du Ylas bist«, erwiderte Ybor ruhig. »Und obwohl meine Befehle dahin lauteten, es dürfe niemand von meiner Mission erfahren, glaube ich, daß ich dir davon erzählen kann. Ich muß es tun. Mir bleibt keine Wahl. Also hör zu! Ich wurde nach Ynamre geschickt, um ...«

Sie schnitt ihm mit einer wilden Geste das Wort ab. »Die Wahrheit!«

»Willst du das hören oder nicht?«

»Ich will kein weiteres Märchen hören.«

»Du wirst mir zuhören, ob es dir paßt oder nicht. Und du wirst deinen Gorilla zurückhalten, bis ich fertig bin. Oder die Schuld am Untergang der Rasse kommt auf dein Haupt.«

Sie verzog die Lippen. »Sprich!«

»Hast du von U 235 gehört? Das ist ein Uran-Isotop.«

»Wer nicht?«

»Gut. Ich spreche von Tatsachen, nicht von einer Theorie. U 235 ist in einer Menge isoliert worden, die für die vorläufige Erforschung der Atomkraft und dergleichen vollauf genügt. Man holt es durch neue Methoden aus dem Uranerz heraus, und man hat jetzt schon Pfunde davon. Ich meine die Seilla-Forscher. Aber sie haben nicht alles, was sie besitzen, an einem Ort zusammengebracht, nicht einmal einen größeren Teil. Denn sie sind sich gar nicht sicher, ob eine Reaktion, wenn sie einmal begonnen hat, sich nicht fortsetzt, bis alles verbraucht ist – und das in einer Zeit von etwa einer Mikromikrosekunde.«

Sleyg kam in den Keller. In einer Hand hielt er einen tragbaren Glühofen, in der anderen ein Bündel Metallruten. Ylas bedeutete ihm, sie in einer Ecke niederzulegen. »Geh nach oben und halte Wache!« befahl sie. »Ich werde dich rufen.«

Die Spur eines Triumphes flackerte in Ybor auf. Er hatte ein Zugeständnis gewonnen. »Nun würde die Explosion von einem Pfund U 235 nicht allzu unerträglich heftig sein«, sagte er, »obwohl sie soviel Energie freisetzt wie hundert Millionen Pfund TNT. Geht es auf einer Insel los, wird es sie vielleicht völlig verwüsten, Bäume entwurzeln, das gesamte höhere Leben töten, aber selbst diese fünfzigtausend Tonnen TNT würden die unvorstellbare Masse, die schon eine kleine Insel besitzt, nicht ernstlich stören.«

»Gehe ich recht in der Annahme«, unterbrach sie ihn, »daß du irgendwann zur Sache kommen wirst? Du willst mir doch nicht nur eine Vorlesung über Hochexplosivstoffe halten?«

»Warte! Das Problem ist, sie fürchten, diese Explosion werde so unvergleichlich heftig, die geballte Konzentration unerträglicher Energie so groß sein, daß die umgebende Materie ebenfalls aufgelöst wird. Wenn du dir ausmalst, daß eine halbe Milliarde der furchtbarsten Blitze, die du je gesehen hast, ihre ganze Wut in einen Raum hineindrängen, der nicht einmal halb so groß ist wie ein Zigarettenpäckchen – dann hast du in etwa eine Vorstellung von der Gewalt dieser Explosion. Es ist nicht einfach die *Menge* an Energie, es ist die fürchterliche Konzentration auf ein winziges Volumen.

Die umgebende Materie, die normalerweise nicht von

selbst explodieren würde, könnte dazu durch die von U 235 erzeugte Energie gebracht werden und in der unmittelbaren Nachbarschaft neue Explosionen auslösen. Das heißt, bei der Explosion handelte es sich dann nicht allein um ein einziges Pfund U 235, sondern außerdem um fünf oder fünfzig oder fünfzigtausend Tonnen anderer Materie. Das Ausmaß der Katastrophe läßt sich nur mutmaßen.«

»Komm zur Sache!« verlangte sie ungeduldig.

»Warte! Laß mich dir das Bild in großen Zügen entwerfen. Eine solche Explosion wäre in der Tat ernsthaft. Sie könnte eine Insel oder das Stück eines Kontinents von unserem Planeten wegreißen. Sie würde Cathor von Pol zu Pol erschüttern, Erdbeben hervorrufen, die dann schweren Schaden auf der anderen Seite des Planeten anrichteten, und im Umkreis von mindestens eintausend Meilen um den Herd der Explosion alles vollständig zerstören. Und ich meine *alles*.

Deshalb haben unsere Forscher experimentiert. Sie könnten den Krieg über Nacht mit kontrollierten U-235-Bomben beenden. Sie könnten diesen Zivilisationszyklus mit einer oder zwei *unkontrollierten* Bomben beenden. Und sie wissen nicht, welche Art von Bomben sie bekommen, wenn sie welche herstellen. Bisher haben sie keinen Weg gefunden, die Explosion von U 235 zu kontrollieren.«

»Wenn du darauf aus bist, Zeit zu schinden«, sagte Ylas, »wird es dir persönlich nichts nützen. Sollten wir Besuch bekommen, werde ich dich da, wo du jetzt sitzt, erschießen.«

»Ich soll Zeit schinden?« rief Ybor. »Ich tue mein verdammt Bestes, um die Sache abzukürzen. Ich bin noch nicht fertig. Bitte, unterbrich mich nicht! Du sollst auch noch den Rest des Bildes sehen. Wie du betontest, werden die Sixa-Armeen auf ihren Ausgangspunkt zurückgedrängt: Ynamre. Sie zogen aus, die Welt zu erobern, und sie sind ihrem Ziel einmal sehr nahe gewesen. Aber jetzt sind sie dabei, sie zu verlieren. Wir, die Seilla, würden es nicht wagen, eine experimentelle Atombombe zu zünden. Dieser Krieg ist für uns eine Phase; für die Sixa ist er die ganze Zukunft. Deshalb sind die Sixa verzweifelt, und Dr. Sitruc hat eine Bombe mit nicht einem, sondern *sechzehn* Pfund U 235 in ihrem Innern hergestellt. Er kann sie jetzt jeden Tag fertig haben. Ich muß ihn finden und diese Bombe vernichten. Wenn sie eingesetzt wird, haben wir so und so verloren. Den Krieg, wenn das Experiment ein Erfolg wird, die Welt, wenn es keiner wird. Du und du allein stehst zwischen der Auslöschung der Rasse und ihrem Fortleben.«

Es sah aus, als wolle sie sich auf ihn stürzen. »Du lügst! Vernichten, sagst du. Wie? Willst du sie auf ein unbebautes Grundstück tragen und dort explodieren lassen? Oder in einer Wüste? Auf einem hohen Berg? Du würdest sie aus Angst, daß sie explodieren könnte, nicht einmal ins Meer werfen. Sobald sie in deinen Händen wäre, hättest du zehn Millionen Tiger am Schwanz gepackt – du würdest nicht wagen, sie loszulassen.«

»Ich kann sie zerstören. Unsere Wissenschaftler haben mir gesagt, wie.«

»Lassen wir das für den Augenblick«, wehrte Ylas ab. »Du mußt verschiedene Punkte näher erklären. Erstens kommt es mir komisch vor, daß *ihr* davon gehört habt, wir aber nicht. Wir sind den Entwicklungen viel näher als ihr, die ihr jenseits von dreitausend Meilen Wasser lebt.«

»Sworb«, antwortete Ybor, »ist ein guter Mann, auch wenn er keine Teilchen verträgt. Er hat eine Zeichnung von der Bombe mitgebracht. Hör zu, Ylas, die Zeit ist kostbar! Wenn Dr. Sitruc diese Bombe fertigstellt, bevor ich ihn finde, kann man sie jederzeit nehmen und über unserem Hauptquartier abwerfen. Und selbst wenn sie die Explosion, die ich beschrieben habe, nicht auslöst –

obwohl das so gut wie sicher ist –, würde sie unsere Armee und unsere Ausrüstung im Süden vernichten, und wir hätten über Nacht verloren.«

»Zwei weitere Punkte benötigen eine Erklärung«, fuhr sie ruhig fort. »Warum *mein* Kornfeld? Es waren genug andere da, unter denen du dir eins hättest auswählen können.«

»Das war reiner Zufall.«

»Vielleicht. Aber ist die Reihe von Zufällen nicht verdächtig lang, wenn du Solraqs Tod bedenkst?«

»Darüber weiß ich nichts. Ich wußte nicht, daß er tot ist.«

Ylas verstummte. Sie ging in dem Keller hin und her, die Stirn gefurcht, nervös rauchend. Ybor saß still da. Es war alles, was er tun konnte. Sogar seine Finger steckten in Klammern.

»Ich bin halb und halb geneigt, dir zu glauben«, verkündete Ylas schließlich. »Aber bedenke meine Lage! Wir haben hier eine mächtige Organisation. Wir haben unser Leben riskiert, und viele von uns sind gestorben, um sie aufzubauen. Ich weiß, wie wir von den Behörden gehaßt und gefürchtet werden. Wenn du ein Sixa-Agent wärst, wie ich aus deiner Beherrschung der Sprache schloß, würdest du alles tun, einschließlich eines so verwickelten Plans, wie dieser sein mag, um unsere Methoden und Mitglieder aufzudecken. Ich kann all diese Mühen und Leben nicht für nichts als dein Wort aufs Spiel setzen.«

»Dann bedenke du meine Lage«, konterte Ybor. »Ich hätte dir entkommen können, im Wald und hier, nachdem Sleyg uns verlassen hatte. Aber ich wagte es nicht, ein Risiko einzugehen. Es ist eine Sache der Zeit, verstehst du? Es gibt einen festen, wenn auch unbekannten, letzten Termin. Dr. Sitruc kann die Bombe jederzeit fertigstellen und den Zünder einschrauben. Danach kann die Bombe jederzeit abtransportiert und zur Explosion gebracht werden. Wenn ich versucht hätte zu fliehen und du mich erschossen hättest – und ich bin überzeugt, du hättest es getan –, wären Wochen nötig gewesen, um mich zu ersetzen. Wir mögen aber nur noch Stunden haben, in denen wir handeln können.«

Sie war nicht länger ruhig und überlegen. Ihre Augen hatten einen gequälten Blick, und ihre Hände ballten sich, als quetsche sie die Worte aus ihrem Herzen: »Ich kann es mir nicht leisten, das Risiko einzugehen.«

»Du kannst es dir nicht leisten, es nicht einzugehen«, sagte Ybor.

Plötzlich erklangen über ihnen Schritte. Ylas erstarrte, warf aus zusammengekniffenen Augen einen grübelnden, argwöhnischen Blick auf Ybor und verließ den Keller. Ybor lächelte schief. Trotz ihrer Drohung hatte sie ihn nicht erschossen.

Er saß still, aber jeder Nerv war angespannt und wund. Was nun? Wer war gekommen? Was mochte es für ihn bedeuten? Wer gehörte zu der Stimme oben? Wessen Füße waren schwer? Er sollte es bald erfahren, denn die Schritte näherten sich der Kellertür, und Ylas ging dem Feldwebel voran, der vorhin dagewesen war.

»Ich habe Befehl, jedes Haus in der Nachbarschaft zu durchsuchen«, sagte der Feldwebel, »also seien Sie ruhig.«

Sein Blick fiel auf Ybor, und er riß die Augen auf. »Wenn das nicht der Idiot ist!« rief er. »Sag mal, bist du wieder zu Verstand gekommen?«

Ybor schoß ein Gedanke so schnell durch den Kopf, daß er den Atem anhielt.

»Ich war mit Drogen betäubt worden. Er griff nach der Chance einer Flucht. »Die Wirkung hat jetzt nachgelassen.«

Ylas runzelte die Stirn. Er sah, daß sie nach der Bedeutung seiner Antwort suchte. Er gab ihr ein Stichwort: »Der Diener dieses Mädchens, der große Lümmel oben ...«

»Er ist weggelaufen«, sagte der Feldwebel. »Wir werden ihn fangen.«

»Ich verstehe. Er griff mich gestern abend in dem Kornfeld da draußen an, brachte mich her und betäubte mich.«

»Was hatten Sie in dem Kornfeld zu suchen?«

»Ich war unterwegs zu Dr. Sitruc. Ich habe eine Information von höchster Bedeutung für ihn.«

Der Feldwebel drehte sich zu Ylas um. »Was sagen Sie dazu, Mädchen?«

Sie zuckte die Achseln. »Ein Fremder, mitten in der Nacht – was hätten Sie getan?«

»Und warum haben Sie nichts davon gesagt, als ich vor einer Weile hier war?«

»Wenn sich herausstellte, daß er ein Spion ist, wollte ich die Ehre, ihn gefangen zu haben, für mich allein.«

»Ihr Zivilisten!« Der Ton des Feldwebels war verächtlich. »Nun, vielleicht ist er der Mann, nach dem wir suchen. Warum haben Sie die Leute von der Geschützstellung getötet?« raunzte er Ybor an.

Ybor blinzelte. »Woher wissen Sie das? Ich habe sie getötet, weil sie Feinde waren.«

Die Hand des Feldwebels zuckte zu seiner Pistole. In seinem Gesicht wetterleuchtete es. »Du dreckiger Spion ...«

»Warten Sie einen Augenblick!« unterbrach Ybor ihn. »Was für eine Geschützstellung? Sicher meinen Sie den Seilla-Vorposten in Aissu?«

»Ich meine unsere Geschützstellung, du Ratte, in dem Wald da draußen.«

Von neuem blinzelte Ybor. »Ich weiß nichts über eine Geschützstellung da draußen. Hören Sie, bringen Sie mich sofort zu Dr. Sitruc! Das ist die Vorgeschichte: Ich bin auf Seilla-Territorium gewesen, und ich habe etwas erfahren, das Dr. Sitruc wissen muß. Der Ausgang des Krieges hängt davon ab. Bringen Sie mich sofort zu ihm, oder Sie werden es zu büßen haben!«

Der Feldwebel überlegte. »Hier ist irgend etwas komisch«, stellte er fest. »Warum haben Sie ihn gefesselt?«

»Um ihn zu befragen«, antwortete Ylas.

Sie hatte sich also entschieden, sein Spiel mitzumachen, aber überzeugt war sie nicht, wie Ybor sah. Die Wahrheit war, wie er gesagt hatte, daß sie es sich nicht leisten konnte, anders zu handeln.

Der Feldwebel versetzte sich in einen analytischen Zustand, der schon fast kataleptisch wirkte. Dann schüttelte er den massigen Kopf. »Ich kapiere es nicht ganz«, meinte er verwirrt. »Jedes Mal, wenn ich denke, ich habe die Lösung gefunden, ziehe ich eine Niete ... Was sage ich da?« Er wurde scharf und drohend. »Ihr Name, Sie!« fuhr er Ybor an.

Ybor konnte die Achseln nicht zucken. Er hob die Augenbrauen. »Nach meinen Papieren bin ich Yenraq Ekor, Journalist. Lassen Sie sich davon nicht täuschen. Ich werde meinen richtigen Namen Dr. Sitruc nennen. Er kennt ihn gut. Sie verschwenden Zeit, Mann!« explodierte er. »Bringen Sie mich sofort zu ihm! Sie sind ja schlimmer als diese dumme Frau!«

Der Feldwebel erkundigte sich bei Ylas: »Hat er Ihnen gesagt, warum er Dr. Sitruc sprechen möchte?«

Wieder zuckte sie die Achseln, den nachdenklichen Blick auf Ybor gerichtet. »Er hat nur gesagt, er müsse ihn sprechen.«

»Also, dann: *Warum* wollen Sie ihn sprechen?« wandte sich der Feldwebel an Ybor.

Ybor entschloß sich, alles aufs Spiel zu setzen. Dieser Dummkopf behielt ihn sonst vielleicht den ganzen Tag mit ziellosen Fragen hier fest. Er erzählte die Geschichte von der Bombe fast ebenso, wie er sie Ylas erzählt hatte. Dabei beobachtete er das Gesicht des Feldwebels und erkannte, daß diesem seine Ausführungen völlig unverständlich waren. Gut! Der Soldat wußte wie so viele andere Leute nichts über U 235. Ybor ging zu der phantasierenden und faselnden Phase seiner Ansprache über.

»Wenn sie also unkontrolliert ist«, sagte er, »kann sie den Planeten zerstören, ihn augenblicklich zu Staub zerblasen. Ich habe jedoch von einer Kontrollmethode erfahren, und die Seilla haben eine Bombe beinahe fertig. Sie werden sie einsetzen, um Ynamre zu vernichten. Aber können wir unsere zuerst abwerfen, werden *wir sie* vernichten. Es ist ein Neutronenschild, den ich entdeckte, während ich als Spion in den Seilla-Lagern war, verstehen Sie. Er wird die Neutronen, die bei der Explosion frei werden, daran hindern, durch den Raum zu rasen und Berge zu zersplittern. Wußten Sie schon, daß ein einziges freies Neutron diesen Planeten in zwei Hälfte spalten kann? Der Schild wird sie auf einem begrenzten Gebiet festhalten, und der Sieg ist unser. Also beeilen Sie sich! Die uns verbleibende Zeit zählt vielleicht nur noch Minuten!«

Der Feldwebel bedachte die Sache. Er wagte nicht, sie nicht zu glauben, denn das Bild der Zerstörung, das Ybor malte, war so gewaltig, daß sechzehn Generationen von Männern wie dem Feldwebel notwendig gewesen wären, um es zu begreifen.

Er faßte einen Entschluß. »He!« brüllte er in Richtung der Kellertür, und drei Soldaten kamen herein. »Holt ihn aus den Fesseln da heraus! Wir werden ihn zum Hauptmann bringen. Nehmt das Mädchen auch mit! Vielleicht möchte der Hauptmann ihr ein paar Fragen stellen.«

»Ich habe doch gar nichts getan«, protestierte Ylas.

»Dann haben Sie auch nichts zu fürchten, Hübsche. Wenn man Sie gehen läßt, werde ich selbst mich Ihrer annehmen.«

Der Feldwebel verfügte über ein wundervoll anzügliches Grinsen.

Nehmen wir es fatalistisch, dachte Ybor beim Warten in Dr. Sitrucs Vorzimmer. Der Tod konnte ihn hier leicht ereilen, aber trotzdem war es den Einsatz wert. Wenn er ein Bauer in einem größeren Spiel sein sollte – tatsächlich dem größten Spiel –, wollte er sich darein ergeben.

Bis jetzt hatte er Erfolg gehabt. Und als er seine beiden Wächter beäugte, sagte er sich, daß der endgültige Erfolg seinen Tod herbeiführen werde. Er konnte nicht hoffen, diese Bombe zu zerstören und lebendig aus dieser Festung zu entkommen. Die bewachten Ausgänge bedeuteten das Ende, falls er überhaupt von diesem Laboratorium bis zu einem von ihnen gelangte.

Er hatte eigentlich auch nicht damit gerechnet, mit dem Leben davonzukommen, überlegte er. Es war von Anfang an eine Selbstmordmission gewesen. Dieses Wissen, das erkannte er jetzt, hatte seiner ansonsten dünnen Geschichte Glaubwürdigkeit verliehen. Der Hauptmann hatte ebensowenig wie sein Feldwebel gewagt, sie nicht zu glauben. Ybor hatte seiner Erzählung von der Zerstörung einen Anschein von Wahrhaftigkeit gegeben, weil er von dem festen, flammenden Entschluß besessen war, diese Zerstörung zu verhindern.

Nicht etwa, daß er vor dem Hauptmann wilde Reden über Neutronenschilde geführt hätte. Der Hauptmann war, verglichen mit seinem Feldwebel, intelligent. Und so hatte Ybor sachlich über Wärmekontrolle gesprochen und es so überzeugend vorgebracht, daß er von Wächtern, die bei jeder Räderdrehung des Lastwagens ängstlicher wurden, hergebracht worden war.

Offenbar war die Geschichte von der Bombe hier in den Versuchslaboratorien der Regierung bekannt. Denn alle Posten hatten einen gehetzten Blick, als wüßten sie, daß sie, ginge etwas schief, die Explosion nicht einmal mehr hören würden. Um so besser. Konnte er diese Tatsache irgendwie zu seinem Vorteil ausnutzen, wie er es mit den bisherigen Ereignissen getan hatte, war es vielleicht möglich ...

Er tat die Spekulation mit einem Achselzucken ab.

Die innere Tür öffnete sich, die Wachen nahmen Haltung an, und ein Mann musterte Ybor.

Es war ein schlanker Mann mit zuschnappenden dunklen Augen, einem merkwürdig geformten Gesicht und autoritärem Auftreten. Er trug einen Kittel, aus dessen Ärmel kompetent wirkende Hände hervorsahen.

»Sie sind also das Endresultat«, sagte er trocken zu Ybor. »Kommen Sie herein!«

Ybor folgte ihm ins Laboratorium. Dr. Sitruc winkte ihn zu einem geraden, unbequemen Stuhl, und er tat es mit einer Pistole, die er plötzlich als Zeigestab in der Hand hielt. Ybor setzte sich und sah den Wissenschaftler unverwandt an.

»Was meinen Sie mit ›Endresultat‹?« erkundigte er sich.

»Liegt das nicht auf der Hand?« fragte der Doktor liebenswürdig. »Die Flugzeuge, die uns letzte Nacht überflogen, waren leer; andernfalls wäre ihre Geschwindigkeit zu hoch gewesen. Ich habe den ganzen Tag über den Zweck dieser Aktion nachgedacht. Jetzt ist er mir klar. Die Flugzeuge haben Sie abgesetzt.«

»Ich habe etwas von Flugzeugen reden gehört«, sagte Ybor, »aber ich habe sie nicht gesehen.«

Dr. Sitruc hob höflich die Augenbrauen. »Tut mir leid, ich glaube Ihnen nicht. Meine Interpretation der Ereignisse ist folgende: Diese Seilla-Flugzeuge hatten nur ein Ziel. Sie wollten hier einen Agenten landen, der beauftragt ist, die Uranbombe zu zerstören. Ich weiß seit einiger Zeit, daß das Seilla-Oberkommando von ihrer Existenz erfahren hat, und ich habe mich gefragt, welche Schritte man unternehmen werde, um sie zu deaktivieren.«

Ybor sah keinen Sinn darin, in der Defensive zu bleiben. »Die Seilla stellen ihre eigenen Bomben her. Aber sie haben eine Kontrolle. Ich bin hier, um Ihnen darüber zu berichten, damit Sie die Kontrolle bei unserer Bombe benützen können. Wir haben Zeit.«

Dr. Sitruc entgegnete: »Ich habe heute morgen die Berichte über Sie gehört. Sie haben ein paar phantastische und sinnlose Behauptungen aufgestellt. Nach meiner persönlichen Meinung sind Sie ein Laie mit nur dürftigen Kenntnissen über das Thema, zu dem Sie sich so zungenfertig geäußert haben. Ob das stimmt, werde ich herausfinden – bevor ich Sie töte. Ach ja« – er lächelte –, »sterben werden Sie in jedem Fall. In meiner gegenwärtigen Position ist Wissen Macht. Wenn ich feststelle, daß Sie tatsächlich Kenntnisse besitzen, die mir fehlen, möchte ich, daß ich allein sie erhalte. Verstehen Sie meinen Standpunkt?«

»Sie sind hier wie ein Gott. Das geht deutlich genug aus dem Benehmen der Wachposten hervor.«

»Genau. Ich kontrolliere die größte Explosivkraft der Weltgeschichte, und meinen Launen wird wie eisernen Befehlen gehorcht. Wenn ich wollte, könnte ich dem Oberkommando Befehle erteilen. Man hätte dort keine andere Wahl, als mir zu gehorchen. Und nun, Sie – Ihr Name spielt keine Rolle; es ist zweifellos ein falscher –, erzählen Sie mir, was Sie wissen!«

»Warum sollte ich? Wenn ich auf jeden Fall sterben werde, ist meine Einstellung: Zur Hölle mit Dr. Sitruc! Ich weiß etwas, das Sie nicht wissen, und es fehlt Ihnen an Zeit, sich die Daten von jemand anderem zu besorgen. Bis einer Ihrer Spione sich hoch genug hinaufgearbeitet hätte, um zu erfahren, was ich erfahren habe, wären die Sixa längst geschlagen. Aber ich sehe keinen Grund, Ihnen die Information zu schenken. Ich werde Sie Ihnen verkaufen – für mein Leben.«

Ybor sah sich bei diesen Worten in dem kleinen, schimmernden Laboratorium um, und er entdeckte sie. Sie war nicht besonders groß; ihr Umfang war nicht der Grund des Entsetzens, das ihm wie ein Messer durchs Herz fuhr. Es war die Tatsache, daß die Bombe fertig war. Sie schwebte in einem stoßsicheren Hängegerüst. Nicht einmal ein Bombenangriff könnte sie hinausschütteln. Sie würde explodieren, wann und wo der Doktor es wollte.

»Sie haben wirklich Ursache, weiß wie ein Blatt Papier zu werden«, sagte Dr. Sitruc kichernd. »Da ist sie, die zerstörerischste Waffe, die die Welt jemals gekannt hat.«

Ybor schluckte krampfhaft. Ja, da war sie. Sie bedeutete das Ende des Krieges und gleichzeitig das Ende der Welt. Ihm kam der ironische Gedanke, daß all diese religiösen Schwärmer, die immer noch behaupteten, der Krieg werde auf wunderbare Weise durch göttliches Eingreifen enden, nicht lange genug am Leben bleiben würden, um die Bombe ein Wunder zu nennen. Welchen Auftrieb würde die Explosion ihrer Doktrin geben, wenn es ihnen selbst nur möglich wäre, sie unbeschadet zu überstehen!

»Ich bin weiß geworden«, antwortete er Dr. Sitruc, »weil ich sie als eine blinde, unkontrollierte Gewalt sehe. Ich sehe sie als das Ende eines Zyklus, an dem alles Leben stirbt. Es kann Jahrtausende dauern, bis eine andere Zivilisation unseren gegenwärtigen Stand erreicht.«

»Es ist wahr, daß ein Zufallselement mitspielt. Wenn die Bombe die umgebende Materie in einem einigermaßen beträchtlichen Umkreis zerfallen läßt, ist es durchaus möglich, daß alles höhere Leben in der Zeit eines Augenzwinkerns zerstört werden wird. Wenn sie jedoch die umgebende Materie nicht zündet, werden wir die Welt gewonnen haben. Ich allein – und jetzt auch Sie – wissen dies. Das Oberkommando sieht in dieser Waffe nur den Sieg. Aber genug des müßigen Geplauders. Sie wollen Ihr Leben für die Information einhandeln, wie die Explosion zu kontrollieren wäre. Wenn Sie mich überzeugen, daß Sie solches Wissen besitzen, lasse ich Sie frei. Wie ist es?«

»Damit sind wir an einem toten Punkt angelangt«, wandte Ybor ein. »Ich sage es Ihnen nicht, bevor ich frei bin, und Sie wollen mich nicht freilassen, bevor ich es sage.«

Dr. Sitruc schürzte die Lippen. »Das stimmt. Wie wäre es denn damit: Ich gebe den Wachen draußen den schriftlichen Befehl, daß sie Sie unbelästigt weggehen lassen sollen, nachdem Sie aus der Laboratoriumstür gekommen sind.«

»Und was soll Sie daran hindern, mich hier drin zu töten, sobald ich es Ihnen gesagt habe?«

»Ich gebe Ihnen mein Wort.«

»Das reicht mir nicht.«

»Welche andere Wahl haben Sie?«

Ybor dachte nach und gab ihm im stillen recht. Irgendwann mußte entweder er oder Dr. Sitruc dem anderen vertrauen. Da der Doktor hier zu Hause und Ybor sein Gefangener war, ließ sich leicht voraussehen, wer dem Wort des anderen vertrauen würde. Nun, es verschaffte ihm eine Atempause. Was er jetzt brauchte, war Zeit.

»Schreiben Sie den Befehl«, sagte er.

Dr. Sitruc ging zu seinem Schreibtisch und begann zu schreiben. Er schoß Blicke zu Ybor hinüber, die einen erfolgreichen Angriff unmöglich machten. Auch wenn er ihn noch so schnell ansprang, mußte es für Ybor tödlich enden, denn der Doktor war so weit von ihm entfernt, daß er Zeit finden würde, seine Pistole zu heben und abzufeuern. Eine Ahnung sagte Ybor, daß Dr. Sitruc ein ausgezeichneter Schütze sei. Er wartete.

Dr. Sitruc rief einen Wachposten herbei, gab ihm den Befehl und sagte ihm, er solle ihn Ybor lesen lassen. Ybor las ihn, nickte. Der Mann ging hinaus.

»Und jetzt ...«, begann Dr. Sitruc, brach jedoch ab, weil sein Telefon läutete. Er meldete sich, lauschte, schoß aus zusammengekniffenen Augen einen Blick zu Ybor hinüber und legte auf. »Interessiert es Sie vielleicht«, fragte er, »daß das Mädchen, das Sie gefangennahm, ihren Bewachern durch Mitglieder des Untergrunds entrissen worden ist?«

»Nicht besonders«, meinte Ybor. »Es ist nur, daß ... doch!« rief er, »es interessiert mich! Es beweist, daß ich die Wahrheit gesagt habe. Sie wissen, wie weitverzweigt der Untergrund ist, wie mächtig. Ganz klar, was sich abgespielt hat. Die Mitglieder des Untergrunds wußten, daß ich kommen würde, kannten meine Route und nahmen mich gefangen. Sie wollten mich in ihrem Keller foltern. Ich sagte diesem Feldwebel die Wahrheit. Jetzt werden sie versuchen, die Bombe zu stehlen. Wenn sie sie hätten, könnten sie die Bedingungen diktieren.«

Es hörte sich vielleicht ein bißchen unlogisch an, aber Ybor legte soviel Ernsthaftigkeit in seine Stimme, wie ihm möglich war. Dr. Sitruc blickte nachdenklich drein.

»Sollen sie es versuchen. Zur Sache!«

Jetzt hatte sich Ybor in seinem verworrenen Gewebe aus Lügen selbst gefangen. Er wußte von keiner Methode, die Bombe zu kontrollieren. Dr. Sitruc war diese Tatsache unbekannt, und er würde erst schießen, wenn er dahinterkam. Ybor mußte ihn hinhalten und eine günstige Gelegenheit abpassen, um das zu tun, was notwendig war. Er hatte einen Punkt zu seinen Gunsten buchen können; wenn er durch diese Tür hinausgelangte, war er frei. Also mußte er durch die Tür hinausgelangen – mit der Bombe. Und Dr. Sitruc hielt die Pistole in der Hand.

»Beginnen wir mit der Reaktion«, sagte Ybor.

»Die Kontrolle!« fuhr Dr. Sitruc ihn an.

Ybors Gesicht wurde hart. »Werden Sie nicht unangenehm. Mein Leben hängt davon ab. Ich muß Sie überzeugen, daß ich weiß, wovon ich rede, und das kann ich tun, indem ich die Methode von Anfang an beschreibe. Wenn Sie mich unterbrechen, dann zur Hölle mit Ihnen!«

Dr. Sitrucs merkwürdiges Gesicht brannte vor Zorn,

der sich jedoch nach kurzer Zeit legte. Er nickte. »Sprechen Sie weiter!«

»Sauerstoff und Stickstoff brennen nicht – wenn sie es täten, hätte das erste Feuer die Atmosphäre dieses Planeten in einer einzigen gewaltigen Explosion ins Weltall geblasen. Sauerstoff und Stickstoff brennen jedoch, wenn sie auf etwa dreitausend Grad erhitzt werden, und bei dem Prozeß geben sie Energie ab. Aber die Energie reicht nicht, um diese Temperatur beizubehalten – deshalb kühlen sie sich rasch ab, und das Feuer geht aus. Wenn man die Temperatur künstlich auf diesem Stand hält – nun, Sie sind natürlich mit dem Verfahren der Gewinnung von Stickstoffoxid vertraut.«

»Natürlich«, bestätigte Dr. Sitruc bissig.

»Gut. Nun kann U 235 die Temperatur der lokalen Materie erhöhen, wo es ... ah ... ›brennen‹ will, und Energie abgeben. Nehmen wir einmal an, wir zünden eine Prise U 235. Die umgebende Materie explodiert ebenfalls, da sie auf eine beinahe unvorstellbar hohe Temperatur gebracht wird. Sie kühlt sich rasch ab; innerhalb von vielleicht dem hundertmillionsten Teil einer Sekunde ist sie wieder unter dem Punkt der Zündung. Dann mag eine volle Millionstelsekunde vergehen, bis die Temperatur auf eine Million Grad abgesunken ist, und eine Minute oder so, bevor die Strahlung im normalen Sinn sichtbar wird. Diese sichtbare Strahlung beträgt nicht mehr als ein Hunderttausendstel der gesamten Strahlung bei einer Million Grad – aber schon sie wird mehrere hundert Male heller leuchten als die Sonne. Richtig?«

Dr. Sitruc nickte. Ybor meinte, eine Spur von Respekt in diesem Nicken wahrzunehmen.

»Das ist so ungefähr der Temperatur-Zyklus einer Explosion von U 235 plus umgebender Materie, Dr. Sitruc. Ich vereinfache natürlich sehr stark, aber wir brauchen nicht in Einzelheiten zu gehen. Was nun die Wirkung hervorruft, ist der Strahlungs*druck*. Das bloße Momentum, der physische Druck des Lichts, der von dieser eine Million Grad heißen Materie ausgeht, entspräche Tonnen und Tonnen und *Tonnen.* Er würde wie ein titanischer Sturm Gebäude umlegen, wäre da nicht die Tatsache, daß die Absorption einer so erschreckenden Energie Gebäude verdampfen läßt, bevor sie fallen könnten. Richtig?«

Von neuem nickte Dr. Sitruc. Er lächelte fast.

»Gut«, fuhr Ybor fort. Für ihn begann in diesem Wettstreit jetzt die Phase, wo er raten mußte, und er würde keine Chance bekommen, ein zweites Mal zu raten. »Was wir brauchen, ist ein Dämpfer, etwas, das die Temperatur der umgebenden Materie unten hält. Auf diese Weise können wir die Wirkung der Explosion auf die gewünschten Gebiete begrenzen und verhindern, daß sie Städte auf der anderen Seite von Cathor zerstört. Die Methode, nach der der Dämpfer angebracht wird, hängt von der genauen mechanischen Struktur der Bombe selbst ab.«

Ybor stand unbefangen auf und ging durch das Laboratorium zu dem Behälter, in dem die Bombe ruhte. Er sah nicht einmal zu Dr. Sitruc hin; er wagte es nicht. Würde ihm erlaubt werden, die Bombe zu erreichen? Würde eine Kugel, die er nicht hörte, nicht spürte, sein Gehirn durchschlagen, bevor er den nächsten Schritt machte?

Als er den halben Weg zurückgelegt hatte, kam er sich vor, als sei er schon tausend Meilen gegangen. Jeder Schritt schien sich in Zeitlupe zu vollziehen, und immer lagen noch weitere Meilen zwischen ihm und der Bombe. Er behielt sein stetiges Tempo bei, unterdrückte mit jedem Atom seines Willens den Wunsch, zu seinem Ziel zu sprinten, es zu packen und damit zu fliehen.

Er blieb vor der Bombe stehen, blickte auf sie hinunter. Er nickte ernst. »Ich verstehe«, sagte er im Gedanken an Sworbs Zeichnungen und die eingehenden Erklärungen, die er erhalten hatte. »Zwei gußeiserne

Halbkugeln, über den orangefarbenen Segmenten aus Kadmium festgeklemmt. Und der Zünder – ich sehe, er ist drinnen – ist eine kleine Dose aus Kadmium, enthaltend ein Flöckchen Radium in einem Beryllium-Halter und ein bißchen Explosivstoff, der genügt, die Kadmiumwände zu sprengen. Dann läuft das pulverisierte Uranoxid – korrigieren Sie mich, wenn ich mich irre, ja? – in der zentralen Höhlung zusammen. Das Radium schießt Neutronen in diese Masse – und von da an übernimmt das U 235. Stimmt's?«

Dr. Sitruc war Ybor nachgekommen und stand an seiner Schulter. »Wieso wissen Sie soviel über diese Bombe?« fragte er mit argwöhnischem Unterton.

Ybor lächelte lässig über die Schulter zurück. »Es ist offensichtlich, nicht wahr? Kadmium hält Neutronen auf, und es ist billig und wirksam. Deshalb trennen Sie das Radium und das U 235 durch dünne Kadmiumwände. Sie sind so zerbrechlich, daß die kleine Explosion sie zerschmettern wird, und doch stark genug, daß man, läßt man einige Sorgfalt walten, damit umgehen kann.«

Dr. Sitruc lachte vor sich hin. »Sie sagen tatsächlich die Wahrheit!«

Er entspannte sich, und Ybor handelte. Er peitschte seinen kurzen Greifschwanz um den Kolben von Dr. Sitrucs Pistole und riß die Waffe nach unten. Gleichzeitig krachte seine Faust gegen das Kinn des Wissenschaftlers. Mit der freien Hand entwand er Dr. Sitruc die Waffe.

Er gab dem Doktor keine Gelegenheit, unter dem Fausthieb zu fallen, sondern schlug mit dem Kolben zu. Dr. Sitruc verlor auf der Stelle das Bewußtsein. Mit zusammengekniffenen Augen betrachtete Ybor die auf dem Boden liegende Gestalt. Sollte er einen Schuß riskieren? Nein, denn dann würden die Wachen ihn trotz des erhaltenen schriftlichen Befehls nicht ohne Untersuchung gehen lassen. Also ...

Der Kolben fuhr ein zweites Mal nieder. Dr. Sitruc würde für einige Zeit keine Bedrohung mehr darstellen. Und alles, was Ybor brauchte, war ein bißchen Zeit. Zuerst mußte er hier hinaus.

Das bedeutete, daß er den Zünder von der Bombe nehmen mußte. Ybor trat an das Hängegerüst, sah sich den Zünder an, versuchte, ihn loszuschrauben. Er saß zu fest. Ybor sah sich nach einem Schraubenschlüssel um. Er fand keinen. Beinahe wäre er in Panik geraten. Konnte er es sich leisten, nach einem Schraubenschlüssel zu suchen, mit dem sich der Zünder entfernen ließe? Wenn irgendwer hereinkam, war er verloren. Nein, er mußte das Labor verlassen, solange das noch ging.

Und wenn jemand auf ihn schoß und die Bombe traf, bedeutete es das Ende von Cathor und allem, was darauf lebte. Aber er durfte hier nicht länger bleiben. Und er mußte aufhören, Eiswasser zu schwitzen und zu zittern.

Er nahm das Gerüst und ging vorsichtig zur Tür. Draußen im Vorzimmer wurden die Wächter, die ihn hergebracht hatten, bleich. Das Blut wich aus ihren Gesichtern wie Luft aus einem angestochenen Ballon. Sie standen bewegungslos bis auf ein leichtes Beben ihrer Knie und sahen Ybor auf den Flur hinausgehen.

›Unbelästigt‹ hatte Dr. Sitruc geschrieben. Ybor blieb nicht nur unbelästigt, er wurde gemieden. Anscheinend breitete sich die Nachricht in dem Gebäude wie Giftgas auf einer steifen Brise aus. Türen sprangen auf, Gestalten stürzten heraus – und rannten vor Ybor und seiner Last davon. Wachen, Wissenschaftler, Männer in Uniform, Mädchen mit hübschen Beinen, Jungen mit bloßen Knien – alle rannten.

Wohin? fragte sich Ybor mit dem Herzen im Mund. Es gab auf der ganzen Welt keinen sicheren Platz. Sie mochten laufen so schnell sie konnten und so weit sie konnten, und doch würde es sie erwischen, wenn er fiele oder wenn die Bombe zufällig zur Explosion gebracht wurde.

Jetzt müßte er ein Flugzeug haben. Aber wie sollte er sich eins besorgen, wenn jeder rannte? Um zu Fuß zum Flughafen zu gehen, hätte er wissen müssen, wo dieser lag. Außerdem konnte ihn, sobald er die Laboratorien verlassen hatte, jeder Polizist, der nichts von der Bombe ahnte, anhalten, die Waffe konfiszieren und vielleicht hochgehen lassen.

Sie mußte in seinem Besitz bleiben.

Das Problem wurde wenigstens zum Teil für ihn gelöst. Als er aus dem Gebäude trat und Leute in allen Richtungen davonstieben sah, kam eine massige Gestalt hinter einem Pfeiler hervor und faßte ihn beim Arm.

»Sleyg!« Ybor rief es beinahe. Sein Entsetzen verwandelte sich in Erleichterung.

»Komm!« forderte Sleyg ihn auf. »Ylas will dich.«

»Besorge mir ein Flugzeug!« Ybor glaubte, es ruhig gesagt zu haben, aber Sleygs gelbe Augen flackerten ihn neugierig an.

Der große Mann nickte, krümmte einen Finger und ging auf dem Weg voran. Die Bombe interessierte ihn anscheinend gar nicht. Ybor folgte ihm zu einem kleinen Wagen, der am Randstein parkte. Sie stiegen in das Fahrzeug, und Sleyg reihte sich in den Verkehr ein.

Also Ylas wollte ihn, wie? Warum? Er gab das Grübeln auf und widmete seine Aufmerksamkeit der Straße vor ihnen. Die Bombe hielt er fest in den Armen, um sie vor Erschütterungen an unebenen Stellen zu schützen.

Er hörte ein Flugzeug und hielt aufgeregt danach Ausschau. Alles, was ihm in diesem Augenblick noch fehlte, war ein Bombenangriff und ein Volltreffer auf diesen Wagen. Ihm war versprochen worden, es würden keine Angriffe stattfinden, bis Sicherheit über seinen Erfolg oder Mißerfolg bestehe, aber Lamettaträger sind ein komischer Haufen. Man weiß nie, was sie als Nächstes tun werden. Zum Beispiel können sie Befehle widerrufen, die sie erst vor wenigen Minuten erteilt haben.

Doch es heulten keine Alarmsirenen los. Deshalb mußten die Flugzeuge Sixa sein. Ybor seufzte vor Erleichterung.

Sie fuhren weiter, und Ybor dachte über die große, schweigende Gestalt neben sich nach. Woher hatte Sleyg gewußt, daß er aus diesem Gebäude kommen würde? Woher hatte er gewußt, daß er dort war? Hatte der Untergrund eine Leitung bis in Dr. Sitrucs Büro hinein?

Es waren müßige Überlegungen, und Ybor tat sie mit einem Achselzucken ab. Sleyg fuhr aus der Stadt hinaus und durch Kornfelder. Offenbar ernährten die Sixa ihre Armeen mit Brei, denn andere Feldfrüchte waren nicht zu sehen.

Sleyg bog von der Hauptstraße auf einen holprigen Weg ein. Ybor umklammerte die Bombe. »Immer mit der Ruhe«, warnte er.

Gehorsam fuhr Sleyg langsamer, und von neuem wunderte Ybor sich über das Verhalten des Mannes. Ybor war anscheinend kein Gefangener, doch andererseits führte er hier nicht vollständig den Befehl. Seine Situation war eine Art Kombination von beidem, und das war unbehaglich.

Sie kamen an eine nackte, ebene Strecke, wo ein Flugzeug stand. Die Propeller drehten sich im Leerlauf. Sleyg hielt darauf zu. Er stoppte den Wagen und winkte Ybor, auszusteigen. Dann deutete er an, Ybor solle an Bord des großen Flugzeugs gehen.

»Gib mir deine Werkzeugtasche«, sagte Ybor, und der große Mann holte sie.

Das Flugzeug trug Sixa-Insignien, aber Ybor konnte jetzt nicht mehr zurück. Wenn er die Bombe als Drohung benutzte, war er in der Lage, jeden zu zwingen, nach seinem Willen zu handeln. Trotzdem empfand er eine bohrende Unruhe.

Gerade als er auf die Tragflächenrampe treten wollte, wurde aus dem Flugzeug geschossen. Ybor duckte sich instinktiv, aber es war Sleyg, der fiel – mit einem sauberen Loch zwischen den Augen. Ybor erstarrte.

Die Tür im Rumpf glitt zurück, und ein Gesicht sah heraus.

»Solraq!« rief Ybor. »Ich glaubte, du seist tot!«

»Das solltest du auch glauben, Ybor. Komm herein!«

»Warte, bis ich diese Werkzeuge geholt habe.« Ybor reichte den Bombenbehälter zu dem dunklen Mann hoch, der auf ihn heruntergrinste. »Halte das Baby!« bat Ybor. »Laß es nicht fallen! Wenn es losbrüllt, wirst du es nicht mehr hören.«

Er hob die Werkzeugtasche auf und stieg in das Flugzeug. Solraq gab dem Piloten durch eine Handbewegung einen Befehl, und das Flugzeug hob ab. Während Ybor sich vorsichtig an dem Zünder zu schaffen machte, berichtete Solraq.

»Sleyg hielt sich für sehr schlau«, sagte er. »Wir hielten ihn für einen unwissenden Affen. Er hatte ein großes Spiel laufen, und er war beinahe soweit, es zum Abschluß zu bringen. Dann nanntest du mich als den Mann, der dich identifizieren könne, aber er konnte sich nicht an uns wenden, weil wir dich direkt zu Dr. Sitruc geschickt und dir geholfen hätten. Sleyg war noch nicht bereit, deshalb behauptete er, ich sei tot. Er ließ die Soldaten kommen und das Haus durchsuchen, damit du gefunden und festgenommen werden solltest. Kompliziert wurde es für ihn, als dieser Schürzenjäger von einem Feldwebel sich entschloß, Ylas mitzunehmen. Er war praktisch gezwungen, diese Tatsache anderen vom Untergrund zu melden, denn er mußte noch eine große Zusammenkunft abwarten, bevor er seinen endgültigen Streich führen konnte.

Er hätte nie einen Bericht eingereicht, verstehst du«,

fuhr Solraq fort. »Er wurde beobachtet und fürchtete sich, ein Risiko einzugehen. Als Ylas und ich zusammentrafen, verglichen wir das, was wir wußten, durchsuchten seine Habseligkeiten und fanden den Beweis. Dann bereiteten wir dieses Rendezvous vor – für den Fall, daß du davonkämest. Ylas sagte Sleyg, wo du stecktest, und befahl ihm, dich herzubringen. Ich glaubte nicht, daß dir die Flucht gelingen würde, aber sie bestand darauf, ein so einfallsreicher Mann lasse sich nicht fangen. Nun, du hast es geschafft, und das ist gut. Nicht, daß es besonders darauf angekommen wäre. Wir hätten die Bombe im Fall deines Versagens schon irgendwie in unseren Besitz gebracht, oder wir hätten sie in Dr. Sitrucs Laboratorium explodieren lassen.«

Ybor machte sich nicht die Mühe, ihm auseinanderzusetzen, daß es ganz gleichgültig war, wo die Bombe explodierte. Er mußte sich zu eifrig darum bemühen, ihre Explosion hier im Flugzeug zu verhindern. Endlich hatte er den Zünder draußen. Er winkte Solraq, die Bombenbucht zu öffnen. Als die Falttüren sich teilten, ließ er den Zünder zwischen ihnen hinausfallen.

»Ich habe dem Ding die Zähne gezogen«, sagte er, »und bald werden wir es leeren.«

Er löste die Klemmen und zog die Halbkugeln auseinander. Mit einem Meißel aus der Werkzeugtasche bohrte er in jede der Kadmiumdosen ein Loch und ließ das Pulver hinauslaufen. Es würde fallen und sich ausbreiten und von denen, die jetzt weiterleben durften, gar nicht bemerkt werden.

Sie durften weiterleben, weil der Krieg jetzt ein Ende fand, bevor Dr. Sitruc eine neue Bombe konstruieren konnte. Ybor hob die Augen, und sie waren feucht.

»Ich glaube, das wär's«, sagte er. »Wohin fliegen wir?«

»Wir werden mit dem Fallschirm abspringen und das Flugzeug abstürzen lassen, sobald wir etwa fünfzig Meilen vor der Küste unser Schiff sehen. An Bord melden wir uns zum Befehlsempfang. Diese Mission ist beendet.«

Aus dem Amerikanischen übersetzt von Rosemarie Hundertmarck

Leigh Brackett
(1915–1978)

Der Schleier von Astellar

(›*Thrilling Wonder Stories*‹, Frühjahr)

Die lebendigen Erzählungen von Leigh Brackett tauchten in den Science Fiction-Magazinen erstmals 1940 auf, und bald lieferte sie regelmäßig Beiträge zu dem Genre, besonders auf den Seiten von Planet Stories *und* Thrilling Wonder Stories. *Viele ihrer besten Arbeiten hatten die Länge von Novellen und wurden deshalb weniger häufig nachgedruckt, aber eine Sammlung ihrer beliebtesten Kurzgeschichten ist als* The Best of Leigh Brackett, *herausgegeben von ihrem Mann Edmond Hamilton, erhältlich.*

›Der Schleier von Astellar‹ ist eine packende Geschichte von Liebe und dem Preis der Liebe, deren Held (laut Ed Hamilton) wahrscheinlich nach Humphrey Bogart modelliert wurde.

(So vieles hängt vom Zeitpunkt ab. Als der Filmschauspieler James Dean starb, erhielt er ein paar unauffällige Zeilen irgendwo im Innern der Zeitung. Erst nach seinem Tod kamen zwei Filme heraus, und er wurde posthum zu einem nationalen Wahnsinn. Hätte er ins Leben zurückkehren und zwei Jahre später sterben können, wäre ihm die vollständige Elvis-Presley-Behandlung zuteil geworden. Leigh Bracketts Science Fiction-Geschichten, die sie in den vierziger Jahren schrieb, erging es ähnlich, sie wurden nur in den unbedeutenderen Magazinen wie Planet *und* Thrilling Wonder *veröffentlicht. Doch ihr Ruhm wuchs, und als sie ein Stern von anerkannter erster Größenordnung geworden war, schrieb sie für Hollywood. Könnten ihre Geschichten aus den Vierzigern statt dessen in den Sechzigern geschrieben worden sein, hätten sich die besten Magazine des Genres für das Privileg, sie zu drucken, gegenseitig die Augen ausgekratzt. – I. A.)*

VORWORT

Vor etwas mehr als einem Jahr – nach Solarer Normalzeit – fiel eine Nachrichtenrakete in den Empfangsschacht des Hauptquartiers der Interwelt-Raum-Behörde auf dem Mars.

Sie enthielt ein Manuskript, und das erzählte eine seltsame und schreckliche Geschichte. Es war kaum zu glauben, daß ein geistig gesundes menschliches Wesen sich solcher Verbrechen schuldig gemacht haben konnte.

Ein Jahr sorgfältiger Nachforschungen erwiesen jedoch die Echtheit der Aufzeichnungen über jeden Zweifel hinaus, und jetzt hat die IRB sie zur Veröffentlichung freigegeben, genauso, wie sie aus der verbeulten Rakete herausgenommen wurden.

Der Schleier – das Licht, das von Nirgendwo kam, um Schiffe zu verschlucken – ist fort. Überall im Sonnensystem hat diese Neuigkeit bei den Raumfahrern, ob auf Trampfrachtern oder auf Luxuslinienschiffen, eine Freude ausgelöst, wie sie nur Männer empfinden können, die in ständiger Gefahr gelebt haben. Der Schleier ist verschwunden und mit ihm ein Teil des zermalmenden Entsetzens über das Fremdartige dahinter.

Wir kennen jetzt seinen vollen Namen: Der Schleier von Astellar.

Wir kennen den Ort seines Ursprungs: Eine aus Raum und Zeit ausgestoßene Welt. Wir kennen den Grund für seine Existenz. Durch diese Geschichte, die ein Mann in seiner Seelenqual geschrieben hat, kennen wir diese Dinge – und wir haben erfahren, wie der Schleier zerstört wurde.

1
LEICHE AM KANAL

In Madame Kans Kneipe am Unterkanal von Jekkara hatte es Streit gegeben. Irgendein kleiner marsianischer Strolch hatte zuviel Thil getrunken, bald darauf blitzten die mit Spikes besetzten Schlagringe, die man in dieser Gegend benutzt, und der kleine Marsianer hatte seine letzte Futterklappe gezogen.

Man warf das, was von ihm übrig war, auf die Steine des Ufers, mir fast vor die Füße. Vermutlich war das der Grund, warum ich stehenblieb – weil ich entweder stehenbleiben oder über ihn stolpern mußte. Und dann starrte ich ihn an.

Das dünn rote Sonnenlicht strahlte aus einem wolkenlosen grünen Himmel hernieder. Roter Sand flüsterte in der Wüste jenseits der Stadtmauern, und rotbraunes Wasser strömte langsam und verdrossen den Kanal hinunter. Der Marsianer lag mit verrenkten Gliedmaßen auf dem Rücken, und aus seiner aufgerissenen Kehle floß das röteste Rot von allen über die schmutzigen Steine.

Er war tot. Er hatte grüne Augen, die weit offenstanden, und er war tot.

Ich stand vor ihm. Ich weiß nicht, wie lange. Die Zeit hatte angehalten. Für mich glänzte kein Sonnenschein, es gingen keine Leute vorüber, es gab keine Geräusche – nichts!

Nichts als dieses tote Gesicht, das zu mir hochblickte, grünäugig, die Lippen von den weißen Zähnen zurückgezogen.

Ich kannte ihn nicht. Lebendig war er nichts weiter als ein kleiner marsianischer Gauner gewesen. Tot war er nichts als Fleisch.

Nichts als marsianischer Müll!

Keine Zeit. Nur das Gesicht eines Toten, lächelnd.

Und dann berührte mich etwas. Gedanken trafen

mein Gehirn in einer plötzlich auflodernden Flamme, zogen es an, wie ein Magnet schweren Stahl anzieht. Auf mich gerichtete Gedanken von irgendwem. Nacktes, übelkeiterregendes Entsetzen, Angst und ein so tiefes Mitleid, daß es mir das Herz umdrehte ... Jetzt kam ein deutlicher, scharfer Schub von Wortbildern zu mir durch.

»Er sieht aus wie Luzifer, der um den Himmel weint«, lautete die Botschaft. »Seine Augen. Oh, Dunkler Engel, seine Augen!«

Ich schloß diese Augen. Mir brach der kalte Schweiß aus, ich schwankte, und dann zwang ich die Welt, sich wieder zurechtzurücken. Sonnenschein, Sand, Lärm und Gestank und eine sich ansammelnde Menge, das Donnern der Raketen vom zwei Marsmeilen entfernten Raumhafen. Alles war an Ort und Stelle. Ich blickte hoch und sah das Mädchen.

Sie stand direkt neben dem Toten, berührte ihn beinahe. Ein junger Bursche war bei ihr. Ich nahm ihn undeutlich wahr, aber es kam in diesem Augenblick nicht auf ihn an. Es kam auf nichts an als auf das Mädchen. Sie trug ein blaues Kleid, und sie sah mich mit rauchgrauen Augen in einem Gesicht an, das so weiß wie freigelegte Knochen war.

Der Sonnenschein und der Lärm und die Leute wichen wieder zurück, ließen mich mit ihr allein. Ich fühlte das Medaillon unter meinem Raumfahrer-Schwarz brennen, und mir war, als hörte mein Herz auf zu schlagen.

»Missy«, sagte ich. »Missy.«

»Wie Luzifer, aber Luzifer wurde zum Heiligen«, sprachen ihre Gedanken.

Ich stieß ein kurzes, hartes Gelächter aus. Die Welt kehrte wieder an Ort und Stelle zurück, und diesmal blieb sie da, und ich auch.

Missy, Missy, Quatsch! Missy war seit langer, langer Zeit tot.

Ihr rotes Haar hatte mich getäuscht. Das gleiche dunkelrote Haar, glatt und schwer wie ein Pferdeschwanz, in ihrem weißen Nacken geknotet, und dazu ihre rauchgrauen Augen. Ein bißchen lag es auch an ihren Sommersprossen und an der Art, wie sich ihr Mund an der einen Seite in die Höhe zog, als könne sie nicht aufhören zu lächeln.

Ansonsten hatte sie nicht viel von Missy. Sie war größer und knochiger. Sie hatte vom Leben ein paar Fußtritte hinnehmen müssen, und das konnte man ihr ansehen. Missy hatte nie diesen müden, verbissenen Ausdruck gezeigt. Soviel ich weiß, hatte Missy auch keine so zähe, unzerbrechliche Persönlichkeit entwickelt wie das Mädchen vor mir. Aber damals konnte ich noch keine Gedanken lesen.

Das Mädchen, das mich ansah, hatte eine Menge in seinem Kopf, von dem es nicht wollte, daß es bekannt wurde. Mir gefiel die Vorstellung nicht, sie könne mich in einem meiner seltenen unbewachten Augenblicke erwischen.

»Was habt ihr Babies hier zu suchen?« fragte ich.

Der junge Mann antwortete mir. Er war ihr sehr ähnlich – schlicht und einfach, innen viel zäher, als er aussah –, ein Junge, der gelernt hatte, Schläge einzustecken und weiterzukämpfen. Jetzt war ihm übel, er war wütend, und er hatte ein bißchen Angst.

»Wir dachten, am hellen Tag sei es ungefährlich«, meinte er.

»Ob Tag oder Nacht, das ist diesem Loch egal. Ich würde abhauen.«

Das Mädchen sah mich an, ohne sich zu rühren. Sie merkte nicht einmal, daß sie es tat. »Weißes Haar«, dachte sie. »Aber alt ist er nicht. Nicht viel älter als Brad, trotz der Falten. Das kommt vom Leiden, nicht vom Alter.«

»Ihr seid von der *Queen of Jupiter,* nicht wahr?« fragte ich die beiden.

Ich wußte es. Die *Queen* war zur Zeit das einzige Passagierschiff in Jekkara. Es interessierte mich nur, weil sie wie Missy aussah. Aber Missy war seit langer Zeit tot.

Der junge Mann, den sie in ihren Gedanken »Brad« nannte, sagte:

»Ja. Wir reisen hinaus zum Jupiter, in die Kolonien.« Er zog das Mädchen sacht am Arm. »Komm, Virgie! Wir gehen besser zum Schiff zurück.«

Ich schwitzte und fror. Ich war kälter als der Leichnam zu meinen Füßen. Ich lachte, aber nicht laut.

»Ja«, sagte ich. »Geht zum Schiff zurück, wo ihr sicher seid!«

Das Mädchen hatte sich nicht gerührt, hatte den Blick nicht von mir genommen.

Sie hatte immer noch Angst, aber jetzt nicht mehr soviel Mitleid, und ihre Gedanken waren immer noch auf mich gerichtet.

»Seine Augen brennen«, dachte sie. »Welche Farbe haben sie? Eigentlich gar keine. Sie sind dunkel und kalt und brennen. Sie haben das Grauen geschaut – und den Himmel ...«

Ich ließ sie hineinblicken. Nach einer Weile errötete sie, und ich lächelte. Sie war wütend, aber sie konnte nicht wegsehen, und ich hielt sie lächelnd fest, bis der junge Mann sie wieder am Arm zog, diesmal nicht so sacht.

»Komm, Virgie!«

Da riß sie sich von mir los und wandte sich mit eckiger, fohlenhafter Grazie ab. Mein Magen fühlte sich plötzlich so an, als sei er von einem Messer durchbohrt worden. Die Art, wie sie den Kopf hielt ...

Sie sah zu mir zurück, verdrossen, denn sie wollte es nicht.

»Sie erinnern mich an jemanden«, sagte sie. »Sind Sie auch von der *Queen of Jupiter?*«

Ihre Stimme klang wie die Missys. Tiefer vielleicht. Kehliger. Aber Ähnlichkeit war vorhanden.

»Ja. Raumfahrer Erster Klasse.«

»Dann habe ich Sie vielleicht an Bord schon einmal gesehen.« Sie drehte gedankenlos den Ehering an ihrem Finger und runzelte die Stirn. »Wie ist Ihr Name?«

»Goat«, sagte ich. »J. Goat.«

»Jay Goat«, wiederholte sie. »Was für ein merkwürdiger Name! Aber ungewöhnlich ist er nicht. Ich frage mich, warum er mich so sehr interessiert.«

»Komm, Virgie!« sagte Brad ärgerlich.

Ich half ihr kein bißchen. Ich sah sie an, bis sie dunkelrot wurde und sich umdrehte. Ich las ihre Gedanken. Sie waren es wert, gelesen zu werden.

Sie und Brad schlugen die Richtung zum Raumhafen ein. Sie gingen dicht nebeneinander zurück zur *Queen of Jupiter,* und ich stolperte über den toten Marsianer zu meinen Füßen.

Das verkniffene Grau war über sein Gesicht gekrochen. Seine grünen Augen waren verglast und bereits eingesunken, und sein Blut auf den Steinen wurde dunkel. Nichts als wieder eine Leiche.

Ich lachte. Ich schob dem Toten meinen schwarzen Stiefel unter das Kreuz und schubste ihn in das träge, rotbraune Wasser, und ich lachte, weil mein eigenes Blut noch warm war und so heftig in mir pulsierte, daß es schmerzte.

Er war tot, also ließ ich ihn davontreiben.

Ich lächelte über das Aufklatschen und die sich verlaufenden Wellen. Sie irrt sich, dachte ich. Es heißt nicht Jay. Es heißt nur J. Goat. J wie Judas. Und Goat wie Ziegenbock.

Es waren bis zum Start der *Queen* noch rund zehn Marsstunden totzuschlagen. Ich hatte Glück an den Getak-Tischen bei Madame Kan. Sie versorgte mich mit einem speziellen Wüstenkaktus-Brandy und einem venusianischen Mädchen mit einer Haut wie polierter Smaragd und goldenen Augen.

Das Mädchen tanzte für mich, und darin hatte es et-

»Keinen«, räumte Gallery ein. »Keinen. Weil ich dich töten werde, jetzt.«

Ich lachte lautlos.

Er nickte langsam mit seinem schwarzen Kopf. »Zeig mir nur deine Zähne, wenn du willst. Du wirst sie bald dem Wüstenhimmel zeigen, aus einem abgepickten Schädel heraus.«

Er öffnete die Hände. Das jagende Mondlicht zeigte mir in jeder von ihnen ein Kruzifix.

»Nein, Gallery«, sagte ich. »Du könntest mich vielleicht einen Vampir nennen, aber nicht einen von der Art.«

Er schloß die Hände wieder über den Kreuzen und marschierte weiter, einen langsamen Schritt nach dem anderen. Ich hörte seine Stiefel im windverwehten Sand knirschen. Ich rührte mich nicht.

»Du kannst mich nicht töten, Gallery.«

Er blieb nicht stehen. Er sprach nicht. Der Schweiß lief ihm über die Haut. Er hatte Angst, aber er blieb nicht stehen.

»Du wirst hier sterben, Gallery, ohne Priester.«

Er blieb nicht stehen.

»Geh in die Stadt, Gallery! Versteck dich dort, bis die *Queen* gestartet ist! Dann wirst du sicher sein. Liebst du die anderen genug, um für sie zu sterben?«

Da blieb er stehen. Er runzelte die Stirn wie ein verwirrtes Kind. Es war ein neuer Gedanke für ihn.

Ich erhielt die Antwort, bevor er sie aussprach.

»Was hat Liebe damit zu tun? Sie sind Menschen.«

Er setzte sich wieder in Bewegung, und ich öffnete die Augen weit.

»Gallery«, sagte ich.

Er war mir nahe. So nahe, daß ich den Whisky in seinem Atem riechen konnte. Ich sah in sein Gesicht hoch. Ich fing seinen Blick ein und hielt ihn fest, und er hielt an, langsam, die Füße nachschleppend, als hingen plötzlich Gewichte daran.

Ich hielt seine Augen fest. Ich konnte seine Gedanken hören. Es waren immerzu die gleichen.

Er hob die Fäuste, zu langsam, als müsse er auf jeder das Gewicht eines Mannes tragen. Seine Lippen zogen sich zurück. Ich sah den feuchten Schimmer seiner Zähne und hörte den mühsamen Atem, heiser und rauh.

Ich lächelte ihn an und hielt seine Augen mit den meinen fest.

Er sank auf die Knie, Zoll um Zoll. Er wehrte sich gegen mich, aber er mußte hinunter. Ein großer Mann mit Schweiß auf dem Gesicht und blauen Augen, die sich nicht abwenden konnten. Seine Hände öffneten sich. Die silbernen Kreuze fielen heraus und blieben glitzernd im Sand liegen.

Sein Kopf bog sich zurück. Die Halssehnen traten hervor und zuckten, und dann fiel er plötzlich zur Seite und lag still.

»Mein Herz«, flüsterte er. »Du hast es angehalten.«

Das ist die einzige Möglichkeit. Was sie uns gegenüber empfinden, ist Instinkt, und nicht einmal durch Psychochirurgie ließe es sich ändern. Außerdem ist nie Zeit.

Er konnte jetzt nicht mehr atmen. Er konnte nicht mehr sprechen, aber ich hörte seine Gedanken. Ich suchte die Kruzifixe aus dem Sand und faltete seine Hände über ihnen.

Es gelang ihm, den Kopf ein bißchen zu drehen und mich anzusehen. Er versuchte zu sprechen, aber wieder waren es seine Gedanken, denen ich antwortete.

»In den Schleier, Gallery«, flüsterte ich. »Dahin führe ich die *Queen.*«

Seine Augen wurden groß und brachen. Sein letzter Gedanke war ... – nun, das ist gleichgültig. Ich zerrte ihn hinter den zerfallenen Turm, wo ihn wahrscheinlich lange Zeit niemand finden würde, und setzte meinen Weg zum Raumhafen fort. Und dann machte ich halt.

Er hatte die Kreuze wieder fallen lassen. Sie lagen auf dem Weg, vom Mond beschienen, und ich hob sie mit der Absicht auf, sie in den treibenden Sand zu werfen, wo sie nicht gesehen werden würden.

Ich tat es nicht. Ich stand da und hielt sie in der Hand. Sie verbrannten mein Fleisch nicht. Ich lachte.

Ja, ich lachte. Aber ich konnte sie nicht ansehen.

Ich kehrte zu dem Turm zurück, legte Gallery auf den Rücken, faltete ihm die Hände auf der Brust und schloß ihm die Augen. Ich legte auf jedes Augenlid ein Kruzifix und ging wieder, diesmal endgültig.

Shirina sagte einmal, ein menschliches Gehirn werde man nie verstehen, ganz gleich, wie gut man den Menschen kenne. Das ist der Punkt, wo das Leiden beginnt. Du fühlst dich ausgezeichnet, alles ist wunderschön, und dann ganz plötzlich öffnet sich irgendwo in deinem Gehirn eine Falltür, und du erinnerst dich.

Nicht oft, und du lernst, sie schnell zu schließen. Aber trotzdem ist Flack der einzige von uns, der immer noch dunkles Haar hat, und er hat nie eine Seele gehabt.

Also, ich knallte die Tür vor Gallery und seinen Kreuzen zu, und eine halbe Stunde später setzte die *Queen of Jupiter* ihre Reise zu den Jupiter-Kolonien fort, auf denen sie niemals landen würde.

2
REISE IN DEN UNTERGANG

Nichts passierte, bis wir den Rand des Asteroidengürtels erreichten. Ich hatte Wache über die Gedanken meiner Mannschaftskameraden gehalten, und ich wußte, Gallery hatte mit keinem über mich gesprochen. Man läuft nicht herum und erzählt den Leuten, der Mann in der nächsten Koje strahle ein gelbes Glühen aus und sei nicht menschlich, wenn man nicht in einer Zwangsjacke enden will. Besonders wenn es sich dabei um etwas handelt, das man spüren, aber nicht sehen kann, wie Elektrizität.

Als wir in die Gefahrenzone innerhalb des Gürtels kamen, wurden als Vorsichtsmaßnahmen Wachen an den Notschleusen der Passagierdecks aufgestellt, und auch ich wurde dazu eingeteilt. Ich ging nach oben, um meinen Posten einzunehmen.

Genau auf der obersten Stufe der Kajütstreppe spürte ich die erste schwache Reaktion meiner Haut, und meine Aura begann zu pulsieren und zu leuchten.

Ich begab mich an die Schleuse Nummer Zwei und setzte mich.

Bis dahin war ich noch nie auf dem Passagierdeck gewesen. Die *Queen of Jupiter* war ein alter Eimer aus dem Triangel-Handel, umgebaut für den Verkehr im tiefen Raum. Sie hielt zusammen, das war aber auch alles. Sie beförderte eine umfangreiche Ladung aus Lebensmitteln, Samen, Kleidung und landwirtschaftlichen Bedarfsgütern, und dazu fünfhundert Familien, die einen neuen Anfang in den Jupiter-Kolonien machen wollten.

Ich dachte daran, wie ich den Jupiter das erste Mal gesehen hatte. Es war das erste Mal, daß überhaupt ein Mensch von der Erde den Jupiter sah. Es war lange her.

Jetzt war das Deck vollgestopft. Männer, Frauen, Kinder, Matratzen, Koffer, Bündel und was sonst noch alles. Marsianer, Venusianer, Terraner erzeugten, dicht zusammengedrängt, ein lautes Gebrüll und einen in der Kombination von Sonnenwärme und Körperdruck sehr starken Geruch.

Meine Haut kribbelte und begann zu jucken. Meine Aura leuchtete heller.

Ich sah das Mädchen. Das Mädchen namens Virgie mit ihrem dichten roten Haar und ihren fohlenhaften Bewegungen. Sie und ihr Mann kümmerten sich um ein grünäugiges marsianisches Baby, dessen Mutter zu schlafen versuchte, und beide dachten sie das gleiche.

»Vielleicht werden wir eines Tages, wenn es besser steht, ein eigenes Kind haben.«

Ich weiß noch, daß ich dachte, Missy hätte mit unserem Kind im Arm ebenso ausgesehen, wenn wir je eins gehabt hätten.

Meine Aura pulsierte und glühte.

Ich sah die kleinen Welten vorüberzischen, alle Größen von Kieselsteinen bis zu bewohnbaren Planetoiden, glitzernd im nackten Sonnenlicht und schwarz wie der Raum auf ihren Schattenseiten. Die Passagiere sammelten sich um die Bullaugen, und mir fiel ein alter Mann auf, der ganz in der Nähe stand.

Ihm war deutlich der Stempel des Raums aufgeprägt. Man sah es an der Art, wie er seinen mageren Körper hielt, an den Falten seines ledrigen Gesichts und dem Ausdruck eines hungrigen Jagdhunds, mit dem er den Gürtel betrachtete. Das war ein alter Raketentreiber, der seinerzeit viel erlebt und nichts davon vergessen hatte.

Und dann kam Virgie nach oben. Von all den Frauen an Deck mußte es ausgerechnet Virgie sein. Brad war bei ihr, und sie trug immer noch das Baby. Mit dem Rücken zu mir sah sie hinaus.

»Es ist wundervoll«, sagte sie leise. »Oh, Brad, sieh dir das nur an!«

»Wundervoll und tödlich«, sprach der alte Raumfahrer vor sich hin. Er drehte sich um und lächelte Virgie an. »Ihre erste Reise hinaus?«

»Ja, für uns beide. Wir machen sicher einen sehr grünen Eindruck, aber es ist überwältigend.« Sie schloß mit einer kleinen hilflosen Geste.

»Ich weiß. Es gibt keine Wörter dafür.« Er wandte sich wieder dem Bullauge zu. Seine Stimme und sein Gesicht waren ausdruckslos, doch ich konnte seine Gedanken lesen.

»Vor fünfzig Jahren habe ich hier Versorgungsschiffe zu den ersten Siedlungen durchmanövriert«, erzählte er. »Wir waren zehn, die das taten. Ich bin der einzige, der noch übrig ist.«

»Der Gürtel war damals gefährlich, bevor man die Rosson-Reflektoren hatte«, bemerkte Brad.

»Der Gürtel«, erwiderte der alte Mann leise, »hat nur drei von ihnen erwischt.«

Virgie hob den roten Kopf. »Was hat dann ...«

Der alte Mann hörte sie nicht. In Gedanken war er weit fort.

»Sechs von den besten Männern im Raum, und dann, vor elf Jahren, meinen Sohn«, sagte er zu niemandem.

Eine Frau, die neben ihm stand, drehte den Kopf. Ich sah das nackte Entsetzen in ihren aufgerissenen Augen und das plötzliche Erstarren ihrer Lippen.

»Der Schleier?« flüsterte sie. »Ihn haben Sie gemeint, nicht wahr? Den Schleier?«

Der alte Mann versuchte, sie zum Schweigen zu bringen, aber Virgie mischte sich ein.

»Was ist mit dem Schleier?« wollte sie wissen. »Ich habe vage Gerüchte darüber gehört. Was ist das?«

Das marsianische Baby war wie gebannt von einer Silberkette, die sie um den Hals trug. Irgendwie kam mir die Kette bekannt vor. Wahrscheinlich hatte sie sie auch angehabt, als wir uns das erste Mal sahen. Meine Aura glühte in einem heißen leuchtenden Gold.

Die fremde Frau antwortete ihr, und ihre Stimme klang unheimlich, wie von weit weg, einem Echo ähnlich. Sie sah jetzt aus dem Bullauge.

»Niemand weiß es«, sagte sie. »Man kann ihn nicht finden oder aufspüren oder seine Existenz nachweisen. Mein Bruder ist Raumfahrer. Er hat ihn einmal aus großer Entfernung gesehen, wie er aus dem Nichts herauslangte, um ein Schiff zu verschlucken. Ein Schleier aus Licht. Er verblaßte, und das Schiff war verschwunden. Das war hier draußen, in der Nähe des Gürtels.«

»Es gibt keinen Grund, den Schleier hier eher zu erwarten als anderswo«, erklärte der alte Raumfahrer mit rauher Stimme. »Er hat schon Schiffe geholt, die im Orbit um die Erde waren. Es gibt keinen Grund, sich zu fürchten.«

Meine Aura brannte um mich wie eine Wolke aus goldenem Licht, und meine Haut war wie elektrisiert.

Plötzlich riß das marsianische Baby Virgie die Silberkette ab, hob die Händchen hoch und krähte. Das Ding am Ende der Kette, das unter Virgies Kleid verborgen gewesen war, drehte sich langsam um sich selbst, zog meinen Blick auf sich und hielt ihn fest.

Ich muß irgendeinen Laut von mir gegeben haben, denn Virgie wandte den Kopf und bemerkte mich. Ich weiß nicht, was sie dachte. Ich wußte lange Zeit überhaupt nichts, nur daß ich fror, als sei etwas von dem toten schwarzen Raum draußen durch das Bullauge eingedrungen und habe mich berührt.

Das glänzende Ding drehte sich am Ende der Silberkette, und das grünäugige Baby betrachtete es, und ich betrachtete es.

Danach war Dunkelheit, in deren Mitte ich ganz still stand und fror, fror, fror!

Virgies Stimme kam durch die Dunkelheit, ruhig, unbefangen, als ob das alles gar keine Rolle spielte.

»Mir ist eingefallen, an wen Sie mich erinnern, Mr. Goat«, sagte sie. »Es tut mir leid, daß ich an diesem Tag auf dem Mars ziemlich unhöflich war, aber die Ähnlichkeit verwirrte mich. Sehen Sie her!«

Ein weißer Gegenstand drang in meine Schale aus Eis und Schwärze, eine kräftige weiße Hand, um die Knöchel von der Arbeit gerötet, und sie hielt etwas. Es brannte mit einem eigenen klaren, schrecklichen Licht. Virgies Stimme fuhr ruhig fort:

»Dieses Medaillon, Mr. Goat. Es ist alt, mehr als dreihundert Jahre alt. Es gehörte einer Vorfahrin von mir und ist seitdem in der Familie geblieben. Damit hängt eine reizende Geschichte zusammen. Sie heiratete einen jungen Raumfahrer. Zu der Zeit war die Raumfahrt natürlich noch neu und gefährlich, und die Liebe des jungen Mannes zur Raumfahrt war ebenso stark wie die zu seiner Frau. Sein Name war Stephen Vance. Das ist sein Bild. Deshalb glaubte ich, Sie schon irgendwo gesehen zu haben, und fragte Sie nach Ihrem Namen. Die Ähnlichkeit ist auffallend, finde ich. Finden Sie es nicht auch?«

»Ja«, sagte ich. »Ja, das ist sie.«

»Das Mädchen ist seine Frau und natürlich die ursprüngliche Besitzerin des Medaillons. Er nannte sie Missy. Das ist auf der Rückseite des Medaillons eingraviert. Jedenfalls bekam er die Chance, den ersten Flug vom Mars zum Jupiter mitzumachen, und Missy wußte, wieviel ihm das bedeutete. Ihr war klar, etwas von ihm würde sterben, wenn er nicht ging, und so ließ sie ihn gehen. Er wußte nicht, wie bald schon das Kind, das sie sich beide so sehr gewünscht hatten, ankommen würde, denn das verschwieg sie ihm. Wenn sie es ihm gesagt hätte, wäre er nämlich nicht gegangen.

Da ließ Stephen zwei Medaillons anfertigen, dieses hier und ein anderes, das genauso aussah. Er sagte ihr, sie würden eine Verbindung zwischen ihnen beiden schaffen, die nichts zerbrechen könne. Irgendwann, irgendwie werde er zu ihr zurückkehren, ganz gleich, was geschehe. Dann flog er zum Jupiter. Er starb dort. Sein Schiff wurde nie gefunden.

Aber Missy fuhr fort, das Medaillon zu tragen und zu beten. Und als sie starb, gab sie es ihrer Tochter. Das wurde zu einer Art Familientradition. Darum habe ich es jetzt.«

Ihre Stimme nahm einen schläfrigen Klang und eine Spur von Überraschung an. Ihre Hand und das Medaillon zogen sich zurück, und rings um mich war eine große Stille, ein tiefer Friede.

Ich legte die Arme vors Gesicht. Ich verkrampfte mich, und ich versuchte, etwas zu sagen, Worte, die ich vor langer, langer Zeit zu sagen pflegte. Sie wollten nicht kommen. Das tun sie nicht, wenn man ins Draußen geht.

Ich nahm meine Hände weg und konnte wieder sehen. Ich berührte das Medaillon nicht, das mir um den Hals hing, aber ich fühlte es an meiner Brust, als versenge mich die Kälte des Raums.

Virgie lag zu meinen Füßen. Immer noch hielt sie das Baby in der einen Armbeuge. Sein rundes braunes Gesicht war dem ihren zugekehrt und lächelte ein wenig. Brad war neben sie gefallen, und sein einer Arm lag über beiden.

Das Medaillon ruhte auf der sanften Kurve von Virgies Brust, mit dem Gesicht nach oben, immer noch offen, und es stieg und fiel langsam mit ihrem Atem.

Sie leiden nicht. Merkt euch das. Sie leiden nicht. Sie wissen es nicht einmal. Sie schlafen, und sie haben glückliche Träume. Merkt euch das bitte! Nicht einer von ihnen hat gelitten oder Angst empfunden.

Ich stand allein in diesem schweigenden Schiff. Vor den Bullaugen waren jetzt keine Sterne mehr, keine kleinen Welten des Gürtels. Dort war nichts als ein Schleier aus Licht, der sich dicht um das Schiff gelegt hatte, ein weiches Netz aus Grün und Purpur und Gold und Blau, und es wurde mit scharlachroten Fäden auf einem schimmernden grauen Untergrund, der überhaupt keine Farbe war, festgehalten.

Wie ich es schon kannte, wurde die elektrische Beleuchtung innerhalb des Schiffes matt. Die Leute schliefen auf dem weiten Deck. Ich hörte ihren Atem, leicht und langsam und friedlich. Meine Aura brannte wie eine goldene Wolke um mich, und darin klopfte und pulsierte mein Körper mit Leben.

Ich blickte auf das Medaillon, auf Missys Gesicht hinunter. Wenn du es mir nur gesagt hättest! Oh, Missy, wenn du es mir nur gesagt hättest, ich hätte dich retten können!

Virgies rotes Haar, dunkel und glatt und schwer auf

ihrem weißen Nacken. Virgies rauchgraue Augen, halb offen und träumend. Missys Haar. Missys Augen.

Mein. Von meinem Fleisch, von meinen Knochen, von meinem Blut. Leben von meinem Leben, das immer noch in mir klopfte und pulsierte.

Dreihundert Jahre.

»Oh, wenn ich nur beten könnte!« dachte ich.

Ich kniete neben ihr nieder. Ich streckte meine Hand aus. Das goldene Licht kam aus meinem Fleisch und verschleierte ihr Gesicht. Ich nahm meine Hand weg und stand langsam auf. Langsamer, als Gallery, den ich getötet hatte, gefallen war.

Das Schimmern des Schleiers hatte jetzt das ganze Schiff durchdrungen. Es war in der Luft, in jedem Atom von Holz und Metall. Ich bewegte mich darin, ein glänzendes goldenes Ding, lebendig und jung, in einer stummen, schlafenden Welt.

Dreihundert Jahre, und Missy war tot, und jetzt hatte das Medaillon sie zurückgebracht.

Ob Judas sich so gefühlt hat, als der Strick ihm das Leben entriß?

Aber Judas starb.

Ich ging in Schweigen, eingehüllt in meine goldene Wolke, und die Schläge meines Herzens schüttelten mich wie die Faust eines Mannes. Ein starkes Herz. Ein junges, starkes Herz.

Das Schiff schwenkte langsam. Es wurde aus dem Bogen, den es im freien Fall beschrieb, in Richtung Jupiter gezogen. Des Gürtels wegen waren die Hilfsmotoren noch nicht angelassen worden. Der Schleier schloß sich einfach um die Hülle und zog das Schiff mühelos.

Es war nichts als eine Anwendung der Willenskraft. Teleportation, Geistesstärke und Gedanken, von den X-Kristallen verstärkt und wie ein Funkstrahl gelenkt. Das Freiwerden von Energie zwischen Gedankenkraft und Schwerkraft erzeugte das Licht, die sichtbare Erscheinung, die von den Raumfahrern der Schleier genannt wurde. Der hypnotische Schlafimpuls wurde auf die gleiche Weise ausgesandt, durch die X-Kristalle auf Astellar.

Shirina pflegte zu sagen, es sei einfach. Das Phänomen sei in seiner eigenen Raum-Zeit-Matrix ein Kinderspiel. Man brauche dazu nichts weiter als einen Zielpunkt, um es zu leiten, eine besondere Vibration, der es wie einer Fackel in der Leere folgen könne, zum Beispiel die Aura um Fleisch, ob menschlich oder nicht, das in der Wolke gebadet hat.

Einen Judasbock, der die Schafe zur Schlachtbank führt.

Ich ging in meinem goldenen Licht und empfand es als Lust, wie subtile Energien über meine Haut prickelten und flackerten. Ich kam nach Hause.

Und Missy war immer noch am Leben. Dreihundert Jahre, und sie war immer noch am Leben. Ihr Blut und meins lebten zusammen in einem Mädchen namens Virgie.

Und ich brachte sie nach Astellar, auf die Welt, die aus ihrer eigenen Dimension verstoßen worden war.

Ich glaube, eine halbe Ewigkeit später wurde ich davon wach, daß der Strom auf meiner Haut versiegte. Meine Aura war zu ihrem normalen schwachen Licht verblaßt. Ich hörte das leise, kratzende Geräusch von Metall auf Stein und wußte, daß die *Queen of Jupiter* ihre letzte Landung gemacht hatte. Ich war zu Hause.

Ich setzte mich auf die Kante meiner Koje, ohne zu wissen, wie ich dorthingekommen war. Ich stützte den Kopf auf die geballten Fäuste, und als ich sie öffnete, fiel mein eigenes Medaillon heraus. Auf meinen Handflächen war Blut.

Ich stand auf und ging durch die Stille, ging durch das harte, unpersönliche Gleißen der elektrischen Beleuchtung zu der nächsten Luftschleuse und trat hinaus.

Die *Queen of Jupiter* lag in einem runden, vom Gebrauch geglätteten Felsschacht. Die Raumtüren oben waren geschlossen, und das letzte Echo der Luftpumpen erstarb an dem niedrigen Dach der Höhle. Der Fels war aus einem blassen, durchscheinenden Grün und zu einer Schönheit gemeißelt und poliert, die einem den Atem nahm, ganz gleich, wie oft man es sah.

Astellar war eine kleine Welt, nur ungefähr halb so groß wie Vesta. An der Außenseite bestand sie aus nichts als schwarzer Schlacke ohne auch nur eine Spur von einem Mineral, das einen Erzabbau-Tramp anlokken könnte. Wenn sie wollten, konnten sie das Licht um die Welt biegen, so daß auch das beste Teleskop sie nicht fand, und die gleiche Gedankenkraft, die den Schleier erzeugte, lenkte Astellar, wohin sie es wünschten.

Da der Verkehr durch den Gürtel ziemlich stark geworden war, hatten sie ihre Welt nicht viel bewegt. Das brauchten sie nicht.

Ich ging in dem blassen grünen Licht durch die Höhle. Da war eine breite Rampe, die vom Fußboden wie der Schwung eines Engelsflügels nach oben führte. An ihrem Fuß wartete Flack auf mich, umrissen von dem schwachen Gold seiner Aura.

»Hei, Steve«, sagte er und betrachtete die *Queen of Jupiter* mit seinen seltsamen grauen Augen. Sein Haar war so schwarz, wie meins früher einmal war, seine Haut vom Raum dunkel gebräunt und ledrig. Seine Augen blickten aus der Dunkelheit wie Flecken von Mondlicht, schwach leuchtend und ohne Seele.

Ich hatte Flack schon gekannt, bevor er einer von uns wurde, und ich dachte damals, er sei weniger menschlich als die Astellarier.

»Ein guter Fang diesmal, Steve?« fragte er.

»Ja.« Ich versuchte, an ihm vorbeizukommen. Er faßte meinen Arm.

»He – was juckt dich?« wollte er wissen.

»Nichts.«

Ich schüttelte ihn ab. Er lächelte und stellte sich vor mich. Ein großer Mann, so groß wie Gallery und viel zäher, mit einem Verstand, der dem meinen von gleich zu gleich gegenübertreten konnte.

»So darfst du mir nicht kommen, Stevie. Etwas ist ... he-e!« Er hob plötzlich mein Kinn in die Höhe, und seine hellen Augen glühten auf und verengten sich.

»Was ist das?« fragte er. »Tränen?«

Er starrte mich eine Minute lang mit offenem Mund an, und dann brach er in Lachen aus. Ich schlug ihn.

3
LOHN DES BÖSEN

Flack fiel rückwärts auf den durchscheinenden Stein. Ich stieg an ihm vorbei die geschwungene Rampe hoch. Ich ging schnell, aber es war bereits zu spät.

Die Luftschleusen der *Queen of Jupiter* öffneten sich hinter mir.

Ich blieb stehen. Ich blieb auf die gleiche Weise stehen, wie es Gallery in dem windgepeitschten marsianischen Sand getan hatte, langsam, Gewichte an meinen Füßen schleppend. Ich wollte es nicht. Ich wollte mich nicht umdrehen, aber ich konnte nicht dagegen an. Mein Körper drehte sich von selbst um.

Flack war wieder auf den Füßen, lehnte sich an die mit Steinmetzarbeiten verzierte Wand und sah mich an. Blut lief ihm über die Lippe und das Kinn hinunter. Er zog ein Taschentuch hervor und hielt es sich vor den Mund, und seine Augen, blaß und ruhig und glühend, blieben ständig auf mich gerichtet. Die goldene Aura bildete einen Halo um seinen dunklen Kopf wie bei einem gemalten Heiligen.

Hinter ihm standen die Schleusen des Schiffs offen, und die Leute kamen heraus.

In ihrer Nische auf der vierten Ebene von Astellar

pulsierten die X-Kristalle von einem hellen Grau zu einem Schwarz, so endlos und fremdartig wie der Kohlensack. Durch sie sandte ein Verstand freundliche und sanfte Gedanken aus, und die menschliche Fracht der *Queen* hörte sie.

Sie kamen aus den Schleusen, sie gingen stetig, aber ohne Hast. Sie gruppierten sich zu einer lockeren Kolonne und kamen über den grünen durchscheinenden Fußboden der Höhle und die Rampe herauf. Mühelos schritten sie dahin, ihr Atem ging tief und ruhig, ihre Augen standen halb offen und waren voll von Träumen.

Das lange, geschwungene Band aus blaßgrünem Stein herauf, vorbei an Flack, vorbei an mir und hinein in die anschließende Halle. Sie sahen nichts als ihre Träume. Sie lächelten ein wenig. Sie waren glücklich und hatten keine Angst.

Virgie trug immer noch das Baby, das in ihren Armen schlummerte, und Brad war immer noch an ihrer Seite. Das Medaillon hatte sich durch ihre Bewegungen gedreht, so daß es jetzt die Bilder versteckte und mir nur seine silberne Rückseite zeigte.

Ich sah sie gehen. Die Halle hinter der Rampe war aus milchigem Kristall herausgeschnitten und mit Metallen eingelegt, die aus anderen Dimensionen kamen, radioaktiven Metallen, die die kristallenen Wände und die Luft zwischen ihnen mit gedämpftem, nebligem Feuer füllten.

Sie schritten langsam in den Schleier aus Nebel und Feuer und waren verschwunden.

Flack sagte leise: »Steve.«

Ich drehte mich nach dem Klang seiner Stimme um. Alles war merkwürdig verschwommen, aber ich sah das gelbe Glühen seiner Aura, seine dunkle Kraft als Silhouette vor dem blaßgrünen Stein. Er hatte sich nicht bewegt. Er hatte seine kalten hellen Augen nicht von mir weggenommen.

Ich hatte meinen Geist nackt, unbewacht gelassen und ich wußte, bevor er sprach, daß Flack meine Gedanken gelesen hatte.

Er sprach mit seinen verletzten Lippen.

»Du glaubst, du wirst nicht wieder in die Wolke gehen, des Mädchens wegen«, flüsterte er. »Du glaubst, es müsse einen Weg geben, sie zu retten. Aber es gibt keinen, und du würdest sie auch nicht retten, wenn du es könntest. Und du wirst wieder in die Wolke gehen, Stevie. In zwölf Stunden, wenn es an der Zeit ist, wirst du mit uns übrigen in die Wolke gehen. Und weißt du, warum?«

Seine Stimme wurde so weich wie die Berührung einer Taube, und sie hatte einen Unterton von Gelächter.

»Weil du Angst hast zu sterben, Stevie, genau wie wir übrigen. Sogar ich, Flack, der Mann, der nie eine Seele gehabt hat. Ich habe nie an einen Gott geglaubt, immer nur an mich selbst, und ich liebe das Leben. Aber manchmal sehe ich eine Leiche auf der Straße irgendeines menschlichen Sumpfes, und ich verfluche sie aus vollem Herzen, weil sie keine Angst zu haben braucht.

Du wirst in die Wolke gehen, weil die Wolke alles ist, was dich am Leben erhält. Und du wirst kein Mitleid mit dem rothaarigen Mädchen haben, Stevie. Du würdest nicht einmal Mitleid haben, wenn es Missy selbst wäre, die ihr Leben für dich gibt, weil du nämlich Angst hast. Wir sind nicht länger menschlich, Steve. Darüber sind wir hinaus. Wir haben gesündigt – Sünden begangen, für die es in dieser Dimension nicht einmal Namen gibt. Und ganz gleich, an was wir glauben oder was wir leugnen, wir haben Angst.

Angst zu sterben, Stevie. Wir alle. Angst zu sterben!«

Seine Worte erschütterten mich. Ich konnte sie nicht vergessen. Ich dachte sogar dann noch an sie, als ich Shirina sah.

»Ich habe eine neue Dimension gefunden, Stevie«,

sagte Shirina träge. »Eine kleine, zwischen der achten und der neunten. Sie ist so klein, daß wir sie bisher übersehen haben. Wir werden sie erkunden, nach der Wolke.«

Sie führte mich in unsere Lieblingskammer. Sie war aus einem so schwarzen und tiefen Kristall geschnitten, daß man das Gefühl hatte, draußen im Raum zu sein, und wenn man lange genug hinsah, erkannte man seltsame Nebel, weit entfernt, und Galaxien, die es nie gegeben hat außer in Träumen.

»Wie lange wird es dauern, bis es Zeit ist?« fragte ich sie.

»Eine Stunde, vielleicht weniger. Armer Stevie. Es wird bald vorbei sein, und du wirst es vergessen.«

Ihre Gedanken berührten sacht die meinen, und die Intimität, die Süße und der Trost gingen weit über die Berührung von Händen hinaus. Das hatte sie schon stundenlang getan, hatte das Fieber und den Schmerz aus meinem Gehirn gestreichelt. Ich lag, ohne mich zu bewegen, auf einer Couch, weich wie eine Wolke. Vor der Dunkelheit konnte ich das Glühen und Schimmern Shirinas sehen, ohne den Kopf zu wenden.

Ich weiß nicht, wie ich Shirina beschreiben soll. Körperlich stand sie der Menschheit recht nahe. Die Unterschiede im Bau waren subtiler als die bloße Form. Sie waren – sie waren eben richtig und exotisch und auf eine Weise entzückend, für die es keine Worte gibt.

Sie und ihre Rasse brauchten keine Kleidung. Ihre trägen, geschmeidigen Körper waren von einem Flaum umhüllt, der weder Fell noch Federn oder Ranken war, sondern etwas von allen dreien hatte. Sie hatten keine richtige Farbe. Sie veränderten sich je nach dem Licht in einem endlosen Spektrum von Schönheit, das weit über die Menschen bekannte Reichweite hinausging.

Jetzt im Dunkeln glühte Shirinas Aura in warmer Perlfarbe. Ich konnte undeutlich ihr Gesicht sehen, dessen dreieckig zusammenlaufende Knochen mit einer

Haut, weicher als die Brust eines Kolibris, bedeckt war, die totenschwarzen, bodenlosen Augen, den Kamm aus zarten Fühlern, an deren Spitzen winzige Lichtkügelchen wie Diamanten unter Gaze brannten.

Ihre Gedanken legten sich zart um die meinen. »Du brauchst dir keine Sorgen zu machen, Stevie«, dachte sie. »Das Mädchen wird als letzte gehen. Das ist alles schon arrangiert. Du betrittst die Wolke als erster von allen, und es wird nicht die kleinste Vibration von ihr da sein, die dich berühren könnte.«

»Aber irgend jemanden wird sie berühren, Shirina«, stöhnte ich. »Und das macht für mich einen Unterschied, auch bei den anderen. Es ist, als habe die Zeit gar nichts zu bedeuten. Sie ist ... sie ist wie mein eigenes Kind.«

Shirina antwortete laut, geduldig. »Aber das ist sie nicht. Deine Tochter wurde vor dreihundert Jahren geboren. Dreihundert Jahre, heißt das, für deinen Körper. Für dich gibt es keine Berechnung. Die Zeit ist in jeder Dimension anders. Wir haben in einigen von ihnen tausend Jahre und mehr verbracht.«

Ja, ich erinnerte mich an diese fremdartigen Jahre. Dimensionswände sind für die Gedanken keine Barrieren. Du liegst unter den X-Kristallen und siehst sie von Nebelgrau zu bodenlosem Schwarz pulsieren. Der Geist wird aus dir herausgesaugt und an einem dichten Strahl sorgfältig geplanter Vibration entlangprojiziert, und plötzlich bist du in einem anderen Raum, in einer anderen Zeit.

Du kannst jeden Körper übernehmen, der dir gefällt, und für so lange, wie es dir gefällt. Du kannst zwischen Planeten, zwischen Sonnen, zwischen Galaxien umherwandern, einfach indem du daran denkst. Du kannst Dinge sehen, Dinge tun, Erfahrungen schmekken, für die es in sämtlichen Sprachen unseres Raum-Zeit-Kontinuums zusammengenommen keine Worte gibt.

Shirina und ich waren viel gewandert, hatten viel gesehen, hatten viel geschmeckt. Und die Zahl der ineinandergreifenden Universen ist unendlich.

»Ich kann nicht anders, als mir Sorgen zu machen, Shirina«, vertraute ich ihr an. »Ich möchte nicht so empfinden, aber ich kann nicht anders. In diesem Augenblick bin ich menschlich. Ich bin der einfache Steve Vance aus Beverly Hills, Kalifornien, auf dem Planeten Erde. Ich ertrage meine Erinnerungen nicht.«

Die Kehle schnürte sich mir zu. Mir war übel, der kalte Schweiß brach mir aus, und ich geriet näher an den Rand des Wahnsinns als je zuvor in meinen – Satan weiß, wie vielen – Jahren.

Shirinas Stimme kam durch die Dunkelheit. Sie war wie ein Vogelruf, eine Flöte, ein Plätschern von Wasser über Steinen und wie nichts, was einer von euch jemals gehört hat oder hören wird.

»Stevie«, sagte sie, »hör mich an! Du bist nicht mehr menschlich. Du bist es nicht mehr seit dem ersten Mal, da du in die Wolke gegangen bist. Du hast mit diesen Leuten nicht mehr gemeinsam als sie mit den Tieren, die sie zum Schlachten aufziehen.«

»Aber ich kann nicht umhin, mich zu erinnern.«

»Gut, dann erinnere dich. Erinnere dich, wie du dich von Geburt an von anderen Menschen unterschieden hast. Wie du hinausziehen mußtest, um Dinge zu sehen, die noch kein Mensch gesehen hatte, um mit deinem Herzen und deinem Schiff und deinen beiden Händen gegen den Raum selbst zu kämpfen.«

Ich hatte es sehr wohl im Gedächtnis. Der erste Mensch, der sich in den Gürtel wagte, der erste Mensch, der Jupiter in seinem Schwarm von Monden flammen sah.

»Aus dem Grund retteten wir dich vor der Wolke, als wir dich im Schleier fingen und nach Astellar brachten. Du besaßest etwas Seltenes – eine Kraft, einen Schwung der Vision und des Begehrens. Du konntest uns etwas geben, das wir wollten, einen leichteren Kontakt mit menschlichen Schiffen. Und dafür gaben wir dir Leben und Freiheit.«

Sie hielt inne und setzte leise hinzu: »Und mich selbst, Stevie.«

»Shirina!« Vieles traf und vermischte sich in unseren Gedanken. Emotionen, geboren in fremden Körpern, die wir geteilt hatten, Erinnerungen an Kämpfe und Schönheit, an Schrecken und Liebe unter Sonnen, die danach niemals mehr brannten, nicht einmal in unseren Träumen. Ich kann es nicht erklären. Es gibt keine Worte dafür.

»Shirina, hilf mir!«

Shirinas Gedanken umfingen die meinen wie die Arme einer Mutter.

»Du trägst keine Schuld daran, daß es begonnen hat, Stevie. Wir machten es mit dir unter Hypnose, damit dein Gehirn die Veränderung allmählich, ohne Schock assimilieren konnte. Ich selbst führte dich in unsere Welt, wie man ein Kind führt, und als du endlich befreit wurdest, war viel Zeit vergangen. Du warst über die Menschheit hinausgewachsen. Weit hinausgewachsen.«

»Ich hätte aufhören können. Ich hätte mich weigern können, von neuem in die Wolke zu gehen, als ich erfahren hatte, was sie war. Ich hätte mich weigern können, ein Judasbock zu werden, der die Schafe zur Schlachtbank führt.«

»Warum hast du es dann nicht getan?«

»Weil ich hatte, was ich wollte«, erklärte ich langsam. »Was ich immer gewollt hatte und wofür ich nie einen Namen wußte. Macht und Freiheit, wie sie keinem Menschen je zuteil geworden sind. Mir gefiel es, das zu haben. Wenn ich an dich und die Dinge, die wir zusammen tun können, und die Dinge, die ich allein tun kann, dachte, hätte ich das ganze Sonnensystem in den Schleier geführt, ohne ihm eine Träne nachzuweinen.«

Ich zog mühsam Luft in meine gepreßten Lungen und wischte mir den Schweiß von den Handflächen.

»Und außerdem fühlte ich mich nicht mehr menschlich. Ich hätte ihnen ebensowenig weh getan, wie ich einen Hund mißhandelt hätte, als ich noch ein Mensch war. Aber ich gehörte nicht mehr zu ihnen.«

»Warum ist es dann jetzt anders?«

»Ich weiß es nicht. Es ist eben so. Wenn ich daran denke, daß Virgie unter die Kristalle kommt und ich dann in die Wolke gehe, ist es zu viel.«

»Du hast ihre Leichen hinterher gesehen«, erinnerte Shirina mich sanft. »Nicht ein Atom ist berührt oder verändert, und sie lächeln. Es gibt keinen leichteren oder freundlicheren Tod in der Schöpfung.«

»Ich weiß«, sagte ich. »Ich weiß. Aber Virgie ist mein Fleisch und Blut.«

Sie würde unter die X-Kristalle gehen, lächelnd, mit ihrem roten Haar, dunkel und glänzend, die rauchgrauen Augen halb offen und voll von Träumen. Sie würde immer noch das Baby in den Armen halten, und Brad würde an ihrer Seite sein. Und die X-Kristalle würden pulsieren und mit schwarzem seltsamen Feuer brennen, und sie würde sich hinlegen, immer noch lächelnd, und das wäre dann alles.

Alles, für immer, für Virgie und Brad und das grünäugige marsianische Baby.

Aber das Leben, das in ihren Körpern gewohnt hatte, die Kraft, für die der Mensch keinen Namen hat, die den Atem und das Blut und die Wärme des lebenden Fleisches ausmacht, die äußerste Vibration der menschlichen Seele – diese Lebenskraft würde von den Kristallen aufsteigen, hinein in die Kammer der Wolke. Und Shirina und Shirinas Volk und die vier anderen Männer wie ich, die wir nicht länger menschlich waren, würden hineingehen, damit wir leben konnten.

Das hatte mich bis dahin eigentlich nie berührt. Anfangs denkst du daran, aber es bedeutet nichts. Es gibt keinen semantischen Bezug für ›Seele‹ oder ›Ego‹ oder ›Lebenskraft‹. Du siehst überhaupt nichts, du hast keinen Kontakt mit den Toten. Du denkst nicht einmal viel an den Tod.

Du weißt nur, daß du in eine strahlende Wolke gehst, und du fühlst dich wie ein Gott, und du denkst nicht an die menschliche Seite der Sache, weil du nicht länger ein Mensch bist.

»Kein Wunder, daß sie euch aus eurer eigenen Dimension hinausgeworfen haben!« rief ich aus.

Shirina seufzte. »Sie nannten uns Vampire – Parasiten – sybaritische Ungeheuer, die nur für die Sensation und das Vergnügen leben. Und sie schleuderten uns in die Dunkelheit. Nun, vielleicht hatten sie recht. Ich weiß es nicht. Aber wir haben nie jemanden verletzt oder geängstigt, und wenn ich an die Dinge denke, die sie ihren eigenen Leuten antaten, in Blut und Furcht und Haß, entsetze ich mich.«

Sie stand auf und kam zu mir und blieb bei mir stehen, schimmernd wie warme Perlen vor dem raumtiefen Kristall. Die winzigen Spitzen aus diamantenem Feuer brannten auf ihren Fühlern, und ihre Augen waren wie schwarze Sterne.

Ich streckte ihr die Hände entgegen. Sie nahm sie, und die Berührung zerbrach meine Selbstkontrolle. Ich weinte plötzlich, ohne einen Laut von mir zu geben.

»Recht oder Unrecht, Stevie, du bist jetzt einer von uns«, sagte sie liebevoll. »Es tut mir leid, daß dies geschehen ist. Ich hätte es dir erspart, wenn du mir erlaubt hättest, deinen Geist in Schlaf zu legen, bis es vorüber war. Aber du mußt das verstehen. Du hast sie, die Menschen, hinter dir gelassen, und du kannst nie, nie mehr zurück.«

Nach langer Zeit sagte ich: »Ich weiß. Ich verstehe.«

Ich spürte sie seufzen und erschauern, und dann zog sie sich, immer noch meine Hände haltend, zurück.

»Es ist jetzt Zeit, Stevie.«

Ich stand langsam auf, und dann hielt ich inne. Shirina sog erschrocken die Luft ein.

»Steve, meine Hände! Du tust mir weh!«

Ich ließ sie los. »Flack«, sagte ich, ohne zu irgendwem zu sprechen. »Er kannte meine Schwäche. Auf jeden Fall, ganz gleich, wieviel ich schwatze, gehe ich wieder in die Wolke, weil ich Angst habe. Darum werde ich immer wieder in die Wolke gehen, wenn es Zeit ist. Weil ich so schwer gesündigt habe, daß ich Angst habe zu sterben.«

»Was ist Sünde?« hauchte Shirina.

»Gott weiß es. Gott allein weiß es.«

Ich nahm ihren vogelweichen Körper in meine Arme und küßte sie, meine Lippen strichen über den glänzenden Flaum ihrer Wange bis zu ihrem kleinen karminroten Mund. Der Kuß hatte den schwach bitteren Geschmack von meinen Tränen, und dann lachte ich leise.

Ich zog mir die Kette des Medaillons über den Kopf und warf beides auf den Fußboden. Dann gingen wir zusammen hinaus, zur Wolke.

4
VORHANG DER DUNKELHEIT

Wir durchschritten die Gänge von Astellar, als seien wir im Herzen eines vielfarbigen Edelsteins. Gänge in Bernstein und Amethyst und Zinnober, in Drachengrün und dem Grau des Morgennebels und Farben, für die es in dieser Dimension keinen Namen gibt.

Die anderen kamen aus den kristallenen Zellen, wo sie ihre Zeit verbrachten, und schlossen sich uns an. Shirinas Leute, samtäugig und freundlich, auf dem Kopf Kronen aus Fühlern mit feurigen Spitzen. In dem Edelsteinlicht der Gänge sahen sie wie ein lebender Regenbogen aus.

Flack und ich und die drei anderen – in der ganzen Zeit, die Astellar in unserer Dimension weilte, hatten nur fünf Menschen einen Geist von der Art gehabt, die Shirinas Volk wollte – trugen unser Raumfahrer-Schwarz und gingen in unseren goldenen Auren.

Ich merkte, daß Flack zu mir hersah, aber ich vermied seinen Blick.

Schließlich kamen wir an den Ort der Wolke im Mittelpunkt von Astellar. Die einfachen, ebenholzschwarzen Türen standen offen. Dahinter wogte ein Nebel wie geronnener Sonnenschein, Stäubchen reinen, hellen, goldenen Strahlens, die in einer Wolke aus lebendem Licht umeinandertanzten.

Shirina faßte meine Hand. Sie wollte mich davon abhalten, daß ich an den Raum darunter dachte, in den auf einen hypnotischen Befehl hin immer noch die Männer und Frauen und Kinder aus der *Queen of Jupiter* strömten, um unter den X-Kristallen in ihren letzten langen Schlaf zu sinken.

Ich umklammerte Shirinas Hand fest, und wir traten in die Wolke ein.

Das Licht schloß sich um uns. Wir schritten über etwas, das nicht Stein und auch sonst nichts Stoffliches war, sondern eine Energievibration von den X-Kristallen, die uns auf einem prickelnden, federnden Netz hielt. Und das goldene, lebende Licht hängte sich an uns, liebkoste uns, ergoß sich in kräuselnden Wellchen aus Feuer über die Haut.

Ich hungerte danach. Mein Körper reckte sich stolz. Ich ging auf dem bebenden Kraftfeld unter meinen Füßen, den Kopf hocherhoben, mit angehaltenem Atem. Jedes einzelne Atom meines Fleisches verjüngte sich, klopfte und flammte und pulsierte vor Leben.

Leben!

Und dann überkam es mich.

Ich wollte dieses Leben nicht. Ich hatte geglaubt, meine Gedanken in Tiefen hinuntergedrückt zu haben, wo sie mich nicht mehr quälen konnten. Ich hatte geglaubt, meinen Frieden mit der Seele, die ich gehabt oder verloren hatte, gemacht zu haben. Ich wollte nicht denken.

Aber ich dachte. Es traf mich plötzlich. Wie ein Meteor, der ein Schiff im Raum zermalmt, wie das erste nackte Gleißen der Sonne, wenn du die Gipfel auf der Dunkelseite des Merkur hinter dir läßt. Wie der Tod, diese letzte, endgültige Erfahrung, der man nicht ausweichen kann.

Ich erkannte, was dieses Leben war und woher es kam und wie es mich verwandelt hatte.

Es war Virgie. Virgie mit ihrem verdammten roten Haar und ihren rauchgrauen Augen und Missys Leben in ihr und meins. Warum mußte sie mir gesandt werden? Warum mußte ich ihr neben diesem toten Marsianer am Unterkanal von Jekkara begegnen?

Aber ich war ihr begegnet. Und plötzlich kam mir die Erkenntnis.

Ich weiß nicht mehr, was ich tat. Ich muß mich von Shirinas Hand losgerissen haben. Ihr erschrockener Gedanke berührte mein Gehirn, und dann war er fort, und ich rannte durch die goldene Wolke auf den Ausgang zu. Ich rannte besinnungslos, ich rannte mit Höchstgeschwindigkeit.

Ich habe wohl versucht zu schreien. Ich weiß es nicht. Ich war völlig wahnsinnig. Aber ich erinnere mich trotzdem, daß jemand neben mir herlief, mit mir in der leuchtenden Blindheit der Wolke Schritt hielt.

Ich stürmte in den Gang hinaus. Er war blau wie stilles tiefes Wasser und leer. Ich rannte. Ich wollte nicht rennen. Ein vernünftiger Winkel meines Gehirns schrie nach Shirina um Hilfe, aber sie konnte nicht durch das kreischende Chaos des übrigen Gehirns gelangen. Ich rannte.

Und jemand lief hinter mir. Ich drehte mich nicht um. Es kümmerte mich nicht. Ich nahm es kaum wahr. Aber jemand rannte hinter mir auf langen schnellen Beinen.

Den blauen Gang hinunter und hinein in einen anderen, der ganz flammenfarben, durchschossen mit Grau war, und diesen entlang zu einer geschwungenen Rampe aus dunklem Bernstein geschnitten, die zu der Ebene darunter führte.

Zu der Ebene, wo die X-Kristalle waren.

Ich raste den bernsteinfarbenen Pfad hinunter, sprang wie ein Hirsch, dem die Hunde auf den Fersen sind, durch eine kristallene Stille, die das Geräusch meines Atems hart und rasselnd auf mich zurückwarf. Am Fuß der Rampe war ein runder Platz, wo vier Gänge aufeinanderstießen, ein in düsterem, bodenlosem Purpur ausgehauener Raum.

Ich erreichte ihn, und von drei der Gangmündungen traten mir Menschen entgegen. Männer mit jungen Gesichtern und schneeweißem Haar und nackten Körpern, die golden vor dem Purpur brannten.

Ich blieb in der Mitte des Raums stehen. Ich hörte bloße Füße auf der Rampe hinter mir trommeln, und ich wußte, ohne hinzuschauen, wer es war.

Flack. Er umrundete mich und fixierte mich mit seinen kalten seltsamen Augen, die in seinem dunklen Gesicht wie Mondlicht waren. Irgendwo hatte er einen Laser gefunden.

Er richtete ihn auf mich. Nicht auf meinen Kopf oder mein Herz, sondern auf meine Mitte.

»Dachte ich mir doch, daß du durchdrehen würdest, Stevie«, sagte er. »Deshalb gaben wir acht für den Fall, daß du etwas anstellst.«

Ich stand still. Ich hatte überhaupt keine Gefühle. Darüber war ich hinaus. Ich war wahnsinnig, völlig wahnsinnig, und ich dachte an die Zeit und die Kristalle, die knapp außerhalb meiner Reichweite pulsierten.

»Geh mir aus dem Weg!« warnte ich ihn.

Flacks Lächeln war kein Zeichen von Belustigung. Die

drei Männer rückten vor und stellten sich ein Stückchen hinter ihm auf. Sie sahen Flack an, und sie sahen mich an, und die Sache paßte ihnen überhaupt nicht, aber sie hatten Angst.

Angst zu sterben, wie wir alle. Sogar Flack, der nie eine Seele gehabt hatte.

Flack benahm sich wie jemand, der Geduld mit einem ungezogenen Kind zeigt.

»Willst du mit uns zurückkommen, Stevie, oder soll ich dir auf der Stelle die Eingeweide herausblasen?« fragte er mich.

Ich sah ihm in die kalten, seltsamen Augen. »Das würde dir gefallen.«

»Ja.« Seine rote Zungenspitze fuhr über seine geschwollenen Lippen. »Ja. Aber ich lasse dir die Wahl.«

»Gut«, sagte ich. »Gut, ich werde wählen.«

Ich war wahnsinnig. Ich sprang ihn an.

Zuerst schlug ich ihn mit meinem Geist. Flack war stark, aber ich war fünfzig Jahre älter in der Wolke als er, und Shirina hatte mich einiges gelehrt. Ich sammelte alle Kraft, die ich besaß, und griff ihn damit an, und er mußte seine ganze Gedankenkraft konzentrieren, um mich abzuwehren, so daß er sein Bewußtsein eine Sekunde lang von dem Laser abwandte.

Ein instinktiver Reflex schickte einen rauchenden, karminroten Strahl tödlicher Energie an mir vorbei, als ich mich geduckt auf ihn warf. Er versengte mir die Haut, aber das war alles.

Wir fielen um uns schlagend auf den purpurnen Stein. Flack war stark. Er war größer als ich und schwerer und bösartig. Er schlug mich beinahe bewußtlos, aber ich hatte das Gelenk seiner Waffenhand gepackt und ließ es nicht los. Die drei anderen zogen ihre goldenen Auren ein bißchen auf die Gangmündungen zurück. Sie fürchteten, der Laser könne losgehen und sie treffen.

Sie glaubten, Flack werde schon mit mir fertig, und

sie hatten Angst. Deshalb zogen sie sich zurück und setzten ihre Geisteskraft gegen mich ein, versuchten mich niederzuhämmern.

Ich weiß heute noch nicht, warum es ihnen nicht gelang. Es mag vieles dabei mitgespielt haben, Shirinas Unterricht, mein höheres Alter und die Tatsache, daß ich nicht bewußt dachte. Ich war nichts als ein Ding, das irgendwo auf den Weg geschickt worden war und ihn fortsetzen würde.

Manchmal wünschte ich, sie hätten mich gebrochen. Manchmal wünschte ich, Flack hätte mich auf dem purpurnen Stein verbrannt.

Ich schüttelte ihre geistigen Schläge ab. Ich steckte die Hiebe von Flacks großer Faust und die Tritte seiner Füße und Knie ein, und ich verwandte meine ganze Kraft darauf, seinen Arm zu beugen. Ich riß ihn von mir weg und nach oben und hinten, wo ich ihn haben wollte.

Ich brachte ihn hin. Flack machte einen letzten Versuch. Er setzte seine letzte Kraft dafür ein, aber es half ihm nichts. Ich sah seine Augen, riesengroß in seinem dunklen Gesicht. Ich sehe sie immer noch.

Ich bog meine Finger um seine und drückte den Auslöser.

Ich stand auf und ging über den Fußboden, den Laser in der Hand. Die drei anderen verteilten sich, wachsam, kreisten mich ein. Nackte Männer, die golden vor dem purpurnen Stein glühten, die Augen hart, vor Angst sprungbereit wie Tiere.

Ich schoß den einen durch den Kopf, gerade als sich seine Muskeln zum Sprung spannten. Die anderen kamen schnell heran. Sie schlugen mich nieder, und Zeit verging, und die Menschen wanderten langsam unter die Kristalle, Träume in den Augen.

Ich trat den einen Mann unter das Kinn und brach ihm den Hals, und der andere versuchte, mir den Laser wegzunehmen. Ich war gerade aus der Wolke gekommen und er nicht. Ich war stark von dem Leben, das von den X-Kristallen nach oben pulsierte. Ich zwang seine Arme zurück und drückte von neuem den Auslöser, und ich versuchte, ihm nicht in die Augen zu sehen.

Denn diese Männer waren meine Freunde. Männer, mit denen ich getrunken und gelacht hatte und manchmal zu Welten außerhalb dieses Universums gezogen war.

Ich ging weiter, einen Gang entlang, der in der Farbe eines Sonnenaufgangs auf dem Mars prangte. Ich war leer. Ich fühlte nicht, und ich dachte nicht. Da war ein Schmerz, ganz weit weg, und Blut in meinem Mund, aber dergleichen zählte nicht.

Ich kam an die Stelle, wo die Kristalle waren, und blieb stehen.

Viele von ihnen waren unter die Kristalle gegangen. Fast die Hälfte von den fünfhundert Familien aus der *Queen of Jupiter.* Sie lagen still auf dem schwarzen Boden, und es war viel Platz. Sie beengten ihn nicht für die anderen, die nach ihnen kamen, ein langsamer, ruhiger Strom von menschlichen Wesen mit Träumen in den Augen.

Die Kristalle hingen in einem großen Kreis, leicht nach innen geneigt. Sie pulsierten mit einer Schwärze, die mehr war als bloße Dunkelheit, eine negative Kraft, so flammend und greifbar wie Sonnenlicht. Der Neigungswinkel und die Abstimmung der Facetten aufeinander machten den Unterschied im Ergebnis aus, ob der Schleier oder Antriebskraft oder Hypnose projiziert wurde oder ob sie als Tor zu einem anderen Raum-Zeit-Kontinuum dienten.

Oder die Lebenskraft aus menschlichen Körpern saugten.

Ich sah das blasse Schimmern der Energie im Mittelpunkt, eine Art Strudel zwischen den grenzenlosen, brennenden schwarzen Facetten, der von den stillen Körpern zu der Kammer der Wolke oben aufstieg.

Ich sah die Gesichter der Toten. Sie lächelten immer noch.

Die Kontrollen befanden sich auf der anderen Seite. Ich rannte. Ich war innerlich tot, so tot wie die Leichen auf dem Fußboden, aber ich rannte. Ich weiß noch, daß ich dachte, wie komisch es sei, zu rennen, wenn man doch tot ist. Ich hielt mich an der Außenseite der Kristalle und rannte mit aller Kraft auf die Kontrollen zu.

Ich sah Virgie. Sie war weiter hinten in der Prozession, und sie sah genauso aus, wie ich sie in Erinnerung hatte, mit Brad an ihrer Seite und dem grünäugigen schlafenden Baby auf dem Arm.

Virgie mit dem schimmernden roten Haar und Missys Augen!

Ich packte die Kontrollen und riß sie herum, und der leuchtende Strudel verschwand. Ich drehte das große sechseckige Rad und hängte es bei Hypnose der höchsten Stufe ein. Dann rannte ich auf den Fußboden hinaus, zwischen die Toten.

Ich sagte den Lebenden, was sie tun sollten. Ich weckte sie nicht auf. Sie drehten sich um und beschritten den Weg zurück, den sie gekommen waren, zurück zu der *Queen of Jupiter,* sie liefen schnell und lächelten immer noch, hatten immer noch keine Angst.

Ich ging wieder zu dem Rad und drehte es von neuem bis zu einem Einschnitt, der mit der Astellarier-Farbe für Gefahr markiert war. Dann folgte ich den letzten Menschen in den Gang. Am Eingang drehte ich mich um und hob meinen Laser.

Ich sah Shirina unter der strahlenden Schwärze der Kristalle stehen, auf halbem Weg um die Biegung der Wand herum.

Ihre Gedanken berührten meine, und dann zogen sie sich zurück, langsam, so wie man die Hand von einer geliebten Person wegnimmt, die eben gestorben ist. Ich sah ihr in die Augen. Ich mußte.

Warum habe ich getan, was ich tat? Was kümmerten

mich rotes Haar und rauchgraue Augen und das in dreihundert Jahren verdünnte Blut eines Mädchens namens Missy? Ich war nicht länger menschlich. Was kümmerte es mich?

Wir waren auseinander, Shirina und ich. Wir hatten uns voneinander entfernt, und wir konnten uns nicht berühren, nicht einmal, um uns Lebewohl zu sagen. Ich fing ein schwaches Echo ihres Gedankens auf.

»Oh, Stevie, wir hätten noch so vieles unternehmen können!«

Ihre großen leuchtenden schwarzen Augen standen voll Tränen, ihre edelsteinbesetzten Fühler waren trüb und hingen hernieder. Und doch wußte ich, was sie tun würde.

Plötzlich konnte ich die Kristalle nicht mehr sehen. Ich konnte überhaupt nichts mehr sehen. Ich wußte, es würde nie wieder etwas geben, das ich sehen wollte. Ich hob den Laser und feuerte ihn auf höchster Stufe in einen der hängenden Kristalle ab, und dann rannte ich.

Ich spürte, wie Shirinas tödlicher Gedanke einem Pfeil gleich mein Gehirn traf und es schwächte und etwas in ihrem eigenen Gehirn als der Quelle erschütterte. Ich rannte, ein totes Ding auf bleiernen Füßen in einem Halo aus goldenem Licht.

Hinter mir begannen die X-Kristalle, von dem Laser in ihrer vollsten gemeinsamen Kraftentfaltung gestört, zu splittern und zu brechen und die Welt von Astellar in Stücke zu reißen.

Ich weiß nicht viel über das, was geschah. Ich rannte und rannte, den Menschen auf den Fersen, die noch lebten, aber ich war über das Denken oder Fühlen hinaus. Ich habe vage Erinnerungen an Gänge, gesäumt mit Zellen aus edelsteinfarbenen Kristallen, Gängen in den Farben von Bernstein und Amethyst und Zinnober, von Drachengrün und dem Grau des Morgennebels und Farben, für die es in dieser Dimension keine Namen gibt.

Gänge, die hinter mir brachen und splitterten, in sich zusammenstürzten, Scherben von zerbrochenen Regenbogen. Und über dem allen das Kreischen der Energie von den X-Kristallen, die an Astellar zerrten und rissen.

Dann hörte ich etwas mit meinem Verstand, nicht mit meinen Ohren. Shirinas Volk, das in den Trümmern starb.

Es lähmte mein Gehirn, aber nicht genug. Ich konnte immer noch hören. Ich kann immer noch hören.

Die *Queen of Jupiter* war in Sicherheit. Die sich nach außen fortpflanzende Vibration hatte sie noch nicht erreicht. Wir gingen an Bord, und ich öffnete die Raumtüren und startete das Schiff selbst, weil der Skipper und der Erste und der Zweite Offizier für immer auf Astellar schliefen.

Ich sah mir den Tod Astellars nicht an. Erst nach langer Zeit blickte ich zurück, und die Welt war verschwunden. Da schimmerte nur noch eine Wolke von hellem Staub im ungefilterten Sonnenlicht.

Ich stellte den Autopiloten auf das Hauptquartier der Raumbehörde auf dem Mars ein und schaltete den automatischen AC-Warnstrahl an. Dann verließ ich die *Queen of Jupiter* in dem Rettungsboot Nummer 4 vom B-Deck.

Dort bin ich jetzt, wo ich dies schreibe, irgendwo zwischen dem Mars und dem Gürtel. Ich habe Virgie nicht mehr gesehen, bevor ich ging. Ich wollte keinen von ihnen mehr sehen, aber vor allem Virgie nicht. Sie werden jetzt wach sein. Ich hoffe, ihre Leben sind wert, was sie gekostet haben.

Astellar gibt es nicht mehr. Der Schleier ist verschwunden. Ihr braucht keine Angst mehr zu haben. Ich werde dieses Manuskript in eine Nachrichtenrakete stecken und abschicken, damit ihr wißt, daß ihr keine Angst mehr zu haben braucht. Ich weiß nicht, warum mir daran etwas liegt.

Ich weiß nicht, warum ich all das schreibe, wenn nicht – ach, Unsinn, ich weiß es! Warum lügen? Warum bei diesem Stand des Spiels lügen?

Ich lebe jetzt. Ich bin ein junger Mann. Aber die Wolke, die mich so erhielt, ist fort, und nun werde ich alt werden, zu alt, sehr schnell, und sterben. Und ich habe Angst zu sterben.

Irgendwo im Sonnensystem muß jemand sein, der bereit ist, für mich zu beten. Als Kind hat man mich gelehrt, daß Gebete helfen. Ich möchte, daß jemand für meine Seele betet, weil ich es nicht für mich selbst tun kann.

Wenn ich froh darüber wäre, was ich getan habe, wenn ich mich geändert hätte, dann könnte ich vielleicht beten.

Aber ich habe mich von der Menschheit entfernt, und ich kann nicht umkehren.

Vielleicht kommt es auf Gebete gar nicht an. Vielleicht gibt es nach dem Tod nichts als Vergessen. Ich hoffe es! Wenn ich nur aufhören könnte zu sein, zu denken, mich zu erinnern.

Ich hoffe zu allen Göttern sämtlicher Universen, daß der Tod das Ende ist. Aber ich weiß es nicht, und ich habe Angst.

Angst. Judas – Judas – Judas! Ich habe zwei Welten verraten, und es kann keine tiefere Hölle geben als die, in der ich jetzt lebe. Und immer noch habe ich Angst.

Warum? Warum kümmert es mich, was mit mir geschieht? Ich habe Astellar vernichtet. Ich habe Shirina vernichtet, die ich mehr liebte als irgend etwas sonst in der Schöpfung. Ich habe meine Freunde, meine Kameraden vernichtet – und ich habe mich selbst vernichtet.

Und ihr seid es nicht wert. Nicht einmal die Gesamtheit des menschlichen Viehs, das sich im Sonnensystem fortpflanzt, ist Astellar und Shirina und die Dinge, die wir zusammen jenseits von Raum und Zeit taten, wert.

Warum habe ich Missy dieses Medaillon gegeben?

Warum mußte ich Virgie mit ihrem roten Haar begegnen?

Warum erinnerte ich mich? Warum kümmerte es mich? Warum habe ich getan, was ich tat?

Warum bin ich je geboren worden?

FRITZ LEIBER
(geb. 1910)

Geistige Gesundheit

(›*Astounding*‹, April)

Obwohl Fritz Leiber während der ersten Hälfte der vierziger Jahre vor allem auf den Fantasy-Märkten erschien (vor allem in Unknown *und* Weird Tales*), veröffentlichte er doch gelegentlich auch eine Science Fiction-Story. Sein Vordringen in die erste Reihe der Autoren der SF-Welt mußte jedoch auf die fünfziger Jahre warten.*

›Sanity‹ ist besonders wegen des moralischen Gesichtspunktes interessant. Es stimmt zwar, daß viele Science Fiction-Autoren Antimilitaristen waren und die zerstörerische Kraft des Krieges beklagten, aber nur relativ wenige von ihnen gestatteten pazifistischen Ansichten, in ihren Geschichten an die Oberfläche zu treten – schließlich schrieben sie für Magazine, die, Astounding *teilweise ausgenommen, immer noch in beträchtlichem Ausmaß Wert auf Action und Abenteuer legten. Außerdem, die Bedrohung durch die Nazis war so groß und der Krieg gegen den Faschismus so gerecht, daß fast alle Autoren dazu neigten, die Kriegsanstrengungen der Alliierten zu unterstützen.*

Fritz Leiber fühlte sich jedoch von der Zerstörung so abgestoßen, daß er in dieser starken Story – und ebenso in anderen – gegen die Schrecken aller Kriege vom Leder zog.

(Ich muß Marty Greenbergs Satz aufgreifen »Die Bedrohung durch die Nazis war so groß und der Krieg gegen den Faschismus so gerecht«. Das ist wahr. Marty, der damals noch ein Dreikäsehoch war, hat es nicht bewußt erlebt und weiß nur, was er gelesen hat. Ich jedoch habe es bewußt erlebt und erinnere mich an die Verzweiflung und den Schrecken der Zeit, in der es so aussah, als machten bösartige Tyranneien Jahr für

Jahr Fortschritte. Und doch war auf lange Sicht das Schlimmste, was Hitler getan hat, daß er dem Krieg den Anschein der Notwendigkeit gab. Große Ehre müssen wir daher jenen zollen, die schon mitten in einer Ausnahmesituation die grundlegende Wahrheit erkannten, daß der Krieg ein Übel ist, bevor der Einsatz der Atombombe das allen bis auf die niedrigsten Intelligenzen klarmachte. – I. A.)

»Komm herein, Phy, und mach es dir bequem!«

Die wohllautende Stimme – und der sich plötzlich erweiternde Eingang – ertappten den Generalsekretär der Welt beim Spielen mit einem Klumpen grünlichen Gasoids. Er quetschte ihn in der Faust und sah zu, wie spatelförmige Ranken, die sich nicht zerteilten, zwischen seinen Fingern hervorquollen. Langsam, mit schiefem Hals, drehte er den Kopf. Auf Weltmanager Carrsbury richtete sich ein Blick, der gleichzeitig simpel, schlau und leer war. Abrupt wurde der Ausdruck durch ein nervöses Lächeln ersetzt. Der dünne Mann straffte sich, soweit die gewohnheitsmäßig sackenden Schultern es ihm gestatteten, trat hastig ein und setzte sich auf die äußerste Kante eines pneumatischen, körpergerechten Sessels.

Verlegen fummelte er an dem Gasoid-Klumpen herum, hielt Ausschau nach einem ihm zupaß kommenden Abfallschlitz in der Polsterung. Da er keinen fand, stopfte er das Zeug rasch in die Tasche. Dann unterdrückte er seine Zappeligkeit, indem er die Hände entschlossen ineinanderschlug. Die Augen hielt er zu Boden gerichtet.

»Wie geht es dir, Alter?« fragte Carrsbury mit einer Stimme, die warm war vor gütiger Freundlichkeit.

Der Generalsekretär blickte nicht auf.

»Beunruhigt dich irgend etwas, Phy?« fuhr Carrsbury besorgt fort. »Fühlst du dich ein bißchen unglücklich oder unzufrieden über deine ... äh ... Versetzung, jetzt, wo der Augenblick gekommen ist?«

Noch immer antwortete der Generalsekretär nicht. Carrsbury beugte sich über den mattsilbernen, halbkreisförmigen Schreibtisch vor und drängte in seinem gewinnendsten Ton: »Komm, alter Junge, sprich dich aus!«

Der Generalsekretär hob den Kopf nicht, aber er rollte seine seltsamen, ins Leere blickenden Augen nach oben, bis sie direkt auf Carrsbury gerichtet waren. Er erschauerte leicht, es war, als ziehe sich sein Körper zusammen, und seine blutlosen Hände krampften sich fester umeinander.

»Ich weiß«, erklärte er mit leiser, mühsamer Stimme. »Du hältst mich für geisteskrank.«

Carrsbury richtete sich auf und zwang seine Augenbrauen, in einem verblüfften Stirnrunzeln zu der Mähne silbrigen Haars emporzusteigen.

»Oh, du brauchst nicht so zu tun, als verwirre es dich«, fuhr Phy fort, schnell jetzt, nachdem er das Eis gebrochen hatte. »Du weißt ebensogut wie ich, was das Wort bedeutet. Besser noch – obwohl wir beide historische Forschungen betreiben mußten, um es herauszufinden.«

»Geisteskrank«, wiederholte er verträumt mit unstetem Blick. »Signifikante Abweichung von der Norm. Unfähigkeit, sich nach grundlegenden Konventionen zu richten, die alles menschliche Verhalten bestimmen.«

»Unsinn!« Carrsbury fing sich wieder und setzte sein herzlichstes, unwiderstehlichstes Lächeln auf. »Ich habe nicht die leiseste Ahnung, worüber du redest. Daß du ein bißchen müde bist, ein bißchen überanstrengt, ein bißchen zerstreut – das kann man ja verstehen, wenn man die Bürde bedenkt, die du getragen hast. Etwas Ruhe wird genau das Richtige sein, dich wieder in Form zu bringen, ein schöner langer Urlaub weit weg von all dem hier. Aber der Gedanke, du seist ... lächerlich!«

»Doch.« Phys Blick nagelte Carrsbury fest. »Du hältst mich für geisteskrank. Du hältst alle meine Kollegen im Welt-Management-Dienst für geisteskrank. Deshalb läßt du uns ja durch die Männer ersetzen, die du zehn Jahre lang in deinem Institut für politische Führerschaft ausgebildet hast – seit dem Augenblick, als du mit meiner Hilfe und Begünstigung Weltmanager wurdest.«

Carrsbury zog sich vor der Endgültigkeit dieser Erklärung zurück. Zum ersten Mal wurde sein Lächeln ein wenig unsicher. Er wollte etwas sagen, dann zauderte er und sah Phy an, als hoffe er halb und halb, dieser werde fortfahren.

Aber dieses Individuum starrte von neuem unverwandt auf den Fußboden.

Carrsbury lehnte sich zurück, dachte nach. Als er sprach, geschah es mit einer natürlicheren Stimme, nicht so bewußt beschwichtigend und väterlich.

»Schon gut, Phy. Aber hör mal, willst du mir eine Frage ehrlich beantworten? Wärest du – und wären die anderen – nicht viel glücklicher, wenn ihr von all euren Verantwortungen befreit würdet?«

Phy nickte feierlich. »Ja«, sagte er, »das wären wir ... aber ...« – sein Gesicht spannte sich – »du siehst ...«

»Aber was?« drängte Carrsbury.

Phy schluckte schwer. Offenbar war er nicht fähig weiterzusprechen. Allmählich war er gegen die eine Seite des Sessels gesunken, und der Druck hatte das grüne Gasoid aus seiner Tasche gequetscht. Seine langen Finger krochen über den Klumpen und kneteten ihn nervös.

Carrsbury stand auf und kam hinter dem Schreibtisch hervor. Sein teilnehmendes Stirnrunzeln, das jetzt keine Verwirrung mehr ausdrückte, war nicht ganz echt.

»Ich sehe keinen Grund, warum ich dir nicht die ganze Geschichte erzählen sollte, Phy«, sagte er schlicht. »Auf merkwürdige Weise verdanke ich alles dir. Und es ist jetzt nicht mehr notwendig, es geheimzuhalten ... es besteht keine Gefahr ...«

»Ja«, stimmte Phy mit einem schnellen, bitteren Lächeln zu, »du bist jetzt schon seit einigen Jahren nicht mehr in Gefahr eines *coup d'état*. Wenn wir irgendwann revoltiert hätten, wäre ja« – sein Blick wanderte zu einem Punkt auf der gegenüberliegenden Wand, wo eine dünne senkrechte Ritze das Vorhandensein eines Eingangs anzeigte – »deine Geheimpolizei dagewesen.«

Carrsbury zuckte zusammen. Er hatte nicht angenommen, daß Phy das wußte. Beunruhigenderweise tauchte der Ausdruck *Die Schlauheit des Geisteskranken* in seinem Gehirn auf. Aber nur für einen Augenblick. Die liebenswürdige Selbstgefälligkeit flutete zurück. Er trat hinter Phys Sessel und legte die Hände auf die abfallenden Schultern.

»Du weißt, ich habe immer eine ganz besondere Einstellung dir gegenüber gehabt, Phy«, sagte er, »und das nicht nur, weil deine Launen es für mich sehr viel leichter machten, Weltmanager zu werden. Ich war immer der Meinung, du seist anders als die übrigen, und manchmal, wenn ...« Er zögerte.

Phy wand sich ein bißchen unter den freundlichen Händen. »Wenn ich Augenblicke geistiger Gesundheit hatte?« beendete er den Satz ausdruckslos.

»Wie jetzt«, bestätigte Carrsbury leise nach einem Nicken, das Phy nicht sehen konnte. »Ich hatte immer den Eindruck, daß du auf verdrehte, unrealistische Weise *verstehst*. Und das hat mir eine Menge bedeutet. Ich bin allein gewesen, Phy, schrecklich allein, zehn ganze Jahre lang. Nirgendwo Gefährten, nicht einmal unter den Männern, die ich im Institut für politische Führerschaft ausgebildet habe – denn auch bei ihnen hatte ich eine Rolle zu spielen, mußte sie in Unwissenheit von bestimmten Tatsachen halten, damit sie nicht versuchten, über meinen Kopf hinweg die Macht zu ergreifen, bevor sie richtig vorbereitet waren. Nirgendwo irgendwelche Gesellschaft, ausgenommen die meiner Hoffnungen – und in gelegentlichen Augenblicken die deine. Jetzt, wo es vorbei ist und für uns beide ein neues Regime beginnt, kann ich dir das sagen. Und ich bin froh.«

Eine Weile herrschte Schweigen. Dann – Phy wandte den Kopf nicht, aber eine magere Hand kroch nach oben und berührte Carrsburys Hand. Carrsbury räusperte sich. Merkwürdig, dachte er, daß es auch nur einen momentanen Rapport wie diesen zwischen dem geistig Gesunden und dem Geisteskranken geben kann. Aber es war so.

Er nahm seine Hände fort, schritt schnell zu seinem Schreibtisch, drehte sich um.

»Ich bin ein Atavismus, Phy«, begann er mit einer neuen, frischen, eifrigen Stimme. »Ein Atavismus aus einer Zeit, als die menschliche Mentalität viel gesünder war. Unwichtig, ob mein Fall hauptsächlich auf Vererbung oder auf bestimmte ungewöhnliche Zufälle der Umgebung zurückzuführen ist oder beides. Wesentlich ist, daß ein Mensch geboren wurde, der in der Lage war, den gegenwärtigen Stand der Menschheit im Licht der Vergangenheit zu kritisieren, den Zustand zu diagnostizieren und mit seiner Behandlung zu beginnen. Lange Zeit weigerte ich mich, die Fakten zur Kenntnis zu nehmen, aber schließlich ließen mir meine Forschungen – besonders die in der Literatur des 20. Jahrhunderts – keine andere Wahl mehr. Die Mentalität der Menschheit war – auf einen Irrweg geraten. Lediglich gewisse technische Fortschritte, als deren Ergebnis das Leben unendlich leichter und einfacher wurde, und die Tatsache, daß der Krieg durch die Gründung des gegenwärtigen Weltstaates abgeschafft war, verhinderten den andernfalls unvermeidlichen Zusammenbruch der Zivilisation. Aber nur vorübergehend, sie schoben ihn nur auf. Die großen Massen der Menschheit waren in einem Zustand, den man früher einmal hoffnungslos neurotisch genannt hätte. Ihre Führer waren ... du hast es als erster gesagt, Phy ... geisteskrank geworden. Übrigens, dieses letztere Phänomen – der Trieb psychisch Anomaler zur Führerschaft – ist in allen Zeitaltern bemerkt worden.«

Er hielt inne. Irrte er sich, oder folgte Phy seinen Worten mit Anzeichen einer größeren geistigen Klarheit, als er sie je zuvor an dem der Gewalt relativ abgeneigten Weltsekretär wahrgenommen hatte? Vielleicht – er hatte oft sehnsüchtig davon geträumt – gab es immer noch eine Möglichkeit, Phy zu retten. Wenn er es ihm deutlich und in aller Ruhe erklärte, etwa so:

»Bei meinen historischen Studien kam ich bald zu dem Schluß, daß die kritische Periode die der Endgültigen Amnestie war, die gleichzeitig mit der Gründung des gegenwärtigen Weltstaates erfolgte. Wir lernen, daß damals Millionen von politischen Gefangenen – und Millionen von anderen – aus Haftanstalten entlassen wurden. Nur, wer waren diese anderen? Auf diese Frage geben unsere jetzigen Geschichtswerke nur vage und seichte Antworten. Ich begegnete äußerst hartnäkkigen semantischen Schwierigkeiten. Aber ich forschte weiter. Warum, fragte ich mich, sind Wörter wie ›Geisteskrankheit‹, ›Wahnsinn‹, ›Verrücktheit‹, ›Psychose‹ aus unserem Wortschatz – und die dahinterstehenden Konzepte aus unseren Gedanken verschwunden? Warum wurde das Thema ›Psychologie des Abnormalen‹ aus den Lehrplänen unserer Schulen gestrichen? Noch mehr hat es zu bedeuten: Warum hat unsere moderne Psychologie eine auffallende Ähnlichkeit mit der Psychologie des Abnormalen, wie sie im 20. Jahrhundert gelehrt wurde, und allein mit dieser? Warum gibt es keine Einrichtungen für die Internierung und Pflege der psychisch Abweichenden mehr, wie es sie im 20. Jahrhundert gegeben hat?«

Phys Kopf ruckte nach oben. Er lächelte schief.

»Weil«, flüsterte er schlau, »heute alle geisteskrank sind.«

Die Schlauheit des Geisteskranken. Wieder ging es Carrsbury wie eine Warnung durch den Kopf. Er nickte.

»Anfangs weigerte ich mich, diesen Schluß zu ziehen. Aber nach und nach legte ich mir das Warum und Weshalb dessen, was geschehen war, zurecht. Eine hochtechnisierte Zivilisation hatte die Menschheit einer breiteren und sich schneller ablösenden Skala von Stimulanzien, sich gegenseitig ausschließenden Anregungen, psychischem Streß und emotionalen Schmerzen unterworfen. Doch das war es nicht allein. Die psychiatrische Literatur des 20. Jahrhunderts berichtet von Psychosen, die vom Erfolg herrühren. Ein unausgeglichener Mensch funktioniert so lange, wie er zu kämpfen hat, wie er auf ein Ziel zustrebt. Er erreicht das Ziel – und zerbricht. Seine unterdrückte Verwirrung kommt an die Oberfläche, er erkennt, daß er überhaupt nicht weiß, was er will, seine Energie, die bis dahin im Kampf mit etwas außerhalb seiner Person gebunden war, kehrt sich gegen ihn selbst und zerstört ihn. Nun, als der Krieg endlich abgeschafft, als die ganze Welt ein einziger vereinigter Staat wurde, als es keine soziale Ungleichheit mehr gab ... du siehst, auf was ich zusteuere?«

Phy nickte langsam. »Das«, erklärte er mit einer seltsamen, geistesabwesenden Stimme, »ist eine sehr interessante Deduktion.«

»Nachdem ich meine Hauptprämisse widerstrebend akzeptiert hatte«, fuhr Carrsbury fort, »wurde alles klar. Die zyklischen sechsmonatlichen Zinsschwankungen – ich erkannte sofort, daß Morgenstern vom Finanzressort ein Manisch-Depressiver mit einer Sechsmonatsphase sein muß oder andernfalls eine gespaltene Persönlichkeit, bei der der eine Aspekt ein Verschwender, der andere ein Geizhals ist. Es stellte sich heraus, daß ersteres zutrifft. Warum stagnierte die kulturelle Entwicklung? Weil Manager Hobart entschieden katatonisch ist. Wie kam es zu dem Boom in der extraterrestrischen Forschung? McElvy war euphorisch.«

Phy sah ihn staunend an. »Aber natürlich.« Er breitete die mageren Hände aus, von deren einer das Gasoid wie eine Locke grünen Rauchs niederhing.

Carrsbury maß ihn mit einem scharfen Blick. »Ja, ich weiß, daß ihr – du und mehrere andere – euch auf verdrehte Weise der Unterschiede zwischen euren ... Persönlichkeiten bewußt seid, wenn auch nicht der grundlegenden Abweichung in ihnen allen. Aber weiter! Sobald ich die Situation durchschaut hatte, war mein Kurs abgesteckt. Als geistig gesunder Mann, fähig, genau definierte realistische Zwecke zu verfolgen, umgeben von Individuen, deren Inkonsequenz und Selbsttäuschungen ich leicht für mich nutzen konnte, war ich in der Lage, mit der Zeit und mit einigem Takt jedes Ziel zu erreichen, das ich mir setzte. Ich war bereits im Management-Dienst. In drei Jahren wurde ich Weltmanager. Einmal auf diesem Posten angelangt, wuchs mein Einfluß beträchtlich. Wie der Mann in dem Epigramm von Archimedes hatte ich nun einen festen Punkt, von dem aus ich die Welt bewegen konnte. Ich war – unter verschiedenen Tarnungen und Vorwänden – imstande, Gesetze zu erlassen, deren eigentlicher Sinn es war, die großen neurotischen Massen zu beruhigen. Aufregende Stimulanzien wurden auf diese Weise vermindert, ein stärker reglementiertes und ordentlicheres Lebensprogramm eingeführt. Indem ich auf meine Beamtenkollegen einging und vollsten Gebrauch von meiner größeren Arbeitskapazität machte, sorgte ich dafür, daß die Weltangelegenheiten in einiger Sicherheit weiterstolperten – zumindest konnte ich das Schlimmste verhindern. Gleichzeitig begann ich mit meinem Zehnjahresplan: Ich stellte eine Gruppe von möglichen Führern zusammen, die sorgfältig aufgrund ihrer relativen Freiheit von neurotischen Tendenzen ausgesucht waren, und ließ sie in verhältnismäßiger Isolierung ausbilden, zuerst in kleinen, dann in größeren Anzahlen, da die Instruierten wiederum Instruktoren werden konnten.«

»Aber das ...«, begann Phy ziemlich aufgeregt und wollte aufspringen.

»Aber was?« fragte Carrsbury schnell.

»Nichts«, murmelte Phy niedergeschlagen und sank in seinen Sessel zurück.

»Das wäre es dann in großen Zügen.« Carrsburys Stimme klang plötzlich etwas matter. »Eine Nebensächlichkeit ausgenommen. Ich konnte es mir nicht leisten, ohne Schutz vorzupreschen. Zuviel hing von mir ab. Es bestand immer die Gefahr, daß ich einer schlecht koordinierten, aber nichtsdestoweniger wirksamen Gewalttat zum Opfer fiel, die meine Beamtenkollegen nicht augenblicklich durch Takt unter Kontrolle bekommen konnten. Deshalb tat ich einen gefährlichen Schritt, nur weil ich keine Alternative sah. Ich schuf ...« – sein Blick irrte zu der engen Ritze in der Seitenwand – »meine Geheimpolizei. Es gibt einen Typ von Geisteskrankheit, der als Paranoia bekannt ist, eine übertrieben argwöhnische Haltung verbunden mit Verfolgungswahn. Ich bediente mich der Rand-Technik aus dem 20. Jahrhundert, um einer Reihe dieser unglücklichen Individuen mittels Hypnose die fixe Idee einzupflanzen, ihr Leben hinge von mir ab, ich würde von allen Seiten bedroht und müsse um jeden Preis beschützt werden. Ein abscheuliches Mittel, obwohl es seinen Zweck erfüllte. Ich werde froh, sehr froh sein, wenn damit Schluß gemacht werden kann. Du verstehst doch, nicht wahr, die Notwendigkeit dieses Schrittes?«

Er sah Phy fragend an – und stellte erschrocken fest, daß dieses Individuum ihm ein leeres Grinsen zeigte und das Gasoid zwischen zwei Fingern hochhielt.

»Ich schnitt ein Loch in meine Couch, und eine Menge von diesem Zeug quoll heraus«, erklärte Phy in naivem Ton. »Durch mein ganzes Büro spannten sich Stricke daraus. Dauernd stolperte ich darüber.« Seine

Finger klopften den Klumpen geschickt und gestalteten ihn zu einem abschreckenden transparenten grünen Kopf, den er gleich wieder zusammenquetschte. »Komisches Zeug«, plapperte er. »Verdünnte Flüssigkeit. Gas mit festem Volumen. Und auf meinem ganzen Bürofußboden knäulte es sich um die Möbel.«

Carrsbury lehnte sich zurück und schloß die Augen. Seine Schultern sanken herab. Er fühlte sich plötzlich ein bißchen müde, er sehnte sich danach, seinen Tag des Triumphes hinter sich zu haben. Doch er durfte sich nicht davon entmutigen lassen, daß er bei Phy versagt hatte. Phy war wirklich Nebensache. Er hatte immer gewußt, daß Phy, von gelegentlichen Geistesblitzen abgesehen, so hoffnungslos wie alle übrigen war. Trotzdem ...

»Du brauchst dir keine Gedanken um den Fußboden in deinem Büro zu machen, Phy«, sagte er mit lustloser Freundlichkeit. »Jetzt nicht mehr. Dein Nachfolger wird dafür sorgen müssen, daß er gesäubert wird. Weißt du, du bist nämlich schon in allen deinen Aufgaben ersetzt worden.«

»Genau das ist es!« rief Phy mit explosiver Lautstärke, was Carrsbury erschreckte. Der Weltsekretär sprang auf, schritt auf ihn zu und streckte ihm aufgeregt die Hand entgegen. »Deshalb bin ich hergekommen! Das habe ich versucht, dir zu sagen! Ich kann nicht auf diese Weise ersetzt werden! Auch bei den anderen geht das nicht! Es wird nicht funktionieren! Du kannst das nicht tun!«

Mit einer durch lange Praxis erworbenen Geschwindigkeit schlüpfte Carrsbury hinter seinen Schreibtisch. Er zwang seine Gesichtszüge zu diesem Ausdruck ruhigen, lächelnden Wohlwollens, dessen er unsagbar müde geworden war.

»Na, na, Phy«, meinte er beschwichtigend, »wenn ich das nicht tun kann, dann kann ich es natürlich nicht tun. Aber findest du nicht, du solltest mir sagen, warum nicht? Findest du nicht, es wäre sehr nett, wenn wir uns hinsetzten und alles durchsprächen?«

Phy blieb stehen und ließ beschämt den Kopf hängen.

»Ja, ich glaube wohl.« Abrupt verfiel er wieder in seinen leisen, angestrengten Ton. »Das werde ich wohl tun müssen. Denn einen anderen Weg gibt es nicht. Ich hatte jedoch gehofft, ich müsse dir nicht alles erzählen.« Der letzte Satz war halb eine Frage. Er sah mit einem schmeichelnden Blick zu Carrsbury auf. Dieser schüttelte den Kopf, immer weiter lächelnd. Phy kehrte zu seinem Sessel zurück und setzte sich.

»Es begann alles damit ...« – düster knetete er seinen Gasoidklumpen – »daß du Weltmanager werden wolltest. Du warst nicht der übliche Typ, aber ich glaubte, es wäre irgendwie spaßig – ja, und irgendwie hilfreich.« Er sah Carrsbury an. »Du hast der Welt wirklich auf vielen Wegen eine Menge Gutes getan, vergiß das nie«, versicherte er ihm. »Natürlich ...« – er richtete den Blick wieder auf das gefolterte Gasoid – »waren das nicht genau die Wege, die du im Sinn hattest.«

»Nicht?« fragte Carrsbury automatisch nach. *Halte ihn bei Laune! Halte ihn bei Laune!* Der abgenutzte Refrain dröhnte in seinem Kopf.

Phy schüttelte traurig den Kopf. »Nimm zum Beispiel diese Gesetze, die du erließest, um die Leute ruhiger zu machen ...«

»Ja?«

»Sie riefen tatsächlich Veränderungen hervor. Zum Beispiel dein Verbot von Lesebändern der gesamten aufregenden Literatur ... oh, anfangs haben wir ein bißchen von dem beruhigenden Zeug, das du vorgeschlagen hattest, ausprobiert. Alle Welt hatte großes Vergnügen daran. Die Leute lachten und lachten. Aber später, nun, wie ich sagte, wurde dein Gesetz sozusagen umformuliert – in diesem Fall zu einem Verbot aller Literatur, die *nicht* spannend ist.«

Carrsburys Lächeln wurde breiter. Für einen Augenblick hatte eine Befürchtung den Rand seines Bewußtseins gestreift, aber Phys letzte Bemerkung bannte sie.

»Jeden Tag gehe ich an ein paar Leseständen vorbei«, erklärte Carrsbury freundlich. »Die zum Kauf angebotenen belletristischen Bänder stecken immer in züchtigen und farblich einfach gestalteten Behältern. Sie zeigen keins von diesen wilden und unheimlichen Bildern, die man früher überall zu sehen bekam.«

»Aber hast du je ein Band gekauft und es dir angehört? Oder den visuellen Text projiziert?« erkundigte Phy sich schüchtern.

»Seit zehn Jahren bin ich ein sehr beschäftigter Mann«, antwortete Carrsbury. »Natürlich habe ich die offiziellen Berichte über diese Angelegenheiten gelesen und manchmal einen Blick auf Beispielsammlungen von Fiction-Bändern geworfen.«

»Ja sicher, dieses offizielle Zeug«, stimmte Phy zu und betrachtete die Wand voller Bandbehälter hinter dem Schreibtisch. »Weißt du, was wir getan haben? Wir haben die einfarbigen Behälter beibehalten, aber auf den Inhalt der alten Art zurückgegriffen. Der Kontrast kitzelte die Leute irgendwie. Vergiß nicht, daß viele deiner Gesetze, wie ich bereits erwähnte, viel Gutes gestiftet haben. Zum Beispiel haben sie eine Menge unnötigen Lärm und Untüchtigkeit beseitigt.«

Dieses offizielle Zeug. Der Ausdruck blieb auf unangenehme Weise in Carrsburys Ohren haften. Es lag eine Spur von ununterdrückbarem Argwohn in seinem schnellen Blick über die Schulter zurück auf die Regale mit den Bandbehältern.

»Ach ja«, ließ sich Phy wieder hören, »und dieses Gesetz zur Verhinderung der Hingabe an ungewöhnliche oder unanständige Impulse mit der langen Liste spezifischer Kategorien. Es wurde wirksam, aber mit einem kleinen Nachsatz: ›Es sei denn, Sie haben tatsächlich den Wunsch, es zu tun.‹ Das fanden wir absolut notwendig, verstehst du.« Seine Finger bearbeiteten heftig das Gasoid. »Was das Verbot verschiedener stimulierender Getränke betrifft – nun, hierzulande werden sie immer noch unter anderen Namen ausgeschenkt, und es hat sich der interessante Brauch entwickelt, beim Trinken ein sehr nüchternes Benehmen zu zeigen. Kommen wir nun zu dieser Sache mit dem achtstündigen Arbeitstag ...«

Beinahe gegen seinen Willen war Carrsbury aufgestanden und zur Außenwand hinübergegangen. Indem er die Hand durch einen unsichtbaren U-förmigen Strahl führte, schaltete er das Fenster ein. Es war, als verschwinde die Außenwand. Durch ihre beinahe perfekte Transparenz spähte er mit ausgelassener Neugier an der glatt schimmernden Fassade entlang zu den Terrassen und Alleen hinunter.

Die mäßig großen Menschenmengen machten einen ganz ruhigen und ordentlichen Eindruck. Aber dann gab es ein Durcheinander – eine Gruppe von Leuten, aus diesem Winkel nichts als winzige Köpfe mit Armen und Beinen, kam weit unten aus einem Geschäft und begann, eine andere Gruppe mit etwas zu bewerfen, das nach Lebensmitteln aussah. Zwei kleine eiförmige Fahrzeuge, nahtlose Silbertropfen, weil ihre Sichtscheiben von außen unsichtbar waren, stießen sich währenddessen spielerisch auf einem Seitenweg. Irgend jemand begann zu rennen.

Carrsbury schaltete das Fenster hastig ab und drehte sich um. Das waren nur zufällige Geschehnisse, sagte er wütend zu sich selbst. Sie hatten keinerlei statistisch signifikante Bedeutung. Zehn Jahre lang hatte sich die Menschheit ungeachtet gelegentlicher Rückfälle stetig zur geistigen Gesundheit hin entwickelt. Er hatte es mit eigenen Augen gesehen, hatte das Tag-für-Tag-Programm verfolgt – oder zumindest doch genug davon, um Bescheid zu wissen. Er war ein Narr gewesen, daß er sich von Phys Gefasel hatte beeinflussen lassen – allein seine ermüdeten Nerven waren schuld daran.

Er warf einen Blick auf seinen Zeitmesser.

»Entschuldige mich«, sagte er kurz und ging an Phys Sessel vorbei. »Ich würde dieses Gespräch gern fortsetzen, aber ich muß mich zu der ersten Konferenz des neuen Zentralmanagement-Stabs auf den Weg machen.«

»Oh, aber das kannst du nicht!« Phy sprang auf und zerrte an seinem Arm. »Du kannst es einfach nicht, verstehst du! Es ist unmöglich!«

Die flehende Stimme stieg zum Schrei an. Ungeduldig versuchte Carrsbury, den Weltsekretär abzuschütteln. Die Ritze in der Seitenwand verbreiterten sich, wurde zum Eingang. Sofort hörten beide mit dem Gerangel auf.

Im Eingang stand ein zum Skelett abgemagerter Riese von einem Mann mit einer kompakten dunklen Waffe in der Hand. Ein widerspenstiger schwarzer Bart verlor sich in hohlen Wangen. Sein Gesicht war eine grausame Mischung aus Argwohn und fanatischer Hingabe, ersterer mitsamt der Waffe auf Phy, letzterer – und die schlafwandlerischen Augen – auf Carrsbury gerichtet.

»Er hat Sie bedroht?« fragte der Bärtige mit rauher Stimme und bewegte andeutungsweise die Waffe.

Ein zorniges, rachsüchtiges Licht glomm kurz in Carrsburys Augen auf. Dann erlosch es wieder. Was dachte er sich da nur? fragte er sich selbst. Dieser arme, irrsinnige Weltsekretär war niemand, den man hassen konnte.

»Durchaus nicht, Hartmann«, erklärte er ruhig. »Wir diskutierten über etwas, wir wurden aufgeregt und erlaubten unseren Stimmen, lauter zu werden. Alles ist vollkommen in Ordnung.«

»Gut«, sagte der Bärtige nach einer Pause zweifelnd. Widerstrebend steckte er die Waffe ins Halfter zurück, aber er ließ die Hand darauf liegen und blieb im Eingang stehen.

»Und jetzt ...« Carrsbury machte sich los – »muß ich gehen.«

Er war auf das Gleitband des Korridors getreten und auf halbem Weg zum Aufzug, bevor er merkte, daß Phy ihm gefolgt war und schüchtern an seinem Ärmel zupfte.

»Du kannst so nicht gehen«, drängte Phy mit ängstlichem Blick zurück. Carrsbury sah, daß Hartmann ihm ebenfalls nachkam – ein unheilverkündender Pfeiler zwei Schritte hinter ihm. »Du mußt mir eine Chance geben, es dir zu erklären, dir zu sagen, warum, wie du es doch selbst verlangt hast.«

Halte ihn bei Laune! Carrsbury hatte den Refrain gründlich satt, aber aus reiner Müdigkeit war er bereit, noch ein Weilchen länger danach zu tanzen. »Du kannst es mir im Aufzug erzählen«, gab er nach und trat von dem Gleitband. Seine Finger fuhren durch einen U-Strahl, und eine sich schlängelnde Lichtbewegung an der Wand zeigte an, daß der Aufzug gehorsam nach oben stieg.

»Verstehst du, es war nicht nur diese Sache mit den Verboten«, schwatzte Phy hurtig weiter. »Es gab eine Menge anderer Dinge, die nicht so funktioniert haben, wie deine offiziellen Berichte behaupteten. Zum Beispiel die Budgets der Ministerien. Ich weiß, die Berichte zeigten regelmäßige Kürzungen für die extraterrestrische Forschung. Tatsächlich sind diese Mittel in deinen zehn Amtsjahren verzehnfacht worden. Natürlich hattest du keine Möglichkeit, das zu erfahren. Du konntest nicht gleichzeitig überall auf der Welt sein und dir jeden einzelnen Start einer suprastratosphärischen Rakete ansehen.«

Das sich bewegende Licht hielt an. Ein Spalt erweiterte sich. Carrsbury trat in den Aufzug. Er überlegte, ob er Hartmann zurückschicken solle. Der arme plappernde Phy stellte keine Bedrohung dar. Trotzdem – *die Schlauheit des Geisteskranken.* Er entschied sich, Hartmann mitkommen zu lassen, und unterbrach den Kontrollstrahl in dem Sektor, der sie ins hundertste und oberste Stockwerk bringen würde. Die Tür schnippte leise zu. Der Käfig wurde zu einer wogenden Dunkelheit, in der lautlos Zahlen blinkten. Einundzwanzig. Zweiundzwanzig. Dreiundzwanzig ...

»Und dann war da der Militärdienst. Du hast die Mittel drastisch gekürzt.«

»Natürlich!« Wieder antwortete Carrsbury aus purer Müdigkeit. »Es gibt nur ein einziges Land auf der Welt. Offensichtlich braucht es keine militärischen Einrichtungen außer einer angemessenen Polizeitruppe. Ganz zu schweigen von den Risiken, wenn man der gegenwärtigen Weltbevölkerung Waffen in die Hand gibt.«

»Ich weiß«, antwortete Phy in schuldbewußtem Ton aus der Dunkelheit. »Trotzdem, in Wirklichkeit hat das Militär ohne dein Wissen an Stärke zugenommen, und erst vor kurzem sind vier Raketenstaffeln hinzugefügt worden.«

Siebenundfünfzig. Achtundfünfzig. *Halte ihn bei Laune!* »Warum?«

»Wir haben herausgefunden, verstehst du, daß die Erde ausgekundschaftet wird. Vielleicht vom Mars. Vielleicht in feindlicher Absicht. Müssen vorbereitet sein. Wir haben es dir nicht gesagt ... nun, weil wir fürchteten, es könne dich aufregen.«

Die Stimme verebbte. Carrsbury schloß die Augen. Wie lange, fragte er sich, wie lange? Mit dumpfem Staunen wurde ihm klar, daß er in der letzten Stunde Leute wie Phy, die er zehn Jahre lang hatte ertragen können, unaussprechlich sattbekommen hatte. Im Augenblick belebte ihn nicht einmal der Gedanke an die Konferenz, bei der er gleich den Vorsitz führen würde, die Konferenz, die einer geistig gesunden Welt die Tore öffnen sollte. Reaktion auf den Erfolg? Auf das Ende einer zehn Jahre dauernden Anspannung?

»Weißt du, wie viele Stockwerke es in diesem Gebäude gibt?« Carrsbury wurde sich des neuen Tons in Phys Stimme nicht sofort bewußt, aber er reagierte darauf.

»Einhundert«, erwiderte er prompt.

»Und wo sind wir jetzt?« fragte Phy.

Carrsbury öffnete in der Dunkelheit die Augen. Einhundertsiebenundzwanzig blinkte die Zahl an der Tür. Einhundertachtundzwanzig. Einhundertneunundzwanzig ...

Etwas Kaltes zerrte an Carrsburys Magen, zog an seinem Gehirn. Ihm war, als werde sein Gehirn langsam und unwiderstehlich verdreht. Er dachte an verborgene Dimensionen, an unerwartete Löcher im Raum. Etwas aus dem Anfangsunterricht in Physik tanzte durch seine Gedanken: Wenn es einem Aufzug möglich war, mit gleichbleibender Beschleunigung weiter nach oben zu steigen, konnte niemand innerhalb dieses Aufzuges erkennen, ob die erlebten Wirkungen auf die Beschleunigung oder auf die Schwerkraft zurückzuführen waren – ob der Aufzug bewegungslos auf einem Planeten stand oder mit ständig zunehmender Geschwindigkeit durch den Weltraum schoß.

Einhunderteinundvierzig. Einhundertzweiundvierzig ...

»Oder als würdest du über das Bewußtsein hinaus zu einem unerwarteten geistigen Reich oberhalb davon aufsteigen«, schlug Phy mit seiner neuen Stimme, mit dieser Andeutung von leisem Gelächter vor.

Einhundertsechsundvierzig. Einhundertsiebenundvierzig ... Jetzt ging es langsamer. Einhundertneunundvierzig. Einhundertfünfzig. Der Aufzug blieb stehen.

Das war irgendein Trick! Der Gedanke war wie ein Guß kalten Wassers in Carrsburys Gesicht. Irgendein schlauer, kindischer Trick von Phy. Es war doch einfach, die Leuchtanzeige zu manipulieren. Carrsbury tastete in der Dunkelheit umher, geriet an die glatte

Oberfläche eines Halfters, an Hartmanns dürren Körper.

»Mach dich auf eine Überraschung gefaßt!« warnte Phy von einer Stelle dicht an seinem Ellbogen.

Carrsbury drehte sich um und wollte zufassen. Helles Sonnenlicht überflutete ihn, gefolgt von einem schrecklichen Schwindelanfall, bei dem ihm das Herz stillzustehen drohte.

Er, Hartmann und Phy schwebten zusammen mit der unbedeutenden Materie von ein paar Einrichtungsgegenständen und Kontrollen fünfzig Stockwerke über dem hundertstöckigen Dach des Weltmanagement-Centers in der Luft.

Einen Augenblick griff er mit den Händen hektisch ins Nichts. Dann merkte er, daß sie nicht fielen, und seine Augen entdeckten Andeutungen von Wänden und einer Decke und eines Fußbodens sowie, unmittelbar unter ihnen, den Geist eines Schachtes.

Phy nickte. »Mehr steckt nicht dahinter«, versicherte er Carrsbury lässig. »Nur eine weitere dieser bezaubernd ausgefallenen modernen Ideen, gegen die du so ausdauernd Gesetze erlassen hast – wie unsere unvollständigen Treppenhäuser und Straßen ins Nichts. Das Komitee für Gebäude und Liegenschaften entschloß sich, die Reichweite des Aufzugs der schönen Aussicht wegen zu erweitern. Der Schacht wurde transparent gemacht, um die Form des ursprünglichen Gebäudes nicht zu verderben und um die Sicht zu verbessern. Das gelang so gut, daß für die Sicherheit der vorbeifliegenden Luftjets und anderen Luftfahrzeuge ein elektronisches Warnsystem installiert werden mußte. Es lag auf der Hand, daß die Oberflächen des Käfigs wie Fenster behandelt werden mußten.«

Er hielt inne und sah Carrsbury rätselhaft an. »Alles ganz einfach, aber erkennst du nicht einen gewissen Symbolismus darin? Du hast jetzt zehn Jahre lang den größten Teil deiner Zeit in diesem Gebäude unter uns verbracht. Jeden Tag hast du diesen Aufzug benutzt. Aber nicht ein einziges Mal hast du dir auch nur im Traum diese zusätzlichen fünfzig Stockwerke einfallen lassen. Glaubst du nicht, daß etwas in derselben Art auf deine Wahrnehmung anderer Aspekte des zeitgenössischen sozialen Lebens zutreffen mag?«

Carrsbury glotzte ihn stumpfsinnig mit offenem Mund an.

Phy drehte sich um und beobachtete den wachsenden Punkt eines sich nähernden Luftfahrzeugs.

»Du könntest dir das ebenfalls ansehen«, sagte er zu Carrsbury, »denn es wird dich in ein viel glücklicheres Leben transportieren, in dem du viel mehr Ruhe haben wirst.«

Carrsbury öffnete die Lippen, benetzte sie. »Aber...«, begann er mit schwankender Stimme. »Aber ...«

Phy lächelte. »Richtig, ich hatte meine Erklärungen nicht beendet. Nun, du hättest dein ganzes Leben lang Weltmanager bleiben können, isoliert in deinem Büro und zwischen deinen meilenlangen Bändern voller offizieller Berichte und mit deinen gelegentlichen Plaudereien mit mir und den anderen, wäre da nicht dein Institut für politische Führerschaft und dein Zehnjahresplan gewesen. Das verändert die Lage. Natürlich, wir waren daran ebenso interessiert, wie wir es an dir waren. Entschieden steckten darin Möglichkeiten. Wir hofften, es werde klappen. Wenn ja, wären wir mit Freuden von unseren Ämtern zurückgetreten. Aber glücklicherweise tat es das nicht. Und das bedeutete sozusagen das Ende des ganzen Experiments.«

Er bemerkte den nach unten gerichteten Blick Carrsburys.

»Nein«, sagte er, »es tut mir leid, aber deine Schüler warten nicht auf dich im Konferenzraum des 100. Stockwerks. Sie sind immer noch im Institut.« Seine Stimme verriet Mitgefühl. »Und das ist ein ... nun ... ein etwas anderes Institut geworden.«

Carrsbury stand ganz still. Er schwankte ein bißchen. Allmählich tauchten seine Gedanken und seine Willenskraft aus dem im Wachen erlebten Alptraum auf, der ihn gelähmt hatte. *Die Schlauheit des Geisteskranken* – er hatte diese nachdrückliche Warnung vernachlässigt. Genau im Augenblick des Sieges ...

Nein! Er hatte Hartmann vergessen! Das war der Notfall, für den dieser Gegenschlag vorbereitet worden war.

Er schickte einen Seitenblick zu dem Offizier seiner Geheimpolizei hinüber. Der schwarze Riese hielt, als sei ihm ihre Position einerlei, den finsteren Blick fest auf Phy gerichtet wie auf einen bösen Zauberer, von dem jede heimtückische Unwahrscheinlichkeit zu erwarten war.

Jetzt wurde sich Hartmann bewußt, daß Carrsbury ihn ansah. Er ahnte, was sein Vorgesetzter dachte.

Er zog die dunkle Waffe aus dem Halfter und richtete sie ohne Schwanken auf Phy.

Seine schwarzbärtigen Lippen verzogen sich. Ein zischender Laut drang zwischen ihnen hervor. Dann rief er mit lauter Stimme: »Sie sind tot, Phy! Ich habe Sie desintegriert.«

Phy nahm ihm die Waffe aus der Hand.

»Das ist noch eine Sache, bei der du das moderne Temperament völlig falsch eingeschätzt hast«, sagte er mit einer Spur Streitlust zu Carrsbury. »Jeder von uns hat einen Punkt, an dem er ein bißchen unrealistisch ist. Das liegt in der menschlichen Natur. Bei Hartmann war es sein Mißtrauen – eine Anfälligkeit für Ideen, die sich um Verschwörungen und Verfolgungen ranken. Du hast ihm eine Aufgabe zugeteilt, die die denkbar schlechteste für ihn war, eine, die seine Anfälligkeit ausnutzte und verschlimmerte. In sehr kurzer Zeit war er hoffnungslos unrealistisch geworden. Er hat nicht einmal gemerkt, daß er seit Jahren eine Pistolenattrappe getragen hat.«

Er reichte Carrsbury die Waffe zur Inspektion.

»Aber«, setzte er hinzu, »gib ihm eine echte Aufgabe, und er wird ordentlich funktionieren – sagen wir, in der Erkundung oder Erforschung. Den passenden Mann für eine Arbeit auszuwählen, ist eine Kunst mit unendlichen Möglichkeiten. Darum gaben wir Morgenstern das Finanzressort – um die Zinsschwankungen in einem sicheren, voraussehbaren Rhythmus zu halten. Darum ist ein Euphoriker Manager der extraterrestrischen Forschung – damit der Aufschwung anhält. Und warum haben wir einem Katatoniker die kulturelle Entwicklung anvertraut? Damit das Projekt nicht in seiner Hast, voranzukommen, auf die Nase fällt.«

Er wandte sich ab. Undeutlich drang es in Carrsburys Bewußtsein, daß das Luftfahrzeug in der Nähe des Käfigs schwebte und sich langsam näher heranschob.

»Aber warum bin ich in diesem Fall ...«, begann er benommen.

»Warum du zum Weltmanager gemacht worden bist?« beendete Phy den Satz lässig für ihn. »Ist das nicht ganz offensichtlich? Habe ich dir nicht mehrmals versichert, daß du – indirekt – eine Menge Gutes bewirkt hast? Du hast uns interessiert, verstehst du das nicht? Ehrlich, du warst praktisch einzigartig. Wie du weißt, ist es unser Grundprinzip, jedem Individuum zu gestatten, sich auszudrücken, wie es ihm gefällt. In deinem Fall mußtest du dazu Weltmanager werden. Alles in allem genommen, hat das sehr gute Ergebnisse gezeitigt. Alle haben sich amüsiert, eine Reihe von konstruktiven Gesetzen wurde erlassen, wir haben eine Menge gelernt – oh, wir haben nicht alles bekommen, was wir uns erhofft haben, aber das bekommt man ja nie. Unglücklicherweise waren wir zuletzt gezwungen, das Experiment abzubrechen.«

Das Luftfahrzeug hatte Kontakt mit dem Käfig.

»Du verstehst doch, warum das notwendig war?« fragte Phy in aller Eile, während er Carrsbury auf die sich öffnende Tür zudrängte. »Bestimmt verstehst du es! Es ist alles eine Frage der geistigen Gesundheit. Was ist geistige Gesundheit – heute, damals im 20. Jahrhundert, zu irgendeiner Zeit? Die Ausrichtung nach einer Norm. Die Anpassung an bestimmte grundlegende Konventionen, die das gesamte menschliche Verhalten bestimmen. In unserem Zeitalter ist die Abweichung von der Norm zur Norm geworden, die Unfähigkeit, sich anzupassen, zum allgemeingültigen Verhaltensmuster. Das ist ganz klar, nicht? Und es befähigt dich, deinen eigenen Fall und den deiner Schützlinge zu verstehen, nicht? Über lange Jahre hinweg beharrtest du darauf, dich nach einer Norm zu richten, bestimmten grundlegenden Konventionen zu folgen. Du warst absolut unfähig, dich an die Gesellschaft rings um dich anzupassen. Du konntest nur so tun, als ob – und deine Schützlinge hätten nicht einmal das fertiggebracht. Trotz deiner vielen einnehmenden Eigenschaften stand uns da nur ein einziger Weg offen.«

Carrsbury drehte sich in der Tür um. Endlich hatte er seine Stimme wiedergefunden. Sie klang heiser, abgehackt. »Du willst damit sagen, daß du mich in all diesen Jahren nur *bei Laune gehalten* hast?«

Die Tür schloß sich. Phy beantwortete die Frage nicht.

Das Luftfahrzeug legte ab, und er winkte ihm mit dem grünen Gasoidklumpen zum Abschied nach.

»Da, wo du hinkommst, wird es sehr angenehm sein«, rief er ermutigend. »Bequeme Unterkünfte, angemessene Einrichtungen für körperliche Übungen und eine vollständige Bibliothek der Literatur des 20. Jahrhunderts, um dir die Zeit zu vertreiben.«

Er hielt den Blick auf Carrsburys erstarrtes, weißes Gesicht am Sichtfenster gerichtet, bis das Luftfahrzeug zu einem Punkt zusammengeschrumpft war.

Dann wandte er sich ab, betrachtete seine Hände, bemerkte das Gasoid, warf es aus der offenen Tür des Käfigs, studierte für ein paar Augenblicke seinen Flug und fuhr dann mit der Hand durch den Abwärtsstrahl.

Sie sausten auf das Dach hinunter. »Ich bin froh, daß ich den Kerl nie mehr wiedersehen werde«, murmelte er eher im Selbstgespräch als an Hartmanns Adresse gerichtet. »Er fing an, einen sehr störenden Einfluß auf mich auszuüben. Tatsächlich machte ich mir schon langsam Sorgen …« – sein Gesicht wurde plötzlich leer – »um meine geistige Gesundheit.«

Aus dem Amerikanischen übersetzt von Rosemarie Hundertmarck

JOHN R. PIERCE
(geb. 1910)

Unveränderlich

(›*Astounding*‹, April)

Dr. John R. Pierce, Professor für Maschinenbau am California Institute of Technology, war viele Jahre lang Direktor der Bell Telephone Laboratories. Obwohl er bereits in den dreißiger Jahren in den SF-Magazinen auftauchte, veröffentlichte er sehr wenig Science Fiction, einiges davon unter dem Namen J. J. Coupling (den er auch für Sachartikel in Astounding *benutzte). Er ist der Vater von J. J. Pierce, einem früheren Herausgeber von* Galaxy.

›Invariant‹ ist eine bezaubernde und tiefsinnige kleine Geschichte und der bedeutendste Beitrag des Autors zur Science Fiction-Literatur.

(Bei der Zusammenstellung dieses Bandes begannen Marty und ich damit, über mögliche Geschichten zu diskutieren. Dann hat Marty schließlich ungefähr doppelt so viele, wie wir verwenden können, und schickt mir die Fotokopien. Ich lese sie alle und kennzeichne sie mit ›OK‹, ›?‹ oder ›X‹. Die erste Gruppe ist angenommen, die dritte Gruppe ist abgelehnt, und die Geschichten der mittleren Gruppe sind einer weiteren Diskussion wert. Manchmal – ich komme nicht dagegen an – rutschen mir andere Ausdrücke in die Feder. Mein Kommentar zu ›Invariant‹ lautete: »Wow!« Übrigens ist John R. Pierce einer jener Science Fiction-Schreiber, die echte Wissenschaftler sind. Er hatte sehr viel mit dem Start der ersten Kommunikationssatelliten zu tun [bestimmt ein Traumjob für jeden SF-Autor], und er erfand das Wort ›Transistor‹. – I. A.)

Sie kennen die allgemeinen Tatsachen Homer Green betreffend, so daß ich ihn oder seine Umgebung nicht zu beschreiben brauche. Ich wußte ebensoviel und mehr, und doch war es ein seltsames Gefühl, das einem die Lektüre nicht vermittelt, wenn man sich tatsächlich in diese primitive Mode kleidet und ihn in seiner seltsamen Umgebung aufsucht.

Das Haus ist nicht merkwürdiger als die Bilder. Eingeengt von anderen Häusern des 20. Jahrhunderts, kann es von dem ursprünglichen Gebäude und seinen Nachbarn nicht zu unterscheiden sein. Es zu betreten, über Teppiche zu schreiten, mit Noppenstoff bezogene Sessel und Rauchutensilien zu betrachten, ein primitives Radio zu sehen und zu hören, obwohl es tatsächlich nur eine Auswahl authentischer Tonkonserven bringt, und noch dazu vor ein offenes Feuer zu treten – all das gab mir ein Gefühl der Unwirklichkeit, mochte ich mich noch so gut vorbereitet haben. Green saß am Feuer in einem Sessel, wie wir ihn fast immer antreffen, mit einem Hund zu seinen Füßen. Er ist vielleicht der wertvollste Mensch der Welt, dachte ich. Aber ich konnte, was die materielle Umgebung betraf, das Gefühl der Unwirklickeit nicht abschütteln. Auch er machte einen unwirklichen Eindruck, und ich bemitleidete ihn.

Diese Stimmung hielt an, während ich mich vorstellte. Wie viele mögen schon dort gewesen sein? Ich könnte das natürlich in den Berichten nachsehen.

»Ich bin Carew vom Institut«, sagte ich. »Wir haben uns noch nicht kennengelernt, aber man sagte mir, Sie seien gern bereit, mich zu empfangen.«

Green erhob sich und reichte mir die Hand. Ich nahm sie gehorsam und vollzog das mir unvertraute Ritual.

»Ich freue mich, Sie zu sehen«, antwortete er. »Ich habe hier ein bißchen geschlafen. Die Behandlung ist doch ein kleiner Schock gewesen, und deshalb wollte ich ein paar Tage lang ausruhen. Ich hoffe, die Wirkung ist tatsächlich dauerhaft. – Wollen Sie nicht Platz nehmen?« forderte er mich auf.

Wir setzten uns vor das Feuer. Der Hund, der aufgestanden war, legte sich wieder hin und schmiegte sich an die Füße seines Herrn.

»Vermutlich wollen Sie meine Reaktionen testen?« fragte Green.

»Später«, erwiderte ich. »Das eilt nicht. Und es ist hier so richtig gemütlich.«

Green ließ sich leicht ablenken. Er entspannte sich, sah ins Feuer. Das bot mir eine Gelegenheit, und ich schlug einen etwas energischen Ton an.

»Mir scheint es eher der rechte Ort für ein politisches Gespräch zu sein«, sagte ich. »What the Swede intends, and what the French ...«

»Drench our thoughts in mirth ...«, fiel Green ein.

Ich hatte mir nach den Aufzeichnungen gedacht, daß das Zitat einige Wirkung zeitigen würde.

»Aber man verläßt die Politik nicht, um seine Gedanken in Frohsinn zu ertränken«, fuhr er fort. »Man studiert sie ...«

Ich werde die Unterhaltung hier nicht wiedergeben. Sie haben Sie in Anhang A meines Aufsatzes »Ein Aspekt der Politik und Sprache des 20. Jahrhunderts« gesehen. Sie war kurz, wie Sie wissen. Ich hatte sehr viel Glück gehabt, daß ich Green zu sehen bekam. Noch mehr Glück hatte ich, als ich sofort auf den richtigen Faden stieß. Irgendwie war ich vorher nie auf die Idee gekommen, die Politiker des 20. Jahrhunderts hätten gemeint – oder geglaubt, sie meinten –, was sie sagten, daß sie selbst tatsächlich glaubten, ihre Aussagen, die für uns bedeutungslose oder irrelevante Phrasen sind, hätten Bedeutung oder Relevanz. Es ist schwer, eine so fremdartige Idee zu erklären. Vielleicht hilft ein Beispiel weiter.

Würden Sie zum Beispiel glauben, daß ein Mann, der beschuldigt wird, eine bestimmte Aussage gemacht zu haben, ernsthaft antwortet: »Es ist nicht meine Gewohnheit, solche Aussagen zu machen?« Würden Sie glauben, daß das sogar bedeuten kann, er habe die Aussage nicht gemacht? Oder würden Sie weiter glauben, daß er, selbst wenn er diese Aussage gemacht haben sollte, sie damit als einen Sonderfall zu klassifizieren meint und seine Antwort nicht als ausweichend empfindet? Mir kommen diese Hypothesen plausibel vor, das heißt, wenn ich mir viel Mühe gebe, mich ins 20. Jahrhundert zu versetzen. Aber vor dem Gespräch mit Green hätte ich mir so etwas nicht einmal im Traum einfallen lassen. Wie unschätzbar wertvoll dieser Mann doch ist!

Ich sagte, die in Anlage A aufgezeichnete Unterhaltung sei sehr kurz gewesen. Es war nicht notwendig, auf dem politischen Gleis zu bleiben, nachdem ich die Grundidee begriffen hatte. Aufzeichnungen aus dem 20. Jahrhundert sind viel vollständiger als Greens Gedächtnis, und letzteres ist gründlich katalogisiert worden. Es sind nicht die trockenen Knochen der Information, sondern der persönliche Kontakt, die unendliche Vielfalt der Variationen, die Stimulierung durch die freundliche menschliche Note, die hilfreich und anregend sind.

Ich war also bei Green, und der größte Teil des Vormittags lag noch vor mir. Sie wissen, daß er zu den Mahlzeiten frei hat und nur ein Termin zwischen die Mahlzeiten gelegt werden darf, damit es keine Überlappungen gibt. Ich war dem Mann dankbar, und ich empfand Teilnahme für ihn, und seine Gegenwart brachte mich ein bißchen außer Fassung. Ich wollte mit ihm über das Thema sprechen, das ihm am meisten am Herzen lag, und es gab keinen Grund, warum ich es nicht tun sollte. Ich habe das restliche Gespräch aufgezeichnet, jedoch nicht veröffentlicht. Es bringt nichts Neues. Es mag belanglos sein, aber mir bedeutet es viel. Vielleicht ist es nur meine ganz persönliche Erinnerung daran. Aber ich dachte, vielleicht würden Sie es auch gern erfahren.

»Was hat zu Ihrer Entdeckung geführt?« fragte ich.

»Salamander«, antwortete er ohne Zögern. »Salamander.«

Den Bericht, den ich über seine Experimente mit dem Ziel einer perfekten Regenerierung bekommen hatte, war natürlich die veröffentlichte Geschichte. Wie viele tausend Mal ist sie erzählt worden? Und doch schwöre ich, daß ich Abweichungen von den Aufzeichnungen entdeckte. Wie nahezu unendlich die möglichen Kombinationen sind! Die wesentlichen Punkte kamen allerdings in der üblichen Reihenfolge. Wie die Regenerierung der Gliedmaßen von Salamandern zu der Idee einer perfekten Regenerierung von menschlichen Körperteilen führte. Wie zum Beispiel eine Schnittwunde heilt und keine Narbe zurückläßt, sondern eine vollkommene Replik des beschädigten Gewebes. Wie im normalen Metabolismus Gewebe nicht unvollkommen – so kennen wir es bei dem alternden Organismus – ersetzt werden kann, sondern vollkommen, und das unbegrenzt. Sie haben das schon bei Tieren gesehen, im Biologieunterricht. Das Huhn, dessen Metabolismus sein Gewebe ersetzt, aber immer in einer genau gleichen, unveränderlichen Form. Es ist beunruhigend, sich das bei einem Menschen vorzustellen. Green wirkte so jung, ebenso jung wie ich. Seit dem 20. Jahrhundert ...

Als Green mit seiner Beschreibung zu Ende war, einschließlich seiner eigenen Impfung am Abend, wagte er eine Voraussage.

»Ich glaube zuversichtlich«, sagte er, »daß es funktionieren wird, und zwar unbegrenzt.«

»Es funktioniert, Dr. Green«, versicherte ich ihm. »Unbegrenzt.«

»Wir dürfen nicht voreilig sein«, warnte er. »Schließlich ist erst eine kurze Zeit ...«

»Wissen Sie, welches Datum wir heute haben, Dr. Green?« fragte ich.

»Den 11. September«, antwortete er. »1943, wenn Sie auch das Jahr wissen wollen.«

»Dr. Green, heute ist der 4. August 2170«, erklärte ich ernst.

»Na, hören Sie mal!« wehrte Green ab. »Wenn das stimmte, säße ich nicht hier, so angezogen, wie ich bin, und Sie wären auch nicht so angezogen.«

So hätte es bis in alle Ewigkeit weitergehen können. Ich zog meinen Kommunikator aus der Tasche und zeigte ihn ihm. Er sah mit wachsendem Staunen und Entzücken meiner Demonstration zu, mit Projektion, binaural und in Stereo. Es war nichts Einfaches, aber genau die Art von elektronischer Entwicklung, die ein Mann aus Greens Zeit mit der Zukunft assoziiert. Anscheinend hatte Green die Unterhaltung, die dazu geführt hatte, daß ich den Kommunikator hervorholte, vollständig vergessen.

»Dr. Green«, sagte ich, »dies ist das Jahr 2170. Dies ist das 22. Jahrhundert.«

Er sah mich bestürzt an, aber diesmal nicht ungläubig. Ein merkwürdiges Entsetzen breitete sich über seine Züge aus.

»Ein Unfall?« fragte er. »Mein Gedächtnis?«

»Es hat keinen Unfall gegeben«, sagte ich. »Ihr Gedächtnis ist intakt, so weit es reicht. Hören Sie mich an. Konzentrieren Sie sich.«

Dann erzählte ich es ihm, einfach und kurz, damit seine Gedankenprozesse Schritt halten konnten. Er starrte mich dabei ängstlich an. Seine Gedanken mußten rasen. Ich sagte folgendes:

»Ihr Experiment war ein Erfolg, und zwar ein größerer, als Sie hatten hoffen dürfen. Ihre Gewebe nahmen die Fähigkeit an, sich Jahr für Jahr nach genau dem gleichen Muster neu zu bilden. Ihre Form wurde unveränderlich.

Fotografien und sorgfältige Messungen zeigen dies von Jahr zu Jahr, ja, von Jahrhundert zu Jahrhundert. Sie sind genauso, wie Sie vor über zweihundert Jahren waren.

Ihr Leben ist nicht frei von Unfällen gewesen. Kleinere und auch größere Wunden haben beim Heilen keine Spur hinterlassen. Ihre Gewebe sind unveränderlich.

Ihr Gehirn ist ebenfalls unveränderlich, das heißt, soweit die Zellmuster betroffen sind. Man kann ein Gehirn mit einem elektrischen Netz vergleichen. Das Gedächtnis ist das Netz, die Wicklungen und die Kondensatoren und ihre Verbindungen. Das bewußte Denken ist ein Muster, erzeugt von den Spannungen zwischen ihnen und den sie durchfließenden Strömen. Das Muster ist kompliziert, aber flüchtig – vergänglich. Das Gedächtnis verändert das Netz des Gehirns und beeinflußt alle folgenden Gedanken beziehungsweise Muster in dem Netz. Das Netz Ihres Gehirns verändert sich nicht mehr. Es ist unveränderlich.

Man kann das Denken auch mit der komplizierten Operation der Relais und Schalter einer Telefonvermittlung Ihres Jahrhunderts vergleichen, aber das Gedächtnis ist die Verbindung zwischen den Elementen. Die Verbindungen in den Gehirnen anderer Menschen verändern sich im Prozeß des Denkens, brechen nieder, entstehen neu, geben ihnen neue Erinnerungen. Das Muster der Verbindungen in Ihrem Gehirn verändert sich nicht mehr. Es ist unveränderlich.

Andere Menschen können sich an eine neue Umgebung anpassen, können lernen, wo sich Gegenstände befinden, die sie brauchen, wie die Räume eingerichtet sind. Das geschieht unterbewußt, ohne Reibung. Sie, Dr. Green, können das nicht; Ihr Gehirn ist unveränderlich. Ihre Gewohnheiten sind auf ein Haus abgestimmt, Ihr Haus ist, wie es an dem Tag vor Ihrem Selbstversuch war. Es ist über zweihundert Jahre hinweg erhalten worden, damit Sie darin ohne Reibung leben können. In ihm durchleben Sie immer wieder aufs neue den Tag nach dem Selbstversuch, der Ihr Gehirn unveränderlich machte.

Glauben Sie nicht, daß Sie für diese Fürsorge nichts geben. Sie sind vielleicht der wertvollste Mensch auf der Welt. Morgens, nachmittags, abends; Sie haben pro Tag drei Termine, wenn den paar Glücklichen, die Ihrer Hilfe für würdig gehalten werden oder Sie brauchen, gestattet wird, diese Hilfe zu suchen.

Ich bin Student der Geschichte. Ich bin gekommen, um das 20. Jahrhundert durch die Augen eines intelligenten Mannes dieser Ära zu sehen. Sie sind ein sehr intelligenter, ein brillanter Mann. Ihr Verstand ist eingehender analysiert worden als jemals der eines anderen Menschen. Wenige Gehirne sind besser. Ich wollte von diesem leistungsstarken, zur Beobachtung fähigen Gehirn lernen, was einem Mann Ihrer Periode die Politik bedeutet hat. Ich habe es von einer frischen neuen Quelle gelernt, von Ihrem Gehirn, das von den inzwischen verflossenen Jahren nicht überlagert, nicht verändert, sondern noch genauso ist, wie es 1943 war.

Aber ich bin nicht sonderlich wichtig. Bedeutende Leute, Psychologen, kommen zu Ihnen. Sie stellen Ihnen Fragen, dann wiederholen sie sie in ein bißchen abgeänderter Form und beobachten Ihre Reaktionen. Kein Experiment wird von Ihrer Erinnerung an ein früheres beeinträchtigt. Wenn Ihr Gedankengang unterbrochen wird, bleibt keine Erinnerung zurück. Ihr Gehirn ist unveränderlich. Und diese Männer, die ansonsten nur allgemeine Schlußfolgerungen aus einfachen Experimenten mit Massen von unterschiedlichen, unterschiedlich beschaffenen und vorbereiteten Individuen ziehen könnten, stellen unbestreitbare Unterschiede der Antworten auf die geringste Veränderung des Stimulus fest. Einige dieser Leute haben Sie zur Raserei gebracht.

Sie werden nicht wahnsinnig. Ihr Gehirn kann sich nicht verändern; es ist unveränderlich.

Sie sind so wertvoll, daß die Welt ohne Ihr unveränderliches Gehirn kaum zu Fortschritten imstande wäre. Und trotzdem haben wir noch keinen anderen gebeten, zu tun, was Sie getan haben. An Tieren haben wir das Experiment wiederholt, ja. Ihr Hund ist ein Beispiel. Was Sie taten, geschah freiwillig, und Sie kannten die Konsequenzen nicht. Sie haben der Welt unwissentlich den größten Dienst geleistet. Aber wir wissen Bescheid.«

Green war der Kopf auf die Brust gesunken. Sein Ausdruck verriet Unruhe, und es war, als suche er Trost bei der Wärme des Feuers. Der Hund zu seinen Füßen regte sich, und er sah zu ihm hinunter, ein plötzliches Lächeln auf dem Gesicht. Man sah, daß sein Gedankengang unterbrochen worden war. Sein Gehirn hatte die Einschaltstöße nicht bewahrt. Unsere ganze Begegnung war aus seinem Gedächtnis verschwunden.

Ich stand auf und stahl mich davon, bevor er hochblickte. Vielleicht habe ich die verbleibende Stunde des Vormittags verschwendet.

Aus dem Amerikanischen übersetzt von Rosemarie Hundertmarck

Clifford D. Simak
(1904–1988)

Die Stadt
(›*Astounding*‹, April)

Clifford D. Simaks erste Veröffentlichung in einem Science Fiction-Magazin war ›The World of the Red Sun‹ in Wonder Stories *1931, so daß er als SF-Autor ein Veteran mit dreizehn Jahren Erfahrung war, als ›City‹ erschien. Obwohl auf diesem Gebiet wohlbekannt, galt er nicht als auf einem Niveau mit Heinlein, den Kuttners, van Vogt und anderen stehend. Diese Einschätzung änderte sich mit den drei Stories, die 1944 erschienen, und weiteren, die folgten, und Cliff Simak trat als eins der großen Talente in der gesamten Science Fiction in die fünfziger Jahre ein.*

›City‹ war die erste Geschichte einer Serie, die mit zusätzlichem verbindenden Text 1952 (als City*) in Buchform erschien und 1953 den zweiten International Fantasy Award einheimste, und zwar gegen so starke Konkurrenz wie Kurt Vonneguts* Player Piano. *Geschrieben zu einer Zeit, als der Einfluß der Verstädterung auf das moderne Leben weder im allgemeinen noch in wissenschaftlichen Veröffentlichungen diskutiert wurde, erwies sich der Nachdruck, den Simak auf das pastorale Leben und die ländlichen Worte legte, als ungeheuer populär. Diese Themen standen immer im Mittelpunkt seiner Werke, die regelmäßig bis in sein hohes Alter erschienen.*

(Endlich habe ich Gelegenheit zu erwähnen, was Cliff Simak mir bedeutete. ›The World of the Red Sun‹ war eine Geschichte, die bei ihrem ersten Erscheinen mein elfjähriges Ich an die Wand nagelte. Sie gehörte zu denen, die ich meinen Mitschülern an der Junior High School erzählte, wenn sie sich um mich scharten, um die einzige Art von Science Fiction zu genießen, die sie sich leisten konnten. Erst Jahre später, nachdem

Cliff ein guter Freund von mir geworden war, entdeckte ich, daß er sie geschrieben hatte. Und, wie Marty schon sagte, es war seine erste Veröffentlichung. Er war einer der wenigen Prä-Campbell-Autoren, die wuchsen und große Campbell-Autoren wurden. – I. A.)

Gramp Stevens saß auf einem Liegestuhl, sah dem Rasenmäher bei der Arbeit zu und ließ den warmen, weichen Sonnenschein in seine Knochen einsickern. Der Mäher erreichte den Rand des Rasens, gluckste vor sich hin wie eine zufriedene Henne, vollführte eine saubere Kehrtwendung und rollte den nächsten Streifen hinunter. Der Auffangsack mit dem Rasenschnitt blähte sich.

Plötzlich blieb der Mäher stehen und klickte aufgeregt. Ein Türchen an seiner Seite schnappte auf, und ein kranähnlicher Arm langte hinaus. Zufassende Stahlfinger fischten im Gras herum, kamen triumphierend, einen Stein fest im Griff, nach oben, ließen den Stein in einen kleinen Behälter fallen und zogen sich in ihr Fach zurück. Der Rasenmäher gurgelte, schnurrte wieder weiter und folgte seiner Bahn.

Gramp brummte ihn mißtrauisch an.

»Eines Tages«, sagte er zu sich selbst, »wird das verflixte Ding versehentlich ein paar Halme stehenlassen und einen Nervenzusammenbruch bekommen.«

Er legte sich auf dem Liegestuhl zurück und sah zu dem sonnendurchfluteten Himmel auf. Ein Hubschrauber schwebte weit oben vorbei. Irgendwo innerhalb des Hauses erwachte ein Radio zum Leben, und ein quälender Schwall von Musik drang heraus. Gramp hörte sie, erschauerte und rutschte auf seinem Liegestuhl tiefer.

Jung-Charlie machte es sich für eine Zuckungssitzung bequem. Zum Kuckuck mit dem Bengel!

Der Rasenmäher kicherte vorbei, und Gramp schielte ihn bösartig an.

»Automatisch«, teilte er dem Himmel mit. »Jedes verflixte Ding ist jetzt automatisch. Man braucht bloß noch mit einer Maschine in eine Ecke zu gehen und ihr ins Ohr zu flüstern, und sie saust los und tut die Arbeit.«

Die Stimme seiner Tochter schallte aus dem Fenster, laut, um die Musik zu übertönen.

»Vater!«

Gramp schurrte unbehaglich herum. »Ja, Betty.«

»Vater, denk daran, weiterzurücken, wenn der Rasenmäher bis zu dir gekommen ist. Versuche nicht, ihn durch Sturheit zu besiegen. Schließlich ist er nur eine Maschine. Letztes Mal bist du einfach sitzengeblieben und hast ihn gezwungen, um dich herumzumähen. Da hast du dir wieder einmal etwas geleistet.«

Er antwortete nicht, ließ seinen Kopf ein bißchen wackeln, hoffte, sie werde glauben, er sei eingeschlafen, und ihn in Ruhe lassen.

»Vater«, schrie sie mit gellender Stimme, »hast du mich gehört?«

Es half ihm nichts. »Klar habe ich dich gehört. Ich wollte gerade weiterrücken.«

Langsam stellte er sich auf die Füße und stützte sich dabei schwer auf seinen Stock. Vielleicht tat es ihr leid, daß sie ihn so behandelte, wenn sie sah, wie alt und schwach er wurde. Aber er mußte vorsichtig sein. Wenn sie merkte, daß er den Stock überhaupt nicht brauchte, würde sie Arbeit für ihn finden, und andererseits, wenn er zu dick auftrug, würde sie diesen blöden Arzt rufen, der ihn dann von neuem belästigte.

Murrend trug er den Liegestuhl auf den Teil des Rasens, der bereits gemäht war. Der Mäher rollte vorbei und gluckste ihn teuflisch an.

»Eines Tages«, versicherte Gramp ihm, »werde ich dir eins überziehen und dir ein paar Zahnräder kaputthauen.«

Der Mäher hupte höhnisch und setzte seine Fahrt über den Rasen munter fort.

Von irgendwo unten auf der grasüberwachsenen Straße kam das Rasseln von Metall, ein stotterndes Husten.

Gramp, der sich gerade hinsetzen wollte, richtete sich wieder auf und lauschte.

Das Geräusch wurde deutlicher, und er erkannte es als die donnernden Fehlzündungen eines störrischen Motors, das Klappern loser Metallteile.

»Ein Automobil!« schrie Gramp. »Ein Automobil, ich werd verrückt!«

Er setzte sich in Richtung Tor in Galopp, erinnerte sich plötzlich, daß er schwach war, und mäßigte sein Tempo zu einem Zuckeltrab.

»Muß dieser verrückte Ole Johnson sein«, sagte er zu sich selbst. »Er ist der einzige, der noch einen Wagen hat. Ist einfach zu verflixt stur, um ihn aufzugeben.«

Es war Ole.

Gramp erreichte das Tor noch rechtzeitig, um die rostige, klapperige alte Maschine um die Ecke holpern zu sehen. Schaukelnd und schlingernd kam sie die unbenutzte Straße entlang. Dampf stieg zischend von dem überhitzten Kühler auf, und eine Wolke blauen Qualms drang aus dem Auspuff, der seinen Auspufftopf vor fünf oder mehr Jahren verloren hatte.

Ole saß mit zusammengekniffenen Augen unerschütterlich hinter dem Lenkrad. Er versuchte, den schlechtesten Stellen auszuweichen, obwohl das schwer durchzuführen war, weil Unkraut und Gras die Straßen überwachsen hatten und man kaum sehen konnte, was unter ihnen lag.

Gramp schwenkte einen Stock.

»He, Ole!« rief er.

Ole kam heran und zog die Feststellbremse. Der Wagen keuchte, schüttelte sich, hustete und erstarb mit einem gräßlichen Seufzer.

»Womit fährst du?« erkundigte sich Gramp.

»Mit einem bißchen von allem«, antwortete Ole. »Kerosin, etwas altem Traktoröl, das ich in einem Faß gefunden habe, etwas Alkohol zum Einreiben.«

Gramp betrachtete die hinfällige Maschine mit ehrlicher Bewunderung. »Das waren noch Zeiten«, meinte er. »Hatte selbst mal einen Wagen, der machte hundert Meilen die Stunde.«

»Die Wagen sind immer noch okay«, erwiderte Ole. »Wenn man nur Treibstoff und Ersatzteile, um sie zu reparieren, finden könnte. Bis vor drei, vier Jahren ist es mir stets gelungen, genug Benzin aufzutreiben, aber jetzt habe ich schon lange Zeit keins mehr zu sehen bekommen. Es wird nicht mehr hergestellt, glaube ich. Wozu braucht man Benzin, hat man mir gesagt, wenn man Atomkraft hat.«

»Sicher«, räumte Gramp ein. »Das mag ja wohl stimmen, aber Atomkraft kann man nicht riechen. Der schönste Geruch, den ich kenne, ist der von verbranntem Benzin. Diese Hubschrauber und anderen Erfindungen, die man heute hat, haben dem Reisen irgendwie alle Romantik genommen.«

Er schielte zu den Fässern und Körben hin, die auf den Rücksitzen aufgetürmt waren.

»Hast du Gemüse?« fragte er.

»Jawoll«, antwortete Ole. »Ein paar grüne Maiskolben und ein paar Körbe mit Tomaten. Dachte, vielleicht könnte ich sie verkaufen.«

Gramp schüttelte den Kopf. »Wirst du nicht können, Ole. Kein Mensch wird sie kaufen. Die Leute haben es sich in den Kopf gesetzt, an Obst und Gemüse sei nur dieses neue hydroponische Zeug zum Essen geeignet. Hygienisch, sagen sie, und von besserem Geschmack.«

»Ich würde keinen Pfifferling für all das geben, was sie in diesen Tanks ziehen«, erklärte Ole kriegerisch. »Ich finde, es schmeckt irgendwie nicht richtig. Ich sage immer zu Martha, Essen muß im Boden gewachsen sein, wenn es Charakter haben soll.«

Er streckte die Hand nach dem Zündschlüssel aus.

»Weiß nicht, ob es der Mühe wert ist, das Zeug in die Stadt zu schaffen«, sagte er, »so, wie sie die Straßen in Ordnung halten. Oder vielmehr, wie sie sie nicht in Ordnung halten. Vor zwanzig Jahren war der staatliche Highway da draußen ein Streifen aus gutem Beton, und er wurde ausgebessert und jeden Winter geräumt. Sie taten alles, gaben jede Summe dafür aus, um die Straße freizuhalten. Und jetzt vergessen sie sie einfach. Der Beton ist überall gerissen und an einigen Stellen ausgewachsen. Brombeeren wachsen darauf. Mußte einmal aussteigen und einen Baum zerhacken, der heute morgen über die Fahrbahn gefallen war.«

»So ist es«, stimmte Gramp zu.

Der Wagen explodierte ins Leben, hustend und würgend. Eine Wolke aus dichtem blauen Rauch quoll unter ihm hervor. Mit einem Ruck setzte er sich in Bewegung und holperte die Straße hinunter.

Gramp stapfte zu seinem Liegestuhl zurück und fand ihn triefend naß. Der automatische Mäher hatte, nachdem er mit dem Rasenschneiden fertig war, den Schlauch ausgerollt und sprengte.

Unter giftigem Gemurmel stakste Gramp um die Ecke des Hauses und setzte sich auf die Bank neben der hinteren Veranda. Er saß dort nicht gern, aber es war der einzige Ort, wo er sicher vor diesem Stück Maschinerie im vorderen Garten war.

Der Blick von der Bank aus war wirklich etwas deprimierend, da er auf Straße um Straße leerer, verlassener Häuser und unkrautüberwucherter, ungepflegter Gärten fiel.

Doch einen Vorteil hatte der Platz. Saß er auf der Bank, konnte er tun, als sei er ein bißchen taub und höre die Zuckmusik nicht, die das Radio plärrte.

Eine Stimme rief vom vorderen Garten her:

»Bill! Bill, wo bist du?«

Gramp drehte den Hals.

»Hier bin ich, Mark. Hinter dem Haus. Verstecke mich vor diesem verflixten Rasenmäher.«

Mark Bailey hinkte um die Hausecke. Seine Zigarette drohte, seinen buschigen Schnurrbart in Brand zu setzen.

»Bißchen früh zum Spielen, oder?« fragte Gramp.

»Kann heute nicht spielen«, antwortete Mark.

Er hinkte näher und setzte sich neben Gramp auf die Bank.

»Wir ziehen aus«, verkündete er.

Gramp fuhr zu ihm herum. »Ihr zieht aus!«

»Ja-a. Aufs Land. Lucinda hat Herb nun doch dazu überredet. Hat ihm wahrscheinlich keine Minute Frieden gelassen. Sagte, jeder ziehe auf eins dieser hübschen Landgüter, und sie sehe keinen Grund, warum wir es nicht auch tun könnten.«

Gramp schluckte. »Wohin?«

»Weiß ich nicht genau«, sagte Mark. »Bin selbst noch nicht dort gewesen. Irgendwo da oben im Norden. An einem der Seen. Haben zehn Morgen Land. Lucinda wollte hundert, aber Herb stellte sich auf die Hinterbeine und sagte, zehn seien genug. Schließlich ist in all diesen Jahren eine Stadtwohnung genug gewesen.«

»Betty hat Johnny auch zugesetzt«, erzählte Gramp, »aber er leistet ihr Widerstand. Sagt, er kann das einfach nicht machen. Sagt, es wäre nicht richtig, wenn er als Sekretär der Handelskammer und so weiter aus der Stadt wegzieht.«

»Die Leute sind verrückt«, erklärte Mark. »Vollkommen verrückt.«

»Das ist Tatsache«, bestätigte Gramp. »Landverrückt, das sind sie. Sieh mal da hinüber!«

Er wies mit der Hand auf die Straße mit den leeren Häusern. »Ich erinnere mich noch an die Zeit, als das da drüben eine Reihe so hübscher Heime war, wie du sie nur je gesehen hast. Und gute Nachbarn waren die Leute. Die Frauen liefen von einer Hintertür zur anderen und tauschten Rezepte aus. Und das Männervolk ging hinaus, um das Gras zu schneiden, und bald darauf standen die Rasenmäher herum, und die Männer hockten zusammen und schwatzten. Freundliche Menschen, Mark. Aber sieh dir das jetzt an!«

Mark rutschte auf der Bank herum. »Muß zurück, Bill. Habe mich nur hergeschlichen, um dir zu sagen, daß wir abhauen. Lucinda hat mich zum Packen angestellt. Sie wäre sauer, wenn sie wüßte, daß ich weggelaufen bin.«

Gramp erhob sich steif und streckte die Hand aus. »Sehe ich dich noch einmal? Du kommst für ein letztes Spiel herüber?«

Mark schüttelte den Kopf. »Tut mir leid, Bill, nein.«

Verlegen drückten sie sich die Hände. »Das Spielen wird mir bestimmt fehlen«, meinte Mark.

»Mir auch«, antwortete Gramp. »Ich habe dann niemanden mehr, wenn du fort bist.«

»Bis dann, Bill«, sagte Mark.

»Bis dann«, sagte Gramp.

Er stand da und sah seinen Freund um das Haus hinken, und die kalte Klaue der Einsamkeit faßte nach ihm und berührte ihn mit eisigen Fingern. Eine schreckliche Einsamkeit. Die Einsamkeit der Alten – der Alten und Überholten. Grimmig gestand Gramp es sich ein. Er war überholt. Er gehörte zu einem anderen Zeitalter. Er hatte seine Zeit überzogen, hatte länger gelebt, als ihm zustand.

Mit feuchten Augen tastete er nach dem Stock, der an der Bank lehnte, und ging langsam zu dem schiefen Tor, das sich an der Rückseite des Hauses auf die verlassene Straße hin öffnete.

Die Jahre waren zu schnell vorübergezogen. Sie hatten das Familienflugzeug und den Hubschrauber gebracht, während das Auto an vergessenen Stellen verrostete und die unbenutzten Straßen in einen nicht mehr reparierbaren Zustand gerieten. Sie hatten durch den Aufschwung der Hydroponik die Bearbeitung des Bodens völlig abgeschafft. Grundbesitz war in dieser Zeit durch das Verschwinden der Farm als ökonomische Einheit billig geworden, und die Stadtbewohner waren aufs Land hinausgesaust, wo jeder für weniger Geld, als eine Stadtwohnung kostete, weite Felder sein eigen nennen konnte. Der Häuserbau war dermaßen revolutioniert worden, daß Familien einfach von ihrem alten Heim zu dem neuen wanderten, das zur Hälfte des Preises eines Vorkriegsgebäudes nach Wünschen des Kunden hergestellt und gegen geringes Entgelt geändert werden konnte, wenn zusätzlicher Raum geschaffen oder auch nur eine flüchtige Laune befriedigt werden sollte.

Gramp rümpfte die Nase. Häuser, die jedes Jahr verändert wurden, so wie man Möbel herumschob. Was war das für ein Leben?

Noch vor wenigen Jahren war das hier eine belebte Wohnstraße gewesen, und jetzt war nichts weiter als ein staubiger Pfad übrig. Langsam stapfte Gramp ihn hinunter. Eine Straße der Geister, sagte er zu sich selbst – flüchtiger kleiner Geister, die in der Nacht flüsterten. Geister von spielenden Kindern, Geister von umgeworfenen Dreirädern und umgekippten Fahrradanhängern. Geister von schwatzenden Hausfrauen. Geister von brennenden Kaminfeuern und rauchenden Schornsteinen in einer Winternacht.

Staubwölkchen stiegen um seine Füße auf und machten seine Hosenaufschläge weiß.

Da gegenüber stand das alte Adams-Haus. Adams war riesig stolz darauf gewesen, erinnerte Gramp sich. Eine Fassade aus grauem Feldstein und Panoramafenster. Jetzt war der Stein grün von kriechendem Moos, und die Fenster mit ihren zerbrochenen Scheiben grinsten einen geisterhaft an. Unkraut erstickte den Rasen und deckte die Veranda zu. Eine Ulme drückte ihre Zweige gegen den Giebel. Gramp dachte an den Tag, als Adams diese Ulme gepflanzt hatte.

Einen Augenblick lang blieb er auf der grasüberwachsenen Straße stehen, die Füße im Staub, beide Hände um die Krücke des Stockes gelegt, die Augen geschlossen.

Durch den Nebel der Jahre hörte er die Rufe spielender Kinder, das Bellen von Conrads Köter weiter unten auf der Straße. Und da war Adams, nackt bis zum Gürtel, grub mit dem Spaten ein Loch, und die Ulme, die Wurzeln in Sackleinwand gewickelt, lag auf dem Rasen.

Mai 1946. Das war vierundvierzig Jahre her. Gleich nachdem er und Adams zusammen aus dem Krieg heimgekommen waren.

Schritte tappten durch den Staub. Gramp erschrak und öffnete die Augen.

Vor ihm stand ein junger Mann. Ein Mann von Dreißig vielleicht. Oder ein bißchen jünger.

»Guten Morgen«, grüßte Gramp.

»Ich hoffe«, entschuldigte sich der junge Mann, »daß ich Sie nicht erschreckt habe.«

»Sie haben mich hier wie einen verflixten Trottel mit geschlossenen Augen stehen sehen?« fragte Gramp.

Der junge Mann nickte.

»Ich dachte an damals«, sagte Gramp.

»Sie wohnen hier in der Gegend?«

»Gleich die Straße hinunter. Das letzte bewohnte Haus in diesem Teil der Stadt.«

»Dann können Sie mir vielleicht helfen.«

»Versuchen Sie's!« forderte Gramp ihn auf.

Der junge Mann stammelte: »Nun, sehen Sie, es ist so ... ich mache eine Art von ... nun, man könnte es eine sentimentale Pilgerfahrt nennen ...«

»Ich verstehe«, nickte Gramp. »Ich auch.«

»Mein Name ist Adams«, stellte der junge Mann sich vor. »Mein Großvater hat einmal hier irgendwo gewohnt. Ich wüßte gern ...«

»Gleich da drüben«, sagte Gramp.

Zusammen standen sie da und sahen das Haus an.

»Es war früher ein hübsches Anwesen«, erzählte Gramp ihm. »Ihr Großpapa pflanzte diesen Baum, gleich nachdem er aus dem Krieg heimkehrte. Ich war während des ganzen Krieges mit ihm zusammen, und wir kamen auch zusammen nach Hause. Das war vielleicht ein Tag ...«

»Es ist ein Jammer«, meinte der junge Adams. »Ein Jammer ...«

Gramp hatte ihn anscheinend nicht gehört. »Ihr Großpapa?« fragte er. »Ich weiß gar nicht, was aus ihm geworden ist.«

»Er ist tot«, sagte der junge Adams. »Schon eine ganze Reihe von Jahren.«

»Er hatte mit Atomkraft zu tun.«

»Das stimmt«, bestätigte der junge Adams stolz. »Er befaßte sich damit, gleich nachdem sie für industrielle Zwecke freigegeben worden war. Das war unmittelbar nach dem Moskauer Vertrag.«

»Nachdem sie entschieden hatten«, sagte Gramp, »daß sie keinen Krieg führen konnten.«

»Richtig«, sagte Adams.

»Es ist ziemlich schwer, einen Krieg zu führen«, bemerkte Gramp, »wenn nichts da ist, auf das man zielen kann.«

»Sie meinen die Städte.«

»Klar!« Gramp nickte. »Und da ist etwas Komisches. Man konnte soviel Atombomben schwenken, wie man wollte, und die Leute waren nicht aus den Städten hinauszugraulen. Aber man gebe ihnen billiges Land und Familienflugzeuge, und sie rennen auseinander wie ebenso viele verflixte Karnickel.«

John J. Webster stieg die breiten Steinstufen des Rathauses hinauf. Die wandelnde Vogelscheuche, die ein Gewehr unter dem Arm trug, holte ihn ein und hielt ihn an.

»Wie geht's, Mr. Webster?« fragte die Vogelscheuche.

Webster sah sie verblüfft an. Dann malte sich das Erkennen auf seinem Gesicht.

»Es ist Levi«, stellte er fest. »Wie geht's, Levi?«

Levi Lewis zeigte grinsend seine Zahnstümpfe. »Gut bis mittelmäßig. Langsam wächst etwas in den Gärten, und die jungen Kaninchen werden gutes Fleisch abgeben.«

»Sie haben doch nichts mit den Verbrechen zu tun, die den *Häusern* zur Last gelegt werden?«

»Nein, Sir«, erklärte Levi. »Keiner von uns Squattern ist an irgendwelchen Übeltaten beteiligt. Wir sind gesetzestreue, gottesfürchtige Menschen, das sind wir. Der einzige Grund, aus dem wir hier sind, ist, daß wir an keinem anderen Ort unseren Lebensunterhalt verdienen können. Und wir leben in den Häusern, die andere Leute aufgegeben haben, und tun niemandem etwas zuleide. Die Polizei schiebt uns die Diebstähle und was sonst noch vorfällt in die Schuhe, weil sie weiß, daß wir uns nicht verteidigen können. Sie macht uns zu Sündenböcken.«

»Ich freue mich, das zu hören«, sagte Webster. »Der Polizeichef möchte die *Häuser* einäschern.«

»Wenn er das versucht«, gab Levi zurück, »wird er gegen etwas anrennen, womit er nicht gerechnet hat. Wir sind durch diesen Tankanbau von unseren Farmen vertrieben worden, aber weiter lassen wir uns nicht jagen.«

Er spuckte auf die Stufen.

»Sie haben nicht zufällig etwas Kleingeld bei sich?« fragte er. »Ich habe keine Patronen mehr, und mit all den Karnickeln, die heranwachsen ...«

Webster steckte die Finger in die Westentasche und zog einen halben Dollar hervor.

Levi grinste. »Das ist entgegenkommend von Ihnen, Mr. Webster. Im Herbst bringe ich Ihnen eine Mahlzeit Eichhörnchen.«

Der Squatter tippte mit zwei Fingern an seinen Hut

und zog sich die Stufen hinunter zurück. Die Sonne glitzerte auf dem Gewehrlauf. Webster stieg die Stufen weiter nach oben.

Die Sitzung des Stadtrates war bereits in vollem Gang, als er den Saal betrat.

Polizeichef Jim Maxwell stand am Tisch, und Bürgermeister Paul Carter sprach.

»Glauben Sie nicht, Sie könnten ein bißchen voreilig handeln, Jim, wenn Sie auf einer solchen Maßnahme gegen die *Häuser* bestehen?«

»Nein, das glaube ich nicht«, erklärte der Chef. »Ein Dutzend oder so ausgenommen, wird keins der Häuser von seinen rechtmäßigen Eigentümern bewohnt – oder vielmehr von seinen ursprünglichen Eigentümern. Jedes einzelne von ihnen gehört jetzt durch Steuerpfändung der Stadt. Und sie stellen nichts weiter dar als eine Beleidigung fürs Auge und eine Bedrohung. Sie haben keinen Wert. Nicht einmal einen Abbruchwert. Holz? Wir benutzen kein Holz mehr. Plastik ist besser. Stein? Wir benutzen Stahl anstelle von Stein. In keinem dieser Häuser findet sich Material, das verkäuflich wäre.

Und in der Zwischenzeit werden sie die Schlupfwinkel kleiner Ganoven und unerwünschter Elemente. Mit Vegetation zugewachsen, wie diese Wohnviertel sind, geben sie ein perfektes Versteck für alle Sorten von Kriminellen ab. Ein Mann begeht ein Verbrechen und setzt sich sofort zu den *Häusern* ab. Einmal dort, ist er in Sicherheit, denn auch wenn ich tausend Mann hinschickte, könnte er ihnen allen entschlüpfen.

Die Häuser sind die Kosten eines Abbruchs nicht wert. Und doch sind sie, wenn keine Bedrohung, so doch zumindest ein Ärgernis. Wir müssen sie loswerden, und Feuer ist die billigste, schnellste Methode. Wir werden alle erforderlichen Vorsichtsmaßnahmen treffen.«

»Wie ist es mit dem juristischen Gesichtspunkt?« fragte der Bürgermeister.

»Das habe ich nachgeprüft. Ein Mann hat das Recht, sein Eigentum auf jede Art, die er für geeignet hält, zu vernichten, solange er das Eigentum anderer dabei nicht gefährdet. Ich nehme an, daß dieses Gesetz auch gilt, wenn der Eigentümer eine Gemeinde ist.«

Stadtrat Thomas Griffin sprang auf.

»Sie würden vielen Leuten dadurch die Heimat nehmen«, erklärte er. »Sie würden eine Menge alter Heimstätten niederbrennen. Die Leute hängen gefühlsmäßig immer noch an ...«

»Wenn sie eine gefühlsmäßige Bindung zu ihren Häusern hätten«, unterbrach ihn der Chef, »warum haben sie dann die Steuern nicht bezahlt und sie nicht instandgehalten? Warum sind sie aufs Land hinausgerannt und haben die Häuser einfach stehenlassen? Fragen Sie Webster hier! Er kann Ihnen erzählen, welchen Erfolg er mit seinem Versuch hatte, die Leute an den Häusern ihrer Vorfahren zu interessieren.«

»Sie sprechen von dieser Farce, eine ›Woche des alten Heims‹ zu veranstalten«, sagte Griffin. »Es war ein Mißerfolg. Natürlich. Webster trug so dick auf, daß die Leute daran erstickten. Diese Wirkung hat eine Handelskammer-Mentalität immer.«

Stadtrat Forrest King fiel zornig ein: »An einer Handelskammer ist nichts auszusetzen, Griffin. Daß Sie im Geschäftsleben versagt haben, ist kein Grund ...«

Griffin ignorierte ihn. »Die Zeit, in der die Geschäfte uns drängten, ist für immer vorüber, Gentlemen. Werbung um jeden Preis ist etwas, das tot und begraben ist.

Die Zeit, als Sie Getreidetage oder Dollartage veranstalten oder den Anlaß zu irgendeiner Feier an den Haaren herbeiziehen und die Stadt mit Fahnen schmücken und große Menschenmengen herbeilocken konnten, die bereit waren, Geld auszugeben, ist seit vielen Jahren vorüber. Nur habt ihr Leute es anscheinend noch nicht gemerkt.

Der Erfolg solchen Rummels war darin begründet,

daß er die Psyche der Massen und die Loyalität der Bürger ansprach. Man kann von einem Bürger aber keine Loyalität erwarten, wenn die Stadt vor sich hinstirbt. Sie können die Massen nicht ansprechen, wenn es keine Massen gibt – wenn jeder Mann oder doch fast jeder Mann in der Lage ist, sich auf seine eigenen 40 Morgen zurückzuziehen.«

»Gentlemen«, flehte der Bürgermeister, »Gentlemen, Sie haben das Wort nicht!«

King drosch auf den Tisch ein und sprudelte hervor:

»Nein, lassen Sie es uns austragen! Da drüben sitzt Webster. Vielleicht wird er uns sagen, was er denkt.«

Webster geriet in Verlegenheit. »Ich glaube kaum, daß ich etwas zu sagen habe.«

»Vergessen Sie es«, fauchte Griffin und setzte sich wieder.

Aber King stand immer noch, das Gesicht hochrot, der Mund zitternd vor Wut.

»Webster!« schrie er.

Webster schüttelte den Kopf.

»Sie sind mit einer Ihrer großartigen Ideen hergekommen!« brüllte King. »Sie wollten sie dem Rat vortragen. Stehen Sie auf, Mann, und halten Sie Ihre Ansprache!«

Webster erhob sich langsam mit verkniffenen Lippen.

»Vielleicht sind Sie ein zu großer Dickschädel«, sagte er zu King, »um zu begreifen, warum mir die Art, wie Sie sich benommen haben, nicht paßt.«

King rang nach Atem. Dann explodierte er. »Dickschädel! Sie haben es gerade nötig! Wir haben zusammengearbeitet, und ich habe Ihnen geholfen. So haben Sie mich bisher noch nie genannt ... Sie haben ...«

»Nein, so habe ich Sie noch nie genannt«, erklärte Webster gleichmütig. »Natürlich nicht. Ich wollte meinen Job behalten.«

»Sie haben keinen Job mehr!« röhrte King. »Von dieser Minute an haben Sie keinen Job mehr!«

»Halten Sie den Mund!« sagte Webster.

King starrte ihn bestürzt an, als habe ihm jemand ins Gesicht geschlagen.

»Und setzen Sie sich!« sagte Webster, und seine Stimme schnitt durch den Saal wie ein scharfes Messer.

Kings Knie gaben unter ihm nach, und er setzte sich abrupt hin. Es herrschte brüchiges Schweigen.

»Ich habe etwas zu sagen«, begann Webster. »Etwas, das schon lange hätte gesagt werden sollen. Etwas, das Sie alle hören sollen. Daß ich derjenige bin, der es Ihnen sagen muß, ist das einzige, was mich daran verwundert. Und doch ist es vielleicht nichts als logisch, daß ich als einer, der beinahe fünfzehn Jahre lang im Interesse dieser Stadt gearbeitet hat, Ihnen die Wahrheit sage.

Stadtrat Griffin sagte, die Stadt sterbe vor sich hin, und das ist richtig. Ich habe nur etwas an seiner Aussage auszusetzen, und zwar, daß sie eine Untertreibung ist. Die Stadt ... diese Stadt, jede Stadt ... ist bereits tot.

Die Stadt ist ein Anachronismus. Sie hat ihre Nützlichkeit überlebt. Die Hydroponik und der Hubschrauber haben ihren Fall bewirkt. Im Anfang war die Stadt ein Stammesplatz, ein Ort, wo der Stamm sich zum gegenseitigen Schutz zusammenscharte. Später wurde ringsherum eine Mauer errichtet, die noch mehr Schutz gewährte. Dann verschwand die Mauer, aber die Stadt lebte weiter wegen der Bequemlichkeiten, die sie Handel und Wandel bot. Sie blieb in die modernen Zeiten hinein erhalten, weil die Menschen gezwungen waren, in der Nähe ihrer Arbeitsstätten zu wohnen, und die befanden sich in der Stadt.

Aber das trifft nicht länger zu. Mit dem Familienflugzeug stellen hundert Meilen heute eine geringere Entfernung dar als fünf Meilen im Jahr 1930. Die Menschen können mehrere hundert Meilen zur Arbeit und am Feierabend wieder nach Hause fliegen. Es besteht für sie keine Notwendigkeit mehr, zusammengedrängt in einer Stadt zu leben.

Das Automobil leitete diese Entwicklung ein, und das Familienflugzeug vollendete sie. Schon im ersten Teil des Jahrhunderts war dieser Trend festzustellen – eine Bewegung weg von der Stadt mit ihren Steuern und ihrer Enge, eine Bewegung hin zum Vorort und in die Nähe des Landes. Der Mangel an geeigneten Transportmitteln, der Mangel an Geld hielt viele in der Stadt zurück. Aber jetzt hat das Tankfarmen den Wert des Landes vernichtet, und ein Mann kann ein großes Gebiet für einen geringeren Preis kaufen, als vor vierzig Jahren eine Stadtwohnung gekostet hat. Mit Flugzeugen, die von Atomkraft angetrieben werden, gibt es keine Transportprobleme mehr.«

Er hielt inne, und das Schweigen dauerte an. Der Bürgermeister blickte entsetzt drein. Kings Lippen bewegten sich, aber es kamen keine Worte. Griffin lächelte.

»Was haben wir also?« fragte Webster. »Ich will Ihnen sagen, was wir haben. Straße auf Straße, Block auf Block von verlassenen Häusern, Häuser, aus denen die Leute einfach davongegangen sind. Warum hätten sie auch bleiben sollen? Was konnte die Stadt ihnen bieten? Nichts von den Dingen, die sie den früheren Generationen geboten hat, denn der Fortschritt hat die Notwendigkeit, sich der Vorzüge der Stadt zu bedienen, weggefegt. Natürlich bedeutete es einen gewissen finanziellen Verlust, wenn sie ihre Häuser verließen. Aber die Möglichkeit, sich ein zweimal so gutes Haus für die Hälfte des Preises zu kaufen, zu leben, wie sie zu leben wünschten, sich wie in der Tradition der Reichen vor einer Generation Grundbesitz in der Größe von Gütern zuzulegen – all diese Dinge überwogen die Nachteile, die ihnen durch das Verlassen ihrer Häuser entstanden.

Und was ist uns geblieben? Ein paar Blocks mit Geschäftsgebäuden. Ein paar Morgen industrieller Anlagen. Eine Stadtregierung, darauf ausgelegt, sich um eine Million Menschen zu kümmern, ohne die Million

Menschen. Ein Budget, das die Steuern so hoch hinaufgetrieben hat, daß letzten Endes auch die Firmen ausziehen werden, um diesen Steuern zu entrinnen. Steuerpfändungen, die uns wertlosen Besitz aufgebürdet haben. Das ist uns geblieben.«

»Mr. Webster ...«, sagte der Bürgermeister.

Webster schenkte ihm keine Aufmerksamkeit.

»Wäre das heute nicht passiert«, gestand er, »hätte ich weitergemacht und mit Ihnen Puppenhaus gespielt. Ich hätte weiter so getan, als sei die Stadt ein gutgehendes Unternehmen, hätte mich und Sie zum Narren gehalten. Aber, Gentlemen, es gibt so etwas wie menschliche Würde.«

Das eisige Schweigen zerbrach unter dem Rascheln von Papier, dem gedämpften Husten eines peinlich berührten Zuhörers.

Doch Webster war noch nicht fertig.

»Die Stadt hat versagt, und es ist gut, daß sie versagt hat. Statt trauernd hier um ihre Leiche herumzusitzen, sollten Sie sich erheben und Ihren Dank in die Welt hinausrufen, daß sie versagt hat.

Denn wenn diese Stadt nicht wie jede andere Stadt ihre Nützlichkeit überlebt hätte – wenn die Städte der Welt nicht verlassen worden wären, dann wären sie zerstört worden. Es hätte einen Krieg gegeben, Gentlemen, einen Atomkrieg. Haben Sie die fünfziger und sechziger Jahre vergessen? Haben Sie vergessen, daß Sie des Nachts aufwachten und darauf lauschten, ob die Bombe käme, und dabei wußten Sie, daß Sie sie, wenn sie käme, nicht hören würden, ja, daß Sie dann niemals mehr etwas hören würden?

Aber die Städte wurden verlassen, und die Industrie verteilte sich, und es waren keine Ziele mehr da, und es gab keinen Krieg.

Einige von Ihnen«, beschwor Webster sie, »viele von Ihnen, Gentlemen, sind heute nur deswegen noch am Leben, weil die Menschen Ihre Städte verlassen haben.

Und jetzt lassen Sie die Stadt um Gottes willen tot bleiben. Seien Sie glücklich, daß sie tot ist. Etwas Besseres ist in der ganzen menschlichen Geschichte niemals geschehen.«

John J. Webster drehte sich auf dem Absatz um und verließ den Saal.

Draußen auf den breiten Steinstufen blieb er stehen und sah zu dem wolkenlosen Himmel hinauf, sah die Tauben um die Türme und Türmchen der Stadthalle kreisen.

Er schüttelte sich im Geist wie ein Hund, der aus einem Teich kommt.

Er hatte sich natürlich töricht verhalten. Jetzt würde er sich einen Job suchen müssen, und es mochte einige Zeit dauern, bis er einen fand. Er wurde für die Suche nach einem Job ein bißchen zu alt.

Trotz dieser Gedanken stahl sich ungerufen eine kleine Melodie auf seine Lippen. Er ging flotten Schrittes davon, hatte die Lippen gespitzt und pfiff tonlos.

Er brauchte nicht mehr zu heucheln. Er brauchte nachts nicht mehr wachzuliegen und sich zu fragen, was er tun solle – wenn er doch wußte, daß die Stadt tot war, wenn er wußte, daß er eine nutzlose Arbeit verrichtete und sich wie ein Scheißkerl dafür vorkam, daß er ein Gehalt annahm, obwohl er es nicht verdiente. Er brauchte die quälende Frustration des Arbeiters nicht mehr zu empfinden, der weiß, daß er mit seiner Arbeit nichts zustandebringt.

Er schritt auf den Parkplatz zu, wo sein Hubschrauber stand.

Jetzt konnten sie vielleicht aufs Land hinausziehen, sagte er zu sich selbst, wie es sich Betty wünschte. Vielleicht würde er seine Abende damit verbringen, das Land zu durchwandern, das ihm gehörte. Ein Anwesen mit einem Bach. Es mußte unbedingt ein Bach sein, in dem sich Forellen aussetzen ließen.

Er nahm sich vor, auf den Dachboden hinaufzusteigen und seine Fliegerausrüstung nachzusehen.

Der alte Wagen holperte den Weg hinunter. Martha Johnson wartete am Hoftor bei der Scheune.

Ole stieg steif aus, das Gesicht von Müdigkeit gezeichnet.

»Irgend etwas verkauft?« fragte Martha.

Ole schüttelte den Kopf. »Es hat keinen Sinn. Die Leute wollen kein Gemüse kaufen, das auf einer Farm gezogen ist. Sie haben mich nur ausgelacht. Zeigten mir Maiskolben, doppelt so groß wie die, die ich hatte, ebenso süß und mit mehr gleichmäßigen Kornreihen. Zeigten mir Melonen, die fast keine Schale hatten. Besser schmecken täten sie außerdem, sagten sie.«

Er trat gegen einen Erdklumpen, der zu Staub explodierte.

»Wir können die Augen nicht länger davor schließen«, stellte er fest. »Das Tankfarmen hat uns ruiniert.«

»Vielleicht sehen wir besser zu, daß wir die Farm verkaufen«, schlug Martha vor.

Ole antwortete nicht.

»Du könntest Arbeit auf einer Tankfarm bekommen«, sagte sie. »Harry hat auch welche bekommen. Gefällt ihm richtig gut.«

Ole schüttelte den Kopf.

»Oder vielleicht als Gärtner«, sagte Martha. »Du würdest einen sehr guten Gärtner abgeben. Diese stinkvornehmen Leute, die auf große Güter hinausgezogen sind, haben gern Gärtner, die die Blumen und all das pflegen. Das ist feiner, als wenn Maschinen es täten.«

Von neuem schüttelte Ole den Kopf. »Ich könnte es nicht aushalten, mit Blumen herumzupusseln«, erklärte er. »Nicht nachdem ich mehr als zwanzig Jahre lang Mais angebaut habe.«

»Vielleicht«, meinte Martha, »könnten wir uns eins

von diesen kleinen Flugzeugen anschaffen. Und fließendes Wasser im Haus. Und eine Badewanne, statt in dem alten Waschzuber neben dem Küchenherd baden zu müssen.«

»Könnte ein Flugzeug nicht steuern«, wandte Ole ein.

»Sicher könntest du es«, widersprach Martha. »Die sind leicht zu steuern. Die Anderson-Jungen sind doch noch richtige Knirpse, und sie fliegen mit einem herum. Einer von ihnen hat einmal Blödsinn gemacht und ist hinausgefallen, aber ...«

»Ich muß darüber nachdenken«, sagte Ole verzweifelt. »Ich muß nachdenken.«

Er wandte sich ab, flankte über einen Zaun und ging in Richtung der Felder davon. Martha stand neben dem Wagen und sah ihm nach. Eine einsame Träne rollte ihre staubige Wange hinunter.

»Mr. Taylor erwartet Sie«, sagte das Mädchen.

John J. Webster stotterte: »Aber ich bin doch noch nie hiergewesen. Er wußte nicht, daß ich kommen würde.«

Das Mädchen blieb dabei. »Mr. Taylor erwartet Sie.«

Sie wies mit dem Kopf auf die Tür. Darauf stand:

AMT FÜR MENSCHLICHE ANPASSUNG

»Aber ich suche einen Job«, protestierte Webster. »Ich bin nicht hergekommen, um angepaßt zu werden oder so etwas. Das ist doch die Weltarbeitsvermittlung, nicht wahr?«

»Das ist richtig«, erklärte das Mädchen. »Möchten Sie Mr. Taylor nicht sprechen?«

»Wenn Sie darauf bestehen«, gab Webster nach.

Das Mädchen legte einen Schalter um und teilte einer Gegensprechanlage mit: »Mr. Webster ist hier, Sir.«

»Schicken Sie ihn herein!« antwortete eine Stimme.

Den Hut in der Hand, ging Webster durch die Tür.

Der Mann hinter dem Schreibtisch hatte weißes Haar, aber ein junges Gesicht. Er wies auf einen Sessel.

»Sie haben versucht, eine Stellung zu finden«, stellte er fest.

»Ja«, antwortete Webster, »aber ...«

»Bitte, setzen Sie sich«, forderte Taylor ihn auf. »Falls Sie sich über das Schild an der Tür Gedanken machen, vergessen Sie es. Wir werden nicht versuchen, Sie anzupassen.«

»Ich konnte keine Stellung finden«, sagte Webster. »Ich suche seit Wochen, und niemand wollte mich haben. So bin ich schließlich hergekommen.«

»Sie wollten nicht herkommen?«

»Ehrlich gesagt, nein. Eine Arbeitsvermittlung. Das hat ... nun ... einen Beigeschmack, der mir nicht gefällt.«

Taylor lächelte. »Der Ausdruck mag unglücklich gewählt sein. Sie denken an die Arbeitsvermittlungen früherer Zeiten. Die Stellen, zu denen Menschen gingen, wenn sie verzweifelt nach Arbeit suchten. Die Regierung betrieb Büros, die versuchten, Arbeit für Menschen zu finden, damit sie der Öffentlichkeit nicht zur Last fielen.«

»Verzweifelt bin ich schon«, gestand Webster. »Aber ich besitze immer noch einen Stolz, der es mir schwer machte, zu kommen. Schließlich blieb mir nichts anderes mehr übrig. Ich bin zum Verräter geworden, verstehen Sie ...«

»Sie meinen«, fiel Taylor ein, »daß Sie die Wahrheit gesagt haben, auch wenn das Sie Ihre Stellung gekostet hat. Die Geschäftswelt – und nicht nur hier, sondern auf der ganzen Welt – ist für diese Wahrheit noch nicht reif. Der Geschäftsmann klammert sich noch immer an den Stadt-Mythos, den Mythos der Geschäftstüchtigkeit. In den kommenden Jahren wird er einsehen, daß er die Stadt nicht mehr braucht, daß Leistung und Wert ihm mehr an Geschäften eintragen werden, als er durch Geschäftstüchtigkeit je errungen hat.

Ich habe mich gefragt, Webster, was Sie veranlaßt hat, so zu handeln, wie Sie es getan haben.«

»Ich hatte es satt«, antwortete Webster. »Ich hatte es satt, Menschen herumstümpern zu sehen, mit fest geschlossenen Augen. Ich hatte es satt, zu sehen, wie eine alte Tradition am Leben erhalten wurde, die man hätte beiseitelegen sollen. Ich hatte Kings affektierten Bürgerenthusiasmus satt, wenn jeder Grund für Enthusiasmus verschwunden war.«

Taylor nickte. »Webster, glauben Sie, daß Sie menschliche Wesen anpassen könnten?«

Webster starrte ihn nur an.

»Es ist mein Ernst«, versicherte Taylor. »Das Weltkomitee tut es seit Jahren, still, unauffällig. Viele Leute wissen nicht einmal, daß sie angepaßt worden sind.

Die Veränderungen, die stattgefunden haben, seit anstelle der alten Vereinten Nationen das Weltkomitee gegründet wurde, brachten für die Menschen große Anpassungsschwierigkeiten mit sich. Die Einführung von Atomkraft in den Betrieben nahm Hunderttausenden die Arbeitsplätze weg. Sie mußten für neue Aufgaben ausgebildet und auf sie hingeführt werden, manche in Zusammenhang mit der neuen Atomkraft, manche auf anderen Gebieten. Die Einführung des Tankfarmens vertrieb die Farmer von ihrem Land. Sie haben uns vor das vielleicht größte Problem gestellt, denn sie besaßen keine anderen Kenntnisse als das Spezialwissen, das man für Ackerbau und Viehzucht braucht. Die meisten von ihnen hatte nicht den Wunsch, etwas zu lernen. Bitterer Groll, daß sie des Lebensunterhalts beraubt worden waren, den sie von ihren Vorfahren geerbt hatten, erfüllte die meisten von ihnen. Und da sie von Natur aus Individualisten sind, gab es mit ihrer Gruppe größere psychologische Schwierigkeiten als mit jeder anderen.«

»Viele von ihnen«, berichtete Webster, »wissen immer noch nichts mit sich anzufangen. Hundert oder mehr kampieren in den *Häusern* und leben von der Hand in den Mund. Schießen ein paar Kaninchen und ein paar Eichhörnchen, angeln ein bißchen, ziehen Gemüse und sammeln wildwachsende Früchte. Dazu kommt hin und wieder ein kleiner Diebstahl, und manchmal betteln sie auf den Straßen der Außenbezirke.«

»Sie kennen diese Leute?« erkundigte sich Taylor.

»Einige von ihnen. Einer bringt mir gelegentlich Eichhörnchen und Kaninchen. Dafür schnorrt er dann Geld für Munition.«

»Sie würden sich einer Anpassung widersetzen?«

»Heftig«, bestätigte Webster.

»Sie kennen einen Farmer namens Ole Johnson, der immer noch auf seiner niemals modernisierten Farm sitzt?«

Webster nickte.

»Wie wäre es, wenn Sie versuchen würden, ihn anzupassen?«

»Er würde mich von seinem Grund und Boden jagen«, prophezeite Webster.

»Männer wie Ole und die Squatter bedeuten jetzt unsere speziellen Probleme«, sagte Taylor. »Die übrige Welt ist größtenteils recht gut angepaßt, hat Anschluß an die Gleise der Gegenwart gefunden. Einige jammern der Vergangenheit lautstark nach, aber das ist nur Theater. Wir würden es nicht schaffen, sie zu ihrer alten Lebensweise zurückzutreiben.

Vor Jahren, tatsächlich bei der Einführung der Atomkraft, stand das Weltkomitee vor einer schwierigen Entscheidung. Sollten Veränderungen, die der Welt den Fortschritt bringen würden, allmählich stattfinden, damit die Menschen sich auf natürliche Weise anpassen könnten, oder sollte man sie so schnell wie möglich vorantreiben, wobei das Komitee bei der notwendigen Anpassung Hilfestellung leisten würde? Ob das nun richtig war oder nicht, man beschloß, der Fortschritt solle zuerst kommen, ohne Berücksichtigung seiner Auswirkung auf die Menschen. Im großen und ganzen hat sich das als kluge Entscheidung erwiesen.

Wir wußten natürlich, daß diese Anpassung in vielen Fällen nicht offen erfolgen konnte. Möglich war es zum Beispiel bei den großen Gruppen von Arbeitern, die ihre Arbeitsplätze verloren hatten, aber bei den meisten Einzelpersonen, wie bei unserem Freund Ole, war es das nicht. Diesen Leuten mußte geholfen werden, sich in der neuen Welt zurechtzufinden, aber sie durften von der Hilfe nichts merken. Sonst hätte es ihr Vertrauen und ihre Würde zerstört, und die menschliche Würde ist der Grundstein jeder Zivilisation.«

»Über die innerhalb der Industrie vorgenommenen Anpassungen weiß ich natürlich Bescheid«, sagte Webster, »aber von den individuellen Fällen hatte ich noch nicht gehört.«

»Wir können keine Reklame dafür machen«, sagte Taylor lächelnd. »Es geschieht heimlich.«

»Aber warum erzählen Sie mir das alles?«

»Weil wir möchten, daß Sie bei uns mitmachen. Vielleicht beginnen Sie damit, Ole zu helfen, und als Nächstes sehen Sie zu, was für die Squatter getan werden könnte.«

»Ich weiß nicht ...«, stotterte Webster.

»Wir haben darauf gewartet, daß Sie kommen würden«, gestand Taylor. »Wir wußten, letzten Endes würden Sie kommen müssen. Jede Chance, die Sie bei jeder Art von Arbeit hätten haben können, wurde von King torpediert. Er hatte überall Bescheid gesagt. Sie stehen heute bei jeder Handelskammer und jeder städtischen Gruppe der Welt auf der Schwarzen Liste.«

»Mir bleibt wohl keine andere Wahl«, sagte Webster.

Taylor schüttelte den Kopf. »Wir möchten nicht, daß Sie es auf diese Weise sehen. Lassen Sie sich Zeit, um darüber nachzudenken, und dann kommen Sie wieder. Auch wenn Sie den Job nicht wollen, werden wir einen anderen für Sie finden – King zum Trotz.«

Draußen auf der Straße wartete eine wandelnde Vogelscheuche auf Webster. Es war Levi Lewis ohne sein Zahnstummelgrinsen, das Gewehr unter dem Arm.

»Ein paar von den Jungs sagten, sie hätten Sie hier hineingehen sehen«, erklärte er. »Deshalb habe ich auf Sie gewartet.«

»Was gibt es für Ärger?« fragte Webster, denn Levis Gesicht legte beredtes Zeugnis für Ärger ab.

»Es ist die Polizei.« Levi spuckte angewidert aus.

»Die Polizei.« Webster wurde schwer ums Herz dabei. Denn nun wußte er, um was für Ärger es sich handelte.

»Ja«, sagte Levi. »Sie bereiten sich darauf vor, uns auszuräuchern.«

»Also hat der Stadtrat schließlich nachgegeben«, stellte Webster fest.

»Ich komme gerade vom Polizei-Hauptquartier«, berichtete Levi. »Ich sagte ihnen, sie sollten nichts überstürzen. Ich sagte ihnen, es würden Eingeweide über das ganze Viertel verstreut werden, wenn sie es versuchten. Ich habe die Jungs ringsum Posten beziehen lassen und ihnen befohlen, nur zu schießen, wenn sie sicher sind, auch zu treffen.«

»Das können Sie nicht tun, Levi!« Websters Stimme klang scharf.

»Das kann ich nicht tun? Das habe ich bereits getan!« gab Levi zurück. »Sie haben uns von den Farmen vertrieben, uns zum Verkauf gezwungen, weil wir dort unseren Lebensunterhalt nicht mehr verdienen konnten. Und weiter werden sie uns nicht treiben. Entweder wir bleiben hier, oder wir sterben hier. Und uns ausräuchern werden sie erst dann können, wenn keiner von uns mehr übrig ist, um sie aufzuhalten.«

Er zog die Hose hoch und spuckte von neuem.

»Und wir sind nicht die einzigen, die so empfinden«, verkündete er. »Gramp ist draußen bei uns.«

»Gramp?«

»Klar doch, Gramp. Der alte Knabe, der bei Ihnen wohnt. Er hat sozusagen den Posten unseres kommandierenden Generals übernommen. Sagt, er weiß noch Tricks aus dem Krieg, von denen die Polizisten nie gehört haben. Er hat ein paar von den Jungs zu einer von diesen Frontkämpferhallen geschickt, um eine Kanone zu klauen. Sagt, er weiß, wo wir Granaten dafür aus dem Museum bekommen. Sagt, wir werden die Kanone aufstellen und dann Nachricht geben, daß wir das Geschäftsviertel beschießen, wenn die Polizei einen einzigen Schritt macht.«

»Hören Sie, Levi, wollen Sie etwas für mich tun?«

»Na klar doch, Mr. Webster.«

»Wollen Sie hineingehen und nach einem Mr. Taylor fragen? Bestehen Sie darauf, ihn zu sprechen. Sagen Sie ihm, ich sei bereits an der Arbeit.«

»Klar tue ich das, aber wohin gehen Sie?«

»Ich gehe zum Rathaus hinauf.«

»Soll ich nicht mitkommen?«

»Nein, allein komme ich besser zurecht«, lehnte Webster ab. »Und, Levi ...«

»Ja.«

»Sagen Sie Gramp, er soll seine Artillerie zurückhalten. Nicht schießen, bevor es unbedingt sein muß – aber wenn es sein muß, dann soll er auch genau zielen!«

»Der Bürgermeister ist beschäftigt«, sagte Raymond Brown, sein Sekretär.

»Das glauben Sie.« Webster marschierte auf die Tür zu.

»Sie können nicht hinein, Webster!« brüllte Brown. Er sprang von seinem Stuhl, kam hinter dem Schreibtisch hervorgerannt und faßte nach Webster. Webster schwang ungezielt seinen Arm, traf Brown vor die Brust und schleuderte ihn gegen den Schreibtisch zurück. Der Schreibtisch rutschte. Brown warf die Arme hoch, verlor das Gleichgewicht und plumpste zu Boden.

Webster riß die Tür des Bürgermeisters auf.

Der Bürgermeister nahm in aller Eile die Füße vom Schreibtisch. »Ich sagte Brown ...«, begann er.

Webster nickte. »Und Brown sagte es mir. Was ist los, Carter? Haben Sie Angst, King könne herausfinden, daß ich hier war? Haben Sie Angst, von ein paar guten Ideen korrumpiert zu werden?«

»Was wollen Sie?« schnauzte Carter.

»Ich hörte, die Polizei will die *Häuser* niederbrennen.«

»Das ist richtig«, erklärte der Bürgermeister selbstzufrieden. »Sie stellen eine Bedrohung der Gemeinde dar.«

»Welcher Gemeinde?«

»Hören Sie, Webster ...«

»Sie wissen, es gibt keine Gemeinde. Es gibt nichts als ein paar von euch lausigen Politikern. Ihr klebt fest, damit das hier euer Wohnort bleibt und ihr sicher sein könnt, jedes Jahr wiedergewählt zu werden und eure Gehälter zu bekommen. Allmählich sind wir an einem Punkt angelangt, wo ihr nichts weiter zu tun braucht, als euch gegenseitig zu wählen. Die Leute, die in den Läden und Werkstätten arbeiten, selbst jene, die die geringsten Arbeiten in den Fabriken tun, wohnen nicht innerhalb der Stadtgrenzen. Die Geschäftsleute haben die Stadt schon vor langer Zeit verlassen. Sie gehen hier ihren Geschäften nach, aber sie sind nicht hier zu Hause.«

»Es ist trotzdem immer noch eine Stadt«, behauptete der Bürgermeister.

»Ich bin nicht gekommen, um darüber mit Ihnen zu streiten«, sagte Webster. »Ich bin gekommen, um Ihnen klarzumachen, daß Sie Unrecht tun, wenn Sie diese Häuser niederbrennen. Auch wenn Sie nicht dieser

Meinung sind, die *Häuser* sind die Heime von Menschen, die kein anderes Heim besitzen. Von Menschen, die auf der Suche nach einer Freistatt in diese Stadt gekommen sind, die bei uns ein Obdach gefunden haben. In gewisser Weise tragen wir für sie die Verantwortung.«

»Wir tragen keine Verantwortung für sie«, knirschte der Bürgermeister. »Was ihnen auch widerfahren mag, sie haben eben Pech gehabt. Wir haben sie nicht hergebeten. Wir wollen sie hier nicht. Sie tragen nichts zum Wohl der Gemeinde bei. Jetzt werden Sie mir erzählen, sie seien Außenseiter. Kann ich vielleicht dafür? Sie werden sagen, sie können keine Arbeit finden. Und ich sage Ihnen, sie würden Arbeit finden, wenn sie es versuchten. Es gibt viel zu tun, es gibt immer viel zu tun. Diese Leute haben den Kopf voll von Gerede über die neue Welt, und sie bilden sich ein, andere seien verpflichtet, für sie einen Platz zu finden, wo sie sich wohlfühlen, und eine Arbeit, die ihnen gefällt.«

»Sie sprechen wie ein krasser Individualist«, meinte Webster.

»Sie halten das wohl für komisch!« kläffte der Bürgermeister.

»Ich halte es tatsächlich für komisch«, gab Webster zurück. »Für komisch und tragisch, daß jemand heutzutage noch so denkt.«

»Die Welt wäre mit einigem krassen Individualismus sehr viel besser dran«, schimpfte der Bürgermeister. »Sehen Sie sich die Männer an, die es zu etwas gebracht haben ...«

»Meinen Sie sich selbst?« fragte Webster.

»Sie können mich als Beispiel nehmen«, stimmte Carter zu. »Ich habe schwer gearbeitet. Ich habe günstige Gelegenheiten zu nutzen gewußt. Ich besaß einige Voraussicht. Ich habe ...«

»Sie meinen, Sie haben die richtigen Stiefel geleckt und in die richtigen Gesichter getreten«, fiel Webster ein. »Sie sind das leuchtende Beispiel für Leute der Art, die die Welt heute nicht mehr will. Sie riechen entschieden muffig; ihre Vorstellungen sind völlig veraltet. Sie sind der letzte Politiker, Carter, ebenso wie ich der letzte Handelskammersekretär war. Nur wissen Sie es noch nicht. Ich wußte es. Ich bin ausgestiegen. Auch wenn es mich etwas gekostet hat, bin ich ausgestiegen, weil ich mir meine Selbstachtung retten wollte. Ihre Art von Politik ist tot. Sie ist tot, weil früher jeder Angeber mit einem großen Maul und unverschämtem Auftreten Macht erringen konnte, indem er durch psychologische Tricks die Massen auf seine Seite brachte. Und jetzt haben Sie keine Massen mehr, weil es den Leuten nämlich schnurzegal ist, was mit einem Ding passiert, das bereits tot ist – einem politischen System, das unter seinem eigenen Gewicht zusammengebrochen ist.«

»Raus hier!« schrie Carter. »Verschwinden Sie, bevor ich Polizisten kommen und Sie hinauswerfen lasse!«

»Sie vergessen«, sagte Webster, »daß ich hergekommen bin, um mit Ihnen über die *Häuser* zu sprechen.«

»Das wird Ihnen nichts nützen«, knurrte Carter, »und wenn Sie sich hinstellen und bis zum Sankt-Nimmerleins-Tag reden. Diese *Häuser* werden eingeäschert. Das ist endgültig.«

»Wie würde es Ihnen gefallen, wenn man das Geschäftsviertel in Schutt und Asche legte?« fragte Webster.

»Ihr Vergleich«, antwortete Carter, »ist grotesk.«

»Ich habe nicht über Vergleiche gesprochen«, sagte Webster.

»Sie haben nicht ...« Der Bürgermeister starrte ihn an. »Über was denn?«

»Nur darüber: In der Sekunde, wo der erste Funke die *Häuser* berührt, wird die erste Granate im Rathaus einschlagen. Und die zweite wird die First National Bank treffen. Dann geht es die Reihe hinunter, die größten Ziele zuerst.«

Carter blieb der Mund offenstehen. Dann kroch ihm die Zornesröte von der Kehle ins Gesicht hoch.

»Das klappt nicht, Webster«, keuchte er. »Sie können mich nicht bluffen. Eine solche Phantasterei ...«

»Es ist keine Phantasterei«, erwiderte Webster. »Diese Männer haben Kanonen da draußen, die vor den Frontkämpferhallen, in den Museen gestanden haben. Und sie haben Leute, die damit umzugehen wissen. Nicht etwa, daß sie sie brauchen würden. Das ist doch praktisch Kernschußweite. Nicht schwieriger, als die Breitseite einer Scheune zu treffen.«

Carter faßte nach dem Funkgerät, aber Webster hob die Hand und hielt ihn zurück.

»Denken Sie lieber eine Minute nach, Carter, bevor Sie ausflippen! Sie sitzen in der Klemme. Machen Sie weiter mit Ihrem Plan, und Sie entfesseln eine Schlacht. Die *Häuser* mögen brennen, aber das Geschäftsviertel liegt in Trümmern. Die Firmeninhaber werden Ihren Skalp dafür fordern.«

Carter zog die Hand vom Funkgerät zurück.

Weit entfernt war der scharfe Knall eines Gewehrs zu hören.

»Besser, Sie rufen sie zurück«, warnte Webster.

Carters Gesicht zuckte vor Unentschlossenheit.

Wieder ein Gewehrschuß, noch einer und noch einer.

»Schon bald«, bemerkte Webster, »wird die Sache zu weit gegangen sein. So weit, daß Sie sie nicht mehr stoppen können.«

Ein dumpfer Krach ließ die Fensterscheiben des Büros klirren. Carter sprang vom Stuhl.

Webster wurde plötzlich kalt. Er fühlte sich schwach. Aber er zwang sich, sein Gesicht unbewegt und seine Stimme ruhig zu halten.

Carter starrte aus dem Fenster wie ein Mann aus Stein.

»Ich fürchte«, sagte Webster, »die Sache ist bereits zu weit gegangen.«

Das Funkgerät auf dem Schreibtisch piepste eindringlich; sein rotes Licht flackerte.

Carter streckte die zitternde Hand aus und schaltete ein.

»Carter«, sagte eine Stimme. »Carter. Carter.«

Webster erkannte sie – das war der tiefkehlige Ton von Polizeichef Jim Maxwell.

»Was ist?« fragte Carter.

»Sie hatten eine große Kanone«, berichtete Maxwell. »Sie explodierte, als sie versuchten, sie abzufeuern. Die Munition taugte nichts, vermute ich.«

»Nur eine Kanone?« fragte Carter. »Eine einzige?«

»Andere sehe ich nicht.«

»Ich habe Gewehrfeuer gehört«, sagte Carter.

»Ja, sie haben ein paar Schüsse auf uns abgegeben. Zwei meiner Männer wurden verwundet. Aber jetzt haben sie sich zurückgezogen. Tiefer ins Gebüsch hinein. Geschossen wird nicht mehr.«

»Okay«, befahl Carter, »machen Sie weiter und stekken Sie die Häuser in Brand!«

Webster trat schnell vor. »Fragen Sie ihn, fragen Sie ihn ...«

Aber Carter drückte auf den Schalter, und das Funkgerät verstummte.

»Was sollte ich ihn fragen?«

»Nichts«, antwortete Webster. »Nichts, was irgendwie von Bedeutung wäre.«

Er konnte Carter nicht sagen, daß Cramp derjenige war, der über das Abfeuern von Kanonen Bescheid wußte. Konnte ihm nicht sagen, daß Gramp, als die Kanone explodierte, dort gewesen war.

Er mußte hier weg, mußte so schnell wie möglich an die Kanone kommen.

»Es war ein guter Bluff, Webster«, räumte Carter ein. »Ein guter Bluff, aber jetzt hat er sich totgelaufen.«

Der Bürgermeister trat an das Fenster, das auf die *Häuser* hinausging.

»Es wird nicht mehr geschossen«, stellte er fest. »Sie haben rasch aufgegeben.«

»Sie werden von Glück sagen können«, fuhr Webster ihn an, »wenn sechs von Ihren Polizisten lebendig zurückkommen. Die Männer mit den Gewehren sind da draußen im Dickicht, und sie können einem Eichhörnchen auf hundert Yards ein Auge ausschießen.«

Hämmernde Schritte erklangen auf dem Korridor draußen. Zwei Paar Füße rannten auf die Tür zu.

Der Bürgermeister kehrte dem Fenster schnell den Rücken, und Webster fuhr herum.

»Gramp!« schrie er.

»Hei, Johnny«, pustete Gramp und kam schlitternd zum Stehen.

Der Mann hinter Gramp war noch jung. Er schwenkte etwas in der Hand – ein raschelndes Blatt Papier.

»Was wollen Sie?« fragte der Bürgermeister.

»Eine Menge«, antwortete Gramp.

Er mußte eine Weile nach Atem ringen und stieß zwischen den einzelnen Schnaufern hervor:

»Ich stelle Ihnen jetzt meinen Freund Henry Adams vor.«

»Adams?« fragte der Bürgermeister.

»Genau«, nickte Gramp. »Sein Großpapa hat hier gewohnt. Draußen auf der 27. Straße.«

»Oh.« Der Bürgermeister machte den Eindruck, als habe jemand mit einem Ziegelstein auf ihn eingeschlagen. »Oh, Sie meinen F. J. Adams.«

»Darauf können Sie Ihre Stiefel wetten«, nickte Gramp. »Er und ich, wir waren zusammen im Krieg. Nachts hielt er mich immer wach, indem er mir von seinem Jungen zu Hause erzählte.«

Carter nickte Henry Adams zu. »Als Bürgermeister der Stadt ...« – er versuchte, etwas von seiner Würde zurückzugewinnen – »... heiße ich Sie willkommen ...«

»Es ist kein besonders passendes Willkommen«,

stellte Adams fest. »Wie ich höre, verbrennen Sie gerade mein Eigentum.«

»Ihr Eigentum?« würgte der Bürgermeister hervor. Ungläubig blickte er auf das Blatt Papier, das Adams vor ihm schwenkte.

»Ja, sein Eigentum!« schrie Gramp. »Er hat es soeben gekauft. Wir kommen gerade aus dem Büro des Stadtkämmerers. Alle offenen Steuern und Strafen – und was ihr legalen Diebe euch sonst noch gegen die Häuser habt einfallen lassen – sind bezahlt.«

»Aber, aber ...« Der Bürgermeister suchte nach Worten, japste. »Doch nicht alle. Vielleicht das alte Adams-Anwesen.«

»In Bausch und Bogen alle«, triumphierte Gramp.

»Und würden Sie jetzt freundlicherweise«, bat Adams den Bürgermeister, »Ihren Leuten sagen, daß sie aufhören sollen, mein Eigentum zu zerstören.«

Carter beugte sich über den Schreibtisch und fummelte an dem Funkgerät herum. Seine Finger waren plötzlich alle zu Daumen geworden.

»Maxwell!« rief er. »Maxwell! Maxwell!«

»Was wollen Sie?« brüllte Maxwell zurück.

»Hören Sie auf, Feuer zu legen!« röhrte Carter. »Fangen Sie mit Löschen an! Rufen Sie die Feuerwehr! Tun Sie irgendwas, aber verhindern Sie, daß die Häuser niederbrennen!«

»O Mann!« sagte Maxwell. »Ich wollte, Sie würden sich für das eine oder andere entscheiden.«

»Sie tun, was ich Ihnen sage!« kreischte der Bürgermeister. »Sie löschen das Feuer!«

»Schon gut«, antwortete Maxwell, »schon gut! Bleiben Sie auf dem Teppich! Aber das wird meinen Männern nicht gefallen. Sie mögen es nicht, für etwas beschossen zu werden, das Sie erst angeordnet haben und dann widerrufen.«

Carter richtete sich vor dem Funkgerät auf.

»Lassen Sie mich Ihnen versichern, Mr. Adams«, beteuerte er, »daß dies alles ein großes Mißverständnis ist.«

»Das ist es«, erklärte Adams feierlich. »Ein sehr großes Mißverständnis, Bürgermeister. Das größte, das Ihnen je unterlaufen ist.«

Für einen Augenblick standen die beiden sich gegenüber und sahen sich über den ganzen Raum hinweg an.

»Morgen«, sagte Adams, »werde ich bei Gericht einen Antrag auf Aufhebung der Stadtrechte stellen. Als Eigentümer des größten Teils des Landes, das in ihre Grenzen fällt, habe ich dazu das Recht, ob man es nun von der Größe des Grundbesitzes oder von seinem Wert her betrachtet.«

Der Bürgermeister würgte, und schließlich stieß er ein paar Worte hervor:

»Mit welcher Begründung?«

»Mit der Begründung«, sagte Adams, »daß die Stadt nicht länger gebraucht wird. Ich glaube nicht, daß es mir sehr schwerfallen wird, das zu beweisen.«

»Aber ... aber ... das bedeutet ...«

»Ja«, fiel Gramp ein, »Sie wissen, was es bedeutet. Es bedeutet, daß Sie Ihren Posten los sind.«

»Ein Park.« Gramp schwenkte den Arm über die Wildnis, die einmal das Wohnviertel der Stadt gewesen war. »Ein Park, damit den Leuten eine Erinnerung daran bleibt, wie ihre Eltern gelebt haben.«

Die drei Männer standen auf dem Tower Hill. Der rostige alte Wasserturm ragte über ihnen auf. Seine dikken Stahlbeine hatte er in ein Meer aus hüfthohem Gras gepflanzt.

»Nicht eigentlich ein Park«, erklärte Henry Adams. »Eher eine Gedenkstätte, gewidmet dem Zeitalter kommunalen Lebens, das in weiteren hundert Jahren vergessen sein wird. Die Erhaltung einer Reihe eigentümlicher Typen von Bauwerken, die bestimmten Bedingungen entsprechen und den individuellen Geschmack eines Mannes befriedigen mußten. Kein sklavisches Festhalten an irgendwelchen architektonischen Konzepten, sondern das Streben nach besseren Lebensbedingungen. In weiteren hundert Jahren werden die Menschen durch die Häuser da unten mit dem Respekt und der Ehrfurcht wandern, die sie heute in einem Museum empfinden. Es wird für sie ein Bild von einem Urzustand sein, einem Schrittstein auf dem Weg zu einem besseren, erfüllteren Leben. Maler werden ihr Leben damit verbringen, diese alten Häuser auf die Leinwand zu bannen. Die Verfasser von historischen Romanen werden herkommen, um den Atem der Authentizität zu spüren.«

»Aber Sie sagten, Sie wollten alle Häuser restaurieren und die Rasenflächen und Gärten genauso herrichten, wie sie früher waren«, wandte Webster ein. »Das wird ein Vermögen kosten. Und danach ein weiteres Vermögen, um das Ganze in gutem Zustand zu halten.«

»Ich habe zuviel Geld«, sagte Adams, »einfach zuviel Geld. Denken Sie daran, mein Großvater und mein Vater sind gleich zu Anfang in das Geschäft mit der Atomkraft eingestiegen.«

»Bester Würfelspieler, den ich je gekannt habe, das war Ihr Großpapa«, erinnerte sich Gramp. »Hat mich jeden Zahltag ausgeplündert.«

»Wenn ein Mann in der alten Zeit«, sagte Adams, »zuviel Geld hatte, gab es andere Dinge, die er damit tun konnte. Organisierte Wohltätigkeit zum Beispiel. Oder medizinische Forschung oder so etwas. Aber heute gibt es keine organisierte Wohltätigkeit mehr. Sie würde auch gar nicht genug zu tun finden. Und seit das Weltkomitee die Sache in die Hand genommen hat, ist reichlich Geld für alle Forschungsvorhaben, ob medizinisch oder sonstwie, vorhanden, die irgend jemand in Angriff nehmen möchte.

Ich hatte das nicht geplant, als ich herkam, um das alte Haus meines Großvaters zu besichtigen. Ich wollte es nur sehen, das war alles. Er hatte mir soviel darüber erzählt. Wie er den Baum auf dem vorderen Rasen pflanzte. Und von dem Rosengarten hinter dem Haus.

Und dann sah ich es. Und es war ein Geist, der mir keine Ruhe mehr ließ. Es war etwas, das zurückgelassen worden war. Etwas, das jemandem eine Menge bedeutet hatte und zurückgelassen worden war. Als ich an jenem Tag mit Gramp vor diesem Haus stand, kam mir der Gedanke, ich könne nichts Besseres tun, als einen Querschnitt des Lebens, das unsere Ahnen führten, für die Nachwelt zu restaurieren.«

Ein dünner blauer Rauchfaden erhob sich über die Bäume tief unten.

Webster zeigte darauf. »Was wird aus ihnen?«

»Die Squatter können bleiben, wenn sie wollen«, sagte Adams. »Es wird eine Menge Arbeit für sie zu tun geben – und immer ein Haus oder auch zwei, in denen sie wohnen können.

Nur eins macht mir Sorgen. Ich kann nicht die ganze Zeit hier sein. Ich werde jemanden brauchen, der das Projekt leitet. Das wird eine Anstellung fürs Leben sein.«

Er sah Webster an.

»Sag ja, Johnny«, drängte Gramp.

Webster schüttelte den Kopf. »Betty hat ihr Herz an das Anwesen draußen auf dem Land gehängt.«

»Sie brauchten nicht hier zu wohnen«, meinte Adams. »Sie könnten jeden Tag herfliegen.«

Vom Fuß des Hügels drang ein Ruf herauf.

»Das ist Ole!« schrie Gramp.

Er schwenkte seinen Stock. »He, Ole! Komm rauf!«

Sie sahen Ole den Hang heraufsteigen, warteten schweigend auf ihn.

»Wollte mit dir sprechen, Johnny«, sagte Ole. »Habe eine Idee. Hat mich heute nacht aus tiefem Schlaf gerissen.«

»Erzählen Sie«, forderte Webster ihn auf.

Ole sandte einen Seitenblick zu Adams hinüber. »Der ist in Ordnung«, beruhigte Webster ihn. »Es ist Henry Adams. Vielleicht erinnern Sie sich an seinen Großvater, den alten F. J.«

»Ich erinnere mich an ihn«, sagte Ole. »Hatte sich ganz verrückt mit der Atomkraft, der. Wie ist es ihm ergangen?«

»Recht gut«, antwortete Adams.

»Freut mich zu hören«, sagte Ole. »Da habe ich mich wohl geirrt. Ich dachte, er werde es nie zu etwas bringen. Er hatte die ganze Zeit Tagträume.«

»Was ist das für eine Idee?« wollte Webster wissen.

»Du hast doch schon von Freizeitranches gehört, nicht wahr?« fragte Ole.

Webster nickte.

»Orte«, erklärte Ole, »wo Leute früher hingingen und Cowboy spielten. Das gefiel ihnen, weil sie keine Ahnung von der schweren Arbeit auf einer Ranch hatten und meinten, es sei romantisch, Pferde zu reiten und ...«

»Hören Sie«, fiel Webster ein, »Sie haben doch nicht etwa vor, Ihre Farm in eine Freizeitranch zu verwandeln?«

»Nein«, sagte Ole. »Keine Freizeitranch. Eine Freizeitfarm vielleicht. Die Leute wissen nicht mehr allzu viel über Farmen, seit es kaum noch Farmen gibt. Und sie werden über den Rauhreif auf dem Kürbis lesen und wie schön ein ...«

Webster sah Ole mit großen Augen an. »Die Leute werden begeistert sein! Sie werden sich gegenseitig umbringen in dem Bemühen, ihren Urlaub auf einer echten, ehrlichen Farm aus der guten alten Zeit zu verbringen.«

Aus einem Gebüsch am Fuß des Hügels brach ein glänzendes Ding. Es schnatterte und gurgelte und kreischte, es blitzte mit seinen Klingen und schwenkte einen kranähnlichen Arm.

»Was zum ...«, begann Adams.

»Es ist der verflixte Rasenmäher!« schimpfte Gramp. »ich habe doch immer gewußt, eines Tages würde er ein Zahnrad verlieren und durchdrehen!«

Aus dem Amerikanischen übersetzt von Rosemarie Hundertmarck

Fredric Brown
(1906–1972)

Arena
(›*Astounding*‹, Juni)

Den Lesern wird der multitalentierte Fredric Brown wohlbekannt sein, dessen scharfsinnige, witzige und häufig tiefgründige Geschichten während seiner langen Karriere die Seiten vieler Science-Fiction- und Mystery-Magazine zierten. Sein satirischer Humor war eine seiner stärksten Eigenschaften, und seine Arbeiten, die von der allerkürzesten Kurzgeschichte bis zum Roman reichen, weisen eine gleichbleibende, erstaunlich hohe Qualität auf.

›Arena‹ ist seine vielleicht berühmteste Story, und das mit Recht, eine aufregende und doch menschliche Erzählung, wie ein Erdenmensch und ein Alien auf Leben und Tod miteinander kämpfen, wovon die weitere Existenz der einen beziehungsweise der anderen Flotte abhängt. Mitten im Zweiten Weltkrieg geschrieben, wird hier zur Zeit des totalen Krieges mit Achtung von der ›anderen Seite‹ gesprochen, was nie eine einfache Aufgabe gewesen ist.

(Eins der Spiele, die man mit der Science Fiction [oder mit Literatur im allgemeinen] treiben kann, besteht darin, daß man die Behandlung von Themen zurückverfolgt. Ich meine damit nicht, daß man feststellt, Autor A habe eine von Autor B eine Generation früher geschriebene Geschichte absichtlich kopiert oder sei sich gar bewußt, von ihm beeinflußt worden zu sein. Eine erfolgreiche Geschichte erzeugt jedoch eine Kerbe in der Literaturgeschichte und beeinflußt hinfort das literarische Denken. Es gibt eine außerordentlich rührende Story von Barry Longyear aus dem Jahr 1979 mit dem Titel ›Enemy Mine‹, in der ein Mensch auf besonders subtile Weise einem

Alien als Gegner gegenübergestellt wird – und ich konnte nicht umhin, dabei an ›Arena‹ zu denken. – I. A.)

Carson öffnete die Augen und blickte hinauf in das flimmernde blaue Dämmerlicht.

Es war heiß. Ein spitzer Stein, der aus dem Sand ragte, auf dem er lag, bohrte sich schmerzhaft in seinen Rücken. Er rollte sich auf die Seite, herunter von dem Stein, und richtete sich in eine sitzende Position auf.

»Ich muß verrückt sein«, dachte er, »verrückt – oder tot – oder sonst etwas.« Der Sand war blau, strahlend blau. Und so etwas wie blauen Sand gab es nicht, weder auf der Erde, noch auf irgendeinem Planeten.

Blauer Sand.

Blauer Sand unter einer blauen Kuppel, die nicht der Himmel war, oder sonst ein Raum, und doch irgendwie begrenzt – er wußte einfach, daß sie begrenzt und endlich war, auch wenn er ihren höchsten Punkt nicht erkennen konnte.

Er nahm etwas Sand in seine Hand und ließ ihn durch die Finger rinnen. Er rieselte auf sein nacktes Bein hinunter.

Nackt?!

Er war völlig nackt, und da, wo die zermürbende Hitze den Schweiß aus seinem Körper getrieben hatte, war er mit dem blauen Sand bedeckt.

Ansonsten hatte sein Körper die gewohnte bleiche Farbe.

Er dachte: Dann ist der Sand wirklich blau. Wenn er nur blau erschiene durch das blaue Licht, müßte ich genauso blau aussehen. Aber ich bin weiß. Also ist der Sand blau. *Blauer Sand.* Aber es gibt keinen blauen Sand! Es gibt überhaupt keinen Ort, der so aussieht wie der, an dem ich mich hier befinde.

Der Schweiß lief ihm in die Augen.

Es war heiß, heißer als in der Hölle. Auch war allgemein bekannt, daß die Hölle, von der die Überlieferung erzählte, rot war und nicht blau. Aber wenn dieser Ort nicht die Hölle war, was war er dann? Der einzige Planet, auf dem eine solche Hitze herrschte, war Merkur. Aber Merkur war vier Milliarden Meilen entfernt von ...

Da dämmerte es ihm, wo er zuletzt gewesen war. In einem kleinen Ein-Mann-Aufklärer, außerhalb der Umlaufbahn Plutos. Ein vorgeschobener Posten vor dem einen Flügel der Armada der Erde, die dort aufmarschiert war, um den Angriff der *Outsider* abzufangen. Plötzlich ertönte das durchdringende, nervenzermürbende Schrillen der Alarmglocke, als ein feindlicher Aufklärer – ein Outsider-Schiff – in die Reichweite seiner Ortungsgeräte geraten war ...

Niemand wußte, wer die Outsider waren, wie sie aussahen oder aus welcher Galaxis sie stammten. Man vermutete, daß sie ungefähr aus der Richtung der Plejaden kamen.

Zuerst hatte es sporadische Überfälle auf Kolonien und Vorposten der Erde gegeben. Vereinzelte Gefechte zwischen irdischen Patrouillen und kleinen Gruppen von Outsider-Kampfschiffen. Manchmal wurden diese Gefechte verloren, manchmal gewonnen, aber niemals war es gelungen, ein feindliches Schiff zu erbeuten. Auch hatte nie ein Bewohner einer überfallenen Kolonie überlebt, so daß er die Outsider hätte beschreiben können.

Am Anfang stellte dies alles keine zu ernste Bedrohung dar. Denn die Überfälle waren nicht sehr häufig und hatten auch keinen unerträglichen Schaden angerichtet. Es hatte sich erwiesen, daß die Schiffe in der Bewaffnung den irdischen leicht unterlegen waren, jedenfalls den besten irdischen Kriegsschiffen. Dafür waren die feindlichen Schiffe überlegen, was die Geschwindigkeit und die Manövrierfähigkeit betraf. Sie waren genau um so viel schneller, daß sie jeweils die Wahl hatten, ob sie flüchten oder den Kampf aufnehmen wollten. Dennoch hatte sich die Erde auf den Ernstfall vorbereitet, auf die Entscheidungsschlacht; dafür hatte sie die mächtigste Armada aller Zeiten aufgebaut. Diese Armada hatte lange genug abgewartet, aber jetzt war die Stunde der Entscheidung gekommen.

Späher, die zwanzig Milliarden Meilen entfernt im Raum stationiert waren, hatten das Herannahen einer mächtigen Flotte gemeldet, der Armada der Outsider. Die Späher waren nie zur Erde zurückgekehrt, aber ihre Meldungen waren angekommen. Und nun formierte sich die Armada der Erde hier draußen, zehntausend Schiffe und fünfhunderttausend Mann. Außerhalb der Umlaufbahn Plutos waren sie in Stellung gegangen, bereit, die Schlacht auf Leben und Tod auszufechten.

Eine ausgewogene Schlacht würde es werden, wenn man den Berichten der Männer aus der Vorpostenlinie Glauben schenken durfte; für diese Berichte hatten jene Männer ihr Leben gegeben.

Stärke und Anzahl der feindlichen Schiffe kam der der Erde gleich. Die Herrschaft über das Sonnensystem hing vom Ausgang dieser Schlacht ab. Wenn die irdische Armada verlieren würde, waren die Erde und alle ihre Kolonien den Outsidern schutzlos preisgegeben ...

Ja, jetzt erinnerte sich Bob Carson wieder.

Nicht daß dies alles den flimmernden blauen Sand erklärte. Aber doch das durchdringende Läuten der Alarmglocke und seinen Sprung an die Kontrolltafel. Ihm fiel ein, wie er sich hastig im Sitz festschnallte. Der Punkt auf dem Bildschirm, der größer wurde.

Die Dürre in seiner Kehle. Das schreckliche Bewußtsein, daß dies der Augenblick war. Für ihn jedenfalls, die Hauptflotten waren voneinander noch außer Reichweite.

Dies war also der Geschmack des Krieges. Innerhalb

von drei Sekunden war er entweder siegreich – oder ein verkohlter Klumpen. Tot.

Drei Sekunden, das war die Zeitspanne, die ein Weltraumgefecht dauerte. Genug Zeit, um langsam bis drei zu zählen, und dann hatte man gewonnen oder man war tot. Ein Treffer genügte völlig für ein leichtes Ein-Mann-Schiff wie dieser Aufklärer.

Während seine Lippen unbewußt das Wort Eins formten, arbeitete er krampfhaft an den Kontrollknöpfen, um den Punkt im Zentrum des Spinnennetzes auf seinem Bildschirm zu halten. Damit waren seine Hände beschäftigt, während sein rechter Fuß über dem Pedal schwebte, das den Blitzschlag auslösen würde. Dieser einzige Schlag konzentrierter Hölle mußte genau ins Ziel treffen, sonst ... Für einen zweiten Schuß würde keine Zeit mehr sein.

»Zwei!« Auch daß er das gesagt hatte, wußte er nicht. Der Punkt auf dem Bildschirm war jetzt kein Punkt mehr. Nur noch ein paar tausend Meilen entfernt, zeigte er sich durch die Vergrößerung des Bildschirms, als sei er nur ein paar hundert Meter weit weg. Es war ein kleiner schlanker Aufklärer, ungefähr so groß wie sein eigener.

Ein feindliches Schiff, ganz eindeutig.

»Drei ...« Sein Fuß berührte das Auslösepedal ...

Da schwenkte der Outsider plötzlich ab, glitt aus dem Fadenkreuz. Hastig bestätigte Carson die Kontrollknöpfe, versuchte dranzubleiben.

Eine Zehntelsekunde lang war das Schiff völlig vom Bildschirm verschwunden, und dann, als der Bug seines Aufklärers herumgeschwungen war, sah er es wieder, wie es gerade auf den Boden hinabschoß.

Den Boden?

Dies war irgendein Trugbild. Es mußte eines sein, dieser Planet oder was immer da seinen Bildschirm bedeckte. Was es auch war, es konnte gar nicht da sein. Das war unmöglich. Der nächste Planet war Pluto, Neptun war auf der anderen Seite der Sonne, Welten entfernt. Seine Detektoren! Sie hatten kein Objekt angezeigt von den Ausmaßen eines Asteroiden, geschweige denn eines Planeten, wie er ihn nun vor sich sah. Und sie taten es noch immer nicht.

Also konnte das gar nicht da sein, auf was er jetzt zustürzte, das nur noch ein paar hundert Meilen entfernt schien.

In seiner plötzlichen Angst vor einem Aufschlag vergaß er sogar das Outsiderschiff. Er zündete die vorderen Bremsraketen, und noch während der heftige Ruck ihn nach vorn in die Gurte warf, zündete er die rechten Steuerraketen für eine Notwende. Er hielt die Zündknöpfe fest heruntergedrückt, er wußte, daß er alles aufbieten mußte, um den Aufschlag zu verhindern, und daß der heftige Richtungswechsel ihn für kurze Zeit besinnungslos machen würde.

Er machte ihn besinnungslos.

Tja, das war alles. Und nun saß er in diesem blauen Sand, splitternackt, aber ansonsten unversehrt. Kein Anzeichen von einem Raumschiff und nichts zu sehen vom Weltraum. Die Kuppel über ihm war kein Himmel, was sie auch sonst sein mochte.

Er richtete sich unbeholfen auf.

Die Schwerkraft schien ein bißchen stärker als auf der Erde zu sein, nicht viel allerdings.

Ebener Sand erstreckte sich zu allen Seiten, da und dort standen ein paar dünne Büsche. Auch die Büsche waren blau, doch variierten sie im Farbton, manche waren heller als der Sand, manche dunkler.

Unter dem nächstgelegenen Busch huschte ein kleines Etwas hervor, das einer Eidechse ähnelte, nur daß es mehr als vier Beine hatte. Auch sie war blau, hellblau; sie sah ihn und rannte zurück unter den Busch.

Er blickte hinauf, versuchte zu erkennen, was es eigentlich war, das sich über ihm wölbte. Es war nicht eigentlich ein Kuppeldach, und doch hatte es die Form einer gewaltigen Halbkugel. Es flimmerte ständig, und es fiel ihm schwer, zu der Wölbung hinaufzustarren. Ganz offensichtlich jedoch senkte sich die Begrenzung ringsum bis auf den blauen Sand herab.

Er war nicht weit von der Mitte der Halbkugel entfernt. Er schätzte, daß die Wand an der nächsten Stelle etwa hundert Meter von ihm entfernt war, falls man von einer Wand sprechen konnte.

Es war einfach so, daß sich eine Wölbung von *irgend etwas* über eine flache Scheibe erhob, die mit Sand bedeckt war und einen Umfang von etwa zweihundertfünfzig Metern hatte.

Und alles war blau, bis auf ein Ding. Gar nicht weit entfernt, nahe der Außenwand lag ein rotes Objekt im Sand. Es hatte in etwa die Gestalt einer Kugel mit einem Durchmesser von ungefähr einem Meter. Obwohl er es gar nicht genau ausmachen konnte, fröstelte er unbewußt.

Er wischte sich den Schweiß von der Stirn, oder er versuchte es zumindest.

War dies ein Traum, ein Nachtmahr? Diese Hitze, der Sand, und das unbestimmte Gefühl der Angst, das er hatte, wenn er zu dem roten Objekt hinüberblickte?

Ein Traum? Nein, man schlief nicht ein und träumte, mitten in einer Weltraumschlacht.

Der Tod? Nein, niemals! Wenn es Unsterblichkeit gab, sie würde nicht so unsinnig sein, nicht ein Gemisch aus blauer Hitze, blauem Sand und rotem Schrecken.

Und dann hörte er die Stimme ...

Er hörte sie im Innern seines Kopfes, nicht mit seinen Ohren. Sie kam von nirgendwo und von überall.

»Wanderer bin ich, durch Raum und Zeit«, erklangen die Worte in diesem Hirn, *»und in diesem Raum und in dieser Zeit finde ich zwei Völker, bereit, einen Krieg miteinander auszutragen, der eines auslöschen wird und das andere so schwächen, daß es sich zurückentwickeln würde und niemals sein Schicksal erfüllen könnte. Verderben würde es und zurückkeh-*

ren in den Staub der Bewußtlosigkeit, aus dem es sich einst erhob. Und ich sage: Dies soll nicht geschehen!«

»Wer ... was bist du?« Carson sagte es nicht laut, aber die Worte formten sich in seinem Bewußtsein.

»Du würdest es niemals völlig verstehen. Ich bin ...« Es entstand eine Pause, als ob die Stimme etwas suchte, in Carsons Gehirn, ein Wort, das gar nicht darin war, das er nicht kannte. *»Ich bin der Abschluß der Entwicklung einer Rasse, die so alt ist, daß man diesen Zeitraum nicht in Worte fassen könnte, die dein Verstand zu begreifen in der Lage wäre. Eine Rasse, die zu einer Ganzheit verschmolzen ist; auf ewig ...*

Eine Ganzheit, zu der auch deine primitive Rasse einmal werden kann« – wieder die Suche nach einem Wort – *»in ferner Zukunft. Das gilt auch für die Rasse, die du in deinem Sinn die Outsider nennst. Darum greife ich ein in die kommende Schlacht. In die Schlacht zweier Flotten, die sich in der Schlagkraft so sehr gleichen, daß der Untergang beider Rassen bevorsteht. Eine jedoch muß überleben, eine muß fortschreiten und sich entwickeln.«*

»Eine?« dachte Carson. »Meine, oder ...?«

»In meiner Macht liegt es, die Schlacht anzuhalten und die Outsider in ihre Galaxis zurückzuschicken. Aber sie würden zurückkehren, oder deine Rasse würde ihnen früher oder später dorthin folgen. Nur, wenn ich immer hier bleibe, in diesem Raum und dieser Zeit, könnte ich einen Krieg verhindern. Für immer hier zu verweilen aber ist mir nicht möglich.

Darum werde ich sofort eingreifen. Ich werde die eine Flotte völlig zerstören, die andere wird keine Verluste erleiden. Eine Zivilisation wird überleben.«

Ein Nachtmahr. Dies mußte ein Alptraum sein, dachte Carson, aber er wußte, daß es keiner war.

Das alles war einfach zu verrückt, zu irrsinnig; also mußte es die Wirklichkeit sein.

Er wagte es nicht, die Frage zu stellen: Welche Rasse? Seine Gedanken fragten für ihn.

»Die stärkere wird überleben«, sagte die Stimme. *»Das*

kann ich nicht und will ich nicht verhindern. Ich greife nur ein, damit es ein vollständiger Sieg wird und kein Pyrrhussieg, der auch den Sieger zum Verlierer macht.

Vom Rand des Schlachtfeldes habe ich mir zwei Wesen hierhergeholt, dich und den Outsider. In deiner Erinnerung habe ich entdeckt, daß in eurer frühen Geschichte Kämpfe zwischen zwei Einzelkriegern nicht unüblich waren, um einen ganzen Krieg zu entscheiden.

Du und dein Gegner, ihr seid hier einander gegenübergestellt. Nackt und unbewaffnet und unter Bedingungen, die für euch beide gleich unangenehm sind. Eine Zeitbegrenzung gibt es nicht, denn hier gibt es keine Zeit. Jeder kämpft für seine Rasse, die siegreiche Rasse wird überleben.«

»Aber ...« Carsons Protest war zu unartikuliert, als daß er ihn hätte aussprechen können, aber die Stimme antwortete ihm dennoch.

»Es ist fair. Die Bedingungen sind so, daß Körperkraft allein nicht über den Ausgang des Kampfes entscheidet. Es gibt eine Barriere, du wirst sehen. Verstandeskraft und Mut werden den Ausschlag geben, besonders Mut, denn das ist der Wille zu überleben.«

»Aber während wir hier kämpfen, werden die Flotten ...«

»Nein, ihr seid in einem anderen Raum, in einer anderen Zeit. Solange ihr hier seid, steht die Zeit still in dem Universum, das du kennst. Ich merke, daß du dich fragst, ob dieser Ort hier wirklich ist. Er ist es, und er ist es nicht. So wie auch ich – für deine begrenzte Auffassungsgabe – wirklich und unwirklich zugleich bin. Meine Existenz ist geistig und nicht körperlich. Du hast mich als Planeten gesehen, aber ich hätte auch ein Staubkorn oder eine Sonne sein können.

Für dich allerdings ist dieser Platz hier die Wirklichkeit. Was du hier erleidest, wird dir wirklich zustoßen. Wenn du stirbst, wird dein Ende den Untergang deiner Rasse bedeuten. Das war alles, was du wissen mußtest.«

Dann schwieg die Stimme.

Und er war allein und doch nicht allein. Denn als Carson aufblickte, sah er dies rote Ding, diese rote Kugel des Schreckens, und sie rollte auf ihn zu. Rollte!

Sie schien keine Arme oder Beine oder sonst irgendwelche Gliedmaßen zu haben. Sie rollte über den Sand mit der gleitenden Schnelligkeit eines Quecksilbertropfens. Vor ihr her, Carson konnte sich nicht erklären, wie sich dies ihm mitteilte, wehte eine Welle lähmenden, ekelerregenden Hasses.

Carson blickte sich hektisch um. Ein Stein, der in seiner Nähe lag, kam einer Waffe noch am nächsten. Er war nicht groß, aber er hatte scharfe Kanten, wie ein Feuerstein. Tatsächlich sah er auch aus wie ein blauer Feuerstein.

Er nahm ihn auf und duckte sich, um dem Angriff zu begegnen. Das Ding rollte schnell. Schneller, als er rennen konnte.

Er hatte keine Zeit zu überlegen, wie er es bekämpfen sollte, wie sollte er überhaupt gegen ein Wesen kämpfen, dessen Eigenschaften, dessen Verhalten er überhaupt nicht kannte? Jetzt, wo es so schnell rollte, hatte es eine vollendete Kugelform. Zehn Meter war es noch entfernt. Fünf. Und dann hielt es an.

Genauer, es wurde angehalten. Die Carson zugewandte Seite wurde plötzlich flach, als ob es gegen eine unsichtbare Mauer gerollt wäre. Es prallte zurück wie ein Gummiball.

Hier mußte also irgendeine Trennwand sein. In Carsons Verstand klickte es. Der Satz, den das fremde Wesen in seinen Verstand projiziert hatte, fiel ihm wieder ein: *»Körperkraft allein wird nicht den Ausschlag geben; es gibt eine Barriere.«*

Ein Kraftfeld natürlich. Das Netzianische Feld konnte es nicht sein, das war der irdischen Wissenschaft bekannt; es schimmerte rötlich und knisterte, solange es wirksam war. Dies hier war unsichtbar, geräuschlos.

Es war eine Wand, die durch die ganze Halbkugel verlief. Carson brauchte das nicht selber festzustellen, die Kugel nahm ihm die Arbeit ab, sie rollte die Barriere entlang und suchte eine Lücke, fand jedoch keine.

Carson ging ein paar Schritte vorwärts, die linke Hand hatte er vorgestreckt, er berührte die Barriere. Sie fühlte sich glatt an, federnd. Eher wie eine Gummischeibe als wie Glas. Sie schien ein wenig nachzugeben, aber nur ein wenig, selbst wenn er sein ganzes Gewicht dagegenstemmte.

Sie fühlte sich warm an. Aber nicht wärmer als der Sand unter seinen Füßen. Eine begrenzte Nachgiebigkeit, aber dann unüberwindlicher Widerstand.

Er richtete sich auf die Zehenspitzen auf, tastete so hoch er konnte, doch die Barriere schien auch nach oben unbegrenzt.

Er sah die Kugel zurückkommen. Wieder traf Carson die Welle des Hasses, und er trat einen Schritt von der Barriere zurück, als die Kugel vorbeikam. Sie hielt nicht an.

Endete die Barriere auf dem Boden? Carson kniete sich hin und grub im Sand. Der war weich, es war leicht in ihm zu graben. In einen halben Meter Tiefe fühlte er die Barriere noch immer.

Die Kugel kam zurück. Offenbar hatte sie nirgendwo einen Durchschlupf gefunden.

Es muß einen Weg hindurch geben, dachte Carson, einen Weg, wie wir uns erreichen können, oder dieses Duell ist sinnlos.

Aber es eilte nicht, dies herauszufinden. Zuerst mußte er etwas anderes ausprobieren. Die Kugel war zurückgekommen und hatte zwei Meter vor ihm angehalten. Sie schien ihn zu studieren, allerdings konnte Carson, so sehr er sich auch bemühte, keine äußeren Sinnesorgane an dem Ding entdecken. Nichts, das ausgesehen hätte wie Augen oder Ohren, auch keinen Mund. Allerdings sah er eine Reihe von Grübchen, vielleicht ein Dutzend davon. Aus zweien von ihnen fuhren plötzlich zwei Tentakel heraus und gruben im Sand, als ob sie ihn untersuchen wollten. Tentakel, die vielleicht drei Zentimeter dick waren und etwa einen halben Meter lang.

Aber diese Tentakeln ließen sich in die Grübchen einziehen, und da blieben sie auch, wenn sie nicht gebraucht wurden. Eingezogen wurden sie auch, wenn das Ding sich bewegte, und sie schienen nichts mit seiner Art der Fortbewegung zu tun zu haben. Diese brachte es offenbar – Carson war ganz auf seine Vermutungen angewiesen – durch Verlagerung des Schwerpunktes zustande.

Ihn schauderte, während er das Ding ansah. Es war fremd, sehr fremd, so völlig und schrecklich anders als alle Lebensformen der Erde und der anderen Planeten des Sonnensystems. Instinktiv wußte er, daß sein Verstand ihm so fremd sein mußte wie sein Körper.

Aber er mußte es versuchen. Wenn es überhaupt keine telepathischen Fähigkeiten besaß, war der Versuch von vornherein zum Scheitern verurteilt, aber er glaubte, daß es solche Fähigkeiten hätte. Er hatte vorher eine Projektion von etwas verspürt, das nicht körperlich war, als das Wesen auf ihn zustürmte. Eine fast materielle Welle des Hasses.

Wenn es so etwas projizieren konnte, vielleicht konnte es dann auch in seinem Verstand lesen, für diesen Zweck mochte es ausreichen.

Bedächtig hob Carson den Stein, der seine einzige Waffe gewesen war, und ließ ihn mit einer verzichtenden Geste in den Sand fallen. Dann hob er seine leeren Hände und hielt seine Handflächen der Kugel entgegen.

Er sprach laut. Zwar wußte er, daß seine Worte für die Kreatur vor ihm ohne Bedeutung sein würden, aber so würde er sich stärker auf seine gedachte Botschaft konzentrieren können.

»Können wir nicht Frieden schließen?« sagte er, und seine Stimme klang sehr fremd in der absoluten Stille um sie herum. »Das Wesen, das uns hierher brachte, hat gesagt, was geschehen muß, wenn unsere Rassen miteinander kämpfen: eine wird ausgelöscht, und die andere geht ebenfalls dem Untergang entgegen. Der Verlauf der Schlacht zwischen ihnen, so sagte das Wesen, hängt davon ab, was wir hier tun. Warum also sollen wir nicht Frieden schließen? Deine Rasse bleibt in ihrer Galaxis und wir in unserer.«

Carson entspannte sich völlig, um die Antwort aufzunehmen.

Sie kam, und sie warf ihn beinahe von den Füßen. Sein Magen verkrampfte sich, als er den Anprall dieses reinen Hasses und der geballten Mordlust verspürte. Es waren keine artikulierten Worte, so wie die Sprache des alten Wesens, sondern eine Welle triebhafter Gefühle.

Einen Augenblick lang, der ihm wie eine Ewigkeit erschien, mußte er gegen den Ansturm dieses Hasses ankämpfen, er mußte seinen Verstand davon befreien, in den er diese Gedankenwellen so leichtfertig eingelassen hatte. Ihm war übel.

Langsam klärte sich sein Geist wieder, so wie sich am Morgen nach dem Erwachen das Schreckensgewebe eines Alptraums allmählich lichtet. Er atmete schwer und fühlte sich geschwächt, aber er konnte denken.

Er musterte die Kugel. Sie hatte völlig regungslos verharrt während des geistigen Duells, das sie beinahe gewonnen hätte. Sie rollte ein paar Meter zur Seite, zu dem nächsten der blauen Büsche. Aus den Vertiefungen fuhren drei Tentakel heraus und begannen, den Busch zu untersuchen.

»Okay!« sagte Carson. »Also führen wir Krieg.« Er brachte ein schwaches Grinsen zustande. »Wenn ich dich richtig verstanden habe, hat der Friede wenig Anziehungskraft auf dich.« Und weil er ein normaler junger Mann war und einem leichten dramatischen Impuls nicht widerstehen konnte, fügte er noch hinzu: »Auf Leben und Tod!«

Aber in dem tiefen Schweigen um sie herum kam ihm

der Klang seiner Stimme selbst närrisch vor. Es wurde ihm klar, daß es wirklich um Leben und Tod ging. Nicht nur um sein eigenes Leben oder das dieses runden Dings, an das er nur noch als ›die Kugel‹ dachte, sondern um das Leben ihrer beider Rassen. Sein Scheitern würde den Tod für alle Menschen bedeuten.

Plötzlich fühlte er sich sehr klein und hilflos, und er hatte Angst, diese Gedanken weiterzuspinnen. Diese Gedanken, die eine Gewißheit bedeuteten. Mit einer Sicherheit, die stärker als Glaube war, wußte er, daß das Wesen, das diesen Kampf arrangiert hatte, die Wahrheit gesagt haben mußte, über seine Ansichten und seine Macht. Es hatte nicht gescherzt.

Die Zukunft der Menschheit hing von *ihm* ab. Es war schrecklich, dies zu erkennen, und er zwang seine Gedanken in eine andere Richtung. Er mußte sich auf seine gegenwärtige Situation konzentrieren.

Es mußte einen Weg geben, diese Barriere zu durchdringen, oder durch sie hindurch zu töten.

Durch Geisteskraft? Er hoffte, daß es nicht so sei, denn die Kugel hatte offenbar stärkere telepathische Fähigkeiten; sie waren wirkungsvoller als die primitiven unterentwickelten Fähigkeiten der Menschen. Oder vielleicht nicht?

Er hatte es geschafft, die Gedankenimpulse der Kugel aus seinem Verstand zu verdrängen; konnte sie auch mit seinen fertig werden? Wenn ihre Ausstrahlungskraft stärker war, vielleicht war dann auch ihre Empfängergabe verwundbar?

Er starrte sie an und bemühte sich, all seine Gedanken auf sie zu konzentrieren.

»Stirb!« dachte er. »Du wirst sterben ... Du stirbst ... Du ...« Er variierte diesen Satz und versuchte es mit geistigen Bildern. Schweiß trat ihm auf die Stirn, und er spürte, daß er vor Anstrengung zitterte. Aber die Kugel setzte die Untersuchung des Busches fort, so ungerührt, als ob er das kleine Einmaleins aufgesagt hätte.

Also hatte *das* keinen Zweck.

Er fühlte sich ein wenig geschwächt und benommen durch die Hitze und seine ungeheure Anspannung. Er ließ sich auf den blauen Sand nieder und widmete seine ganze Aufmerksamkeit der Beobachtung der Kugel. Wenn er sie genau studierte, könnte er vielleicht ihre Stärke erkennen und ihre Schwächen bemerken, so könnte er Dinge erfahren, die wertvoll sein konnten, wenn sie sich einmal in Reichweite gegenüberstünden.

Sie brach Zweige ab. Carson beobachtete sie genau, versuchte einzuschätzen, wieviel Kraft sie hierzu brauchte. Später, so dachte er, könnte er auf seiner Seite einen ähnlichen Busch suchen, Zweige von gleicher Dicke abbrechen und so einen Vergleich erhalten von der Stärke seiner Arme und der Tentakel des Wesens.

Es hatte Mühe, die Zweige abzubrechen; Carson sah genau hin. Er versuchte zu beurteilen, wie schwer den Tentakeln diese Arbeit fiel.

Jeder Tentakel, stellte er fest, verzweigte sich am Ende in zwei Finger, die mit einer Klaue oder einem Nagel bewehrt waren. Die Klauen schienen nicht besonders lang oder gefährlich zu sein. Nicht gefährlicher als seine eigenen Fingernägel, wenn er sie ein bißchen wachsen ließe.

Nein, im ganzen gesehen, schien sie nicht zu kräftig zu sein, es sei denn, der Busch war aus besonders widerstandsfähigem Material. Carson blickte sich um, und tatsächlich war da ein Busch des gleichen Typs.

Er griff hinüber und riß einen Zweig ab. Er brach leicht durch. Es konnte natürlich sein, daß die Kugel sich absichtlich schwach gestellt hatte, aber daran glaubte er nicht.

Andererseits, wo war sie verwundbar? Wie sollte er sie töten, wenn er eine Gelegenheit dazu hätte? Er wandte sich wieder der Beobachtung zu. Die Außenhaut machte einen sehr festen Eindruck. Er würde irgendeine Waffe brauchen. Er nahm das Stück Stein wieder auf. Es war fünfundzwanzig Zentimeter lang, schmal und einigermaßen scharf an einer Seite. Wenn es so splitterte wie Feuerstein, würde er eine brauchbare Waffe daraus machen können.

Die Kugel beschäftigte sich weiter mit den Büschen. Sie rollte weiter, näherte sich dem nächstgelegenen einer anderen Gattung. Eine kleine blaue Eidechse, so vielbeinig wie die, die Carson gesehen hatte, schoß unter dem Busch hervor.

Ein Tentakel der Kugel schnellte vor, fing sie, hob sie hoch. Ein weiterer Tentakel schwang herüber und begann die Beine der Eidechse abzureißen, so teilnahmslos und ruhig, als ob er Blätter von einem Zweig zupfte. Das Tierchen wand sich in Todesnot und stieß einen schrillen Schrei aus; dies war der erste Laut, den Carson hier zu hören bekam, außer seiner eigenen Stimme.

Carson fröstelte und wandte seine Augen ab. Aber dann zwang er sich, weiter hinzusehen. Alles, was er über seinen Widersacher in Erfahrung bringen konnte, mochte wertvoll sein. Selbst diese Erfahrung seiner unnötigen Grausamkeit. Besonders, so dachte er in einer Aufwallung plötzlicher Gefühle, dieses Wissen um seine unnötige Grausamkeit. So würde es eine Genugtuung sein, dies Ding zu töten, wenn er die Gelegenheit dazu bekäme.

Aus diesem Grund zwang er sich, das Zerfleischen der Eidechse zu beobachten.

Aber er war doch froh, als das Tier, nachdem es die Hälfte seiner Beine verloren hatte, aufhörte zu schreien, erschlaffte und still und tot in den Klauen der Kugel lag.

Die Kugel beendete ihre Tätigkeit. Verächtlich warf sie die Eidechse weg, in Carsons Richtung. Sie segelte durch die Luft und landete vor seinen Füßen.

Sie war durch die Barriere gekommen! Die Barriere war nicht mehr da.

Wie ein Blitz war Carson auf den Beinen. Den Feuerstein fest in der Hand stürmte er vorwärts. Hier und jetzt würde er der Sache ein Ende machen! Jetzt, wo die Barriere fort war ...!

Aber sie war noch da. Schmerzhaft war für Carson diese Erfahrung. Er rannte mit dem Kopf zuerst dagegen und schlug sich beinahe bewußtlos. Er wurde zurückgeworfen und fiel.

Und als er sich wieder aufrichtete und den Kopf schüttelte, um ihn wieder klar zu bekommen, sah er, wie etwas durch die Luft auf ihn zuflog. Um ihm auszuweichen, warf er sich flach auf den Sand, rollte auf die Seite, um seinen Körper aus der Gefahrenzone zu bringen, aber dann spürte er einen stechenden Schmerz in seiner linken Wade.

Er rollte zurück, ignorierte den Schmerz im Bein und stolperte auf die Füße. Es war ein Stein, stellte er jetzt fest, der ihn getroffen hatte. Und die Kugel ergriff gerade wieder einen, hielt ihn zwischen den Klauen eines Tentakel gepackt, holte aus und war zu einem neuen Wurf bereit.

Aber diesmal war es leicht, dem Geschoß auszuweichen. Die Kugel konnte offenbar genau werfen, aber nicht sehr weit oder heftig. Der erste Stein hatte ihn nur deshalb getroffen, weil er gerade auf dem Boden gesessen und ihn erst gesehen hatte, als es schon zu spät war.

Während er noch dem zweiten Wurf auswich, hatte Carson schon den Stein geschleudert, den er noch in der Hand gehalten hatte. Wenn Wurfgeschosse die Barriere durchqueren können, dachte er grimmig, dann können beide Seiten dies Spiel spielen. Und der kräftige rechte Arm eines Erdenmenschen ...

Das einen Meter große Ziel konnte er auf vier Meter Entfernung gar nicht verfehlen, und er verfehlte es auch nicht. Der Stein sauste durch die Luft, mehrfach schneller, als es die Wurfgeschosse der Kugel gewesen waren. Er traf genau in der Mitte, aber er traf mit der flachen Seite auf, und nicht mit der Spitze.

Aber er traf mit einem vernehmlichen Klatschen, und

augenscheinlich schmerzte er. Die Kugel hatte gerade nach einem weiteren Stein gegriffen, aber sie änderte nun ihre Absicht und suchte lieber das Weite. Bis Carson wieder einen Stein gefunden hatte und ihn werfen konnte, war sie schon vierzig Meter von der Barriere entfernt und immer noch sehr in Eile.

Sein zweiter Wurf ging einen halben Meter daneben, und der dritte war nicht weit genug.

Die Kugel war außer Reichweite, zumindest außer Reichweite für ein Geschoß, mit dem man sie ernstlich hätte verletzen können.

Carson grinste; diese Runde war an ihn gegangen. Außer ... Er hörte auf zu grinsen, als er sich hinabbeugte, um seine Wade zu untersuchen. Ein kantiges Ende des Steins hatte ein ziemlich tiefes Loch gerissen, die Schramme war fast zehn Zentimeter lang. Sie blutete heftig, aber Carson glaubte nicht, daß die Wunde so tief war, daß eine Arterie verletzt sein könnte. Wenn es von allein aufhörte zu bluten, war alles in Ordnung, wenn nicht, würde er Schwierigkeiten bekommen.

Doch zunächst mußte er etwas herausfinden, das Vorrang hatte vor seiner Wunde: Wie war die Barriere beschaffen?

Er ging noch einmal zu ihr, diesmal hatte er die Hände vorgestreckt. Er fand sie. Während er seine Hand dagegen hielt, schlug er die andere Hand mit Sand gefüllt dagegen. Der Sand ging geradewegs hindurch, seine Hand nicht.

War es eine Frage organischer und unorganischer Stoffe? Nein, denn die tote Eidechse war mit Sicherheit organisch. Pflanzliches Leben? Er brach einen Zweig ab und stocherte durch die Barriere, ohne Widerstand ging er hindurch, aber an der Stelle, wo seine Finger den Zweig ergriffen hatten, wurde er gestoppt.

Er kam nicht durch, die Kugel auch nicht. Aber die Steine, die Pflanzen und eine tote Eidechse ...

Wie war es mit einer lebenden Eidechse? Er untersuchte die Büsche, bis er eine fand, und fing sie. Er warf sie sanft gegen die Barriere, sie prallte ab und huschte quer über den blauen Sand davon.

Nun hatte er immerhin eine Antwort nach seinen bisherigen Erfahrungen: Diese Wand war eine Barriere für alle Lebewesen; tote organische oder unorganische Materie konnte sie durchqueren.

Nachdem das geklärt war, sah sich Carson sein verletztes Bein wieder an. Die Blutung hatte nachgelassen, das bedeutete, er würde es nicht abzubinden brauchen. Aber er sollte etwas Wasser finden, falls es das hier gab, um die Wunde zu reinigen.

Wasser. Der Gedanke daran ließ ihn bewußt werden, daß er schrecklichen Durst hatte. Er *mußte* Wasser finden, dann nämlich, wenn sich herausstellte, daß dieser Wettkampf sich in die Länge ziehen würde.

Leicht humpelnd machte er sich daran, in einem weiten Halbkreis seine gesamte Hälfte der Arena abzusuchen. Mit einer Hand die Fühlung zu der Barriere haltend, schritt er voran, bis er an die geschwungene Seitenwand stieß. Aus der Nähe war sie sichtbar, gleichmäßig blaugrau, sie hatte die gleiche elastische Oberfläche wie die Barriere.

Er untersuchte sie, indem er eine Handvoll Sand dagegen warf, der Sand erreichte die Wand und flog glatt hindurch, verschwand in ihr. Auch diese Halbkugel war also ein Kraftfeld, nur daß es im Gegensatz zur Barriere sichtbar war.

Er folgte der Außenwand, bis er wieder auf die Barriere stieß, dann ging er die Barriere entlang, bis er seinen Ausgangspunkt wieder erreicht hatte.

Nirgendwo eine Spur von Wasser.

Besorgt ging er nun in Zickzacklinien zwischen der Barriere und der Außenwand hin und her und suchte den ganzen Boden seiner Hälfte sorgsam ab.

Kein Wasser. Blauer Sand, blaue Büsche und unerträgliche Hitze, sonst nichts.

Das konnte er sich doch nur einbilden, sagte er sich ärgerlich, daß er so durstig war. Wie lange war er denn schon hier? Doch nur sehr kurze Zeit, wenn er von seiner Zeitrechnung ausging. Das Wesen hatte ihm gesagt, daß die Zeit stillstand, während sie hier draußen waren. Aber seine Körperfunktionen standen dennoch nicht still. Wenn er nach seinem Körper ging, wie lange war er schon hier? Doch nicht mehr als drei oder vier Stunden. Sicher nicht lange genug, um ernstlich unter Durst zu leiden.

Aber er litt darunter. Seine Kehle war trocken und ausgedörrt. Vielleicht war die gewaltige Hitze der Grund. Es war *heiß!* Vielleicht fünfundvierzig Grad. Eine trockene, lastende Hitze, ohne die geringste Luftbewegung.

Er humpelte ziemlich stark und war völlig ausgepumpt, als er mit der Untersuchung des Terrains fertig war.

Er starrte zu der reglosen Kugel hinüber und hoffte, daß es ihr genauso dreckig ging wie ihm. Es war gut möglich, daß ihr die Lage auch nicht zusagte. Das Wesen hatte gesagt, daß die Bedingungen für beide gleichermaßen unvertraut und unangenehm seien. Vielleicht kam die Kugel von einem Planeten, wo in der Regel siebzig Grad Hitze herrschten, vielleicht erfror sie, während er geröstet wurde.

Vielleicht war die Luft für sie viel zu dick, so wie sie für ihn zu dünn war. Denn sein Entdeckungsgang hatte ihn völlig ausgepumpt. Die Atmosphäre hier, so erkannte er nun, war nicht viel dicker als die des Mars.

Kein Wasser.

Das war für ihn auf jeden Fall eine tödliche Sackgasse. Wenn er keinen Weg auf die andere Seite finden würde, um seinen Feind zu töten, würde der Durst ihn unausweichlich umbringen.

Dies erfüllte ihn mit einem Gefühl der Hast. Er mußte sich beeilen.

Aber was war zu tun? Nichts und doch so vieles! Die unterschiedlichen Büsche zum Beispiel. Sie sahen wenig vielversprechend aus, und doch mußte er sie untersuchen, um festzustellen, was man mit ihnen machen konnte.

Und sein Bein, auch darum mußte er sich kümmern, auch wenn er kein Wasser hatte, um es zu reinigen. Er mußte Munition sammeln in Form von Steinen. Einen Stein finden, der ein gutes Messer abgeben würde ...

Sein Bein schmerzte ziemlich stark. Er kam zu dem Schluß, daß er sich zuerst hierum kümmern müsse. Eine Art Büsche hatte Blätter, oder zumindest etwas, das Blättern sehr ähnlich sah. Er riß eine Handvoll von ihnen ab und entschloß sich, nachdem er sie untersucht hatte, daß er es mit ihnen probieren sollte. Er benutzte sie, um Sand, Schmutz und das geronnene Blut zu entfernen, dann machte er ein Polster aus diesen Blättern und band es mit Schößlingen derselben Pflanze über die Wunde.

Diese dünnen Zweiglein erwiesen sich als unerwartet zäh und stark. Sie waren schlank und sehr biegsam, aber abbrechen konnte er sie nicht. Er mußte sie mit einem scharfkantigen Stück Feuerstein abschneiden. Die dickeren Zweige waren mehr als vierzig Zentimeter lang, und er merkte sich für später, daß ein paar von ihnen aneinandergeknotet einen guten Strick abgeben würden. Vielleicht würde er sich einmal eine Verwendung für einen Strick ausdenken können.

Als nächstes machte er sich ein Messer. Der blaue Feuerstein splitterte wirklich. Aus einem zwanzig Zentimeter langen Splitter machte er sich eine einfache, aber wirksame Waffe. Aus den Zweigen des Busches schließlich flocht er sich einen Gürtel, durch den er das Messer schieben konnte, so konnte er es immer bei sich tragen und hatte doch die Hände frei.

Er wandte sich wieder der Untersuchung der Büsche zu. Es gab noch drei andere Arten. Eine war zweiglos, trocken und spröde, fast so wie abgestorbenes Unterholz. Eine andere war aus einem weichen, porösen Holz, ähnelte Zunder. Es sah so aus, als ob man es sehr gut zum Entzünden eines Feuers würde brauchen können. Die dritte Art kam Holz noch am ähnlichsten, sie hatte zarte Blätter, die aber auf kurzen festen Stielen saßen.

Es war schrecklich, unerträglich heiß.

Er humpelte zu der Barriere hinüber, vergewisserte sich, daß sie noch da war. Sie war es.

Dann beobachtete er die Kugel für eine Weile. Sie hielt sich in einem sicheren Abstand von der Barriere, außerhalb der Reichweite eines gefährlichen Steinwurfs. Sie bewegte sich, tat etwas, er konnte aber nicht erkennen, was sie trieb.

Einmal hielt sie inne, kam näher und schien ihre Aufmerksamkeit auf ihn zu konzentrieren. Wieder spürte Carson eine Welle der Übelkeit. Er warf einen Stein, und die Kugel zog sich wieder zurück, nahm ihre geheimnisvolle Beschäftigung wieder auf.

Auf jeden Fall konnte er sie auf Distanz halten.

Aber, so dachte er bitter, was, zum Teufel, nützte ihm das schon? Trotzdem verbrachte er die nächste Stunde damit, Steine von beträchtlicher Größe zu sammeln, und kleine Häufchen entlang seiner Seite der Barriere aufzurichten.

Seine Kehle brannte wie Feuer. Es fiel ihm schwer, an etwas anderes zu denken als an Wasser.

Aber er *mußte* an andere Dinge denken. Wie er durch die Barriere kommen, sich diese rote Kugel schnappen und sie umbringen könnte, bevor dieser Ort des Durstes und der Hitze ihn erledigte.

Auf jeder Seite reichte die Barriere bis an die Wand. Aber wie hoch in die Luft, und wie tief unterirdisch?

Eine Zeitlang war Carsons Verstand zu benommen, um eine Methode zu entwickeln, wie er eine dieser Fragen beantworten sollte. Untätig saß er im blauen Sand und wußte nicht einmal, daß er da saß. Er beobachtete eine blaue Eidechse, die von einem Busch zum anderen huschte.

Unter einem Busch hervor sah sie zu ihm herüber.

Carson grinste ihr zu. Vielleicht hatte er schon einen Sonnenstich, denn ihm fiel plötzlich die alte Wüstengeschichte von den Marskolonisten ein, die noch von einer viel älteren Wüstengeschichte von der Erde abstammte. »Und bald merkst du, daß du mit den Eidechsen redest, und nicht viel später merkst du, daß sie dir antworten ...«

Eigentlich hätte er sich darauf konzentrieren sollen, wie er die Kugel zur Strecke brächte, aber statt dessen grinste er die Eidechse an und sagte: »Hallo, du da!«

Die Eidechse machte ein paar Schritte auf ihn zu. »Hallo«, sagte sie.

Für einen Moment war Carson sprachlos, dann warf er den Kopf zurück und stieß ein röhrendes Lachen aus. Es schmerzte nicht in seiner Kehle, so zu lachen. So durstig war er offenbar doch nicht gewesen.

Warum auch nicht? Warum sollte das Wesen, das diesen Alptraum von einem Ort sich ausgedacht hatte, neben all seinen Fähigkeiten nicht auch Sinn für Humor haben? Sprechende Eidechsen, die die Gabe haben, mir in meiner eigenen Sprache zu antworten, wenn ich sie anspreche; irgendwie hatte dieser Gedanke etwas Possierliches.

Er lächelte die Eidechse an und sagte: »Komm doch mal rüber.« Aber die Eidechse wandte sich ab und lief davon, huschte von Busch zu Busch, bis sie außer Sicht war.

Er war wieder durstig.

Und er mußte etwas unternehmen. Er konnte den Kampf nicht gewinnen, wenn er hier rumsaß und sich miserabel fühlte. Er mußte etwas tun. Aber was?

Durch die Barriere kommen! Aber er kam nicht durch sie hindurch oder über sie hinüber. Aber war es sicher, daß er nicht unter ihr durch kam. Und wo er schon einmal daran dachte, fand man nicht manchmal Wasser, wenn man ein Loch grub? Zwei Fliegen mit einer Klappe ...

Unter Schmerzen humpelte Carson zu der Barriere hinüber und begann zu graben, schaufelte den Sand händeweise empor. Es war harte Arbeit, denn der Sand rieselte von den Rändern zurück, und je tiefer er kam, desto größer wurde der Durchmesser seines Loches. Wie viele Stunden er dazu brauchte, konnte er nicht sagen, aber etwa bei eineinhalb Metern stieß er auf Fels. Fels und kein Wasser.

Und das Kraftfeld der Barriere ging bis zu dem Felsen hinunter. Keine Lücke, kein Wasser, überhaupt nichts.

Er krabbelte aus dem Loch und lag keuchend da, dann hob er den Kopf, um zu sehen, was die Kugel trieb. Irgendwas mußte sie dort hinten bauen.

Das tat sie auch. Sie baute etwas aus den Zweigen des Busches, die sie mit den Trieben des anderen Busches zusammengebunden hatte. Einen sonderbar geformten Rahmen, der etwa quadratisch war. Um es besser sehen zu können, kletterte Carson auf den Sandhaufen, den er aufgeworfen hatte.

Seitlich ragten zwei lange Bögen heraus, und am Ende konnte er etwas wie einen Löffel erkennen, eine Art Katapult, dachte Carson.

Ganz eindeutig hob die Kugel einen größeren Felsbrocken in die löffelförmige Schale. Ein anderer Tentakel spannte einen Hebel, dann bewegte sie das ganze Ding ein wenig hin und her, als ob sie damit zielte, schließlich flog der Löffel hoch, und der Stein schnellte heraus.

Der Stein zischte ein paar Meter über Carsons Kopf hinweg, so hoch, daß er sich nicht zu ducken brauchte, aber er schätzte die Entfernung ab, die das Ding geflogen war, und pfiff leise durch die Zähne. Einen Stein dieses Gewichts konnte er höchstens die halbe Strecke weit werfen. Selbst wenn er sich ganz an die Wand der Arena zurückzog, würde er nicht aus der Reichweite dieser Maschine sein, wenn die Kugel sie bis an die Barriere vorschob.

Ein weiterer Brocken flitzte heran. Nicht ganz so weit daneben diesmal.

Das Ding konnte gefährlich werden, sagte er sich, vielleicht sollte er etwas dagegen unternehmen.

Indem er sich ständig entlang der Barriere bewegte, so daß das Katapult ihn nicht verfolgen konnte, warf er ein Dutzend Steine in seine Richtung. Aber das nützte nicht viel, stellte er fest. Entweder waren die Steine zu klein, als daß sie etwas hätten ausrichten können, oder sie waren so schwer, daß er sie nicht weit genug werfen konnte. Auch hatte die Kugel auf diese Entfernung keine Schwierigkeiten, denen auszuweichen, die ihr zu nahe kamen.

Außerdem ermüdete sein Arm schnell. Er schmerzte vor Erschöpfung. Wenn er sich nur etwas ausruhen könnte, ohne ständig den Geschossen aus dem Katapult ausweichen zu müssen.

Er stolperte zur entfernten Wand der Arena. Bald merkte er, daß das nichts nützte. Die Steine reichten auch hier hin, nur daß die Abstände zwischen den einzelnen Geschossen größer wurden, als ob es länger dauerte, den Mechanismus des Katapults zu spannen.

Erschöpft schleppte er sich wieder zur Barriere. Unterwegs stürzte er mehrmals und konnte sich kaum wieder erheben. Er war an der Grenze seines Leistungsvermögens angelangt, das wußte er; trotzdem wagte er nicht stehenzubleiben, solange das Katapult nicht zerstört war.

Eines der Geschosse brachte ihm eine Eingebung. Es schlug auf einem Steinhaufen auf, den er als Munition vor der Barriere aufgehäuft hatte, und es schlug Funken.

Funken! Feuer! Die ersten Menschen hatten Feuer entfacht, indem sie Steine aneinanderschlugen. Und wenn man diese trockenen Büsche als Zunder benutzte ...

Zum Glück war einer dieser Büsche ganz in seiner Nähe. Er brach ihn ab und trug ihn zu dem Steinhaufen hinüber, dann schlug er geduldig einen Stein nach dem anderen gegen andere, bis ein Funken in das zunderartige Holz des Busches sprang. Er ging so schnell in Flammen auf, daß er seine Augenbrauen versengte, und war sekundenschnell zu Asche verbrannt.

Aber die Idee war nun einmal geboren, und nach ein paar Minuten hatte er ein kleines Feuer in Gang gebracht, in der Sandgrube, die er vorher vergebens gegraben hatte. Mit den Zunderbüschen hatte er es entfacht, und nun unterhielt er es mit dem Holz anderer Büsche, das langsamer brannte.

Die drahtähnlichen Zweige, aus denen er seinen Gürtel gemacht hatte, brannten schlecht; also ließen sich damit leicht Brandbomben herstellen, die man werfen konnte. Ein Bündel Zunderruten, um einen kleinen Stein gebunden, damit es das nötige Gewicht hatte, und eine Schlinge aus diesen rankenähnlichen Zweigen, mit der er das Ganze schleudern konnte.

Er fertigte ein halbes Dutzend davon an, bevor er die erste anzündete und warf. Sie flog zu weit, und die Kugel trat einen schnellen Rückzug an, wobei sie das Katapult hinter sich herzog. Aber Carson hatte die anderen bereit und warf sie in schneller Folge. Die vierte traf den Rahmen des Katapults und verrichtete ganze Arbeit. Die Kugel versuchte verzweifelt, die sich ausbreitenden Flammen zu ersticken, indem sie Sand darauf warf, aber die Klauen an den Tentakeln konnten immer nur einen Teelöffel voll ergreifen, und so waren ihre Bemühungen fruchtlos. Das Katapult verbrannte.

Die Kugel entfernte sich von dem Feuer und konzentrierte ihre Aufmerksamkeit auf Carson. Wieder verursachte ihm die Welle von Haß ein Gefühl der Übelkeit. Aber schwächer diesmal. Entweder war die Kugel schwächer geworden, oder Carson hatte es gelernt, sich besser gegen die psychischen Attacken zu schützen.

Er machte ihr eine lange Nase und vertrieb sie, indem er einen Stein nach ihr schleuderte. Die Kugel rollte davon, bis in die hintere Hälfte ihres Teils der Arena, und begann wieder Büsche abzubrechen. Vielleicht wollte sie ein neues Katapult bauen.

Carson vergewisserte sich, zum hundertstenmal, daß die Barriere noch wirksam war – und plötzlich saß er im Sand, weil er zu schwach war, um sich auf den Beinen zu halten.

In seinem Bein klopfte es jetzt ständig, und der Durst war inzwischen unerträglich geworden. Aber dies war nebensächlich, verglichen mit der äußeren Erschöpfung, die seinen Körper ergriffen hatte.

Und diese Hitze!

So mußte die Hölle sein, dachte er. Die Hölle, an die die Alten geglaubt hatten. Er kämpfte gegen den Schlaf. Aber es schien sinnlos, sich wachzuhalten, denn es gab nichts, das er tun konnte. Nichts, solange die Barriere undurchdringlich blieb und sich die Kugel außer Reichweite hielt.

Aber irgend etwas mußte es doch geben. Er versuchte sich an die archäologischen Bücher zu erinnern, die er gelesen hatte, wie hatte man gekämpft, in der Zeit, bevor es Eisen und Plastik gab? Als erstes gab es steinerne Geschosse. Nun, damit hatten sie es schon probiert.

Die einzige Verbesserung wäre ein Katapult, so, wie die Kugel schon eins gebaut hatte. Aber er würde keins bauen können, aus dem bißchen Holz, das die Büsche hergaben, kaum ein Stück war länger als ein halber Meter. Sicher konnte er den Mechanismus für ein Katapult konstruieren, aber er hatte nicht mehr die Kraft für eine Aufgabe, die ihn Tage in Anspruch nehmen würde.

Tage? Aber die Kugel hatte doch eins gebaut. Waren sie denn schon Tage hier? Dann fiel ihm ein, daß die Kugel viele Tentakel hatte, mit denen sie gleichzeitig arbeiten konnte, und so konnte sie auch eine solche schwierige Aufgabe schneller bewältigen als er.

Und außerdem, auch ein Katapult brachte keinen endgültigen Sieg, er mußte überlegen und sich schon etwas Besseres einfallen lassen.

Pfeil und Bogen? Nein, er hatte es schon einmal mit dem Bogenschießen versucht, und wußte, wie ungeschickt er in dieser Kunst war. Selbst mit dem modernen Sportgerät eines Athleten. Mit einer Waffe, die er sich aus dem, was er hier vorfand, zusammenbauen müßte, würde er wahrscheinlich nicht einmal so weit schießen können, wie er werfen konnte, und sicher nicht so genau.

Ein Speer? *Den* würde er bauen können. Als Wurfgeschoß würde er auf jeden Fall etwas nutzen, aber auf geringe Reichweite könnte er ganz brauchbar sein.

Zum Glück saß er direkt neben einem seiner Steinhaufen. Er durchsuchte ihn, bis er einen Stein fand, der ungefähr die Form einer Speerspitze hatte. Mit einem kleineren Stein begann er, ihn zurechtzuhauen. Am Ende ließ er lange Zacken stehen, so daß er nicht so leicht herauszuziehen war, wenn er einmal eingedrungen sein würde.

Wie bei einer Harpune! Darüber lohnte es sich nachzudenken. Für diesen verrückten Wettkampf war eine Harpune vielleicht besser geeignet als ein Speer, wenn er die Kugel mit etwas durchbohren könnte, an dem ein Strick befestigt war, konnte er die Kugel an die Barriere ziehen, und sein Steinmesser würde hindurchgehen, auch wenn seine Hand es nicht vermochte.

Der Schaft war schwieriger herzustellen als die Spitze. Er verband die vier dicksten Zweige eines Busches miteinander, indem er sie mit den Ranken einer anderen Art umwickelte, so erhielt er einen Stiel, der über einen Meter lang war. In einem Spalt am oberen Ende des Schaftes klemmte er die Speerspitze ein und band sie fest.

Die Waffe sah primitiv aus, aber sie war stabil.

Jetzt der Strick. Aus den Ranken flocht er sich eine Leine von etwa sechs Metern Länge. Sie war leicht und sah nicht sehr zuverlässig aus, aber er wußte, daß sie mehr als sein Gewicht halten würde. Er band ein Ende an den Stiel der Harpune, das andere wickelte er sich um sein rechtes Handgelenk. Wenn er jetzt die Harpune durch die Barriere warf, würde er sie zumindest wieder einholen können, wenn er sein Ziel verfehlte.

Als er dann den letzten Knoten festgezogen hatte und es nichts mehr für ihn zu tun gab, waren die Hitze, die Erschöpfung und der Schmerz in seinem Bein plötzlich tausendmal stärker als zuvor.

Er versuchte aufzustehen, zu sehen, was die Kugel trieb, und er stellte fest, daß er sich nicht erheben konnte. Beim dritten Versuch kam er bis auf die Knie, dann fiel er wieder flach auf den Rücken.

»Ich muß schlafen«, dachte er. »Wenn es jetzt zur Entscheidung käme, wäre ich völlig hilflos. Sie könnte hierherkommen und mich töten, wenn sie es wüßte. Ich muß wieder etwas Kraft sammeln.«

Langsam und unter Schmerzen kroch er von der Barriere weg. Zehn Meter, zwanzig ...

Der dumpfe Ton von etwas, das neben ihm einschlug, weckte ihn. Er hatte einen wirren und schrecklichen Traum gehabt, und jetzt war er wieder in einer Wirklichkeit, die noch viel wirrer und schrecklicher war.

Wie lange hatte er geschlafen? Eine Minute? Einen Tag?

Ein weiterer Stein schlug neben ihm auf, näher diesmal, etwas Sand traf ihn. Er stützte sich auf die Ellbogen und blickte auf. Er sah die Kugel in zwanzig Metern Entfernung, direkt an der Barriere.

Sie rollte hastig davon, als er sich aufrichtete, hielt erst an, als sie an der Hinterwand ihrer Hälfte angekommen war.

Er war zu schnell eingeschlafen, stellte er fest, als er

noch in der Wurfreichweite der Kugel war. Als sie ihn reglos daliegen sah, hatte sie es gewagt, bis an die Barriere vorzukommen und Steine nach ihm zu werfen. Zum Glück merkte sie nicht, wie schwach er war, sonst hätte sie dort bleiben können, um weitere Steine nach ihm zu schleudern.

Hatte er lange geschlafen? Er glaubte es nicht, denn er fühlte sich so, wie er sich davor gefühlt hatte. Überhaupt nicht erholt, nicht durstiger, gar nichts war anders. Wahrscheinlich hatte er nur ein paar Minuten gedöst.

Er begann wieder zu kriechen, diesmal zwang er sich, durchzuhalten, bis er so weit war, wie er kommen konnte, bis die schimmernde Eingrenzung der Arena nur noch einen Meter von ihm entfernt war.

Dann verschwamm ihm wieder alles vor den Augen.

Als er aufwachte, hatte sich um ihn her nichts verändert, aber diesmal wußte er, daß er lange geschlafen hatte.

Als erstes spürte er das Innere seines Mundes. Es war trocken, verklebt. Seine Zunge war geschwollen.

Irgend etwas stimmte nicht, das wußte er, als er langsam wieder voll das Bewußtsein erlangte. Er fühlte sich weniger erschöpft, der Zustand äußerster Schwäche war gewichen. Dafür hatte der Schlaf gesorgt.

Aber da war der Schmerz, der lähmende Schmerz. Erst als er versuchte, sich zu bewegen, spürte er, daß der Schmerz von seinem Bein herrührte.

Er hob den Kopf und sah sich das Bein an. Unterhalb des Knies war es schrecklich angeschwollen, ja, die Schwellung zog sich sogar die halbe Länge seines Schenkels hinauf. Die Pflanzenranken, die er dazu benutzt hatte, um das schützende Blätterpolster auf seine Wunde zu binden, schnitten tief in das geschwollene Fleisch.

Das Messer unter die tief eingesunkenen Schlingen zu bringen, um diese aufzuschneiden, war unmöglich.

Zum Glück hatte er die Ranken auf dem Schienbein verknotet, wo die Schwellung nicht so stark war. So war er schließlich unter starken Schmerzen in der Lage, die Knoten zu lösen.

Ein Blick unter das Blätterpolster sagte ihm alles. Ganz eindeutig eine Entzündung mit Blutvergiftung.

Ohne Medikamente, ohne Verbandzeug und schließlich ohne Wasser konnte er nichts dagegen tun.

Nichts, als zu sterben, wenn das Gift erst hoch genug hinaufgestiegen war.

Er wußte, daß es hoffnungslos war und daß er verloren hatte.

Und mit ihm die Menschheit. Wenn er hier starb, dann wußte er, daß dort draußen im Universum alle seine Freunde, ja alle Menschen ebenfalls sterben mußten. Und die Erde, die Kolonien auf den Planeten, sie würden den scheußlichen Outsidern gehören. Kreaturen wie aus einem Alptraum, die mitleidlos und nur so zum Spaß Eidechsen zerpflückten.

Das war ein Gedanke, der ihm den Mut gab, fast blind vor Schmerzen wieder auf die Barriere zuzukriechen. Diesmal kroch er nicht auf Händen und Knien, sondern zog sich nur mit den Armen vorwärts.

Die Chancen standen eins zu einer Million, daß er noch Kraft genug haben würde, wenn er erst dort war, die Harpune zu werfen, mit tödlicher Wirkung, wenn, und wieder standen die Chancen eins zu einer Million, die Kugel zur Barriere kommen würde. Oder wenn die Barriere inzwischen nicht mehr da war.

Es schien ihm, daß er Jahre brauchte, um dort hinzugelangen.

Die Barriere war nicht verschwunden. Sie war genauso undurchdringlich wie in dem Moment, wo er sie zum erstenmal gespürt hatte.

Und die Kugel war auch nicht an der Barriere. Wenn er sich auf die Ellbogen aufrichtete, konnte er sie hinten in der Arena sehen, wie sie an etwas arbeitete, an einem hölzernen Rahmen, an einem Katapult, das ein Duplikat dessen war, das er zerstört hatte.

Jetzt bewegte sie sich sehr langsam. Zweifellos war auch sie geschwächt.

Aber Carson bezweifelte, daß sie jemals ein zweites Katapult brauchen würde. Er würde tot sein, bevor sie es fertig hatte.

Wenn er sie nur an die Barriere locken könnte, während er noch lebte. Er winkte mit dem Arm und versuchte zu brüllen, aber aus seiner wunden Kehle drang kein Laut.

Oder wenn er durch die Barriere käme ...

Sein Verstand mußte für einen Augenblick ausgesetzt haben, denn er ertappte sich dabei, wie er mit den Fäusten in verzweifeltem Zorn gegen die Barriere schlug. Er zwang sich, aufzuhören.

Er schloß die Augen und versuchte sich zu beruhigen.

»Hallo«, sagte die Stimme.

Es war ein schwaches, dünnes Stimmchen, es klang wie ...

Er öffnete die Augen und drehte den Kopf. Es *war* die Eidechse.

»Geh weg«, wollte Carson sagen, »geh weg, du bist nicht wirklich da, oder du bist da, sprichst aber nicht wirklich, ich phantasiere nur.«

Aber er konnte nicht sprechen. Die Trockenheit seiner Kehle und seines Mundes ließ keinen Laut mehr zu. Er schloß die Augen.

»Schmerzen!« sagte die Stimme. »Töten. Schmerzen-Töten. Komm!«

Er öffnete die Augen wieder. Die blaue zehnbeinige Eidechse war noch immer da. Sie lief ein Stück die Barriere entlang, kam zurück, lief wieder los und kam zurück.

»Schmerzen«, sagte sie, »töten, komm!«

Carson stöhnte. Wenn er dem verfluchten Ding nicht folgte, würde er nie mehr Ruhe haben.

Also folgte er ihm, kriechend. Ein anderes Geräusch drang an sein Ohr. Ein durchdringendes hohes Quietschen. Es kam näher.

Etwas lag dort im Sand, wand sich und zuckte. Etwas kleines, das auch wie eine Eidechse aussah, aber nicht ganz ...

Dann sah er, was es war. Es war die Eidechse, deren Beine die Kugel ausgerissen hatte. Aber sie war nicht tot. Sie war aus der Bewußtlosigkeit erwacht und wand sich nun, vor Schmerzen schreiend.

»Schmerzen«, sagte die andere Eidechse, »Schmerzen, töten, töten.«

Carson verstand. Er zog das Steinmesser aus seinem Gürtel und tötete die gequälte Kreatur. Die lebende Eidechse huschte schnell davon.

»Wenn ich nur so weit käme«, dachte er, »wenn ich durchkäme. Ich könnte gewinnen. Sie sieht auch schwach aus. Ich könnte ...«

Und dann hatte er wieder das Gefühl schwärzester Hoffnungslosigkeit. Der Schmerz überwand seinen Willen, und er wünschte, daß er tot wäre. Er beneidete die Eidechse, die er gerade getötet hatte. Sie brauchte nicht weiterzuleben und zu leiden. Aber er mußte es. Es konnte noch Stunden oder Tage dauern, bis die Blutvergiftung ihn umbrachte.

Und wenn er das Messer gegen sich gebrauchte ...

Aber er wußte, daß er das nicht tun konnte. Solange er noch lebte, gab es immer noch den Bruchteil einer Chance ...

Er spannte sich, drückte mit den flachen Händen gegen die Barriere. Dabei bemerkte er, wie dünn seine Arme geworden waren. Er mußte also wirklich schon eine lange Zeit hier sein. Es dauerte doch bestimmt Tage, bis sie so dünn werden konnten.

Wie lange konnte es noch dauern, bis er sterben würde? Wieviel Hitze, Durst und Schmerz konnte sein Körper ertragen?

Einen Augenblick lang wurde er beinahe wieder hysterisch, aber dann kam eine Zeit tiefer Ruhe, und ein Gedanke, der aufregend war.

Die Eidechse, die er gerade getötet hatte. *Sie hatte die Barriere durchquert, als sie noch lebte.* Sie war von der Seite der Kugel gekommen; die Kugel hatte ihr die Beine ausgerissen und sie verächtlich in seine Richtung geworfen, und sie war durch die Barriere gekommen. Weil sie tot war, so hatte er angenommen.

Aber sie war nicht tot gewesen, nur besinnungslos.

Eine lebende Eidechse konnte nicht durch die Barriere, aber eine bewußtlose konnte es. Also war es keine Barriere für lebende Wesen, sondern nur für Wesen mit Bewußtsein. Es war eine geistige Projektion, eine geistige Sperre.

Und mit diesem Gedanken begann Carson an der Barriere entlangzukriechen, für seinen letzten verzweifelten Zug. Es war eine Hoffnung, die zu unwahrscheinlich war, ein Versuch, den nur ein sterbender Mensch zu unternehmen wagte.

Es hatte gar keinen Sinn, die Erfolgschancen auszurechnen, denn wenn er es nicht versuchte, waren seine Chancen ohnehin gleich Null.

Er kroch die Barriere entlang, bis er zu dem einen Meter hohen Sandhaufen kam, den er aufgeworfen hatte, als er – vor wie vielen Tagen? – versuchte, ein Loch unter der Barriere hindurchzugraben.

Der Haufen war an der Barriere aufgetürmt.

Er nahm einen Stein von einem Haufen in der Nähe, kletterte ganz oben auf den Sandhügel und lehnte sich gegen die Barriere. Sein ganzes Gewicht lastete dagegen, so daß er in das Gebiet seines Gegners hinüberrollen mußte, wenn die Barriere plötzlich aufgehoben würde.

Er vergewisserte sich noch einmal, daß das Messer fest in seinem Gürtel steckte, daß die Harpune sicher in seiner Armbeuge lag, und daß das Seil an ihr und an seinem Handgelenk gut verknotet war. Dann hob er mit der rechten Hand den Stein, der ihn am Kopf treffen sollte. Bei diesem Schlag mußte das Glück ihm beistehen, er durfte nicht zu fest sein, damit er nicht zu lange in Bewußtlosigkeit versank, aber er mußte hart genug sein, ihm für die kurze Zeit die Besinnung zu rauben.

Er hatte das Gefühl, daß die Kugel ihn beobachtete. Sie würde ihn durch die Barriere rollen sehen und herbeikommen, um ihn zu untersuchen. Sie würde annehmen, daß er tot wäre, denn wahrscheinlich hatte sie die gleichen Schlüsse über die Barriere gezogen wie er. Aber sie würde vorsichtig kommen. Etwas Zeit würde ihm bleiben.

Er schlug zu ...

Der Schmerz rief ihn ins Bewußtsein zurück. Ein plötzlicher, stechender Schmerz in seiner rechten Hüfte, der anders war als der dumpfe Schmerz in seinem Bein und in seinem Kopf.

Aber er hatte mit einem solchen Schmerz gerechnet, als er sein ganzes Unternehmen vorher im Kopf durchgespielt hatte. Ja, er hatte sogar auf einen solchen Schmerz gehofft. Er war darauf vorbereitet, nicht mit einer plötzlichen Bewegung aufzuwachen.

Er lag reglos, aber die Augen öffnete er einen Spalt und stellte fest, daß er richtig kalkuliert hatte. Die Kugel kam näher. Sie war vielleicht sechs Meter entfernt, und der Schmerz, der ihn geweckt hatte, stammte von einem Stein, den sie geworfen hatte, um festzustellen, ob er lebte oder tot war.

Er lag bewegungslos. Sie kam näher, war nur noch vier Meter entfernt und hielt wieder an. Carson atmete kaum.

So gut er es vermochte, versuchte er auch seinen Verstand völlig ruhig zu halten, damit ihre telepathischen Fähigkeiten sein Bewußtsein nicht entdecken konnten. Sein offener Verstand war den Gedankenimpulsen der

Kugel preisgegeben. Der Ansturm dieser Impulse erschütterte Carsons Hirn.

Er fühlte nacktes Entsetzen vor der äußersten Fremdheit, der Andersartigkeit dieser Gedanken. Er spürte Impulse, die er nicht enträtseln konnte, weil die irdische Sprache keine Wörter dafür hatte, die er nicht in Bilder fassen konnte, weil es in seiner Verstandeswelt keine Bilder dafür gab. Der Verstand einer Spinne, dachte er, oder der einer Gottesanbeterin, oder auch eines marsianischen Sandkrebses, würde gegen diese Gedanken vertraut und bekannt erscheinen, wenn man die telepathischen Impulse dieser Tiere in menschliche Sprache übersetzen würde.

Er verstand nun, daß jenes Wesen recht gehabt hatte: für Menschen und diese Kugel war nicht gleichzeitig Platz in einem Universum. Sie waren weiter voneinander entfernt als Gott und Satan, zwischen ihnen konnte es keine friedliche Koexistenz geben.

Näher. Carson wartete, bis sie auf einen Meter heran war, bis sich ihre klauenbewehrten Tentakeln vorreckten ...

Unempfindlich gegen alle Schmerzen schwang er sich auf und schleuderte die Harpune mit aller Kraft, die noch in ihm steckte. Ja, für diesen alles entscheidenden Wurf hatte er noch Kraft hinzugewonnen.

Als die Kugel, in die die Harpune tief eingedrungen war, davonzurollen begann, versuchte er auf die Füße zu kommen, um hinter ihr herzulaufen, aber das schaffte er nicht. Er fiel und ließ sich schleifen.

Der Zug an seinem Handgelenk riß ihn vorwärts. Sie zog ihn ein paar Meter, dann hielt sie an. Ihre verkrümmten Tentakel versuchten vergeblich, die Harpune aus dem Leib herauszureißen. Die Kugel schien zu zittern, dann mußte sie erkannt haben, daß sie nicht entkommen konnte, denn sie rollte auf ihn zu, die Tentakel vorgestreckt.

Das steinerne Messer fest in der Hand, erwartete er

sie. Er schlug zu, wieder und immer wieder, während die schrecklichen Krallen Haut, Fleisch und Muskeln von seinem Körper rissen.

Er stach und hieb, und schließlich regte sich die Kugel nicht mehr.

Eine Glocke läutete, und er brauchte eine Weile, bis er sagen konnte, wo er war und was er war. Er war in den Sitz seines Aufklärers geschnallt, und der Bildschirm vor ihm zeigte nur den leeren Weltraum. Kein Outsiderschiff und auch kein unmöglicher Planet.

Die Glocke gehörte zur Verständigungsanlage; jemand wollte, daß er den Empfänger einschaltete. Nur ein Reflex ließ ihn hinübergreifen und den Hebel umlegen.

Das Gesicht von Brander, dem Kapitän der *Magellan*, die das Mutterschiff seiner Aufklärereinheit war, flakkerte auf dem Bildschirm auf. Sein Gesicht war bleich, und seine Augen glühten vor Erregung.

»Magellan an Carson«, schrie er, »laufen Sie ein! Der Kampf ist vorbei, wir haben gewonnen!«

Der Bildschirm war nun wieder leer. Wahrscheinlich rief Brander die anderen Aufklärer seines Kommandos.

Zögernd stellte Carson die Regler für den Rückflug ein. Langsam, ungläubig löste er seine Sicherheitsgurte und ging zum Trinkwassertank hinüber. Er leerte sechs Becher.

Er lehnte sich gegen die Bordwand und versuchte nachzudenken.

War es wirklich geschehen?

Er war in guter körperlicher Verfassung, unverletzt. Sein Durst war eher eine psychische als eine physische Erscheinung, seine Kehle war nicht trocken gewesen. Sein Bein ... Er rollte das Hosenbein hoch und blickte auf seine Wade hinab. Dort war eine lange weiße Narbe, eine Narbe, die vollständig verheilt war. Vorher hatte er dort keine gehabt. Er öffnete sein Hemd über der Brust und stellte fest, daß sein gesamter Brustkorb von einem Netzwerk kleiner, fast unsichtbarer, gut verheilter Narben übersät war.

Es war geschehen.

Der Aufklärer glitt bereits – automatisch gesteuert – durch das große Luk des Mutterschiffs. Greifer transportierten ihn in seine Bucht, und einen Augenblick später zeigte ein Summer an, daß die Staubucht des Aufklärers mit Luft gefüllt war. Carson öffnete seine Kabine, kletterte hinaus und trat durch die Doppeltür der Bucht.

Er ging direkt zu Branders Kabine, trat ein und grüßte.

Brander machte immer noch einen benommenen Eindruck.

»Hallo, Carson!« sagte er. »Da haben Sie ja einiges verpaßt! Das war eine Schau!«

»Was ist geschehen, Sir?«

»Genau wissen wir es auch nicht. Wir feuerten eine Salve – und ihre gesamte Flotte löste sich in Staub auf. Irgend etwas sprang wie ein Blitz von einem Schiff zum anderen über, sogar auf die, auf die wir gar nicht gezielt hatten, oder die, die außer Reichweite waren! Die ganze Flotte verschwand vor unseren Augen, und keines unserer Schiffe hat auch nur eine Schramme am Lack. »Wir können uns nicht einmal etwas darauf einbilden. Es muß eine unstabile Komponente in dem Metall gewesen sein, das sie benutzt hatten, und unser erster Schuß löste dann eine Art Kettenreaktion aus. Zu schade, daß Sie dieses Schauspiel verpaßt haben.«

Carson schaffte es, zu grinsen. Es war nur der garstige Schatten eines Grinsens, und es würde noch Tage dauern, bis Carson den seelischen Schock überwunden haben würde.

»Jawohl, Sir«, sagte er, denn er wußte, wenn er je von seinem Erlebnis erzählte, würde er für immer als der größte Aufschneider des ganzen Universums gelten.

»Ja, Sir, es ist wirklich ein Pech, daß ich dieses Ereignis verpassen mußte.«

Originaltitel: ›Arena‹

Aus dem Amerikanischen übersetzt von Ulrich Kiesow

CLIFFORD D. SIMAK
(1904–1988)

Zuflucht
(*›Astounding‹*, Juli)

›Huddling Place‹, die zweite Geschichte der City-Serie, die Cliff Simak Ruhm und Ehre einbrachte, ist eine wundervolle Erzählung über ein schwerwiegendes Problem – des Zwanges, sich loszureißen, etwas ganz Neues anzufangen und vertraute Dinge für das Unbekannte aufzugeben. Wenige Autoren haben diese Erfahrung mit soviel Emotion und Pathos geschildert wie Simak in seiner bewegenden und sehr tiefgründigen Story.

(1938 veröffentlichte Cliff ›Rule 18‹, und ich putzte sie in einem Brief an den Herausgeber herunter. Cliff schrieb mir, womit er den Beginn für eine lebenslange Korrespondenz setzte, und fragte, ob ich ihm erklären könne, was falsch daran sei. Ich las sie ein zweites Mal und entdeckte, daß ich sie beim ersten Mal nicht mit der gebührenden Aufmerksamkeit gelesen hatte. Das teilte ich ihm in aller Demut mit. Doch ich ging noch weiter. So sehr bewunderte ich die Geschichte jetzt, daß ich Cliffs Stil bewußt übernahm, so gut ich es fertigbrachte, und mich seitdem ständig darin geübt habe. Es ist eine angenehme Erinnerung, daß ich der Toastmaster des Nebula-Award-Dinners war, bei dem Cliff als Großmeister geehrt wurde. Er ist in der Science Fiction der Lieblingsautor meiner Frau Janet Jeppson, und ihre Ehe mit mir hat ihre Anhänglichkeit an ihn nicht im geringsten erschüttert. – I. A.)

Der Nieselregen fiel aus den bleiernen Wolken wie Rauch, der durch entblätterte Bäume treibt. Er machte die Konturen der Hecken weicher, ließ die Umrisse der

Gebäude verschwommen erscheinen und versperrte den Blick in die Weite. Er glitzerte auf den metallenen Oberflächen der schweigenden Roboter und tauchte die Schultern der drei Menschen in Silber, die den Worten des schwarzgekleideten Mannes lauschten, der aus dem Buch las, das er in den Händen hielt.

»Denn Ich bin die Auferstehung und das Leben ...«

Die moosbewachsene Grabfigur, die über der Tür der Krypta emporragte, schien sich nach oben zu recken; jeder Kristall des aufwärtsstrebenden Körpers schien nach etwas zu greifen, das niemand sonst sehen konnte.

Nach oben gereckt wie seit jenem lange zurückliegenden Tag, an dem Menschen die Figur aus dem Granit geschält hatten, um das Familiengrab mit einem Symbol zu schmücken. Ein Symbol für all das, was die letzten Lebensjahre des ersten John. J. Webster verschönt hatte.

»Und wer auch immer lebt und an Mich glaubt ...«

Jerome A. Webster fühlte den festen Griff seines Sohnes um seinen Arm, hörte das leise Schluchzen seiner Mutter, sah die Reihe der bewegungslosen Roboter, die ihren Kopf beugten – in Respekt vor dem Herrn, dem sie gedient hatten. Ihr Herr ging nun nach Hause, das letzte Zuhause für alle.

Benommen fragte Jerome A. Webster sich, ob sie verstanden – ob sie Leben und Tod verstanden –, ob sie verstanden, was es bedeutete, daß Nelson F. Webster hier in dem Sarg lag, daß ein Mann mit einem Buch Worte über ihn anstimmte.

Nelson F. Webster, der vierte des Webster-Zweigs, der auf diesem Gut gelebt hatte, der hier gelebt hatte und gestorben war, der es kaum einmal verlassen hatte – und jetzt fand er seine letzte Ruhestätte an dem Ort, den der erste von ihnen für alle übrigen vorbereitet hatte; für die lange Reihe der schattenhaften Nachkommen, die hier leben würden und all die Dinge und die

Lebensweise pflegen würden, die John J. Webster vorbereitet hatte.

Jerome A. Webster fühlte, wie sich seine Kiefermuskeln spannten, fühlte ein leichtes Zittern seinen Körper erfassen. Einen Moment lang brannten seine Augen, der Sarg flimmerte, und die Worte, die der Mann in Schwarz sagte, wurden eins mit dem Wind, der in den Pinien flüsterte, die wie zur Totenwache standen. In seinem Kopf stiegen Erinnerungen hoch – Erinnerungen an einen grauhaarigen Mann – wie er über Hügel und Felder schritt, wie er den Hauch eines jungen Morgens schnupperte, wie er breitbeinig, mit einem Glas Weinbrand in der Hand, vor dem flackernden Kaminfeuer stand.

Stolz – der Stolz des Landes und des Lebens; und die Bescheidenheit und die Größe, die zusammen mit einem Mann seine lebenden Nachkommen verließen. Die Zufriedenheit gelegentlicher Mußestunden und die Sicherheit des Wollens. Unabhängigkeit sicherer Gewißheit, Annehmlichkeit vertrauter Umgebung, Freiheit großer Güter.

Thomas Webster stieß ihn mit dem Ellbogen an. »Vater«, flüsterte er, »Vater.«

Der Gottesdienst war vorbei. Der schwarzgekleidete Mann hatte sein Buch geschlossen. Sechs Roboter traten vor und hoben den Sarg.

Gemessenen Schritts folgten die drei dem Sarg in die Gruft, standen stumm, als die Roboter ihn in seine Kammer gleiten ließen, die winzige Tür schlossen und die Platte anbrachten, auf der zu lesen war:

NELSEN F. WEBSTER
2034–2117

Das war alles. Nur der Name und die Jahreszahlen. Und das, so dachte Jerome A. Webster bei sich, war genug.

Es gab nichts, was sonst dort stehen mußte. Das hatten auch all die andern. Die, die in der Familienchronik aufgeführt waren – sie begann mit William Stevens, 1920–1999. Opa Stevens hatten sie ihn genannt, erinnerte Webster sich. Vater der Ehefrau des ersten John J. Webster, der selbst in dieser Gruft lag: – 1951–2020. Und nach ihm sein Sohn, Charles F. Webster, 1980–2060. Und dessen Sohn, John J. II, 2004–2086. Webster konnte sich an John J. II erinnern – ein Großvater, der mit der Pfeife im Mundwinkel neben dem Kamin schlief, immer in der Gefahr, daß seine Barthaare Feuer fingen.

Websters Augen wanderten zu einem anderen Schild. Mary Webster, die Mutter des Jungen an seiner Seite. Und doch kein Junge mehr. Er vergaß dauernd, daß Thomas jetzt zwanzig war. In rund einer Woche würde er zum Mars aufbrechen, so wie er selbst in jüngeren Jahren zum Mars aufgebrochen war.

Hier sind sie alle beisammen, sagte er zu sich selbst. Die Websters und ihre Frauen und Kinder. Hier im Tod beisammen, wie sie zusammen gelebt hatten: Sie schliefen inmitten des Stolzes und der Sicherheit von Bronze und Marmor, mit den Pinien draußen und der symbolischen Figur über der mit den Jahren grün gewordenen Tür.

Die Roboter warteten, standen stumm, jetzt, da ihre Pflicht getan war.

Seine Mutter schaute ihn an.

»Jetzt bist du das Oberhaupt der Familie, mein Sohn«, sagte sie zu ihm.

Er streckte die Arme aus und drückte sie fest an seine Brust. Oberhaupt der Familie – was davon übriggeblieben war. Nur noch die drei hier. Seine Mutter und sein Sohn. Und sein Sohn würde sie bald verlassen und zum Mars gehen. Aber er würde zurückkehren, und die Familie würde weiterleben. Die Familie würde nicht zu dritt bleiben. Die meisten Räume des großen Hauses würden nicht verschlossen bleiben, so wie sie jetzt verschlossen waren. Es gab eine Zeit, da hatte das Haus vom Leben eines Dutzend Familienmitglieder geklungen; sie hatten in eigenen Wohnungen unter einem einzigen großen Dach gelebt. Diese Zeit, das wußte er, würde wiederkehren.

Die drei drehten sich um und verließen die Gruft, schlugen den Pfad zurück zum Haus ein, verschwanden allmählich wie ein großer grauer Schatten im Nebel.

Im Kamin loderte das Feuer, und das Buch lag auf seinem Schreibtisch. Jerome A. Webster lehnte sich hinüber und hob es hoch, las den Titel noch einmal: *Die Physiologie der Marsbewohner, unter besonderer Berücksichtigung des Gehirns*, von Dr. med. Jerome A. Webster.

Dick und respekteinflößend – die Arbeit eines ganzen Lebens. Auf seinem Gebiet fast das einzige seiner Art. Auf den Daten aufgebaut, die während der fünf Seuchenjahre auf dem Mars gesammelt worden waren – Jahre, in denen er fast Tag und Nacht zusammen mit seinen Kollegen der medizinischen Kommission des Weltkomitees, zu einer Hilfsaktion auf den Nachbarplaneten entsandt, gearbeitet hatte.

Ein Klopfen ertönte an der Tür.

»Herein!« rief er.

Die Tür öffnete sich, und ein Roboter glitt herein.

»Ihr Whisky, Sir.«

»Danke, Jenkins«, sagte Webster.

»Der Pfarrer ist gegangen, Sir«, sagte Jenkins.

»Ach ja. Ich nehme an, du hast dich gut um ihn gekümmert.«

»Das habe ich, Sir. Gab ihm die übliche Gebühr und bot ihm etwas zu trinken an. Er lehnte das Getränk ab.«

»Das war ein Umgangsfehler«, erklärte Webster ihm. »Pfarrer trinken nicht.«

»Es tut mir leid, Sir. Das wußte ich nicht. Er bat mich Sie aufzufordern, mal in die Kirche zu kommen.«

»Hmm?«

»Ich sagte ihm, Sir, daß Sie niemals irgendwohin gehen.«

»Das war richtig so, Jenkins«, sagte Webster. »Keiner von uns geht jemals irgendwohin.«

Jenkins ging auf die Tür zu, hielt an, bevor er sie erreichte, drehte sich um. »Wenn ich so sagen darf, Sir, der Gottesdienst in der Gruft war ergreifend. Ihr Vater war ein guter Mensch, der beste, den es je gab. Die Roboter sagten, daß der Gottesdienst sehr angemessen war. Irgendwie würdevoll, Sir. Wenn er dabeigewesen wäre, hätte es ihm Freude gemacht.«

»Mein Vater«, sagte Webster, »hätte sich sogar noch mehr gefreut, wenn er dich das hätte sagen hören, Jenkins.«

»Danke, Sir«, sagte Jenkins und ging hinaus.

Webster saß dort mit dem Whisky, dem Buch und dem Feuer – er fühlte die Behaglichkeit des wohlbekannten Zimmers ganz tief im Innern, fühlte die Sicherheit, die darin lag.

Das war Heimat. Für die Websters war es Heimat seit dem Tag gewesen, als der erste John J. hierher gekommen war und die ersten Teile des wachsenden Hauses gebaut hatte. John J. hatte den Platz ausgewählt, weil es hier einen Forellenbach gab – jedenfalls sagte er das immer. Aber es war mehr als das. Es muß so gewesen sein, dachte Webster sich, es muß mehr als das gewesen sein.

Oder vielleicht war es zuerst nur der Forellenbach. Der Forellenbach und die Bäume, und die Wiesen und der Felskamm, wo jeden Morgen der Nebel vom Fluß herüberzog. Vielleicht war alles übrige gewachsen, allmählich mit den Jahren gewachsen, mit den Jahren der Vereinigung der Familie, bis schließlich eben diese Erde mit etwas getränkt war, das nahezu – wenn auch nicht ganz – Tradition war. Etwas, das aus jedem Baum, jedem Felsen, jedem Fußbreit Erde einen Webster-Baum, einen Webster-Felsen oder eine Webster-Scholle gemacht hatte. Es gehörte alles zusammen.

John J., der erste John J., war nach dem Zusammenbruch der Städte hierher gekommen; nachdem die Menschen ein für allemal die Zufluchtsorte des zwanzigsten Jahrhunderts aufgegeben hatten. Sie hatten sich freigemacht vom Stammesinstinkt, der sie dazu brachte, gegen einen gemeinsamen Feind oder gegen eine gemeinsame Furcht in einer Höhle oder auf einer Lichtung zusammenzuhalten. Ein Instinkt, der überholt war, denn es gab weder Feinde noch Furcht. Der Mensch erhob sich gegen den Herdeninstinkt, den ihm wirtschaftliche und gesellschaftliche Bedingungen in vergangenen Epochen aufgezwungen hatten. Eine neue Art von Sicherheit und eine neue Art ausreichender Versorgung machte den Aufbruch möglich.

Diese Entwicklung hatte vor langer Zeit im zwanzigsten Jahrhundert begonnen; vor mehr als zweihundert Jahren zogen die Menschen aufs Land, um frische Luft und Bewegungsfreiheit zu bekommen – und eine Lebensqualität, die ihnen das städtische Leben – genaugenommen – nie gegeben hatte.

Und hier war das Endergebnis. Ein ruhiges Leben. Ein Friede, der nur zusammen mit angenehmen Dingen kommen konnte. Die Art zu leben, nach der sich die Menschen seit Jahren gesehnt hatten. Ein herrschaftliches Leben, das auf alten Familienhäusern und beschaulichen Landgütern beruhte, mit Atomenergie und Robotern anstelle der Diener.

Webster lächelte angesichts des Kamins und der flammenden Holzscheite. Das war ein Anachronismus, aber ein positiver – etwas, das die Menschen aus den Höhlen mitgebracht hatten. Unnütz, weil die Atomheizung besser war – aber es war angenehmer. Man konnte nicht vor der Atomkraft sitzen, sich beobachten, träumen, Schlösser bauen und in den Flammen Gestalten sehen, Gesichter.

Genauso die Gruft dort draußen, wo sie seinen Vater an diesem Nachmittag zu Grabe getragen hatten. Auch das war Familie. Alles hing miteinander zusammen. Der düstere Stolz und das müßige Leben und der Friede.

In den alten Zeiten wurden die Toten auf großen Grundstücken alle zusammen begraben, ein Fremder Seite an Seite mit einem Fremden ...

Er geht niemals irgendwohin.

Das hatte Jenkins dem Pfarrer gesagt.

Und das stimmte so. Denn welchen Zweck hatte es, irgendwohin zu gehen? Es gab hier alles. Man brauchte nur eine Wählscheibe zu drehen und konnte sich von Angesicht zu Angesicht mit jedem gewünschten Gesprächspartner unterhalten, konnte mit den Sinnen, wenn schon nicht körperlich, an jeden gewünschten Ort gehen. Konnte ein Theater besuchen, ein Konzert hören oder in einer Bibliothek auf der anderen Seite des Globus herumschmökern.

Webster trank seinen Whisky und wandte sich dann dem Apparat neben seinem Schreibtisch zu.

Aus dem Gedächtnis drehte er die Scheiben, ohne auf das Verzeichnis zurückzugreifen. Er wußte, wohin er wollte.

Sein Finger legte einen Hebel um, und das Zimmer verschwamm allmählich – oder schien zu verschwimmen. Der Sessel, in dem er saß, blieb übrig, ein Teil des Schreibtischs, ein Teil des Apparats – und das war alles.

Der Sessel stand auf dem Hang eines Hügels, der mit goldenem Gras bedeckt war und auf dem einige dürre, windschiefe Bäume wuchsen. Der Hang erstreckte sich hinunter zu einem See, der sich in die purpurfarbenen Ausläufer des Gebirges schmiegte. Die Berge, durch breite Streifen bläulich-grüner Pinienwälder dunkel gefärbt, stiegen in unregelmäßigen Stufen auf. Sie verschmolzen mit den blaugetönten, schneebedeckten Gipfeln, die hinter und über ihnen wie ein gezacktes Sägeblatt aufragten.

Der Wind fuhr hart durch die geduckten Bäume und zauste das Gras mit jähen Böen. Die letzten Strahlen der Sonne schlugen Feuer aus den weit entfernten Berggipfeln.

Einsamkeit und Größe, die weiten Flächen des geplagten Landes, der romantischen See, die messergleichen Schatten der weit entfernten Bergketten.

Webster saß locker in seinem Sessel und blinzelte beim Anblick der Gipfel.

Fast an seiner Schulter sagte eine Stimme: »Darf ich reinkommen?«

Eine weiche, zischende Stimme, ganz und gar nicht menschlich. Aber eine Stimme, die Webster kannte.

Er nickte. »Ich bestehe darauf, Juwain.«

Er drehte sich ein wenig und sah das ausgeklügelte, niedrige Stützgestell und den fellbewachsenen, sanftäugigen Marsianer, der sich darauf kauerte. Fremdartige Möbel verschwammen undeutlich hinter dem Gestell, man konnte das Aussehen der Ausstattung der Marswohnung nur erraten.

Der Marsianer wies mit der pelzigen Hand auf die Gebirgskette.

»Du liebst es«, sagte er. »Du kannst es verstehen. Und ich kann verstehen, wieso du es verstehst; aber für mich birgt es mehr Schrecken als Schönheit. Es ist etwas, das wir auf dem Mars nie haben konnten.«

Webster streckte eine Hand aus, aber der Marsianer bremste seine Bewegung.

»Denk nicht dran«, sagte er. »Ich weiß, warum du hierher gekommen bist. Ich wäre nie zu einer solchen Zeit hierher gekommen, außer vielleicht mit dem Gedanken, daß ein alter Freund ...«

»Das ist nett von dir«, sagte Webster. »Ich bin froh, daß du gekommen bist.«

»Dein Vater«, sagte Juwain, »war ein großer Mann. Ich erinnere mich, wie du mir während der Jahre, die du auf dem Mars verbracht hast, von ihm erzähltest. Du sagtest damals, du würdest einmal zurückkommen. Wie kommt es, daß du nie zurückgekehrt bist?«

»Nun«, sagte Webster, »ich bin einfach nie ...«

»Sag's mir nicht«, unterbrach der Marsianer. »Ich weiß es schon.«

»Mein Sohn«, sagte Webster, »geht in wenigen Tagen zum Mars. Ich werde ihn bitten, dich aufzusuchen.«

»Das würde mich freuen«, sagte Juwain. »Ich werde ihn erwarten.«

Unsicher starrte er auf das Stützgestell. »Vielleicht hält er die Tradition aufrecht.«

»Nein«, sagte Webster. »Er studiert Ingenieurwissenschaften. Die Chirurgie hat ihn nie interessiert.«

»Er hat ein Recht darauf«, bemerkte der Marsianer, »sein eigenes Leben zu leben. Dennoch, es muß erlaubt sein, daß man sich etwas wünscht.«

»Das darf man«, stimmte Webster zu. »Aber das ist vorbei und erledigt. Vielleicht wird er einmal ein bedeutender Ingenieur. Raumingenieur. Er spricht von Schiffen, die zu den Sternen fliegen.«

»Vielleicht hat deine Familie genug für die medizinische Wissenschaft getan«, gab der Marsianer zu bedenken. »Du und dein Vater ...«

»Und dessen Vater vor ihm«, warf Webster ein.

»Dein Buch«, erklärte Juwain, »hat den Mars zu deinem Schuldner gemacht. Es kann erreichen, daß der marsianischen Eigenart mehr Aufmerksamkeit geschenkt wird. Meine Leute sind keine guten Mediziner. Merkwürdig, wie sich der Verstand der Rassen entwickelt. Merkwürdig, daß die Marsianer nie an Medizin gedacht haben. Im Wortsinn nie daran gedacht. Kompensierten diese Notwendigkeit mit einem Kult von Fatalismus. Dagegen gab es selbst in eurer Frühgeschichte, als die Menschen noch in Höhlen lebten ...«

»Es gibt viele Dinge«, sagte Webster, »an die ihr gedacht habt – und wir nicht. Dinge, bei denen wir uns heute fragen, wie wir je ohne sie auskamen. Fähigkeiten, die ihr entwickelt habt, und die wir nicht besitzen. Nimm nur dein eigenes Spezialgebiet, Philosophie. Sie ist anders als die unsere: eine Wissenschaft; während unsere nie mehr war als geordnetes Tasten. Eure eine systematische, logische Entwicklung der Philosophie, handhabbar, praktisch, anwendbar, ein wirkliches Werkzeug.«

Juwain begann zu sprechen, zögerte, sprach dann weiter. »Ich nähere mich da einer Sache, etwas, das neu und verblüffend sein kann. Etwas, das für Menschen und Marsianer gleichermaßen ein Werkzeug sein kann. Ich habe Jahre daran gearbeitet; ich habe mit bestimmten geistigen Begriffen angefangen, zu denen ich durch die Ankunft der Erdmenschen angeregt wurde. Ich habe nichts davon gesagt, weil ich nicht sicher sein konnte.«

»Und jetzt«, vermutete Webster, »jetzt bist du sicher.«

»Noch nicht ganz«, sagte Juwain, »nicht endgültig. Aber fast.«

Schweigend saßen sie da und beobachteten die Berge und den See. Ein Vogel flog heran, setzte sich in einen der dürren Bäume und zwitscherte. Dunkle Wolken ballten sich hinter den Gebirgsketten zusammen, die schneebedeckten Gipfel ragten wie Grabsteine heraus. Die Sonne versank in einem See von Blutrot und erlosch schließlich wie das Glühen eines heruntergebrannten Feuers.

Es klopfte an einer Tür, und Webster fuhr in seinem Sessel zusammen; plötzlich war er wieder in die Realität des Arbeitszimmers zurückversetzt und fühlte den Sessel unter sich.

Juwain war verschwunden. Der greise Philosoph war gekommen, hatte mit seinem Freund eine Stunde der Besinnung verbracht und war dann leise davongeglitten.

Es klopfte noch einmal.

Webster lehnte sich vor, legte den Schalter um – und

die Berge verschwanden; das Zimmer wurde wieder ein Zimmer. Dämmerung fiel durch die hohen Fenster herein, und das Feuer war nur noch ein hellrotes Flackern in der Asche.

»Herein!« sagte Webster.

Jenkins öffnete die Tür. »Das Abendessen ist gedeckt, Sir«, sagte er.

»Danke«, sagte Webster. Langsam erhob er sich aus dem Sessel.

»Ihr Platz, Sir«, sagte Jenkins, »ist von nun an am Ende des Tisches vorbereitet.«

»O ja«, sagte Webster. »Danke, Jenkins. Vielen Dank, daß du mich daran erinnert hast.«

Webster stand an der breiten Rampe des Raumhafens und beobachtete die Rakete, die am Himmel zusammenschrumpfte. Der rote Lichtspeer flackerte schwach durch den winterlichen Sonnenschein.

Noch mehrere Minuten, nachdem die Rakete verschwunden war, stand er da; seine Hände umklammerten die Brüstung vor ihm, seine Augen starrten noch immer in den Himmel.

Seine Lippen bewegten sich und sagten: »Auf Wiedersehen, Sohn.« Aber es war kein Ton zu hören.

Allmählich wurde er sich seiner Umgebung bewußt. Wußte, daß sich Leute rund um die Rampe bewegten; sah, daß das Landefeld sich unendlich zum fernen Horizont zu erstrecken schien, da und dort mit buckligen Gegenständen getupft – den wartenden Raumschiffen. Selbstfahr-Traktoren arbeiteten nahe bei einem Hangar, sie räumten die Reste des Schneefalls der vergangenen Nacht fort.

Webster schauderte und wunderte sich darüber, denn die Mittagssonne war warm. Und er schauderte noch einmal.

Langsam wandte er sich von der Brüstung ab und ging auf das Verwaltungsgebäude zu. Einen schrecklichen

Moment lang fühlte er plötzlich Angst – eine unvernünftige und überraschende Angst, die ihn innerlich frösteln ließ, als er seine Füße auf die Tür zu lenkte.

Ein Mann, der eine Aktenmappe in der Hand schwenkte, kam auf ihn zu. Als er ihn sah, wünschte Webster inbrünstig, daß der Mann ihn nicht ansprechen möge.

Der Mann sagte gar nichts, blickte ihn beim Vorbeigehen kaum an, und Webster fühlte sich erleichtert.

Sobald er wieder zu Hause wäre, sagte Webster sich, würde er zu Mittag essen und wäre dann für sein Mittagsschläfchen bereit. Das Feuer würde auf dem Rost lodern, und die Kaminplatten würden das Flackern der Flammen widerspiegeln. Jenkins würde ihm einen Likör bringen und ein oder zwei Worte sagen – unverbindliches Gerede.

Er eilte auf die Tür zu, beschleunigte seine Schritte, ängstlich bemüht, der Kälte der massigen Rampe zu entkommen.

Seltsam, wie er sich wegen Thomas gefühlt hatte. Ganz natürlich hatte er Widerwillen beim Abschied empfinden müssen. Aber es war völlig unnatürlich, daß er in diesen letzten Minuten eine solch schreckliche Angst in sich aufsteigen fühlte. Angst vor der Reise durch den Raum, Angst vor dem fremdartigen Mars – obwohl der Mars kaum noch fremdartig war. Über ein Jahrhundert lang hatten die Menschen ihn nun schon erforscht, gegen ihn gekämpft, mit ihm gelebt; manche von ihnen hatten es sogar so weit gebracht, ihn zu lieben.

Aber nur äußerste Willensanstrengung hatte ihn in diesen letzten Sekunden vor dem Start des Schiffes daran gehindert, auf das Startfeld zu laufen, nach Thomas zu schreien; ihn anzuflehen, zurückzukommen, nicht wegzugehen.

Und das wäre selbstverständlich unvorstellbar gewesen. Es wäre eine Art seelischer Exhibitionismus gewesen, demütigend und erniedrigend – etwas, das ein Webster nicht tun konnte.

Denn schließlich, so sagte er sich selbst, war eine Reise zum Mars kein großes Abenteuer, jedenfalls jetzt nicht mehr. Es gab eine Zeit, da war sie es noch, aber diese Zeit war unwiderruflich vorüber. Er selbst hatte in jungen Jahren eine Reise zum Mars gemacht, war dort fünf lange Jahre geblieben. Das war schon – er atmete schwer, als er daran dachte –, das war schon fast dreißig Jahre her.

Das Murmeln und Summen der Halle schlug ihm entgegen, als der Robot-Angestellte ihm die Tür öffnete; in dieses Gemurmel mischte sich ein Klang, der fast so etwas wie Entsetzen hervorrief. Einen Moment lang zögerte er, dann trat er ein. Sanft schloß sich die Tür hinter ihm.

Er blieb nahe an der Wand, um den Leuten nicht im Wege zu sein, und ging auf einen Sessel in einer Ecke zu. Er setzte sich und ließ sich zurücksinken, zwang seinen Körper tief in die Kissen hinein und beobachtete das quirlige Treiben der Menschen, die durch den Raum sprudelten.

Laute Leute, eilige Leute, Leute mit fremden, ungewöhnlichen Gesichtern. Fremde – jeder von ihnen. Kein Gesicht, das er kannte. Leute, die verreisten. Die auf die Planeten wollten. Ängstlich darauf bedacht, wegzukommen. Besorgt wegen der letzten Einzelheiten. Hin und her hastend.

Aus der Menge tauchte ein vertrautes Gesicht auf. Webster lehnte sich nach vorn.

»Jenkins!« rief er und bedauerte sofort die laute Äußerung, obwohl niemand sie bemerkt zu haben schien.

Der Roboter bewegte sich auf ihn zu, stand vor ihm.

»Richte Raymond aus«, sagte Webster, »daß ich unverzüglich zurückkehren muß. Trage ihm auf, den Copter sofort zu holen.«

»Es tut mir leid, Sir«, sagte Jenkins, »aber wir können nicht sofort weg. Die Mechaniker haben einen Defekt in der nuklearen Brennkammer entdeckt. Sie installieren gerade eine neue. Es wird mehrere Stunden dauern.«

»Sicher konnte das noch warten«, meinte Webster ungeduldig.

»Der Mechaniker bestritt das, Sir«, sagte Jenkins. »Sie könnte jede Minute hochgehen. Die ganze Energie ...«

»Ja, ja«, stimmte Webster ungeduldig zu. »Ich glaube das schon. Er muß es schließlich wissen.«

Unruhig spielte er mit seinem Hut. »Mir fällt gerade ein«, sagte er, »daß ich noch etwas zu erledigen habe. Etwas, das sofort erledigt werden muß. Ich muß nach Hause. Ich kann nicht ein paar Stunden warten.«

Er rückte auf die Sesselkante, seine Augen starrten auf die quirlende Menge.

Gesichter ... Gesichter ...

»Vielleicht können Sie per Televisor Bescheid sagen«, schlug Jenkins vor. »Einer der Roboter könnte es erledigen. Da ist eine Zelle ...«

»Warte, Jenkins«, sagte Webster. Er zögerte einen Augenblick. »Zu Hause gibt es nichts zu erledigen. Überhaupt nichts. Aber ich muß hin. Ich kann hier nicht bleiben. Wenn ich hier bleiben muß, werde ich wahnsinnig. Draußen auf der Rampe hatte ich Angst. Hier bin ich völlig durcheinander. Ich habe ein Gefühl – ein merkwürdiges, schreckliches Gefühl. Jenkins, ich ...«

»Ich verstehe, Sir«, sagte Jenkins. »Ihr Vater hatte es auch.«

Webster keuchte. »Mein Vater?«

»Jawohl, Sir, deshalb ist er nie irgendwohin gegangen. Er war etwa in Ihrem Alter, Sir, als er es herausfand. Er versuchte eine Reise nach Europa zu unternehmen – und konnte es nicht. Er war auf halbem Wege und kehrte wieder um. Er hatte einen Namen dafür.«

Webster saß in verblüfftem Schweigen.

»Einen Namen dafür«, sagte er schließlich. »Selbstverständlich gibt es einen Namen dafür. Mein Vater hatte es. Mein Großvater – hatte er es auch?«

»Das kann ich nicht wissen, Sir«, sagte Jenkins. »Ich wurde erst geschaffen, als Ihr Großvater schon älter war. Aber er könnte es gehabt haben. Er ging auch nirgendwohin.«

»Dann verstehst du es«, sagte Webster. »Du weißt, wie es ist. Ich fühle mich, als ob ich krank würde – körperlich krank. Sieh, ob du einen Copter mieten kannst – irgend etwas, nur damit wir nach Hause können.«

»Jawohl, Sir«, sagte Jenkins.

Er war schon im Weggehen, aber Webster rief ihn zurück.

»Jenkins, weiß sonst noch jemand davon. Jemand ...«

»Nein, Sir«, sagte Jenkins. »Ihr Vater hat es nie erwähnt. Und irgendwie fühlte ich, daß ich es auch nicht erwähnen sollte.«

»Danke, Jenkins«, sagte Webster.

Webster lehnte sich wieder tief in den Sessel zurück, er fühlte sich verzweifelt, einsam und deplaciert. Einsam in einer summenden Halle, die vor Leben pulsierte – eine Einsamkeit, die an ihm zerrte, die ihn haltlos und schwach machte.

Heimweh. Dort drin in dir, sagte er sich, schamloses Heimweh. Etwas, das gewöhnlich kleine Jungen empfinden, wenn sie zum erstenmal das Zuhause verlassen, wenn sie zum erstenmal nach draußen gehen, um der Welt zu begegnen.

Es gab ein komisches Wort dafür: Agoraphobie, die krankhafte Angst, inmitten offener Plätze zu sein; aus dem Griechischen, wörtlich: ›Die Angst vor dem Marktplatz‹.

Wenn er den Raum zur Televisor-Zelle durchquerte, könnte er ein Gespräch anmelden, mit seiner Mutter oder mit einem der Roboter sprechen; oder besser noch

– einfach sitzen bleiben, den Raum anschauen, bis Jenkins wieder zu ihm kam.

Er versuchte aufzustehen, sank aber wieder zurück in den Sessel. Es hatte keinen Sinn. Einfach mit jemandem zu sprechen oder die vertraute Umgebung anzusehen, war nicht das gleiche wie dort zu sein. Er konnte die Pinien in der Winterluft nicht riechen; oder das vertraute Knirschen des Schnees unter seinen Füßen hören; oder seine Hand ausstrecken und eine der mächtigen Eichen berühren, die längs des Pfads wuchsen. Er konnte die Hitze des Feuers nicht fühlen; er konnte das Sicherheit verleihende Gefühl des Dazugehörens, des Einsseins mit einem Landstrich und den Dingen darauf nicht spüren.

Und doch – vielleicht würde es helfen. Nicht viel, möglicherweise, aber etwas. Er erhob sich zögernd aus dem Sessel und fröstelte. Die wenigen kurzen Schritte zu der Zelle überschwemmten ihn mit Schrecken, einem fürchterlichen, überwältigenden Schrecken. Wenn er hinüber wollte, mußte er rennen. Rennen: um den Blicken zu entfliehen, den unvertrauten Lauten, der qualvollen Nähe fremder Gesichter.

Abrupt setzte er sich hin.

Die schrille Stimme einer Frau tönte schneidend durch die Halle, und er zuckte vor ihr zurück. Er fühlte sich schrecklich. Wie in der Hölle. Er wünschte, Jenkins würde schneller machen.

Der erste Hauch des Frühlings kam durchs Fenster und füllte das Arbeitszimmer mit der Verheißung schmelzenden Schnees, wachsender Blätter und Blumen; er verhieß Wasservögel, die keilförmig von Norden her durch den blauen Himmel zogen, und Forellen, die in den Teichen auf Fliegen lauerten.

Webster hob die Augen von dem Papierbündel auf seinem Schreibtisch, schnupperte den Windhauch und fühlte sein kühles Flüstern im Gesicht. Er streckte seine

Hand nach dem Weinbrandglas aus, fand es leer vor und stellte es wieder zurück.

Er beugte sich wieder über die Papiere, nahm einen Bleistift und strich ein Wort durch.

Kritisch las er die letzten Absätze:

Die Tatsache, daß von den zweihundertundvierzig Menschen, die zu einem Besuch bei mir eingeladen waren – vorwiegend mit Anliegen, die mehr als nur normale Bedeutung hatten –, nur drei kommen konnten, beweist nicht notwendigerweise, daß bis auf diese drei alle Opfer der Agoraphobie sind. Einige mögen verständliche Gründe dafür gehabt haben, daß sie nicht in der Lage waren, meine Einladung anzunehmen. Aber es weist doch auf folgendes hin: Menschen, die mit der Daseinsweise leben, die sich nach dem Zusammenbruch der Städte einbürgerte, sind mehr und mehr abgeneigt, die vertraute Umgebung zu verlassen. Ihr instinktiver Wunsch, in der Umgebung und inmitten der Besitztümer zu bleiben, die sie im Innern mit Zufriedenheit und Annehmlichkeit gleichsetzen, hat sich vertieft.

Wie das Ergebnis einer solchen Entwicklung sein wird, kann niemand völlig klar vorhersehen; denn sie betrifft nur einen kleinen Teil der Erdbevölkerung. Bei den größeren Familien zwingt wirtschaftlicher Druck dazu, daß einige der Söhne ihr Glück entweder in anderen Regionen der Erde oder auf einem der anderen Planeten suchen. Viele andere suchen freiwillig Abenteuer und Glück im Weltraum, während wieder andere Berufe ergreifen, die ein seßhaftes Leben unmöglich machen.

Er blätterte die Seite um und machte sich an die nächste. Es war ein guter Aufsatz, das wußte er, aber er konnte nicht veröffentlicht werden, jetzt noch nicht. Vielleicht nach seinem Tod. Niemand, soweit er überblicken konnte, hatte je so klar die Entwicklung verstanden; niemand hatte die Tatsache, daß die Menschen selten ihr Haus verlassen, für irgendwelche Überlegungen zum Anlaß genommen. Warum sollten denn die Menschen ihre Häuser verlassen?

Gewisse Gefahren mögen in …

Der Televisor summte neben ihm, und er streckte die Hand zum Schalter aus.

Das Zimmer verschwamm, und er befand sich einem Mann gegenüber, der hinter einem Schreibtisch saß; fast so, als säße er auf der anderen Seite von Websters Schreibtisch. Ein grauhaariger Mann mit traurigen Augen hinter dicken Brillengläsern.

Einen Augenblick lang starrte Webster, in seinem Gedächtnis regte sich etwas.

»Könnte es …?« fragte er, und der Mann lächelte ernst.

»Ich habe mich verändert«, sagte er. »Und Sie auch. Mein Name ist Clayborne. Erinnern Sie sich? Die marsianische Medizinische Kommission …«

»Clayborne! Ich habe oft an Sie gedacht. Sie sind auf dem Mars geblieben.«

Clayborne nickte. »Ich habe Ihr Buch gelesen, Doktor. Ein sehr wichtiger Beitrag. Ich habe oft daran gedacht, selbst eins zu schreiben, aber ich hatte keine Zeit dazu. Wie auch immer, ich hab's nicht getan. Sie haben's besser gemacht. Vor allem die Abschnitte übers Gehirn.«

»Das marsianische Gehirn«, sagte Webster zu ihm, »hat mich immer fasziniert. Gewisse Besonderheiten. Ich fürchte, ich habe von den fünf Jahren mehr Zeit als ich sollte damit verbracht, Aufzeichnungen darüber zu machen. Es gab andere Arbeit zu tun.«

»Sie haben gute Arbeit geleistet«, sagte Clayborne. »Deshalb rufe ich Sie jetzt auch an. Ich habe einen Patienten – eine Gehirnoperation. Nur Sie können sie ausführen.«

Webster schluckte, seine Hände zitterten. »Bringen Sie ihn hierher?«

Clayborne schüttelte den Kopf. »Er kann nicht transportiert werden. Sie kennen ihn, glaube ich. Juwain, der Philosoph.«

»Juwain!« stieß Webster hervor. »Er ist einer meiner

besten Freunde. Noch vor wenigen Tagen haben wir miteinander gesprochen.«

»Der Anfall kam plötzlich«, sagte Clayborne. »Er hat nach Ihnen gefragt.«

Webster schwieg, ihm wurde kalt – eine frostige Kälte, die von einer unbekannten Stelle aus an ihm hochkroch. Eine Kälte, die den Schweiß auf seine Stirn trieb und seine Fäuste zusammenballte.

»Wenn Sie umgehend starten«, sagte Clayborne, »können Sie rechtzeitig hier sein. Ich habe mit dem Welt-Komitee schon arrangiert, daß Sie sofort ein Schiff zu Ihrer Verfügung haben können. Größte Eile ist freilich vonnöten.«

»Aber ich«, sagte Webster gequält, »ich ... kann nicht kommen.«

»Sie können nicht kommen?«

»Es ist unmöglich«, sagte Webster. »Ich bezweifle auf jeden Fall, daß meine Anwesenheit nötig ist. Sicher könnten Sie selbst ...«

»Ich kann es nicht«, sagte Clayborne. »Keiner kann es außer Ihnen. Kein anderer hat die Kenntnisse. Juwains Leben liegt in Ihren Händen. Wenn Sie kommen, lebt er. Wenn Sie nicht kommen, stirbt er.«

»Ich kann nicht in den Weltraum«, sagte Webster.

»Jeder kann in den Weltraum«, stieß Clayborne hervor. »Es ist nicht mehr wie früher einmal. Jede gewünschte Konditionierung ist möglich.«

»Aber Sie verstehen nicht«, bat Webster. »Sie ...«

»Nein, ich verstehe nicht«, sagte Clayborne. »Um ganz offen zu sein, ich verstehe es nicht, wenn jemand es ablehnt, das Leben seines Freundes zu retten ...«

Die beiden Männer starrten sich einen langen Augenblick an, keiner von beiden sagte etwas.

»Ich werde dem Komitee sagen, es soll das Schiff direkt zu Ihrem Haus schicken«, sagte Clayborne schließlich. »Ich hoffe, bis dahin werden Sie bereit sein, zu kommen.«

Clayborne verschwand, und die Wand wurde wieder sichtbar – die Wand und die Bücher, die Gemälde und der Kamin, die hochgeschätzten Möbel, die Verheißung des Frühlings, der durchs offene Fenster kam.

Webster saß erstarrt in seinem Sessel und starrte auf die gegenüberliegende Wand.

Juwain, das fellbewachsene, runzlige Gesicht, das zischende Flüstern, die Freundlichkeit und das Verständnis, die ihm eigen waren. Juwain – wie er nach dem Stoff griff, aus dem die Träume sind, und ihn formte: zu Logik, zu Lebens- und Verhaltensregeln. Juwain – wie er die Philosophie als Werkzeug benutzte, als Wissenschaft, als Stufen zu einem besseren Leben.

Webster ließ sein Gesicht in die Hände sinken und kämpfte gegen den furchtbaren Schmerz an, der in ihm aufstieg.

Clayborne hatte es nicht verstanden. Man konnte nicht erwarten, daß er es verstand, denn wie sollte er es wissen? Und selbst, wenn er es wüßte, würde er es dann verstehen? Auch er selbst, Webster, hätte es bei einem anderen nicht verstanden, bevor er es bei sich selbst entdeckt hatte: die schreckliche Angst davor, den eigenen Kamin, das eigene Land, die eigenen Besitztümer und die kleinen selbsterrichteten Symbole zu verlassen. Und nicht nur er selbst, sondern ebenso alle anderen Websters. Angefangen mit dem ersten John J. hatten Männer und Frauen einen Kult des Lebens, eine Tradition der Verhaltensweisen aufgebaut.

Er, Jerome A. Webster, war als junger Mann zum Mars gegangen und hatte das psychologische Gift, das durch seine Adern floß, nicht gefühlt und auch nicht vermutet. Selbst nicht, als Thomas vor einigen Monaten zum Mars ging. Aber ein dreißig Jahre währendes beschauliches Leben in dem Zufluchtsort, den die Webster ein Zuhause nannten, hatte es entwickelt, ohne daß er selbst es überhaupt bemerkt hatte. Tatsächlich hatte es gar keine Gelegenheit dazu gegeben.

Es war offensichtlich, wie es sich entwickelt hatte – jetzt war es glasklar. Gewohnheit und Denkmuster und die Gleichsetzung von Glück mit bestimmten Dingen – Dinge, die selbst keinen tatsächlichen Wert darstellten, denen aber ein Wert beigemessen wurde; denen eine Familie durch fünf Generationen hindurch einen definitiven, konkreten Wert zugeschrieben hatte.

Kein Wunder, daß andere Orte fremdartig erschienen; kein Wunder, daß anderen Horizonten die Andeutung von Schrecken innewohnte.

Und es gab nichts, was er dagegen tun konnte – nichts; das heißt: außer man fällte jeden Baum, brannte das Haus nieder und änderte den Lauf der Bäche und Flüsse. Selbst das mochte nicht ausreichen – selbst das ...

Der Televisor surrte, Webster hob den Kopf aus seinen Händen, streckte die Hand aus und betätigte den Kippschalter. Ein weißlicher Farbton erschien, aber es tauchte kein Bild auf. Eine Stimme sagte: »Geheimer Anruf. Geheimer Anruf.«

Webster schob eine Konsole des Apparats zurück, drehte einige Scheiben, hörte das Summen der Energie, die einen Schirm errichtete, durch den das Zimmer nach außen blockiert wurde.

»Geheimschaltung steht«, sagte er.

Das weiße Schimmern verschwand schlagartig, und ein Mann saß ihm gegenüber am Schreibtisch. Ein Mann, den er vorher schon viele Male in Televisor-Übertragungen und in den Tageszeitungen gesehen hatte.

Henderson, Präsident des Welt-Komitees.

»Ich habe einen Anruf von Clayborne erhalten«, sagte Henderson.

Webster nickte wortlos.

»Er sagte mir, Sie lehnten es ab, zum Mars zu gehen.«

»Ich habe es nicht abgelehnt«, sagte Webster. »Als Clayborne sich ausschaltete, war diese Frage offengeblieben. Ich sagte ihm, es wäre mir unmöglich, zum Mars zu gehen, aber er bestritt das, schien es nicht zu verstehen.«

»Webster, Sie müssen gehen«, sagte Henderson. »Sie sind der einzige Mensch, der die erforderlichen Kenntnisse des marsianischen Gehirns besitzt, um diese Operation durchzuführen. Wenn es sich um eine einfache Operation handelte, könnte es vielleicht jemand anders tun. Aber das ist nicht der Fall.«

»Das mag stimmen«, sagte Webster, »aber ...«

»Es geht nicht nur darum, ein Leben zu retten«, unterbrach ihn Henderson. »Auch wenn es sich um das Leben einer so bedeutenden Persönlichkeit wie Juwain handelt. Es geht um mehr. Juwain ist ein Freund von Ihnen, vielleicht hat er Ihnen etwas über seine Entdekkung angedeutet.«

»Ja«, sagte Webster, »ja, das hat er getan. Ein neues philosophisches Konzept.«

»Ein Konzept«, erklärte Henderson, »ohne das wir nicht auskommen werden. Ein Konzept, das das Sonnensystem völlig verändern wird, das die Menschheit innerhalb von zwei Generationen hunderttausend Jahre vorwärtsbringt. Eine neue Sinngebung, die ein Ziel ansteuert, das wir bisher nicht erahnen konnten, von dessen Existenz wir nicht einmal wußten. Eine völlig neue Wahrheit. Eine Wahrheit, auf die bislang noch nie jemand gestoßen ist.«

Websters Hände krampften sich um die Schreibtischkante, bis die Knöchel weiß hervortraten.

»Wenn Juwain stirbt«, sagte Henderson, »stirbt dieses Konzept mit ihm. Vielleicht geht es für alle Zeit verloren.«

»Ich werde es versuchen«, sagte Webster. »Ich werde es versuchen ...«

Hendersons Blick war eisig: »Ist das alles, was Sie tun können?«

»Das ist das einzige«, sagte Webster.

»Aber, Mann, Sie müssen einen Grund haben. Eine Erklärung.«

»Keine, die ich Ihnen geben möchte«, sagte Webster.

Bedächtig griff er zum Schalter und kippte ihn auf »Aus«.

Webster saß am Schreibtisch, hielt die Hände vor sich und betrachtete sie. Kunstfertige Hände, die Kenntnisse enthielten. Hände, die ein Leben retten konnten, wenn er es schaffte, sie zum Mars zu bringen.

Hände, die für das Sonnensystem, für die Menschheit, für die Marsianer eine Idee bewahren konnten, eine neue Idee, die sie innerhalb von zwei Generationen hunderttausend Jahre vorwärtsbringen würde.

Aber auch Hände, die von einer Phobie gefesselt waren, die aus diesem ruhigen Leben erwachsen war. Dekadenz – eine seltsam schöne und zugleich tödliche Dekadenz.

Der Mensch hatte die überfüllten Städte, die Zufluchtsorte, vor zweihundert Jahren verlassen. Er hatte mit den alten Feinden und den vergangenen Ängsten, die ihn an das Lagerfeuer banden, Schluß gemacht. Er hatte die Gespenster zurückgelassen, die ihn seit der Zeit der Höhlen begleitet hatten.

Und doch ...

Hier war eine neue Zuflucht. Keine Zuflucht für den Körper, aber eine für den Geist. Ein psychologisches Lagerfeuer, das einen Menschen innerhalb seines Lichtkreises festhielt.

Dennoch wußte Webster, daß er dieses Feuer verlassen mußte. Wie es die Menschen vor zwei Jahrhunderten mit den Städten getan hatten, mußte er weggehen und es verlassen. Und er dürfte nicht zurückschauen.

Er mußte zum Mars gehen – oder zumindest zum Mars starten. Es gab überhaupt keinen Zweifel. Er mußte gehen.

Ob er die Reise überlebte, ob er, einmal angekommen,

die Operation durchführen konnte: Er wußte es nicht. Er fragte sich, ob Agoraphobie tödlich sein konnte. Vermutlich könnte sie es in ihrer ausgeprägtesten Form.

Seine Hand griff zur Klingel, dann zögerte er. Es hatte keinen Zweck, Jenkins mit dem Packen zu beauftragen. Er würde es selbst tun – das würde ihn bis zur Ankunft des Schiffes beschäftigen.

Aus dem obersten Regal des Garderobenschranks im Schlafzimmer holte er eine Tasche und bemerkte, daß sie staubbedeckt war. Er blies, aber der Staub blieb immer noch haften. Er befand sich schon zu viele Jahre dort.

Während er packte, stritt das Zimmer mit ihm; es sprach mit sich in der stummen Sprache, in der sich leblose, aber vertraute Gegenstände mit einem Menschen unterhalten können.

»Du kannst nicht gehen«, sagte das Zimmer. »Du kannst nicht gehen und mich verlassen.«

Und Webster ließ sich in diese Diskussion ein, halb bittend, halb erklärend. »Ich muß gehen. Kannst du das nicht verstehen? Es handelt sich um einen Freund, einen alten Freund. Ich werde zurückkehren.«

Als er mit Packen fertig war, ging Webster ins Arbeitszimmer zurück und sank in seinen Sessel.

Er mußte gehen – aber er konnte es nicht. Aber sobald das Schiff ankam, wenn die Zeit gekommen war, das wußte er, würde er aus dem Haus und auf das wartende Schiff zugehen.

Er versteifte seine Gedanken darauf, versuchte sie in ein striktes Schema zu bringen, versuchte alles, außer dem Gedanken, daß er gehen würde, auszulöschen.

Die Gegenstände im Zimmer drangen in sein Hirn ein, als wären sie Teil einer Verschwörung, um ihn hier zu halten. Gegenstände, die er so sah, als sähe er sie zum erstenmal. Alte, wohlbekannte Gegenstände, die plötzlich neu waren. Die Uhr, die Erd- und Marszeit, die Mondtage und die Mondphasen anzeigte. Das Bild seiner verstorbenen Frau auf dem Schreibtisch. Die Auszeichnung, die er beim Präparationskurs gewonnen hatte. Die eingerahmte kurze Getränkerechnung, die ihn auf seiner Reise zum Mars zehn Dollar gekostet hatte.

Er starrte sie an – erst fast gegen seinen Willen, dann geradezu begierig, und rief die Erinnerungen an sie wach. Jetzt sah er sie als einzelne Bestandteile eines Zimmers, das er all die Jahre als geschlossenes Ganzes wahrgenommen hatte; er hatte sich nie klargemacht, welche Vielfalt von Gegenständen es zu dem machten, was es war.

Die Dämmerung kam, die Dämmerung des jungen Frühlings, eine Dämmerung, die nach jungen Weidenkätzchen roch.

Das Schiff hätte schon längst eintreffen müssen. Er ertappte sich selbst dabei, wie er nach ihm lauschte, auch dann noch, als er sich klarmachte, daß er es nicht hören würde. Ein Schiff mit Atomantrieb war stumm, außer wenn es beschleunigte. Bei Start und Landung bewegte es sich so sanft wie Watte, ohne einen Laut.

Es würde bald hier sein. Es mußte bald hier sein, sonst könnte er niemals gehen. Wenn er noch länger warten mußte, das wußte er, würde sein hochgestimmter Entschluß wie ein Staubhügel in einem Regenguß zusammenschrumpfen. Er konnte seine Absicht nicht mehr länger aufrechterhalten – gegen das Flehen des Zimmers, gegen das Flackern des Feuers, gegen das Wispern des Lands, auf dem fünf Generationen von Websters ihr Leben gelebt hatten und gestorben waren.

Er schloß die Augen und kämpfte die Angst nieder, die durch seinen Körper kroch. Er durfte jetzt nicht von ihr überwältigt werden, sagte er sich. Er mußte durchhalten. Wenn das Schiff ankam, mußte er noch in der Lage sein, aufzustehen und durch die Tür zum Startplatz zu gehen.

Es klopfte an der Tür.

»Herein«, rief Webster.

Es war Jenkins; das Licht vom Kamin flackerte auf seiner glänzenden Metallhaut.

»Haben Sie vorher schon einmal gerufen, Sir?« fragte er.

Webster schüttelte den Kopf.

»Ich fürchtete schon, Sie hätten gerufen«, erklärte Jenkins, »und sich gewundert, warum ich nicht käme. Etwas wirklich Außergewöhnliches ist passiert, Sir. Zwei Männer kamen mit einem Schiff und sagten, sie wollten Sie zum Mars bringen.«

»Sie sind da«, sagte Webster. »Warum hast du mir nicht Bescheid gegeben?«

Er stand mühsam auf.

»Ich habe nicht geglaubt, Sir«, sagte Jenkins, »daß Sie gestört werden wollten. Das schien doch zu unsinnig. Ich habe ihnen schließlich klargemacht, daß Sie unmöglich zum Mars gehen wollten.«

Webster erstarrte, fühlte, wie Angst sich seines Herzens bemächtigte. Seine Hände klammerten sich um die Schreibtischkante; er sank in seinen Sessel, spürte, wie sich die Wände des Zimmers um ihn zusammenschlossen – eine Falle, die ihn niemals mehr entkommen lassen würde.

Lester Del Rey
(geb. 1915)

Güte
(›*Astounding*‹, Oktober)

Lester del Rey taucht häufig in Anthologien auf, und das mit Recht. Die erste Hälfte der vierziger Jahre war für ihn eine produktive Zeit, eine Zeit, in der er eine ruhige Kraft und Emotionalität in die Science Fiction einbrachte. Wahrscheinlich wurde diese Geschichte von den Ereignissen des Zweiten Weltkriegs und dem Nationalismus, der so oft Konflikte erzeugt, beeinflußt. ›Kindness‹ wirft wichtige Fragen darüber auf, was es bedeutet, ›normal‹ (und anders*) zu sein, ein Gedanke, der in der Science Fiction später häufig aufgegriffen wird, vor allem von Autoren, die sich so sehr von Del Rey unterscheiden wie Robert Sheckley und Philip K. Dick.*

(Ich finde, es ist an der Zeit, meine Lieblingsanekdote über Lester Del Rey zu erzählen, weil sie von dem einzigen Mal handelt, als ich in einem Scharmützel mit ihm unbestreitbar das letzte Wort behielt. Vor ein paar Jahren erwähnte ich ihm gegenüber eine der Lehren meines Vaters, der zu mir zu sagen pflegte: »Isaac, bilde dir nicht ein, daß du, wenn du mit Tagedieben umgehst, aus ihnen anständige Menschen machen wirst. Nein! Diese Tagediebe werden dich zu einem Tagedieb machen.« Daraufhin fragte Lester: »Warum verkehrst du dann immer noch mit Tagedieben, Isaac?« Ich antwortete wie aus der Pistole geschossen: »Weil ich dich liebe, Lester.« Alles lachte, und sogar Lester mußte so lachen, daß er keine Zeit hatte, sich eine Erwiderung einfallen zu lassen. – I. A.)

Ein Windstoß fuhr um die Ecke und wirbelte an der abgelegenen Parkbank vorbei. Er fing sich in einer Zeitung auf dem Boden und blätterte sie auf. Dann riß er einen Teil mit sich, wodurch die Seite mit den bunten Comics obenauf zu liegen kam. Danny stand auf und trat in den hellen Sonnenschein. Er richtete seinen Blick auf die Kinderseite.

Es hatte jedoch keinen Zweck. Er machte sich nicht einmal die Mühe, die Zeitung aufzuheben. In einer Welt, in der man sogar für die Comics für Kinder eine Erläuterung brauchte, konnte es nichts von Bedeutung geben für den letzten, lebenden *homo sapiens* – den letzten, normalen Menschen in der Welt. Er stieß mit dem Fuß die Zeitung unter die Bank, wo sie ihn nicht mehr an seine Unzulänglichkeit erinnern konnte. Es hatte eine Zeit gegeben, da er versucht hatte, langsam die übersprungenen Schritte in der Logik zu überdenken und hinter den Dingen ihren Sinn zu ergründen. Manchmal hatte er Erfolg gehabt, oft nicht. Jetzt überließ er das dem schnellen, intuitiven Denken der Leute, die um ihn waren. Nichts war eine größere Pleite als ein Witz, den man erst umständlich erklären mußte.

Homo sapiens! Der Typus des Menschen, der aus der Höhle gekrochen kam und eine Welt der Atommacht, der Elektronik und anderer antiquierter Wunder errichtete – der ›vernünftige‹ Mensch, wie er lateinisch genannt wird. Als seine Vorfahren in grauer Vorzeit die Erde beherrschten, hatten sie die Bezeichnung zu homo ›sap‹ verkürzt, wobei ›sap‹ soviel wie ›Trottel‹ hieß. Damals konnte man über diesen Scherz noch lachen, weil keine andere Art ihnen Konkurrenz machte. Heute war es kein Scherz mehr.

Der normale Mensch war nur ein ›Sap‹ für den *homo intelligens* – den intelligenten Menschen, der jetzt Herr der Welt war. Danny war nur ein Überbleibsel, der letzte normale Mensch in einer Welt von Supermenschen. Er haßte die Tatsache, daß er geboren wurde und daß seine Mutter bei der Geburt gestorben war und ihm nur die Einsamkeit als Erbe hinterlassen hatte.

Als er die Schritte eines jungen Paares hörte, zog er sich noch weiter auf seiner Bank zurück und zog den Hut tief ins Gesicht, um jedes Erkennen zu vermeiden. Aber sie waren so mit ihren eigenen Angelegenheiten beschäftigt, daß sie vorbeigingen, ohne ihn zu beachten. Von ihrem Gespräch drangen ein paar Fetzen an seine Ohren. Er drehte und wendete diese in seinem Kopf; es war aber sinnlos zu versuchen, sie zu entschlüsseln.

Unmöglich! Sogar das Alltagsgespräch übersprang mehrere Stufen der Logik. *Homo intelligens* hatte eine neue Art zu denken, über die Vernunft hinausgehend, bei der die langwierigen, mühsamen Schritte der Logik im Nu übergangen werden konnten. Der neue Mensch konnte aus wenigen Informationsstückchen sofort ein richtiges Bild des Ganzen erfassen. So wie der alte Mensch einst die Logik erfunden hatte, um die empirische Methode, die die meisten Tiere haben, zu ergänzen, so hatte der *homo intelligens* gelernt, seine Intuition zu benutzen. Diese Menschen brauchten nur die erste Seite eines alten Buches anzuschauen und wußten sogleich den gesamten Inhalt, weil sich die kleinen Kunstgriffe des Autors in ihren intuitiven Gehirnen zusammenfügten, und sie die fehlenden Teile auf der Stelle ergänzen konnten. Sie mußten sich nicht einmal große Mühe geben – sie schauten hin und wußten es. Es war wie der Augenblick, in dem Newton den Apfel fallen sah und sofort erkannte, warum die Planeten um die Sonne kreisten und auf welchen Gesetzen die Schwerkraft beruhte. Aber diese neuen Menschen taten das immer, nicht nur zu gewissen Sternstunden, wie es bei dem *homo sapiens* der Fall gewesen war.

Der Mensch war mit Ausnahme von Danny untergegangen, und auch er mußte diese Welt der Supermenschen verlassen. Er mußte seine Fluchtpläne bald abschließen, ehe ihn auch noch der letzte Rest von Mut verließ! Er machte eine hastige Bewegung; dabei klingelten die kleinen Münzen in seiner Tasche leise. Noch mehr Mildtätigkeit oder Beschäftigungstherapie! Sechs Stunden täglich, fünf Tage in der Woche arbeitete er in einem kleinen Büro und erledigte stupide Routinearbeiten, die wahrscheinlich jede Maschine besser gemacht hätte. Natürlich versicherten sie ihm, daß seine manuellen Fähigkeiten ebenso groß wie die ihren waren und daß man ihn brauchte; aber er war sich nicht so sicher. In ihrer unerschöpflichen Güte hatten sie sich wohl dazu entschlossen, ihn so normal wie sie nur konnten leben zu lassen; deshalb hatten sie sich diese Arbeit ausgedacht, die gerade seinen Fähigkeiten entsprach.

Wieder kamen Schritte den Weg herunter. Er schaute gar nicht hin, erst als sie vor ihm innehielten. »Tag, Danny! Du warst nicht in der Bibliothek. Miß Larsen meint aber, da Zahltag und schönes Wetter sei, wärst du wahrscheinlich hier draußen. Wie geht's denn so?«

Rein äußerlich betrachtet hätte man Jack Thorpes Körper für ein Spiegelbild von Dannys halten können, beide muskulös; auch das lächelnde Gesicht darüber wies keinen charakteristischen Unterschied auf. Die Mutation von Mensch zu Supermensch war im Innern vonstatten gegangen; die schnellere, kompliziertere Verbindung von einer Gehirnzelle zur anderen war von außen nicht sichtbar.

Danny nickte Jack zu und rutschte zögernd beiseite, um dem Menschen Platz zu machen, der sein Spielkamerad gewesen war in der Zeit, als beide noch so jung waren, daß der Unterschied keine Rolle spielte.

Er fragte nicht nach dem Grund, woher die Bibliothekarin wußte, wo er sich aufhielt. Soweit er wußte, richteten sich seine Besucher hier nicht nach einem festen Plan; aber die anderen mußten offensichtlich einen sehen. Er stellte fest, daß er sogar über ihre Fähigkeiten, seine Pläne im voraus zu erkennen, lächeln konnte.

»Hallo, Jack! Ich dachte, du wärst auf dem Mars.«

Thorpe verzog das Gesicht, als ob er sich anstrengen müßte, daran zu denken, daß der Junge neben ihm anders sei. Jack verwendete, wie auch alle anderen, immer sehr sorgfältige Formulierungen, wenn er sich mit Danny unterhielt. »Ich habe das für den Augenblick beendet. Als nächstes soll ich mich auf der Venus melden. Sie haben Probleme, das Gleichgewicht zwischen Jungen und Mädchen herzustellen, weißt du. Ich dachte, vielleicht hättest du Lust mitzukommen. Du warst noch nie außerhalb; dabei warst du doch von diesen alten Raumfahrtgeschichten wie besessen, wie ich mich erinnere.«

»Das bin ich noch immer, Jack, aber ...« Er wußte, was das Ganze sollte. Die, die auf ihn hinter den Kulissen aufpaßten, hatten entdeckt, daß er immer unzufriedener wurde, und hofften nun, ihn abzulenken, indem sie ihm die Gelegenheit boten, die Orte zu sehen, die sein Vater in der Blütezeit seiner Rasse erobert hatte. Danny wollte sie aber nicht in ihrem jetzigen Zustand sehen, umgemodelt von den fleißigen Händen der neuen Menschen. Es war besser, sie sich so vorzustellen, wie sie einmal gewesen waren, als die Wirklichkeit zu sehen. Außerdem war das Schiff *hier.* Von einer der anderen Welten aus gab es keine Möglichkeit zu entfliehen.

Jack nickte mit dem beinahe telepathischen Verstehen seiner Rasse. »Natürlich! Wie du willst, alter Knabe. Gehst du zum Hügel hinauf? Miß Larsen sagte, sie hätte etwas für dich.«

»Nicht gleich, Jack. Ich dachte, ich sehe mir ... mache einen Abstecher zum alten Museum hinüber.«

»Ach ja?« Langsam stand Thorpe auf und wischte sich den Anzug ab. »Danny!«

»Ja?«

»Ich kenne dich wahrscheinlich besser als irgend jemand sonst, mein Lieber, deshalb ...« – er zögerte und zuckte die Achseln. »Sei mir nicht böse, wenn ich voreilige Schlüsse ziehe. Ich werde die Klappe halten. Aber viel Glück – und leb wohl, Danny!«

Gleich darauf war er verschwunden. Danny schlug das Herz zum Zerspringen. Noch ein paar Worte, ein Gesichtsausdruck oder eine weitere Anspielung auf Kindheitserinnerungen, und Danny hätte sein bestgehütetes Geheimnis auch laut herausschreien können. Wie viele andere wußten von seinem Interesse für das alte Schiff im Museum und von seinem sorgfältig geschmiedeten Plan, dieser gütigen, zwangsbeglückenden Folterwelt der Nächstenliebe zu entfliehen?

Er trat die Zigarette aus und versuchte, diese Gedanken zu verjagen. Jack hatte mit ihm schon als Kind gespielt, die anderen nicht. Darauf mußte er seine Hoffnung gründen und von jetzt an noch vorsichtiger werden, daß er nie an seinen Plan dachte, wenn die anderen in der Nähe waren. Vorläufig würde er auch vom Schiff wegbleiben! Vielleicht würde sich so Thorpes deutliche Warnung zu seinem Vorteil auswirken – vorausgesetzt, der Mann würde sein Versprechen, nichts zu verraten, halten.

Danny verscheuchte seine Zweifel, weil er genau wußte, daß er es nicht wagte, die Hoffnung auf diesen letzten, verzweifelten Griff nach Unabhängigkeit und Selbstachtung aufzugeben. Im anderen Falle standen ihm nur Verzweiflung und teilnahmslose Hoffnungslosigkeit bevor, der gleiche leere Tod durch einen akuten Minderwertigkeitskomplex, der die sich verringernde Zahl seiner eigenen Art ereilt und ihn als letztes, einsames Exemplar übriggelassen hatte. Irgendwie würde er es schaffen! Bis dahin würde er in die Bibliothek gehen und das Museum ganz meiden.

Eine große Menschenmenge verließ die Bibliothek, als Danny mit dem Lift hinauffuhr; aber entweder erkannten sie ihn nicht mit dem tief in die Stirn gezogenen Hut oder fühlten seinen Wunsch nach Anonymität und taten so, als ob sie ihn nicht kennen würden. Er wählte einen der weniger benutzten Korridore und steuerte die Abteilung für historische Dokumente an, wo Miß Larsen gerade die Lesefilme einordnete und sich zum Gehen anschickte.

Aber als er hereinkam, ließ sie alles stehen und liegen und schenkte ihm das warme, strahlende Lächeln ihrer Rasse. »Hallo, Danny! Hat Sie Ihr Freund doch gefunden?«

»Mhmmm. Er sagte, Sie hätten etwas für mich.«

»Ja, habe ich.« Ihr Gesicht leuchtete vor Freude, als sie sich zu dem Schreibtisch hinter ihr umdrehte und ein kleines, verschnürtes Päckchen hervorholte. Danny ertappte sich, wie er zum tausendsten Mal wünschte, sie gehörte seiner Rasse an; aber wieder einmal mußte er seine Gefühle unterdrücken, als ihm klar wurde, wie ihre Einstellung ihm gegenüber in Wirklichkeit sein mußte. Die kurzen Gespräche über die Vergangenheit seiner Rasse weckten lediglich ihr historisches Interesse, nichts weiter. Und er war nur ein leicht verblödetes Überbleibsel aus längst vergangenen Tagen. »Raten Sie mal!«

Trotz allem konnte er sich nicht helfen und strahlte vor Freude über das Spiel zwischen ihnen und das Päckchen. »Die Magazine! Die verlorenen Ausgaben von *Pfade im Weltraum?«* Er hatte nur die erste Folge einer Geschichte gelesen; aber diese Probe hatte sein Herz höher schlagen lassen als je eine der anderen alten Geschichten über die Eroberung des Weltalls durch seine Vorfahren. Jetzt hatte er die fehlenden Teile, und das Leben würde in den nächsten Stunden herrlich aufregend sein, wenn er zusammen mit einem Eroberer, der keine Furcht vor überlegenen Gehirnen kannte, auf Heldentaten ausziehen würde.

»Nicht ganz, Danny, aber beinahe. Wir konnten nicht den kleinsten Hinweis auf die Magazine entdecken, aber ich habe vorige Woche die erste Folge Bryant Kenning gegeben, und er hat sie für Sie fertiggeschrieben.«

Dann entschuldigte sie sich. »Natürlich ist der Wortlaut nicht identisch; aber Kenning schwört, daß die Geschichte mit Sicherheit die gleiche Struktur hat, und der Stil ist beinahe perfekt getroffen!«

Einfach so! Kenning hatte die ersten Seiten eines Romans angesehen, an dem ein antiker Schriftsteller Wochen und Monate gegrübelt und gearbeitet hatte, und in ihnen bereits die vollständige Handlung deutlich vor sich gesehen, mit einem Augenblick! Dann hatte er noch eine Nacht daran gearbeitet, eine Kopie herzustellen, bestimmt eine – unangenehme und langweilige Plackerei, aber keine schwierige Aufgabe! Danny bezweifelte die Exaktheit der Abschrift keine Sekunde lang, da Kenning ihr größter, historischer Romanschreiber war. Aber die Freude an der Lektüre war ihm doch vergangen.

Er nahm das Päckchen und bemerkte, daß ein Illustrator sogar die Schreibweise des antiken Künstlers kopiert hatte. Auch die Größe entsprach dem Originalformat.

»Vielen Dank, Miß Larsen. Es tut mir leid, daß ich Ihnen so viel Mühe gemacht habe. Es war auch ganz reizend von Mr. Kenning.«

Auch ihr Gesicht war, ebenso wie seins, lang geworden; aber sie tat so, als bemerke sie es nicht. »Er wollte es machen – er hat sich gleich angeboten, als er hörte, daß wir nach den verlorenen Ausgaben suchten. Und sollte es noch weitere Romane geben, bei denen Teile fehlen, müssen Sie es ihm unbedingt mitteilen, Danny. Sie beide sind praktisch die einzigen, die diese Abteilung noch benutzen. Warum schauen Sie nicht einmal bei ihm vorbei? Wenn Sie heute abend hingehen wollen ...«

»Vielen Dank. Aber ich werde das hier heute abend statt dessen lesen. Sagen Sie ihm aber, daß ich ihm ungemein dankbar bin. Würden Sie das tun?« Er blieb noch stehen und überlegte, ob er es wagen sollte, nach Bändern über die Geschichte der Asteroiden zu fragen.

Nein, das Risiko, daß sie jetzt oder später alles erraten würde, war zu groß. Er wollte keinem von ihnen auch nur den leisesten Hinweis auf seinen Plan geben.

Miß Larsen lächelte wieder und zwinkerte ihm beinahe zu. »Also gut, Danny, ich werde es ausrichten. Gute Nacht!«

Draußen senkte sich schon die Abendkühle herab, als Danny seine Schritte in Richtung auf die wenig besuchten Stadtteile lenkte. Als ihm eine Gruppe entgegenkam, wechselte er auf die andere Straßenseite, ohne darüber nachzudenken und ging weiter. Das Päckchen unter seinem Arm wurde schwer, und er verlagerte es. In ihm tobte ein Kampf. Einerseits wollte er gern wissen, was dem Helden alles passierte, andererseits ärgerte er sich über sein *Sapiens*-Gehirn, weil es so unfähig war. Am Ende würde er doch nach Hause gehen und lesen; aber im Augenblick war er damit zufrieden, sich von seinen Füßen leiten zu lassen und seine Gefühle in der Schwebe zu halten.

Vor ihm lag ein kleiner Park. Langsam ging er hindurch und hörte das Geplapper der Kinderstimmen erst, als er unmittelbar vor zwei kleinen Jungen und einem Mädchen stand. Die Aufsicht, die sie schon längst ins Zentrum hätte zurückbringen müssen, war nur ein undeutlicher Schatten unter den Bäumen mit einem anderen Schatten neben ihr, wodurch sie die Fünfjährigen selig dem uralten Spiel des Dreckig-Werdens und Übertrumpfens überließ.

Danny blieb stehen, und langsam verzogen sich seine Lippen zu einem Lächeln. In diesem Alter fing ihre intuitive Fähigkeit erst an sich zu entwickeln, und ihre Spiele waren ihm verständlich; sie wirkten auf ihn wie ein Muntermacher. Dunkel erinnerte er sich, wie seine Freunde in diesem Alter angefangen hatten, den Trick allmählich herauszufinden, offensichtlich alles zu wissen, und wie groß seine Furcht war, zurückgelassen zu werden. Eine Zeitlang hatten die gelegentlichen Geistesblitze, die immer auch dem *homo sapiens* zuteil wurden, seine Hoffnung geschürt; aber schließlich sah sich die Aufsicht gezwungen, ihm mitzuteilen, daß und warum er anders war. Jetzt wischte er diese schmerzlichen Erinnerungen beiseite und mischte sich unauffällig unter die spielenden Kinder.

Sie nahmen ihn mit der leichten Selbstverständlichkeit von Kindern auf, die nichts zu verdrängen haben, und nur eifrig darauf bedacht waren, daß sie ihre Sandburgen höher als seine bauten; aber bei diesem Geschäft war seine Erfahrung größer als die ihre. Er konnte auch das feuchte Zeug besser einschätzen als sie. Eine abartige Freude über seine Fertigkeit stieg in ihm auf, als er noch ein Stockwerk auf das hohe Gebäude setzte und dann auch noch eine Brücke, von Zweigen und Blättern gestützt, baute, die zu seiner Burg hinführte.

Dann gingen die Lichter an und tauchten den Sandkasten und alle darin in hellen Schein. Die Schatten der Abenddämmerung waren verjagt. Der kleinere der beiden Jungen schaute auf und sah Danny zum erstenmal richtig an. »Ach, du bist doch Danny Black, nicht wahr? Hab dein Bild gesehen. Judy, Bobby, das ist der Mann ...«

Ihre Stimmen wurden schwächer, als er durch den Park und die verlassenen Nebenstraßen rannte und das Päckchen an sich preßte. Idiot! Sich zu freuen, weil er kleine Kinder in einem albernen Spiel geschlagen hatte! Oder sich zu wundern, weil sie ihn erkannt hatten! Er verlangsamte das Tempo und ging im Schritt; er biß sich auf die Lippe, wenn er daran dachte, daß die Aufsicht die Kinder jetzt für ihre Gedankenlosigkeit tadeln würde. Und seine Füße trugen ihn ohne festes Ziel weiter.

Es war unausweichlich, daß sie ihn zum Museum führten, wo alle seine geheimen Hoffnungen ruhten. Trotzdem war er überrascht, als er aufschaute und es vor sich sah. Aber dann war er froh. Sie könnten aus seinem ungeplanten Besuch sicher nichts ableiten; zumal das Museum gleich schloß. Er holte tief Luft und zwang sich, eine völlig gleichgültige Miene zur Schau zu tragen, als er hineinging und dann durch die langen Korridore zu der Halle, wo das Schiff stand.

Da lag es, den Bug leicht zum Himmel erhoben, schlank und großartig, sogar in dieser Halle, die die gewaltigen Dimensionen des Weltalls vorspiegelte. Zweihundert Meter schimmerndes Metall, ohne irgendeinen Kratzer, schwang sich anmutig von dem stumpfen Bug hin zu dem schlanken Heck mit den geschwärzten Ionenstrahlantrieben.

Wie Danny wußte, war dies das letzte und größte der Raumlinienschiffe, die seine Leute auf dem Höhepunkt ihres Ruhmes gebaut hatten. Aber schon vorher war es durch die Strahlung im freien Raum zu der Mutation gekommen, durch die die neue Menschenrasse entstanden war. Diese Wirkung zeigte sich immer häufiger. Wie aus dem Logbuch hervorging, war das Schiff damals zum Mars, zur Venus und zu anderen Stellen des Menschenreichs geflogen, während zu Hause die Spannung ständig stieg. Niemals danach hatte es wieder ein rein *sapiens*-entworfenes Schiff gegeben, da sich die neue Rasse sehr schnell vermehrte und ihre größere Intelligenz geltend machte. Sie verwendeten anstelle der weniger wirkungsvollen Ionenrakete, die dieses Schiff angetrieben hatte, ihre Rakete, die Materie invertierte. Als das Schiff allmählich nicht mehr mit den neuen Modellen mithalten konnte, hatte man es aus dem Verkehr gezogen und verschrottet. Dann kam der Krieg zwischen der neuen und der alten Rasse, und es wurde unter Tonnen von Schutt begraben, ohne eine Erinnerung an seine Existenz zu hinterlassen.

Nachdem man es sorgfältig unter den alten Ruinen des Trockendocks, in dem es so lange gelegen hatte, ausgegraben hatte, lag es seit einem Jahr hier im Museum für Sapiens-Geschichte aufgebahrt, und Dannys Hoffnungen und Gebete kreisten darum. Immer noch überkam ihn ein Gefühl der Ehrfurcht, wenn er so über den Teppichboden auf die Schleuse und den beleuchteten Innenraum zuschritt.

»Danny!« Die plötzliche Anrede riß ihn aus seinen Gedanken und ließ ihn schuldbewußt zusammenfahren. Es war aber nur Professor Kirk; er konnte erleichtert aufatmen. Der alte Archäologe kam auf ihn zu; sein Lächeln war im Halbdunkel unter der riesigen Kuppel kaum zu erkennen. »Hatte dich schon aufgegeben, Junge, und war schon auf dem Wege hinaus. Aber zufällig habe ich mich noch einmal umgedreht und dich gesehen. Dachte, dich würden ein paar Informationen interessieren, die ich heute erst gefunden habe.«

»Informationen über das Schiff?«

»Was denn sonst! Hier, komm herein in den Salon – ich habe hier ein paar Sonderrechte, und wir können es uns genausogut bequem machen. Du weißt ja, je älter ich werde, desto mehr lerne ich die Vorstellungen deiner Vorfahren von Bequemlichkeit zu schätzen, Danny. Eigentlich schade, daß unsere eigene Kultur für viel Luxus noch zu jung ist.« Von allen neuen Menschen schien Kirk sich in Dannys Gegenwart wirklich vollkommen wohlzufühlen. Das kam teilweise daher, daß er so alt war, teilweise, weil sie die gleiche Begeisterung geteilt hatten, als das Schiff ankam.

Jetzt ließ Professor Kirk sich zurück in eine der alten Couchen sinken, steckte sich im sicheren Bewußtsein, gegen alle Vorschriften gefeit zu sein, eine Zigarette an und wandte sich dem jungen Mann zu. »Du weißt, daß die ganzen Vorräte und Sachen in dem Schiff uns beiden Rätsel aufgegeben haben und wir darüber keine Unterlagen finden konnten. Das Logbuch endet mit der Verschrottung des alten Schiffes, wie du dich erinnerst. Wir konnten auch keine Erklärung dafür finden, warum man all das renoviert und mit neuen Vorräten versehen hat, als ob man es für eine lange Reise nach irgendwohin startklar machen wollte. Durch neue Ausgrabungen, die jetzt abgeschlossen sind, ist Licht in die Sache gekommen, Danny. Deine Leute haben das während des Krieges, nein, eigentlich, nachdem sie den Krieg gegen uns verloren hatten, gemacht!«

Danny richtete sich auf. Der Krieg war ein Abschnitt in der Geschichte, den er in Gedanken immer ausgeklammert hatte, obwohl er ihn in groben Zügen kannte. Als der *homo intelligens* immer zahlreicher wurde und die alte Rasse nach den Gesetzen des Überlebens beiseite drängte, hatten seine Leute einen letzten, verzweifelten Versuch gemacht, die Vorherrschaft zu erringen. Obwohl die neue Rasse den Krieg nicht gewollt hatte, wurden sie letzten Endes doch gezwungen, ebenso erbarmungslos zurückzuschlagen, wie man sie angegriffen hatte. Da sie aber über den großen Vorteil des neuen, intuitiven Denkens verfügten, blieben von den ursprünglichen Milliarden der alten Rasse nur ein paar tausend Individuen übrig, als ihr kurzer Weg zu Ende war. Wahrscheinlich war ein solches Ende seit dem Auftreten der ersten Mutation unvermeidlich; aber das war auch etwas, woran Danny nicht gern dachte. Jetzt nickte er und ließ den anderen weitersprechen.

»Deine Vorfahren, Danny, waren damals geschlagen; aber sie waren nicht völlig am Boden zerstört. Sie nahmen all ihren Mut und ihre Energie zusammen und stellten das Schiff wieder her – das einzige fahrtüchtige Fahrzeug, das ihnen geblieben war – und rüsteten es mit Vorräten aus. Sie wollten damit irgendwohin, wußten aber nicht genau, wohin – vielleicht in ein anderes Sonnensystem. Sie wollten auch einige der alten Rasse mitnehmen, um dort neu anzufangen, weit weg von uns. Es war ihr letzter Versuch zu überleben. Er ging schief, als meine Leute davon erfuhren und die Docks über dem Schiff in die Luft sprengten. Aber es war ein ruhmvoller Fehlschlag, Junge! Ich dachte, daß du das wissen solltest.«

Dannys Gedanken sammelten sich nur langsam. »Sie

meinen, daß alles an Bord dieses Schiffes von meinen Leuten stammt? Aber die Vorräte konnten nach der langen Zeit nicht mehr brauchbar sein?«

»Doch! Auf Grund der Stichproben, die wir gemacht haben, sind sie es eindeutig. Deine Leute verstanden sich auf die Konservierung ebensogut wie wir, und sie erwarteten, ungefähr ein halbes Jahrhundert unterwegs zu sein. Die Sachen werden auch noch in tausend Jahren brauchbar sein.« Der Professor schnippte seine Kippe durch den Salon und kicherte vor freudiger Überraschung, als sie genau in einem Aschenbecher landete. »Ich habe mich hier wirklich nur so lange herumgetrieben, weil ich dir das mitteilen wollte. Drüben in der Schule habe ich alle Papiere aufbewahrt, damit du dich selbst überzeugen kannst. Warum kommst du nicht mit mir rüber, Danny?«

»Nicht heute abend, Sir. Ich möchte lieber noch ein bißchen hierbleiben.«

Professor Kirk nickte verständnisvoll und erhob sich widerstrebend. »Wie du willst ... Ich weiß, was du fühlst, und es tut mir auch sehr leid, daß sie das Schiff wegschaffen. Wir werden es sehr vermissen, was, Danny?«

»Das Schiff wegschaffen?«

»Hast du davon noch nicht gehört? Ich dachte, daß du deshalb um diese Zeit gekommen wärst. Sie wollen es drüben in London. Dafür bringen sie eines der alten Mondschiffe als Ersatz. Schade, wirklich schade!« Gedankenvoll strich er über die Wände und ließ seine Hände über den Samtbezug der Couch gleiten. »Naja, bleib nicht zu lange und mach das Licht aus, wenn du gehst! Das Museum wird in einer halben Stunde geschlossen. Nacht, Danny!«

»Gute Nacht, Herr Professor.« Danny saß wie erstarrt auf dem weichen Sofa und hörte die langsamen Schritte des alten Mannes und die Schläge seines eigenen Herzens. Sie wollten das Schiff wegschaffen und seine

Pläne zunichte machen. Sie wollten ihn in dieser Welt der neuen Rasse gestrandet sein lassen, wo selbst die Kinder Mitleid mit ihm hatten.

Es war nicht so schlimm gewesen, solange er die Hoffnung hatte, daß er irgendwie eines Tages entfliehen würde. Ungeduldig machte er das Licht aus. Er fühlte sich in der Dunkelheit mit dem Schiff mehr verbunden, wo kein Wärter seine Gefühle sehen konnte. Ein Jahr lang hatte sich sein Leben um die Vorstellung gerankt, dieses Schiff zu nehmen und hinauszufahren, die neue Rasse weit hinter sich zu lassen. Lange, nach außen hin gleichgültige Monate hatte er damit verbracht, den Bau des Schiffes zu ergründen, alle Vorräte aufzustöbern und sich Stück für Stück durch die Lektüre der alten Bücher mehr Selbstsicherheit anzueignen, daß er das Schiff bedienen konnte.

Es war beinahe dafür konstruiert worden, daß es nur ein Mann bediente; selbst ein Krüppel hätte es im Notfall gekonnt, da fast alles automatisch funktionierte. Nur das Problem des Zielortes war noch geblieben, weil die Planeten sich ja relativ zueinander bewegten; aber das Logbuch hatte auch darauf eine Antwort gewußt.

Unter seinen Leuten hatte es früher auch sehr reiche Männer gegeben, die Sinn für Extravaganz und Abgeschiedenheit gehabt hatten. Beides hatten sie bei den größeren Asteroiden gefunden. Mit Hilfe von Kapital und Wissenschaft wurden dort künstliche Schwerkraft und Atmosphäre geschaffen, die von Kernkraftwerken betrieben wurden und daher ewig halten würden. Jetzt waren diese reichen Leute zweifellos tot, und die neue Rasse hatte solch nutzlose Dinge aufgegeben. Es war sicher, irgendwo zwischen den Asteroiden mußte es auch für ihn einen Zufluchtsort geben, der wegen der großen Zahl der kleinen Welten jede Suche unmöglich machen würde.

Danny hörte einen Wärter vorbeigehen und stand

langsam auf, um wieder in eine Welt hinauszugehen, die ihm nicht einmal mehr diese Hoffnung ließ. Es war so ein wunderschöner Traum gewesen, ein notwendiger Traum! Dann hörte er, wie die großen Türen geschlossen wurden! Der Professor hatte vergessen, ihnen von seiner Anwesenheit etwas zu sagen! Und ...

Na schön. Er kannte nicht die Geschichte aller dieser kleinen Welten. Vielleicht würde er sie alle nacheinander absuchen müssen, um eine geeignete Zuflucht zu finden. Spielte das denn eine Rolle? Ansonsten hatte er sich für das Unternehmen so gut vorbereitet, wie es besser gar nicht sein konnte. Er zögerte nur einen Augenblick lang. Dann machten sich seine Hände an dem großen Kontrollschalter für die Schleuse zu schaffen. Die Tür schloß sich leise in der Dunkelheit. Sie schottete auch den Klang seiner Schritte gegen außen ab.

Langsam gingen die Lichter an, nachdem er endlich den Pilotensitz gefunden und sich dort niedergelassen hatte. Es waren kleine Lichter, die die Bereitschaft des Schiffes anzeigten: »Schiff geschlossen ... Luft in Ordnung...Strom, Automatik...Maschinen, Automatik...« Fast fünfzig Lichtpunkte und Skalen ließen ihn wissen, daß das Schiff nur auf seine Hand wartete. Er bewegte den Kursrechner langsam über die winzige Karte der Atmosphäre, bis er oben bei der Stratosphäre angelangt war. Der Schreiber der großen Sternkarte zeichnete eine unregelmäßige Zackenlinie, die ihn irgendwie zu den Asteroiden führen würde. Er entfernte sich jedenfalls weit von der jetzigen Position des Mars, hatte aber noch keinen weiteren Anhaltspunkt. Später konnte er die Analysatoren einsetzen, um seine genaue Position auf einem der Asteroiden zu bestimmen, und danach seinen weiteren Kurs festsetzen. Im Augenblick war aber das Wichtigste, so schnell wie möglich so weit wegzukommen, daß man seine Spur nicht mehr aufnehmen konnte, nachdem sein Verschwinden bekannt geworden war.

Nur Sekunden später legte er den Hauptschalter für die Energiezufuhr um. Durch das Schiff ging ein Ruck, als es sich in Bewegung setzte. Die Wände des Museums stürzten unter dem irrsinnigen Druck der großen Ionenraketen ein und boten kaum Widerstand. Auf der Karte erschien ein kleiner Lichtpunkt, der die Position des Schiffes anzeigte. Die Welt lag jetzt hinter ihm. Niemand betrachtete seine Bemühungen mit gütigem Mitleid oder erinnerte ihn an seine Schwäche. Jetzt war nur noch das blinde Schicksal gegen ihn, und dem waren seine Vorfahren schon begegnet und hatten es besiegt.

Ein Klingelzeichen machte ihn darauf aufmerksam, daß er jetzt die Atmosphäre verließ. Der Autopilot fing an, zufrieden zu ticken; ab und zu gab er ein lautes Tikken von sich, wenn er auf dem unkonventionellen Kurs, den er gewählt hatte, auf Abweichungen stieß, auf die er sich aber sogleich einstellte. Dann sah er zufrieden, daß alles bestens funktionierte. Seine Vorfahren verfügten zwar nur über normalen Verstand; aber sie hatten Maschinen gebaut, die beinahe intuitiv reagierten, wie das Schiff, in dem er saß, bezeugte. Er trug den Kopf höher, als er sich der Küche zuwendete. An seinem Gang konnte man sehen, wie stolz er war.

Die Lebensmittel waren immer noch gut. Er verschlang sein Essen wie ein hungriger Wolf, da er kein Abendessen gehabt hatte. Dann warf er einen Blick in das Logbuch, in dem die langen Reisen des Schiffes aufgezeichnet waren. Er suchte nach einem Hinweis auf die Asteroiden, Ceres, Pallas, Vesta oder einen der anderen, die nur durch eine Zahl oder einen Spitznamen benannt wurden. Welchen?

Als er wieder im Navigationsraum stand, hatte er sich entschieden. Er schaute hinaus in die kühle Unermeßlichkeit des Weltraums, die nur durch die winzigen, heißen Stecknadelköpfe unterbrochen wurde, die Sterne sein mußten. Sie waren bunt, klein und so hell, wie man sie durch die Atmosphäre niemals sehen konnte. Sein Ziel sollte einer der numerierten Planetoiden sein, den das Logbuch unter ›Zum Dänen‹ führte. Der Name sagte nichts aus; er schien aber einer der erst kürzlich ganz terrageformten zu sein. Andererseits lag sein Ausbau schon so weit zurück, daß man nicht gleich auf ihm mit der Suche beginnen würde.

Nach der Schlüsselnummer des Handbuchs setzte er den automatischen Analysator ein und schaute eine Weile zu, wie er sich ganz langsam auf den Spuren der Vergangenheit vorwärtsarbeitete. Dann spielte er ein bißchen mit dem Radio, bis ihm einfiel, daß er eine Wellenlänge benutzte, die schon lange nicht mehr benutzt wurde. Das machte aber gar nichts aus; dadurch würde sein Bruch mit der neuen Rasse nur um so endgültiger sein.

Der Analysator lief weiter. Der Weltraum verlor mit der Zeit seine Faszination, und die Tätigkeit des Autopiloten interessierte ihn auch nicht mehr. Er ging in das Schiff zurück, in den Salon, um nach dem Päckchen zu sehen, das er dort abgelegt und ganz vergessen hatte. Sonst gab es ja für ihn nichts zu tun.

Sobald er mit der Lektüre angefangen hatte, vergaß er alle seine Zweifel und die Tatsache, daß die Geschichte von Kenning und nicht das Original war. Es war der gleiche mitreißende Schwung in der Handlung, die gleichen liebenswerten, menschlichen Personen und die gleiche Tatkraft einer Rasse, die vor so langer Zeit die Herrschaft über ihr Schicksal in die Hand genommen hatte. Es war daher auch kein Wunder, daß die Leser es damals als das bedeutendste Epos des Weltraums, das je geschrieben worden war, bezeichneten.

Einmal schaute er auf, als der Analysator seine Untersuchungen abgeschlossen hatte und leise gongte, ehe er die Kontrollen auf Automatik umstellte, damit sie auf der kleinen Welt, die mit etwas Glück sein neues Heim werden würde, landen konnten. Damit hörte das

Schlingern des Schiffes auf, und es beschrieb einen leicht gebogenen Kurs, den die Selektoren für den geeignetsten hielten. Während dieses Manövers saß Danny gemütlich im Pilotensitz und las weiter. Er fühlte jetzt eine ganz neue und noch intensivere Verbundenheit mit den handelnden Personen. Er war nicht mehr ein bemitleidenswerter, erdgebundener Sozialfall, sondern ein Mann und Eroberer wie sie!

Als er das Ende der Geschichte erreicht hatte und das Buch aus den müden Fingern auf den Boden fallen ließ, prickelten alle Nerven in seinem Körper. Unter dem Buch war ein Lichtsignal aufgeleuchtet, das er gar nicht bemerkt hatte, bis ihn ein plötzlicher Gongschlag über ihm vom Sitz riß. Genau so ein Gong war in dem Roman beschrieben worden ...

Auch die Bedeutung war die gleiche. Er konnte auf dem Instrumentenbord die roten Buchstaben erkennen, die ihn vorwurfsvoll anblinkten: STRAHLUNG AUF ZEHN UHR WAAGRECHT – SCHIFF IN NÄHE!

Danny griff nach dem Hauptschalter und stellte bis auf die Pseudoschwerkraft im Schiff alles ab, als er die Bedeutung dieser Meldung erfaßte. Das andere Schiff war durch das Beobachtungsfenster leicht auszumachen. Man sah deutlich den dicken rotglühenden Streifen invertierter Materie aus einer Rakete. Offensichtlich befand sich das Schiff auf der Rückreise zur Erde – wahrscheinlich die *Callisto!*

Einen Moment lang war er sicher, daß sie ihn entdeckt hatten; aber das Zucken war wohl doch nur eine Kurskorrektur gewesen. Er kannte sich mit den neuen Schiffen nicht aus und wußte nicht, ob sie Warnanlagen hatten oder nicht; aber offensichtlich hielten sie solche Vorrichtungen für entbehrlich. Der Streifen verschwand in der Ferne, und die Buchstaben, die ihn gewarnt hatten, erloschen. Danny wartete noch, bis auch bei größter Verstärkung kein Ausschlag mehr erfolgte, ehe er wieder auf Energie schaltete. Der schwache

Schein seiner Ionenrakete würde auf diese Entfernung hin sicher nicht zu sehen sein.

Danach passierte nichts mehr. Vom Autopiloten hörte man nur ein zufriedenes Schnurren; vom Heck drang lediglich ein leises, verschlafenes Summen herein, keine Gongs oder andere starken Geräusche. Langsam sank sein Kopf nach vorne auf den Navigatortisch. Bald darauf vermengte sich sein Schnarchen mit den anderen gedämpften Geräuschen. Das Schiff machte weiterhin seine Arbeit, für die es gebaut worden war. Sein Kurs lag fest, sogar die altmodische Landungsschleife. Es erforderte keine weitere Aufmerksamkeit mehr.

Das zeigte sich, als ein leises Klingeln Danny aufweckte. Die Lichter vor ihm blinkten im Takt: BESTIMMUNGSORT ERREICHT! BESTIMMUNGSORT ERREICHT! BESTIMMUNGSORT ERREICHT!

Er schaltete alles aus, rieb sich den Schlaf aus den Augen und schaute sich um. Von oben kam ein schwaches, aber wärmendes Sonnenlicht aus einem bläulichen Himmel, an dem ein paar Wölkchen dicht über dem Boden schwebten. Hinter der vernachlässigten, sandigen Landebahn, auf der das Schiff niedergegangen war, war grünes Gras und ein üppiger Wald. Der Horizont war sehr begrenzt und erinnerte ihn daran, daß dies hier nur eine winzige Welt war; ansonsten hätte es aber auch die Erde sein können. Er sah einen verwahrlosten Hangar vor sich und gab den unteren Düsen ein bißchen Energie, ganz vorsichtig, bis sie das Schiff langsam nach vorne in den Hangar hineinschoben. Jetzt konnte er aus der Luft nicht mehr erspäht werden.

Dann ging er zur Schleuse und fummelte am Griff herum. Als er die Tür endlich geöffnet hatte, konnte er den frischen Geruch von Wachstum riechen. In der Nähe vernahm er auch Vogelgezwitscher. Ein Kaninchen hoppelte neugierig über die Wiese, als er gierig ins

Sonnenlicht stolperte. Unkraut und Büsche hatten die umliegenden Gebäude fast überwuchert. Er stieß einen Seufzer der Erleichterung aus. Es war fast zu einfach gegangen, diesen himmlischen Fleck gleich beim ersten Versuch zu finden.

Der Anblick der Gebäude weckte in ihm wieder Zweifel. Sie waren früher von einem sorgfältig angelegten Garten umgeben gewesen, und die Ruine eine große, herrschaftliche Villa aus Stein. In einiger Entfernung von ihr hatte man ein kleineres Haus errichtet, wozu man offensichtlich die Steine der Villa verwendet hatte. Das war noch ganz, obwohl Efeu darübergewachsen war und die Tür, die sich auf einen Fingerabdruck hin öffnete, halb verdeckte.

Aus den Heizkörpern kam noch leichte Wärme. Sie wurden von dem großen Atomkraftwerk erzeugt, das dieser kleinen Welt ihre anhaltende Ähnlichkeit mit der Erde ermöglichte. Überall lag eine dicke Staubschicht. Die Einrichtung war aber in gutem Zustand. Er betrachtete alles ganz genau und stellte fest, daß einige Stücke denen im Museum ähnelten, die von seiner Rasse stammten. Er nahm sich eines nach dem anderen vor – was für ein glücklicher Zufall; das war jetzt sein Zuhause!

Auf dem Tisch lag ein aufgeschlagenes Buch. Ein Stück Papier lehnte daran. Die Handschrift darauf schien von einem Mädchen zu stammen. Die Neugier trieb ihn näher. Nachdem er den gröbsten Staub abgeschüttelt hatte, las er:

Vater,
Charley Summers fand ein gestrandetes Schiff von diesen Biestern und hat mich geholt. Wir werden oben auf 13 wohnen. Komm rauf, wenn Deine Düsen es schaffen, und begrüße Deinen Schwiegersohn.

Es stand kein Datum darauf, auch kein Hinweis, ob ›Vater‹ zurückgekommen war, oder was mit ihnen geschehen war. Danny legte den Zettel ehrfurchtsvoll zurück auf den Tisch und schaute auf die Landebahn hinaus, als ob er dort ein altes, mitgenommenes Raumschiff in dem kurzen Dämmerlicht, das sich über die kleine Welt legte, dahinkriechen sähe. ›Diese Biester‹ konnten nur die neue Rasse nach dem Krieg sein; das bedeutete, daß hier der letzte Vorposten seiner Leute war. Der Zettel konnte zehn oder sechs Jahrhunderte alt sein – auf alle Fälle waren seine Leute hier gewesen, hatten hier gekämpft und gelebt, nachdem die Erde für sie verloren gewesen war. Wenn sie es geschafft hatten, würde es ihm auch gelingen!

Und so unwahrscheinlich es auch klingen mochte – vielleicht gab es noch mehr von ihnen da draußen. Warum sollte es nicht möglich sein, trotz der Zeiten und Schwierigkeiten, ja sogar trotz eines *homo intelligens* zu überleben?

Dannys Augen waren feucht, als er sich umdrehte und daran ging, sein neues Heim sauberzumachen. Draußen war es dunkel geworden. Wenn es Überlebende gab, würde er sie aufspüren. Und wenn nicht ...

Auch gut, dann war er immer noch der Angehörige einer großen und wagemutigen Rasse, die sich nicht geschlagen geben würde, solange ein einziger Mann lebte. Daran würde er immer denken.

Unten auf der Erde nickte Bryant Kenning der kleinen Gruppe zu, während er den Kommunikator zurückstellte. Trotz des Lächelns, das auf seinen Zügen lag, waren seine Augen ein bißchen traurig. »Der Pfadfinder des Direktors ist zurück. Er hat sich ›Zum Dänen‹ ausgesucht. Armer Junge. Ich hab schon gedacht, daß wir zu lange gewartet hätten und daß er es nie schaffen würde. Weitere sechs Monate – und er wäre wie eine Blume ohne Sonne eingegangen! Trotzdem war ich sicher, daß es klappen würde, als Miß Larsen mir die Geschichte von den sagenhaften Planetoiden-Paradiesen erzählte. Sie ist zwar nicht historisch, aber ausgezeichnet geschrieben. Ich hoffe, daß die, die ich gemacht habe, ebensogut ist.«

»Was die historische Ungenauigkeit betrifft, so ist sie es mit Sicherheit.« Aber die Fröhlichkeit in Professor Kirks Stimme erreichte nicht seine Lippen. »Wie dem auch sei! Er hat unsere Lügen geschluckt und ist mit dem Schiff, das wir für ihn gebaut haben, abgeflogen. Ich hoffe, daß er glücklich ist, wenigstens eine Zeitlang.«

Miß Larsen faltete ihre Sachen zusammen und machte sich zum Aufbruch bereit. »Armer Junge! Er war so ein lieber Kerl, wenn er einem auch leidtat. Ich wünschte, das Mädchen, an dem wir gearbeitet hatten, wäre besser gelungen. Vielleicht hätte sich dann das alles erübrigt. Bringen Sie mich nach Hause, Jack?«

Die beiden älteren Männer schauten zu, wie Larsen und Thorpe weggingen. Das Zimmer füllte sich mit Schweigen und Tabaksrauch. Schließlich zuckte Kenning die Achseln und sah den Professor an.

»Inzwischen müßte er den Zettel gefunden haben. Ich weiß nicht, ob es wirklich so eine gute Idee war. Als ich zum erstenmal in der alten Geschichte daraufstieß, mußte ich an Jacks Bericht über Nummer 67 denken. Jetzt bin ich mir nicht mehr so sicher. Bestenfalls ist das Mädchen eine unbekannte Größe. Auf alle Fälle habe ich es aus Güte getan.«

»Güte! Güte als Gegenleistung, ein paar tausend Arbeitsstunden ... und hie und da eine Lüge ... für alles, was wir der Rasse dieses Jungen verdanken!« Die Stimme des Professors klang müde. Er klopfte seine Pfeife im Aschenbecher aus und ging langsam zu dem großen Fenster hinüber. Draußen war es dunkel. »Manchmal würde ich gern wissen, Bryant, welche Güte dem Neandertaler erwiesen wurde, als der letzte am Ende seines Lebens angelangt war. Und ob die Rasse, die nach uns kommt, für uns etwas Besseres bereithält als solche Güte, wenn die Dunkelheit über uns hereinbricht?«

Der Schriftsteller schüttelte skeptisch den Kopf. Dann schauten sie wieder schweigend hinaus auf die Welt und die Sterne.

Clifford D. Simak
(1904–1988)

Flucht
(›*Astounding*‹, November)

›Desertion‹, die vierte Geschichte der City-Serie (›Census‹ erschien in der September-Nummer von Astounding*), ist die beste einer bewundernswerten Gruppe, die als direkte Antwort auf Nachrichten über die Geschehnisse in den europäischen Todeslagern der Nazis geschrieben wurde.*

Sie ist in der gesamten Literatur den großen Stories über die Schwierigkeit, eine Wahl zu treffen, zuzurechnen, und sie enthält eine der großen Schlußzeilen in der Geschichte der Science Fiction.

(Es steht fest, daß 1944 Simaks großes Jahr war. Dies ist das dritte Mal, daß ich in diesem Band etwas über ihn sagen muß, und da ist es, glaube ich, an der Zeit, eine kleine Sünde von mir zu beichten. Da meine Verbindung mit ihm fast ausschließlich in Korrespondenz bestand [ich bin mit ihm persönlich nur dreimal in zweiundvierzig Jahren der Freundschaft zusammengetroffen, und dann jedes Mal nur für wenige Stunden], hatte ich nie Gelegenheit, zu hören, wie sein Nachname ausgesprochen wird. [Wenn wir zusammen waren, nannte ich ihn Cliff.] Als Folge davon nahm ich aus irgendeinem Grund an, das ›i‹ in seinem Nachnamen sei lang, und ich dachte an ihn immer als SEI-mak. Tatsächlich ist das ›i‹ aber kurz, und er heißt SIM-ak. Das könnte man für eine Nebensächlichkeit halten, aber mich irritiert es immer, wenn jemand meinen Namen falsch ausspricht, und ich sollte mit den Namen anderer ebenso sorgfältig umgehen. Glücklicherweise ist Cliff ein so sanftmütiger Mensch, daß ich mir gar nicht vorstellen kann, er könne wegen meines kreiminellen – ich meine

kriminellen – Umgangs mit seinem Namen böse auf mich sein. – I. A.)

Einen fremden Planeten zu erforschen ist fast unmöglich – es bedarf einer besonderen Struktur, die den Bedingungen des Planeten angepaßt ist. Aber die Menschen, denen man diese besondere Struktur gab, kamen nicht zurück.

Vier Männer waren, je zwei und zwei, in den heulenden Mahlstrom des Jupiters ausgezogen und waren nicht zurückgekehrt. Sie waren in den beißenden Strom hineingegangen – oder vielmehr sie waren hineingeschlüpft, mit tief gegen den Boden gedrücktem Körper, während sie feucht im Regen glänzten.

Denn sie gingen nicht in Menschengestalt.

Nun stand der fünfte Mann vor dem Schreibtisch von Kent Fowler, dem Chef von Bau III der Jupiter-Forschungskommission.

Unter Fowlers Pult schnappte der alte Towser nach einer Fliege, um sich dann wieder zum Schlafen auszustrecken.

Harold Allen war jung, Fowler sah es mit plötzlichem Erschrecken – er war *zu* jung. Er besaß das leichte Vertrauen der Jugend, den straffen Rücken und die geraden Augen, das Gesicht eines Menschen, der nie Furcht gekannt hat. Und das war merkwürdig. Denn die Männer hier in den Forschungsinstituten kannten Furcht – Furcht und Demut. Es fiel den Menschen schwer, ihr winziges Selbst mit den gewaltigen Kräften des ungeheuren Planeten in Einklang zu bringen.

»Verstehen Sie mich recht«, sagte Fowler, »Sie brauchen es nicht zu tun. Verstehen Sie, Sie müssen nicht gehen!«

Das war natürlich eine Formsache. Den anderen hatte man dasselbe gesagt, aber sie waren gegangen. Dieser

Fünfte, das wußte Fowler, würde auch gehen. Aber plötzlich fühlte er eine dumpfe Hoffnung in sich aufsteigen, Allen würde nicht gehen.

»Wann soll ich starten?« fragte Allen.

Es hatte eine Zeit gegeben, da Fowler diese Frage mit ruhigem Stolz beantwortet hatte, diesmal aber war es anders: er zog die Stirn ein wenig in Falten.

»In einer Stunde«, sagte er.

Allen stand ruhig da und wartete.

»Vier Männer sind losgegangen und nicht zurückgekehrt«, sagte Fowler. »Das wissen Sie vermutlich. Wir wünschen, daß Sie zurückkehren. Wir verlangen nicht, daß Sie zu einer heroischen Rettungsexpedition ausziehen. Die Hauptsache, das einzig Wichtige ist, daß Sie zurückkommen, daß Sie den Nachweis bringen, daß der Mensch in einer Jupitergestalt leben kann. Gehen Sie bis zur ersten Vermessungsgrenze, nicht weiter, und dann kommen Sie zurück! Unternehmen Sie nichts, was ein Wagnis wäre! Erforschen Sie nichts! Kommen Sie einfach wieder!«

Allen nickte. »Ich bin vollkommen im Bilde.«

»Miß Stanley wird den Umwandler bedienen«, fuhr Fowler fort. »In dieser Hinsicht brauchen Sie nichts zu fürchten. Die anderen Männer wurden ohne Unfall umgestaltet. Sie verließen den Umwandler in offensichtlich bester Form. Sie werden in durchaus kompetenten Händen sein. Miß Stanley ist die qualifizierteste Umwandlungstechnikerin im Sonnensystem. Sie hat Erfahrung auf den meisten anderen Planeten gesammelt. Deshalb ist sie auch hier.«

Allen grinste zu der Frau hinüber, und Fowler sah etwas in Miß Stanleys Gesicht aufflackern – es konnte Mitleid oder Wut gewesen sein, oder einfach pure Angst. Aber es war schon wieder vergangen, und sie lächelte dem jungen Manne zu, der vor dem Schreibtisch stand. Sie lächelte auf eine schulmeisterliche Art, als ob sie dieses Lächeln sich selber verübele.

»Ich sehe meiner Umgestaltung entgegen«, sagte Allen. Er sagte es auf eine Art, als hielte er alles für einen Scherz, einen tollen, verrückten Spaß.

Aber es war kein Spaß.

Es war eine ernste, todernste Sache. Von diesen Versuchen hing das Schicksal der Menschen auf dem Jupiter ab, das wußte Fowler. Gelangen die Versuche, dann würden die Schätze des riesigen Planeten erschlossen werden. Der Mensch würde den Jupiter in Besitz nehmen können, wie er schon kleinere Planeten in Besitz genommen hatte. Schlugen sie fehl ...

Wenn sie fehlschlugen, blieb der Mensch durch den furchtbaren atmosphärischen Druck und die beträchtlich größere Schwerkraft, durch die unheimliche chemische Gesamtbeschaffenheit des Planeten gebannt und gehemmt. Er müßte sich weiterhin in Metallbauten einschließen, wäre weiterhin unfähig, den Planeten wirklich zu betreten, unfähig, ihn ohne technische Hilfsmittel zu betrachten, gezwungen, sich auf plumpe Traktoren und den Fernseher zu verlassen, genötigt, mit groben Werkzeugen und Mechanismen oder mit Hilfe von Robotern zu arbeiten, die selber plump waren.

Doch der ungeschützte Mensch in seiner natürlichen Gestalt würde von dem furchtbaren Druck des Jupiter, der fünfzehntausend Pfund pro Quadratzoll beträgt, einfach vernichtet werden; verglichen mit diesem Druck, erschienen irdische Meeresgründe wie ein Vakuum.

Selbst das stärkste Metall, das Erdenmenschen sich vorstellen konnten, würde diesen Druck und die alkalischen Regen, die immerzu den Planeten überströmten, nicht aushalten können. Es wurde brüchig und blätterte ab, zerkrümelte wie trockener Lehm oder lief in kleinen Rinnsalen und Pfützen von Ammoniaksalzen fort. Nur dadurch, daß man die Zähigkeit dieses Metalls steigerte, indem man sein elektrisches Potential erhöhte, konnte man es widerstandsfähig machen gegen das Gewicht von Tausenden von Meilen wirbelnder, stickiger Gase, welche die Atmosphäre bildeten. Und auch dann noch mußte alles mit zähem Quarz überzogen werden, um den Regen abzuhalten, den bitteren Regen, der flüssiges Ammoniak war.

Fowler saß und lauschte auf die Maschinen im unteren Geschoß des Baus. Diese Maschinen liefen ohne Unterbrechung, nie wurde es ruhig im Bau. Sie mußten laufen und durften nicht stillstehen; ständen sie still, so würde die Kraft aussetzen, die die Metallwände des Baus stärkte, die elektrische Spannung würde zusammenbrechen, und das wäre das Ende.

Towser erhob sich unter Fowlers Schreibtisch, er schnappte wieder nach einer Fliege, wobei seine Pfote hart gegen den Boden schlug.

»Sonst noch etwas?« fragte Allen.

Fowler schüttelte den Kopf. »Vielleicht haben Sie noch etwas zu tun«, sagte er. »Vielleicht ...«

... wollen Sie einen Brief schreiben, hatte er sagen wollen, und er war froh, daß er noch rechtzeitig sein Wort zurückgehalten hatte.

Allen schaute nach der Uhr. »Ich werde rechtzeitig da sein«, sagte er. Er drehte sich um und ging zur Tür.

Fowler wußte, daß Miß Stanley ihn beobachtete, und er wollte sich nicht umdrehen und ihren Augen begegnen. Er spielte mit einem Bogen Papier, der vor ihm lag.

»Wie lange wollen Sie das noch weitertreiben?« fragte Miß Stanley; sie setzte jedes Wort scharf ab mit einer bissigen Bosheit in der Stimme.

Er kehrte sich rasch im Sessel um und schaute sie an. Ihre Lippen bildeten eine dünne, gerade Linie, ihr Haar war straffer denn je von der Stirn weggekämmt, so daß ihr Gesicht den merkwürdigen, fast erschreckenden Ausdruck einer Totenmaske zeigte.

Er versuchte, seine Stimme kühl und ruhig zu halten. »Solange es notwendig ist«, sagte er. »Solange irgendwelche Hoffnung besteht.«

»Sie werden sie also weiter zum Tode verurteilen«, sagte sie. »Sie schicken sie weiter hinaus ins Ungewisse, in diese fragwürdige Begegnung mit dem Jupiter. Während Sie hier sicher und bequem sitzen, schicken Sie die anderen in den Tod.«

»Gefühlsduseleien sind hier nicht am Platz, Miß Stanley.« Fowler versuchte, seinen Ärger zu unterdrücken. »Sie wissen so gut wie ich, warum wir das tun. Es ist Ihnen klar, daß der Mensch in seiner natürlichen Gestalt den Jupiter nicht betreten kann. Die einzige Lösung besteht darin, Menschen in solche Wesen zu verwandeln, die es mit ihm aufnehmen können. Bei andern Planeten haben wir es auch so gemacht.

Wenn einige Menschen ihr Leben lassen müssen, das Unternehmen uns aber schließlich gelingt, so ist der Preis gering. Durch alle Zeiten der Geschichte haben Menschen ihr Leben für törichte Dinge weggeworfen, aus albernen Beweggründen. Warum sollten wir also wegen des Todes von einigen noch Bedenken haben bei einem so gewaltigen und bedeutenden Unternehmen?«

Miß Stanley saß steif und gerade da; sie hatte die Hände im Schoß gefaltet, das Licht schimmerte auf ihrem ergrauenden Haar. Fowler beobachtete sie und versuchte, ihre Gefühle und Gedanken zu erraten. Er hatte nicht gerade Angst vor ihr, aber er fühlte sich in ihrer Gegenwart nicht ganz wohl. Diese scharfen blauen Augen sahen zuviel, ihre Hände sahen zu kompetent aus. Sie sollte irgend jemandes Tante sein und mit dem Strickzeug in einem Schaukelstuhl sitzen. Aber das tat sie leider nicht. Sie war Technikerin für höchstgradige Verwandlungsmethoden im Sonnensystem, und ihr gefiel seine Handlungsweise nicht.

»Etwas daran ist verkehrt, Mister Fowler«, erklärte sie.

»Das stimmt«, gab Fowler zu. »Deshalb schicke ich den jungen Allen allein hinaus. Vielleicht kann er feststellen, woran es liegt.«

»Und wenn er es nicht findet?«

»Dann werde ich den Nächsten hinausschicken.«

Sie erhob sich langsam von ihrem Stuhl, wandte sich zur Tür, dann blieb sie vor seinem Arbeitstisch stehen.

»Eines Tages«, sagte sie, »werden Sie ein berühmter Mann sein. Sie lassen nichts unversucht! Das ist Ihre Chance. Das wußten Sie, als diese Station für die Versuche ausgewählt wurde. Wenn die Sache gelingt, werden Sie um ein oder zwei Grade höher aufsteigen. Wie viele Männer dabei ums Leben kommen, das spielt keine Rolle. Sie steigen um ein oder zwei Grade auf.«

»Miß Stanley«, sagte er, und seine Stimme war schrill, »der junge Allen wird gleich starten. Bitte sorgen Sie dafür, daß Ihre Maschine ...«

»Meine Maschine«, erwiderte sie eisig, »verdient keinen Tadel. Sie arbeitet genau nach den Koordinaten, wie die Biologen sie aufgestellt haben.«

Er saß zusammengekrümmt an seinem Pult und lauschte darauf, wie ihre Fußtritte im Korridor verhallten.

Was sie sagte, entsprach natürlich der Wahrheit. Die Biologen hatten die Koordinaten aufgestellt. Aber die Biologen konnten sich irren. Der Unterschied einer Haaresbreite, ein Iota von Abweichung, und der Umwandler würde etwas aussenden, was nicht ausgesandt werden sollte – einen Verwandelten, den ein Übermaß zersprengte, der überschnappte, der ahnungslos in eine Situation oder ein Unwetter ganz unerwarteter Art geraten konnte.

Denn was wußte der Mensch schon von dem, was da draußen vorging? Er wußte nur das, was seine Instrumente ihm meldeten. Und die Proben, welche die Instrumente und Mechanismen von den Vorgängen gaben, waren eben nicht mehr als Proben. Denn der Jupiter war unglaubhaft weit, und es gab nur einige wenige Beobachtungsbauten.

Mehr als drei Jahre hatten die Biologen daran verwendet, um genaue Angaben über die Loper zu bekommen, die anscheinend die höchste Form von Leben auf dem Jupiter bildeten. Zwei weitere Jahre verbrachten sie mit Nachkontrollen, um ihrer Sache sicher zu sein. Eine Arbeit, die auf der Erde eine oder zwei Wochen beansprucht hätte. Aber in diesem Falle konnte die Arbeit überhaupt nicht auf der Erde vorgenommen werden, denn eine Jupiter-Lebensform konnte man nicht auf die Erde verpflanzen. Der Luftdruck, wie er auf dem Jupiter bestand, konnte außerhalb des Planeten nicht wiederholt werden, und in irdischen Luftdruck- und Temperaturverhältnissen wären die Loper einfach in einer Art von Gasknall verschwunden.

Dennoch mußte diese Arbeit getan werden, wenn der Mensch die Hoffnung verwirklichen wollte, in der Lebensform eines Lopers auf den Jupiter zu gehen. Denn bevor der Umwandler einen Menschen in eine andere Lebensform überführen konnte, mußte zunächst jedes einzelne physiologische Charakteristikum dieser Lebensform bekannt sein – sicher und positiv, ohne die Möglichkeit eines einzigen Irrtums.

Allen kam nicht zurück. Die Traktoren kämmten das nächstgelegene Terrain ab, fanden aber keine Spur von ihm, es sei denn, das schleichende Etwas, von dem einer der Fahrer berichtete, sei der vermißte Erdenmensch in Loperform gewesen.

Die Akademiker lachten ihr vollendetes akademisches Hohngelächter, als Fowler meinte, die Koordinaten könnten vielleicht nicht stimmen. Mit exakter Überlegenheit legten sie dar, daß die Koordinaten richtig waren. Wenn ein Mensch in den Umwandler gestellt und der Schalter gedreht wurde, verwandelte sich der Mensch in einen Loper. Er verließ die Maschine und bewegte sich hinweg, außer Sicht in die trübe Atmosphäre hinein.

Fowler hatte an ein Abgleiten gedacht, irgendeine winzige Abweichung von dem, was ein Loper sein sollte, einen ganz geringfügigen Defekt. Wäre das der Fall, erwiderten die Biologen, so würde man Jahre brauchen, um es herauszufinden.

Und Fowler wußte, daß sie recht hatten.

Jetzt waren es also nicht vier Männer, sondern schon fünf, und Harold Allen war umsonst auf den Jupiter gegangen. Für die wissenschaftliche Erkenntnis war es, als wäre er nie gegangen. Fowler griff über das Pult nach einer Personalliste. Es war eine dünne, sauber zusammengeklammerte Papierrolle. Ihm war es schrecklich, und doch mußte es sein. Irgendwie mußte die Ursache dieses seltsamen Verschwindens herausgefunden werden. Und es gab keine andere Möglichkeit, als weitere Leute hinauszuschicken.

Einen Augenblick lang saß er da und lauschte auf das Heulen des Windes über dem Bau, den immerwährenden, donnernden Sturm, der in kochendem, rasendem Grimm über den Planeten fegte.

Stand da draußen eine Drohung? fragte er sich selbst. Bestand irgendeine Gefahr, die sie etwa nicht kannten? Etwas, das dort lauerte und die Loper verschlang, gleichgültig, ob es sich um wirkliche Loper handelte oder um Loper, die eigentlich Menschen waren?

Oder war ein grundlegender Fehler unterlaufen, als man sich für den Loper als denjenigen Lebenstypus entschied, der sich am besten für die Existenz an der Oberfläche des Planeten eignete? Die offensichtliche Intelligenz der Loper war, das wußte er, ein Faktor bei der Wahl gewesen. Denn wenn das Wesen, in das der Mensch verwandelt wurde, keinen Verstand besaß, dann konnte auch der Mensch seine eigene Intelligenz in einer solchen Verkleidung nicht behalten.

Hatten die Biologen diesem einen Faktor zuviel Gewicht gegeben, um einen anderen Faktor, der unbefriedigt oder hemmend war, damit aufzuwiegen? Es schien unwahrscheinlich. Steifnackig wie die Biologen waren, verstanden sie ihr Geschäft.

Oder war das Ganze überhaupt unmöglich, von vornherein zum Mißerfolg verdammt? Umwandlung in andere Lebensformen war auf anderen Planeten gelungen, aber das bedeutete noch nicht unbedingt, daß sie auch auf dem Jupiter gelingen würde. Vielleicht konnte die menschliche Intelligenz mit dem Sinnenapparat, der für das Jupiterleben vorgesehen war, nicht funktionieren. Vielleicht waren die Loper so andersartig, daß sich gar keine gemeinsame Basis fand, auf der menschliche Erkenntnis und Jupitererkenntnis sich begegnen konnten. Oder der Fehler konnte auch am Menschen liegen, seiner Art anhaften. Eine geistige Abirrung, die zusammen mit dem, was sie draußen vorfanden, sie nicht zurückfinden ließ. Obgleich es womöglich kein Abirren in menschlichem Sinne war. Vielleicht würde irgendein menschlicher Wesenszug, der auf der Erde ganz selbstverständlich war, in so heftigem Widerstreit zur Jupiterexistenz stehen, daß alle menschliche Intelligenz und der gesunde Menschenverstand daran zerbrachen ...

Pfoten sprangen und schlichen über den Korridor. Fowler horchte auf und lächelte schwach. Es war Towser, der von einem Besuch in der Küche beim Freund Koch zurückkam.

Towser kam ins Zimmer, er trug einen Knochen. Er wedelte mit dem Schwanz, blinzelte zu seinem Herrn und ließ sich schwerfällig neben dem Pult nieder. Den Knochen hielt er zwischen den Pfoten. Lange schaute er mit seinen alten, verschnupften Augen seinen Herrn an, und Fowler griff nach ihm und rieb sein zottiges Ohr.

»Liebst du mich noch, Towser?« fragte er, und Towser wedelte mit dem Schwanz.

»Du bist der einzige«, sagte Fowler. »Im ganzen Bau verfluchen sie mich, höchstwahrscheinlich nennen sie mich einen Mörder.«

Er richtete sich auf und beugte sich über den Schreibtisch. Seine Hand langte nach der Liste.

Bennett? Bennett hatte eine Braut, die drüben auf der Erde auf ihn wartete.

Andrews? Andrews schmiedete Pläne, zu Mars Tech zurückzukehren, sobald er genug verdient hatte, um ein Jahr bei ihm zu bleiben.

Olson? Olson würde bald pensioniert. Dauernd erzählte er den anderen, daß er sich zur Ruhe setzen und Rosen züchten würde.

Behutsam legte Fowler die Liste wieder aufs Pult.

Er also verurteilte Menschen zum Tod. Miß Stanley hatte es gesagt, die bleichen Lippen in ihrem Pergamentgesicht hatten sich kaum bewegt. Er schickte die Männer hinaus in den Tod, während er, Fowler, sicher und bequem hier saß.

Zweifellos wurde überall im Bau so von ihm geredet, besonders seit Allen nicht zurückgekehrt war. Natürlich würden sie es ihm ins Gesicht sagen. Nicht einmal der Mann oder die Männer, die er zu sich rufen ließ und denen er sagte, sie seien an der Reihe, nicht einmal die würden es ihm sagen.

Sie würden sagen: »Wann starten wir?« Denn das war die Formel. Aber er würde es in ihren Augen lesen.

Er nahm die Liste wieder zur Hand. Bennett, Andrews, Olson, da waren noch andere, aber es war zwecklos, weiter zu suchen.

Kent Fowler wußte, daß er es nicht mehr über sich brachte, er konnte ihnen nicht gegenüberstehen, konnte keine Männer mehr in den Tod schicken.

Er lehnte sich nach vorn, hob den Hörer vom Telefon ab.

»Ja, Fowler. – Miß Stanley bitte!«

Er wartete auf Miß Stanley und hörte, wie Towser mühsam an dem Knochen herumkaute. Towsers Zähne wurden schlecht.

»Stanley«, meldete sich die Stimme von Miß Stanley.

»Ich wollte Ihnen nur sagen, Miß Stanley, bereiten Sie alles für zwei weitere Leute vor!«

»Fürchten Sie nicht«, fragte Miß Stanley zurück, »daß sie Ihnen ausgehen? Wenn Sie immer nur einen Mann schicken würden, kämen Sie länger damit aus und hätten die doppelte Befriedigung.«

»Einer von ihnen«, sagte Fowler, »ist ein Hund.«

»Ein Hund?«

»Ja, Towser!«

Er hörte die rasche, kalte Wut, die ihre Stimme eisig machte. »Ihr eigener Hund? Der all die Jahre treu mit Ihnen verbracht hat?«

»Eben deswegen«, sagte Fowler, »Towser wäre unglücklich, wenn ich ihn zurücklassen würde.«

Das war nicht der Jupiter, den er vom Fernseher her kannte. Daß es anders wäre, hatte er erwartet, aber nicht so. Er hatte eine Hölle von Ammoniakregen, stikkende Dünste und den betäubenden Lärm des Sturms erwartet. Er hatte sich auf wirbelnde Wolken, auf Nebel, auf das wirre Flackern riesiger Blitze gefaßt gemacht.

Er hatte nicht erwartet, daß die peitschenden Regengüsse sich in schwebende Purpurnebel zurückzogen, die wie fliegende Schatten über roten Purpurrasen dahinzogen. Er hatte nicht einmal geahnt, daß die zukkenden Blitzstrahlen das Aufleuchten reiner Ekstase im farbigen Himmel waren.

Während er auf Towser wartete, spannte Fowler die Muskeln seines Körpers und staunte über die sanfte, geschmeidige Kraft, die er vorfand. Kein schlechter Körper, dachte er, und zog eine Grimasse, als er sich vorstellte, wie er die Loper bedauert hatte, wenn er sie undeutlich durch den Fernseher zu beobachten suchte.

Denn es war schwer gewesen, sich einen lebendigen Organismus vorzustellen, der auf Ammoniak und Sauerstoff statt auf Wasser und Sauerstoff aufgebaut war. Es war schwer zu glauben, daß eine solche Lebensform das gleiche drängende Lebensgefühl kennen könnte wie der Mensch. Es war schwer zu begreifen, daß es in dem trüben Mahlstrom Jupiter überhaupt Leben gab. Aber man wußte natürlich nicht, daß es für Jupiteraugen gar keine trübe Maelström war.

Der Wind strich gegen ihn, berührte ihn wie mit sanften Fingern, und er dachte mit Verwunderung, daß dieser Wind nach irdischer Wertung ein brüllender Sturm sein mußte, ein Heuler, der mit tödlichen Gasen beladen war und mit einer Wucht von zweihundert Meilen in der Stunde dahinbrauste.

Süße Düfte drangen in seinen Körper ein. Und doch eigentlich keine Düfte. Denn es war gar nicht der Geruchssinn, den er von früher her kannte, mit dem er sie wahrnahm. Es war, als sauge sein ganzes Wesen Lavendel ein – und doch wieder nicht Lavendel. Etwas, das er kannte, für das er kein Wort besaß, zweifellos das erste von vielen Rätseln in der Kunst des Ausdrucks. Denn die Worte, die er kannte, die Gedankensymbole, die ihm als Erdenmensch gedient hatten, konnte das Jupiterwesen nicht benutzen.

Der Verschluß an der Seite des Baus öffnete sich, und Towser taumelte heraus – wenigstens dachte er, es müsse wohl Towser sein. Er wollte den Hund anrufen; sein Gedächtnis formte die Worte, die er sagen wollte. Aber er konnte sie nicht aussprechen. Es war keine Möglichkeit da, sie zu formen. Er besaß gar kein Organ, mit dem er sie hätte sprechen können.

Einen Augenblick lang kreisten seine Gedanken in tollem, verworrenem Schrecken, eine blinde Angst wirbelte in kleinen Panikstößen durch sein Hirn.

Wie sprachen denn Jupiterwesen? Wie ...?

Plötzlich spürte er Towser, spürte intensiv die knurrende, eifrige Freundlichkeit des zottigen Tieres, das ihm von der Erde her schon auf manchen Planeten gefolgt war. Als hätte Towsers Wesen sich hinüberbewegt und einen Augenblick in seinem Hirn verweilt.

Und aus der sprudelnden Begrüßung, die er spürte, kamen Worte. »Hiya, Herr!«

In Wirklichkeit waren es keine Worte. Es war weit besser als Worte. Gedankensymbole seines Hirns übertrugen Gedankensymbole, deren Bedeutung so fein abgestuft war, wie es bei Worten gar nicht möglich ist.

»Hiya, Towser«, sagte er.

»Mir geht es gut«, sagte Towser. »Wie ein junges Hündchen fühle ich mich. Ich hatte mich in letzter Zeit ziemlich alt gefühlt. Meine Beine wurden immer steifer, und die Zähne waren fast ganz abgenutzt. Mit solchen Zähnen einen Knochen zu zernagen, war schwer. Außerdem litt ich unter den Fliegen. Früher achtete ich nicht darauf. Ein paar Fliegen mehr oder weniger machten mir nichts aus.«

»Aber ... aber ...« Fowlers Gedanken waren seltsam bestürzt. »Du sprichst ja mit mir!«

»Aber sicher«, sagte Towser. »Ich sprach immer mit dir, aber du konntest mich nicht hören. Ich versuchte dir allerhand zu sagen, aber ich konnte es dir nicht verständlich machen.«

»Manchmal verstand ich dich«, sgte Fowler.

»Nicht sehr gut«, erwiderte Towser. »Du merktest, wann ich Essen und Trinken brauchte, wann ich hinaus wollte, aber das ist auch alles, was du je verstanden hast.«

»Es tut mir leid«, sagte Fowler.

»Vergiß es«, meinte Towser. »Komm, laß uns dort hinüber zu dem Felsen rennen!«

Jetzt erst sah Fowler den Felsen, der, wie es schien, viele Meilen entfernt war, aber in seltsam kristallener Schönheit dalag, die im Schatten der vielfarbigen Wolken funkelte.

Fowler zögerte. »Es ist weit ...«

»Ach komm nur«, sprach Towser, und während er es sagte, startete er dem Felsen zu.

Fowler folgte. Er probierte seine Beine aus, die Stärke dieses neuen Körpers. Zuerst ein wenig zweifelnd, dann voller Staunen, und dann lief er in reiner Freude dahin, und diese Freude war vollkommen, eins mit dem Purpurrasen und dem schwebenden Regenrauch über dem Land.

Während er lief, drang Musik in sein Bewußtsein, eine Musik, die in seinen Körper hineinklang, sein ganzes Wesen überflutete, ihn auf Flügeln silberner Geschwindigkeit emporhob. Musik wie von Glocken aus einem Kirchturm auf einem sonnigen Frühlingshügel. Als der Felsen näher kam, vertiefte sich die Musik und erfüllte das All mit einem Sprühregen zauberhafter Klänge. Und er wußte: diese Musik kam aus dem Wasserfall, der über die Fläche des glänzenden Felsens niederfederte.

Doch wußte er zugleich, es war kein Wasserfall, sondern ein Ammoniakfall, und der Felsen war weiß, weil er aus festem Sauerstoff bestand.

Neben Towser machte er an der Stelle halt, wo der Wasserfall sich in einen glitzernden Regenbogen von vielen hundert Farben brach. Es waren buchstäblich viele hundert Farben, denn hier gab es keine Abstufung von einer Primärfarbe zur anderen, wie Erdenmenschen es sahen, sondern eine klar geschiedene Auswahl, die das Spektrum bis zur letzten Linie ganz auswertete.

»Die Musik«, sagte Towser.

»Nun, was ist mit der Musik«, sagte Fowler.

»Die Musik«, sagte Towser, »das sind Schwingungen, Schwingungen fallenden Wassers.«

»Aber Towser, du weißt doch nichts von Schwingungen!«

»Doch«, entgegnete Towser, »es sprang mir gerade in den Kopf.«

Fowler schluckte innerlich. »Es sprang mir gerade ...«

Und plötzlich hatte er selbst eine Formel im Kopf – die Formel für ein Verfahren, das Metall widerstandsfähiger gegen Jupiterdruck machte.

Erstaunt starrte er auf den Wasserfall. Mit Leichtigkeit

überblickte sein Verstand die vielen Farben und ordnete sie in genauer Reihenfolge in das Spektrum. So ohne weiteres. Wie vom blauen Himmel herab. Ganz von selbst, denn er wußte nichts von Metallen und verstand nichts von Farben.

»Towser«, schrie er. »Towser, es geschieht etwas mit uns!«

»Ja, ich weiß«, erwiderte Towser.

»Unser Verstand«, sagte Fowler, »wir benutzen ihn, ganz, bis in den verborgensten Winkel hinein. Wir brauchen ihn, um Dinge zu entdecken, die wir längst kennen sollten. Vielleicht ist der Verstand von Erdenwesen von Natur her träge und getrübt. Vielleicht sind wir Erdenmenschen die Primitiven des Universums. Vielleicht ist uns auferlegt, alles nur mühevoll zu tun.«

Und in der neuen geschliffenen Klarheit des Gedankens, der ihn nun zu ergreifen schien, spürte er, erkannte er nun, daß diese neue Erfahrung nicht bei den Farben eines Wasserfalls stehenblieb oder bei der Widerstandsfähigkeit der Metalle gegen Jupiterdruck; er spürte noch andere Dinge, die noch nicht ganz klar und deutlich waren. Ein unbestimmtes Flüstern wies auf größere Dinge, auf Geheimnisse jenseits der Grenze menschlichen Denkens, jenseits der Grenze menschlicher Vorstellung. Geheimnisse wurden zu Tatsachen, reine Logik, auf Vernunftschlüssen aufgebaut. Dinge, die im Grunde jeder Verstand erkennen sollte, wenn er all seine Urteilskraft vollkommen wahrnahm.

»Wir sind immer noch sehr irdisch«, sagte er. »Wir fangen erst an, ein weniges von den Dingen zu erfahren, ein weniges von den Dingen, deren Kenntnis uns als Erdenmenschen vorenthalten war, vielleicht aber, weil wir Erdenmenschen waren. Weil unsere irdischen Körper arme Körper waren. Ärmlich ausgestattet zum Denken, arm an gewissen Sinnen, die man zur Erkenntnis braucht. Vielleicht fehlten uns sogar gewisse

Sinne, die man notwendig braucht, um recht zu erkennen.«

Er starrte zurück, zum Bau hinüber, der, durch die Entfernung verkleinert, wie ein winziger schwarzer Fleck erschien.

Da drüben waren Menschen, denen die Schönheit auf dem Jupiter unsichtbar blieb. Menschen, die annahmen, daß wirbelnde Wolken und peitschende Regen das Antlitz des Planeten verdunkelten. Menschliche Augen, welche die Schönheit in den Wolken nicht sehen, Augen, die nicht durch die Stürme hindurchblicken konnten. Körper, die all diese Wonne trillernder Musik, die aus dem Rauschen gebrochener Wasser hervorkam, nicht empfinden konnten.

Menschen, die jeder allein in sich beschränkt umhergingen, in schrecklich verlorener Einsamkeit, die mit ihren Zungen stammelnd redeten wie Pfadfinder, die Botschaften aussandten und doch unfähig blieben, hinüberzulangen und die Seele des andern zu berühren, so wie er hier hinüberlangen und Towsers Seele berühren konnte. Für immer ausgeschlossen von dem persönlichen, innigen Kontakt mit anderen Lebewesen waren die Menschen da drüben in ihrer Unzulänglichkeit.

Er, Fowler, hatte erwartet, daß die fremden Dinge auf diesem Planeten ihm Schrecken einflößen würden, hatte erwartet, er werde sich vor der Drohung unbekannter Wesen ducken müssen, er hatte sich anfangs selber gegen den Widerwillen gestählt, der aus einer nichtirdischen Situation für ihn erwuchs.

Statt dessen hatte er nun etwas gefunden, das größer war als alles, was der Mensch je gedacht hatte. Einen beschwingteren, sichereren Körper. Ein Gefühl der Heiterkeit, ein gesteigertes Lebensgefühl. Einen klaren Verstand. Eine Welt voll Schönheit, wie sie noch nicht einmal ein Träumer auf Erden ahnte.

»Laß uns weitergehen!« bat Towser.

»Wohin willst du gehen?«

»Irgendwohin«, sagte Towser. »Einfach losgehen und sehen, wo wir hingelangen. Ich habe ein Gefühl ... nun ein Gefühl ...«

»Ich weiß«, sagte Fowler.

Denn auch er hatte dieses Gefühl. Das Gefühl hoher Bestimmung. Einen gewissen Sinn für Erhabenes. Ein Bewußtsein, daß irgendwo jenseits des Horizonts Abenteuer lagen und Dinge, die viel mehr waren als Abenteuer.

Auch die anderen fünf hatten es gespürt. Hatten sich gedrängt gefühlt, zu gehen und zu schauen, das zwingende Gefühl gehabt, daß hier ein Leben der Fülle und der Erkenntnis vor ihnen liege.

Deshalb, jetzt wußte er es, waren sie nicht zurückgekehrt.

»Ich will nicht mehr zurück«, sagte Towser.

»Wir können die da unten nicht aufgeben«, sagte Fowler.

Fowler machte ein oder zwei Schritte zum Bau hin. Dann blieb er stehen.

Zurück in den Bau. Zurück in den drückenden, lastend engen Körper, den er verlassen hatte. Früher war er ihm nicht schmerzhaft erschienen, jetzt aber wußte er, daß es so war.

Zurück zu dem wirren Verstand. Zurück zum verdunkelten Denken. Zurück zum sich quälenden Mund, der mühevoll Zeichen formte, die andere nur teilweise verstanden. Zurück zu den Augen, die ihm jetzt kärglicher erschienen als gar kein Gesicht. Zurück zum Staub, zum Kriechen, zur Unwissenheit.

Vielleicht eines Tages schließlich, murmelte er für sich.

»Wir haben eine Menge zu tun, eine Menge zu sehen«, sagte Towser. »Wir haben eine Menge zu lernen. Wir werden Dinge entdecken, Dinge ...«

Ja, sie konnten Dinge entdecken. Zivilisationen vielleicht. Zivilisationen, mit denen verglichen die menschliche Zivilisation einfach kümmerlich war. Und Schönheit! Und was mehr war: Verständnis für die Schönheit. Und eine Kameradschaft, wie sie noch keiner je zuvor gekannt hatte, von der kein Mensch, kein Hund auf Erden etwas ahnte.

Und Leben! Die leichte Beschwingtheit des Lebens nach einer, wie es schien, betäubten Existenz.

»Ich kann nicht zurückgehen«, sagte Towser.

»Ich auch nicht«, sagte Fowler.

»Sie würden mich wieder in einen Hund zurückverwandeln.«

»Und mich«, sagte Fowler, »in einen Menschen.«

Lewis Padgett
(d. i. Henry Kuttner, 1914–1958, und C. L. Moore,
1911–1987)

Wenn der Zweig bricht

(›*Astounding*‹, November)

Henry Kuttner und C. L. Moore erwiesen sich im Jahr 1944 mit Stories wie ›Housing Problem‹ (Charm, *Oktober), ›Trophy‹* (Thrilling Wonder Stories, *Winter) und ›The Children's Hour‹ (*Astounding, *März) in Produktivität und Qualität als ebenso brillant wie zu Anfang der vierziger Jahre. Aber der ganz große Erfolg ihrer Zusammenarbeit dieses Jahres war ›When the Bough Breaks‹, eine packende Geschichte, die ein bißchen Ähnlichkeit mit ›Mimsy Were the Borogoves‹ aus dem Jahr 1943 hat. Es wird oft behauptet, große Science Fiction fange die tragische Seite des Lebens ein. Wenn das stimmt, trägt diese Geschichte den Stempel der Größe.*

(Ich werde oft gefragt, ob ein wissenschaftliches Studium für einen Science Fiction-Autor wichtig sei. Das könnte man glauben, aber offensichtlich ist es das nicht, weil ausgezeichnete Science Fiction von Leuten geschrieben wird, denen es an einem solchen Studium mangelt. Zum Beweis pflege ich Fredric Brown von der älteren Generation und Harlan Ellison von der jüngeren zu nennen. Henry Kuttner und C. L. Moore sind zusätzliche Beispiele. Das soll natürlich nicht heißen, sie seien auf wissenschaftlichem Gebiet unwissend; das würde sie in der Tat disqualifizieren. Es heißt jedoch, daß sie sich das, was sie an Wissenschaft brauchten, selbst angeeignet haben und sehr genau wissen, wie sie ihren Bedarf auf einem Minimum halten und trotzdem großartig zurechtkommen können. – I. A.)

Sie waren überrascht, daß sie die Wohnung bekamen, wo doch die Mieten so hoch und die Mietverträge so vollgespickt mit Klauseln waren, und Joe Calderon pries sich glücklich, mit der U-Bahn nur eine Fahrt von zehn Minuten zur Universität zu haben. Seine Frau Myra schüttelte geistesabwesend ihr rotes Haar auf und meinte, Hauswirte erwarteten vermutlich von ihren Mietern, daß sie sich durch Parthenogenese fortpflanzten, wenn das der richtige Ausdruck sei. Jedenfalls gehe es darum, daß ein Organismus sich in zwei Hälften teile, wodurch zwei erwachsene Exemplare entstünden. Calderon grinste, sagte: »Zweiteilung, Dummchen«, und sah dem kleinen Alexander zu, der, achtzehn Monate alt, auf allen vieren über den Teppich krabbelte und sich bemühte, auf seinen dicken O-Beinen zum Stehen zu kommen.

Es war übrigens eine hübsche Wohnung. Sie hatte zu jeder Tageszeit Sonne und mehr Zimmer, als sie zu diesem Preis hätten erwarten dürfen. Die Nachbarin von nebenan, eine schwabbelige Blondine, die fast ausschließlich über ihre Migräne sprach, sagte, es sei schwierig, Mieter in 4-D zu halten. Zwar spuke es dort nicht gerade, aber es kämen die sonderbarsten Besucher. Der letzte Bewohner, ein Versicherungsmann, der reichlich trank, sei eines Tages ausgezogen und habe von Männchen geredet, die zu jeder Stunde an der Tür läuteten und nach einem Mr. Topf oder so ähnlich fragten. Erst geraume Zeit später identifizierte Joe ›Topf‹ mit ›Kessel‹ (= ›Cauldron‹ beziehungsweise hier ›Calderon‹).

Sie saßen zufrieden auf der Couch und sahen Alexander zu. Er war noch ein richtiges Baby. Wie bei allen Kleinkindern legte sich ein Speckkragen um seinen Nakken, und seine Beine, meinte Calderon, seien zwei dicke Steinglieder ohne Gelenke – jedenfalls machten sie den Eindruck. Die Blicke blieben angesichts ihrer unglaublichen rosa Ausbuchtungen fasziniert daran hängen.

Alexander lachte wie närrisch, stellte sich auf die Füße und schwankte wie ein Betrunkener auf seine Eltern zu, wobei er unverständliches Zeug murmelte. »Du Verrückter«, sagte Myra zärtlich und warf dem Kind ein flauschiges Plüschschwein zu, das es heiß liebte.

»Dann sind wir also alle für den Winter untergebracht«, stellte Calderon fest. Er war ein großer, dünner, abgehetzt wirkender Mann, ein in der Forschung tätiger Physiker mit gutem Namen und an seiner Arbeit in der Universität sehr interessiert. Myra war ein zarter Rotkopf mit Stupsnase und ironischen kastanienbraunen Augen. Sie gab geringschätzige Laute von sich.

»Wenn wir eine Haushaltshilfe bekommen können. Andernfalls werde ich putzen.«

»Das hört sich an wie von einer verlorenen Seele«, sagte Calderon. »Was meinst du mit ›Putzen‹?«

»Putzen wie eine Putzfrau. Ausfegen, kochen, saubermachen. Babies sind eine harte Prüfung. Aber sie sind es wert.«

»Nicht vor Alexander! Er wird sonst überheblich.«

Die Türglocke läutete. Calderon entrollte sich, schlenderte durchs Zimmer und öffnete die Tür. Er sah mehrmals hin, aber da war niemand. Dann senkte er die Augen ein Stück, und was er nun sah, genügte, seinen Blick bißchen starr werden zu lassen.

Vier kleine Männchen standen im Flur. Das heißt, klein waren sie nur von der Stirn abwärts. Ihre Schädel waren immens, wassermelonengroß und wassermelonenförmig, und dazu hatten sie ungewöhnlich große Helme aus glitzerndem Metall auf. Ihre Gesichter waren runzelig, spitze kleine Masken, Nester aus Linien und Falten. Ihre Kleidung zeigte schreiende, unangenehme Farben und war anscheinend aus Papier gemacht.

»Oh?« fragte Calderon geistlos.

Schnelle Blicke wurden unter den vieren gewechselt. Einer von ihnen erkundigte sich: »Sind Sie Joseph Calderon?«

»Ja.«

»Wir«, erklärte der Verrunzeltste des Quartetts, »sind die Nachkommen Ihres Sohnes. Er ist ein Superkind. Wir sind gekommen, ihn zu erziehen.«

»Ja«, sagte Calderon. »Ja, natürlich. Ich ... *hören Sie mal!*«

»Auf was?«

»Super ...«

»Da ist er!« rief ein anderer Zwerg. »Es ist Alexander! Endlich haben wir die richtige Zeit getroffen!« Er trippelte an Calderons Beinen vorbei ins Zimmer. Calderon machte mehrere Versuche, sie zu fassen, aber die Männchen wichen ihm mühelos aus. Als er sich umdrehte, hatten sie sich um Alexander geschart. Myra hatte die Füße unter den Körper gezogen und beobachtete das Geschehen verblüfft.

»Sehen Sie sich das an«, forderte ein Zwerg den anderen auf. »Sehen Sie sein potentielles Tefietzie?« Es klang wie »Tefietzie«.

»Aber sein Schädel, Bordent«, fiel ein zweiter ein. »Das ist der wichtige Teil. Die Vyringe sind fast perfekt koblastabel.«

»Wundervoll«, stimmte Bordent zu. Er beugte sich vor. Alexander faßte in das Runzelnest, packte Bordents Nase und verdrehte sie schmerzhaft. Bordent ertrug es stoisch, bis der Griff sich lockerte.

»Unentwickelt«, meinte er tolerant. »Wir werden ihn entwickeln.«

Myra sprang von der Couch, hob ihr Kind hoch und stellte sich kampfbereit vor den Männchen auf. »Joe«, fragte sie, »willst du dir das gefallen lassen? Wer sind diese Kobolde mit den schlechten Manieren?«

»Gott weiß es.« Calderon befeuchtete die Lippen. »Was für ein Gag soll das sein? Wer hat Sie geschickt?«

»Alexander«, antwortete Bordent. »Aus dem Jahr ... ah ... etwa 2450, grob gerechnet. Er ist praktisch unsterblich. Nur Gewalt kann einen der Super töten, und Gewalt gibt es 2450 nicht.«

Calderon seufzte. »Spaß beiseite. Ein Gag ist ein Gag. Aber ...«

»Immer wieder und wieder haben wir es versucht. 1949, 1944, 1947 – in dieser ganzen Ära. Entweder kamen wir zu früh oder zu spät. Aber jetzt haben wir den richtigen Zeitsektor getroffen. Es ist unsere Aufgabe, Alexander zu erziehen. Die Tatsache, daß Sie seine Eltern sind, sollte Sie mit Stolz erfüllen. Wir verehren Sie, wissen Sie. Vater und Mutter der neuen Rasse.«

»Puh!« machte Calderon. »Hören Sie auf damit!«

»Die beiden brauchen Beweise, Dobish«, gab ein Zwerg zu bedenken. »Schließlich hören sie heute zum ersten Mal davon, daß Alexander ein homo superior ist.«

»Homo Quatsch«, sagte Myra. »Alexander ist ein vollkommen normales Kind.«

»Er ist vollkommen supernormal«, betonte Dobish. »Wir sind seine Nachkommen.«

»Das macht Sie zu einem Supermann.« Calderon beäugte den Zwerg skeptisch.

»Nicht in toto. Es gibt nicht viele vom X-freien Typ. Die biologische Norm ist Spezialisierung. Nur einige wenige sind rundherum super. Manche sind auf Logik, andere auf Verbenität spezialisiert, wieder andere – wir zum Beispiel – sind Führer. Wenn wir X-freie Super wären, könnten Sie nicht hier stehen und mit uns reden. Oder uns ansehen. Wir sind nur Teile. Solche wie Alexander sind das ruhmreiche Ganze.«

»Oh, schick sie weg!« Myra wurde es zuviel. »Ich komme mir vor wie eine Frau aus einer Geschichte von James Thurber.«

Calderon nickte. »Okay. Verduften Sie, Gentlemen! Putzen Sie die Platte! Das ist mein Ernst.«

»In der Tat«, sagte Dobish, »sie brauchen Beweise. Was sollen wir tun? Skyskinieren?«

»Als Beweis nicht schlagend genug«, wandte Bordent ein. »Ich wäre für Anschauungsunterricht. Den Lähmer.«

»Lähmer?« fragte Myra.

Bordent zog einen Gegenstand aus seiner Papierkleidung und drehte ihn in den Händen. Seine Finger hatten alle Doppelgelenke. Calderon spürte, daß ein leichter elektrischer Schlag durch seinen Körper ging.

»Joe«, sagte Myra mit weißem Gesicht, »ich kann mich nicht bewegen.«

»Ich auch nicht. Nur keine Aufregung! Das ist ... das ist ...« Er sprach immer langsamer und verstummte dann ganz.

»Setzen Sie sich!« Bordent drehte den Gegenstand immer noch. Calderon und Myra wichen bis an die Couch zurück und setzten sich. Ihre Zungen waren wie alles Übrige an ihnen erstarrt.

Dobish kam herbei, kletterte auf die Couch und zog Alexander aus den Armen seiner Mutter. In ihren Augen stand Entsetzen.

»Wir werden ihm nichts tun«, versprach Dobish. »Wir wollen ihm nur seine erste Lektion geben. Haben Sie das Lehrmaterial, Finn?«

»Im Beutel.« Finn zog einen fußlangen Beutel aus seinem Gewand. Daraus kamen Dinge zum Vorschein. Unglaublich viele Dinge. Bald war der Teppich voll von dem Zeug, und es war nach Gestaltung, Art und Verwendungszweck problematisch. Calderon erkannte einen Tesserakt.

Der vierte Zwerg, dessen Name, wie sich herausstellte, Quat war, lächelte den bestürzten Eltern tröstend zu. »Passen Sie auf! Sie können nicht lernen; Sie haben das Potential nicht. Sie gehören der Gattung homo sap an. Aber Alexander, der ...«

Alexander hatte mal wieder Launen. Er war diabolisch fröhlich. Mit der Teufelsbesessenheit aller Babies verweigerte er die Kooperation. Er kroch mit rasender

Geschwindigkeit rückwärts. Er brach in lautes, kreischendes Schluchzen aus. Er betrachtete seine Füße mit freudigem Erstaunen. Er stopfte sich die Faust in den Mund und weinte bitterlich über das Resultat. Er sprach mit leiser, kryptisch monotoner Stimme über unsichtbare Dinge. Er boxte Dobish ins Auge.

Die Männchen zeigten unerschöpfliche Geduld. Zwei Stunden später waren sie fertig. Calderon hatte nicht den Eindruck, Alexander habe viel gelernt.

Bordent ließ von neuem den Gegenstand herumwirbeln. Er nickte liebenswürdig und führte den Rückzug an. Die vier Männchen verließen die Wohnung, und einen Augenblick später konnten Calderon und Myra sich wieder bewegen.

Myra sprang auf, taumelte auf den eingeschlafenen Beinen, griff sich Alexander und brach auf der Couch zusammen. Calderon eilte an die Tür und riß sie auf. Der Flur war leer.

»Joe ...« Myras Stimme klang dünn und ängstlich. Calderon kam zurück und strich ihr über das Haar. Er blickte auf den glänzenden wirren Schopf Alexanders hinunter.

»Joe, wir müssen – wir müssen etwas tun.«

»Ich weiß nicht«, meinte er. »Wenn es wirklich geschehen ist ...«

»Es ist geschehen. Sie haben diese Sachen mitgenommen. Alexander. Oh!«

»Sie haben nicht versucht, ihm weh zu tun«, räumte Calderon zögernd ein.

»Unser *Baby!* Er ist kein Superkind.«

»Nun, ich werde meinen Revolver herausholen«, sagte Calderon. »Was könnte ich sonst tun?«

»Ich werde etwas tun«, versprach Myra. »Diese bösen kleinen Kobolde! Ich werde etwas tun, wart's nur ab!«

Und doch gab es nicht viel, was sie hätten tun können.

Stillschweigend kamen sie am nächsten Tag überein, das Thema nicht zu erwähnen. Aber nachmittags um vier, um die Zeit, als der erste Besuch stattgefunden hatte, saßen sie mit Alexander in einem Kino und sahen sich den neuesten Technicolor-Film an. Hier würden die vier Männchen sie kaum finden ...

Calderon spürte, wie Myra sich verkrampfte, und schon indem er sich umdrehte, befürchtete er das Schlimmste. Myra sprang auf, ihr stockte der Atem. Ihre Finger krallten sich in seinen Arm.

»Er ist fort!«

»F-fort?«

»Er ist eben verschwunden. Ich hielt ihn ... und plötzlich ... Laß uns nach draußen gehen!«

»Vielleicht hast du ihn fallengelassen«, mutmaßte Calderon albern und zündete ein Streichholz an. Von hinten kamen wütende Rufe. Myra drängte sich bereits zum Mittelgang durch. Es lagen keine Babies unter dem Sitz, und Calderon holte seine Frau im Foyer ein.

»Er verschwand«, plapperte Myra. »Einfach so. Vielleicht ist er in der Zukunft. Joe, was sollen wir tun?«

Durch irgendein Wunder erwischte Calderon ein Taxi. »Wir werden nach Hause fahren. Das ist der wahrscheinlichste Ort. Hoffe ich.«

»Ja. Natürlich ist es das. Gib mir eine Zigarette!«

»Er wird in der Wohnung sein ...«

Das war er. Er saß in der Hocke und zeigte entschiedenes Interesse an dem Gerät, das Quat vorführte. Das Gerät war ein fröhlich-bunter Schneeschläger mit vierdimensionalen Anhängseln, und es sprach mit dünner, hoher Stimme. Nicht in Englisch.

Bordent sah das Paar eintreten, zog mit einem Ruck den Lähmer hervor und begann ihn zu wirbeln. Calderon faßte Myras Arme und hielt sie zurück. »Lassen Sie das!« bat er eindringlich. »Es ist nicht nötig. Wir werden nichts gegen Sie unternehmen.«

»Joe!« Myra versuchte sich loszuwinden. »Willst du mitansehen, wie sie ...«

»Ruhig!« sagte er. »Bordent, legen Sie das Ding hin! Wir möchten mit Ihnen reden.«

»Nun – wenn Sie versprechen, nicht zu stören ...«

»Wir versprechen es.« Calderon führte Myra mit Gewalt zur Couch und hielt sie dort fest. »Sieh doch, Liebling, Alexander geht es gut. Sie tun ihm nicht weh.«

»Ihm weh tun? Also wirklich!« entrüstete sich Finn. »Er würde uns in der Zukunft die Haut abziehen, wenn wir ihm in der Vergangenheit weh täten.«

»Seien Sie still!« befahl Bordent. Er mußte der Anführer der vier sein. »Ich bin froh, daß Sie kooperieren, Joseph Calderon. Mir geht es gegen den Strich, Gewalt gegen einen Halbgott anzuwenden. Schließlich sind Sie Alexanders *Vater.*«

Alexander streckte ein fettes Pfötchen aus und versuchte, den wirbelnden regenbogenfarbenen Schneeschläger zu berühren. Offenbar war er fasziniert davon. Quat meldete: »Der Kiwwelisch sprüht Funken. Soll ich vastinieren?«

»Nicht zu schnell«, warnte Bordent. »Er wird in einer Woche rational sein, und dann können wir den Prozeß beschleunigen. Und Sie, Calderon, entspannen sich bitte. Möchten Sie irgend etwas?«

»Einen Drink.«

»Das bedeutet Alkohol«, erläuterte Finn. »Der Rubaiyat erwähnt ihn, Sie wissen doch.«

»Rubaiyat?«

»Der singende rote Edelstein in Bibliothek Zwölf.«

»Ach ja.« Bordent erinnerte sich. »Der. Ich dachte an die Jahwe-Tafel, die mit den Donnereffekten. Sind Sie so freundlich, etwas Alkohol herzustellen, Finn?«

Calderon schluckte. »Machen Sie sich keine Mühe. Ich habe Alkohol in diesem Schränkchen. Darf ich ...«

»Sie sind doch keine Gefangenen!« Bordents Stimme klang schockiert. »Es ist doch nur, daß wir Sie dahin bringen müssen, sich ein paar Erklärungen anzuhören, und danach – nun, dann wird es anders sein.«

Myra schüttelte den Kopf, als Calderon ihr ein Glas reichte, aber er sah sie bedeutungsvoll mit finsterer Miene an. »Du wirst keine Wirkung spüren. Schluck's runter!«

Sie hatte den Blick kein einziges Mal von Alexander abgewendet. Das Baby machte jetzt das dünne Geräusch des Schneeschlägers nach. Es klang irgendwie unangenehm.

»Der Strahl arbeitet«, stellte Quat fest. »Der Betrachter zeigt jedoch einen leichten kortikalen Widerstand.«

»Winkeln Sie die Energie ab«, riet Bordent ihm.

Alexander krähte: »Modjewabba?«

»Was ist das?« fragte Myra mit gepreßter Stimme. »Supersprache?«

Bordent lächelte sie an. »Nein, nur Babysprache.«

Alexander brach in Schluchzen aus. Myra erklärte: »Superbaby oder nicht, wenn er auf diese Weise weint, hat er einen triftigen Grund dafür. Erstreckt sich Ihr Unterricht bis zu jenem Punkt?«

»Gewiß«, antwortete Quat ruhig. Er und Finn trugen Alexander hinaus. Bordent lächelte von neuem.

»Sie fangen an zu glauben«, nickte er. »Das hilft.«

Calderon trank und fühlte die heißen Whiskydämpfe an den Innenseiten seiner Wangen. Sein Magen kribbelte vor kaltem Unbehagen.

»Wenn Sie menschlich wären ...«, begann er zweifelnd.

»Wenn wir es wären, wären wir nicht hier. Die alte Kategorie verändert sich. Das mußte irgendwann anfangen. Alexander ist der erste homo superior.«

»Aber warum wir?« fragte Myra.

»Vererbung. Sie haben beide mit Radioaktivität und bestimmten kurzwelligen Strahlen gearbeitet, die das Keimplasma angreifen. Da ist es eben zu einer Mutation gekommen. Das wird von nun an immer wieder einmal geschehen. Zufällig sind Sie die ersten. Sie werden sterben, aber Alexander wird weiterleben. Vielleicht tausend Jahre lang.«

Calderon erkundigte sich: »Diese Sache, daß Sie aus der Zukunft kommen ... Sie sagen, Alexander schicke Sie?«

»Der erwachsene Alexander. Der reife Supermann. Es ist natürlich eine andere Kultur – sie geht über Ihr Begriffsvermögen hinaus. Alexander ist einer der X-Freien. Er sagte zu mir, durch die Übersetzermaschine natürlich: ›Bordent, ich wurde erst im Alter von dreißig Jahren als Super erkannt. Bis dahin ist mir nur die gewöhnliche Homo-sap-Entwicklung zuteil geworden. Ich kannte mein Potential selbst nicht. Und das ist nicht gut.‹ Es ist tatsächlich nicht gut«, schweifte Bordent ab. »Die vollen Fähigkeiten eines Organismus kommen nur dann zum Vorschein, wenn ihm von Geburt an jede Chance zur Expansion gegeben wird. Oder zumindest vom Kleinkindalter an. Alexander sagte zu mir: ›Es ist rund fünfhundert Jahre her, daß ich geboren wurde. Nimm ein paar Führer und geh in die Vergangenheit! Spüre mich als Kleinkind auf! Gib mir von Anfang an eine spezialisierte Ausbildung! Ich glaube, sie wird mich expandieren.‹«

»Die Vergangenheit«, sann Calderon. »Sie meinen, sie ist formbar?«

»Nun, sie hat Auswirkungen auf die Zukunft. Man kann die Vergangenheit nicht verändern, ohne die Zukunft zu verändern. Aber es besteht eine gewisse Tendenz zum Zurückfließen auf die Norm. Es gibt eine zeitliche Norm, ein allgemeines Niveau. In dem ursprünglichen Zeitsektor wurde Alexander nicht von uns besucht. Jetzt ist das verändert worden. Also wird auch die Zukunft verändert werden. Aber nicht auffallend. Es werden keine kritischen temporalen Scheitelpunkte, keine Grundsteine in Mitleidenschaft gezogen. Die einzige Folge wird sein, daß der reife Alexander sein Potential voller erkennen wird.«

Alexander wurde wieder hereingetragen. Er strahlte. Quat setzte den Unterricht mit dem Schneeschläger fort.

»Es gibt nicht viel, was Sie in diesem Zusammenhang unternehmen könnten«, versicherte Bordent. »Ich glaube, das ist Ihnen jetzt klargeworden.«

Myra erkundigte sich: »Wird Alexander aussehen wie Sie?« Ihr Gesicht wirkte angespannt.

»O nein. Er ist ein körperlich perfektes Exemplar. Ich habe ihn natürlich nie gesehen, aber ...«

Calderon fiel ein: »Erbe aller Zeitalter. Myra, begreifst du die Idee allmählich?«

»Ja. Ein Supermann. Aber er ist unser Baby.«

»Das wird er auch bleiben«, beteuerte Bordent eifrig. »Wir haben nicht die Absicht, ihn dem ihm zuträglichen Heim und dem elterlichen Einfluß zu entziehen. Ein Kleinkind braucht das. Tatsächlich ist Duldsamkeit gegenüber den Kleinen ein evolutionärer Zug, der auf das Erscheinen des Supermenschen zielt, ebenso wie der verschwindende Blinddarm eine solche Vorbereitung ist. In bestimmten Perioden der Geschichte ist die Menschheit empfänglich für die Vorbereitung der neuen Rasse. Bisher ist sie nie ganz erfolgreich gewesen – es hat sozusagen anthropologische Fehlgeburten gegeben. Und wie *wichtig* ist das! Kinder sind schrecklich irritierend. Sie sind sehr lange Zeit hilflos, stellen die Geduld der Eltern schwer auf die Probe – von je niedrigerer Ordnung das Tier, desto schneller entwickeln sich die Jungen. Bei den Menschen dauert es Jahre, bis ein Kind unabhängig wird. So nimmt die elterliche Duldsamkeit proportional zu. Das Superkind wird übrigens erst mit zwanzig Jahren reif.«

»Alexander wird bis dahin ein Baby bleiben?« fragte Myra.

»Er wird die körperlichen Merkmale eines normalen achtjährigen Exemplars der Gattung homo sap haben. Geistig ... nun, nennen Sie es Irrationalität. Er wird nicht auf eine intellektuelle oder emotionale Norm ausgerichtet. Er wird geistig nicht gesund sein – das ist ja kein Baby. Selektivität braucht eine ganze Weile zur Entwicklung. Aber seine Höhepunkte werden weit, weit über denen liegen, die zum Beispiel *Sie* als Kind hatten.«

»Danke«, sagte Calderon.

»Sein Horizont wird weiter sein. Sein Verstand kann viel mehr begreifen und assimilieren als Ihrer. Die Welt ist in Wahrheit seine Auster. Beschränkungen gibt es nicht für ihn. Aber es wird einige Zeit dauern, bis sein Verstand, seine Persönlichkeit sich gesetzt haben.«

»Ich möchte noch einen Drink«, bat Myra.

Calderon holte ihn ihr. Alexander bohrte seinen Daumen in Quats Auge und versuchte, es auszuquetschen. Quat unterwarf sich dem passiv.

»Alexander!« rügte Myra.

»Stillsitzen!« befahl Bordent. »Quats Duldsamkeit in dieser Beziehung ist natürlich viel höher entwickelt als Ihre.«

»Wenn er Quat das Auge ausdrückt«, meinte Calderon, »wird das ein großer Jammer sein.«

»Quat ist nicht wichtig, verglichen mit Alexander. Das weiß er auch.«

Zum Glück für Quats beidäugiges Sehvermögen bekam Alexander sein neues Spielzeug plötzlich satt und starrte wieder den Schneeschläger an. Dobish und Finn beugten sich über das Baby und betrachteten es. Calderon hatte allerdings den Eindruck, daß dahinter mehr steckte.

»Induzierte Telepathie«, erklärte Bordent. »Es kostet viel Zeit, sie zu entwickeln, doch wir beginnen jetzt damit. Ich kann Ihnen sagen, es war eine Erleichterung, endlich die richtige Zeit zu treffen. Ich habe diese Türklingel mindestens hundertmal geläutet. Aber niemals bis ...«

»Weg«, sagte Alexander deutlich. »Geht weg!«

Bordent nickte. »Genug für heute. Morgen kommen wir wieder. Sie werden bereit sein?«

»So bereit«, antwortete Myra, »wie wir jemals sein werden, nehme ich an.« Sie leerte ihr Glas.

Sie tranken an diesem Abend noch eine ganze Menge und sprachen die Sache durch. Ihre Argumente wurden davon beeinflußt, daß sie erkannt hatten, über welche Hilfsmittel die vier Männchen offensichtlich verfügten. Keiner von beiden zweifelte mehr. Sie wußten, Bordent und seine Gefährten waren aus einer fünfhundert Jahre fernen Zukunft gekommen, und das auf Befehl eines zukünftigen Alexander, der zu einem erstklassigen Exemplar des Supermenschen herangereift war.

»Erstaunlich, nicht wahr?« sagte Myra. »Dieser kleine Fettklumpen im Schlafzimmer verwandelt sich in ein Wunderkind der zwölften Potenz.«

»Irgendwo muß es ja anfangen. Wie Bordent uns auseinandersetzte.«

»Und solange er nicht aussehen wird wie diese Kobolde – Puh!«

»Er wird super sein. Deukalion und Wie-hieß-sie-noch – das sind wir. Die Eltern einer neuen Rasse.«

»Das ist ein komisches Gefühl«, sagte Myra. »Mir ist, als hätte ich einen Elch geboren.«

»Das wird nie geschehen«, tröstete Calderon sie. »Trink noch ein Gläschen!«

»Es hätte ebensogut geschehen können. Alexander ist ein Swelch.«

»Ein Swelch?«

»Ich kann auch so quatschen wie die Kobolde. Siehst du wohl.«

»Für sie ist es eine Sprache«, sagte Calderon.

»Alexander wird Englisch sprechen. Ich habe Rechte.«

»Nun, Bordent hat anscheinend nicht die Absicht, sie

dir zu nehmen. Er sagte, Alexander brauche die häusliche Umgebung.«

»Das ist der einzige Grund, warum ich noch nicht den Verstand verloren habe«, sagte Myra. »Solange er ... sie ... uns unser Baby nicht wegnehmen ...«

Eine Woche später stand einwandfrei fest, daß Bordent nicht daran dachte, elterliche Rechte zu beschneiden – wenigstens nicht mehr, als notwendig war, zwei Stunden am Tag. In dieser Zeit erfüllten die vier Männchen ihren Auftrag, indem sie Alexander mit allem Wissen vollstopften, das sein Kinder-, aber Supergehirn fassen konnte. Sie waren nicht auf Bauklötzchen oder Bilderbuchverse oder den Abakus angewiesen. Ihre Waffen in der Schlacht waren kryptisch, futuristisch, aber wirksam. Und Alexander lernte von ihnen, daran gab es gar keinen Zweifel. Wie Vitamin B1, auf die Wurzeln einer Pflanze gegossen, das Wachstum fördert, so sickerte das Unterrichtsvitamin der Zwerge in Alexander ein, und sein potentiell supermenschliches Gehirn reagierte, indem es mit brillanter, unregelmäßiger Geschwindigkeit expandierte.

Am vierten Tag hatte er verständlich gesprochen. Am siebten Tag war er fähig, mühelos Unterhaltungen zu führen, wenn auch seine im Sprechen noch nicht geübten Babymuskeln schnell ermüdeten. Seine Wangen waren immer noch Saugscheiben; er war noch nicht voll menschlich, außer in sporadischen Geistesblitzen. Doch diese Geistesblitze kamen jetzt häufiger und lagen dichter beieinander.

Der Teppich war ein einziges Durcheinander. Die Männchen nahmen jetzt ihre Ausrüstung nicht mehr mit nach Hause; sie ließen sie für Alexander da. Das Kind kroch – es machte sich nicht mehr die Mühe, viel zu gehen, da das Kriechen wirtschaftlicher war – zwischen den Gegenständen umher, wählte einige von ihnen aus und steckte sie zusammen. Myra war zum Einkaufen gegangen. Die Männchen würden erst in einer halben Stunde erscheinen. Calderon, müde von seinem Arbeitstag in der Universität, hielt einen Highball in der Hand und betrachtete seinen Sprößling.

»Alexander«, sagte er.

Alexander antwortete nicht. Er montierte ein Gerät an ein Ding, setzte es merkwürdigerweise in ein anderes ein und richtete sich mit befriedigtem Ausdruck auf. Dann – »Ja?« sagte er. Es war noch keine perfekte Aussprache, aber es war unmißverständlich. Alexander sprach etwa so wie ein zahnloser alter Mann.

»Was tust du?« fragte Calderon.

»Nein.«

»Was ist das?«

»Nein.«

»Nein?«

»Ich verstehe es«, behauptete Alexander. »Das ist genug.«

»Aha.« Calderon betrachtete seinen Nackommen mit etwas wie bösen Vorahnungen. »Du willst es mir nicht sagen.«

»Nein.«

»Auch gut.«

»Gib mir zu trinken!« verlangte Alexander. Einen Augenblick lang hatte Calderon die verrückte Vorstellung, das Kleinkind verlange einen Highball. Dann seufzte er, stand auf und kam mit einer Flasche zurück.

»Milch.« Alexander verschmähte das Getränk.

»Du wolltest etwas zu trinken. Wasser ist zum Trinken, oder nicht?« Mein Gott, dachte Calderon, ich diskutiere mit dem Jungen. Ich behandele ihn wie ... wie einen Erwachsenen. Aber er ist keiner. Er ist ein dickes kleines Baby, das auf seinem Hintern auf dem Teppich sitzt und sich mit einem Blechspielzeug amüsiert.

Das Blechspielzeug piepste etwas mit dünner Stimme. Alexander murmelte: »Wiederhole.« Das Blechspielzeug wiederholte.

Calderon fragte: »Was war das?«

»Nein.«

»Quatsch!« Calderon ging in die Küche und holte Milch. Er goß sich selbst einen weiteren Schuß ein. Das war, als ob Verwandte plötzlich hereinschneiten – Verwandte, die man seit zehn Jahren nicht mehr gesehen hatte. Wie, zum Teufel, geht man mit einem Superkind um?

Er blieb in der Küche, nachdem er Alexander mit Milch versorgt hatte. Dann drehte sich Myras Schlüssel in der Wohnungstür. Ihr Aufschrei rief Calderon in aller Eile herbei.

Alexander erbrach mit dem Gehabe eines Forschers, dessen Aufmerksamkeit völlig von einem faszinierenden Phänomen gefesselt ist.

»Alexander!« rief Myra. »Liebling, bist du krank?«

»Nein«, antwortete Alexander. »Ich teste meinen Speiprozeß. Ich muß lernen, meinen Verdauungsapparat zu kontrollieren.«

Calderon lehnte sich an die Tür und grinste schief. »Ja. Am besten, du fängst gleich damit an.«

»Ich bin fertig«, erklärte Alexander. »Putz das weg!«

Drei Tage später entschied der Kleine, seine Lungen müßten entwickelt werden. Er schrie. Er schrie zu jeder Tageszeit mit interessanten Variationen – keuchend, kreischend, jammernd und in höchsten Tönen brüllend. Aufzuhören pflegte er erst dann, wenn er zufrieden war. Die Nachbarn beschwerten sich. Myra sagte: »Liebling, sticht dich eine Nadel? Laß mich nachsehen ...«

»Geh weg!« erwiderte Alexander. »Du bist zu warm. Öffne das Fenster. Ich will frische Luft.«

»Ja, L-liebling. Natürlich.« Sie kehrte ins Bett zurück, und Calderon legte einen Arm um sie. Er wußte, morgen früh würde sie Schatten unter den Augen haben. In seinem Bettchen fuhr Alexander fort zu schreien.

So ging es weiter. Die vier Männchen kamen täglich und erteilten Alexander Unterricht. Sie waren zufrieden mit den Fortschritten des Kindes. Sie beklagten sich nicht, wenn Alexander seinen Idiosynkrasien nachgab, zum Beispiel, wenn er ihnen heftig auf die Nase schlug oder ihre Papierkleider in Fetzen riß. Bordent klopfte auf seinen Metallhelm und lächelte Calderon triumphierend zu.

»Er reagiert ausgezeichnet. Er entwickelt sich.«

»Ach ja? Was ist mit der Disziplin?«

Alexander blickte aus seinem Rapport mit Quat hoch. »Homosap-Disziplin ist auf mich nicht anwendbar, Joseph Calderon.«

»Nenn mich nicht Joseph Calderon! – Ich bin schließlich dein Vater.«

»Eine primitive biologische Notwendigkeit. Du bist nicht genügend weit entwickelt, um die Disziplin durchzusetzen, die ich brauche. Dein Zweck ist, mir elterliche Fürsorge zu geben.«

»Was mich zu einem Brutkasten macht«, brummte Calderon.

»Aber zu einem als Gott verehrten«, tröstete Bordent ihn. »Praktisch zu einem Logos. Dem Vater einer neuen Rasse.«

»Ich komme mir eher wie Prometheus vor«, stellte der Vater der neuen Rasse mürrisch fest. »Er wollte auch helfen. Und das Ende war, daß ein Geier seine Leber fraß.«

»Sie werden von Alexander eine Menge lernen.«

»Er sagt, ich sei unfähig, es zu verstehen.«

»Und sind Sie das nicht?«

»Sicher. Ich bin ja nur der Vogelpapa.« Calderon sah unter traurigem Schweigen Alexander zu, der unter Quats schirmendem Auge ein Gerät aus schimmerndem Glas und gewundenem Metall zusammenbaute. Bordent rief plötzlich: »Quat! Seien Sie vorsichtig mit dem Ei!« Und Finn nahm ein bläuliches Ovoid weg, kurz bevor Alexanders pummelige Hand es ergreifen konnte.

»Es ist nicht gefährlich«, beruhigte Quat die anderen. »Es ist nicht angeschlossen.«

»Er hätte es anschließen können.«

»Ich will das haben«, verlangte Alexander. »Gib es mir!«

»Noch nicht, Alexander«, weigerte sich Bordent. »Du mußt erst lernen, wie man es richtig anschließt. Andernfalls könnte es dir Schaden zufügen.«

»Ich könnte es tun.«

»Du bist noch nicht logisch genug, um deine Fähigkeiten und Mängel gegeneinander abzuwägen. Später wird es ungefährlich sein. Ich glaube, jetzt wäre ein bißchen Philosophie gut, wie, Dobish?«

Dobish hockte sich hin und nahm den Rapport mit Alexander auf. Myra kam aus der Küche, warf einen schnellen Blick auf das Bild und zog sich wieder zurück. Calderon folgte ihr aus dem Zimmer.

»Ich werde mich nie daran gewöhnen, und wenn ich tausend Jahre alt werde.« Langsam und mit Nachdruck hackte Myra Kerben in den Teigrand einer Pastete. »Er ist mein Baby nur noch, wenn er schläft.«

»Wir werden keine tausend Jahre alt«, erinnerte Calderon sie. »Alexander schon. Ich wünschte, wir könnten eine Haushaltshilfe bekommen.«

»Ich habe es heute wieder versucht«, berichtete Myra müde. »Es ist sinnlos. Sie arbeiten alle in kriegswichtigen Betrieben. Sobald ich ein Baby erwähne ...«

»Du kannst das nicht alles allein machen.«

»Du hilfst mir«, sagte sie, »wenn du kannst. Aber du arbeitest auch schwer, Junge. Es wird nicht für immer sein.«

»Ich frage mich, wenn wir ein zweites Kind hätten, wenn ...«

Ihr nüchterner Blick traf den seinen. »Darüber habe ich auch schon nachgedacht. Aber ich glaube, so billig sind Mutationen nicht. Einmal in einer Lebensspanne. Trotzdem, wir wissen es nicht.«

»Im Augenblick spielt es auch keine Rolle. Ein Kleinkind ist genug.«

Myra sah zur Tür. »Ist da drinnen alles in Ordnung? Sieh einmal nach! Ich mache mir Sorgen.«

»Es ist wie immer.«

»Ich weiß, aber das blaue Ei – du weißt doch, Bordent sagte, es sei gefährlich. Ich habe es gehört.«

Calderon lugte durch die Türspalte. Die vier Zwerge saßen Alexander gegenüber, der die Augen geschlossen hielt. Jetzt öffnete er sie und sah Calderon böse an.

»Bleib draußen!« befahl er. »Du unterbrichst den Rapport.«

»Ich bitte vielmals um Entschuldigung.« Calderon zog sich zurück. »Er ist okay, Myra. Ganz der kleine Diktator wie immer.«

»Er ist eben ein Supermensch.« Es klang zweifelnd.

»Nein. Er ist ein Superbaby. Das ist ein großer Unterschied.«

»Sein neuester Trick ...« – Myra machte sich am Herd zu schaffen – »... ein Rätsel. Oder etwas Ähnliches wie Rätsel. Ich komme mir so klein vor, wenn er mich hereinlegt. Aber er sagt, es sei gut für sein Ego. Es kompensiere seine körperliche Schwäche.«

»Rätsel, so? Ich weiß auch ein paar.«

»Bei Alexander werden sie nicht funktionieren«, meinte Myra mit grimmiger Überzeugung.

Das taten sie auch nicht. »Was geht einen Kamin hinauf?« wurde mit der Verachtung behandelt, die es verdiente; Alexander prüfte die Rätsel seines Vaters, drehte sie in seinem Supergehirn hin und her, analysierte sie auf Fehler in Semantik und Logik und verwarf sie. Oder aber er löste sie mit einer solchen peniblen Genauigkeit, daß Calderon zu sehr in Verlegenheit geriet, um die richtigen Antworten zu geben. Er wurde auf Fragen von der Art reduziert, warum ein Rabe wie ein Schreibtisch sei, und da nicht einmal der Verrückte Hutmacher aus »Alice im Wunderland« imstande gewesen war, sein eigenes Rätsel zu lösen, fand er sich mit einigem Entsetzen beim Anhören einer Dissertation über vergleichende Ornithologie wieder. Danach ließ er sich von Alexander mit infantilen Scherzfragen über die Beziehungen von Gammastrahlen zu Photonen piesacken und versuchte, es philosophisch zu nehmen. Es gibt nur wenig, was so irritierend ist wie die Rätsel eines Kindes. Sein spöttischer Triumph pulverisiert sich zu dem Staub, in dem der Erwachsene kriecht.

»Oh, laß deinen Vater in Frieden.« Myra kam mit aufgelöster Frisur herein. »Er möchte gern die Zeitung lesen.«

»Diese Zeitung ist unwichtig.«

»Ich lese die Comics«, sagte Calderon. »Ich möchte wissen, ob die Katzenjammers es fertigbringen, sich an dem Captain dafür zu rächen, daß er sie unter einen Wasserfall gehängt hat.«

»Die Formel für das komische Element einer widersinnigen Zwangslage ...«, begann Alexander gelehrt. Calderon verzog sich angewidert ins Schlafzimmer, wo Myra sich zu ihm gesellte. »Er hat mir schon wieder Rätsel aufgegeben«, berichtete sie. »Laß mich sehen, was die Katzenjammers gemacht haben.«

»Du siehst ziemlich elend aus. Hast du dich erkältet?«

»Ich trage kein Make-up. Alexander sagt, von dem Geruch wird ihm schlecht.«

»Na und? Er ist keine Petunie.«

»Es wird ihm tatsächlich schlecht«, sagte Myra. »Aber natürlich tut er es mit Absicht.«

»Hör mal! Er fängt schon wieder an. Was will er denn jetzt?«

Alexander wollte nichts weiter als ein Publikum. Er hatte eine neue Methode gefunden, idiotische Geräusche mit seinen Fingern und Lippen zu erzeugen.

Manchmal waren bei ihm die normalen kindlichen Phasen nervenzerfetzender als seine Super-Perioden. Als jedoch ein Monat vergangen war, hatte Calderon das Gefühl, das Schlimmste stehe noch aus. Alexander war auf Wissensgebiete vorgedrungen, die bis dahin vom homo sap unberührt geblieben waren, und er hatte die Gewohnheit angenommen, aus dem Gehirn seines Vaters wie ein Blutegel jeden Tropfen an Wissen zu saugen, das der arme Mann besaß.

Myra ging es genauso. Die Welt war in der Tat Alexanders Auster. Er besaß eine unersättliche Neugier auf alles, und man war nirgendwo in der Wohnung mehr ungestört. Calderon gewöhnte sich an, des Nachts die Schlafzimmertür vor seinem Sohn zuzuschließen – Alexanders Bettchen stand jetzt in einem anderen Zimmer –, aber wütendes Gebrüll konnte ihn zu jeder Stunde aus dem Schlaf reißen.

Wenn Myra dabei war, das Essen zu kochen, wurde sie gezwungen, ihre Tätigkeit zu unterbrechen und Alexander die kalorischen Mysterien des Herdes zu erklären. Er lernte alles, was sie wußte, machte einen Sprung in die abstruseren Aspekte der Materie und verhöhnte sie wegen ihrer Unwissenheit. Er fand heraus, daß Calderon Physiker war, was dieser bis dahin sorgfältig geheimgehalten hatte, und danach pumpte er seinen Vater trocken. Er stellte Fragen über Geodätik und Geopolitik. Er verhörte seinen Vater über Monorail-Bahnen und Monologe. Er interessierte sich für Biologie und antike Biremen. Und er war skeptisch, er bezweifelte, ob sein Vater profundes Wissen besaß. »Aber«, erklärte er, »du und Myra Calderon seid bis jetzt mein engster Kontakt mit dem homo sap, und es ist immerhin ein Anfang. Mach die Zigarette aus. Das ist schädlich für meine Lungen.«

»Na gut.« Calderon erhob sich müde und mit dem dieser Tage üblichen Gefühl, von einem Raum der Wohnung in den anderen getrieben zu werden. Er machte sich auf die Suche nach Myra. »Bordent ist bald fällig. Wir könnten irgendwohin ausgehen. Einverstanden?«

»Fein.« Sie stand vor dem Spiegel und frisierte sich schnell. »Ich brauche eine Dauerwelle. Wenn ich nur die Zeit hätte ...!«

»Ich nehme mir morgen frei und bleibe hier. Du brauchst eine Ruhepause.«

»Liebling, nein. Die Examen stehen vor der Tür. Das kannst du einfach nicht machen.«

Alexander schrie. Es entwickelte sich dahin, daß er wollte, seine Mutter solle für ihn singen. Er interessierte sich für den Stimmumfang des homo sap und die mutmaßliche emotionale und einschläfernde Wirkung von Wiegenliedern. Calderon mixte sich einen Drink, setzte sich in die Küche, rauchte und dachte über die glorreiche Bestimmung seines Sohns nach. Als Myra aufhörte zu singen, lauschte er, ob Alexander anfangen werde zu heulen, aber es kam kein Laut, bis eine leicht hysterische Myra in die Küche stürmte, zitternd und mit weit aufgerissenen Augen.

»Joe!« Sie fiel Calderon in die Arme. »Schnell, gib mir einen Drink, oder ... oder halt mich ganz fest!«

»Was ist los?« Er drückte ihr die Flasche in die Hand, ging an die Tür und spähte hinaus. »Alexander? Er ist ruhig. Ißt Konfekt.«

Myra hielt sich nicht damit auf, ein Glas zu füllen. Der Flaschenhals klapperte gegen ihre Zähne. »Sieh mich an! Sieh mich bloß an! Ich bin ganz auseinander.«

»Was ist geschehen?«

»Oh, nichts. Gar nichts. Alexander hat sich in einen Schwarzen Magier verwandelt, das ist alles.« Sie sank auf einen Stuhl und strich sich mit der Hand über die Stirn. »Weißt du, was unser genialer Sohn eben getan hat?«

»Dich gebissen«, riet Calderon, ohne auch nur einen Augenblick daran zu zweifeln.

»Schlimmer, viel schlimmer. Es fing damit an, daß er

Süßigkeiten haben wollte. Ich sagte, es seien keine im Haus. Er befahl mir, hinunter und in das Lebensmittelgeschäft zu gehen und welche zu holen. Ich sagte, da müßte ich mich zuerst anziehen, und zu müde sei ich auch.«

»Warum hast du mich nicht gebeten zu gehen?«

»Dazu bekam ich gar keine Gelegenheit. Ehe ich noch ›Buh‹ sagen konnte, schwenkte dieser Klein-Merlin einen Zauberstab oder so etwas. Ich ... ich war unten im Lebensmittelgeschäft. An der Theke mit den Süßigkeiten.«

Calderon zwinkerte. »Induzierte Amnesie?«

»Da war keine Zeitdifferenz. Es machte nur *Pffft* – und ich war unten. In diesem Lumpen von einem Kleid, ohne einen Tupfen Make-up und das Haar in Strähnen herunterhängend. Mrs. Busherman war auch da und kaufte ein Huhn – diese Katze von gegenüber im Flur. Sie war so freundlich, mir zu sagen, ich sollte mehr auf mich achten. Miau!« sagte Myra wütend.

»Großer Gott!«

»Teleportation. Sagt Alexander, daß es das ist. Etwas Neues, das er gelernt hat. Das lasse ich mir nicht gefallen, Joe. Ich bin schließlich keine Stoffpuppe.« Sie war halb hysterisch.

Calderon ging ins Nebenzimmer, stellte sich hin und betrachtete seinen Sohn. Um Alexanders Mund war Schokolade verschmiert.

»Hör zu, kluges Kerlchen«, sagte Calderon. »Du läßt deine Mutter in Frieden, hast du verstanden?«

»Ich habe sie nicht verletzt«, betonte der Sprößling mit vollem Mund. »Ich bin nur effizient gewesen.«

»Dann sei nicht so effizient. Wo hast du diesen Trick übrigens gelernt?«

»Das Teleportieren? Quat hat es mir gestern abend gezeigt. Er bringt es selbst nicht fertig, aber ich bin ein X-freier Super, also kann ich es. Ich habe die Fähigkeit noch nicht ganz unter Kontrolle. Wenn ich zum Beispiel versuchen würde, Myra Calderon nach Jersey hinüberzuteleportieren, könnte ich sie versehentlich in den Hudson fallen lassen.«

Calderon murmelte etwas Unhöfliches. Alexander erkundigte sich: »Ist das aus dem Angelsächsischen abgeleitet?«

»Mach dir darüber keine Gedanken. Du hättest diese ganze Schokolade gar nicht haben dürfen. Dir wird nur schlecht davon werden. Deine Mutter fühlt sich elend durch dich. Und bei mir erregst du Übelkeit.«

»Geh weg!« sagte Alexander. »Ich möchte mich auf den Geschmack konzentrieren.«

»Nein. Ich sagte, dir wird schlecht davon werden. Schokolade ist zu schwer für dich. Gib sie her! Du hast genug gehabt.« Calderon faßte nach der Papiertüte. Alexander verschwand. In der Küche kreischte Myra.

Calderon seufzte verzweifelt und drehte sich um. Wie er erwartet hatte, war Alexander in der Küche, oben auf dem Herd, und stopfte sich gierig mit Schokolade voll. Myra konzentrierte sich auf die Flasche.

»Was für ein Haushalt«, stöhnte Calderon. »Das Baby teleportiert sich in der Wohnung herum, du läßt dich in der Küche vollaufen, und ich steuere auf einen Nervenzusammenbruch zu.« Er lachte. »Okay, Alexander. Du kannst das Konfekt behalten. Ich weiß, wann ich meine Verteidigungslinie strategisch zu verkürzen habe.«

»Myra Calderon«, sagte Alexander, »ich will zurück in das andere Zimmer.«

»Fliege hierher«, regte Calderon an. »Komm, ich werde dich tragen.«

»Nicht du. Sie. Sie hat beim Gehen einen besseren Rhythmus.«

»Beim Schwanken, meinst du wohl«, sagte Myra, aber sie stellte gehorsam die Flasche zur Seite, stand auf und nahm Alexander auf den Arm. Sie ging hinaus. Es überraschte Calderon nicht sehr, sie einen Augenblick später schreien zu hören. Als er sich der glücklichen Familie zugesellte, saß Myra auf dem Fußboden, rieb sich die Arme und biß sich auf die Lippen. Alexander lachte.

»Was war jetzt?«

»Er-er-er h-h-hat mir einen elektrischen Schlag verpaßt.« Myras Stimme klang wie die eines Kindes. »Er ist wie ein Zitteraal. Und das h-h-hat er noch dazu mit Absicht getan. Oh, Alexander, wirst du wohl aufhören zu lachen!«

»Du bist hingefallen«, krähte der Kleine triumphierend. »Du hast geschrien und bist hingefallen.«

Calderon sah zu Myra hin, und sein Mund wurde schmal. »Hast du es mit Absicht getan?« fragte er.

»Ja. Sie ist hingefallen. Sie sah komisch aus.«

»Du wirst in einer Minute noch viel komischer aussehen. Ob ein X-freier Super oder nicht, was du brauchst, ist eine anständige Tracht Prügel.«

»Joe ...«, sagte Myra.

»Reg dich nicht auf! Er muß lernen, die Rechte anderer zu achten.«

»Ich bin ein homo superior«, erklärte Alexander mit einer Miene, als habe er eine Streitfrage endgültig entschieden.

»Es ist der homo posterior, mit dem ich mich befassen werde«, kündigte Calderon an und versuchte, seinen Sohn zu schnappen. Eine stechende Lohe nervöser Energie fuhr durch seine Synapsen. Er wich schimpflich zurück, knallte gegen die Wand und stieß sich heftig den Kopf an. Alexander lachte wie ein Schwachsinniger.

»Du bist auch hingefallen!« krähte er. »Du siehst komisch aus.«

»Joe!« rief Myra. »Joe, bist du verletzt?«

Calderon erklärte säuerlich, er glaube, er werde es überleben. Doch wahrscheinlich, setzte er hinzu, sei es klug, ein paar Schienen und einen Vorrat an Blutplasma anzulegen. »Für den Fall, daß er anfängt, sich für Vivisektion zu interessieren.«

Myra betrachtete Alexander voller Unruhe. »Du machst Spaß, hoffe ich.«

»Das hoffe ich auch.«

»Nun – da ist Bordent. Reden wir mit ihm.«

Calderon öffnete die Tür. Die vier Männchen marschierten feierlich herein. Sie verschwendeten keine Zeit. Sie scharten sich um Alexander, holten neue Apparate aus den Tiefen ihrer Papierkleidung und machten sich an die Arbeit. Das Kind sagte: »Ich habe *sie* ungefähr achttausend Fuß weit teleportiert.«

»Das war weit, wie?« fragte Quat. »Warst du danach müde?«

»Kein bißchen.«

Calderon nahm Bordent auf die Seite. »Ich möchte mit Ihnen reden. Ich finde, Alexander braucht Haue.«

»Bei Voraster!« rief der Zwerg schockiert. »Aber er ist *Alexander!* Er ist ein X-freier Super-Typ!«

»Noch nicht. Er ist immer noch ein Baby.«

»Aber ein Superbaby. Nein, nein, Joseph Calderon. Ich muß Ihnen noch einmal sagen, daß disziplinarische Maßnahmen nur von Autoritäten mit ausreichender Intelligenz getroffen werden dürfen.«

»Von Ihnen?«

»Oh, jetzt noch nicht«, wehrte Bordent ab. »Wir wollen ihn nicht überanstrengen. Es gibt sogar für die Kraft eines Supergehirns eine Grenze, vor allem in der stark formbaren Periode. Er hat genug zu tun, und seine Einstellung zu sozialen Kontakten braucht noch eine ganze Weile nicht geformt zu werden.«

Myra trat zu ihnen. »Darin kann ich Ihnen nicht beipflichten. Wie alle Babies ist er antisozial. Er mag übermenschliche Kräfte besitzen, aber was die geistige und gefühlsmäßige Ausgeglichenheit betrifft, ist er untermenschlich.«

»Ja«, stimmte Calderon ihr zu. »Diese Geschichte, daß er elektrische Schläge an uns austeilt ...«

»Er spielt nur«, sagte Bordent.

»Und das Teleportieren. Angenommen, er teleportiert mich zum Times Square, wenn ich gerade dusche?«

»Das ist nur sein Spiel. Er ist noch ein Baby.«

»Aber was ist mit uns?«

»Sie haben die erbliche Eigenschaft der elterlichen Duldsamkeit«, erklärte Bordent. »Wie ich Ihnen schon sagte, sind Alexander und seine Rasse der Grund, warum Duldsamkeit überhaupt geschaffen wurde. Beim homo sap besteht dafür kein großer Bedarf. Ich meine, es ist ein weiter Abstand zwischen normaler Duldsamkeit und normaler Provokation. Ein normales Baby mag seinen Eltern für ein paar Augenblicke heftig auf die Nerven gehen, aber das ist so ungefähr alles. Die Provokation ist viel zu geringfügig, um den ungeheuren Vorrat an Duldsamkeit zu erfordern, den Eltern haben. Bei den X-freien Typen ist es allerdings etwas anderes.«

»Sogar für die Duldsamkeit gibt es eine Grenze«, erwiderte Calderson. »Ich denke an eine Kinderkrippe.«

Bordent schüttelte seinen metallumhüllten Kopf. »Er braucht Sie.«

»Aber«, sagte Myra, »aber! Können Sie ihm nicht ein kleines bißchen Disziplin beibringen?«

»Oh, das ist nicht notwendig. Sein Geist ist immer noch unreif, und er muß sich auf Wichtigeres konzentrieren. Sie werden Duldsamkeit für ihn aufbringen.«

»Es ist, als sei er gar nicht mehr unser Baby«, murmelte sie. »Er ist nicht mehr Alexander.«

»Doch, das ist er. Genau das ist er. *Er ist Alexander!*«

»Hören Sie, es ist normal, wenn eine Mutter ihr Baby an sich drücken möchte. Aber wie kann sie das, wenn sie erwarten muß, daß es sie halbwegs durchs Zimmer schleudert?«

Calderon grübelte. »Wird er im Laufe der Zeit weitere ... weitere Superkräfte entwickeln?«

»Ja, natürlich.«

»Er stellt eine Gefahr für Leib und Leben dar. Ich

finde immer noch, daß er Disziplin braucht. Das nächste Mal werde ich Gummihandschuhe anziehen.«

»Das wird nichts nützen.« Bordent runzelte die Stirn. »Außerdem muß ich darauf bestehen ... nein, Joseph Calderon, das geht nicht. Sie dürfen sich nicht einmischen. Sie sind nicht fähig, ihm die richtige Art von Disziplin beizubringen – die er ohnehin jetzt noch nicht braucht.«

»Ich will ihn nur ein einziges Mal durchhauen«, sagte Calderon sehnsüchtig. »Nicht aus Rache. Nur um ihm zu zeigen, daß er die Rechte anderer zu achten hat.«

»Er wird lernen, die Rechte anderer X-freier Supers zu achten. Sie dürfen keinerlei Versuche in dieser Hinsicht machen. Schläge – sofern Sie Erfolg hätten, was höchst unwahrscheinlich ist – könnten ihn psychisch verbiegen. Wir sind seine Tutoren, seine Mentoren. Wir müssen ihn *schützen*. Haben Sie verstanden?«

»Ich glaube schon«, antwortete Calderon langsam. »Das war eine Drohung.«

»Sie sind Alexanders Eltern, aber – entschuldigen Sie bitte – wichtig ist allein Alexander. Sollte ich gezwungen sein, disziplinarische Maßnahmen gegen Sie zu ergreifen, werde ich nicht zögern.«

»Oh, vergessen Sie es«, seufzte Myra. »Joe, gehen wir im Park spazieren, solange Bordent hier ist.«

»Seien Sie in zwei Stunden zurück«, verlangte der kleine Mann. »Auf Wiedersehen.«

Die Zeit verging, und Calderon konnte sich nicht entscheiden, ob ihn Alexanders schwachsinnige Phasen oder die Ausbrüche blendender Intelligenz mehr nervten. Der Sprößling hatte neue Tricks gelernt, und das Schlimmste daran war, daß Calderon nie wußte, was er zu erwarten hatte, oder wann ihm irgendein erstaunlicher Gag an den Kopf geworfen werden würde. Zum Beispiel wie damals, als eine klebrige Toffee-Masse, durch geschickte Teleportation aus dem Lebensmittelgeschäft geklaut, in seinem Bett materialisierte. Alexander hielt das für sehr komisch. Er lachte.

Oder als Calderon sich weigerte, in den Laden zu gehen und Zuckerzeug zu kaufen, weil er, wie er sagte, kein Geld habe ... »Und versuch gar nicht erst, mich zu teleportieren. Ich bin pleite.« Alexander hatte mit Hilfe mentaler Energie auf erschreckende Weise Schwerkraftlinien verdreht. Calderon fand sich mit dem Kopf nach unten mitten in der Luft hängend wieder. Er wurde geschüttelt, und lose Münzen purzelten aus seinen Taschen. Er ging, das Zuckerzeug zu kaufen.

Humor ist eine erworbene Eigenschaft, die sich im Grunde aus Grausamkeit herleitet. Je primitiver ein Verstand, desto geringer ist die Trennschärfe. Ein Kannibale amüsierte sich wahrscheinlich köstlich über das Gezappel seines Opfers in dem brodelnden Kessel. Ein Mann rutschte auf einer Bananenschale aus und bricht sich das Rückgrat. Der Erwachsene hört an diesem Punkt auf zu lachen, das Kind nicht. Und ein zivilisiertes Ego findet eine peinliche Situation ebenso betrüblich wie körperlichen Schmerz. Ein Baby, ein Kind, ein Schwachsinniger ist der Empathie unfähig. Er bringt es nicht fertig, sich mit einem anderen Individuum zu identifizieren. Er ist bedauerlich autistisch; nur seine eigenen Regeln gelten, und der im Schlafzimmer verstreute Müll erheiterte weder Myra noch Calderon.

Es lebte ein kleiner Fremder im Haus. Niemandem machte das Freude. Ausgenommen Alexander. Er hatte viel Spaß.

»Nirgends ist man ungestört«, sagte Calderon. »Er materialisiert überall, zu jeder Zeit, Liebling, ich wünschte, du gingest zu einem Arzt.«

»Was würde der mir wohl raten?« fragte Myra. »Schonen Sie sich, das ist alles. Weißt du, daß es jetzt schon zwei Monate sind, seit Bordent die Macht übernommen hat?«

»Und wir haben wundervolle Fortschritte gemacht«,

ließ sich Bordent hören und kam zu ihnen herüber. Quat saß in Rapport mit Alexander auf dem Teppich, während die anderen beiden Zwerge Vorbereitungen für die Konstruktion eines neuen Geräts trafen. »Oder, besser gesagt, Alexander hat bemerkenswerte Fortschritte gemacht.«

»Wir brauchen eine Ruhepause«, brummte Calderon. »Wenn ich meine Stellung verliere, wer wird dann Ihr Genie ernähren?« Myra streifte ihren Mann mit einem schnellen Blick. Ihr war das von ihm benutzte besitzanzeigende Fürwort aufgefallen.

Bordent gab sich besorgt. »Sie haben Schwierigkeiten?«

»Der Dekan hat ein- oder zweimal mit mir gesprochen. Ich habe meine Studenten nicht mehr im Griff. Ich bin gereizt.«

»Sie brauchen Ihre Duldsamkeit nicht auf Ihre Studenten zu verschwenden. Was Geld angeht, können wir Sie versorgen. Ich werde veranlassen, daß Ihnen einiges in gültiger Währung zur Verfügung gestellt wird.«

»Aber ich möchte arbeiten. Ich widme mich meiner Aufgabe mit ganzem Herzen.«

»Alexander ist Ihre Aufgabe.«

»Ich brauche eine Haushaltshilfe.« Myra blickte hoffnungslos drein. »Könnten Sie mir nicht einen Roboter oder so etwas bauen? Immer wenn es mir gelingt, ein Mädchen zu engagieren, vergrault Alexander es wieder. Keine will auch nur einen Tag in diesem Irrenhaus bleiben.«

»Eine mechanische Intelligenz hätte eine schlechte Wirkung auf Alexander«, lehnte Bordent ab. »Nein.«

»Ich wünschte, wir könnten ab und zu Gäste haben. Oder zu anderen Leuten zu Besuch gehen. Oder einfach allein sein«, seufzte Myra.

»Eines Tages wird Alexander reif sein, und Sie werden Ihren Lohn ernten. Die Eltern Alexanders. Habe ich

Ihnen schon erzählt, daß wir Bilder von Ihnen beiden in der Großen Altertumshalle hängen haben?«

»Sie müssen scheußlich sein«, meinte Calderon. »Ich weiß, wie wir jetzt aussehen.«

»Haben Sie Geduld. Denken Sie an die Bestimmung Ihres Sohns.«

»Das tue ich. Oft. Aber manchmal ermüdet er einen doch ein bißchen. Das ist eine ziemliche Untertreibung.«

»Was der Punkt ist, wo die Duldsamkeit zum Tragen kommt«, betonte Bordent. »Die Natur hat für die neue Rasse gut vorausgeplant.«

»Hm-m-m.«

»Er arbeitet jetzt an sechsdimensionalen Abstraktionen. Alles schreitet wunderschön fort.«

»Ja«, sagte Calderon. Und dann verzog er sich brummend zu Myra in die Küche.

Alexander ging mühelos mit seinen Geräten um. Seine pummeligen Finger waren bereits stärker und sicherer geworden. Immer noch empfand er eine unerlaubte Leidenschaft für das blaue Ovoid, aber unter Bordents wachsamen Augen konnte er es nur in den bestimmten Grenzen benutzen, die seine Mentoren gezogen hatten. Wenn der Unterricht beendet war, hatte Quat die Gewohnheit, ein paar der Gegenstände einzusammeln und sie in einem Schrank zu verschließen. Den Rest ließ er auf dem Teppich liegen, damit Alexanders Genie etwas hatte, woran es sich üben konnte.

»Er entwickelt sich«, sagte Bordent. »Heute haben wir einen großen Schritt voran getan.«

Myra und Calderon waren noch rechtzeitig hereingekommen, um das zu hören. »Was für einen Schritt?« fragte Calderon.

»Wir haben einen Psychoblock entfernt. Alexander wird von nun an keinen Schlaf mehr brauchen.«

»Was?« rief Myra.

»Er wird keinen Schlaf mehr brauchen. Das ist sowieso eine künstliche Gewohnheit. Die Superrasse hat sie abgelegt.«

»Er wird nicht mehr schlafen, so?« Calderon war ein bißchen blaß geworden.

»Richtig. Jetzt wird er sich schneller entwickeln, doppelt so schnell.«

Um 3.30 Uhr morgens lagen Calderon und Myra vollkommen wach im Bett und blickten durch die offene Tür in den hellen Lichtschein, in dem Alexander spielte. So deutlich zu sehen wie auf einer erleuchteten Bühne, wirkte er nicht mehr ganz wie er selbst. Die Unterschiede waren subtil, aber sie waren vorhanden. Unter dem goldenen Flaum hatte sein Kopf ein wenig die Form verändert, und sein ungeformtes Gesicht nahm einen Ausdruck von Intelligenz und Zielstrebigkeit an. Es war kein sympathischer Zug. Er gehörte nicht dorthin. Alexander sah damit weniger wie ein Superbaby als vielmehr wie ein degenerierter alter Mann aus. Die ganze normale Grausamkeit und Selbstsucht eines Kindes – vollkommen gesunde, natürliche Eigenschaften bei einem sich entwickelnden Kleinkind – flackerten über Alexanders Gesicht, während er gedankenversunken feste Kristallblöcke ineinanderfügte wie ein chinesisches Puzzle. Es war erschreckend, dieses Gesicht zu beobachten.

Calderon hörte Myra neben sich seufzen.

»Er ist nicht mehr unser Alexander«, sagte sie. »Kein kleines bißchen.«

Alexander blickte hoch, und plötzlich verschwamm sein Gesicht. Das paradoxe alte und degenerierte Aussehen verschwand, als er den Mund öffnete und wütend losheulte, wobei er die Blöcke in alle Richtungen warf. Calderon sah einen durch die Schlafzimmertür springen und auf dem Teppich liegenbleiben, wo er aus seiner Kompaktheit eine Kaskade kleinerer und immer kleinerer Blöcke ausspie, die blinkend auf ihn zurollten.

Alexanders Geschrei füllte die Wohnung. Kurz darauf begannen Fenster auf der anderen Seite des Hofes zuzuknallen, und dann läutete das Telefon. Calderon griff seufzend danach.

Als er wieder aufgelegt hatte, sah er zu Myra hinüber und verzog das Gesicht. Über das unaufhörliche Gebrüll hinweg sagte er: »Also, das war die Kündigung.«

»Oh«, sagte Myra. »Auch gut.«

»Besser läßt es sich nicht ausdrücken.«

Eine Weile schwiegen sie. Dann murmelte Calderon: »Noch neunzehn Jahre. Damit müssen wir rechnen. Sie sagten doch, er werde mit zwanzig reif werden, nicht wahr?«

»Er wird lange davor Waise sein«, stöhnte Myra. »Oh, mein Kopf! Ich glaube, ich habe mich erkältet, als er uns kurz vor dem Essen auf das Dach hinaufteleportierte. Joe, ob wir wohl die ersten Eltern sind, die ... die es jemals so erwischt hat?«

»Was meinst du?«

»Ich meine, hat es vor Alexander schon einmal ein Superbaby gegeben? Mir kommt es wie eine große Verschwendung von Duldsamkeit vor, wenn wir die ersten sind, die sie brauchen.«

»Wir könnten eine Menge mehr brauchen. Wir werden eine Menge mehr brauchen.« Vorerst sagte er nichts weiter, aber er lag da und dachte nach und bemühte sich, das rhythmische Heulen seines Superkindes nicht zu hören. Duldsamkeit. Alle Eltern brauchen sehr viel Duldsamkeit. Jedes Kind ist von Zeit zu Zeit unausstehlich. Die Rasse hat gewiß elterliche Liebe in gewaltigen Mengen gebraucht, um ihren Kindern das Überleben zu gestatten. Aber noch nie sind Eltern über jedes Maß an Duldsamkeit hinaus geprüft worden. Noch nie haben Eltern zwanzig Jahre davon vor sich liegen gehabt, bei Tag und bei Nacht eine Qual, die schließlich unerträglich wird. Elterliche Liebe ist ein hehres und allumfassendes Gefühl, aber ...

»Ich frage mich«, sagte er nachdenklich, »ich frage mich, ob wir tatsächlich die ersten sind.«
Myras Überlegungen waren in eine andere Richtung gegangen. »Ich nehme an, das ist genau umgekehrt wie bei den Mandeln und dem Blinddarm«, führte sie aus. »Sie haben ihre Nützlichkeit überlebt, aber sie sind immer noch da. Diese Duldsamkeit dagegen war in rudimentärer Form seit Jahrtausenden vorhanden und wartete auf Alexander.«
»Mag sein. Ich frage mich ... Trotzdem, wenn es schon einmal einen Alexander gegeben hätte, müßten wir davon gehört haben. Deshalb ...«
Myra richtete sich auf einem Ellbogen hoch und sah ihren Mann an. »Das glaubst du?« fragte sie leise. »Ich bin mir nicht so sicher. Ich glaube, es könnte auch früher schon geschehen sein.«
Alexander verstummte plötzlich. Für einen Augenblick dröhnte die Stille in der Wohnung. Dann sprach eine vertraute Stimme in ihren beiden Gehirnen gleichzeitig.
»Holt mir Milch! Und ich will sie warm, nicht heiß!«
Von neuem sahen Joe und Myra sich an, sprachlos. Myra seufzte und schlug die Bettdecke zurück. »Diesmal gehe ich«, sagte sie. »Das ist etwas Neues, wie? Ich ...«
»Trödle nicht!« rügte die wortlose Stimme, und Myra zuckte zusammen und schrie leise auf. Elektrizität knisterte hörbar im Zimmer, und Alexanders brüllendes Gelächter war durch die Tür zu hören.
»Er ist jetzt ungefähr so zivilisiert wie ein gut dressierter Affe, vermute ich.« Joe stieg aus dem Bett. »Ich gehe. Du kriechst wieder unter die Decke. Und in einem weiteren Jahr erreicht er möglicherweise den Stand eines Buschmannes. Danach werden wir, wenn wir noch leben, die Freude haben, mit einem Kannibalen zusammenzuleben, der über Superkräfte verfügt. Schließlich arbeitet er sich vielleicht auf das Niveau eines Witzbol-

des mit einer Vorliebe für handfeste Streiche empor. Das müßte interessant werden.« Vor sich hinmurmelnd, ging er hinaus.

Zehn Minuten später kehrte Joe zurück. Myra hielt ihre Knie umschlungen und blickte ins Leere.

»Wir sind nicht die ersten, Joe.« Sie sah ihn nicht an. »Ich habe nachgedacht. Ich bin ziemlich sicher, wir sind es nicht.«

»Aber wir haben nie gehört, es hätten sich irgendwo Supermenschen ...«

Sie wandte den Kopf und bedachte ihn mit einem langen, nachdenklichen Blick. »Nein«, sagte sie.

Sie schwiegen. Dann nickte er: »Ja, ich verstehe, was du meinst.«

Im Wohnzimmer zerbrach etwas. Alexander lachte, und das Geräusch von splitterndem Holz war laut in der Stille der Nacht. Irgendwo draußen knallte ein weiteres Fenster.

»Es gibt einen Zerreißpunkt«, flüsterte Myra. »Es muß einen geben.«

»Sättigung«, murmelte Joe. »Duldsamkeitssättigung – oder so etwas. Es könnte so gewesen sein.«

Alexander trudelte in Sicht, etwas Blaues umklammernd. Er setzte sich und begann, mit glänzenden Drähten herumzufummeln. Myra richtete sich mit einem Ruck auf.

»Joe, er hat das blaue Ei in die Finger bekommen! Er muß den Schrank aufgebrochen haben.«

»Aber Quat hat ihm gesagt ...«

»Es ist gefährlich!«

Alexander sah zu ihnen hinüber, grinste und bog die Drähte zu einem Käfig von der Größe des Eies.

Galderon fand sich außerhalb des Bettes und auf halbem Weg zur Tür wieder. Er blieb stehen, bevor er sie erreichte. »Du weißt«, stellte er nachdrücklich fest, »daß er sich mit dem Ding verletzen könnte.«

»Wir werden es ihm wegnehmen müssen«, stimmte Myra zu und stemmte sich mit müdem Widerstreben hoch.

»Sieh ihn dir an«, drängte Calderon. »Sieh doch nur!«

Alexander hantierte fachmännisch mit den Drähten. Seine Hände flackerten hin und wieder außer Sicht, während er einen Tesserakt unterhalb des Käfigs ins Gleichgewicht brachte. Dieser merkwürdige Schleier des Wissens gab seinem pausbackigen Gesicht den degenerierten Ausdruck von Senilität, den sie mittlerweile so gut kannten.

»Du weißt, das wird immer so weitergehen«, murmelte Calderon. »Morgen wird er wieder ein bißchen weniger wie er selbst aussehen als heute. Nächste Woche – nächsten Monat – wie wird er in einem Jahr sein?«

»Ich weiß«, sagte Myras Stimme wie ein Echo. »Trotzdem werden wir wohl ...« Sie brach ab. Barfuß stellte sie sich neben ihren Mann und sah zu.

»Das Gerät wird sicher fertig sein«, sagte sie, »wenn er diesen letzten Draht angeschlossen hat. Wir sollten ihm das Ding wegnehmen.«

»Meinst du, das könnten wir?«

»Wir sollten es versuchen.«

Sie sahen sich an. Calderon bemerkte: »Es sieht wie ein Osterei aus. Ich habe noch nie gehört, daß ein Osterei jemanden verletzt hätte.«

»Ich vermute, wir tun ihm in Wirklichkeit einen Gefallen«, hauchte Myra. »Gebranntes Kind scheut das Feuer. Wenn sich ein Kind einmal an einem Streichholz verbrannt hat, läßt es die Finger davon.«

Schweigend standen sie da und sahen zu.

Alexander brauchte noch ungefähr drei weitere Minuten, bis er seinen Apparat, was das auch sein mochte, fertig hatte. Das Ergebnis war phänomenal. Weißes Licht flammte auf, zerteilte Luft knisterte, und Alexander verschwand in dem Glanz. Zurück blieb nur ein schwacher Geruch nach etwas Verbranntem.

Als die beiden wieder sehen konnten, zwinkerten sie ungläubig die leere Stelle an. »Teleportation?« flüsterte Myra benommen.

»Ich werde mich vergewissern.« Calderon ging hin und blickte auf die feuchte Stelle des Teppichs nieder, mit Alexanders Schuhen darauf. Er sagte: »Nein, keine Teleportation.« Dann holte er tief Atem. »Er ist tatsächlich fort. Also ist er niemals groß geworden und hat Bordent nicht in der Zeit zu uns zurückgeschickt. Es ist alles nie geschehen.«

»Wir sind nicht die ersten gewesen«, stieß Myra mit schwankender, gedankenverlorener Stimme hervor. »Es gibt einen Zerreißpunkt, das ist alles. Wie leid tun mir die ersten Eltern, die ihn nicht erreichen!«

Sie wandte sich schnell ab, aber nicht schnell genug, um vor ihm zu verbergen, daß sie weinte. Er zögerte, den Blick auf die Tür gerichtet. Dann sagte er sich, daß es wohl besser sei, wenn er ihr nicht gleich folgte.

Aus dem Amerikanischen übersetzt von Rosemarie Hundertmarck

Theodore Sturgeon
(1918–1985)

Killdozer!
(›*Astounding*‹, November)

Ted Sturgeon kehrte nach einer Abwesenheit von mehreren Jahren mit diesem spannenden Meisterwerk auf die Seiten von Astounding *zurück. Geschichten über Besessenheit gehören für gewöhnlich in den Fantasy-Bereich, aber da in dieser Story eine fremde Intelligenz Besitz ergreift, qualifiziert sich ›Killdozer!‹ als Science Fiction. In der SF ist das Thema Mensch gegen Maschine uralt, aber selten ist es mit soviel Geschick behandelt worden. Sturgeon war Schwermaschinenführer und wußte, wovon er schrieb. Die Geschichte wurde 1974 für das Fernsehen verfilmt, aber der Film erreichte die dramatische Spannung des Originals nicht.*

(Der Zweite Weltkrieg brachte bei einer Reihe von führenden Science Fiction-Autoren einen Rückgang der Produktion mit sich. Zum Beispiel arbeiteten Robert Heinlein, Sprague de Camp und ich in den Jahren 1942 und 1943 in demselben Gebäude und auf demselben Flur bei der US-Marine in Philadelphia. Die Folge war, daß Bob und Sprague drei Jahre lang buchstäblich nichts schrieben [obwohl es mir gelang, Zeit für die Fortsetzung meiner Foundation-Serie und die Geschichten über positronische Roboter zu finden]. Ted Sturgeon gehörte ebenfalls zu den Ausfällen [und das alles hätte den armen John Campbell fast in den Wahnsinn getrieben, wie Sie sich sicher vorstellen können]. Als Ted jedoch zurückkehrte, tat er das mit seiner besten Science Fiction-Story – derjenigen, die Sie gleich lesen werden. Also ist vielleicht letzten Endes alles zum Besten ausgeschlagen. – I. A.)

Vor der Rasse war die Sintflut, und vor der Sintflut war eine andere Rasse, deren Natur sich dem Verständnis der Menschheit entzieht. Sie war nicht unirdisch, es waren keine Aliens, denn dies war ihre Erde und ihre Heimat.

Es gab einen Krieg zwischen dieser Rasse, die eine große war, und einer anderen. Die andere war tatsächlich fremdartig, eine intelligente Wolkenform, eine Gruppierung materieller Elektronen mit eigenem Bewußtsein. Sie entstand in mächtigen Maschinen durch einen Unfall in einer Wissenschaft, die in ihrer Komplexität über unsere Eingeborenen-Vorstellungen hinausgeht. Und die Maschinen, bisher die Diener der irdischen Rasse, wurden ihre Herren, und groß waren die Schlachten, die folgten. Die Elektronenwesen waren imstande, das empfindliche Gleichgewicht der Atomstruktur zu stören. Ihr Medium war Metall, in das sie eindrangen und das sie zu ihren eigenen Zwecken benutzten. Sie bemächtigten sich auf diese Weise jeder Waffe, die die irdische Rasse entwickelte, und kehrten sie gegen sie, bis die letzten Überlebenden dieser volkreichen Zivilisation endlich ein Verteidigungsmittel fanden …

Einen Isolator. Das Endprodukt oder Nebenprodukt jeder Energieforschung – Neutronium.

Von ihm geschützt, bauten sie eine Waffe. Was sie war, werden wir entweder nie erfahren, und unsere Rasse wird am Leben bleiben – oder wir werden es erfahren, und unsere Rasse wird untergehen wie die ihre. Denn als die Waffe den Feind vernichten sollte, geriet sie außer Kontrolle, und ihre unermeßliche Gewalt vernichtete ebenso ihre Erbauer und deren Städte und besessenen Maschinen. Die Erde selbst ging in Flammen auf, die Kruste krümmte und schüttelte sich, und die Ozeane kochten. Nichts entrann dem Untergang, nichts, was wir als Leben kennen, und nichts von dem Pseudoleben, das sich innerhalb der geheimnisvollen Kraftfelder dieser unverständlichen Maschinen entwickelt hatte, ausgenommen einen besonders widerstandsfähigen Mutanten.

Es war ein Mutant, und es entbehrt nicht der Ironie, daß allein dieser eine mittels der ersten einfachen Maßnahmen, die gegen seine Art getroffen wurden, hätte getötet werden können – aber die Zeit für einfache Maßnahmen war vorbei. Es war ein organisiertes Elektronenfeld, das Intelligenz und Bewegungsfähigkeit und den Willen zum Zerstören hatte, sonst aber kaum etwas. Von dem Holocaust betäubt, trieb es über den grollenden Planeten, und als die auf der Erde wildgewordenen Gewalten einmal nachließen, sank es, vor Erschöpfung nur halb bei Bewußtsein, auf den dampfenden Boden. Dort fand es ein Obdach – ein Obdach, das seine toten Feinde für sich erbaut hatten. Eine Hülle aus Neutronium. Es schwebte hinein – und jetzt sank sein Bewußtsein auf den niedrigsten Stand ab. So lag es dort, während das Neutronium mit seinem seltsamen ständigen Fluß, seinem unaufhörlichen Streben nach perfekter Ausgeglichenheit sich ausdehnte und die Öffnung schloß. Und in den turbulenten Äonen, die folgten, wurde die Hülle auf der Oberfläche der rollenden Sphäre wie eine graue Blase umhergeworfen, denn keine Substanz auf Erden wollte sie haben oder sich mit ihr verbinden.

Die Äonen kamen und gingen, und die chemische Aktion und Reaktion taten ihr geheimnisvolles Werk, und von neuem gab es Leben und Entwicklung. Und ein Stamm fand die Neutronium-Masse, die keine Substanz, sondern eine statische Kraft ist. Ehrfurcht erfüllte die Wilden angesichts ihrer Aura aus unbeschreiblicher Kälte, und sie beteten sie an und bauten einen Tempel um sie herum und brachten ihr Opfer. Und Eis und Feuer und das Meer kamen und gingen, und das Land stieg und fiel im Verlauf der Jahre, bis die Tempelruine auf einem Hügel stand und der Hügel eine Insel war. Inselbewohner kamen und gingen, lebten und bauten und starben, und Rassen vergaßen. So gab es jetzt irgendwo im Pazifik westlich des Archipels, den man Islas Revillagigeda nennt, eine unbewohnte Insel. Und eines Tages …

Chub Horton und Tom Jaeger standen am Ufer und sahen die *Sprite* mit den drei Lastprahmen, die sie schleppte, über der glasigen See verschwinden. Man hatte nicht den Eindruck, als führen der große Hochseeschlepper und seine Anhänger davon, sondern eher, als würden sie unscharf. Chub spuckte sauber um die Zigarette herum, die ihm aus dem Mundwinkel wuchs.

»Das wär's dann für drei Wochen. Was hast du dabei für ein Gefühl, wenn du Versuchskaninchen bist?«

»Wir schaffen das schon.« Viele kleine Falten legten sich um die äußeren Enden von Toms Augen. Er war einen Kopf größer als Chub, schlank und nicht so kräftig, und er war gelernter Maschinenführer. Ihn zum Vorarbeiter des Experiments zu machen, war ein kluger Entschluß, denn er war tüchtig, und man brachte ihm Achtung entgegen. Die Theorie des Flugplatzbaus, die sie testen sollten, sagte ihm sehr zu, denn hier gab es keine mit der Leitung betrauten Offiziere, keine Regierungsinspektoren, keine Zeitmessung und keine Berichte. Die Regierung hatte der Unternehmergesellschaft für eine bestimmte Zeit Land zugewiesen, und der Gedanke dabei war, für das Projekt beim Abstecken und Planieren Methoden der Fließbandproduktion anzuwenden. Eingesetzt wurden sechs Maschinenführer, zwei Mechaniker und die beste Ausrüstung, die für Geld zu haben war, im Wert von mehr als einer Million Dollar. Anhand bestimmter Vorgaben der Regierung sollte nach Fertigstellung eines bestimmten Bauabschnitts die Abnahme erfolgen. Die Theorie berücksichtigte weder Drückebergerei noch Bestechlichkeit und wich dem Arbeitskräftemangel geschickt aus. »Bis die Asphaltleute kommen, sind wir bestimmt fertig«, meinte Tom.

Er drehte sich um, betrachtete die Insel mit den Augen eines Maschinenführers und sah sie, wie sie war, dazu in allen Phasen, die sie zu durchlaufen hatte, und wie sie aussehen würde, wenn die Arbeit einmal beendet war, mit viertausend Fuß drainierter Startbahn, festen Banketten, vier Acres Kleinflughafen, einer Zufahrtstraße und einer kurzen Rollbahn. Er sah jede Schicht Erde, die der Löffelbagger von dem Mergelberg abtragen würde, und die Ruinen oben auf dem Berg mußten ihnen die Steine liefern, die sie über die Ebene zu dem kleinen Sumpf am anderen Ende befördern und dort von den Planierraupen einarbeiten lassen wollten.

»Bis zum Dunkelwerden haben wir noch genug Zeit, um den Bagger an den Berg zu bringen.«

Sie gingen am Strand entlang zu den Felsen, bei denen die Ausrüstung umgeben von Kisten und Vorratsbehältern stand. Die drei Traktoren tuckerten leise vor sich hin, die Zweitakt-Diesel gluckbsten durch ihre Auspufftöpfe, und das metronomische Kompressionsklopfen der großen D-7 knallte bei jeder mühelosen Umdrehung. Die Dumptors standen schweigend in einer Reihe, denn sie würden erst zum Einsatz kommen, wenn der Bagger bereit war, sie zu beladen. Sie sahen wie eine mechanische Version von Dr. Doolittles ›Schiebmichziehdich‹ aus, diesem phantastischen Tier mit zwei vorderen Enden. Ausgerüstet waren sie mit zwei großen Triebrädern und zwei kleinen steuerbaren Rädern. Der Motor und der Fahrersitz befanden sich Seite an Seite über den vorderen – oder kleineren – Rädern, aber der Fahrer saß mit dem Gesicht zu der Kippkastenkarosserie zwischen den großen Hinterrädern, genau umgekehrt, wie er in einem Kippwagen sitzen würde. Auf dem Weg vom Bagger zur Abladestelle fuhr er also, über die Schulter blickend, rückwärts, und beim Abladen setzte er die Maschine zurück, fuhr selbst aber vorwärts – eine ziemliche Nervenbelastung, wenn man es vierzehn Stunden am Tag tun muß! Der große Bagger in der Mitte überragte all die anderen Maschinen. Er hockte da mit gesenktem Ausleger, das eiserne Kinn auf dem Boden wie ein riesiger müder Dinosaurier.

Rivera, der puertoricanische Mechaniker, blickte grinsend auf, als Tom und Chub näherkamen, und steckte einen Schraubenschlüssel in die Brusttasche seines Overalls.

»Sie sagt ›Sigalo‹.« Seine weißen Zähne blitzten aus den Schmierflecken um seinen Mund. »Sie sagt, sie möchte gern Schmutz auf die Farbe bekommen.« Er trat mit der Ferse gegen den Planierschild der Sieben.

Tom erwiderte das Grinsen – immer eine Überraschung in seinem ernsten Gesicht.

»Diese Sieben wird sich noch schmutzig genug machen, und sie wird außer der Farbe einen großen Teil ihrer scharfen Schneide einbüßen, bis wir mit der Arbeit fertig sind. Steig in den Sattel, Goony! Du baust jetzt von den Felsen bis hinunter zu der flachen Stelle dort eine Rampe und ebnest von hier bis zu dem Berg da drüben ein paar Buckel ein! Wir wollen den Löffelbagger heute noch an Ort und Stelle bringen.«

Der Puertoricaner saß schon oben, bevor Tom fertig gesprochen hatte. Aufbrüllend drehte sich die Sieben um ihre Längsachse und fuhr rückwärts an den Felsen entlang ein Stück landeinwärts. Die Stahlschneide sank nach unten, und der sandige Mergel kräuselte sich und häufte sich vor dem Bulldozer, legte sich auf den Schild und lief in zwei gleichmäßigen Rollen an den Enden davon ab. Rivera schob die Erde vor sich her. Die Sieben ging mit der Tourenzahl herunter, während sie die Last aufnahm, brüllte und zog wie ein zu schwer beladener Ochse. Sie zündete so langsam, daß die Männer die Umdrehungen zählen konnten.

»Die Maschine ist eine Wucht«, stellte Tom fest.

»Der Maschinenführer auch«, brummte Chub und setzte hinzu: »Für einen Mechaniker.«

»Der Junge ist in Ordnung«, erklang auf einmal Kellys Stimme. Er stand bei ihnen und sah dem Puertoricaner auf dem Bulldozer zu, als sei er die ganze Zeit schon dagewesen. Auf diese Weise tauchte Kelly immer auf. Er war groß und schlank mit zu langen grünen Augen, und seine geschmeidigen Bewegungen glichen denen einer abgemagerten Katze. »Ich hätte nie geglaubt«, sagte er, »es noch zu erleben, daß Maschinen so wie die hier betriebsbereit verschifft werden. Wahrscheinlich hat sich das bisher noch nie jemand einfallen lassen.«

»Es kommt heutzutage vor«, erwiderte Tom, »daß schwere Ausrüstungen in aller Eile gelöscht werden müssen. Wenn das bei Tanks geht, geht es auch bei Baumaschinen. Wir tun es, um statt dessen etwas zu bauen, das ist alles. Kelly, laß den Bagger an! Er ist abgeschmiert. Wir bringen ihn zum Berg hinüber.«

Kelly schwang sich in das Führerhaus des großen Löffelbaggers, ließ die Reglerkontrolle wippen und zog den Schalthebel. Der Murphy-Diesel schnaubte und ging in einen tuckernden Leerlauf über. Kelly stieg in den Sattel, gab ein bißchen Gas und hob langsam den Ausleger.

»Ich kann es immer noch nicht fassen«, bemerkte Chub. »Es ist erst ein paar Jahre her, da hatten wir zweihundert Mann bei einer Arbeit wie dieser.«

Tom lächelte. »Ja, und als erstes hätten wir ein Bürogebäude gebaut, und dann Unterkünfte. Mir ist es auf diese Art lieber. Keine Zeitmesser, keine Maschinenauslastungsberichte, keine Aufstellungen über gemachte Fortschritte und Flächenleistungen, weiter gar nichts als acht Mann, Ausrüstung im Wert von einer Million Dollar und drei Wochen Zeit. Ein Löffelbagger und ein Haufen von Werkzeugkisten schützen uns vor dem Regen, und Army-Feldrationen werden unsere Mägen füllen. Wir tun unsere Arbeit, wir reisen ab, und wir werden bezahlt.«

Rivera war mit der Rampe fertig. Er wendete die Sieben, fuhr die Rampe hinauf und walzte die Erde fest. Oben angekommen, senkte er den Schild, hielt ihn in der Schwebe, fuhr die Rampe rückwärts wieder hinunter und strich die Rollen aus. Auf ein Winken von Tom hin fuhr er den Strand entlang auf den Berg zu, zerschlug die Buckel und füllte die Löcher aus. Er sang bei der Arbeit, spürte den Rhythmus des starken Motors, den mikrometergenauen Gehorsam der großen, unerbittlichen Maschine.

»Warum bleibt dieser Affe nicht bei seinen Schmierpistolen?«

Tom drehte sich um und nahm das abgekaute Ende eines Streichholzes aus dem Mund. Er sagte nichts, weil er schon seit geraumer Zeit eine Gewohnheit daraus zu machen suchte, nichts zu Joe Dennis zu sagen. Dennis war ein früherer Buchhalter, der aus einem Büro abgezogen worden war, nachdem ein Projekt auf den Westindischen Inseln seinen letzten Schnaufer getan hatte. Er war Maschinenführer geworden, weil man dringend Maschinenführer brauchte. Wegen seines Hangs zu Intrigen hatte man ihn mit großer Bereitwilligkeit aus dem Büro freigestellt. Seine Spielchen trieb er jedoch immer noch, und ganz abgesehen von seinem wie gekocht wirkenden roten Gesicht und seinem etwas femininen Gang war er auf einer Baustelle fehl am Platz. Dort kann man nämlich Leute, die Stiefel lecken und anderen ein Messer in den Rücken stoßen, noch weniger brauchen als in einem Büro. Tom, der stets versuchte, seine Gedanken auf die Arbeit zu konzentrieren, mußte sich jedoch eingestehen: Von allen irritierenden Eigenschaften, die Dennis besaß, ärgerte ihn am meisten, daß er ein so guter Fahrer eines Muldenwagens war, wie sich nur irgendwo einer auftreiben ließ. Das konnte niemand leugnen.

Dennis leugnete es gewiß nicht.

»Ich habe es noch erlebt, daß ein Goonys, wenn er dabei erwischt wurde, daß er sich zum Essen auf eine Maschine setzte, einen Tritt in den Arsch bekam«, stänkerte Dennis. »Jetzt gibt man ihnen die Arbeit eines Mannes und die Bezahlung eines Mannes.«

»Er *tut* schließlich auch die Arbeit eines Mannes, oder?« sagte Tom.

»Er ist Puertoricaner!«

Tom drehte sich um und sah ihn gleichmütig an. »Woher stammst du doch gleich?« überlegte er. »Ach ja, aus Georgia.«

»Was willst du damit sagen?«

Tom entfernte sich bereits mit großen Schritten. »Das verrate ich dir, sobald ich es muß«, warf er über die Schulter zurück. Dennis beobachtete weiter die Sieben.

Tom warf einen Blick auf die Rampe und winkte dann Kelly herbei. Kelly zog die Bremse für den Drehkranz an, damit der Bagger nicht schwenken konnte, schaltete auf ›Fahren‹ und schob den Schwenkhebel nach vorn. Die Gleisketten rasselten, der zusammengedrückte Korallensand knirschte laut, und die großen flachen Platten der Gleisketten trugen den Bagger hinüber und die Rampe hinunter. Er passierte die höchste Stelle, die schwere Manganstahltür des Eimers öffnete und schloß sich wie ein hungriges Maul und knallte oben an, bis sie plötzlich einrastete und still war. Der große Murphy-Diesel summte hohl unter der Kompression, als die Maschine abwärts lief. Dann übernahm der Regler die Drosselung, und der Motor begann mit seinem die Eingeweide erschütternden Klopfen.

Peebles stand an einem der Muldenwagen, saugte an seiner Pfeife und sah aufs Meer hinaus. Er war grauhaarig und schwer, und unter den buschigsten grauen Brauen blickten die ruhigsten grauen Augen hervor, die Tom je gesehen hatte. Peebles war noch nie wütend auf eine Maschine geworden – ein seltener Zug bei einem geborenen Mechaniker –, und in mehr als fünfzig Jahren hatte er gelernt, daß es noch sinnloser war, auf einen Menschen wütend zu werden. Denn ganz gleich, um was es sich handelte, bei einer Maschine konnte man den Schaden immer reparieren. Er sagte um seinen Pfeifenstiel herum:

»Hoffe, du wirst mir meinen Jungen da drüben zurückgeben.«

Um Toms Lippen zuckte ein kleines Grinsen. Seit er und der alte Peebles sich kennengelernt hatten, herrschte zwischen ihnen gutes Einvernehmen. Es war eins von diesen Dingen, die existieren, ohne daß man darüber sprechen muß – sie wußten wenig voneinander, weil sie es nie für notwendig gehalten hatten, über Nichtigkeiten zu plaudern, um ihre Freundschaft am Leben zu erhalten. Es genügte ihnen, zu wissen, daß einer vom anderen stillschweigend das Beste erwarten konnte.

»Rivera?« fragte Tom. »Ich werde ihn zurückjagen, sobald er mit der Baustraße für den Bagger fertig ist. Warum – gibt es etwas zu tun?«

»Nicht viel. Ich möchte nur für den Fall, daß einer von euch etwas kaputtmacht, den Lichtbogenschweißer auf trockenem und ebenem Boden stehen und einen Tisch geerdet haben.« Er hielt inne. »Außerdem stopft sich der Junge zuviel auf einmal in den Kopf. Maschinen reparieren ist eine Sache, sie zu führen eine andere.«

»Das hat seine Arbeit bis jetzt nicht beeinträchtigt, oder?«

»Nein. Ich werde auch dafür sorgen, daß es das in Zukunft nicht tut. Es sei denn, du brauchst ihn.«

Tom schwang sich auf den Muldenwagen. »So dringend auch wieder nicht, Peeby. Wenn dir in der Zwischenzeit ein Helfer fehlt, hol dir Dennis!«

Peebles sagte nichts. Er spuckte aus. Er sagte überhaupt nichts.

»Was ist los mit Dennis?« wollte Tom wissen.

»Sieh mal da hin!« Peebles schwenkte seinen Pfeifenstiel. Am Strand redete Dennis unermüdlich, wie es sein Stil war, auf Chub ein. Er stand neben Chub, eine Hand auf Chubs Schulter gelegt. Dann sahen Tom und Peebles, daß Dennis seinen Busenfreund Al Knowles herbeirief.

»Dennis redet zuviel«, bemerkte Peebles. »Das hat im allgemeinen nichts Besonderes zu bedeuten, aber dieser Dennis, der *sagt* manchmal zuviel. Er hat nicht das Zeug für einen leitenden Posten, und das weiß er. Und er hält sich dafür schadlos, indem er Leute gegeneinander aufhetzt.«

»Er richtet keinen Schaden an«, meinte Tom.

Den Blick immer noch auf den Strand gerichtet, stellte Peebles bedächtig fest:

»Bisher nicht.«

Tom wollte etwas sagen, zuckte dann die Achseln. »Ich schicke dir Rivera«, versprach er und gab Gas. Das Winseln des Zweitaktmotors stieg wie bei einem großen elektrischen Dynamo zum Crescendo an. Tom hob den Schild mit einem kleinen Hebel neben seinem rechten Oberschenkel und die Mulde mit der langen Kontrolle, die hinter seiner Schulter aus dem Gehäuse hervorsproß. Im Davonfahren schloß er den hinteren Schieber, damit alles, auf das der Schild stieß, zur Seite ablaufen statt in die Mulde fallen würde. Im sechsten Gang fuhr er an den dahinkriechenden Bagger heran, um ihn herum, unter dem Ausleger her und dann so, daß sein Schild gerade den Boden berührte, vor dem Bagger her. So planierte er die Baustraße, die Rivera in den Boden geschnitten hatte.

Dennis sagte: »Er spielt sich als kleiner Hitler auf. Muß ich mir so etwas gefallen lassen? ›Du kommst aus Georgia‹, sagt er. Was ist *er* denn – ein Yankee oder so etwas?«

»Er ist ein Cracker aus Macon in Georgia«, gluckste Al Knowles, der ebenfalls aus Georgia stammte. Er war groß und dünn und rundschultrig. Seine gesamte Begabung lag in seinen Händen und Füßen, während das Gehirn ein Artikel war, ohne den er sein ganzes Leben hatte auskommen können, bis er Dennis kennenlernte und ihn als einen halbwegs brauchbaren Ersatz dafür benutzte.

»Tom hat damit gar nichts sagen wollen«, erklärte Chub.

»Nein, gar nichts. Nur daß wir tun, was er sagt, und auf die Art, wie er es sagt, besonders, wenn er eine Art findet, die uns nicht gefällt. *Du* würdest es nicht so machen, Chub. Al, glaubst du, daß Chub es so machen würde?«

»Bestimmt nicht.« Al hatte das Gefühl, diese Antwort werde von ihm erwartet.

»Quatsch«, sagte Chub erfreut und gleichzeitig peinlich berührt. Er hatte doch gar nichts gegen Tom, den er schon so lange und so gut kannte! »Tom ist hier der Chef, Dennis. Wir haben Arbeit vor uns – packen wir's an! Für lausige sechs Wochen kann man sich alles gefallen lassen.«

»Oh, sicher«, sagte Al.

Dennis jedoch widersprach. »Was man sich gefallen lassen kann, geht bis zu einer bestimmten Grenze. Warum hat man einen Mann wie den an die Spitze gestellt, Chub? Was ist mit dir? Kennst du dich mit dem Planieren und Drainieren nicht ebensogut aus wie Tom? Kann Tom eine Böschung so gut abstecken wie du?«

»Sicher, sicher, aber was spielt das für eine Rolle, solange wir den Flugplatz gebaut bekommen? Und außerdem ist es eine verflixte Sache, der Boss zu sein. Wer bekommt denn die Schuld, wenn etwas schiefgeht?«

Dennis trat zurück, nahm die Hand von Chubs Schulter und stieß Al den Ellenbogen in die Rippen.

»Merkst du was, Al? Der ist klug! Das ist nämlich etwas, das Onkel Tom nicht einkalkuliert hat. Chub, du kannst auf Al und mich zählen, daß wir diese Kleinigkeit erledigen.«

»Was für eine Kleinigkeit?« Chub war ehrlich verwirrt.

»Wie du gesagt hast. Wenn etwas schiefgeht, bekommt der Boss die Schuld. Wenn sich der Boss also nicht benimmt, wird etwas schiefgehen.«

»Jawoll«, stimmte Al mit der Überzeugung des geistig simplen Menschen zu.

Chub konnte diesem Prozeß außergewöhnlicher Logik nicht gleich folgen und suchte Zuflucht im Zorn, weil das Gespräch ihm entglitt. »Ich habe nichts dergleichen gesagt! Diese Arbeit muß erledigt werden, einerlei, was passiert! Hitler wird mir oder sonst jemandem von uns kein Eisernes Kreuz umhängen, wenn ich es verhindern kann!«

»Das ist der alte Kampfgeist«, lenkte Dennis ab. »Wir werden dem Mann zeigen, was wir von seiner Art von Sabotage halten.«

»Du redest zuviel.« Chub entfloh mit den Resten seiner Fähigkeit zu zusammenhängendem Denken. Jedes Mal, wenn er mit Dennis gesprochen hatte, war ihm zumute, als stecke in seiner Tasche eine unerwünschte Mitgliedskarte, die er guten Gewissens nicht wegwerfen konnte.

Rivera legte die Straße bis unterhalb des Berges an, schwang die Sieben herum, kuppelte aus und schaltete auf Leerlauf. Tom kam mit dem Muldenwagen hinterher. Er sah, wie Rivera aus dem Sitz glitt, hinter den Traktor trat, die Hand prüfend auf das Achsantriebsgehäuse und die Transportrollenlager legte und sich vergewisserte, daß sie nicht zu heiß geworden waren. Tom ging längsseits und winkte dem Jungen, zu ihm auf den Muldenwagen zu steigen.

»*Que pasa,* Goony? Stimmt etwas nicht?«

Rivera schüttelte den Kopf und grinste. »Alles in Ordnung. Sie ist perfekt, diese ›*De Siete*‹. Sie ...«

»Diese was? ›Daisy Etta‹?«

»*De siete.* D-7 auf spanisch. Bedeutet das auf englisch etwas?«

»Ich hatte dich falsch verstanden.« Tom lächelte. »Aber Daisy Etta ist auf englisch ein Mädchenname.«

Er stellte den Motor des Muldenwagens auf Leerlauf, drückte die Kupplung ein und sprang von der Maschine. Rivera folgte ihm. Sie stiegen auf die Sieben. Tom setzte sich an die Kontrollen.

»Daisy Etta.« Rivera grinste so breit, daß hinter seinen Backenzähnen ein leises kicherndes Geräusch hervorkam. Er streckte die Hand aus, krümmte den kleinen Finger um einen der großen Schalthebel der Steuerung und zog ihn zurück, soweit es ging. Tom lachte laut heraus.

»Sie ist schon ein tolles Ding«, nickte er. »Eine so leicht laufende Raupe ist noch nie gebaut worden. Hydraulische Schalthebel und Bremsen, die die Maschine sofort zum Stehen bringen, wenn man nur darauf spuckt. Hebel für Vorwärts- und Rückwärtsgang, so daß man in beiden Richtungen alle Geschwindigkeiten zur Verfügung hat. Das ist schon ein Unterschied zu den alten Modellen! Vor achtzehn Jahren gab es noch keine Federung; da brauchte man sechzig Pfund Zug, um einen Steuerhebel zurückzuziehen. Damals war es schwere Arbeit, eine Böschung mit einem Winkeldozer anzulegen. Versuch das einmal, wenn du mit der einen Hand den Schild kontrollierst und mit der anderen die Nase der Maschine aus der Böschung heraushältst, zehn Stunden am Tag. Und was bekam man dafür? Achtzig Cents die Stunde und ...« Tom nahm seine Zigarette und drückte das brennende Ende auf seiner hornigen Handfläche aus »... diese Schwielen.«

»Santa Maria!«

»Ich möchte mit dir reden, Goony. Ich möchte mir außerdem von da oben aus, wo die Ruinen sind, den Berg ansehen. Kelly wird doch fast eine Stunde brauchen, bis er hier ist und seine Geräte aufgestellt hat.«

Sie fuhren den Berg hinauf. Tom erahnte den Boden unter dem vier Fuß hohen Gestrüpp und lenkte den Bulldozer auf einem Zickzackkurs, der wie die Haarnadelkurven im Gebirge verlief. Obwohl die Sieben einen Auspufftopf auf dem Auspuffstutzen hatte, der aus der Haube vor ihnen herausragte, hätte das Dröhnen der vier großen Zylinder, die vierzehn Tonnen Stahl bergan beförderten, jedes Gespräch übertönt. Deshalb schwiegen sie. Tom fuhr, und Rivera sah zu, wie seine Hände über die Kontrollen huschten.

Der Berg begann mit einem niedrigen Kamm, der wie ein schiefes Rückgrat fast über die ganze Länge der kleinen Insel lief. Zum Mittelpunkt hin stieg er abrupt ab, schickte einen Ausläufer zu den Felsen am Strand hin, wo ihre Ausrüstung abgeladen worden war, und erhob sich von neuem zu einem kleinen, beinahe viereckigen Plateau von einer halben Quadratmeile. Es wirkte bucklig und rauh, bis sie es ganz überblicken konnten und feststellten, wie unglaublich eben es unter dem Gebüsch und den Ruinen, die es bedeckten, war. Im Mittelpunkt – und zwar im genauen Mittelpunkt, wie ihnen plötzlich aufging – lag ein niedriger, überwachsener Hügel. Tom kuppelte aus und nahm das Gas weg.

»Im Bericht der Vermesser hieß es, hier oben gebe es Stein.« Tom sprang aus dem Sitz. »Laufen wir ein bißchen herum.«

Sie gingen auf den Hügel zu, und Toms Augen wanderten nach allen Richtungen. Er bückte sich auf das dichte, kurze Gras nieder und nahm einen Stein auf, der blaugrau, hart und scharfkantig war.

»Rivera – sieh dir das an! Das ist der Stein, von dem in dem Bericht die Rede war. Sieh nur – da ist mehr davon. Aber alles in kleinen Stücken. Wir brauchen große für den Sumpf, wenn wir sie bekommen können.«

»Guter Stein?« fragte Rivera.

»Ja, Junge – aber er gehört nicht hierher. Die ganze Insel besteht aus Sand und Mergel und Sandstein an den Felsen dort unten. Das hier ist Blaukugel, teuflisch hart. Ich habe diesen Stein noch nie auf einem Mergelberg gesehen. Oder in der Nähe von einem. Wie dem auch sei, sieh dich einmal um, ob hier nicht größere Stücke davon liegen.«

Sie gingen weiter. Plötzlich tauchte Rivera nach unten und zog Grashalme beiseite.

»Tom – hier ist ein großer.«

Tom kam herüber und sah auf die Ecke eines Steins

nieder, der aus der Bodenkrume hervorragte. »Ja. Goony, hol deine Freundin her, dann graben wir ihn aus.«

Rivera sprintete zu dem tuckernden Bulldozer zurück und stieg auf. Er brachte die Maschine zu der Stelle, wo Tom wartete, hielt an, stand auf und spähte über das vordere Ende nach dem Stein, setzte sich wieder und schaltete in einen anderen Gang. Bevor er anfahren konnte, tauchte Tom auf dem Fender neben ihm auf und legte ihm abwehrend die Hand auf den Arm.

»Nein, Junge – nein. Nicht den dritten. Den ersten. Und mit halbem Gas. So ist's richtig. Versuche nie, einen Stein mit Gewalt aus dem Boden zu holen. Geh es behutsam an; du mußt deinen Schild dagegendrücken und ihn herausheben, nicht herausreißen. Faß ihn mit der Mitte deines Schildes, nicht mit der Schneide – verteile die Last auf beide hydraulische Zylinder! Wer hat dir gesagt, du sollst es so machen?«

»Niemand hat es mir gesagt. Ich habe gesehen, wie ein Mann es so machte, ich mache es so.«

»Ach ja? Wer war das?«

»Dennis, aber ...«

»Hör zu, Goony, wenn du irgend etwas von Dennis lernen willst, beobachte ihn, wenn er auf dem Muldenwagen sitzt. Er planiert ebenso, wie er spricht. Dabei fällt mir ein, worüber ich mit dir reden wollte. Hast du schon einmal Ärger mit ihm gehabt?«

Rivera spreizte die Hände. »Wie soll ich Ärger haben, wenn er nie mit mir redet?«

»Nun, dann geht das in Ordnung. Laß es so, wie es ist. Ich nehme an, Dennis ist okay, aber du hältst dich besser von ihm fern.«

Dann erzählte er dem Jungen, was Peebles darüber gesagt hatte, daß man nicht gleichzeitig Maschinenführer und Mechaniker sein könne. Riveras mageres dunkles Gesicht verdüsterte sich. Seine Hand irrte zu der Schildkontrolle, berührte sie leicht, tastete nach dem Verbundgriff und den bearbeiteten Kreuzlochschrauben, die sie hielten. Als Tom ganz fertig war, sagte er:

»Okay, Tom – wenn du möchtest, macht ihr sie kaputt, ich repariere sie. Aber wenn du irgendwann Hilfe brauchst, fahre ich *Daisy Etta* für dich, ja?«

»Klar, Junge, klar doch. Vergiß nur nicht, niemand kann alles tun.«

»Du kannst alles tun«, sagte der Junge.

Tom sprang von der Maschine, Rivera schaltete in den ersten Gang, kroch an den Stein heran und legte den Schild vorsichtig dagegen. Der starke Motor spannte hörbar die Muskeln, als er die Last aufnahm. Rivera gab ein bißchen Gas, und die Maschine drückte fest gegen den Stein, die Raupenketten rutschten, gruben sich in den Boden, häuften hinter sich lose Erde auf. Tom hob mit aufwärtsgerichtetem Daumen die Faust, und der Junge hob langsam den Schild. Die Sieben senkte ihre Schnauze wie ein Ochse, der einen Wagen durch Schlamm zieht; das vordere Ende der Ketten grub sich tiefer ein, und der Schild glitt an dem Stein einen Zoll nach oben wie auf einem Schaltrad. Der Stein verlagerte sich. Plötzlich hob er sich von selbst aus der Erde, die ihn bedeckte, und warf die Grassoden beiseite, daß es aussah wie eine langsame Bugwelle vor einem Schiff. Und der Schild verlor den Halt und rutschte über den Stein. Rivera riß die Hauptkupplung so weit heraus, wie es ging, ohne sie durch den Kühlerblock zu treiben. Er setzte zurück, schob den Schild von neuem an den Stein und rollte diesen endlich ans Tageslicht.

Tom stand da, starrte den Stein an, kratzte sich den Nacken. Rivera stieg von der Maschine und stellte sich neben ihn. Lange Zeit schwiegen beide.

Der Stein war ungefähr rechteckig, geformt wie ein Ziegel, bei dem ein Ende in einem Winkel von etwa dreißig Grad abgeschlagen worden ist. Und auf der Schräge erhob sich ein scharfgeschnittener Grat wie eine Zunge auf einem Stück gefrästen Holzes. Der Stein hatte eine Größe von etwa 3×2×2 Fuß und mußte sechs- oder siebenhundert Pfund wiegen.

»Also das«, stellte Tom mit hervorquellenden Augen fest, »ist hier nicht gewachsen, und wenn doch, dann nicht auf diese Weise.«

»*Una piedra de una casa*«, sagte Rivera leise. »Tom, hier hat ein Gebäude gestanden, nicht wahr?«

Tom drehte sich plötzlich um und sah zu dem Hügel hinüber.

»Da ist tatsächlich ein Gebäude – oder das, was davon übrig ist. Gott allein weiß, wie alt ...«

Sie standen da in dem langsam schwindenden Licht und starrten den Hügel an, und eine Beklemmung kam über sie, als gebe es nirgendwo Wind oder Geräusch. Und doch wehte ein Wind, und hinter ihnen tuckerte Daisy Etta, und nichts hatte sich verändert und – war es das? Daß sich nichts verändert hatte? Daß sich hier nichts verändern würde oder konnte?

Tom öffnete zweimal den Mund zum Sprechen und konnte oder wollte nicht – er wußte selbst nicht, was von beidem. Rivera sank plötzlich auf die Knie nieder, mit geradem Rücken, die Augen weit aufgerissen.

Es wurde sehr kalt. »Es ist kalt«, sagte Tom, und seine Stimme klang ihm rauh in den Ohren. Und der Wind blies sie warm an, die Erde war warm unter Riveras Knien. Die Kälte war kein Mangel an Wärme, sondern ein Mangel an etwas anderem – vielleicht an der spezifischen Wärme der Lebenskraft. Die Beklemmung wuchs, als habe die Tatsache, daß sie die Fremdartigkeit des Ortes erkannten, sie hervorgerufen und als verstärke ihre steigende Empfänglichkeit sie.

Rivera sagte leise etwas auf spanisch.

»Was siehst du dir da an?« fragte Tom.

Rivera zuckte heftig zusammen, warf einen Arm hoch, als wolle er den Lärm von Toms Stimme abwehren.

»Ich ... da ist nichts zu sehen, Tom. Ich habe dieses

Gefühl schon einmal gehabt. Ich weiß nicht ...« Er schüttelte den Kopf, die Augen groß und leer. »Und danach gab es ein höllisches Unwetter ...« Seine Stimme verebbte.

Tom faßte ihn bei den Schultern und zog ihn grob auf die Füße. »Goony! Spinnst du?«

Der Junge lächelte beinahe sanft. In dem Flaum auf seiner Oberlippe hingen Schweißperlen. »Nein, Tom. Ich habe nur schreckliche Angst.«

»Du schwingst dich sofort wieder auf diese Raupe und machst dich an die Arbeit!« brüllte Tom. Ruhiger setzte er hinzu: »Ich weiß, daß hier ... etwas nicht stimmt, Goony, aber davon kriegen wir keine Startbahn gebaut. Jedenfalls weiß ich, was ich zu tun habe, wenn ein Hund schußscheu wird. Sollte imstande sein, dasselbe für dich zu tun. Fahr jetzt gleich zu dem Hügel und sieh nach, ob dort nicht ein Schatz an großen Steinen für uns versteckt ist! Wir müssen da unten einen Sumpf füllen.«

Rivera zögerte, setzte zum Sprechen an, schluckte und ging dann langsam zu der Sieben hinüber. Tom beobachtete ihn, verschloß seinen Verstand vor dem nicht identifizierbaren Druck von irgend etwas, das sich in der Nähe befand und ihm die Eingeweide kalt werden ließ.

Der Bulldozer schob sich grunzend an den Hügel heran. Tom fiel plötzlich ein, daß der spanische Slang-Name für die Maschine *puerco* war – Schwein, Eber. Rivera schob die Schneidkante des Schildes schräg in den Rand des Hügels. Erde und Gebüsch hoben sich, fielen an dem Streichblech herunter. Der Junge trug die Last an dem Hügel vorbei und schüttete sie auf der Ebene aus, wendete und begann von neuem.

Zehn Minuten später stieß Rivera auf Stein. Der Manganstahl kreischte darüber hin, eine Wolke grauen Staubes stieg von der Schneide hoch. Tom kniete sich auf die Erde und prüfte die Stelle, nachdem die Maschine weitergefahren war. Es war die gleiche Art Stein, die sie draußen auf der Ebene gefunden hatten – und ebenso geformt. Aber hier war es eine Mauer, und die Schrägen der Blockenden waren offensichtlich durch Nut und Feder verbunden worden.

Kalt, kalt wie ...

Tom holte einmal tief Atem und wischte sich den Schweiß aus den Augen.

»Das kümmert mich nicht«, flüsterte er, »ich muß diesen Stein haben. Ich muß einen Sumpf füllen.« Er trat zurück und winkte Rivera, den Schild in eine Ritze der begrabenen Mauer zu schieben.

Die Sieben drehte sich der Mauer zu und hielt an. Rivera schaltete in den ersten Gang, nahm Gas weg und senkte seinen Schild. Tom sah in sein Gesicht hoch. Die Lippen des Jungen waren weiß. Er drückte die Hauptkupplung ein, der Schild kippte, und die Kante schwang genau in die Ritze.

Der Bulldozer brüllte protestierend, schwenkte auf dem Ende des Schildes und begann, seitwärts zu kriechen. Tom sprang aus dem Weg, rannte hinter die Maschine, die jetzt fast parallel zu der Mauer stand, und blieb in sicherem Abstand stehen, eine Hand zum Signalisieren bereit; die Augen auf den überanstrengten Schild gerichtet. Und dann geschah alles gleichzeitig.

Es schnappte, der Block löste sich, drehte sich von seinem geraden Ende nach außen und nahm seinen Nachbarn mit. Der Block über diesen beiden fiel herunter, und der ganze Hügel setzte sich. Und *etwas* huschte aus dem schwarzen Loch, wo die Steine gewesen waren. Etwas wie ein Nebel, aber kein Nebel, den man sehen konnte, etwas Großes, das man nicht messen konnte. Mit ihm kam ein Schwall von dieser Kälte, die keine Kälte war, und der Geruch nach Ozon, und das prikkelnde Knistern einer gewaltigen statischen Entladung.

Tom hatte sich fünfzig Fuß von der Mauer entfernt, bevor er merkte, daß er sich bewegt hatte. Er hielt an und sah die Sieben plötzlich bocken wie einen wilden Hengst, ein einziges Mal, und Rivera überschlug sich zweimal in der Luft. Tom schrie bedeutungslose Silben und stürzte zu dem Jungen, der in dem groben Gras lag, hob ihn hoch und rannte. Erst jetzt wurde ihm bewußt, daß er vor der Maschine floh.

Sie war wahnsinnig geworden. Ihr Streichblech stieg und fiel. Sie kurvte mit heulendem Regler und fuchtelnden Kontrollen von dem Hügel weg. Der Schild grub sich wiederholt in die Erde, schleuderte sie in großen Brocken hoch, durch die die Raupe klirrend und brüllend pflügte. Sie raste in einem großen unregelmäßigen Bogen davon, wendete und kehrte schnaubend zu dem Hügel zurück, wo sie donnernd auf die begrabene Mauer einschlug und an ihr kratzte.

Nach Atem ringend erreichte Tom den Rand des Plateaus, kniete nieder und legte den Jungen behutsam auf das Gras nieder.

»Goony, Junge ... he ...«

Die langen seidigen Wimpern flatterten, hoben sich. Tom drehte sich das Herz um, als er die Augen sah, so nach oben gerollt, daß sich nur noch das Weiße zeigte. Rivera tat einen langen, zitternden Atemzug, der plötzlich stockte. Er hustete zweimal, warf den Kopf so heftig von einer Seite zur anderen, daß Tom ihn zwischen die Hände nahm und festhielt.

»*Ay ... Maria madre ... que ha me pasado,* Tom – was ist mit mir passiert?«

»Du bist von der Sieben gefallen, Dummer. Du ... wie fühlst du dich?«

Riveras Hände krochen über den Boden. Er brachte die Ellbogen halb unter sich. Dann sank er schwach zurück. »Fühle mich okay. Teuflische Kopfschmerzen. W-was ist mit meinen Füßen los?«

»Deinen Füßen? Tun sie weh?«

»Nicht weh ...« Das junge Gesicht wurde grau, die Lippen spannten sich mit Mühe. »Nein, nichts, Tom.«

»Du kannst sie nicht bewegen?«

Rivera schüttelte den Kopf, es immer noch versuchend. Tom stand auf. »Nur keine Panik. Ich gehe und hole Kelly. Bin gleich wieder da.«

Er ging schnell davon, und als Rivera ihm nachrief, drehte er sich nicht um. Tom hatte schon einmal einen Mann mit einem gebrochenen Rückgrat gesehen.

Am Rand des kleinen Plateaus blieb Tom stehen und lauschte. In der zunehmenden Dämmerung sah er den Bulldozer an dem Hügel stehen. Der Motor lief; die Sieben hatte ihn nicht abgestellt. Aber was Tom stutzig machte, war, daß es kein Leerlauf war, sondern daß andauernd Gas gegeben und wieder weggenommen wurde, als mache sich eine ungeduldige Hand am Gashebel zu schaffen – *hruum hruum,* kam der Motor viel schneller auf Touren, als es bei einem abgebrochenen Regler möglich sein sollte, dann wurde das Geräusch leiser, bis beinahe Stille herrschte, die wieder von den knallenden Explosionen scharfer und unregelmäßiger Zündungen gebrochen wurden. Dann ging es von neuem los. Unter lautem Kreischen wurde eine Umdrehungszahl aufrechterhalten, die jedes bewegliche Teil bedrohte und die große Maschine wie in einem tödlichen Fieberanfall schüttelte.

Tom ging schnell auf die Sieben zu. Sein wettergegerbtes Gesicht war zu einem verwirrten und grimmigen Stirnrunzeln verzogen. Es kam vor, daß ein Regler abbrach, und gelegentlich geriet ein Motor außer Kontrolle und riß sich selbst in Stücke. Aber entweder geschieht das, oder er wird langsamer und bleibt stehen. Wenn ein Maschinenführer dumm genug ist, seine Maschine zu verlassen, ohne auszukuppeln, wird die Maschine starten und so laufen, wie die Sieben es getan hatte – aber sie wird nicht wenden, solange der Schildrand sich nicht in einer unnachgiebigen Materie verfängt, und dann ist die Wahrscheinlichkeit sehr hoch, daß der Motor abgewürgt wird. Auf jeden Fall gab es keinen Grund, daß eine Maschine sich auf diese Weise benahm, Gas gab und wieder wegnahm, lief, wendete und den Schild hob und senkte.

Der Motor wurde langsamer, als Tom näherkam, und beruhigte sich endlich zu etwas, das wie ein gleichmäßiger und normaler Leerlauf klang. Tom hatte plötzlich den verrückten Eindruck, die Sieben beobachte ihn. Mit einem Achselzucken tat er es ab, trat heran und legte eine Hand auf den Fender.

Die Sieben reagierte wie ein wilder Hengst. Die große Dieselmaschine brüllte, und Tom sah genau, daß der Hauptkupplungshebel über den Mittelpunkt zurückschnappte. Er machte einen Satz und rechnete damit, die Maschine werde ihn verfolgen, aber offensichtlich war sie im Rückwärtsgang, denn sie schoß in die andere Richtung davon. Eine Raupenkette war blockiert, und das Tom nähere Ende des Schildes schlug in einem schnellen bösartigen Bogen nach ihm. Tom sprang aus dem Weg, und es sauste um den Bruchteil eines Zolls an seiner Hüfte vorbei.

Und als pralle sie von einer Mauer ab, schaltete die Raupe und griff ihn an. Der Zwölf-Fuß-Schild hob sich, die beiden großen Scheinwerfer ragten auf ihren O-beinigen Stützen über ihm auf wie die vorstehenden Augen einer Riesenkröte. Tom blieb nichts übrig, als in die Höhe zu springen, die obere Kante des Schildes mit beiden Händen zu fassen, die Füße gegen das gebogene Streichblech zu stemmen und sich mit aller Kraft nach hinten zu beugen. Der Schild sank und grub eine tiefe kleine Mulde in die weiche Krume. Die sich auf das Streichblech legende Erde stieg und brodelte um Toms Beine. Er trat wild danach, um nicht von dem Sog mitgerissen zu werden. Dann hob sich der Schild und ließ einen vier Fuß hohen Haufen am Rand der Grube zurück. Die Gleisketten bohrten sich hinein und kletterten den Erdhaufen hinauf. Oben angekommen, neigte die

Maschine sich wie ein Motorrad, das einen Sprung von einer Rampe machen will, und dann gab es einen die Wirbelsäule erschütternden Krach, als vierzehn Tonnen Metall mit der Schneide voraus auf den Boden prallten.

Tom wurde weggeschleudert, und ein Teil des Leders an seinen schwieligen Handflächen blieb an der Schneide zurück. Er flog Hals über Kopf rückwärts, doch er hielt die Füße zusammen und sprang, sobald sie den Boden berührten. Denn er wußte, keine Maschine konnte ihren Schild so tief eingraben und dann mühelos wieder herausziehen. Er sprang an die obere Kante des Schildes, legte eine Hand auf die Kühlerverschlußkappe und flankte. Gemeinerweise brach die Kappe aus ihrem Scharnier und blieb ihm in genau dem Sekundenbruchteil in der Hand, als allein diese Hand sich auf irgend etwas stützte. Aus dem Gleichgewicht geworfen, landete Tom mit in der Luft zappelnden Beinen auf der Schulter. Sein Körper glitt von der glatten Haube ab und rutschte auf die Gleiskette zu, die jetzt die Erde unter sich aufwühlte. Er griff hastig nach dem Luftansaugrohr und hatte es knapp gefaßt, als die Sieben sich befreite und rückwärts nach oben und über den Haufen schoß. Wieder machte sie diesen atemberaubenden Flug durch die Luft, und wieder landete sie mit großem Krach, diesmal beinahe genau auf den Gleisketten.

Der Aufprall riß Toms Hand beiseite. Er rutschte über die Haube und blieb mit der Ellenbeuge am Auspuffstutzen hängen. Das trübrote Metall biß ihm ins Fleisch. Er grunzte und klammerte den Arm darum fest. Sein Momentum wirbelte ihn um den Stutzen herum, und seine Füße krachten in die Steuerkupplungshebel. Sich an einem mit dem Spann festhakend, krümmte er die Beine und schnellte sich nach hinten, scharrte an dem glatten warmen Metall, kroch verzweifelt rückwärts, bis er endlich schwer in den Sitz fiel.

»Und jetzt«, knirschte er durch eine rote Mauer aus

Schmerz, »wirst du tun, was ich sage!« Er trat die Hauptkupplung heraus.

Der Motor, dem so plötzlich die Belastung weggenommen wurde, wimmerte. Tom faßte den Gashebel, sein Daumen drückte die Sperrklinkenauslösung nach unten, und er schob den Hebel nach vorn, um die Treibstoffzufuhr abzustellen.

Der Motor wollte sich nicht abstellen lassen. Er ging auf einen langsamen Leerlauf herunter, aber abstellen ließ er sich nicht.

»Es gibt etwas, das bringst du ohne mich nicht fertig«, murmelte Tom. »Kompression.«

Er stand auf, beugte sich um das Armaturenbrett und faßte nach dem Kompressionsauslösehebel. Sobald er den Sitz verließ, kam der Motor wieder auf Touren. Tom wandte sich dem Gashebel zu, der in die ›Auf‹-Stellung zurückgesprungen war. Als seine Hand ihn berührte, rastete der Hauptkupplungshebel ein, und die heulende Maschine sprang mit einem Ruck vorwärts, daß Tom der Kopf in den Nacken geschleudert wurde und er schwer auf den Sitz zurückfiel. Er griff nach der hydraulischen Schildkontrolle und knallte sie in die Schwebestellung, und dann, als das fallende Streichblech den Boden berührte, auf ›Energie aus‹. Die Schneide biß in den Boden, und der Motor begann zu stottern. Mit der einen Hand die Schildkontrolle festhaltend, schob Tom den Gashebel mit der anderen vorwärts. Einer der Steuerkupplungshebel schnellte zurück und versetzte ihm einen schmerzhaften Schlag gegen die Kniescheibe. Unwillkürlich ließ Tom die Schildkontrolle los, und das Streichblech begann sich zu heben. Der Motor lief schneller, und Tom merkte, daß er auf den Gashebel nicht reagierte. Fluchend sprang er auf die Füße. Die plötzlich zuschlagenden Hebel trafen ihn dreimal in die Lenden, bevor es ihm gelang, zwischen sie zu kommen.

Blind vor Schmerz, klammerte Tom sich keuchend an

das Armaturenbrett. Zu seiner Rechten fiel mit dem Klirren von zerbrochenem Glas das Ölmanometer ab, und er wurde mit siedend heißem Öl durchtränkt. Der Schock holte ihn wieder voll ins Bewußtsein zurück. Er ignorierte die Knüffe der linken Steuerkupplung und der Hauptkupplung, die mit dem gleichen wahnsinnigen Boxen angefangen hatte, beugte sich über das linke Ende des Armaturenbretts und faßte den Kompressionsauslösehebel. Der Bulldozer raste vorwärts und drehte sich. Tom wurde übel, und dann merkte er, daß er flog. Seine Hand konnte eben noch den Kompressionsauslösehebel hinunterdrücken. Die großen Ventile an den Zylinderköpfen öffneten sich und wurden in ›Auf‹-Stellung arretiert. Zerstäubter Treibstoff und überhitzte Luft schossen heraus, und als Toms Kopf und Schultern den Boden berührten, kam die große wilde Maschine zum Halten. Sie blieb stehen, stumm bis auf das Brodeln des im Kühlsystem kochenden Wassers.

Minuten später hob Tom den Kopf und stöhnte. Er rollte sich herum und setzte sich auf, das Kinn auf den Knien. Eine Schmerzwelle nach der anderen flutete über ihn hin. Allmählich wurden sie schwächer. Er kroch zu der Maschine und zog sich an der Gleiskette Hand über Hand auf die Füße. Und benommen begann er, den Bulldozer zu verkrüppeln, zumindest für die Nacht.

Er öffnete den Hahn unter dem Treibstofftank, daß die warme gelbe Flüssigkeit auf den Boden strömte. Er öffnete den Abfluß mittels der Einspritzpumpe. Er fand ein Stück Draht im Kurbelgehäuse und band damit den Kompressionsauslösehebel unten fest. Er kroch in die Maschine, riß die Kappe vom Luftansaugfilter, zog sein Hemd aus und stopfte es in das Rohr. Er schob den Gashebel ganz nach vorn und arretierte ihn mit dem Riegelbolzen. Und er schaltete den Treibstoff auf der Hauptleitung vom Tank zur Pumpe ab.

Dann kletterte er schwerfällig auf den Boden und schleppte sich an den Rand des Plateaus zurück, wo er Rivera liegengelassen hatte.

Erst anderthalb Stunden später fiel ihnen auf, daß Tom verletzt war. Es war zuviel zu tun gewesen. Sie hatten eine Tragbahre für den Puertoricaner improvisiert, sie hatten aus einer Kiste, die einen Motor enthalten hatte, und einem Army-Schutzzelt als Dach eine Unterkunft für ihn gebaut. Sie holten die Erste-Hilfe-Tasche und die medizinischen Bücher und taten, was sie konnten – schienten und verbanden und betäubten mit einem Opiat. Tom bestand nur noch aus blauen Flecken, und sein rechter Arm, den er um den Auspuffstutzen gehakt hatte, war eine hautlose Masse. Nun versorgten sie auch ihn. Der alte Peebles hantierte mit Schwefelpuder und Bandagen wie eine ausgebildete Krankenschwester. Und erst dann wurde gesprochen.

»Ich habe einmal erlebt, wie ein Mann von einem Muldenwagen abgeworfen wurde«, sagte Dennis. Sie saßen um die Kaffeemaschine und aßen C-Rationen. »Saß auf der Armlehne einer Raupe und sah nach hinten. Raupe stieß gegen einen Fels und bockte. Warf ihn auf die Gleiskette hinunter. Zog ihn zehn Fuß in die Länge.« Er schlürfte einen Schluck Kaffee ein, um den Mundvoll Essen, um das herum er gesprochen hatte, zu durchtränken, und kaute geräuschvoll. »Wer sich nur auf eine Hinterbacke setzt, auch auf einem Muldenwagen, ist ein Dummkopf. Verstehe nicht, warum der Goony das auf einem Bulldozer gemacht hat.«

»Hat er nicht gemacht«, sagte Tom.

Kelly rieb sich das spitze Kinn. »Er hat richtig auf dem Sitz gesessen und wurde trotzdem abgeworfen?«

»Das stimmt.«

Nach ungläubigem Schweigen fragte Dennis: »Was hat er dann gemacht – ist er mehr als sechzig gefahren?«

Tom sah sich in dem Kreis der Gesichter um, die von

der künstlichen Helligkeit einer Drucklaterne angeleuchtet wurden, und fragte sich, wie die Männer wohl reagieren würden, wenn er alles erzählte, genau wie es gewesen war. Er mußte etwas sagen, und es sah nicht so aus, als dürfe es die Wahrheit sein.

»Er war bei der Arbeit«, begann er schließlich. »Holte Steine aus der Mauer eines alten Gebäudes da oben auf der Mesa. Einer lockerte sich, und in dem Augenblick muß der Regler kaputtgegangen sein. Die Sieben bockte wie ein verrücktes Pferd und ging durch.«

»Ging durch?«

Tom öffnete den Mund, schloß ihn wieder und nickte nur.

Dennis sagte: »Nun, damit mußte man ja rechnen, wenn du einen Mechaniker als Maschinenführer einsetzt.«

»Das hatte nichts damit zu tun!« fuhr Tom ihn an.

Peebles fiel schnell ein: »Tom – was ist mit der Sieben? Ist etwas beschädigt worden?«

»Einiges«, antwortete Tom. »Sieh dir lieber mal die Steuerkupplungen an. Und sie war heiß.«

»Der Zylinderkopf ist gerissen«, verkündete Harris, ein stämmiger junger Mann mit Schultern wie ein Büffel, der berühmt war für seinen Durst.

»Woher weißt du das?«

»Habe es gesehen, als Al und ich mit der Tragbahre hinaufgingen, um den Jungen zu holen. Ihr anderen habt unterdessen die Hütte gebaut. Zu beiden Seiten des Kühlerblocks lief heißes Wasser hinunter.«

»Willst du damit sagen, daß du den ganzen Weg bis zu dem Hügel gemacht hast, um dir diese Raupe anzusehen, während der Junge verletzt dort lag? Ich hatte euch gesagt, wo er war!«

»Bis zu dem Hügel?« Al Knowles vorstehende Augen drohten aus den Höhlen zu quellen. »Die Raupe stand doch nur zwanzig Fuß von der Stelle entfernt, wo der Junge lag!«

»Was!«

»Das stimmt, Tom«, bestätigte Harris. »Was ist denn? Wo hast du die Sieben zurückgelassen?«

»Wie ich sagte ... am Hügel ... an dem alten Gebäude, bei dem wir eine Mauer eingerissen haben.«

»Lief denn der Anlaßmotor noch?«

»Der Anlaßmotor?« Vor Toms geistigem Auge erschien das Bild des kleinen Zweizylinder-Benzinmotors, der an das Kurbelgehäuse des großen Diesels angeschraubt und durch ein Bendix-Getriebe und eine Kupplung mit dem Schwungrad des Diesels verbunden war, um ihn anzulassen. Er erinnerte sich an seinen letzten Blick auf die stehende Maschine, die bis auf das Brodeln des kochenden Wassers still war. »Teufel, nein!«

Al und Harris tauschten einen Blick. »Ich vermute, du warst in dem Augenblick nicht ganz bei dir, Tom«, meinte Harris nicht unfreundlich. »Als wir halbwegs den Hang hinauf waren, hörten wir die Sieben, und du weißt, den Radau kann man gar nicht verkennen. Es klang, als sei sie bei der Arbeit.«

Tom schlug sich mit den geballten Fäusten leicht gegen die Schläfen. »Ich habe diese Maschine tot zurückgelassen«, sagte er leise. »Ich habe die Kompression weggenommen und den Hebel festgebunden. Ich habe sogar mein Hemd in das Rohr gestopft. Ich habe den Tank geleert. Aber – den Anlaßmotor habe ich nicht angefaßt.«

Peebles verlangte zu wissen, warum er sich all diese Mühe gemacht habe. Tom richtete nur einen verschwommenen Blick auf ihn und schüttelte den Kopf. »Ich hätte die Drähte herausreißen sollen«, flüsterte er. Dann: »Harris – du sagst, der Anlaßmotor lief, als du nach oben kamst?«

»Nein, die Raupe stand. Und sie war heiß – schrecklich heiß. Ich würde sagen, der Anlaßmotor hatte sich festgefressen. Das muß es sein, Tom. Du hast den Anlaßmotor laufen lassen und irgendwie Kupplung und Bendix eingerückt.« Seine Stimme verlor beim Sprechen an Überzeugung – es sind siebzehn verschiedene Griffe notwendig, um eine Planierraupe dieses Typs zu starten. »Jedenfalls funktionierte sie und kroch mit dem kleinen Motor dahin.«

»Das habe ich einmal gemacht«, berichtete Chub. »Hatte eine Verbindung bei einer Acht abgebrochen, beim Straßenbau. Ich habe sie noch eine Dreiviertelmeile mit dem Anlaßmotor weitergefahren. Nur mußte ich alle hundert Yards anhalten und sie etwas abkühlen lassen.«

Nicht ohne Sarkasmus entgegnete Dennis: »Mir kommt es vor, als sei die Sieben auf dem Kriegspfad gewesen, um den Goony zu erwischen. Einen Versuch, ihn umzubringen, hatte sie gemacht, und jetzt wollte sie die Sache zu Ende führen.«

Al Knowles quittierte dies mit einem übertriebenen »Ha-ha«.

Tom stand auf, schüttelte den Kopf und bahnte sich einen Weg durch die Kisten zu der Krankenstation, die sie für den Jungen gebaut hatten.

Drinnen brannte eine abgeschirmte Lampe. Rivera lag ganz ruhig mit geschlossenen Augen. Tom lehnte sich an den Eingang – das offene Ende der Maschinenkiste – und betrachtete ihn eine Weile. Hinter sich hörte er die murmelnden Stimmen der Männer; ansonsten war die Nacht windstill und ohne alle Geräusche. Riveras Gesicht zeigte die eigentümliche Farbe, die olivfarbene Haut annimmt, wenn das Blut zurückweicht. Tom sah auf seine Brust und glaubte einen panikerfüllten Augenblick lang, er könne dort keine Bewegung erkennen. Er trat ein und legte dem Jungen die Hand aufs Herz. Rivera erschauerte, seine Augen öffneten sich. Der plötzliche Atemzug rasselte hinten in der Kehle. »Tom ... Tom!« rief er schwach.

»Okay, Goony ... *que pasa?*«

»Sie kommt zurück ... Tom!«

»Wer?«

»El de siete.«

Daisy Etta – »Sie wird nicht zurückkommen, Kleiner. Du bist nicht mehr auf der Mesa. Kopf hoch, Junge!«

Riveras dunkle, betäubte Augen starrten ausdruckslos zu ihm hoch. Tom trat zurück, und die Augen starrten weiter. Sie sahen nichts. »Schlaf jetzt«, flüsterte er. Die Augen schlossen sich sofort.

Kelly pflegte zu sagen, bei einem Bauvorhaben werde nie jemand verletzt, solange keiner etwas Dummes anstelle. »Und meistens merkt man erst, wie dumm das ist, was man tut, wenn jemand verletzt wird.«

»Die Dummheit hier bestand darin, einen Jungen, der noch nicht einmal Maschinenführer war, auf einen Bulldozer zu setzen«, stellte Dennis in überheblichem Ton fest.

»Du hast schon einmal versucht, dieses Lied zu singen«, erwiderte der alte Peebles ruhig. »Ich sage so etwas ungern, weil es zu nichts führt, wenn man Vergleiche zieht. Aber ich habe mit Rivera lange Zeit zusammengearbeitet, und er ist so gut, daß es verdammt wenige gibt, die besser sind. Was nun dich betrifft, du bist okay auf einem Muldenwagen, aber neben dem Jungen sähest du auf einem Bulldozer immer noch wie ein Lohnbuchhalter aus.«

Dennis erhob sich halb und machte eine schmutzige Bemerkung. Er sah sich um Unterstützung bei Al Knowles um und bekam sie. Er sah sich im Kreis der anderen Männer um und bekam sie nicht. Peebles legte sich zurück, saugte an seiner Pfeife, beobachtete unter seinen buschigen Augenbrauen hervor. Dennis kapitulierte und versuchte es aus einem anderen Angriffswinkel heraus.

»Und was beweist das? Je besser er, wie du sagst, ist,

desto weniger Grund hatte er, von einer Raupe zu fallen und sich zu verletzen.«

»Ich blicke da noch nicht ganz durch.« Chubs Ton deutete an: ›Ich gebe es ungern zu, aber …‹

Jetzt kam Tom zurück, und er sah aus wie ein Schlafwandler. Er stellte sich so, daß die helle Drucklaterne zwischen ihm und Dennis war. Dennis räsonierte weiter und ahnte nicht, daß Tom in der Nähe war. »Das wirst du nie herausfinden. Dieser Puertoricaner ist recht kräftig. Es könnte ja sein, daß Tom etwas zu ihm sagte, das ihm nicht paßte, und da versuchte er, Tom ein Messer in den Rücken zu stoßen. Ihr wißt ja, so sind sie alle. Tom hat all diese Quetschungen nicht allein davon bekommen, daß er eine Maschine angehalten hat. Sie müssen sich eine ganze Weile geprügelt haben, und am Ende lag der Goony mit gebrochenem Rückgrat da. Tom stellte den Bulldozer so ein, daß er den Jungen, der am Boden liegt, überfährt, und läuft nach unten zu uns und will uns weismachen …« Seine Stimme schwankte und versagte, als er Tom über sich aufragen sah.

Tom faßte den Muldenwagenfahrer mit seinem unverletzten Arm vorn am Hemd und schüttelte ihn wie einen leeren Jutesack.

»Stinktier!« knurrte er. »Dich sollte man mit dem Ausleger erschlagen!« Er stellte Dennis auf die Füße und schlug ihm mit dem Unterarm ins Gesicht. Dennis ging zu Boden – warf sich eher hin, als daß er fiel. »Tom, es war doch nur dummes Gerede. Nichts als ein Scherz, Tom, ich habe nur …«

»Feige auch noch«, fauchte Tom, trat vor und hob einen soliden texanischen Stiefel. Peebles brüllte: »Tom!«, und der Fuß senkte sich wieder.

»Geh mir aus den Augen!« grollte der Vorarbeiter. »Hau ab!«

Dennis ging. Al Knowles sagte unsicher: »Also, Tom, du kannst doch nicht einfach …«

»Du glotzäugige Bohnenstange!« tobte Tom. Seine

Stimme klang hart und gepreßt. »Geh zu deinem Siamesischen Zwilling!«

»Okay, okay.« Mit weißem Gesicht verschwand Al hinter Dennis in der Dunkelheit.

»So was Verrücktes«, erklärte Chub. »Ich haue mich in die Falle.« Er ging zu einer Kiste, holte einen Schlafsack mit Moskitonetz hervor und entfernte sich ohne ein weiteres Wort. Harris und Kelly, die beide aufgestanden waren, setzten sich wieder. Der alte Peebles hatte sich nicht von der Stelle gerührt.

Tom blickte in die Dunkelheit hinaus, die Arme herunterhängend, die Fäuste geballt.

»Setz dich«, forderte Peebles ihn freundlich auf. Tom drehte sich um und starrte ihn an.

»Setz dich. Ich kann den Verband sonst nicht wechseln.« Peebles zeigte auf den Verband an Toms Ellbogen. Ein roter Fleck darauf wurde immer größer. Das zerfetzte Gewebe war aufgeplatzt, als der große Georgier in seiner Wut die Muskeln spannte. Tom setzte sich.

Peebles machte sich an die Arbeit. Harris bemerkte: »Als vorhin über Dummheit gesprochen wurde, wollte ich gerade sagen, daß ich darin den Rekord halte. Ich habe das Dümmste getan, was einer auf einer Maschine überhaupt fertigbringt. Ihr könnt es nicht überbieten.«

»Ich schon«, fiel Kelly ein. »Ich habe einmal auf einem Schürfkübelbagger gesessen. Schaltete auf Schwenken und fing an, den Ausleger zu heben. Das war ein fünfundachtzig Fuß langes Ding. Die Maschine stand auf einem hölzernen Floß mitten in einem Sumpf. Ich hörte den Motor aussetzen und stieg aus dem Sattel, um mir das Einfüllglas anzusehen. Merkte gar nicht, wieviel Zeit ich da hinten vertrödelte, und der Ausleger stieg senkrecht in die Luft und fiel nach rückwärts über das Führerhaus. Der Ruck kippte das Floß, und der Bagger rutschte langsam und majestätisch – stellt euch das vor! – mit dem Hintern voran in den Schlamm. Er sank bis an die Augäpfel ein, Tatsache!« Er lachte leise. »Sah aus wie ein Grabenbagger!«

»Trotzdem behaupte ich immer noch, daß ich die größte Dummheit fertiggebracht habe«, sagte Harris. »In einem Fluß sollte die Fahrtrinne verbreitert werden. Ich kam von einer dreitägigen Sauftour zur Arbeit zurück und war immer noch voller Rum. Stieg auf einen Bulldozer und arbeitete mich um eine zwanzig Fuß hohe Klippe herum. Unten an dieser Klippe stand ein großer Hickorybaum, und ein großer dicker Ast wuchs dicht an der Wand entlang. Ich kam auf die verrückte Idee, den Ast abzubrechen. Ich stellte eine Gleiskette auf den Ast und die andere auf den Klippenrand und fuhr von dem Stamm weg. Schon war ich halbwegs draußen, und der Ast senkte sich etwas, als mir einfiel, was passieren würde, wenn er brach. Genau in dem Augenblick brach er. Ihr kennt doch Hickoryholz – wenn es bricht, dann auch gleich ganz. Also fallen wir in dreißig Fuß Wasser, ich und die Raupe. Irgendwie kam ich unter ihr heraus. Es stiegen eine Menge Blasen hoch, und als das aufhörte, schwamm ich herum und sah auf die Maschine hinunter. Und ich paddelte immer noch im Wasser, da kam der Bauleiter angerannt. Er wollte wissen, was los sei. Ich brüllte ihm zu: ›Sehen Sie einmal da hinunter, wie das Wasser sich bewegt, sieht aus, als ob die Raupe da unten arbeitet.‹ Er schürzte die Lippen und machte ›Tss, tss‹. O je, hat der Mann unangenehme Dinge zu mir gesagt.«

»Wo hast du deinen nächsten Job bekommen?« fragte Kelly lachend.

»Oh, er hat mich nicht hinausgeworfen«, berichtete Harris ernsthaft. »Sagte, er könne es sich nicht leisten, einen so dummen Menschen zu feuern. Sagte, er wollte mich in der Nähe behalten, damit er mich ansehen könne, immer wenn er sich deprimiert fühle.«

Tom sagte: »Danke, Leute. Auch so kann man es ausdrücken, daß jeder Fehler macht.« Er stand auf, sah sich den neuen Verband an, drehte seinen Arm vor der Laterne hin und her. »Ihr könnt alle denken, was ihr wollt, aber ich habe heute abend da oben auf der Mesa nicht bemerkt, daß irgendeine Dummheit passiert wäre. Das ist auf jeden Fall erledigt. Muß ich noch sagen, daß Dennis' Idee großer Blödsinn ist?«

Harris sagte ein einziges unanständiges Wort, das Dennis und alles, was Dennis sagen mochte, endgültig erledigte.

Peebles erklärte: »Keine Bange, Dennis und sein glotzäugiger Freund werden zwar zusammenhalten, aber auf sie kommt es nicht an. Chub wird tun, wozu man ihn überredet.«

»Du hast sie also alle etikettiert, wie?« Tom zuckte die Achseln. »Werden wir in der Zwischenzeit ein Landefeld gebaut bekommen?«

»Das werden wir«, versicherte Peebles. »Nur ... Tom, es steht mir nicht zu, dir einen Rat zu geben, aber nimm dich in Zukunft in acht, daß du nicht so grob wirst. Das könnte eine Menge Schaden anrichten.«

»Ich werde tun, was ich kann«, stimmte Tom unwirsch zu. Sie gingen und legten sich schlafen.

Peebles hatte recht gehabt. Es richtete Schaden an. Es veranlaßte Dennis, daß Wort »Mord« zu gebrauchen, als sie am Morgen feststellten, daß Rivera während der Nacht gestorben war.

Trotz allem, was geschehen war, schritt die Arbeit voran. Mit einer solchen Ausrüstung ist es schwer, den Ablauf zu verlangsamen. Kelly holte mit jedem Zupacken des großen Löffelbaggers zwei Kubikyards aus dem Berg, und Dumptors sind auf kurzen Strecken die schnellsten Erdbeweger, die bisher erfunden worden sind. Dennis hielt die Baustraße mit seinem Muldenwagen für sie sauber. Tom und Chub lösten sich auf dem Bulldozer ab, den sie von seiner Mulde abmontiert hatten, um den Verlust der Sieben auszugleichen, und verbrachten ihre jeweilige Schicht mit Ausmessen und Abstecken. Peebles steckte ebenfalls ab und arbeitete in der Zwischenzeit daran, seine Werkstatt einzurichten, den Wasserkühler und die Batterieladesätze in Betrieb zu halten und seine Schmiede und seine Schweißtische aufzustellen. Die Maschinenführer betankten und warteten ihre Ausrüstung selbst, und es gab selten eine Verzögerung. Sandstein und Mergel kamen aus der wachsenden Höhle im Hang der zentralen Mesa – ein ganzes Drittel mußte abgebaut werden. Die wie Hornissen summenden Dumptors, deren große Triebräder gewaltige Staubwolken aufwirbelten, brachten den Aushub an den Rand des Sumpfes, der über dem unteren Ende der geplanten Startbahn lag. Dort wurde er abgeladen und verteilt und niedergewalzt. Wenn der Dreck sich vor der Füllung zu häufen begann, wurde er mit sorgfältig plazierten Ladungen von sechzigprozentigem Dynamit aus dem Weg gesprengt. Die Krater wurden mit Steinen gefüllt, Steinen von den Ruinen. Obendrauf kam leicht zu verdichtender Mergel, den der Muldenwagen aus einem sauberen Lager holte.

Und als Peebles seine Werkstatt eingerichtet hatte, stieg er den Berg hinauf, um die Sieben zu holen. Bei ihr angekommen, blieb er einen Augenblick stehen und kratzte sich den Kopf, schüttelte ihn, stieg den Hang wieder hinunter und machte sich auf die Suche nach Tom.

Er hielt den winselnden Zweitakt-Bulldozer an. Tom stieg ab. »Hab mir die Sieben angesehen«, meldete Peebles.

»Was hast du gefunden?«

Peebles streckte einen Arm aus. »Eine so lange Liste.« Wieder schüttelte er den Kopf. »Tom, was ist wirklich da oben geschehen?«

»Der Regler spielte verrückt, und die Sieben ging durch«, antwortete Tom prompt mit unbewegtem Gesicht.

»Ja, aber ...« Peebles verstummte. Lange Zeit hielt er Toms Blick fest. Dann seufzte er. »Okay, Tom. Jedenfalls kann ich da oben gar nichts machen. Wir müssen sie herunterholen, und ich brauche diesen Traktor zum Abschleppen. Und gleich als erstes brauche ich Hilfe. Der Einstellbolzen der Kettenspannräder ist kaputt, und die rechte Kette ist ab.«

»Oh-h-h. Das ist also der Grund, daß sie es nur mit dem Anlaßmotor nicht bis zu dem Jungen geschafft hat. Die Kette konnte sich nicht drehen, he?«

»Es ist ein Wunder, daß sie überhaupt so weit gekommen ist. Diese Kette ist richtig verklemmt. Sie ist auf den Rollerflanschen gefahren. Und das ist noch nicht mal die Hälfte. Der Zylinderkopf ist gesprungen, wie Harris schon sagte, und Gott allein weiß, was ich finden werde, wenn ich sie aufmache.«

»Wozu das alles?«

»Was?«

»Wir können ohne die Sieben auskommen«, meinte Tom. »Laß sie stehen, wo sie ist! Es gibt eine Menge anderer Arbeit für dich.«

»Aber warum denn?«

»Nun, es ist doch nicht notwendig, sich all die Mühe zu machen.«

Peebles kratzte sich die Nase. »Ich habe einen neuen Zylinderkopf, Kettensperrstifte – und sogar einen Reserve-Anlaßmotor. Ich habe die Werkzeuge, das herzustellen, was ich nicht auf Lager habe.« Er wies auf die lange Reihe der Erdhaufen, die die polternden Kippwagen während ihres Gesprächs abgeladen hatten. »Du kannst einen Muldenwagen nicht einsetzen, weil du diese Maschine als Bulldozer benutzt, und erzähl mir bloß nicht, du könntest einen mehr nicht brauchen. Du wirst einen oder zwei von den Dumptors stillegen müssen, wenn du so weitermachst.«

»Das hatte ich mir alles schon ausgerechnet, bevor ich den Mund aufmachte«, stellte Tom verdrossen fest. »Gehen wir!«

Sie stiegen auf den Traktor und fuhren davon. Bei

den Felsen am Strand hielten sie kurz an, um ein Kabel und ein paar Werkzeuge mitzunehmen.

Daisy Etta hockte am Rand der Mesa und blickte aus ihren gestielten Scheinwerfern finster auf die weiche Grasnarbe, die immer noch die Abdrücke eines jungen Körpers und der Füße der Bahrenträger zeigte. Ihr Aussehen war im allgemeinen jämmerlich – da waren Kratzer auf ihrem dunkelolivfarbenen Anstrich, und das so zum Vorschein gekommene glänzende Metall färbte sich bereits trübrot vom ersten Pulverrost. Und obwohl der Boden eben war, hielt sie sich nicht gerade, denn ihre rechte Gleiskette war von den unteren Rollen abgegangen, und so stand sie leicht verkantet wie ein Mensch, der sich die Hüfte gebrochen hat. Und was auch immer als Bewußtsein in ihr angesehen werden könnte, es grübelte über das Paradoxon des Bulldozers nach, mit dem jeder Maschinenführer zu kämpfen hat, wenn er seine eigene Maschine kennenlernt.

Für den Anfänger ist dieses Paradoxon außerordentlich schwer zu verstehen. Ein Bulldozer ist ein kriechendes Kraftwerk, ein Behemoth an Lärm und Widerstandsfähigkeit, die weitestgehende Annäherung an die berühmte unwiderstehliche Kraft. Der Anfänger, ganz überwältigt und mit den Bildern im Kopf, die die Wochenschauen von unbesiegbaren Army-Panzern zeigen, läßt sich von keinem Hindernis mehr imponieren und behandelt sie alle gleich, als gebiete er über unbegrenzte Energien. Er weiß nichts von der Empfindlichkeit eines gegossenen Kühlerblocks, der Sterblichkeit getemperten Mangans, der Brüchigkeit überhitzten Lagerweißmetalls und schon gar nichts von der Leichtigkeit, mit der sich ein Traktor in Schlamm begraben kann. Schließlich muß er absteigen und sieht eine Maschine, die er in zwanzig Sekunden auf eine nutzlose Hülle reduziert hat oder die noch vor einer halben Minute über einen Boden gefahren ist, in den ihre Gleisketten jetzt so tief eingesunken sind, daß man sie nicht mehr sieht. Dann überkommen ihn das Schuldgefühl und die Enttäuschung, die ein Mensch empfindet, der eine Sache vollkommen falsch beurteilt hat.

So, wie sie dastand, war Daisy Etta zerbrochen und nutzlos. Diese weichen, hartnäckigen Zweibeiner hatten sie gebaut, und wenn sie anderen maschinenbauenden Rassen ähnlich waren, sorgten sie auch für ihre Erzeugnisse. Die Fähigkeit, die Spannung einer Feder umzukehren oder einen Steuerstab zu biegen oder die Reibung an einer Mutterunterlegscheibe auf Null zu reduzieren, genügte nicht, um den Riß in einem Zylinderkopf oder die in einem überhitzten Anlaßmotor an ein Kurbelgehäuse angeschweißten Lager zu reparieren. Sie hatte eine Lektion zu lernen bekommen. Sie hatte sie gelernt. Daisy Etta würde repariert werden, und das nächste Mal – nun, zumindest kannte sie dann ihre eigenen Schwächen.

Tom schwang die Zweitakt-Maschine herum und schob sich so nahe an die Sieben heran, daß seine Schneide beinahe Daisy Ettas Stoßbalken berührte. Sie stiegen ab, und Peebles beugte sich über die festsitzende rechte Kette.

»Paß auf!« rief Tom warnend.

»Auf was?«

»Oh – nichts.« Tom ging um die Maschine herum und musterte mit geübtem Blick Rahmen und Armaturen. Plötzlich tat er einen Schritt vorwärts und faßte an dem Hahn des Treibstofftanks. Er war geschlossen. Tom öffnete ihn: goldenes Öl schoß heraus. Er drehte wieder zu, kletterte auf die Maschine und öffnete die Kappe oben am Tank. Er zog den Meßstab heraus, wischte ihn in der Kniekehle ab, tauchte ihn ein und zog ihn wieder heraus.

Der Tank war zu mehr als drei Viertel voll.

»Was ist los?« Peebles sah neugierig in Toms angespanntes Gesicht.

»Peeby, ich hatte den Hahn geöffnet, um diesen Tank auslaufen zu lassen. Als ich ging, strömte das Öl auf den Boden. Sie hat ihn selbst geschlossen.«

»Na, na, Tom, du läßt dir diese Sache zu sehr an die Nieren gehen. Du hast eben nur gemeint, du hättest das getan. Ich habe schon gesehen, daß ein Ventil an einer Hauptleitung sich von selbst geschlossen hat, wenn es abgenutzt war, aber nur, weil die Treibstoffpumpe es zuzieht, wenn der Motor läuft. Bei einem Tankauslaß ist das unmöglich.«

»Ventil an der Hauptleitung?« Tom zog den Sitz hoch und sah nach. Ein Blick genügte, um ihm zu zeigen, daß das hier offen stand.

»Sie hat es geöffnet.«

»Okay, okay – sieh mich nicht so an!« Peebles war der Verzweiflung so nahe, wie er ihr überhaupt kommen konnte. »Was macht das für einen Unterschied?«

Tom antwortete nicht. Er war nicht der Typ, der an seiner eigenen geistigen Gesundheit zu zweifeln beginnt, wenn er mit etwas konfrontiert wird, das über sein Begriffsvermögen hinausgeht. Hartnäckig bestand er darauf, daß das, was er gesehen und gefühlt hatte, auch tatsächlich geschehen war. In ihm wohnte nichts von der mutlos machenden Furcht vor dem Wahnsinn, die einen sensibleren Mann befallen hätte. Er zweifelte weder an sich selbst noch an seinen Beweisen und konnte deshalb seinen Geist für die Suche nach dem verzehrenden »Warum« freimachen. Instinktiv erkannte er, daß er sich weitere Hindernisse in den Weg legen würde, wenn er einem anderen »unglaubliche« Ereignisse mitteilte, auch wenn diese sich tatsächlich abgespielt hatten. Deshalb verschloß er sich wie eine Auster und setzte seine Nachforschungen ebenso entschlossen wie vorsichtig fort.

Die abgerutschte Gleiskette hatte sich an den Rollerflanschen so festgezogen, daß überhaupt nicht die Rede davon sein konnte, den Sperrstift zu ziehen und die

Kette zu öffnen. Sie mußte an ihren richtigen Platz zurückgezogen werden – eine sehr heikle Operation, denn ein bißchen in der falschen Richtung angewendete Kraft würde genügen, die Kette ganz abgleiten zu lassen. Um die Sache weiter zu komplizieren, ruhte der Planierschild der Sieben auf dem Boden und mußte gehoben werden, bevor die Maschine manövriert werden konnte, und die hydraulische Hebevorrichtung war ohne den Motor nutzlos.

Peebles hakte das zwanzig Fuß lange, halbzöllige Kabel vom Heck des kleinen Bulldozers los, kratzte ein Loch in den Boden unter dem Planierschild der Sieben und zog das Ende des Kabels, an dem sich die Öse befand, unten durch. Er kletterte über das Streichblech und hängte die Öse an den großen Zughaken auf der Unterseite der Bodenplatte. Das andere Ende des Kabels warf er auf den Boden vor der Maschine. Tom bestieg den kleinen Bulldozer und brachte ihn in die richtige Position zum Abschleppen. Peebles hakte das Kabel an Toms Anhängerschiene und kletterte auf die Sieben. Er stellte sie auf Leerlauf, löste erst die Hauptkupplung und dann die Arretierung an der Planierschildkontrolle. Dann hob er den Arm.

Tom hockte auf der Armlehne seiner Maschine, das Gesicht dem Heck zugewandt. Er fuhr langsam an und spannte das Kabel. Dadurch wurde der Planierschild der Sieben hochgezogen. Peebles winkte ihm, er solle Kabel nachlassen, und stellte die Schildkontrolle auf ›Halten‹. Das Kabel hing von dem Schild nach unten durch.

»Das hydraulische System ist jedenfalls in Ordnung!« rief Peebles, als Tom das Gas wegnahm. »Fahr an und zieh das Kabel nach rechts – so scharf du kannst, ohne daß es sich mit der Kette verheddert! Wir wollen doch sehen, ob wir die Kette nicht wieder in Ordnung bekommen.«

Tom setzte zurück, bog scharf nach rechts ab und zog

das Kabel beinahe im rechten Winkel von der anderen Maschine weg. Peebles hielt die rechte Gleiskette der Sieben mit der Bremse und löste beide Steuerkupplungen. Jetzt konnte sich die linke Kette unbehindert drehen, die rechte jedoch überhaupt nicht. Tom fuhr mit Viertelkraft in seinem niedrigsten Gang, so daß seine Maschine gerade eben kroch. Die Sieben schüttelte sich sacht und begann sich auf der unbeweglichen rechten Kette zu drehen. Eine unglaubliche Energie drückte auf das vordere Ende der Kette, wo sie auf dem Spannrad in die Höhe stieg. Peebles löste die rechte Bremse mit dem Fuß und betätigte sie wieder in einer Reihe von geschickten Stößen. Die Kette bewegte sich so ein paar Zoll weiter und hielt wieder an, die Kraft wurde abwechselnd vorwärts und seitwärts gelenkt und drängte die Kette mit sanfter Gewalt an ihren Platz zurück. Dann noch ein kleiner Ruck, und sie lag genau über den fünf Laufwalzen, den beiden Kettentransportwalzen, dem Kettentriebrad und dem Spannrad.

Peebles stieg ab, steckte den Kopf zwischen Triebrad und hintere Transportwalze und spähte seitlich nach unten, ob irgendwelche Flanschen oder Lager gebrochen seien. Tom kam und zog ihn am Hosenboden heraus. »Dazu ist noch genug Zeit, wenn du sie in der Werkstatt hast«, sagte er, seine Nervosität unterdrükkend. »Meinst du, sie wird fahren?«

»Sie wird! Ich habe noch nie erlebt, daß eine so festsitzende Kette so leicht an ihren richtigen Platz zurückgerutscht ist. Mann, das war gerade, als ob sie versuche zu helfen!«

»Das tun Maschinen manchmal!« erklärte Tom steif. »Du nimmst besser den Abschlepptraktor, Peeby. Ich bleibe bei der Sieben.«

»Ganz wie du willst.«

Vorsichtig fuhren sie den steilen Hang hinunter. Tom berührte die Bremsen kaum, so daß die andere Maschine auf dem ganzen Weg stetigen Zug hatte. Und so brachten sie Daisy Etta in Peebles im Freien aufgeschlagene Werkstatt, wo sie ihren Zylinderkopf abzogen, den Anlaßmotor abmontierten, eine verbrannte Kupplungsscheibe entfernten, sie vollkommen hilflos machten ...

»Ich sage euch, es war ein regelrechter, kaltblütiger Mord«, ereiferte Dennis sich. »Und von einem solchen Kerl sollen wir uns Befehle geben lassen! Was werden wir dagegen unternehmen?« Sie standen am Wasserkühler – Dennis hatte seine Maschine dort hingefahren, um Chub aufzulauern.

Chub Hortons Zigarre stieg und fiel wie ein Semaphor mit Kurzschluß. »Wir werden es ignorieren. Noch zwei Wochen oder so, dann kommen die Asphaltleute, und wir können eine Meldung machen. Außerdem weiß ich ebensowenig wie du, was da oben passiert ist. In der Zwischenzeit haben wir eine Startbahn zu bauen.«

»Du weißt nicht, was da oben passiert ist? Chub, du bist doch ein kluger Mann. Klug genug, daß du diesen Posten besser als Tom Jaeger ausfüllen würdest, auch wenn der nicht verrückt wäre. Und ganz bestimmt bist du klug genug, daß du all den Quatsch, der Traktor sei diesem Schmieraffen durchgegangen, glaubst. Hör zu ...« Er beugte sich vor und tippte Chub auf die Brust. »Er sagte, der Regler sei schuld. Ich habe diesen Regler mit eigenen Augen gesehen, und ich habe gehört, wie der alte Peebles sagte, er sei völlig in Ordnung. Das Gasgestänge war von seinem Gabelgelenk gerutscht, ja – aber du weißt ja, was ein Traktor macht, wenn das passiert. Er schaltet auf Leerlauf, oder der Motor bleibt stehen. Auf gar keinen Fall läuft er davon.«

»Das mag ja sein, aber ...«

»Aber nichts! Ein Mann, der einen Mord begeht, ist verrückt. Hat er es einmal getan, kann er es wieder tun, und ich werde dafür sorgen, daß er nicht mich ermordet.«

Das brachte Chub mit seinem stetigen, aber nicht allzu brillanten Verstand auf zwei Gedanken. Der eine war, daß Dennis, den er nicht leiden mochte, den er aber auch nicht abwimmeln konnte, versuchte, ihn zu etwas zu zwingen, das er nicht wollte. Der andere war, daß sich bei Dennis unter all dem zungenfertigen Gerede eine Heidenangst verbarg.

»Was willst du denn machen – den Sheriff anrufen?«

Dennis lachte anerkennend – einer der Gründe, warum er so schwer abzuwimmeln war. »Ich will dir sagen, was wir machen können. Solange wir dich hier haben, ist er nicht der einzige, der die Arbeit kennt. Wenn wir aufhören, von ihm Befehle entgegenzunehmen, kannst du sie ebensogut oder besser geben. Und es gibt nichts, was er dagegen unternehmen könnte.«

»Verdammt, Dennis!« stieß Chub in plötzlicher Verzweiflung hervor. »Was bildest du dir eigentlich ein – daß du mir die Schlüssel zum Königreich übergibst oder so etwas? Aus welchem Grund möchtest du, daß ich hier den Chef spiele?« Er stand auf. »Angenommen, wir täten, was du sagst. Würde dadurch der Flugplatz schneller gebaut? Bekäme ich dadurch mehr Geld in die Lohntüte? Was glaubst du, was ich will – Ruhm? Ich habe mir einmal die Chance entgehen lassen, zum Stadtrat gewählt zu werden. Meinst du, ich würde einen Finger krumm machen, um einen Haufen von Trotteln dahin zu bekommen, daß sie tun, was ich sage – wenn sie es doch sowieso tun?«

»Ach, Chub – ich würde doch nicht nur so zum Spaß Stunk machen. Das ist ganz und gar nicht meine Absicht. Aber solange wir nichts gegen diesen Mann unternehmen, sind wir in Gefahr. Kriegst du das nicht in den Kopf?«

»Hör zu, du Angsthase! Wenn ein Mann sich emsig um seine Arbeit kümmert, kann er nicht in Schwierigkeiten kommen. Das gilt für Tom – merk dir das bitte! Aber es gilt auch für dich. Steig wieder auf deine Maschine und fahr zur Mergelgrube zurück!« Dennis, völlig überrumpelt, wandte sich seinem Muldenwagen zu.

»Zu schade, daß man Erde nicht mit dem Mund bewegen kann«, brummte Chub im Davongehen. »Dann hättest du diesen Job ganz allein übernehmen können.«

Chub schlenderte zu den Sandsteinfelsen am Strand, schleuderte mit einem Absteckpfahl Kiesel durch die Gegend und fluchte vor sich hin. Er war im Grunde ein einfacher Mann und glaubte an die einfachste mögliche Annäherung an alles. Ihm gefiel eine Arbeit, bei der er leisten konnte, was verlangt wurde, und bei der nichts auftauchte, was Komplikationen schuf. Er war lange bei Planierarbeiten als Maschinenführer und als Boss des Vermessungstrupps tätig gewesen, und er war wegen einer bestimmten Eigenschaft bemerkenswert – er hatte sich immer von den Cliquen und der internen Politik ferngehalten, die für die meisten Bauarbeiter der Lebensodem sind. Ihn hatten die bei verschiedenen Projekten stattgefundenen mörderischen Intrigen beunruhigt und betrübt. Geschah es auf primitive Weise, widerte es ihn an, und raffinierten Manövern stand er hilflos und bestürzt gegenüber. Er war dumm genug, daß seine grundlegende Ehrlichkeit sich in dem, was er sagte und tat, ausdrückte, und er hatte gelernt, daß vollständige Ehrlichkeit im Umgang mit Menschen über und unter ihm fast immer schmerzlich für alle Beteiligten war. Aber es mangelte ihm an Geist, um sich anders zu verhalten, und er versuchte es auch erst gar nicht. Wenn er einen schlimmen Zahn hatte, ließ er ihn sich so bald wie möglich ziehen. Wurde er von einem ihm übergeordneten Bauleiter ungerecht kritisiert, bekam dieser Bauleiter genau erklärt, wo das Problem lag, und wenn ihm das nicht paßte, gab es andere Jobs. Und wenn ihm das Gerangel der Cliquen auf die Nerven ging, hatte er das den Kollegen immer gesagt und war gegangen. Oder er hatte ihnen seine Meinung gesagt und war geblieben. Seine völlig selbstsüchtige Reaktion auf Ereignisse, die sich seiner Arbeit in den Weg stellten, hatte ihm viel Beachtung von Vorgesetzten eingetragen. Und deshalb zögerte er in diesem Fall nicht, sich für eine bestimmte Handlungsweise zu entscheiden. Nur – wie fing man es an, einen Mann zu fragen, ob er ein Mörder sei?

Er traf den Vorarbeiter bei der Beschäftigung an, mit einem gewaltigen Schraubenschlüssel den neuen Ketteneinstellbolzen anzuziehen, den sie in die Sieben installiert hatten.

»He, Chub! Gut, daß du gerade vorbeikommst. Hilf mir bitte, ein Stück Rohr über das Ende von diesem Ding zu ziehen.« Chub ging, das Rohr zu holen. Sie paßten es über den Griff des Vierfuß-Schraubenschlüssels und zogen, bis ihnen der Schweiß den Rücken hinunterlief. Von Zeit zu Zeit überprüfte Tom den lichten Abstand der Kette mit einer Brechstange. Endlich fand er, es reiche. Nach Atem ringend standen die beiden Männer in der Sonne.

»Tom«, keuchte Chub, »hast du diesen Puertoricaner umgebracht?«

Toms Kopf ruckte in die Höhe, als habe ihm jemand den Nacken mit einer Zigarette verbrannt.

»Wenn du es nämlich getan hast«, erklärte Chub, »kannst du deinen Posten nicht behalten.«

»Das ist eine zu lausige Sache, um Scherz damit zu treiben«, erwiderte Tom.

»Du weißt, ich meine es ernst. Also, hast du es getan?«

»Nein!« Tom setzte sich auf ein Fäßchen und wischte sich das Gesicht mit dem Halstuch ab. »Was ist in dich gefahren?«

»Ich wollte es nur wissen. Einige der Jungs machen sich darüber Gedanken.«

Tom kniff die Augen zusammen. »Einige der Jungs, so? Schon kapiert. Hör mir zu, Chub! Rivera ist von diesem Ding da umgebracht worden.« Er wies mit dem

Daumen über die Schulter auf die Sieben, die jetzt so gut wie fertig war. Es mußte nur noch ein Ersatz für die abgebrochene Schneide des Planierschildes hergestellt werden. Peebles baute schon die Schweißmaschine auf. »Falls du meinst, ob ich ihn auf die Maschine geschickt habe, bevor er abgeworfen wurde, heißt die Antwort ja. In diesem Sinn habe ich ihn getötet, und glaube nicht, daß mir das nicht nahegeht. Ich hatte so eine Ahnung, daß da oben etwas nicht stimmte, aber ich kam nicht dahinter, was es war, und ganz gewiß glaubte ich nicht, es werde jemand verletzt werden.«

»Und was stimmte nicht?«

»Ich weiß es immer noch nicht.« Tom stand auf. »Ich habe es satt, um die Sache herumzureden, und es kümmert mich nicht mehr besonders, was andere denken. Diese Sieben hat etwas, das nicht in sie hineingebaut worden ist. Bessere Planierraupen als die da werden nicht hergestellt, aber was auch immer da oben auf der Mesa geschehen sein mag, es hat sie verkorkst. Von mir aus denke jetzt, was du willst, und träume dir irgendeine Geschichte zusammen, die du den Jungs erzählen kannst. Und in der Zwischenzeit gib den Befehl weiter: Niemand fährt diese Maschine als ich, verstanden? Niemand!«

»Tom ...«

Tom verlor die Geduld. »Das ist alles, was ich zu diesem Thema sagen werde! Wenn noch jemand verletzt wird, werde ich es sein, verstanden? Was kannst du mehr verlangen?«

Wütend ging er davon. Chub sah ihm nach, und nach einer ganzen Weile führte er die Hand zum Mund und nahm die Zigarre heraus. Erst jetzt merkte er, daß er sie durchgebissen hatte; die eine Hälfte hatte er immer noch im Mund. Er spuckte den Stummel aus und schüttelte den Kopf.

»Wie läuft sie, Peeby?«

Peebles blickte von seiner Schweißmaschine hoch. »He, Chub, ich habe sie in zwanzig Minuten für dich fertig.« Er schätzte die Entfernung zwischen der Schweißmaschine und der großen Planierraupe ab. »Ich brauche vierzig Fuß Kabel.« Er musterte die Girlanden aus Lichtbogen- und Erdungskabeln, die von den Haken hinten am Schweißgerät hingen. »Ich möchte keinen Traktor herholen, um das Ding zu bewegen, und mir ist nicht danach zumute, die Sieben anzulassen, nur um sie nahe genug heranzufahren.« Er löste das Lichtbogenkabel und warf es beiseite. Dann ging er auf den Traktor zu, wobei er das Erdungskabel von seinem Arm abwickelte. Noch acht Fuß von der Maschine entfernt, warf er die letzte Schlinge aus und faßte nach der Erdungsklemme. Er faßte mit der rechten Hand nach dem Streichblech der Sieben und zog kräftig an dem Kabel in seiner linken, damit er es an die Maschine anschließen konnte.

Chub sah ihm zu, kaute an seiner Zigarre und spielte geistesabwesend mit den Kontrollen an dem Lichtbogenschweißapparat herum. Er drückte den Startknopf, und der Sechszylindermotor antwortete mit einem Schnurren. Er drehte müßig an der Skalenscheibe für die Betriebsart, kippte den Generatorschalter ...

Ein Bolzen unglaublicher Energie, dünn, sengend, blauweiß, verließ den Drahthalter zu seinen Füßen, reckte sich über eine Strecke von *fünfzig Fuß* bis zu Peebles hinüber, dessen Finger soeben das Streichblech des Traktors berührten. Eine Sekunde lang umgab ein violetter Heiligenschein Peebles' Kopf und Schultern, und dann klappte er zusammen und fiel zu Boden. Ein selbsttätiger Unterbrecherschalter klickte hinter dem Kontrollbrett der Schweißmaschine, aber zu spät. Die Sieben rollte langsam rückwärts, ohne zu zünden, auf völlig ebenem Boden, bis sie gegen eine Straßenwalze stieß.

Chubs Zigarre war fort, und er merkte es nicht. Er hatte die Knöchel seiner rechten Hand in den Mund gesteckt und die Zähne tief in das dicke Fleisch geschlagen. Seine Augen quollen aus den Höhlen; er duckte sich und zitterte, er hatte buchstäblich vor Angst den Verstand verloren. Denn der alte Peebles war fast in zwei Hälften gebrannt worden.

Sie begruben ihn neben Rivera. Danach wurde nicht viel gesprochen; der alte Mann hatte ihnen allen viel näher gestanden, als ihnen bisher bewußt gewesen war. Harris war dieses eine Mal in seinem rumerfüllten, leichtsinnigen Leben still und ernst, und Kellys Gang hatte etwas von seiner Geschmeidigkeit eingebüßt. Stunde um Stunde arbeitete Dennis' schlaffer Mund lautlos, und er biß auf seiner Unterlippe herum, bis sie wund und geschwollen war. Al Knowles machte einen mehr oder weniger unberührten Eindruck, wie es bei einem Mann zu erwarten war, der etwas weniger Gehirn als ein Huhn hatte. Chub Horton kam nach ein paar Stunden zu sich und war fast wieder er selbst. Und in Tom Jaeger kochte ein schwarzer Zorn über diesen unfaßlichen Fluch, der das Lager getroffen hatte.

Doch sie arbeiteten weiter. Was sollten sie sonst tun? Der Löffelbagger fuhr fort mit seinem rhythmischen Schwenken und Graben, Schwenken und Abladen, und die Dumptors kreischten zwischen ihm und dem bißchen, das noch von dem Sumpf übrig war, hin und her. Von dem oberen Ende der Startbahn wurde die Grasnarbe abgetragen. Chub und Tom steckten Pfähle, und Dennis begann mit der langwierigen Arbeit, die Buckel auf der Oberfläche mit seinem Muldenwagen einzuebnen und die Löcher zu füllen. Harris saß auf dem zweiten und folgte ihm mit einem Abtrag Abstand. Die Umrisse der Start- und Landebahn tauchten aus dem Land auf, dann die der parallel mit ihr verlaufenden Rollbahn. Drei Tage vergingen. Das Entsetzen über Peebles'

Tod schwächte sich soweit ab, daß sie fähig waren, darüber zu sprechen, was ihnen nur sehr wenig half. Tom faßte überall mit zu, wechselte sich mit Kelly ab, damit dieser nicht ununterbrochen den Löffelbagger bedienen mußte, fuhr ein paar Runden mit dem Muldenwagen, arbeitete stundenweise auf einem Dumptor. Sein Arm heilte langsam, aber sauber, und er schuftete grimmig, ohne ihn zu schonen. Der Schmerz bereitete ihm ein perverses Vergnügen. Jeder Mann hier gab auf seine Maschine acht wie eine Mutter auf ihr Erstgeborenes; eine größere Panne hätte ohne einen hochqualifizierten Mechaniker eine Katastrophe bedeutet.

Das einzige Zugeständnis, das Tom sich in Hinblick auf Peebles' Tod machte, war, daß er Kelly eines Nachmittags beiseitenahm und ihn über die Schweißmaschine ausfragte. Kelly hatte einen Teil seiner ziemlich buntscheckigen Vergangenheit auf einem technischen College verbracht, wo er Elektrotechnik und Frauen studierte. Er hatte von ersterem ein bißchen und von letzteren genug gelernt, um mit einem Fußtritt hinausgeworfen zu werden. Auf die geringe Wahrscheinlichkeit hin, daß er etwas über den entarteten Lichtbogen wußte, fragte Tom ihn jetzt aus.

Kelly streifte die Handschuhe mit den langen Stulpen ab und schlug mit ihnen nach Sandfliegen. »Was das für ein Lichtbogen war? Mann, jetzt hast du mich erwischt. Hast du schon einmal von einer Schweißmaschine gehört, die so etwas macht?«

»Nein. Eine Schweißmaschine hat einfach nicht soviel Energie. Ich habe einmal gesehen, daß ein Mann einen Schlag von einem 400-Ampère-Gerät kriegte, und er hat sich zwar auf den Hintern gesetzt, ist aber nicht verletzt worden.«

»Es ist nicht die Stromstärke, die die Leute umbringt«, erklärte Kelly, »sondern die Spannung. Das ist der Druck hinter dem Strom, verstehst du. Nimm eine bestimmte Menge Wasser und nenne sie Ampère. Wenn ich es dir ins Gesicht schütte, verletzt es dich nicht. Aber wenn ich es mit etwa zwölfhundert Pfund durch die kleinen Löcher einer Diesel-Injektordüse pumpe, ruft es blutige Wunden hervor. Nur ist ein Lichtbogengenerator einfach nicht dazu geschaffen, eine solche Spannung aufzubauen. Ich sehe keine Möglichkeit, daß irgendwo ein Kurzschluß im Zubehör oder in den Wicklungen so etwas bewirken könnte.«

»Nach dem, was Chub berichtete, hatte er mit dem Betriebsartwähler herumgespielt. Ich glaube nicht, daß irgendwer die Skalenscheibe nach dem Unglück berührt hat. Sie war ganz bis zu dem Feld für Schwachstrom-Anwendung gedreht, und die Stromkontrolle stand fast genau auf Mitte. Das ist nicht genug Saft, daß man damit eine ordentliche Schweißraupe mit einem Viertelzolldraht bekäme, ganz zu schweigen davon, daß man einen Menschen damit töten – oder einen Traktor dreißig Fuß auf ebenem Boden zurückrollen könnte.«

»Oder fünfzig Fuß überbrücken könnte«, ergänzte Kelly. »Es wären Tausende von Volt notwendig, um einen solchen Bogen zu erzeugen.«

»Ist es möglich, daß etwas in der Sieben den Bogen herübergezogen hat? Ich meine, einmal angenommen, der Bogen sei nicht hinübergetrieben, sondern herübergezogen worden? Ich sage dir, die Sieben war noch vier Stunden danach heiß.«

Kelly schüttelte den Kopf. »Von so etwas habe ich noch nie gehört. Paß auf, nur um irgendwelche Namen dafür zu haben, nennen wir Gleichstrompole positiv und negativ, und nur weil es in der Theorie funktioniert, sagen wir, der Strom fließe vom negativen zum positiven Pol. In der einen Elektrode kann einfach nicht mehr positive Anziehungskraft stecken als negativer Emissionsdruck in der anderen. Verstehst du, was ich meine?«

»Es können auch keine irgendwie entarteten Bedingungen auftreten, die so etwas wie ein übergroßes positives Feld erzeugen? Ich meine eins, das den negativen Fluß mit einem einzigen Ruck ansaugen würde, daß es einen Druck bekommt wie das Wasser, von dem du sprachst?«

»Nein, Tom. Das geht einfach nicht, soviel man weiß. Andererseits – die statische Elektrizität hat ein paar Eigenschaften, die niemand versteht. Ich kann nur sagen, was geschehen ist, konnte nicht geschehen, und wenn es doch geschehen ist, konnte es Peebles nicht töten. Und die Antwort darauf kennst du.«

Tom richtete den Blick auf das obere Ende der Start- und Landebahn, wo die beiden Gräber lagen. Für einen Augenblick traten Bitterkeit und brodelnder Zorn an die Oberfläche. Er drehte sich um und ging ohne ein weiteres Wort. Und als er zurückkehrte, um sich die Schweißmaschine noch einmal anzusehen, war Daisy Etta verschwunden.

Al Knowles und Harris hockten am Wasserkühler zusammen.

»Schlimm«, brummte Harris.

»So was hab ich noch nie gesehen«, meinte Al. »Old Tom kam wie ein Wilder von der Werkstatt zurück. ›Wo ist die Sieben hin? Wo ist die Sieben?‹ Ich habe noch nie so ein Geschrei gehört.«

»Dennis hatte sie weggefahren, stimmt's?«

»Klar.«

Harris berichtete: »Dennis war vorhin bei mir, und was hat er geschimpft! Chub hatte ihm gesagt, Tom habe angeordnet, alle hätten die Finger von der Maschine zu lassen. Dennis war wütend wie eine nasse Henne. Sagte, Tom treibe es jetzt zu weit. Sagte, wahrscheinlich sei etwas an der Sieben, von dem Tom nicht wollte, daß wir es herausfinden. Könnte ihn belasten. Dennis ist fest überzeugt, Tom habe den Jungen getötet.«

»Meinst du, er hat es getan, Harris?«

Harris schüttelte den Kopf. »Ich kenne Tom schon zu lange, um so etwas zu glauben. Wenn er uns nicht sagen will, was oben auf der Mesa tatsächlich passiert ist, hat er einen Grund dafür. Wie kam Dennis dazu, den Bulldozer zu nehmen?«

»An seinem Muldenwagen war ein Vorderreifen geplatzt. Er kam hierher, um sich eine andere Maschine zu holen – vielleicht einen Dumptor. Sah die Sieben fahrbereit dort stehen. Stand da, betrachtete sie und verfluchte Tom. Sagte, er habe es satt, sich die Nieren auf diesen anderen Maschinen kaputtrütteln zu lassen, und verdammt wolle er sein, wenn er sich zur Abwechslung nicht mal etwas nehme, das besser fahre. Er hatte danach noch ein paar Dinge mehr über Tom zu sagen.«

»Ich hätte ihm den Mut, die Maschine zu nehmen, nicht zugetraut.«

»Ja, er hatte sich in blinden Zorn hineingeredet.«

Chub Horton kam keuchend angelaufen, und sie blickten hoch. »He, Jungs, kommt mit! Wir gehen besser zu Dennis hinauf.«

»Was ist passiert?« Harris stellte sich auf die Füße.

»Tom raste vor einer Minute in Richtung Sumpf an mir vorbei und sah aus wie der Zorn Gottes. Ich fragte, was los sei, und er brüllte, Dennis habe die Sieben genommen. Sagte, Dennis quatsche andauernd von Mord, und ermordet könne er leicht werden, wenn er mit dieser Maschine herumspiele.« Chubs Augen wurden glasig. Er leckte sich die Lippen rechts und links von der Zigarre.

»Oh-oh«, sagte Harris leise. »Das sind im Augenblick die falschen Reden.«

»Du glaubst doch nicht, er …«

»Kommt mit!«

Sie sahen Tom, bevor sie halbwegs dort waren. Er ging langsam, mit gesenktem Kopf. Harris rief ihn an. Tom hob den Blick, blieb stehen und wartete in merkwürdig zusammengesunkener Haltung auf sie.

»Wo ist Dennis?« schnauzte Chub.

Tom wartete, bis sie beinahe bei ihm waren. Dann hob er schwach den Arm und wies mit dem Daumen über die Schulter. Sein Gesicht war grün.

»Tom – ist er ...«

Tom nickte und schwankte ein bißchen. Sein granitener Unterkiefer war schlaff.

»Al, bleib bei ihm! Ihm ist übel. Harris, gehen wir!«

Tom mußte sich plötzlich übergeben. Heftig. Al glotzte ihn fasziniert an.

Chub und Harris fanden Dennis. Zwölf Quadratfuß von ihm, gemahlen und geschüttelt und auf einem zerrissenen Fleck Erde ausgerollt. Daisy Etta war fort.

Wieder an den Sandsteinfelsen, setzten sie sich zu Tom, während Al Knowles einen Dumptor nahm und losdonnerte, um Kelly zu holen.

»Ihr habt ihn gesehen?« fragte Tom trübsinnig nach einer Weile.

Harris antwortete: »Ja.«

Der kreischende Dumptor und eine Staubwolke vom Umfang eines Berges trafen ein. Kelly fuhr, Al hielt sich verzweifelt an der Seitenwand fest. Kelly sprang ab, rannte zu Tom. »Tom – was hat das alles zu bedeuten? Dennis tot? Und du ... du ...«

Tom hob langsam den Kopf. Die Schlaffheit war von seinem langen Gesicht gewichen, und plötzlich glomm ein Licht in seinen Augen auf. Bis zu diesem Augenblick war es ihm nicht in den Sinn gekommen, was diese Männer denken mochten.

»Ich – was?«

»Al sagt, du hast ihn getötet.«

Toms Blick wanderte zu Al Knowles, und Al zuckte zusammen, als sei dieser Blick ein Schlag mit einer Reitpeitsche gewesen.

»Was ist denn nun daran, Tom?« fragte Harris.

»Nichts ist daran. Er ist von der Sieben getötet worden. Das habt ihr selbst gesehen.«

»Ich habe die ganze Zeit zu dir gehalten«, erklärte Harris langsam. »Ich habe dir alles geglaubt, was du uns gesagt hast.«

»Aber das ist zu stark für dich?« fragte Tom.

Harris nickte. »Zu stark, Tom.«

Tom sah sich in dem Kreis grimmiger Gesichter um und lachte plötzlich. Er stand auf, lehnte sich mit dem Rücken gegen eine hohe Kiste. »Was plant ihr, deswegen zu unternehmen?«

Es herrschte Schweigen. »Ihr meint, ich sei dorthinaufgestiegen, hätte diesen Windbeutel von der Maschine gestoßen und ihn überfahren?« Das Schweigen dauerte an. »Hört zu! Ich kam oben an und sah, was ihr gesehen habt. Er war tot, bevor ich eintraf. Das ist auch nicht gut genug?« Er hielt inne und leckte sich die Lippen. »Also bin ich, nachdem ich ihn getötet hatte, auf den Traktor gestiegen und habe ihn weit genug weg gefahren, daß ihr ihn weder sehen noch hören konntet, als ihr an die Stelle kamt. Und dann habe ich mir Flügel sprießen lassen und bin zurückgeflogen, so daß ich schon halbwegs hier war, als wir uns begegneten – *zehn Minuten,* nachdem ich mit Chub auf meinem Weg nach oben gesprochen hatte!«

Kelly fragte vage: »Traktor?«

»Nun«, wandte sich Tom barsch an Harris, »war der Traktor da, als du und Chub oben ankamt und Dennis saht?«

»Nein ...«

Chub schlug sich auf den Oberschenkel. »Du hättest ihn in den Sumpf fahren können, Tom.«

Tom entgegnete wütend: »Ich verschwende meine Zeit. Ihr habt euch doch alles schon zurechtgelegt. Warum fragt ihr mich überhaupt noch?«

»Immer mit der Ruhe!« fiel Kelly ein. »Wir wollen nichts als Tatsachen. Also, was ist geschehen? Du trafst

Chub und sagtest ihm, Dennis könne leicht selbst ermordet werden, wenn er mit dieser Maschine herumspiele. Ist das richtig?«

»Das ist richtig.«

»Dann was?«

»Dann ermordete die Maschine ihn.«

Chub fragte mit bemerkenswerter Geduld: »Was hast du an dem Tag gemeint, als Peebles ums Leben kam und du sagtest, etwas habe die Sieben da oben auf der Mesa verkorkst?«

Tom wurde wild. »Ich habe gemeint, was ich sagte! Ihr seid entschlossen, mich dafür zu kreuzigen, und ich kann euch nicht daran hindern. Also hört zu! Irgend etwas ist in die Sieben eingedrungen. Ich weiß nicht, was es ist, und ich glaube nicht, daß ich es je erfahren werde. Ich glaubte, nachdem sie sich selbst beschädigt hatte, sei es damit vorbei. Als wir sie auseinandergenommen hatten und sie hilflos war, schoß es mir durch den Kopf, wir sollten sie so lassen. Damit hatte ich hundertprozentig recht, aber jetzt ist es zu spät. Sie hat Rivera getötet, und sie hat Dennis getötet, und sie hatte bestimmt etwas mit Peebles' Tod zu tun. Und meine Meinung ist, daß sie nicht damit aufhören wird, solange noch ein menschliches Wesen auf dieser Insel am Leben ist.«

»Was du nicht sagst!« entfuhr es Chub.

»Sicher, Tom, sicher«, sagte Kelly ruhig. »Dieser Traktor will uns erledigen. Aber mach dir keine Sorgen! Wir werden ihn einfangen und auseinandernehmen. Mach du dir nur keine Sorgen mehr darüber, es wird alles in Ordnung kommen.«

»So ist es, Tom«, bestätigte Harris. »Du machst es dir ein paar Tage im Lager gemütlich, bis du dich wieder besser fühlst. Chub und wir werden alles für dich erledigen. Du hast zuviel Sonne mitgekriegt.«

»Ihr seid wirklich ein prima Haufen«, knirschte Tom sarkastisch. Er brüllte los: »Wenn ihr am Leben bleiben wollt, geht und werft diesen durchgegangenen Bulldozer nieder!«

»Dieser durchgegangene Bulldozer liegt auf dem Grund des Sumpfes, wo du ihn hingebracht hast«, grollte Chub. Er senkte den Kopf und rückte näher heran. »Sicher wollen wir am Leben bleiben. Der beste Weg, das zu erreichen, ist, daß wir dich irgendwo verwahren, wo du niemanden mehr umbringen kannst. *Packt ihn!*«

Er sprang. Tom empfing ihn mit einer linken Geraden, gefolgt von einem Kreuzschlag mit der rechten Faust. Chub ging zu Boden und riß Harris mit sich. Al Knowles rannte zu einem Werkzeugkasten und nahm einen vierzehnzölligen verstellbaren Schraubenschlüssel an sich. Er umkreiste die Gruppe, hielt sich aus der Schlägerei heraus und versuchte, nützlich zu wirken. Tom ließ einen wilden Schwinger gegen Chub los, der seinen Kopf wie eine Schildkröte einzog, ihn wieder vorstieß, Tom traf und aus dem Gleichgewicht brachte. Harris, immer noch auf den Knien, griff Toms Beine an. Chub stieß ihn mit einer fleischigen Schulter ins Kreuz, und Tom fiel flach auf das Gesicht. Al Knowles riß den Schraubenschlüssel mit beiden Händen über seinen Kopf zurück wie einen Baseballschläger. Als der Schraubenschlüssel den höchsten Punkt der Kurve erreichte, streckte Kelly die Hand aus, nahm ihn Al ab und stupste Tom damit zart hinter das Ohr. Toms Körper erschlaffte.

Es war spät, aber niemandem war nach Schlafen zumute. Sie hatten sich um die Drucklaterne geschart und unterhielten sich müßig. Chub und Kelly saßen bei einem Casino-Spiel, vergaßen aber dauernd, welche Punkte sie gemacht hatten. Harris wanderte auf und ab wie ein Gefangener in einer Zelle. Al Knowles hockte dicht am Licht. Er hatte die Augen weit aufgerissen und beobachtete, beobachtete …

»Ich brauche einen Drink«, sagte Harris.

»Zehn«, meldete einer der Casino-Spieler.

Al Knowles sagte: »Wir sollten ihn töten. Wir sollten ihn jetzt töten!«

»Hier ist schon zuviel getötet worden«, widersprach Chub. »Halt den Mund, du!« Und zu Kelly: »Mit großem Casino.« Er fegte die Karten zusammen.

Kelly faßte ihn beim Handgelenk und grinste. »Großes Casino ist die Karo-Zehn und nicht die Herz-Zehn. Hast du das vergessen?«

»Oh.«

»Wie lange dauert es noch, bis die Asphaltleute hier sind?« brabbelte Al Knowles.

»Zwölf Tage«, antwortete Harris. »Und sie täten gut daran, etwas an alkoholischen Getränken mitzubringen.«

»He, Leute!«

Sie verstummten.

»He!«

»Es ist Tom«, sagte Kelly. »Sechserreihe, Chub.«

»Ich werde ihm die Rippen eintreten«, verkündete Knowles, ohne sich zu rühren.

»Ich habe das gehört«, schallte die Stimme aus der Dunkelheit. »Wenn ich nicht gefesselt wäre ...«

»Wir wissen, was du tun würdest«, unterbrach ihn Chub. »Was glaubst denn du, wie viele Beweise wir noch nötig haben?«

»Chub, du brauchst ihm nichts mehr anzutun.« Kelly warf seine Karten hin und stand auf. »Tom, möchtest du Wasser trinken?«

»Ja.«

»Setz dich, setz dich!« rief Chub.

»Laß ihn dort liegen und verbluten«, hetzte Al Knowles.

»Quatsch!« Kelly ging, füllte einen Becher und brachte ihn Tom. Der große Georgier war streng gefesselt, die Handgelenke zusammen, ein Strick spannte sich hinter seinem Rücken von einem Ellbogen zum anderen, so daß seine Hände unbeweglich über seinem Magen lagen. Seine Knie und Knöchel waren ebenso gebunden, obwohl man von Knowles' Einfall, einen kurzen Strick zwischen Knöchel und Kehle anzubringen, keinen Gebrauch gemacht hatte.

»Danke, Kelly.« Tom trank gierig, Kelly hielt seinen Kopf. »Das geht gut.« Er trank noch etwas. »Was hat mich getroffen?«

»Einer von den Jungs. Ungefähr um die Zeit, als du sagtest, die Raupe sei verhext.«

»Ach ja.« Tom rollte den Kopf und zwinkerte vor Schmerz.

»Hat es einen Sinn, dich zu fragen, ob du es uns übelnimmst?«

»Kelly, muß noch jemand getötet werden, bevor ihr aufwacht?«

»Keiner von uns glaubt, daß es weitere Todesfälle geben wird – jetzt nicht mehr.«

Die übrigen Männer kamen herbei. »Ist er bereit, vernünftig zu reden?« wollte Chub wissen.

Al Knowles lachte. »Haha! Sieht er jetzt nicht gefährlich aus?«

Harris drohte ihm: »Al, ich werde dir wohl den Mund mit der Haut von deinem Hals zukleben müssen.«

»Bin ich einer von der Sorte, die Gespenstergeschichten erfindet?«

»Das habe ich nie bei dir erlebt, Tom.« Harris kniete neben ihm nieder. »Und umgebracht hast du auch noch nie jemanden.«

»Oh, geht weg von mir! Geht weg!« sagte Tom müde.

»Steh auf und zwinge uns!« höhnte Al.

Harris sprang auf die Füße und schlug ihm mit dem Handrücken über den Mund. Al quietschte, machte drei Schritte rückwärts und fiel über einen Schmierölkanister. »Ich habe es dir gesagt!« Harris' Stimme klang beinahe klagend. »Ich habe es dir gesagt, Al!«

Tom brachte das Stimmengewirr zum Schweigen. »Seid still!« zischte er. »SEID STILL!« brüllte er.

Sie verstummten.

»Chub«, sagte Tom, hastig, tonlos, »was soll ich deiner Meinung nach mit der Sieben gemacht haben?«

»Du hast sie im Sumpf begraben.«

»Ja. Horcht!«

»Auf was?«

»Seid ruhig und horcht!«

Also horchten sie. Es war wieder eine ruhige, windstille Nacht mit einer schmalen Mondsichel, deren Licht nichts in der Landschaft aus Schwarz und gedämpftem Silber zeigte, wie es wirklich war. Vom Strand her kam wie ein ganz leiser Hauch das Brausen der Brandung, und von weit weg zur Rechten, wo der Sumpf lag, quakte ein empörter Frosch seinen Protest über die Vernichtung seines Schlammloches heraus. Aber das Geräusch, das ihnen das Mark in den Knochen gefrieren ließ, kam von dem Berg hinter ihrem Lager.

Es war das unmißverständliche Stakkato eines startenden Motors.

»Die Sieben!«

»Richtig, Chub«, sagte Tom.

»W-w-wer läßt da ihren Motor an?«

»Sind wir alle hier?«

»Alle bis auf Peebles und Dennis und Rivera«, stellte Tom fest.

»Es ist Dennis' Geist«, stöhnte Al.

Chub fuhr ihn an: »Schnauze, du Hohlkopf!«

»Sie hat auf Diesel gewechselt«, sagte Kelly lauschend.

»Sie wird in einer Minute hier sein«, prophezeite Tom. »Wißt ihr was, Jungs? Wir können nicht alle miteinander verrückt sein, und davon werdet ihr euch gleich überzeugen können.«

»Dir gefällt das, wie?«

»In gewisser Weise. Rivera pflegte diese Maschine

Daisy Etta zu nennen, weil sie auf spanisch *De siete* heißt. Daisy Etta sucht einen Mann.«

»Tom«, bat Harris, »ich wollte, du würdest mit diesem Gerede aufhören. Du machst mich nervös.«

»Irgend etwas muß ich ja tun. Weglaufen kann ich nicht«, betonte Tom.

»Wir werden uns die Sache ansehen«, schlug Chub vor. »Wenn niemand auf der Raupe sitzt, binden wir dich los.«

»Wirklich anständig von euch. Meint ihr, daß ihr zurückkommen werdet, bevor sie hier ist?«

»Wir kommen bestimmt zurück. Harris, komm mit mir! Wir nehmen den einen der Muldenwagen-Traktoren. Sie sind schneller als eine Sieben. Kelly, du und Al, ihr nehmt den anderen.«

»Dennis' Maschine hat einen Platten an der Mulde«, erklang Als bebende Stimme.

»Dann zieht den Bolzen raus und schneidet die Kabel durch! Los!« Kelly und Al Knowles rannten eilig davon.

»Gute Jagd, Chub.«

Chub ging zu Tom, beugte sich über ihn. »Ich glaube, ich muß mich bei dir entschuldigen, Tom.«

»Nein, mußt du nicht. Ich hätte es ebenso gemacht. Lauf jetzt, wenn du es für richtig hältst! Aber komm schnell wieder!«

»Ich halte es für richtig. Und ich werde schnell wiederkommen.«

Harris witzelte: »Lauf bloß nicht weg, Junge!« Tom erwiderte das Grinsen, und sie gingen. Aber sie kamen nicht schnell wieder. Sie kamen überhaupt nicht wieder.

Es war Kelly, der eine halbe Stunde später heranstapfte, Al Knowles ihm auf den Fersen. »Al – gib mir dein Messer.«

Er machte sich daran, die Stricke durchzuschneiden. Sein Gesicht wirkte abgespannt.

»Ich konnte etwas davon sehen«, flüsterte Tom. »Chub und Harris?«

Kelly nickte. »Es hat niemand auf der Sieben gesessen, wie du gesagt hattest.« Er sprach, als sei nichts anderes in seinem Kopf, als hindere ihn nur strengste Selbstbeherrschung daran, es fortlaufend zu wiederholen.

»Ich konnte die Scheinwerfer sehen«, berichtete Tom. »Ein Traktor fuhr schräg den Berg hinauf. Ziemlich bald stellte sich ihm ein anderer in den Weg und erhellte den ganzen Hang.«

»Wir hörten irgendwo da oben einen Motor im Leerlauf«, erzählte Kelly. »Dunkelolivfarbener Anstrich – konnten sie nicht sehen.«

»Ich sah, wie der Muldentraktor den Berg hinunterstürzte und sich überschlug – oh, vier-, fünfmal. Mit immer noch brennenden Scheinwerfern blieb er liegen. Dann stieß ihn etwas an, so daß er weiterrollte, und das Licht ging aus. Was hat ihn das erstemal umgeworfen?«

»Die Sieben. Sie hing da oben dicht an der Kante des Abhangs. Wartete, bis Chub und Harris sechzig, siebzig Fuß weiter unten vorbeifahren wollten. Kippte über den Rand und rollte auf sie hinunter. Sie muß dreißig Meilen die Stunde draufgehabt haben, als sie sie rammte. Breitseitig. Sie hatten nicht die geringste Chance. Die Sieben folgte dem Muldentraktor, der den Berg hinunterstürzte, und als er liegenblieb, stieß sie ihn weiter.«

»Möchtest du, daß ich dir den Knöchel reibe?« fragte Al.

»Ausgerechnet du! Geh mir aus den Augen!«

»Ach, Tom ...«, wimmerte Al.

»Laß es gut sein, Tom!« bat Kelly. »Es sind nicht mehr genug von uns übrig, um so weiterzumachen. Al, von jetzt an benimmst du dich, hörst du?«

»Ich wollte euch doch gerade alles erzählen. Ich hätte gleich erkannt, daß du wegen Dennis nicht gelogen hast, Tom, wenn ich nur einen Augenblick nachgedacht hätte. Jetzt erinnere ich mich: Dennis sagte, er wolle diesen Traktor wegfahren ... das weißt du doch auch, Kelly? – Er holte die Kurbel und ging um die Maschine herum und steckte sie in das Loch an der Seite. Sie war kaum drin, als der Anlaßmotor ansprang. ›Was sagst du nun?‹ sagte Dennis zu mir. ›Sie hat sich selber gestartet! Ich habe die Kurbel gar nicht angefaßt!‹ Und ich sagte: ›Paß auf, gleich fährt sie los!‹«

»Du suchst dir eine feine Zeit aus, um dich an etwas zu ›erinnern‹«, knirschte Tom. »Kommt – machen wir, daß wir hier verschwinden.«

»Wohin sollen wir denn gehen?«

»Weißt du eine Stelle, an der eine Sieben nicht fahren oder wo sie nicht hinaufkommen kann?«

»Eine schwierige Frage. Vielleicht ein großer Felsen.«

»Etwas so Großes gibt es hier herum nicht«, stellte Tom fest.

Kelly dachte eine Minute lang nach, dann schnippte er mit den Fingern. »Oben auf dem letzten Abtrag, den ich mit dem Löffelbagger gemacht habe!« rief er. »Das sind fast auf den Zoll genau vierzehn Fuß. Ich habe kleine Steine und Mutterboden herausgeholt, und Chub sagte mir, ich solle ein Stück zurücksetzen, da sei eine Tasche mit Mergel, und erst die ausbaggern. Das habe ich dann auch getan, und so ist eine Brücke aus Erde stehengeblieben, die rund dreißig Fuß aus der Klippe herausragt. Die engste Stelle ist nur etwa vier Fuß breit. Wenn Daisy Etta versucht, uns von oben zu erwischen, gerät ihr die Brücke zwischen die Raupen, und dann hängt sie fest. Und greift sie von unten an, bekommt sie keine Bodenhaftung zum Klettern, dazu sind die Erde zu locker und der Hang zu steil.«

»Und was geschieht, wenn sie sich eine Rampe baut?«

»Dann verschwinden wir von da.«

»Gehen wir!«

Al befürwortete die Wahl eines Dumptors, seiner

Schnelligkeit wegen, wurde aber niedergebrüllt. Tom wollte ein Fahrzeug, das keinen Platten bekommen konnte und bei dem es schon gewaltiger Anstrengung bedurfte, um es umzukippen. Sie nahmen Dennis' Maschine, den Zweitakttraktor, dessen Muldenwagen einen Bulldozer-Planierschild hatte, und krochen in die Dunkelheit hinaus.

Es war beinahe sechs Stunden später, als Daisy Etta kam und sie aufweckte. Die Nacht wich einer blassen Dämmerung im Osten, und eine frische Meeresbrise hatte sich erhoben. Kelly hatte die erste Wache gehabt, Al die zweite, und sie hatten Tom den Rest der Nacht überlassen. Tom war viel zu müde gewesen, um dagegen Einspruch zu erheben. Al war gleich zu Beginn seiner Wache eingeschlafen, aber die Angst hielt seine Eingeweide so sicher in ihrem kalten Griff, daß er beim ersten schwachen Brummen des großen Dieselmotors in die Höhe fuhr. Er taumelte an den Rand der hohen Erdbrücke, auf der sie schliefen, und quietschte, als er beinahe abgerutscht wäre.

»Was ist?« Kelly war sofort hellwach.

»Sie kommt«, heulte Al. »O Gott, o Gott ...«

Kelly stand auf und blickte in die blasse Dämmerung. Der Motor dröhnte hohl, und sie hörten das Geräusch auf eigentümliche Weise zweimal gleichzeitig, da es von den Felsen unter ihnen und um sie zurückgeworfen wurde.

»Sie kommt, und was sollen wir nun tun?« schluchzte Al. »Was wird geschehen?«

»Mein Kopf wird abfallen«, meldete sich Tom schläfrig. Er mühte sich zum Sitzen hoch und hielt das mißhandelte Organ mit beiden Händen. »Wenn das Ei hinter meinem Ohr ausgebrütet wird, schlüpft bestimmt ein ausgewachsener Preßlufthammer aus.« Er sah Kelly an. »Wo ist sie?«

»Genau weiß ich es nicht«, antwortete Kelly. »Irgendwo da unten in der Nähe des Lagers.«

»Wahrscheinlich nimmt sie unsere Witterung auf.«

»Glaubst du, dazu ist sie fähig?«

»Ich glaube, daß sie zu allem fähig ist«, sagte Tom. »Al, hör auf zu stöhnen!«

Die Sonne schob ihren scharlachroten Rand in die dünne Ritze zwischen Meer und Himmel, und rosiges Licht gab jedem Fels und jedem Baum einen Umriß und einen Schatten. Kellys Augen wanderten hin und her, hin und her, bis er, Minuten später, eine Bewegung entdeckte.

»Da ist sie!«

»Wo?«

»Unten am Abschmiergerüst.«

Tom stand auf und starrte. »Was macht sie da?«

Nach einer Pause meldete Kelly: »Sie arbeitet. Gräbt eine Mulde vor den Treibstoffkanistern.«

»Was du nicht sagst. Erzähl mir bloß nicht, daß sie sich selbst abschmieren will.«

»Das braucht sie nicht. Sie ist doch vollständig abgeschmiert worden und hat neues Öl in das Kurbelgehäuse bekommen, nachdem wir sie repariert hatten. Aber sie könnte Treibstoff nötig haben.«

»Nicht mehr als einen halben Tank.«

»Nun, vielleicht sagt sie sich, daß heute noch eine Menge Arbeit vor ihr liegt.« Bei diesen Worten Kellys begann Al zu heulen. Sie ignorierten ihn.

Die Treibstoffkanister, jeder mit vierundvierzig Gallonen, waren am Rand des Lagers zu einer Pyramide aufgebaut worden. Die Sieben fuhr vor ihnen hin und her, stach Erde aus und schüttete sie hinter den Stapel. Bald hatte sie eine tiefe Grube ausgehöhlt, etwa vierzehn Fuß breit, sechs Fuß tief und dreißig Fuß lang, ganz dicht an der Pyramide.

»Was mag sie bloß vorhaben?«

»Keine Ahnung. Anscheinend will sie sich Treibstoff holen, aber ich weiß nicht, wie ... seht euch das an! Sie hat in dem Loch angehalten, sie dreht sich, sie schmettert die Oberkante des Streichblechs in einen der Kanister aus der untersten Reihe!«

Tom kratzte die Stoppeln an seinem Kinn mit den Fingernägeln. »Und ihr fragt noch, wozu das Ding alles fähig ist! Sie hat sich die Sache gut überlegt und weiß, wenn sie versuchen würde, ein Loch in einen Treibstoffkanister zu schlagen, würde sie ihn nur durch die Gegend schleudern. Und wenn es ihr doch gelänge, wie sollte sie den Treibstoff heben? Sie ist nicht dafür ausgerüstet, mit einem Schlauch umzugehen. Deshalb ... seht ihr? Nun seht euch das an! Sie steht in dem Loch tiefer als der unterste Kanister des Stapels und bohrt ein Loch. Jetzt kann sie es tun, weil das ganze Gewicht des Stapels den Kanister unten hält. Dann schiebt sie ihren Tank unter den auslaufenden Treibstoffstrom.«

»Wie wird sie die Kappe abbekommen?«

Tom schnaubte und erzählte ihnen, wie an dem Tag, als Rivera verletzt wurde, die Kühlerverschlußkappe bei seiner Flanke über die Motorhaube aus dem Scharnier gebrochen war.

»Wißt ihr«, meinte er nach kurzem Nachdenken, »wenn sie damals schon so gescheit gewesen wäre wie jetzt, schliefe ich längst neben Rivera und Peebles. Damals kannte sie sich einfach noch nicht aus. Sie steuerte sich selbst, wie sie noch nie zuvor gesteuert worden war. Inzwischen hat sie viel gelernt.«

»Und ob«, pflichtete Kelly ihm bei, »und jetzt verwendet sie ihr Wissen gegen uns. Sie ist nach hier unterwegs.«

So war es. Sie kam die ausgeschruppte Startbahn herunter, mahlte über die vom Tau besprengte Erde, und der Staub von gestern wirbelte unter ihren Gleisketten hoch. Sie überquerte das Bankett, bewegte sich geschickt über das schwierigere Terrain, ging die gelegentlichen Buckel schräg an, umfuhr Steine und kam schnell und mühelos voran. Tom sah sie zum ersten Mal deutlich ohne Führer fahren, und er bekam dabei eine

Gänsehaut. Die Maschine war unnatürlich, ihr Umriß wirkte allein durch das Fehlen der kleinen Silhouette eines Mannes im Sattel irgendwie unwirklich und traumartig. Sie war kolossal, kompakt, gefährlich.

»Was sollen wir nur machen?« jammerte Al Knowles.

»Wir bleiben hier sitzen und warten ab«, sagte Kelly, »und du wirst die Klappe halten. Es dauert noch fünf Minuten, bis wir genau wissen, ob sie uns von da unten oder von hier oben angreifen wird.«

»Wenn du gehen willst«, schlug Tom freundlich vor, »dann geh nur.« Al setzte sich.

Kelly blickte auf seinen geliebten Löffelbagger hinunter, der ungraziös und reizlos schräg rechts unter ihnen in dem Einschnitt hockte. »Was meinst du, wie würde sie bei einem Kampf mit dem Löffelbagger abschneiden?«

»Sollte es zu einer Keilerei kommen«, sagte Tom, »wird es meiner Meinung nach für Daisy Etta schlecht ausgehen. Aber sie wird nicht kämpfen. Du hast keine Möglichkeit, den Bagger auf Armreichweite an sie heranzubringen. Daisy würde sich nur hinstellen und dich auslachen.«

»Ich kann sie nicht mehr sehen«, winselte Al.

Tom hielt Ausschau. »Sie ist bergauf gefahren. Also wird sie es von hier oben versuchen. Ich schlage vor, wir bleiben sitzen und warten ab, ob sie dumm genug ist, eine Fahrt über diese schmale Brücke zu wagen. Wenn sie es tut, fällt sie auf den Bauch, und die Ketten hängen links und rechts in der Luft. Wahrscheinlich wird sie umkippen, wenn sie versucht, sich auszugraben.«

Die Wartezeit zog sich unendlich in die Länge. Von jenseits des Hügels kam das Geräusch des sich abmühenden Motors herüber. Zweimal hörten sie die Maschine kurz anhalten, um in einen anderen Gang zu schalten. Einmal stieg das Geräusch zu einer Reihe von brüllenden Schreien an, als setze sie zurück und lade Erde auf und sie tauschten hoffnungsvolle Blicke. Doch dann merkten sie, daß sie sich bemühte, einen besonders steilen Teil des Walls zu überwinden, und Schwierigkeiten mit der Bodenhaftung hatte. Aber sie schaffte es; der Motor kam auf Touren, als sie den Anstieg überwand, sie wechselte auf den vierten Gang um und kam in Sicht. Schnell war sie am Rand des Einschnitts. Dort blieb sie stehen, nahm Gas weg, ließ den Planierschild zu Boden sinken und tuckerte vor sich hin. Al Knowles wich bis an die äußerste Kante der Erdzunge, auf der sie standen, zurück. Seine Augen sahen aus, als seien ihnen Stiele gewachsen.

»Okay – kehr um oder halt die Klappe!« rief Kelly grimmig hinüber.

»Sie überdenkt die Situation«, meinte Tom. »Sie erkennt genau, wie gefährlich dieser schmale Weg ist.«

Daisy Ettas Planierschild hob sich ein wenig und hielt dicht über dem Boden an. Sie betätigte die Gangschaltung ohne Gerassel und setzte langsam zurück, immer noch nur knapp über dem Leerlauf.

»Sie wird springen!« kreischte Al. »Ich will hier weg!«

»Bleib hier, du Idiot!« rief Kelly. »Sie kann uns nicht kriegen, solange wir hier oben sind! Wenn du nach unten kletterst, wird sie dich wie ein Kaninchen jagen.«

Der Motor der Sieben heulte auf, und das war für Al das auslösende Moment. Er quietschte und hüpfte über den Rand, krabbelte und rutschte die beinahe senkrechte Wand des Einschnitts hinunter. Unten kam er mit den Füßen auf und rannte sofort los.

Daisy Etta senkte ihren Schild, hob die Schnauze und rollte vorwärts. Ihr Schild schob Erde vor sich her. Sechs, sieben, siebeneinhalb Kubikyards Dreck hatten sich vor ihr aufgehäuft, als sie an die Kante kam. Der beladene Schild biß sich in den schmalen Weg, der zu dem hochgelegenen Zufluchtsort der Männer führte. Er bestand fast ganz aus weichem, weißem, krümeligem Mergel, und die große Maschine senkte die Nase hinein.

Die monströse Überlast an Mutterboden rann zu beiden Seiten hinunter.

»Sie wird sich begraben!« rief Kelly.

»Nein – warte!« Tom faßte seinen Arm. »Sie versucht zu wenden – sie hat es geschafft! Sie hat es geschafft! Sie hat sich nach unten auf ebenen Boden gebuddelt!«

»Ja – und uns hat sie von dem Berg abgeschnitten!«

Die Planierraupe befreite sich von den letzten Resten der fürchterlichen Überlast, indem sie den Schild so hoch hob, wie es überhaupt möglich war. Die hydraulische Kolbenstange schimmerte im Morgenlicht. Daisy Etta drehte sich um und fuhr nach oben zurück, wobei sie von neuem Erde vor sich her schob. Sie grub sich ein zweites Mal zwischen den Männern und dem Berg durch und erzeugte damit eine Kluft, die viel zu weit zum Überspringen war, vor allem wegen der lockeren Erde am Berghang. Wieder unten angekommen, drehte sie sich dem Zufluchtsort der Männer zu, der jetzt ein isolierter Mergelpfeiler war, nahm Gas weg und wartete.

»Auf die Idee bin ich nicht gekommen«, gestand Kelly schuldbewußt ein. »Ich sagte mir, wir würden davor sicher sein, daß sie sich eine Rampe nach oben baut, aber ich hätte nie gedacht, daß sie es auf dem umgekehrten Weg versuchen würde.«

»Laß man! Inzwischen sitzen wir hier. Was wird wohl als erstes geschehen – daß ihr im Leerlauf der Treibstoff ausgeht oder daß wir verhungern?«

»Oh, das wird keine Belagerung, Tom. Dazu ist das Ding zu sehr ein Killer. Wo ist Al? Ob er Mumm genug hat, mit unserem Traktor herzukommen und sie zu vertreiben?«

»Er hatte gerade Mumm genug, unseren Traktor zu nehmen und damit abzuhauen«, antwortete Tom. »Wußtest du das nicht?«

»Er hat unseren – *was?*« Kelly blickte zu der Stelle hin, wo sie ihre Maschine am Abend zuvor stehengelassen hatten. Sie war fort. »Diese dreckige kleine gelbe Ratte!«

»Schimpfen hat keinen Zweck«, unterbrach Tom mit ruhiger Stimme eine Tirade, die, wie er wußte, in sehr blumiger Sprache gehalten werden würde. »Was sonst konntest du erwarten?«

Daisy Etta hatte sich offensichtlich entschieden, wie sie die Männer aus ihrer »Splendid isolation« vertreiben könne. Sie stieß ein Schnauben aus, das zu schnelles Gasgeben verriet, griff den Pfeiler mit einer Ecke ihres Planierschildes an und schnitt ein großes Stück heraus. Sie fuhr weiter, und die unterhöhlte Erde darüber fiel auf ihre Gleiskette. Acht Zoll verschwanden von dieser Seite des kleinen Plateaus.

»Oh-oh, das ist übel«, sagte Tom.

»Sie macht sich daran, uns herunterzugraben«, stellte Kelly grimmig fest. »Dazu wird sie ungefähr zwanzig Minuten brauchen. Tom, ich sage, gehen wir.«

»Das wäre ungesund. Du weißt gar nicht, wie schnell das Ding sich jetzt bewegen kann. Vergiß nicht, sie ist ein Großteil mehr als zu der Zeit, als sie noch von einem Menschen geführt wurde. Sie kann einfach so ...« – er schnippte mit den Fingern – »von Höchstgeschwindigkeit auf rückwärts und dann in den fünften Gang schalten, und sie kann sich schneller drehen, als du blinzelst, und diesen Schild werfen, wohin sie ihn haben will.«

Die Raupe fuhr unter ihnen vorbei und brüllte, und plötzlich war ihr kleines Plateau einen Fuß kürzer.

»Na gut«, sagte Kelly. »Und was schlägst du vor? Sollen wir hierbleiben und zusehen, wie sie uns den Boden unter den Füßen weggräbt?«

»Ich warne dich ja bloß«, gab Tom zurück. »Hör zu! Wir warten, bis sie sich gerade beladen hat. Dann wird sie eine Sekunde brauchen, um den Aushub loszuwerden, wenn sie merkt, daß wir fort sind. Wir trennen uns – sie kann uns nicht beide jagen. Du läufst ins offene Land hinaus, versuchst, den Berg zu umrunden und eine Stelle zu finden, die sich zum Hochklettern eignet. Dann kommst du wieder hierher zum Einschnitt. Ein

Mensch kann einen Einschnitt von vierzehn Fuß schneller hinunterklettern als jeder Traktor. Ich halte mich unten auf dem Boden dicht am Hang. Verfolgt sie dich, laufe ich aufs freie Feld und zeige mich. Verfolgt sie mich, werde ich versuchen, es bis zum Bagger zu schaffen und ihr wenigstens ein Wettrennen für ihr Geld zu bieten. Sitze ich auf dem Bagger, kann ich den ganzen Tag mit ihr Haschen spielen, wenn sie spielen möchte.«

»Während ich draußen im Freien bin?«

»Glaubst du nicht, mit deinen langen Beinen könntest du ihr in der Entfernung davonlaufen?«

»Das werde ich dann wohl müssen«, sagte Kelly grinsend. »Okay, Tom.«

Sie warteten angespannt. Daisy Etta fuhr dicht an ihnen vorbei und setzte zu einem weiteren Durchgang an. Als der Motor unter der Last aufheulte, sagte Tom: »Jetzt!«, und sie sprangen. Kelly landete, katzenhaft wie immer, auf den Füßen. Tom, dessen Knie und Knöchel blau und schwarz von den Fesseln waren, taumelte zwei Schritte und fiel. Kelly zog ihn auf die Füße, gerade als der stählerne Bug der Planierraupe um die Ecke bog. Sofort war sie im fünften Gang und drang heulend auf sie ein. Kelly stürzte nach links, Tom nach rechts. Sie rannten davon, Kelly auf die Startbahn zu, Tom geradewegs zu dem Bagger. Daisy Etta ließ es zuerst geschehen, daß sie sich trennten, behielt ihren Kurs bei und versuchte, beide zu verfolgen. Dann erkannte sie offenbar Tom als den Langsameren, denn sie drehte sich zu ihm herum. Der Augenblick des Zögerns war alles, was Tom brauchte, um den notwendigen kleinen Vorsprung zu gewinnen. Wie Kolben stampften seine Beine. Er erreichte den Bagger und tauchte zwischen seine Gleisketten hinein.

In dem Augenblick, als er den Boden berührte, traf Daisy Ettas großes Streichblech aus Manganstahl die rechte Kette des Baggers, und die gesamten siebenundvierzig Tonnen der großen Maschine erbebten unter der

Wucht. Aber Tom ließ sich davon nicht aufhalten. Er kroch unter dem Aufbau durch, stand dahinter auf, sprang und bekam mit einer Hand den Rand des Rückfensters zu fassen. Er griff auch mit der zweiten Hand zu, zog sich hoch und purzelte ins Innere. Hier war er vorerst sicher; die hohen Gleisketten allein waren höher, als der Planierschild der Sieben reichte, und der Boden des Führerhauses lag noch gute sechzehn Zoll über den Ketten. Tom trat an die Tür des Führerhauses und spähte hinaus. Die Planierraupe tuckerte in geringer Entfernung vor sich hin.

»Geh zum Teufel!« knirschte Tom und wandte sich dem großen Murphy-Dieselmotor zu. Ohne Hast überprüfte er den Ölstand mit dem Meßstab, steckte ihn zurück, nahm den Reglerunterbrecher von seinem Haken und setzte ihn in das Reglergehäuse ein. Er stellte den Hauptgashebel auf die Mittelmarke, zog den Schalthebel hoch, zupfte am Unterbrecher. Aus mit dem einer Abzugshaube versehenen Auspuff drangen große Mengen blauen Rauchs, und der Motor wurde abgewürgt. Tom zog die Kolbenstange zurück, überprüfte den Treibstoffdurchflußmesser und die Druckanzeigen, ging dann an die Tür und spähte noch einmal hinaus. Die Sieben hatte sich nicht vom Fleck gerührt, aber sie gab auf diese ungleichmäßige Art Gas und nahm es wieder weg, wie sie es oben auf der Mesa getan hatte. Tom kam die absurde Idee, sie bereite sich zum Sprung vor. Er glitt in den Sattel, rückte die Hauptkupplung aus. Das große Rädergetriebe, von dem das Führerhaus zur Hälfte ausgefüllt war, begann sich gehorsam zu drehen. Tom löste die Bremsverschlüsse mit den Fersen, die Pedale kamen hoch, und er ließ seine Füße leicht darauf ruhen.

Dann griff er über den Kopf nach oben und zog den Gashebel zurück. Als der Murphy-Motor auftourte, faßte Tom die beiden Hebel für das Heben und das Schwenken des Baggereimers und zog sie zurück. Der

Motor heulte auf; der zwei Yards breite Eimer hob sich mit einem plötzlichen Ruck vom Boden. Die große Maschine schwenkte scharf nach rechts; Tom schob den Hebehebel nach vorn und kontrollierte das Aufsteigen des Eimers mit dem Fuß auf der Bremse. Er schob den Vorschubhebel nach vorn; der Eimer flog bis ans Ende seiner Reichweite. Seine Unterkante fuhr über die Haube der Sieben; sie nahm den Auspuffstutzen samt Auspufftopf und allem Zubehör sowie den Vorreiniger auf dem Luftansaugfilter mit. Tom fluchte. Er hatte damit gerechnet, die Maschine werde einen Satz zurück machen. Dann hätte er den gußeisernen Kühlerblock zerschmettert. Aber sie hatte in einem Sekundenbruchteil eine Entscheidung gefällt und war stehengeblieben.

Doch jetzt bewegte sie sich, und zwar schnell. Mit diesem unglaublich raschen Wechseln der Gänge sprang sie zurück und drehte sich außer Reichweite, bevor Tom das wahnsinnige Schaukeln des Baggers unter Kontrolle bekommen konnte. Beißender Rauch stieg von den schweren Kupplungsblocks des Drehkranzes auf, als die Maschine abbremste, hielt und zurückdrehte. Dann stand sie der Sieben gegenüber. Tom hob seinen Eimer um ein paar Fuß und holte ihn um etwa die Hälfte zurück, damit er bereit war für alles. Die vier großen Baggerzähne glänzten in der Sonne. Mit geübtem Blick überprüfte Tom Kabel und Ausleger. Er hatte seine Freude an dem schwarzen Lack der Verschiebekörper, an der genau richtigen Spannung der gut geölten Verbindungen. Stark und einsatzbereit und trotz all ihrer brutalen Kraft ganz und gar unterwürfig stand die riesige Maschine da.

Tom sah sich die beschädigte Motorhaube der Sieben genau an. Das klaffende Ende des abgebrochenen Luftansaugfilters starrte auf ihn zurück. »Aha!« sagte er. »Ein paar Eimer hübschen trockenen Mergels da hinein wird dir etwas zu kauen geben.«

Ein wachsames Auge auf die Planierraupe haltend,

schwenkte er zum Einschnitt hin, senkte den Eimer und tauchte ihn in den Mergel. Er ließ ihn tief eindringen, und der Murphy-Motor schrie um Hilfe, schob aber weiter. Auf dem Höhepunkt der Belastung wäre Tom beinahe von einem fürchterlichen Ruck aus dem Sattel geworfen worden. Er spähte über die Schulter aus der Tür hinaus und sah, daß die Sieben sich gerade wieder zurückzog. Sie hatte dem Gegengewicht auf der Rückseite des Führerhauses einen gewaltigen Puff verpaßt. Tom grinste mit zusammengepreßten Lippen. Da mußte sie sich schon etwas Besseres einfallen lassen. Dahinten war nichts als acht oder zehn Tonnen massiven Stahls. Und im Augenblick war es ihm ziemlich gleichgültig, ob die Sieben ihm den Anstrich verkratzte.

Er schwenkte wieder zurück. Weißer Mergel lief an beiden Seiten des vollgehäuften Eimers hinunter. Der Bagger reagierte jetzt perfekt, denn ein Bagger ist dann genau ausbalanciert, wenn sich das Gegengewicht auf einer Höhe mit dem beladenen Eimer befindet. Die Hebe- und Drehkupplungen und die Bremsbeläge waren warm geworden, und die kondensierte Feuchtigkeit der Nacht war getrocknet. Jetzt gehorchte der Bagger den Kontrollen in einer Weise, die den Maschinenführer in Tom begeisterten. Er bewegte den Schwenkhebel mühelos, rückwärts, um nach rechts zu schwenken, vorwärts, um nach links zu schwenken. So folgte er dem langsamen Tanz, den die Sieben begonnen hatte, trat wachsam vor und zurück wie ein Fechter, der nach einer Lücke in der Deckung seines Gegners Ausschau hält. Den Eimer hielt Tom immer zwischen sich und der Planierraupe, denn sie konnte ein Werkzeug nicht wegschleudern, das dazu gedacht ist, zwanzig Stunden am Tag hartes Gestein zu zerschmettern und noch Spaß daran zu haben.

Daisy Etta brüllte auf und griff an. Tom riß den Hebehebel scharf zurück. Der Eimer stieg und ließ sich von der Planierraupe unterlaufen. Tom drückte den Auslöser. Das große Stahlmaul öffnete sich. Mergel stürzte auf die zerbrochene Haube hinunter. Der Ventilator der Sieben blies ihn in einer großen, sich ausdehnenden Wolke zurück. Der Augenblick, den es Tom kostete, die notwendigen Handgriffe zu tun, genügte der Raupe jedoch, zurück und ihm aus dem Weg zu tanzen. Als er versuchte, den Eimer auf die Maschine fallenzulassen, um die gewundenen Injektorrohre oben auf dem Motorblock zu zerschmettern, war sie fort.

Der Staub verzog sich, und die Raupe rückte von neuem an. Sie fintierte nach links und schwang dann ihren Planierschild gegen den Eimer, der ein kurzes Stück über dem Boden schwebte. Tom drehte sich ihr entgegen. Die Finte hatte sie ein bißchen näher herangebracht, als es ihm lieb war, und der Eimer stieß in einem Schauer von Funken und einem Klirren, das eine halbe Meile weit zu hören war, gegen den Planierschild. Die Raupe war mit hocherhobenem Schild herangekommen, und Tom stieß einen wortlosen Schrei aus, als er sah, daß sich der Bügel des Auslegerbocks hinter dem Planierschild zwischen zweien seiner Baggerzähne verfangen hatte. Er riß an dem Hebehebel. Der Eimer stieg in die Höhe und nahm das ganze Vorderende des Bulldozers mit.

Daisy Etta fuhrwerkte auf und nieder. Ihre Gleisketten gruben sich wild in die Erde, sie hob und senkte ihren Planierschild und versuchte, sich loszuwinden. Tom zog weiter. Er wollte die Raupe näher heranbringen, denn sein Ausleger stand für den Versuch, ein solches Gewicht zu heben, zu niedrig. Schon jetzt gab sich die Gleiskette an der Fahrerseite alle Mühe, sich vom Boden zu lösen. Die Kupplungen für den Vorschub und das Zurückziehen wurden, auf sich allein angewiesen, heiß und rutschten ab.

Tom hob den Eimer ein wenig; die Kette löste sich um einen Fuß vom Boden. Tom fluchte und ließ den Eimer sinken, und im gleichen Augenblick hatte die Planierraupe sich befreit und fuhr davon. Tom schwenkte wild den Eimer gegen sie und verfehlte sie. Die Raupe kam auf einer langen Kurve heran; Tom drehte, um sich ihr von neuem zu stellen, und führte einen bösartigen Hieb gegen sie, den sie mit ihrem Planierschild parierte. Aber diesmal zog sie sich nach dem erhaltenen Schlag nicht zurück, sondern drängte sich heran und trug den Eimer vor sich her. Ehe Tom merkte, was sie vorhatte, lag sein Eimer zwischen den Gleisketten auf dem Boden. Ein schnelleres und geschickteres Manöver ließ sich nicht denken. Solange Daisy Etta den Eimer zwischen den Ketten festhalten konnte, machte sie es dem Löffelbagger unmöglich, ihn zu schwenken.

Tom betätigte wütend den Vorschub, doch der einzige Erfolg war, daß der Ausleger sich höher in die Luft hob, denn einen Ausleger hält nichts weiter unten als sein eigenes Gewicht. Das Heben bewirkte nur, daß seine Kupplungen rauchten und der Motor gefährlich nahe ans Abwürgen kam.

Wieder fluchte Tom. Er streckte die Hand zu der Gruppe kleiner Hebel zu seiner Linken hinunter. Das waren die Gänge. Bei diesem Typ von Löffelbagger kontrolliert der Schwenkhebel alles bis auf Vorschub und Heben. Der Baggerführer dirigiert, nachdem er den Gang gewählt hat, mit dem Schwenkhebel die Arbeitsbewegungen – das heißt, den Antrieb auf die Gleisketten – also Vorwärts und Rückwärts, Ausleger hinauf und Ausleger hinunter und Schwenken. Die Maschine kann immer nur eins dieser Dinge auf einmal tun. Ist der Fahrgang eingelegt, kann sie nicht schwenken. Ist der Schwenkgang eingelegt, kann sie den Ausleger nicht heben oder senken. Es können Jahre vergehen, ohne daß der Baggerführer durch dieses Unvermögen ein einziges Mal in Verlegenheit gerät, doch jetzt war nichts mehr normal.

Tom schob den Gang für die Schwenkkontrolle nach unten und zog den Gang für das Fahren hoch. Das hier waren Zahnkupplungen, keine Reibungskupplungen, so daß er erst das Gas wegnehmen mußte, bevor er mit dem Motor im Leerlauf die Zähne ineinandergreifen lassen konnte. Daisy Etta nahm das Drosseln des Motors als Signal, jetzt etwas zu unternehmen, und drückte wütend gegen den Eimer. Aber Tom hatte alle Kontrollen auf Null gestellt, und sie erreichte nichts weiter, als daß sie sich mit ihren scharfen neuen Stollen tief in die Erde eingrub.

Tom gab wieder Gas und schob den Schwenkhebel nach vorn. Die Triebketten klirrten laut, und die großen Gleisketten begannen sich zu drehen.

Daisy Etta besaß scharfe Stollen; ihre Platten waren zwanzig Zoll breit und ihre Gleisketten vierzehn Fuß lang, und es ruhten vierzehn Tonnen Stahl auf ihnen. Damit ließ sich nichts vergleichen. Der Murphy-Motor verkündete mit Gebrüll, die Arbeit sei schwer, doch deutete nichts auf ein Abwürgen hin. Daisy Etta vollführte das unglaubliche Kunststück, in einen Vorwärtsgang umzuschalten, während sie sich nach rückwärts bewegte, aber es bekam ihr nicht gut. Die Gleisketten liefen immerfort herum und versuchten, sie vorwärtszufahren, und mahlten sich tief ein, und langsam, aber sicher wurde sie nach rückwärts gezwungen, auf den Einschnitt hin, den der Löffelbagger geschaffen hatte.

Tom hörte ein Geräusch, das nicht von einer sich abmühenden Maschine kam, und blickte hinaus. Oben auf dem Einschnitt saß Kelly, rauchte, ließ die Füße über die Kante baumeln und machte Boxbewegungen mit den Händen, als habe er bei einem großen Kampf einen Platz dicht am Ring – was ja auch stimmte.

Jetzt ließ Tom der Planierraupe nur noch die Wahl zwischen zwei Möglichkeiten. Wenn sie nicht vor ihm auswich, würde sie gegen den Einschnitt gedrückt und ihr Treibstofftank zermalmt werden. Die Wahrscheinlichkeit war groß, daß Tom, sobald er sie dort festgenagelt hatte, Zeit haben würde, seinen Eimer über sie zu heben und sie in Stücke zu zerschmettern. Und wenn sie abbog, bevor sie gegen die Wand gedrückt wurde, mußte sie Toms Eimer freigeben. Eins von beidem mußte sie tun.

Der Murphy-Motor warnte ihn, aber nicht eindringlich genug. Er summte, als die Belastung nachließ, und Tom schloß daraus, daß die Raupe in einen Rückwärtsgang schaltete. Er riß den Hebehebel zurück, der Eimer stieg in die Höhe, und die Raupe zog sich vor dem Bagger zurück. Tom schob den Eimer vor, ließ ihn niederdonnern – und verfehlte die Raupe. Denn Daisy Etta tanzte zur Seite – und solange Tom auf ›Fahren‹ geschaltet hatte, konnte er den Eimer nicht hinterherschwenken. Dann griff Daisy Etta an, fuhr mit einer Gleiskette auf den Einschnitt, legte sich schräg und schleuderte das eine Ende ihres Planierschildes hoch in die Luft. Das kam so völlig überraschend, daß Tom nicht darauf vorbereitet war. Die Raupe warf sich auf den Eimer, und die Stahlschneide des Planierschildes fiel zwischen die Baggerzähne. Diesmal steckte das ganze Gewicht der Planierraupe dahinter, um sie dortzuhalten. Sie hatte sich jede Möglichkeit verscherzt, sich wieder zu befreien – aber so, wie sie den Eimer festhielt, konnte Tom den Ausleger nicht heben, ohne überauszugleichen und das Monstrum von Löffelbagger umzukippen.

Daisy Etta rumpelte zurück und zog den Eimer heraus, bis er von den Prellblöcken festgehalten wurde. Dann begann sie, den Einschnitt hinauf seitwärts zu kriechen, und als Tom versuchte, den Eimer wieder heranzuziehen, wechselte sie den Gang und kam mit ihm, wobei sie ein ganzes Ende ihres Planierschildes tief in dem Hang vergrub.

Patt. Sie hatte sich selbst an dem Eimer aufgehängt, und sie hatte ihn unbeweglich gemacht. Tom versuchte zurückzuziehen, aber die Raupe hatte sich zu fest in dem Hang verankert. Er versuchte, den Ausleger zu schwenken, zu heben. Alles, was die überanstrengten Kupplungen von sich gaben, war Rauch. Tom grunzte, nahm das Gas weg und beugte sich aus dem Fenster. Auch Daisy Etta war im Leerlauf, und ihr Tuckern klang ohne den Auspufftopf sehr laut. Es war ein häßliches, flaches Geräusch. Aber nach dem Donnern der beiden schweren Motoren war die relative Stille ohrenbetäubend.

Kelly rief herunter: »Doppelter K.o., was?«

»Sieht so aus. Was meinst du, sollen wir versuchen, so nahe heranzukommen, daß wir sie lahmlegen können?«

Kelly zuckte die Achseln. »Ich weiß nicht. Wenn sie sich tatsächlich selbst angehalten hat, ist es zum ersten Mal. Ich habe Respekt vor dieser Maschine, Tom. Sie hätte sich gar nicht erst in diese Situation gebracht, wenn sie nicht noch ein As im Ärmel hätte.«

»Sieh sie dir doch an, Mann! Stell dir vor, sie sei ein zivilisierter Bulldozer, und du müßtest sie da herausholen. Sie kann ihren Planierschild nicht hoch genug heben, um ihn von den Baggerzähnen zu befreien, verstehst du. Glaubst du, du würdest das schaffen?«

»Es könnte mehrere Sekunden dauern«, antwortete Kelly schleppend. »Sie ist bestimmt in einem hohen Gang.«

»Okay, vernageln wir ihr die Kanonen.«

»Wie denn das?«

»Wir nehmen eine Stange und stemmen ihre Rohrleitung auf.« Damit meinte er das gewundene Messingrohr, in dem der Treibstoff unter Druck von der Pumpe zu den Injektoren befördert wurde. Viele Fuß lang, ging es von dem Pumptank aus und legte sich in Ausgleichspiralen über den Zylinderkopf.

Während er das sagte, ging Daisy Ettas Tuckern in das wahnsinnige abwechselnde Aufdrehen und Drosseln über, das charakteristisch für sie war.

»Hat man da noch Töne!« brüllte Tom durch den Lärm. »Sie hat uns belauscht!«

Kelly rutschte den Hang hinunter, stieg auf die Gleiskette des Baggers und steckte den Kopf ins Fenster. »Na, willst du eine Stange nehmen und es versuchen?«

»Los!«

Tom nahm die Brechstange aus dem Werkzeugkasten, die Kelly für gewöhnlich benutzte, um Kabel an seiner Maschine zu ersetzen, und sprang auf den Boden. Wachsam näherten sie sich der Raupe. Sie drehte auf und vibrierte. Das vordere Ende hob und senkte sich, und die Gleisketten begannen sich zu drehen, als sie versuchte, sich aus dem Schraubstock zu befreien, in dem ihr Planierschild steckte.

»Immer mit der Ruhe, Schwester«, sagte Tom. »Du wirst dich nur selbst begraben. Verhalte dich ruhig und steck es wie ein braves Mädchen ein. Du hast es herausgefordert.«

»Sei vorsichtig«, warnte Kelly. Tom wog die Stange in der Hand und legte eine Hand auf den Fender.

Die Raupe erschauerte, und aus der Gummischlauchverbindung oben auf dem Kühler schoß ein blendender Strom heißen Wassers. Er breitete sich aus und traf beide voll ins Gesicht. Fluchend taumelten sie zurück.

»Bist du okay, Tom?« keuchte Kelly einen Augenblick später. Er hatte das meiste über Mund und Wange bekommen. Tom lag auf den Knien, hatte sein Hemd aus der Hose gezogen und betupfte sein Gesicht.

»Meine Augen ... oh, meine Augen ...«

»Laß sehen!« Kelly kniete sich neben ihn, faßte seine Handgelenke und zog Tom sanft die Hände vom Gesicht. Er pfiff. »Komm!« knirschte er. Er half Tom aufzustehen und führte ihn ein paar Schritte weg. »Bleib hier!« sagte er heiser. Er drehte sich um, ging zu der Raupe zurück, hob die Brechstange auf. »Du dreckige ...!« brüllte er und warf die Stange wie einen Speer auf die Rohrleitung. Sie flog ein bißchen zu hoch, traf die beschädigte Kühlerhaube und schlug eine tiefe Delle in das Blech. Prompt schnellte es mit lautem *Peng* zurück und schleuderte die Stange auf Kelly. Er duckte sich; sie sauste über seinen Kopf hinweg und traf Tom an die Waden. Tom ging wie ein gefällter Ochse zu Boden, kam aber taumelnd wieder auf die Füße.

»Schnell!« Kelly faßte Toms Arm und zerrte ihn um die Ecke des Einschnitts. »Setz dich! Ich bin gleich wieder da.«

»Wohin gehst du? Kelly – sei vorsichtig!«

»Und wie!«

Kellys lange Beine legten die Strecke bis zu dem Bagger in Rekordzeit zurück. Er schwang sich in das Führerhaus, faßte über den Motor zurück nach der Hauptkupplung und öffnete sie ganz. Der Murphy-Motor heulte auf. Kelly zog den Hebehebel zurück, bis er einrastete. In einer einzigen geschmeidigen Bewegung drehte Kelly sich um und sprang von der Maschine.

Die Hebetrommel drehte sich und wickelte loses Kabel auf. Das Kabel straffte sich. Der Eimer ruckte unter dem Gewicht der Planierraupe, das auf ihm ruhte, und dann hoben die großen flachen Gleisketten langsam ihre hinteren Enden vom Boden. Gehorsam wippte die gewaltige Masse an Maschinerie auf den Spitzen der Gleisketten nach vorn, der Murphy-Motor wurde unter der unglaublichen Belastung langsamer, hielt ihr aber stand. Ein Strang des zweiteiligen Kabels riß und peitschte singend umher. Dann war der Bagger ausgeglichen – überausgeglichen ...

... und überschlug sich mit erderschütterndem Krachen. Der Ausleger, acht Tonnen massiven Stahls, klirrte auf den Planierschild der Raupe nieder und quetschte ihn in die Reihe der Baggerzähne.

Daisy Etta versuchte nicht mehr, sich zu bewegen, und ließ hilflos ihren Motor rasen. Kelly stolzierte an ihr vorbei, machte ihr eine lange Nase und kehrte zu Tom zurück.

»Kelly! Ich dachte schon, du würdest gar nicht mehr wiederkommen. Was ist geschehen?«

»Bagger hat einen Purzelbaum gemacht.«

»Junge, Junge! Ist er auf die Raupe gefallen?«

»Nein. Aber der Ausleger liegt quer über dem Planierschild. Hält ihn gefangen wie eine Ratte in der Falle.«

»Paß bloß auf, daß die Ratte sich nicht das Bein abbeißt, um herauszukommen«, bemerkte Tom trocken. »Sie läuft immer noch, nicht wahr?«

»Ja. Aber dagegen werden wir schnell etwas unternehmen.«

»Sicher. Sicher. Wie denn?«

»Wie? Weiß ich nicht. Mit Dynamit vielleicht. Wie geht's der Optik?«

Tom öffnete ein Auge um einen Spalt und grunzte. »Schlecht. Ein bißchen sehen kann ich aber doch. Meine Augenlider sind zum größten Teil halbgar gekocht. Dynamit sagst du? Nun ...«

Tom lehnte sich mit dem Rücken an den Einschnitt und streckte die Beine aus. »Ich will dir was sagen, Kelly. In diesen letzten paar Stunden bin ich zu verdammt beschäftigt gewesen, um viel zu denken, aber da gibt es etwas, das mir immer wieder von neuem in den Sinn kommt – etwas, worüber ich schon gegrübelt habe, lange bevor ihr anderen wußtet, daß sich überhaupt etwas Ungewöhnliches abspielte, außer daß Rivera auf eine Weise verletzt worden war, über die ich euch nicht alles sagen wollte. Aber du wirst mich wohl nicht für verrückt halten, wenn ich jetzt den Mund aufmache und alles herauslaufen lasse?«

»Von nun an«, stellte Kelly leidenschaftlich fest, »ist niemand mehr verrückt. Nach dieser Sache werde ich alles glauben.«

»Okay. Also diese Raupe – was meinst du, was in sie gefahren ist?«

»Keine Ahnung.«

»Sag das nicht! Wir können es mit ›Ich weiß nicht‹ bestimmt nicht aufhalten. Wir müssen alles, was mit diesem Ding zusammenhängt, kennen, bevor wir entscheiden, was wir gegen es unternehmen sollen. Laß uns einmal die Geschehnisse in die richtige Reihenfolge bringen. Wann hat es angefangen? Auf der Mesa. Wie? Rivera öffnete ein altes Gebäude mit der Sieben. Dieses Ding ist aus dem Gebäude herausgekommen. Ich will nun auf folgendes hinaus. Wir können aus all dem ableiten: Es ist intelligent. Es kann nur in eine Maschine gelangen, nicht in einen Menschen. Es ...«

»Wieso? Woher weißt du, daß es das nicht kann?«

»Weil es die Gelegenheit dazu hatte und sie nicht wahrnahm. Ich stand gleich neben der Öffnung, als es herausschoß. Rivera saß zu der Zeit auf der Maschine. Es hat keinem von uns direkt etwas getan. Es kroch in die Raupe, und die Raupe tat es. Ebenso geht daraus hervor, daß es einen Menschen nicht verletzen kann, wenn es sich außerhalb einer Maschine befindet, aber ist es innerhalb einer Maschine, ist das sein einziger Wunsch. Okay?

Weiter: Sobald es in einer bestimmten Maschine ist, kann es nicht wieder hinaus. Das wissen wir, weil es viele Chancen hatte, ohne sie zu nutzen. Bei der Rauferei mit dem Bagger zum Beispiel. Ich hätte sehr dumm aus der Wäsche geguckt, wenn es den Bagger übernommen hätte – und du kannst dich darauf verlassen, das hätte es getan, wenn es dazu fähig gewesen wäre.«

»Bis dahin stimme ich dir zu. Aber was sollen wir machen?«

»Das ist eben die Frage. Weißt du, ich glaube nicht, daß es genügt, die Raupe zu zerstören. Wir könnten sie verbrennen, in die Luft sprengen, das Ding herausholen, das oben auf der Mesa in sie hineingekrochen ist.«

»Das leuchtet mir ein. Aber ich wüßte nicht, was wir sonst noch tun könnten. Wir haben ja keine Ahnung, was das Ding in Wirklichkeit ist.«

»Ich glaube doch. Erinnerst du dich an all die verrückten Fragen, die ich über den Lichtbogen stellte, der Peebles tötete? Also, dabei fiel mir eine Menge anderer Umstände ein. Zunächst einmal – als es aus dem Loch da oben kam, stieg mir der Geruch in die Nase, den man beim Schweißen bemerkt, manchmal auch, wenn der Blitz ganz in der Nähe einschlägt.«

»Ozon«, sagte Kelly.

»Ja – Ozon. Dann liebt es Metall, kein Fleisch. Aber vor allem war da dieser Lichtbogen. Das war absoluter Irrsinn. Du weißt ebensogut wie ich – nein, besser –, daß ein Bogengenerator einen solchen Emissionsdruck einfach nicht hat. Er kann keinen Menschen töten, und er kann keinen Lichtbogen fünfzig Fuß weit schleudern. Aber er hat es getan. Und deswegen fragte ich dich, ob es etwas geben könnte – ein Kraftfeld oder so ähnlich –, das imstande ist, Strom aus einem Generator zu *saugen*, alles auf einmal und schneller, als der Strom normalerweise fließen würde. Denn dieses Ding ist elektrischer Natur; dazu paßt alles.«

»Elektronischer«, meinte Kelly zweifelnd, nachdenklich.

»Ich würde den Unterschied nicht erkennen. Weiter. Als Peebles getötet wurde, passierte etwas Seltsames. Erinnerst du dich, was Chub sagte? Die Sieben rollte zurück – richtig zurück, etwa dreißig Fuß weit, bis sie gegen eine Straßenwalze stieß, die hinter ihr stand. Das tat sie ohne Treibstoff im Anlaßmotor – und übrigens, ohne den Anlaßmotor zu benutzen –, und mit offenstehenden Kompressionsventilen!

Kelly, das Ding in der Raupe bringt im Grunde nichts Besonderes fertig. Es konnte sich nach der Spritztour auf der Mesa nicht selbst reparieren. Es kann die Maschine nicht viel mehr tun lassen, als die Maschine für gewöhnlich auch leistet. Was es allerdings bewirken kann, ist anscheinend, daß eine Feder schiebt, statt zu ziehen – wie die Kontrollhebel – und daß eine Armatur abgleitet, die eigentlich festsitzen sollte – wie die Sperrklinke auf dem Gashebel. Es kann eine Welle drehen in der Art, wie es seinen eigenen Anlaßmotor startet. Aber wenn es wirklich mächtig wäre, würde es den Anlaßmotor gar nicht brauchen! Das Schwierigste, was ihm bisher gelungen ist, war das Zurückrollen von der Schweißmaschine, nachdem es Peebles erwischt hatte. Und warum hat es das gerade in diesem Augenblick getan?«

»Möglicherweise gefiel ihm der Schwefelgestank nicht, wie es in der Bibel heißt«, sagte Kelly säuerlich.

»Du bist nahe daran, glaube ich. Sieh mal, Kelly – dieses Ding hat *Gefühle*. Ich meine damit, es kann böse werden. Andernfalls wäre es nicht mit aller Gewalt in den Bagger hineingedonnert. Es kann denken. Aber wenn es all das hat und kann, können wir ihm auch *Angst machen!*«

»Angst? Warum sollte es Angst haben?«

»Hör zu! Irgend etwas ging in dem Ding vor, als der Lichtbogen es traf. Was habe ich da einmal in einer Zeitschrift über Wärme gelesen – Moleküle würden kopflos herumrennen, wenn sie heiß werden?«

»Das tun Moleküle auch. Sie geraten in schnelle Bewegung, wenn Wärme angewendet wird. Aber ...«

»Aber nichts. Diese Maschine war noch stundenlang danach heiß. Und sie war auf komische Art heiß. Nicht nur um die Stelle, wo der Lichtbogen sie getroffen hatte, als sei es ein Schweißbogen gewesen. Sondern überall heiß – vom Streichblech bis zur Treibstofftankkappe. Ringsherum heiß. Und ebenso heiß hinter den letzten Gelenkwellenrohren wie oben auf dem Planierschild, wo der arme Teufel seine Hand hingelegt hatte.

Und überlege dir folgendes.« Tom redete sich in Aufregung, während seine Worte seine Gedanken kristallisierten. »Sie hatte Angst – genug Angst, um sich von der Schweißmaschine zurückzuziehen, um dafür alle Kräfte anzuspannen. Und danach war sie krank. Das sage ich, weil sie in der ganzen Zeit, die sie dieses Ding in sich hatte, niemals in die Nähe von Menschen gekommen ist, ohne zu versuchen, sie zu töten, ausgenommen in diesen beiden Tagen, nachdem sie von dem Lichtbogen getroffen worden war. Sie hatte Saft genug, um sich selbst zu starten, als Dennis mit der Kurbel kam, aber sie brauchte immer noch einen Menschen als Fahrer, bis sie ihre Kraft zurückgewonnen hatte.«

»Aber warum hat sie nicht gewendet und die Schweißmaschine zerschmettert, als Dennis sie nahm?«

»Aus einem von zwei möglichen Gründen. Es fehlte ihr dazu an Kraft, oder es fehlte ihr dazu an Mut. Sie hatte vielleicht Angst und wollte nichts als weg, weg von der Schweißmaschine.«

»Sie hatte doch aber die ganze Nacht Zeit, zurückzukommen und die Schweißmaschine zu zerstören!«

»Sie hatte eben immer noch Angst. Oder ... oh, *das* ist es! Sie mußte zuerst anderes erledigen. Ihr Hauptanliegen ist, Menschen zu töten – anders läßt es sich nicht auslegen. Zu diesem Zweck wurde sie konstruiert. Ich meine nicht die Raupe – ein süßeres Maschinchen ist nie gebaut worden –, sondern das Ding, das sie fährt.«

»Was mag das nur für ein Ding sein?« überlegte Kelly. »Wenn es aus diesem alten Gebäude – dem Tempel – gekommen ist – wie alt ist es? Wie lange war es dort? Was hat es dort festgehalten?«

»Was es dort festgehalten hat, war ein komisches graues Zeug, mit dem die Innenseite des Gebäudes ausgekleidet war«, sagte Tom. »Es war wie Stein, und es war wie Rauch.

Seine Farbe machte einem Angst, es anzusehen, und Rivera und mir standen die Haare zu Berge, als wir ihm in die Nähe kamen. Frag mich nicht, was es war. Ich bin oben gewesen, um es mir noch einmal anzusehen, und es ist verschwunden. Jedenfalls aus dem Gebäude verschwunden. Ein kleiner Klumpen lag noch auf dem Boden. Ich weiß nicht, ob es ein Stück davon war oder die ganze Masse, zu einer Kugel zusammengerollt. Ich bekomme schon wieder eine Gänsehaut, wenn ich darüber nachdenke.«

Kelly stand auf. »Wie dem auch sei, hol's der Kukkuck! Wir haben hier sowieso schon zu lange gequasselt. In dem, was du sagst, liegt gerade genug Verstand, daß ich etwas Unvernünftiges ausprobieren möchte, wenn du verstehst, was ich meine. Wenn eine Schweißmaschine dieser Raupe eine Höllenangst einjagen kann, dann kann ich es auch. Besonders aus fünfzig Fuß Entfernung. Irgendwo in der Nähe müßte ein Dumptor stehen; hauen wir hier ab! Kannst du wieder laufen?«

»Ich glaube schon, ein bißchen.« Tom stand auf, und zusammen gingen sie an dem Einschnitt entlang, bis sie auf den Dumptor trafen. Sie kletterten hinauf, ließen den Motor an und fuhren in Richtung des Lagers.

Ungefähr auf halbem Weg blickte Kelly zurück, keuchte, brachte seinen Mund dicht an Toms Ohr und brüllte durch den Motorenlärm: »Tom! Erinnerst du dich, was du über die Ratte in der Falle gesagt hast, die sich ein Bein abbeißt?«

Tom nickte.

»Daisy hat es auch getan! Sie hat ihren Planierschild und ihre Stoßbalken zurückgelassen und folgt uns!«

Sie brausten ins Lager und hielten an der Schweißmaschine, nach Luft japsend unter der Staubwolke, die sie nun einholte.

Kelly sagte: »Du siehst dich um, ob du einen Aufziehstift findest, mit dem wir den Apparat an den Dumptor hängen können. Ich suche inzwischen nach Wasser und etwas zu essen!«

Tom grinste. War es zu glauben, der alte Kelly hatte vergessen, daß ein Dumptor keine Anhängerschiene besitzt! Er tastete sich zu einer Werkzeugkiste vor, schielte durch den schmalen Schlitz zwischen den geschwollenen Augenlidern, steckte die Hand hinter die Kiste und fühlte eine Kette. Er kletterte auf den Dumptor, wendete ihn und fuhr rückwärts an die Schweißmaschine heran. Dann zog er die Kette durch den Ring am Ende der Steuerzunge des Schweißapparats, schraubte den Stift ein und ließ die Kette über den vorderen Abschlepphaken des Dumptors fallen. So, wie ein Dumptor nun einmal konstruiert ist, nämlich ohne richtiges Vorder- und Hinterende und mit direkten Rückwärtsgängen in allen Geschwindigkeiten, machte es keine Umstände, ihn der Abwechslung halber einmal ›rückwärts‹ zu fahren.

Außer Atem kam Kelly angerannt. »Bist du fertig? Gut. Kette? Keine Anhängerschiene! Daisy muß gleich da sein; ich sage, laß uns am Strand entlangfahren. Dort sind wir in Deckung, bis wir einen tüchtigen Vorsprung aus dieser Falle gewonnen haben, und es fährt sich dort recht gut, solange wir diese Kiste nicht im Sand vergraben.«

»Gut«, pflichtete Tom ihm bei. Sie stiegen auf den Dumptor, und Tom nahm eine offene Konservendose entgegen. »Nur sei vorsichtig; wenn wir zu sehr holpern, wird die Schweißmaschine vom Haken rutschen. Und irgendwie möchte ich sie gerade jetzt nicht verlieren.«

Sie fuhren den Strand hinauf. Eine Viertelmeile später entdeckten sie die Sieben auf der Ebene. Sie wendete sofort und schlug einen Kurs ein, auf dem sie sie abfangen würde.

»Da kommt sie!« rief Kelly und trat fest aufs Gaspedal. Tom beugte sich über die Rückenlehne und behielt ihr Anhängsel im Auge. »He! Langsam! Paß auf!«

»*He!*«

Aber es war zu spät. Die Zunge der Schweißmaschine reagierte auf diesen einen Huckel zuviel. Die Kette sprang vom Haken, die Schweißmaschine schleuderte wild nach links. Die Zunge fiel auf den Sand und vergrub sich darin. Die Maschine rollte darüber und brach sie ab. Dann blieb sie endlich in verrückter Schräglage stehen. Wie durch ein Wunder kippte sie nicht ganz um.

Kelly stampfte auf die Bremse, und die Köpfe beider Männer taten ihr Äußerstes, um sich von den Schultern zu schnellen. Tom und Kelly sprangen ab und rannten zu der Schweißmaschine zurück. Sie war noch heil, aber es war jetzt unmöglich geworden, sie zu schleppen.

»Wenn es einen Endkampf geben soll, wird er hier stattfinden.«

Der Strand war an dieser Stelle etwa dreißig Yards breit, der Boden beinahe eben, und unterhöhlte Riedgrasbänke formten den landeinwärts gelegenen Rand zu einer Reihe von kleinen Hügeln und Landspitzen. Während Tom bei der Maschine blieb und Starter und Generatorkontakte überprüfte, stieg Kelly einen der kleinen Hügel hinauf und suchte den Weg, den sie gekommen waren, mit seinen Blicken ab. Plötzlich begann er zu rufen und die Arme zu schwenken.

»Was ist in dich gefahren?«

»Es ist Al!« rief Kelly zurück. »Mit dem Muldenwagentraktor!«

Tom ließ fallen, was er gerade in der Hand hielt, und lief zu Kelly hinauf. »Wo ist die Sieben? Ich kann nichts sehen.«

»Hat auf dem Strand gewendet und folgt unserer Spur. Al! Al! Du kleines Stinktier, komm hierher!«

Tom konnte jetzt undeutlich den Muldenwagentraktor erkennen, der genau auf den Strand und sie zuhielt.

»Er sieht Daisy Etta nicht«, bemerkte Kelly verächtlich, »sonst würde er bestimmt den anderen Weg nehmen.«

In fünfzig Yards Entfernung hielt Al an und nahm das Gas weg. Kelly rief und winkte ihm zu. Al stellte sich auf die Füße und legte die Hände um den Mund. »Wo ist die Sieben?«

»Das ist jetzt egal! Komm mit dem Traktor hierher!«

Al blieb, wo er war. Kelly fluchte und lief auf ihn zu.

»Bleib weg von mir!« sagte Al, als Kelly näherkam.

»Ich habe jetzt keine Zeit für dich«, antwortete Kelly. »Bring diesen Traktor auf den Strand hinunter!«

»Wo ist diese Daisy Etty?« Als Stimme klang merkwürdig gepreßt.

»Direkt hinter uns.« Kelly wies mit dem Daumen über die Schulter. »Auf dem Strand.«

Als vorstehende Augen weiteten sich beinahe hörbar. Er drehte sich auf dem Absatz um, sprang von der Maschine und begann zu rennen. Kelly stieß einen nicht identifizierbaren Laut aus, der irgendwo obszöner klang als alles andere, was er geäußert hatte, und war mit einem Satz auf dem Sitz der Maschine. »He!« brüllte er Als schnell kleiner werdenden Gestalt nach. »Du läufst ihr genau in die Arme!« Anscheinend hörte Al ihn nicht. Er raste weiter den Strand hinunter.

Kelly legte den fünften Gang ein und gab Gas. Als der Traktor sich in Bewegung setzte, schlug er die Hauptkupplung heraus, riß den Hebel des Schnellgangs zurück, um auf den sechsten Gang umzuschalten, knallte die Kupplung wieder hinein und das alles so fix, daß der Traktor keine Zeit fand stehenzubleiben. Die schnelle Maschine holperte und sprang über den unebenen Boden auf den Strand zu.

Tom mühte sich zu der Schweißmaschine zurück. Seine Ohren sagten ihm deutlicher als seine Augen, wie nahe die Sieben war – denn sie war bestimmt keine Nachtigall, vor allem nicht ohne ihren Auspuffstutzen. Tom zu Fuß und Kelly mit dem Traktor erreichten die Maschine gleichzeitig.

»Setz dich dahinter!« sagte Tom rasch. »Ich werde die Kette hinter die Kuppelstange quetschen, und du versuchst, die Schweißmaschine in die Kuhle zwischen diesen beiden Hügeln zu stoßen. Nur sei vorsichtig – du willst diesen Generator doch nicht in Stücke reißen. Wo ist Al?«

»Frag mich nicht. Er läuft Daisy Etta entgegen.«

»Er tut *was?*«

Das Aufheulen des Zweitaktmotors übertönte Kellys Antwort, falls er eine gegeben haben sollte. Er fuhr den Traktor hinter die Schweißmaschine und drückte seinen Planierschild dagegen. Dann schubste er sie in einem niedrigen Gang, die Kupplung ein wenig einrasten lassend, langsam auf die von Tom bezeichnete Stelle zu. Es war eine kleine Mulde zwischen zwei vorspringenden Bänken. Die Brandung und die Hochwassermarke drangen hier weiter ins Land vor; das Wasser war nur wenige Fuß entfernt.

Tom hob den Arm, und Kelly hielt an. Von der anderen Seite des Hügels, die für sie jetzt außer Sicht war, kam der Lärm, den der Auspuff der Sieben machte. Kelly sprang von dem Traktor und half Tom, der in aller Eile Kabelschlingen aus den Fächern an der Rückseite der Schweißmaschine herauszog. »Was hast du vor?«

»Wir müssen die Sieben irgendwie auflaufen lassen«, keuchte Tom. Er warf das letzte Stück Kabel aus, um die Knicke zu beseitigen, und wandte sich der Schalttafel zu. »Wie war das – etwa sechzig Volt und die Stromstärke auf ›besondere Anwendung‹?« Er drehte die Skalenscheiben, drückte den Startknopf. Der Motor sprang sofort an. Kelly hob Erdklemme und Drahthalter hoch und steckte sie zusammen. Der Solenoidregler nahm die Last auf, ein Funke sprang über, und der Motor summte.

»Gut.« Tom schaltete den Generator aus. »Los, Lieutnant General Electric, zeige mir einen Weg, diesen bösartigen Einzelgänger aufzuhalten.«

Kelly preßte die Lippen zusammen, schüttelte den Kopf. »Ich weiß keinen – es sei denn, jemand schließt dieses Ding an sie an.«

»Das geht nicht, Junge. Wenn einer von uns getötet wird ...«

Kelly spielte müßig mit der Erdklemme. Sein geschmeidiger Körper spannte sich. »So darfst du mir nicht kommen, Tom. Du weißt, ich muß es tun, weil du dazu nicht gut genug siehst. Natürlich würdest du es tun, wenn du könntest. Du ...«

Er brach ab, denn das stetig ansteigende Brüllen der sich nähernden Sieben hatte aufgehört und war in das seltsame, unregelmäßige An- und Abdrehen des Motors übergegangen, in dem Daisy Etta sich gefiel.

»Was ist jetzt in sie gefahren?«

Kelly drehte sich um und kletterte den Hügel hoch. »Tom!« keuchte er. »Tom – komm rauf!«

Tom folgte dem Ruf. Dann lagen sie Seite an Seite und spähten über den Rand der Bank auf das bemerkenswerte Tableau.

Daisy Etta hatte auf dem Strand nahe dem Wasser angehalten. Vor ihr stand in zwanzig oder dreißig Fuß Entfernung Al Knowles. Er hielt die Arme nach vorn gestreckt und redete wie ein Wasserfall. Aber Daisy machte zuviel Lärm, als daß sie hätte verstehen können, was er sagte.

»Glaubst du, er hat Mut genug, sie von uns abzulenken?« fragte Tom.

»Falls ja, ist es das Seltsamste, was bisher auf dieser alten Insel passiert ist«, flüsterte Kelly, »und das will schon etwas heißen.«

Die Sieben tourte auf, bis sie vibrierte, und drosselte den Motor dann wieder. Jetzt wurde sie so leise, daß Tom und Kelly schon dachten, sie habe sich abgestellt. Doch bei den letzten beiden Umdrehungen fing sie sich wieder und tuckerte ruhig vor sich hin. Und dann konnten sie Al verstehen.

Als Stimme klang hoch, hysterisch. »... Ich komme, um dir zu helfen, ich komme, um dir zu helfen, töte mich nicht, ich will dir helfen ...« Er tat einen Schritt vorwärts; die Raupe schnaubte, und er fiel auf die Knie. »Ich werde dich waschen und abschmieren und dein Öl wechseln«, versprach er in einem hohen Singsang.

»Der Kerl ist nicht menschlich«, stellte Kelly verwundert fest.

»Und gezähmt ist er auch nicht«, lachte Tom.

»... laß mich dir helfen. Ich werde dich reparieren, wenn du eine Panne hast. Ich werde dir helfen, diese anderen Leute zu töten ...«

»Dazu braucht sie keine Hilfe!« bemerkte Tom.

»Diese Laus!« knurrte Kelly. »Dieses schimmelige kleine verräterische Stinktier!« Er stand auf. »He, du da, Al! Hör auf damit, und zwar sofort! Wenn sie dich nicht kriegt, kriege ich dich, falls du dich nicht in Bewegung setzt!«

Al brach in Tränen aus. »Halt den Mund!« schrie er. »Ich weiß, wer hier der Boss ist, und du weißt es auch!« Er zeigte auf die Raupe. »Sie wird uns alle umbringen, wenn wir nicht tun, was sie will!« Er wandte sich wieder der Maschine zu. »Ich w-werde sie für dich t-töten. Ich werde dich waschen und polieren und deine H-haube reparieren. Ich werde deinen Schild wieder festmachen ...«

Kelly wollte blind vor Zorn losstürmen. Tom hielt den großen Mann am Bein fest. »Bleib hier!« brüllte er. »Was hast du vor? Willst du dich für das Privileg, ihm die Ohren langzuziehen, ermorden lassen?«

Kelly gab nach, kam zurück, warf sich neben Tom nieder und bedeckte das Gesicht mit den Händen. Die Wut schüttelte ihn.

»Reg dich darüber nicht so auf!« mahnte Tom. »Der Mann ist vollkommen verrückt. Du kannst mit ihm ebensowenig rechnen wie mit Daisy. Wenn er Strafe verdient, wird Daisy sie ihm verpassen.«

»Ach, Tom, das ist es ja nicht. Ich weiß, er ist es nicht wert, aber ich bringe es nicht fertig, hier sitzenzubleiben und zuzusehen, wie er umgebracht wird. Das kann ich nicht, Tom.«

Tom schlug ihm auf die Schulter, denn es gab einfach nichts, was er hätte sagen können. Plötzlich erstarrte er und schnippte mit den Fingern. »Dort liegt das für uns günstige Schlachtfeld.« Er deutete eifrig auf das Meer. »Das Wasser – der feuchte Strand, der von der Brandung benetzt wird. Wenn wir sie hinlocken können ...«

»Wir müssen den Muldenwagen-Traktor erden. Ihn ein Stück ins Wasser hineinfahren.«

»Das ist es! Los!«

Sie rutschten den Hang hinunter, nahmen die Erdklemme und befestigten sie am Rahmen des Traktors.

»Ich fahre ihn«, sagte Tom, und als Kelly den Mund öffnete, schob er ihn zu der Schweißmaschine zurück. »Keine Zeit für Diskussionen!« Er schwang sich auf den Traktor, schaltete und fuhr davon. Kelly tat einen Schritt hinterher, und dann entdeckte sein rasches Auge eine Schleife des Erdkabels, die gerade dabei war, sich um ein Rad des Schweißapparats zu wickeln. Er bückte sich und nahm sie weg. Den Rest des Kabels legte er so aus, daß es sich problemlos spannen würde. Tom hatte mit der unglaublichen Konzentration des gelernten Maschinenführers nur den schwarzen Strich des auf dem Sand hinter ihm nachschleppenden Kabels im Auge. Als es eine Gerade bildete, hielt er an. Um die vorderen Enden der Gleisketten schwappte die sanfte Brandung. Er kletterte auf der Seite herunter, die der Sieben abgewandt war, und versuchte, etwas zu sehen. Da war Bewegung, und das Brummen ihres Motors verriet, daß er jetzt ein bißchen schneller lief. Viel unterscheiden ließ sich jedoch nicht.

Kelly nahm den Drahthalter und ging, einen Blick um die Spitze der vorspringenden Bank zu werfen. Al stand wieder auf den Füßen. Er plapperte immer noch hysterisch und schob sich näher an Daisy Etta heran. Kelly zog sich zurück, drehte den Schalter an dem Bogengenerator, stieg auf den Hügel und robbte parallel zum Strand durch das Riedgras, bis der Drahthalter in seiner Hand ruckte und ihm sagte, daß er am Ende des Kabels angelangt war. Er maß sorgfältig mit dem Auge den Bogen ab, den er beschreiben würde, wenn er seine jetzige Position verließ, und kroch, das Kabel straffhaltend, dicht an den Rand. An keiner Stelle würde er näher als auf siebzig Fuß an die besessene Maschine herankommen, und ganz bestimmt nirgends auf fünfzig. Er mußte sie näher heranlocken. Und sie mußte auf den nassen Sand manövriert werden, oder ins Wasser ...

Al Knowles fühlte sich durch den anscheinenden Entschluß der Maschine, sich nicht von der Stelle zu bewegen, ermutigt und näherte sich ihr, wenn auch vorsichtig. Immer noch redete er ohne Pause. »... wir werden sie töten, und dann werden wir es geheimhalten, und wenn dann die Leute kommen, die uns abholen sollen, können wir noch viele weitere töten ... und wenn deine Ketten trocken werden und quietschen, werden wir sie mit dem Blut anfeuchten, und du wirst die rechtmäßige Königin des Berges sein ... sieh dahin, sieh dahin, Daisy Etta, sieh sie dort bei dem anderen Traktor, da sind sie, töte sie. Daisy, töte sie, Daisy, und laß mich dir helfen ... hör mich, Daisy, höre mich, sag, daß du mich hörst ...« Und der Motor brüllte zur Antwort auf. Al legte schüchtern die Hand auf den Kühlerschutz, wobei er sich weit vorbeugte, und die Raupe stand immer noch da, brummelnd, aber ohne sich zu bewegen. Al trat zurück, schwenkte den Arm, setzte sich langsam in Richtung des Muldenwagen-Traktors in Marsch, sah immer wieder zurück wie ein Mann, der einen Hund trainiert. »Komm, komm, da ist einer, töten wir ihn, *töten wir ihn, töten wir ihn ...*«

Und mit einem Schnauben drehte die Raupe auf und folgte ihm.

Kelly leckte sich ohne Wirkung die Lippen, denn seine Zunge war ebenfalls trocken. Der Wahnsinnige ging an ihm vorbei. Er hielt genau auf die Mitte des Strandes zu, und die Raupe, die keine Planierraupe mehr war, folgte ihm. Und dort war der Sand knochentrocken, von der Sonne getrocknet, zu Pulver getrocknet. Als die Raupe an ihm vorbei war, richtete sich Kelly auf allen vieren auf, kroch über den Rand der Bank auf den Strand und duckte sich dort.

Al sang: »Ich liebe dich, Schätzchen, ich liebe dich, ehrlich, ich liebe dich ...«

Kelly rannte in geduckter Haltung wie ein Mann unter Maschinengewehrfeuer. Er machte sich so klein wie möglich und kam sich so groß vor wie ein Scheunentor. Jetzt hatte er den Sand unter den Füßen, in den die Raupe Furchen gerissen hatte. Er hielt an. Noch näher wollte er nicht an sie herankommen. Er fürchtete, ein geschwächter, schlecht geerdeter Bogen könne aus dem Drahthalter in seiner Hand springen und nichts weiter bewirken, als daß er das Ding in der Raupe alarmierte und erboste. Und in diesem Augenblick sah Al ihn.

»Da!« schrie er, und die Raupe blieb ruckartig stehen. »Hinter dir! Hol ihn dir, Daisy! *Töte ihn, töte ihn, töte ihn!*«

Kelly erhob sich müde. Zorn und Enttäuschung in ihm waren unerträglich. »Ins Wasser!« rief er, weil es das war, was er sich mit allen Fasern des Seins wünschte. »Führe sie ins Wasser! Mach ihre Ketten naß, Al!«

»Töte ihn, töte ihn ...«

Die Raupe setzte zum Wenden an. Jetzt gab es Aufruhr da drüben bei dem Muldenwagen-Traktor. Es war Tom, der sprang, brüllte, die Arme schwenkte, fluchte. Er stürzte hinter seiner Maschine hervor und lief genau auf die Sieben zu. Daisy Ettas Motor heulte auf, und sie drehte sich ihm zu. Al konnte gerade noch aus dem Weg springen. Tom schlug einen Haken. Sand spritzte unter seinen pumpenden Füßen hoch, und er lief ins Wasser, bis es ihm an den Gürtel reichte. Plötzlich verschwand er. Prustend tauchte er wieder auf, und immer noch versuchte er zu rufen. Kelly faßte seinen Drahthalter fester und rannte los.

Daisy Etta war, indem sie Tom folgte, neben den Muldenwagen-Traktor geraten, nicht weiter als fünfzehn Fuß von ihm entfernt. Auch sie stand jetzt in der Brandung. Kelly legte die Strecke so schnell zurück, wie es ihm seine langen Beine erlaubten. Als er auf die kritischen fünfzig Fuß herangekommen war, griff Al Knowles ihn an.

Al hatte Schaum vor dem Mund, brabbelte. Die beiden Männer krachten mit voller Wucht aufeinander. Al duckte sich unter einer Geraden Kellys weg und traf ihn mit dem Kopf ins Zwerchfell. Mit einem einzigen gewaltigen Seufzer wich die Luft aus Kellys Lungen. Er ging zu Boden wie ein gefällter Baum. Die ganze Welt verwandelte sich für ihn in einen wirbelnden rotgrauen Nebel. Al warf sich auf den größeren Mann. Er kratzte und schlug und dachte in seiner Raserei nicht einmal daran, die Hände zu Fäusten zu ballen.

»Ich werde dich töten«, gurgelte er. »Sie bekommt den einen, ich den anderen, und dann wird sie wissen ...«

Kelly legte die Arme über das Gesicht, und als endlich seine Lungen mühsam wieder etwas Luft in sich hineingesaugt hatten, warf er die Arme hoch und setzte sich mit kraftvollem Schwung auf. Al wurde in die Höhe und zur Seite geschleudert, und als er auf dem Boden ankam, streckte Kelly einen langen Arm aus und grub seine Finger in das grobe Haar des Mannes, zog und landete einen Boxhieb, der den anderen hätte töten können, wenn er die richtige Stelle getroffen hätte. Aber es gelang Al, sich so weit zur Seite zu werfen, daß ihm nur eine Wange amputiert wurde. Er fiel um und blieb liegen. Kelly suchte im Sand wie verrückt nach seinem Drahthalter, fand ihn und rannte wieder weiter. Er konnte von Tom jetzt überhaupt nichts mehr sehen. Die Sieben stand in der Brandung, bewegte sich langsam von links nach rechts, strengte sich sehr an, aus der Brandung herauszukommen. Kelly hielt die Drahtklammer und das nachschleifende Kabel blindlings vor sich und rannte genau auf die Maschine zu. Und dann kam er – dieser dünne, geräuschlose Energiebolzen. Aber diesmal hatte er seine volle Energie, denn der Körper des armen alten Peebles war keine so gute Erdung gewesen wie das wirbelnde Wasser. Daisy Etta sprang buchstäblich rückwärts auf Kelly zu, und das Wasser um ihre Ketten schoß in heißem Dampf nach oben. Das Geräusch ihres Motors stieg immer höher, brach, nahm den unregelmäßigen Rhythmus eines Swing-Drummers an. Sie warf sich von einer Seite zur anderen wie eine Katze mit einem Sack über dem Kopf. Kelly rückte ein bißchen näher, hoffte auf einen weiteren Bolzen aus dem Halter in seiner Hand, aber es kam keiner, denn ...

»Der Unterbrecherschalter!« rief Kelly.

Er warf den Drahthalter auf die Deckplatte der Sieben vor dem Sitz und rannte über den kleinen Strand zu der Schweißmaschine. Er faßte hinter das Schaltbrett, brachte seinen Daumen auf den Kontakt und drückte ihn nach unten.

Daisy Etta sprang noch einmal und noch einmal, und plötzlich blieb ihr Motor stehen. Turbulenzen heißer Luft verschleierten über ihr die Sicht. Der kleine Benzintank für den Anlaßmotor platzte mit Kanonendonner, und der große Treibstofftank, der immer noch mehr als dreißig Gallonen Dieselöl enthielt, folgte. Er zerriß eher, als daß er explodierte, und warf einen großen Feuervorhang über den Boden hinter der Maschine. Ob nun mit oder ohne Motor, Kelly sah deutlich, daß die Raupe krampfhaft erschauerte. Der ganze Rahmen machte eine kriechende Bewegung, eine leichte Welle lief vom Treibstofftank aus bis nach vorn und stieg von den Ketten aufwärts. Ihren Höhepunkt fand sie auf dem Scheitel des Kühlerblocks, unmittelbar vor der Kühlerverschlußkappe. Plötzlich *verschwamm* ein Stück von sechs oder sieben Quadratzoll ringsherum. Dann wirkte es für eine Sekunde wieder normal, und schließlich sackte es geschmolzen zusammen. Flüssiges Metall lief an den Seiten herunter und ließ kleine Funken sprühen, wenn es auf das traf, was von der verkohlten Farbe übriggeblieben war. Und erst jetzt wurde sich Kelly des heftigen Schmerzes an seiner linken Hand bewußt. Er sah hin. Der Generator der Schweißmaschine war stehengeblieben, obwohl der Motor, der die morsche Kupplung an seiner Antriebswelle zerschmettert hatte, sich noch drehte. Der Generator war kaum noch etwas anderes als ein Schlackenhaufen. Rauch strömte von ihm aus. Kelly schrie jedoch erst, als er sah, was mit seiner Hand geschehen war ...

Als er wieder richtig sehen konnte, rief er nach Tom, doch es kam keine Antwort. Endlich sah er etwas draußen im Wasser sich bewegen und warf sich hinein. Das kalte Salzwasser an seiner linken Hand spürte er kaum, denn die Betäubung des Schocks hatte eingesetzt. Er packte Toms Hemd mit seiner unverletzten Hand, und dann war es, als würde ihm der Boden unter den Füßen weggezogen. Das war es also – ein tiefes Loch dicht am Strand. Die Sieben war bis an seinen Rand gefahren, und Tom hatte sich nicht wieder befreien können.

Kelly schlug wild um sich, strebte dem Strand entgegen, der so nah und doch so schwer zu erreichen war. Er schluckte eine Lunge voll stechenden Salzwassers, sein Knie traf festen Boden, und allein dieser wundervolle Schock verhinderte, daß er sich dem Luxus hingab, sich zu Tode zu würgen. Vor Anstrengung schluchzend, zerrte er Toms bewußtlosen Körper ans Land und aus der Brandung. Erst jetzt bemerkte er das schrille Weinen eines Kindes. Einen wahnsinnigen Augenblick lang glaubte er, es komme von ihm selbst, und dann sah er sich um und entdeckte, daß es Al Knowles war. Kelly ließ Tom liegen und ging zu der gebrochenen Kreatur.

»Steh auf, du!« fuhr er ihn an. Das Weinen wurde nur

lauter. Kelly rollte ihn auf den Rücken – er leistete gar keinen Widerstand – und schlug ihn mit der flachen Hand über den Mund, bis Al zu würgen begann. Dann zog Kelly ihn auf die Füße und führte ihn zu Tom.

»Knie dich hin, Dreckstück, mit einem Knie zwischen seinen Knien.« Al blieb stehen. Kelly schlug ihn von neuem, und Al tat, wie ihm befohlen worden war.

»Lege deine Hände auf seine unteren Rippen! So. Okay. Beuge dich vor, du Ratte! Jetzt richte dich wieder auf.« Kelly setzte sich, faßte sein linkes Handgelenk mit der Rechten, ließ das Blut von der verletzten Hand tropfen. »Vorbeugen. Unten bleiben – aufrichten. Vorbeugen. Aufrichten. Vorbeugen. Aufrichten.«

Bald seufzte Tom und begann schwächlich zu erbrechen, und danach war er in Ordnung.

Dies ist die Geschichte von Daisy Etta, der Planierraupe, die wahnsinnig wurde und ein eigenes Leben besaß, und nicht die Geschichte des Flugzeugträgers *Marokuru* der kaiserlichen japanischen Marine, die anderswo erzählt worden ist. Aber es gibt eine Verbindung. Sie werden sich erinnern, daß die *Marokuru* durch den konzentrierten Angriff auf Truk von ihrer Basis abgeschnitten wurde, daß sie weit nach Süden und Osten auswich und näher an unserer Küste versenkt wurde als irgendein anderes japanisches Schiff im ganzen Verlauf des Krieges. Und Sie werden sich erinnern, daß eine Staffel von fünf Flugzeugen, nachdem sie durch ganze drei Meilen Wasser von ihrem Flugdeck getrennt worden waren, mit ihrer Bombenlast auf einer Selbstmordmission ostwärts flogen. Wie man liest, bombardierten sie einen kleineren Flugplatz, der zu den weit vorgeschobenen Verteidigungsanlagen Panamas gehörte, und die Besatzungen stürzten in bester Kamikaze-Tradition mit ihren Maschinen ab.

Nun, das war kein Flugplatz, ganz gleich, wie es aus der Luft ausgesehen haben mag. Es war nichts als eine planierte Startbahn, weißer Mergel in grobem braunen Gras.

Die Flugzeuge kamen zwei Tage nach dem Tod von Daisy Etta. Tom und Kelly saßen gerade im Schatten des Stapels aus Treibstoffkanistern, unten in der Kühle der Mulde, die Daisy dort gegraben hatte, um sich selbst zu betanken. Sie brüteten über Papier und Bleistift und versuchten sich an der unmöglichen Aufgabe, einen schriftlichen Bericht über die Ereignisse auf der Insel und die Gründe, warum sie und ihre Firma den Vertrag nicht erfüllt hatten, abzufassen. Sie hatten Chub und Harris gefunden und neben den anderen drei begraben. Al Knowles lag gefesselt im Lager, denn sie hatten ihn im Schlaf toben gehört. Anscheinend konnte er nicht glauben, daß Daisy tot war, und er wollte immer noch ihr zuliebe Maschinenführer umbringen. Den beiden Männern war klar, daß es eine Untersuchung geben würde, und auch, was man von ihrer Geschichte halten würde. Und nachdem sie einem Ungeheuer wie Daisy Etta entkommen waren, dünkte sie das Leben viel zu süß, als daß sie wegen Sabotage hätten erschossen werden wollen. Und wegen Mordes.

Die erste Bombenreihe schlug dreihundert Yards hinter ihnen am Rand des Lagers ein, und im gleichen Augenblick heulte ein Flugzeug dicht über ihren Köpfen dahin. Erst jetzt merkten sie, daß sie angegriffen wurden. Sie liefen zu Al Knowles und banden ihm die Füße los, und alle drei rannten ins Gebüsch. Seltsam, sie fanden eine Zuflucht innerhalb des Hügels, wo Daisy Etta dem Ding begegnet war, das sich ihrer bemächtigt hatte.

»Gesegnet seien ihre schwarzen Herzchen«, sagte Kelly, als er und Tom auf dem Berg standen und auf die brennenden Trümmer eines Lagers und fünf mittelgroßer Bomber unter ihnen hinabsahen. Und er nahm den Bericht, den sie ausgeschwitzt hatten, und riß ihn mittendurch.

»Aber was ist mit ihm?« Tom wies auf Al Knowles, der auf der Erde saß und mit seinen Fingern spielte. »Er wird alles ausplaudern, auch wenn wir die ganze Schuld auf die Bomben schieben.«

»Und warum soll er nicht?« fragte Kelly.

Tom dachte für eine Minute nach, dann grinste er. »Ja, warum nicht! So etwas wird man schließlich von ihm erwarten!«

Aus dem Amerikanischen übersetzt von Rosemarie Hundertmarck

C. L. Moore
(1911–1985)

Nie wurde eine solche Frau geboren

Die Mitte der vierziger Jahre waren in der Tat eine große Zeit in der Autorenlaufbahn von Catherine L. Moore, sowohl allein als auch in Zusammenarbeit mit ihrem Mann Henry Kuttner. ›No Woman Born‹ ist von ihr allein (glauben wir), und bestimmt ist sie ihre beste Solo-Leistung. Das Konzept des ›Cyborg‹, teils Maschine, teils Mensch, hatte es in der Science Fiction schon gegeben, bevor diese Story erschien, aber noch niemand hatte das Potential der Idee je so ausgelotet. Sie ist auch eine der ersten in der Science Fiction, in denen die Zukunft der Kunst untersucht wird, und eine klassische Geschichte über Todesqual und Wiedergeburt.

(Vor ein paar Jahren nahm ich an einem Science Fiction-Con teil, bei dem Catherine Moore sprechen sollte. Ich freute mich darauf, sie zu sehen, denn ich war ihr erst einmal begegnet, und das war fünfunddreißig Jahre her. Sie wirkte immer noch erstaunlich jugendlich und hielt einen guten Vortrag. Es entzückte mich, wie leicht die Jahre auf ihr ruhten. Sicher trug dazu bei, daß sie von neuem – und glücklich – verheiratet war. Warum auch nicht? Der arme Hank war seit zwanzig Jahren tot. – Und doch, niemand, der die frühere Zeit der Science Fiction noch miterlebt hat, konnte sich Moore ohne Kuttner oder Kuttner ohne Moore denken, und ich saß da und hatte das Gefühl eines Verlustes. Wie konnten sie getrennt werden? – I. A.)

Sie war das lieblichste Geschöpf gewesen, dessen Bild jemals über die Sendekanäle gegangen war. John Harris, der einst ihr Manager war, erinnerte sich beharrlich daran, wie schön sie gewesen war, während er in dem geräuschlosen Lift zu dem Raum hochfuhr, in dem Deirdre saß und auf ihn wartete.

Seit sie vor einem Jahr in dem Theaterbrand umgekommen war, hatte er sich nie die deutliche Erinnerung an ihre Schönheit gestatten können, außer, wenn ein altes Plakat, halb in Fetzen, ihm ihr Gesicht unter die Nase hielt oder wenn ein rührseliges Erinnerungsprogramm über den Fernsehschirm flimmerte. Aber jetzt mußte er sich erinnern.

Der Lift kam seufzend zum Stehen, die Tür glitt auf. John Harris zögerte. Er wußte im Geist, daß er weitergehen mußte, aber seine widerstrebenden Muskeln weigerten sich beinahe, ihm zu gehorchen. Er dachte hilflos, wie er es sich bis zu diesem Augenblick niemals gestattet hatte, an die märchenhafte Grazie, die ihren wundervollen Tänzerinnenkörper durchströmt hatte, erinnerte sich an ihre weiche, belegte Stimme mit dem kleinen Schnarren darin, die das Publikum der ganzen Welt fasziniert hatte.

Niemals hatte es jemanden gegeben, der so schön war.

In Zeiten vor ihr waren andere Schauspielerinnen schön und umschwärmt gewesen, aber niemals vor Deirdre hatte es eine ganze Welt geschafft, eine einzige Frau so vollständig ins Herz zu schließen. So wenige Menschen außerhalb der Metropolen hatten jemals die Bernhardt oder die sagenhafte Jersey Lily gesehen. Und die Schönheiten der Filmleinwand hatten ihr Publikum auf die Leute begrenzen müssen, die ein Kino hatten erreichen können. Aber Deirdres Bild war einst strahlend über die Fernsehschirme jedes Heims in der zivilisierten Welt gegangen. Und in vielen Orten jenseits der Grenze der Zivilisation. Ihre weichen, heiseren Lieder waren in den Tiefen des Dschungels erklungen, ihr lieblicher, nachgiebiger Körper hatte seine rhythmischen Bewegungsabläufe in Wüstenzelten und Polarhütten vorgeführt. Die ganze Welt kannte jede geschmeidige Bewegung ihres Körpers, jeden Tonfall ihrer Stimme, und die Art, wie ein feines Strahlen hinter ihren Zügen aufzuleuchten schien, wenn sie lächelte.

Und die ganze Welt hatte getrauert, als sie bei dem Theaterbrand ums Leben gekommen war.

Harris konnte sie sich eigentlich nicht anders als tot vorstellen, obwohl er wußte, daß sie wartend dort vorne in dem Zimmer saß. Er erinnerte sich immer wieder an die alten Worte, die James Stephens vor langer Zeit für eine andere Deirdre geschrieben hatte, die auch schön, geliebt, und nach zweitausend Jahren noch unvergessen war.

Es kommt die Zeit, da uns das Herz wird schwer,
Wenn wir an Deirdre denken und ihre Geschichte.
Daran, daß ihre Lippen jetzt zu Staub geworden ...
Nie wieder wurde eine solche Frau geboren
Die so schön war; nicht eine war so schön
Von allen, die geboren ...

Das stimmte natürlich nicht ganz – es hatte eine gegeben. Oder vielleicht war diese Deirdre, die erst vor einem Jahr gestorben war, gar nicht im vollkommenen Sinne schön gewesen. Er dachte, vielleicht sei das auch die andere nicht gewesen, denn Frauen mit vollkommenen Gesichtszügen gibt es immer wieder auf der Welt, und sie sind es nicht, an die sich die Legende erinnert. Es war das Licht von innen heraus, das durch ihre reizenden, unvollkommenen Züge schien, welches Deirdres Gesicht so lieblich gemacht hatte. Niemand sonst, den er je gesehen hatte, hatte einen ähnlichen Zauber besessen wie die verlorene Deirdre.

Laßt jeden Mann beiseite geh'n und trauern;
Kein Mann kann sie je lieben, und kein Mann
Kann davon träumen, daß sie ihn geliebt.
Kein Mann kann sagen ...
Was kann man zu ihr sagen? Es gibt keine Worte,
die man ihr sagen könnte.

Nein, überhaupt keine Worte. Und es würde unmöglich sein, mit dieser Sache durchzukommen. Harris war sich dessen mit überwältigender Deutlichkeit bewußt, als sein Finger den Summer berührte. Aber die Tür öffnete sich beinahe sofort, und dann war es zu spät.

Maltzer stand vor ihm und spähte durch seine dicken Brillengläser heraus. Man konnte sehen, wie gespannt er gewartet hatte. Harris war ein wenig schockiert, als er sah, daß der Mann zitterte. Man konnte sich den selbstbewußten, unerschütterlichen Maltzer, den er vor einem Jahr kurz kennengelernt hatte, nur schwer so aufgewühlt vorstellen.

Er fragte sich, ob wohl auch Deirdre selbst so am Ende ihrer Nervenkraft war – aber es war nicht die Zeit, sich solche Gedanken zu gestatten.

»Kommen Sie herein, kommen Sie herein!« sagte Maltzer gereizt. Es war kein Grund da, gereizt zu sein. Die Arbeit dieses Jahres, von der so viel im Verborgenen und in der Einsamkeit getan werden mußte, hatte ihn offenbar körperlich und geistig bis an den Rand des Zusammenbruchs gefordert.

»Ist alles in Ordnung mit ihr?« fragte Harris sinnloserweise und trat ein.

»O ja, ... ja, *ihr* geht es gut.« Maltzer kaute am Daumennagel und blickte über die Schulter auf eine Innentür, hinter der, wie Harris glaubte, sie wartete.

»Nein!« sagte Maltzer, als Harris unwillkürlich einen Schritt auf diese Tür zuging. »Wir müssen zuerst miteinander reden. Kommen Sie hier herüber und setzen Sie sich! Etwas zu trinken?«

Harris nickte und sah zu, wie Maltzers Hände zitterten, als er die Karaffe neigte. Der Mann war eindeutig am Rande des Zusammenbruchs, und plötzlich fühlte Harris eine kalte Unsicherheit in sich aufsteigen, an dem einzigen Ort, wo er sich bisher seltsam zuversichtlich gefühlt hatte.

»Es ist doch wirklich alles in Ordnung?« fragte er, als er das Glas nahm.

»O ja, es geht ihr blendend. Sie ist so zuversichtlich, daß es mir Angst macht.« Maltzer leerte sein Glas mit einem Schluck und goß sich noch einmal ein, ehe er sich setzte.

»Was ist dann los?«

»Nichts, nehme ich an. Oder ... nun, ich weiß es nicht. Ich bin mir nicht mehr sicher. Ich habe beinahe ein Jahr auf diese Begegnung hingearbeitet, aber jetzt – nun, ich bin nicht sicher, ob die Zeit schon reif ist. Ich bin einfach nicht sicher.«

Er starrte Harris an, seine Augen waren groß und verschwommen hinter den Linsen. Es war ein magerer Mann, gespannt wie eine Saite, unter dessen dunkler Gesichtshaut sich alle Knochen und Sehnen deutlich abzeichneten. Er war jetzt noch magerer als vor einem Jahr, als ihn Harris zum letztenmal gesehen hatte.

»Ich bin ihr zu nahe gewesen«, sagte er jetzt. »Ich kann nicht mehr objektiv sein. Alles, was ich sehen kann, ist meine eigene Arbeit. Und ich bin einfach nicht sicher, ob die schon so weit ist, daß Sie oder irgend jemand sonst sie sehen darf.«

»Denkt sie auch so?«

»Ich habe noch nie eine Frau gesehen, die so zuversichtlich war.« Maltzer trank, und das Glas klickte gegen seine Zähne. Er blickte plötzlich hinter den verzerrenden Linsen auf. »Natürlich würde ein Fehlschlag zum jetzigen Zeitpunkt – nun, völligen Zusammenbruch bedeuten«, sagte er.

Harris nickte. Er dachte an das Jahr unglaublich sorgfältiger Arbeit, das vor diesem Treffen lag, an diesen unermeßlichen Fundus an Wissen, an unendlicher Geduld, an die geheime Zusammenarbeit von Künstlern, Bildhauern, Designern, Wissenschaftlern, und an das Genie Maltzers, das sie alle geführt hatte, wie ein Dirigent sein Orchester. Er dachte auch mit einer gewissen, unvernünftigen Eifersucht an die seltsame, kalte, leidenschaftslose Intimität zwischen Maltzer und Deirdre während dieses Jahres, eine engere Vertrautheit, als sie je zuvor zwischen zwei Menschen bestanden haben konnte. In gewissem Sinne würde die Deirdre, die er in einigen Minuten sehen würde, Maltzer sein, genauso wie er hin und wieder bei Maltzer kleine Eigentümlichkeiten im Tonfall und in der Bewegung entdeckte, die Deirdre selbst eigen gewesen waren. Zwischen den beiden hatte eine Art von unvorstellbarer Ehe stattgefunden, die seltsamer war als alles, was sich je zuvor hatte ereignen können.

»... so viele Komplikationen«, sagte Maltzer gerade mit seiner besorgten Stimme, mit einem äußerst schwachen Widerhall von Deirdres lieblichem, abfallendem Rhythmus. (Die süße, weiche Heiserkeit würde er nie wieder hören.) »Es war natürlich zum Schock gekommen. Zu einem entsetzlichen Schock. Und zu einer großen Angst vor Feuer. Die mußten wir zuerst überwinden, ehe wir die ersten Schritte tun konnten. Aber wir haben es geschafft. Wenn Sie hineingehen, werden Sie sie wahrscheinlich vor dem Feuer sitzend finden.« Er fing die entsetzte Frage in Harris Augen auf und lächelte. »Nein, sie kann die Wärme jezt natürlich nicht mehr fühlen. Aber sie sieht gerne in die Flammen. Sie hat jede abnorme Furcht vor ihnen ganz großartig überwunden.«

»Sie kann ...« Harris zögerte. »Ihre Sehfähigkeit ist jetzt normal?«

»Vollkommen«, sagte Maltzer. »Vollkommene Sehfähigkeit war recht einfach herzustellen. Schließlich sind diese Dinge schon in anderer Verbindung ausgearbeitet worden. Ich möchte sagen, ihre Sehfähigkeit ist sogar ein wenig mehr als vollkommen, von unserem Standpunkt aus gesehen.« Er schüttelte nervös den Kopf. »Ich mache mir keine Sorgen über das mechanische Funktionieren des Ganzen. Glücklicherweise ist man zu ihr vorgedrungen, ehe das Gehirn überhaupt in Mitleidenschaft gezogen wurde. Der Schock war die einzige Gefahr für ihre Sinneszentren, und darum haben wir uns zu allererst gekümmert, sobald die Kommunikation hergestellt werden konnte. Selbst unter diesen Umständen brauchte sie großen Mut. Großen Mut.« Er schwieg einen Augenblick lang und starrt in sein leeres Glas.

»Harris«, sagte er plötzlich ohne aufzublicken, »habe ich einen Fehler gemacht? Hätten wir sie sterben lassen sollen?«

Harris schüttelte hilflos den Kopf. Das war eine Frage, die nicht zu beantworten war. Es hatte Hunderte von Antworten und Tausende von geschriebenen Worten zu diesem Thema gegeben. Hat irgend jemand das Recht, ein Gehirn am Leben zu erhalten, wenn der zugehörige Körper zerstört ist? Selbst wenn ein neuer Körper beschafft werden kann, der aber notwendigerweise so ganz anders ist als der alte?

»Es ist nicht so, als ob sie jetzt – häßlich – wäre«, fuhr Maltzer hastig fort, als fürchte er sich vor einer Antwort. »Metall ist nicht häßlich. Und Deirdre ... nun, Sie werden ja sehen. Ich sage Ihnen, ich selbst kann es nicht beurteilen. Ich kenne den ganzen Mechanismus so gut – für mich ist es nur Mechanik. Vielleicht ist sie – grotesk. Ich weiß es nicht. Ich habe mir oft gewünscht, ich wäre nicht gerade zur Stelle gewesen mit all meinen Ideen, als das Feuer ausbrach. Oder daß es jemand anders hätte sein können, nicht gerade Deirdre. Sie war so schön ... Und doch, wenn es jemand anderer gewesen wäre, wäre die ganze Sache vielleicht völlig gescheitert, glaube ich. Man braucht mehr dazu als nur ein unverletztes Gehirn. Man braucht Kraft und Mut, die über das Normale hinausgehen, und ... nun, noch etwas. Etwas – das nicht zu unterdrücken ist. Deirdre hat es. Sie ist immer noch Deirdre. In gewisser Weise ist sie immer noch schön. Aber ich bin nicht sicher, ob das außer mir jemand sehen könnte. Und wissen Sie, was sie plant?«

»Nein – was?«

»Sie will zurück auf den Bildschirm.«

Harris blickte ihn in betäubter Ungläubigkeit an.

»Sie *ist* immer noch schön«, sagte Maltzer heftig. »Sie hat Mut, und eine Gelassenheit, die mich erstaunt. Und sie ist nicht im geringsten besorgt oder aufgebracht über das, was geschehen ist. Oder ängstlich, wie das Urteil des Publikums ausfallen wird. Aber ich habe Angst, Harris. Ich bin wie gelähmt vor Angst.«

Sie blickten einander noch einen Augenblick lang an, keiner sprach ein Wort. Dann zuckte Maltzer die Achseln und stand auf.

»Sie ist dort drinnen«, sagte er und wies mit seinem Glas auf die Tür.

Harris wandte sich ohne ein Wort um, ließ sich keine Zeit zum Zögern. Er ging auf die innere Tür zu.

Der Raum war erfüllt von einem weichen, klaren, indirekten Licht, das seinen Höhepunkt in dem Feuer hatte, das in einem weiß gefliesten Kamin knisterte. Harris blieb innen an der Tür stehen, sein Herz klopfte dumpf. Er sah sie im ersten Augenblick nicht. Es war ein vollkommen normaler Raum, hell, licht, mit hübschen Möbeln und Blumen auf den Tischen. Ihr Duft hing süß in der reinen Luft. Deirdre sah er nicht.

Dann knarrte ein Stuhl am Feuer, als sie ihr Gewicht darin verlagerte. Die hohe Lehne verbarg sie, aber sie sprach. Und einen furchtbaren Augenblick lang war es die Stimme eines Automaten, die da in dem Zimmer erklang, metallisch, ohne irgendwelche Intonation.

»Hal-lo«, sagte die Stimme. Dann lachte sie und versuchte es noch einmal. Und es war die alte, vertraute, süße Heiserkeit, die er zu seinen Lebzeiten nicht mehr zu hören gehofft hatte.

Gegen seinen Willen sagte er: »Deirdre!«, und ihr Bild stieg vor ihm auf, als habe sie selbst sich unverändert aus dem Stuhl erhoben, groß, mit goldenem Haar, sich ein wenig wiegend in der wundervollen, tänzerischen Haltung, die ihr eigen war, die lieblichen, unvollkommenen Züge erhellt von dem inneren Schein, der sie schön machte. Es war das Grausamste, was die Erinnerung ihm hatte antun können. Und doch – die Stimme – nach diesem einen Fehlschlag war die Stimme vollkommen in Ordnung.

»Komm her und sieh mich an, John!« sagte sie.

Er durchquerte zögernd den Raum, zwang sich zu den Bewegungen. Der blitzartige Moment lebhafter Erinnerung hatte seinen schwer errungenen Gleichmut beinahe wieder zerstört. Er versuchte, seinen Geist völlig leer zu halten, während er an die letzte Schwelle kam, hinter der er das sehen sollte, was niemand außer Maltzer bisher in seiner Gesamtheit gesehen oder gekannt hatte. Überhaupt niemand hatte gewußt, welche Gestalt man sich ausdenken würde, um die schönste Frau der Erde damit zu umgeben, jetzt, nachdem ihre Schönheit zerstört war.

Er hatte sich viele Gestalten vorgestellt. Große, torkelnde Roboterformen, zylindrisch, mit in Scharnieren hängenden Armen und Beinen. Einen Glaskasten, in dem das Gehirn schwamm, mit Anhängseln, um seine Bedürfnisse zu befriedigen. Groteske Visionen, wie Alpträume, die beinahe Wirklichkeit geworden wären. Und jede dieser Visionen war unzulänglicher als die vorhergehende, denn welche Metallgestalt konnte schon mehr tun, als ohne Anmut den Geist und das Gehirn zu beherbergen, die einst eine ganze Welt bezaubert hatten.

Dann kam er um die Lehne des Stuhls herum und sah sie. Das menschliche Gehirn ist oft ein zu komplizierter Mechanismus, um vollkommen funktionieren zu können. Harris' Gehirn war jetzt aufgerufen, eine sehr komplexe Reihe von sich verschiebenden Eindrücken zu verarbeiten. Zuerst erinnerte er sich unzusammenhängend an eine seltsam unmenschliche Gestalt, die er einst flüchtig gesehen hatte, wie sie sich über den Zaun vor einem Bauernhaus lehnte. Einen Augenblick lang war die Gestalt integriert worden, als unvorteilhaftes, auf unmögliche Weise menschliches Wesen, bis das schauende Auge sie in eine Zusammenstellung von Besen und Eimern auflöste. Was das Auge als nur entfernt ähnlich empfunden hatte, hatte das beeinflußbare Gehirn als voll gestaltet akzeptiert. So war es jetzt auch mit Deirdre.

Der erste Eindruck, den seine Augen und sein Geist von ihrem Aussehen empfingen, war schockierend und unglaubhaft, denn sein Gehirn sagte unglaublicherweise zu ihm: »Das *ist* Deirdre! Sie hat sich überhaupt nicht verändert!«

Dann trat eine Verschiebung der Perspektive ein, und noch schockierender sagten Auge und Gehirn: »Nein, nicht Deirdre – kein Mensch. Nichts als Metallringe. Überhaupt keine Ähnlichkeit mit Deirdre ...« Und das war das Schlimmste. Es war, wie wenn man aus einem Traum erwachte, einem Traum von jemandem, den man liebte und verloren hatte, und dann, nach dieser herzzerbrechenden Versicherung des Schlafes, wieder mit der unerschütterlichen Tatsache konfrontiert wurde, daß nichts die Toten wieder zum Leben erwecken kann. Deirdre war nicht mehr, und das hier war nur eine Maschine, die man auf einen geblümten Stuhl gestellt hatte.

Dann bewegte sich die Maschine, ausnehmend schön, fließend, mit einer Anmut, die ihm so gut vertraut war wie die wiegende Balancehaltung, an die er sich erinnerte. Deirdres süße, heisere Stimme sagte: »Ich bin es, John, mein Liebling. Ich bin es wirklich, weißt du.«

Und sie war es.

Das war die dritte Metamorphose, und die letzte. Die Illusion verfestigte sich und wurde zur Tatsache, zur Wirklichkeit. Es war Deirdre.

Er setzte sich kraftlos. Er hatte keine Muskeln mehr. Er blickte sie sprachlos an, ohne zu denken, ließ seine Sinne ihren Anblick in sich aufnehmen, ohne daß er versuchte zu rationalisieren, was er sah.

Sie war immer noch golden. Soviel von ihr hatten sie beibehalten, den ersten Eindruck von Wärme und Farbe, der einst ihrem glänzenden Haar und der Aprikosentönung ihrer Haut eigen gewesen war. Aber sie waren vernünftig genug gewesen, nicht weiterzugehen. Sie hatten nicht versucht, ein wächsernes Ebenbild der verlorenen Deirdre zu schaffen. (Nie wieder wurde eine Frau geboren, die so schön war; nicht eine war so schön von allen, die geboren ...)

Sie hatte kein Gesicht. Sie hatte nur ein glattes, zart modelliertes Ovoid als Kopf mit einer ... mit einer Art halbmondförmiger Maske über dem Stirnbereich, wo ihre Augen gewesen wären, hätte sie welche gebraucht. Eine schmale, geschwungene Mondsichel, deren Enden nach oben gebogen waren. Sie war ausgefüllt mit etwas Durchscheinendem wie trübes Kristall, von der Tönung, die Deirdres aquamarinfarbene Augen gehabt hatten. Durch diese Maske sah sie also die Welt. Durch diese Maske schaute sie ohne Augen, und dahinter, wie hinter den Augen eines Menschen – war sie.

Davon abgesehen hatte sie keine Gesichtszüge. Und sie hatten recht daran getan, diejenigen, die sie entworfen hatten, das erkannte er jetzt. Im Unterbewußtsein hatte er irgendeinen starren unbeholfenen Versuch von menschlichen Zügen gefürchtet, die knarrten wie die einer Marionette, wenn sie, wie in einer Parodie, versuchten, sich zu bewegen. Die Augen mußten sich vielleicht am gleichen Ort an ihrem Kopf befinden, und im gleichen Abstand voneinander, um ihr die Anpassung an das stereoskopische Sehen, das sie gewöhnt war, zu erleichtern. Aber er war froh, daß man ihr nicht zwei augenförmige Öffnungen mit Glasmurmeln darin verpaßt hatte. Die Maske war besser.

(Seltsamerweise dachte er nicht ein einziges Mal an das nackte Gehirn, das doch innerhalb der Metallhülle liegen mußte. Die Maske war Symbol genug für die Frau dahinter. Es war rätselhaft; man wußte nicht, ob ihr Blick forschend auf einem ruhte, oder völlig in sich zurückgezogen war. Und die Maske zeigte keine Veränderungen der Helligkeit, wie sie einst über die unvergleichlich beweglichen Züge von Deirdres Gesicht gespielt hatten. Aber Augen, sogar menschliche, sind eigentlich rätselhaft genug. Sie haben keinen Ausdruck, abgesehen von dem, was die Lider mitteilen; sie nehmen all ihr Leben aus den Zügen. Automatisch beobachten wir die Augen des Freundes, mit dem wir sprechen, wenn er aber zufällig liegt, so daß er über die Schulter mit uns spricht und sein Gesicht uns verkehrtherum ansieht, beobachten wir ebenso automatisch seinen Mund. Der Blick wandert ständig nervös zwischen Mund und Augen in ihrer umgekehrten Anordnung hin und her, denn die Lage im Gesicht ist es, nicht der Gesichtszug selbst, was wir gewohnt sind, als Sitz der Seele zu akzeptieren.

Deirdres Maske war an jenem richtigen Platz; es war leicht, sie als Maske über ihren Augen zu betrachten.)

Sie hatte, wie Harris erkannte, nachdem der erste Schock abgeflaut war, einen sehr schön geformten Kopf – einen kahlen, goldenen Schädel. Sie drehte ihn ein wenig voll Anmut auf ihrem Metallhals, und er sah, daß der Künstler, der ihn geformt hatte, ihm eine ganz zarte Andeutung von Backenknochen gegeben hatte, die die leere Form unter der Maske andeutungsweise zu einem menschlichen Gesicht verjüngten. Nicht zu stark. Nur so viel, daß man, wenn sich der Kopf drehte, an der Modellierung sah, daß er sich bewegt hatte, weil durch sie der ausdruckslose goldene Helm perspektivisch verkürzt wurde. Das Licht glitt nicht ungebrochen darüber hin wie über die Oberfläche eines goldenen Eies. Brancusi hatte selbst nie etwas Einfacheres oder Raffinierteres geschaffen als die Modellierung von Deirdres Kopf.

Aber jeder Ausdruck war natürlich verschwunden. Jeder Ausdruck war im Rauch des Theaterfeuers verbrannt, zusammen mit ihren lieblichen, beweglichen, strahlenden Gesichtszügen, die das Wesen Deirdres ausgemacht hatten.

Was ihren Körper betraf, so konnte Harris dessen Gestalt nicht sehen. Ein Gewand verhüllte ihn. Aber man hatte nicht den unpassenden Versuch gemacht, ihr die Kleidung zurückzugeben, die sie einst berühmt gemacht hatte. Sogar die Weichheit von Tuch hätte den Geist zu sehr daran erinnert, daß kein menschlicher Körper unter den Falten lag, auch brauchte Metall nicht das artfremde Tuch zu seinem Schutz. Doch ohne Kleidung, das erkannte er, hätte sie seltsam nackt ausgesehen, nachdem ihr neuer Körper humanoid war, kein ekkiger Apparat.

Der Modeschöpfer hatte dieses Paradoxon gelöst, indem er für sie eine Robe aus sehr feinen Metallmaschen entworfen hatte. Sie hing von den sanft geneigten Schultern in geraden, schmiegsamen Falten herab wie eine längere, griechische Chlamys, beweglich, aber doch mit genug Eigengewicht, um nicht zu enthüllend an der Metallgestalt darunter zu haften.

Die Arme, die man ihr gegeben hatte, hatte man unbekleidet gelassen, ebenso die Füße und die Knöchel. Und mit den Gliedern der neuen Deirdre hatte Maltzer sein größtes Wunder vollbracht. Es war eigentlich ein mechanisches Wunder, aber es fiel zuerst angenehm ins

Auge, daß er dabei auch höchste Kunstfertigkeit und höchstes Verständnis bewiesen hatte.

Ihre Arme waren aus mattglänzendem Gold, sie verjüngten sich fließend, ohne Modellierung, und waren in ihrer ganzen Länge biegsam, weil sie aus schmäler werdenden Metallringen bestanden, die ineinanderpassend bis zu den schlanken, runden Handgelenken reichten. Die Hände waren menschlichen Gliedern mehr angenähert als jeder andere Zug an ihr, obwohl auch sie aus zarten, kleinen Abschnitten zusammengefügt waren, die beinahe so flexibel wie Fleisch ineinanderglitten. Die untersten Fingerglieder waren massiver als beim Menschen, und die Finger selbst verjüngten sich zu längeren Fingerspitzen.

Auch die Füße waren unterhalb der sich verjüngenden, breiteren Ringe der Metallknöchel nach dem Vorbild menschlicher Füße konstruiert worden. Ihre feingemeißelten, gleitenden Abschnitte verliehen ihr einen Spann, eine Ferse, und einen flexiblen Vorderabschnitt, der beinahe wie die biegsamen Eisenschuhe einer mittelalterlichten Rüstung geformt waren.

Sie sah tatsächlich einer Gestalt in Rüstung sehr ähnlich mit ihren zart gepanzerten Gliedern und ihrem gesichtslosen Kopf, der wie ein Helm mit einem Glasvisier aussah, und mit ihrer einem Kettenhemd ähnlichen Robe. Aber kein gepanzerter Ritter hatte sich jemals so bewegt wie Deirdre, oder hatte je seine Rüstung auf einem Körper von so unmenschlich feinen Proportionen getragen. Nur ein Ritter aus einer anderen Welt, oder ein Ritter von Oberons Hof hätte vielleicht diese zarte Ähnlichkeit mit ihr teilen können.

Harris war kurz von ihrer Kleinheit und ihren erlesenen Proportionen überrascht gewesen. Er hatte die gewichtige Masse eines Roboters erwartet, wie er sie kannte, die reine Automaten waren. Und dann erkannte er, daß man bei ihnen viel Raum für das unvollkommene, mechanische Gehirn vorsehen mußte, das ihre Handlungen steuerte. Deirdres Gehirn bewahrte sich und bewies immer noch die Kunst eines Handwerkers, der viel geschickter war als der Mensch. Nur der Körper war aus Metall, und er machte keinen sehr komplizierten Eindruck, obwohl Harris noch nicht wußte, wie er bewegt wurde.

Harris hatte keine Ahnung, wie lange er dasaß und die Gestalt in dem Polsterstuhl anstarrte. Sie war immer noch schön – ja, sie war immer noch Deirdre – und als er sie ansah, entspannte er seine sorgfältig beherrschten Gesichtszüge. Es war nicht notwendig, seine Gedanken vor ihr zu verbergen.

Sie regte sich in den Polstern, die langen, biegsamen Arme bewegten sich mit einer Geschmeidigkeit, die nicht ganz menschlich war. Die Bewegung verwirrte ihn, wie es ihr Körper allein nicht getan hatte, und gegen seinen Willen erstarrte sein Gesicht ein wenig. Er hatte das Gefühl, daß sie ihn hinter der halbmondförmigen Maske sehr genau beobachtete.

Langsam erhob sie sich.

Die Bewegung war sehr fließend. Sie war auch schlangenhaft, als wäre der Körper unter der Rüstung aus den gleichen, ineinandergreifenden Abschnitten gemacht wie ihre Glieder. Er hatte mechanische Steifheit erwartet und befürchtet; nichts hatte ihn auf diese mehr als menschliche Geschmeidigkeit vorbereitet.

Sie stand ruhig da und ließ die schweren, gepanzerten Falten ihres Gewandes ausschwingen. Sie fielen mit einem schwachen, klingenden Laut zusammen, wie kleine, weit entfernte Glocken, und hingen in schönen, mattgoldenen, gemeißelten Falten herab. Er hatte sich automatisch mit ihr erhoben. Jetzt stand er ihr gegenüber und starrte sie an. Er hatte sie niemals völlig still stehen sehen, und sie tat es auch jetzt nicht. Sie wiegte sich nur ein klein wenig, die Vitalität brannte unauslöschlich in ihrem Gehirn, wie sie einst in ihrem Körper gebrannt hatte, und stumpfe Unbeweglichkeit war ihr jetzt ebenso unmöglich, wie sie es immer gewesen war. Das goldene Gewand fing Lichtpunkte vom Feuer ein und glitzerte ihn mit winzigen Spiegelungen an, sobald sie sich bewegte.

Dann legte sie ihren gesichtslosen, behelmten Kopf ein wenig auf die Seite, und er hörte ihr Lachen so vertraut in seinem leisen, kehligen, intimen Tonfall, wie er es je aus ihrer lebendigen Kehle vernommen hatte. Und jede Geste, jede Haltung, jedes Übergehen einer Bewegung in die nächste war so völlig typisch für Deirdre, daß die überwältigende Illusion wieder seinen Geist überflutete und die Gestalt zur Frau aus Fleisch und Blut wurde, so deutlich, als sähe er sie wieder heil vor sich stehen, wie Phoenix aus der Asche.

»Nun, John«, sagte sie mit der weichen, heiseren, belustigten Stimme, an die er sich so gut erinnern konnte. »Nun, John, bin ich es?« Sie wußte, daß sie es war. Völlige Sicherheit klang aus ihrer Stimme. »Der Schock läßt nach, weißt du. Es wird mit der Zeit immer einfacher werden. Ich habe mich jetzt schon ziemlich an mich gewöhnt. Siehst du?«

Sie wandte sich von ihm ab und durchquerte den Raum fließend, mit dem alten, schwebenden, tänzerischen Gleiten, auf den Spiegel zu, der eine Wand des Raumes einnahm; und vor dem Spiegel, wo er früher so oft zugesehen hatte, wie sie sich zurechtmachte, beobachtete er sie auch jetzt wieder dabei, wie sie mit den biegsamen Metallhänden an den Falten ihres Metallgewandes entlangstrich, sich drehte, um sich über eine Metallschulter hinweg zu bewundern, und die Falten des Kettengewandes klingen und schwingen ließ, als sie eine neue Tanzfigur vor dem Spiegel vollführte.

Seine Knie gaben nach, und er sank in den Stuhl, den sie gerade freigemacht hatte. Eine Mischung aus Schock und Erleichterung entspannte alle Muskeln in ihm, und sie war gelassener und zuversichtlicher als er.

»Es ist ein Wunder«, sagte er voll Überzeugung. »Du

bist es wirklich. Aber ich begreife nicht, wie ...« Er hatte sagen wollen »... wie du, ohne Gesicht, oder Körper ...« aber diesen Satz konnte er natürlich nicht vollenden.

Sie tat es im Geiste für ihn und antwortete ohne jede Verlegenheit. »Es ist größtenteils Sache der Bewegung«, sagte sie und bewunderte immer noch ihre eigene Geschmeidigkeit im Spiegel. »Siehst du?« Und mit größter Leichtigkeit flitzte sie durch eine Folge brillanter Ballettschritte, schwang dann in einer Pirouette herum und sah ihn an. »Das war es, was Maltzer und ich miteinander erarbeiteten, als ich langsam wieder Kontrolle über mich bekam.« Ihre Stimme war einen Augenblick lang melancholisch, als sie sich an eine düstere Zeit in der Vergangenheit erinnerte. Dann fuhr sie fort: »Es war natürlich nicht einfach, aber es war faszinierend. Du kannst dir nicht vorstellen, wie faszinierend, John! Wir wußten, daß wir keinesfalls etwas wie ein Faksimile meines früheren Aussehens zustandebringen konnten, also mußten wir eine andere Basis finden, um darauf aufzubauen. Und Bewegung ist, nach der physischen Ähnlichkeit, die zweite Grundlage des Erkennens.«

Sie bewegte sich leichtfüßig über den Teppich zum Fenster und blickte hinunter, ihr leeres Gesicht war ein wenig abgewandt, und das Licht schien über die zart angedeuteten Wölbungen der Backenknochen.

»Glücklicherweise«, sagte sie mit Belustigung in der Stimme, »war ich niemals schön. Es war alles – nun, ich vermute, Lebhaftigkeit und Koordination der Muskeln. Jahrelanges Training, und alles hier eingegraben ...« – sie gab sich mit den goldenen Fingerknöcheln einen leichten, klingenden Schlag auf ihren goldenen Helm – »in den Gewohnheitsmustern, die in meinen Gehirnwindungen eingeprägt waren. Daher arbeitet dieser Körper – hat er dir das gesagt? – ausschließlich durch das Gehirn. Elektromagnetische Ströme fließen von Ring zu Ring – so.« Sie schüttelte ihren knochenlosen

Arm mit einer Bewegung wie fließendes Wasser. »Nichts hält mich zusammen – nichts! –, nur Muskeln aus magnetischen Strömen. Wenn ich jemand anders gewesen wäre – jemand, der sich anders bewegte, nun, dann hätten sich auch die flexiblen Ringe anders bewegt, gesteuert durch die Impulse eines anderen Gehirns. Ich bin mir nicht bewußt, etwas anderes zu tun, als ich es immer getan habe. Dieselben Impulse, die früher an meine Muskeln geschickt wurden, gehen jetzt – dahin.« Und sie machte eine schlangenartige Bewegung des Erschauerns mit beiden Armen zu ihm hin wie eine kambodschanische Tänzerin, dann lachte sie herzlich, und der Klang tönte mit solcher aus tiefstem Herzen kommender Fröhlichkeit durch den Raum, daß er nicht anders konnte, er sah wieder das vertraute Gesicht vor sich, im Lachen verzogen, mit blitzenden, weißen Zähnen. »Es ist jetzt alles völlig unbewußt«, sagte sie. »Anfangs brauchte ich natürlich eine Menge Übung, aber jetzt sieht sogar meine Unterschrift so aus wie immer – so haargenau wurde die Koordination kopiert.« Sie schüttelte wieder die Arme zu ihm hin und lachte in sich hinein.

»Aber auch die Stimme«, protestierte Harris wenig überzeugend. »Es ist *deine* Stimme, Deirdre.«

»Die Stimme wird nicht nur durch den Bau des Kehlkopfes und der Atemtechnik bestimmt, liebster Johnnie! Zumindest hat mir das Professor Maltzer vor einem Jahr versichert, und ich habe bestimmt keinen Grund, ihm nicht zu glauben!« Sie lachte wieder. Sie lachte ein wenig zu viel, mit einem Anflug jener strahlenden, hysterischen Übererregtheit, an die er sich so gut erinnerte. Aber wenn je eine Frau Grund für eine leichte Hysterie gehabt hatte, dann hatte Deirdre ihn jetzt sicher auch.

Das Lachen perlte weiter und hörte dann auf, und sie fuhr mit eifriger Stimme fort: »Er sagt, die Kontrolle über die Stimme ist beinahe völlig davon abhängig, daß du hörst, welche Laute du produzierst, sobald du einmal einen brauchbaren Mechanismus hast, versteht sich. Deswegen verändert sich bei tauben Leuten, die die gleichen Stimmbänder haben wie immer, die Stimme vollständig, und sie verlieren jede Sprachmelodie, wenn sie lange genug taub sind. Und, siehst du, ich bin glücklicherweise nicht taub.«

Sie drehte sich schwungvoll zu ihm herum, die Falten ihres Gewandes blitzten und klirrten, und sie ließ eine klare, perlende Tonleiter erschallen, bis hinauf zu einer wundervollen, hohen Note, dann sang sie wieder abwärts, die Töne stürzten herab wie ein Wasserfall. Sie ließ ihm jedoch keine Zeit zu applaudieren. »Ganz einfach, siehst du. Nur ein wenig Genialität des Professors war nötig, um das für mich auszuarbeiten! Er begann mit einer neuen Variante des alten Vodor, von dem du sicher gehört hast, vor Jahren. Ursprünglich war das Ding natürlich sehr gewichtig. Du weißt, wie es funktionierte – Sprache wurde in ein paar grundlegende Laute zerlegt und wieder aufgebaut, in Kombinationen, die mit Hilfe einer Schalttafel produziert wurden. Ich glaube, ursprünglich hörte sich das ganze wie ›Ktsch‹ und ›Schusch‹ an, aber wir haben jetzt eine Flexibilität und eine Spannweite erreicht, die der menschlichen ziemlich vergleichbar ist. Alles, was ich tue, ist – nun, ich spiele im Geiste auf der Tastatur meines ... meiner Tonanlage, so heißt es, glaube ich. Es ist natürlich viel komplizierter, aber ich habe gelernt, es ganz unbewußt zu tun. Und ich reguliere es jetzt ganz automatisch mit dem Gehör. Wenn du – *hier* – wärest, an meiner Stelle, und wenn du ebensoviel Übung hättest wie ich, würde deine Stimme aus derselben Tastatur und demselben Diaphragma kommen statt meiner. Es hängt alles von den Gehirnmustern ab, die den Körper gesteuert haben und jetzt die Apparatur steuern. Sie schicken sehr starke Impulse aus, die irgendwo hier drinnen soweit als nötig hochtransformiert werden ...« Ihre Hände deuteten unbestimmt auf den maschenbekleideten Körper.

Sie schwieg einen Augenblick lang und blickte aus dem Fenster. Dann wandte sie sich ab, ging zum Feuer hinüber und sank wieder in den geblümten Stuhl. Ihr behelmter Schädel drehte ihm seine Maske zu, und er konnte hinter dem Aquamarin ihren ruhigen prüfenden Blick spüren.

»Es ist – sonderbar«, sagte sie, »wenn man hier ... in diesem ... diesem ... anstelle eines Körpers ist. Aber nicht so sonderbar und fremdartig, wie du vielleicht glaubst. Ich habe viel darüber nachgedacht – ich hatte sehr viel Zeit zum Nachdenken – und ich erkenne langsam, was für eine gewaltige Kraft das menschliche Ego wirklich ist. Ich möchte, glaube ich, nicht andeuten, daß es eine mystische Kraft besitzt, die es mechanischen Dingen aufprägen kann, aber es scheint irgendeine Kraft zu besitzen. Es flößt unbelebten Gegenständen seine Energie ein, und sie entwickeln eine eigene Persönlichkeit. Menschen prägen ihre Persönlichkeit den Häusern auf, in denen sie leben, das weißt du ja. Ich habe das oft bemerkt. Selbst in leeren Räumen. Und das geschieht auch mit anderen Dingen, besonders, glaube ich, mit unbelebten Dingen, von denen der Mensch abhängig ist, wenn er überleben will. Schiffe zum Beispiel – sie haben immer eine eigene Persönlichkeit.

Und Flugzeuge – im Krieg hört man immer wieder von Flugzeugen, die zu schwer beschädigt waren, um fliegen zu können, die sich aber trotzdem mit ihrer Mannschaft irgendwie zurückgekämpft haben. Selbst Waffen erwerben sich eine Art von Ego – Schiffe, Waffen und Flugzeuge – für die Menschen, die sie bedienen und deren Leben von ihnen abhängt, sind sie weiblich. Es ist, als würde eine Maschine mit komplizierten, beweglichen Teilen beinahe das Leben simulieren und von den Menschen, die sie benützen – nun, natürlich nicht direkt das Leben, aber eine Persönlichkeit annehmen.

Vielleicht absorbiert die Maschine einige der tatsächlichen, elektrischen Impulse, die das Gehirn dieser Menschen ausschickt, besonders in Zeiten der Anspannung.

Nun, nach einer Weile begann ich, den Gedanken zu akzeptieren, daß dieser neue Körper sich zumindest ebenso empfänglich verhalten konnte wie ein Schiff oder ein Flugzeug. Ganz abgesehen von der Tatsache, daß mein eigenes Gehirn seine ›Muskeln‹ kontrolliert. Ich glaube, es gibt eine Beziehung zwischen dem Menschen und den Maschinen, die er macht. Er macht sie eigentlich aus seinem eigenen Gehirn, in einer Art von geistiger Empfängnis und Schwangerschaft, und das Ergebnis reagiert auf den Geist, der es geschaffen hat, und auf jeden anderen, menschlichen Geist, der es versteht und damit umgeht.«

Sie bewegte sich unruhig und strich mit flexibler Hand über ihren Metallschenkel unter dem Maschengewand. »Das bin also ich«, sagte sie. »Metall – aber ich. Und es wird immer mehr ich selbst, je länger ich darin lebe. Es ist mein Haus, und es ist die Maschine, von der mein Leben abhängt, aber in jedem Fall steht es mir viel näher, als irgendein wirkliches Haus oder eine Maschine je einem anderen Menschen. Und weißt du, ich frage mich, ob ich mit der Zeit vergessen werde, wie sich Fleisch anfühlte – mein eigenes Fleisch, wenn ich es so berührte –, und ob dieses Gefühl von Metall gegen Metall ihm so gleichen wird, daß ich es nicht einmal mehr bemerke?«

Harris versuchte nicht, ihr zu antworten. Er saß da, ohne sich zu bewegen, und beobachtete ihr ausdrucksloses Gesicht. Einen Augenblick später fuhr sie fort: »Ich werde dir sagen, was das Beste ist, John«, sagte sie, und ihre Stimme senkte sich zu der alten Vertraulichkeit, an die er sich so gut erinnerte, daß er auf dem kahlen Schädel den warmen, eindringlichen Ausdruck sehen konnte, der die Stimme immer begleitet hatte. »Ich werde nicht ewig leben. Das klingt vielleicht nicht wie

... das Beste – aber das ist es, John. Weißt du, eine Zeitlang war das das Schlimmste von allem, nachdem ich wußte, daß ich – nachdem ich wieder aufwachte. Der Gedanke, immer weiter in einem Körper zu leben, der mir nicht gehörte, zu sehen, wie alle anderen alt werden und sterben, und selbst nicht aufhören zu können ...

Aber Maltzer sagt, mein Gehirn wird sich wahrscheinlich ganz normal erschöpfen – außer, daß ich mir natürlich keine Sorgen über mein Aussehen zu machen brauche – und wenn es müde wird und aufhört zu funktionieren, wird der Körper, in dem ich bin, auch nicht mehr existieren. Die magnetischen Muskeln, die meine Gestalt und meine Bewegungen aufrechterhalten, werden den Dienst versagen, sobald das Gehirn aufgibt, und es wird nicht mehr übrigbleiben als ein ... als ein Haufen loser Ringe. Wenn man sie jemals wieder zusammenfügt, werde es nicht mehr ich sein.« Sie zögerte. »Ich mag diesen Gedanken, John«, sagte sie, und er fühlte, wie sie hinter der Maske sein Gesicht durchforschte.

Er kannte und verstand diese düstere Befriedigung. Er konnte es nicht in Worte fassen; keiner von ihnen wollte das. Aber er verstand. Es war die Überzeugung, daß sie sterblich war, trotz ihres unsterblichen Körpers. Sie war nicht im Innersten ihres Menschseins vom Rest ihrer Rasse getrennt, denn obwohl sie einen Körper aus Stahl hatte, und jene nur einen aus vergänglichem Fleisch, mußte sie doch ebenso vergehen, und die gleichen Ängste und der gleiche Glaube verbanden sie doch noch mit den sterblichen Menschen, auch wenn sie den Körper von Oberons unmenschlichem Ritter trug. Selbst im Tode mußte sie einmalig sein – Auflösung in einem Schauer klirrender, zu Boden fallender Ringe, dachte er und beneidete sie beinahe um die Schönheit und Endgültigkeit dieses besonderen Todes – aber danach war sie eins mit der Menschheit, ganz gleich, wie viel oder wie wenig sie alle erwartete. Auf diese Weise konnte sie das Gefühl haben, daß dieses Exil im Metall trotz allem nur zeitweilig war.

(Und vorausgesetzt natürlich, daß der Geist innerhalb des Metalls nicht im Laufe der Jahre von seiner ererbten Menschlichkeit abwich. Ein Bewohner mag den Wänden seines Hauses seine Persönlichkeit aufprägen, aber auf subtile Weise können auch die Wände ihre eigene Gestalt dem Wesen des Menschen aufprägen. Keiner von ihnen dachte daran, zu jener Zeit.)

Deirdre saß noch einen Augenblick lang schweigend da. Dann verflog die Stimmung, sie erhob sich wieder und drehte eine Pirouette, so daß sich das Gewand klirrend um ihre Knöchel bauschte. Sie ließ eine weitere Tonleiter hinauf- und hinunterperlen, fehlerlos und mit der gleichen, vertrauten Süße des Tons, die sie so berühmt gemacht hatte.

»Ich gehe also direkt zurück zur Bühne, John«, sagte sie gelassen. »Ich kann immer noch singen. Ich kann immer noch tanzen. Ich bin immer noch ich selbst, in allem, was von Bedeutung ist, und ich kann mir nicht vorstellen, für den Rest des Lebens etwas anderes zu tun.«

Er konnte nicht antworten, ohne ein wenig zu stottern. »Glaubst du ... werden sie dich akzeptieren, Deirdre? Schließlich ...«

»Sie werden mich akzeptieren«, sagte sie mit jener Zuversicht in der Stimme. »Oh, sie werden natürlich zuerst einmal kommen, um ein Monstrum zu sehen, aber sie werden bleiben, um – Deirdre – zuzusehen. Und wiederkommen und wieder, wie sie es immer getan haben. Du wirst es schon sehen, mein Lieber.«

Aber als er hörte, wie sicher sie war, wurde Harris selbst plötzlich unsicher. Auch Maltzer war nicht überzeugt gewesen. Sie hatte eine so königliche Zuversicht, und eine Enttäuschung würde allem, was von ihr geblieben war, einen so tödlichen Schlag versetzen ...

Sie war jetzt doch ein so zartes Wesen. Nichts als ein glühender, strahlender Geist, der in Metall schwebte und es beherrschte, der den Stahl der Illusion ihrer verlorenen Schönheit untertan machte, mit einem reinen Selbstvertrauen, das durch den Metallkörper leuchtete. Aber das Gehirn balancierte hart am Rande der Vernunft. Sie war schon durch unerträgliche Belastungen gegangen, vielleicht durch schrecklichere Tiefen der Verzweiflung und der Selbsterkenntnis, als je ein menschliches Gehirn sie vor ihr ertragen hatte, denn wer war je von den Toten zurückgekommen – seit Lazarus?

Aber wenn die Welt sie nicht als schön akzeptierte, was dann? Wenn man sie verlachte, sie bemitleidete, oder nur kam, um ein zusammengebasteltes Monstrum zu sehen, das sich wie eine Marionette an Fäden bewegte, wo einst Deirdres Lieblichkeit die Welt verzaubert hatte, was dann? Und er konnte nicht völlig sicher sein, daß das nicht geschehen würde. Er hatte sie zu gut gekannt, als sie noch lebte, um sie, selbst jetzt als Metallwesen, objektiv sehen zu können. Jede Bewegung in ihrer Stimme beschwor in ihm die lebhafte Erinnerung an das Gesicht herauf, welches seine flüchtige Schönheit in einem Ausdruck, der zu dem Tonfall paßte, blitzartig hatte aufscheinen lassen. Sie war für Harris einfach deswegen Deirdre, weil sie ihm in jeder Haltung und Pose so völlig vertraut gewesen war während so vieler Jahre. Aber Leute, die sie nur oberflächlich kannten oder sie jetzt, in diesem Metallkörper zum erstenmal sahen – was würden sie sehen? Eine Marionette? Oder das Durchscheinen der wirklichen Anmut und Schönheit?

Er konnte es unmöglich wissen. Er sah sie zu deutlich so, wie sie gewesen war, um sie jetzt überhaupt zu sehen, außer in so enger Verbundenheit mit der Vergangenheit, daß sie nicht völlig aus Metall war. Und er wußte, was Maltzer befürchtete, denn Maltzers physische Blindheit ihr gegenüber lag im anderen Extrem. Er hatte Deirdre erst als Maschine kennengelernt und konnte sie ebensowenig objektiv sehen wie Harris. Für Maltzer war sie reines Metall, ein Roboter, den seine eigenen Hände und sein Gehirn konstruiert hatten, geheimnisvoll belebt durch den Geist Deirdres, sicher, aber allem äußeren Anschein nach nur ein Gegenstand aus Metall. Er hatte so lange an jedem einzelnen, kniffligen Teil ihres Körpers gearbeitet, er wußte so gut, wie jedes Verbindungsstück darin eingepaßt war, daß er nicht das Ganze sehen konnte. Er hatte natürlich viele Filmaufzeichnungen von ihr studiert, wie sie gewesen war, um die Genauigkeit seiner Reproduktion beurteilen zu können, aber das, was er gemacht hatte, war nur eine Kopie. Er war Deirdre zu nahe, um sie zu sehen. Und Harris war ihr in gewisser Weise zu fern. Die unbezähmbare Deirdre selbst leuchtete so lebendig durch das Metall, daß sein Geist ständig die eine der anderen überlagerte. Aber wie würde ein Publikum auf sie reagieren? Wo auf der Skala zwischen diesen beiden Extremen würde sein Urteil liegen?

Für Deirdre gab es nur eine mögliche Antwort.

»Ich mache mir gar keine Sorgen«, sagte Deirdre gelassen und spreizte ihre goldenen Hände vor dem Feuer, um den Lichtern zuzusehen, die sich auf der glänzenden Oberfläche spiegelten und dort tanzten. »Ich bin immer noch ich selbst. Ich hatte immer ... nun, Macht über mein Publikum. Jeder gute Künstler weiß es, wenn er sie hat. Ich habe eine Macht nicht verloren. Ich kann den Menschen immer noch geben, was ich immer gegeben habe, nur jetzt mit mehr Variationen und größerer Tiefe, als ich es je zuvor hätte tun können. Nun, schau ...« Sie zappelte ein wenig vor Aufregung.

»Du kennst das Prinzip der Arabeske – man will den längstmöglichen Abstand von der Fingerspitze zur Zehenspitze erreichen, indem man eine langsame, lange Kurve über die ganze Distanz ausführt. Die Streckung des anderen Armes und Beines bildet den Kontrast. Nun sieh mich an. Ich hänge jetzt nicht mehr an Scharnieren. Ich kann jede Bewegung in einer langen Kurve ausführen, wenn ich will. Mein Körper ist so anders, daß ich eine ganz neue Schule des Tanzes erarbeiten kann. Natürlich gibt es Dinge, die ich früher gemacht habe und jetzt nicht mehr versuchen werde – zum Beispiel keinen Spitzentanz mehr – aber das Neue wird den Verlust mehr als ausgleichen. Ich habe geübt. Weißt du, daß ich jetzt hundert Fouettés fehlerlos drehen kann? Und ich glaube, ich könnte gleich weitermachen und es auf tausend bringen, wenn ich das wollte.«

Sie ließ den Feuerschein auf ihren Händen aufblitzen, und ihr Gewand klirrte melodisch, als sie ihre Schultern ein wenig bewegte. »Ich habe mir schon selbst einen neuen Tanz erarbeitet«, sagte sie. »Ich bin, weiß Gott, keine Choreographin, aber ich wollte zuerst einmal experimentieren. Später, weißt du, später wird vielleicht ein wirklich schöpferischer Mann wie Massanchine oder Fokhileff etwas völlig Neues für mich machen wollen – eine ganz neue Sequenz von Bewegungen auf der Basis einer neuen Technik. Und Musik – auch das könnte ganz anders sein. Oh, die Möglichkeiten sind unbegrenzt! Selbst meine Stimme hat eine größere Variationsbreite und mehr Kraft. Glücklicherweise bin ich keine Schauspielerin – es wäre albern, wollte ich versuchen, die Kamilla oder die Julia mit einem Ensemble von gewöhnlichen Menschen zu spielen. Nicht, daß ich es nicht könnte, weißt du.« Sie drehte den Kopf und starrte Harris durch die Glasmaske an. »Ich glaube ehrlich, daß ich es könnte. Aber es ist nicht notwendig. Es gibt soviel anderes. Oh, ich mache mir keine Sorgen!«

»Maltzer macht sich aber Sorgen«, erinnerte Harris sie.

Sie wandte sich vom Feuer ab, ihr Metallgewand klirrte und in ihre Stimme kam der alte, betrübte Unterton, mit dem ein Runzeln ihrer Stirn einherzugehen pflegte, und ein Seitwärtsneigen des Kopfes. Der Kopf neigte sich, wie er es immer getan hatte, und er konnte die gerunzelte Stirn beinahe so deutlich erkennen, als wäre sie immer noch von Fleisch umgeben.

»Ich weiß. Und ich mache mir Sorgen um ihn, John. Er hat so furchtbar hart an mir gearbeitet. Jetzt kommt die Niedergeschlagenheit, die Phase des Nachlassens, nehme ich an. Ich weiß, was ihm im Kopf herumgeht. Er fürchtet, die Welt wird mich genauso sehen, wie er mich sieht, als ein Stück bearbeitetes Metall. Er ist in einer Position, die vor ihm noch niemand ganz erreicht hat, nicht? Fast wie Gott.« Ihre Stimme bebte ein wenig vor Belustigung. »Ich nehme an, für Gott müssen wir wie eine Ansammlung von Zellen und Korpuskeln aussehen. Aber Maltzer hat nicht den distanzierten Standpunkt eines Gottes.«

»Er kann dich jedenfalls nicht so sehen wie ich.« Harris wählte mühsam seine Worte. »Ich frage mich jedoch – würde es ihm helfen, wenn du dein Debut noch ein wenig aufschieben würdest? Du bist ihm zu nahe gewesen, glaube ich. Du bist dir nicht ganz im klaren, wie knapp er vor dem Zusammenbruch steht. Ich war erschrocken, als ich ihn vorhin sah.«

Der goldene Kopf wurde geschüttelt. »Nein. Er ist vielleicht ziemlich am Ende, aber ich glaube, die Heilung liegt nur im Handeln. Er will, daß ich mich zurückziehe und unsichtbar bleibe, John. Für immer. Er hat Angst, daß irgend jemand außer einigen alten Freunden mich zu Gesicht bekommt, die mich so in Erinnerung haben, wie ich früher war. Leute, bei denen er sich darauf verlassen kann, daß sie – gnädig sind.« Sie lachte. Es war seltsam, dieses perlende Lachen aus dem leeren, gesichtslosen Schädel zu hören. Harris wurde plötzlich von Panik ergriffen bei dem Gedanken, welche Reaktionen dieses Lachen bei einem Publikum von Fremden hervorrufen könnte.

Als hätte er seine Befürchtung laut ausgesprochen, stritt ihre Stimme sie ab. »Ich brauche keine Gnade. Und es ist Maltzer gegenüber nicht gnädig, wenn ich mein Licht unter den Scheffel stelle. Er hat wirklich zu hart gearbeitet, ich weiß es. Er hat sich bis zum Zusammenbrechen angetrieben. Aber es wäre eine völlige Verneinung von allem, wofür er gearbeitet hat, wenn ich mich jetzt versteckte. Du weißt nicht, welch eine ungeheure Menge von Genie und künstlerischer Arbeit in mich investiert wurde, John. Das Ziel war von Anfang an, das neu zu schaffen, was ich verloren hatte, damit bewiesen werden konnte, daß Schönheit und Talent nicht durch die Zerstörung von Teilen oder des ganzen Körpers verloren sein müssen.

Es war nicht nur meinetwegen, daß wir das beweisen wollten. Es wird andere geben, die Verletzungen erleiden, die einst ihr Untergang gewesen wären. Was wir getan haben, sollte alles derartige Leiden für immer beenden. Es war Maltzers Geschenk an die ganze Rasse ebenso, wie an mich. Er ist ein wirklicher Menschenfreund, John, wie die meisten großen Männer. Er hätte niemals ein Jahr dieses Lebens für diese Arbeit geopfert, wenn sie nur einem einzelnen genützt hätte. Während er arbeitete, sah er Tausende von anderen nach mir vor sich. Und ich werde nicht zulassen, daß er alles zerstört, was er erreicht hat, nur weil er Angst hat, es jetzt zu beweisen. Die ganze wundervolle Leistung wird wertlos sein, wenn ich nicht den letzten Schritt tue. Ich glaube, sein Zusammenbruch wäre schließlich schlimmer und endgültiger, wenn ich es nie versuchte, als wenn ich es versuchte und scheiterte.«

Harris saß schweigend da. Darauf gab es keine Antwort. Er hoffte, das leichte Zucken verschämter Eifersucht, das er plötzlich verspürte, würde verborgen bleiben. Ausgelöst wurde es, als er von neuem an die Vertrautheit erinnert wurde, die enger war als jede Ehe und die diese beiden in einer Notgemeinschaft miteinander verbunden hatte. Und er wußte, daß jede seiner Reaktionen auf ihre Weise beinahe ebenso voreingenommen sein würde wie die Maltzers, aus einem Grund, der gleichzeitig derselbe und völlig entgegengesetzt war. Außer, daß er selbst als Neuling an das Problem herantrat, während Maltzers Standpunkt durch ein Jahr der Überanstrengung und durch physische und geistige Erschöpfung beeinflußt war.

»Was wirst du tun?« fragte er.

Sie stand vor dem Feuer, als er sprach, und wiegte sich ganz leicht, so daß Glanzlichter auf ihrem ganzen, goldenen Körper tanzten. Jetzt wandte sie sich mit schlangenhafter Grazie um und sank in den gepolsterten Stuhl neben ihr. Ihm kam plötzlich der Gedanke, daß ihre Anmut viel mehr als menschlich war – so viel mehr, wie er einst gefürchtet hatte, daß sie weniger als menschlich sein würde.

»Ich habe schon einen Auftritt arrangiert«, sagte sie, und ihre Stimme zitterte ein wenig in einer vertrauten Mischung aus Aufregung und Trotz.

Harris setzte sich mit einem Ruck auf. »Wie? Wo? Es hat doch bisher überhaupt noch keine Publicity gegeben, oder? Ich wußte nicht ...«

»Komm, komm, Johnnie!« beruhigte ihn ihre amüsierte Stimme. »Du wirst genau wie immer alles arrangieren, sobald ich wieder zu arbeiten anfange – das heißt, wenn du noch willst. Aber das habe ich allein arrangiert. Es soll eine Überraschung werden. Ich ... ich glaubte, es müsse eine Überraschung sein.« Sie zappelte ein wenig in den Polstern. »Publikumspsychologie ist etwas, das ich immer gefühlsmäßig, weniger verstandesmäßig betrieben habe, und ich habe das Gefühl, es sollte auf diese Art gemacht werden. Es gibt keinen Präzedenzfall. So etwas ist noch nie vorgekommen. Ich werde nach meiner eigenen Intuition handeln müssen.«

»Du willst sagen, es soll eine vollständige Überraschung werden?«

»Ich glaube, so muß es sein. Ich will nicht, daß das Publikum mit vorgefaßten Ideen hereinkommt. Ich will, daß sie mich *zuerst* genauso sehen, wie ich jetzt bin, noch ehe sie wissen, wen oder was sie sehen. Sie müssen erkennen, daß ich immer noch eine Vorstellung geben kann, die so gut ist wie eh und je, ehe sie sich an meine früheren Vorstellungen erinnern und anfangen, Vergleiche zu ziehen. Ich will nicht, daß sie mit der Bereitschaft kommen, meine Behinderung zu bedauern – ich habe keine Behinderung! – oder voll morbider Neugier. Also gehe ich nach der regulären Übertragung des Films von Teleo City auf Sendung. Ich mache nur eine Nummer im üblichen Varieteprogramm. Es ist alles arrangiert. Sie werden es natürlich als den Höhepunkt des Abends ankündigen, aber sie dürfen nicht sagen, wer ich bin, erst am Ende meiner Darbietung – wenn das Publikum mich bis dahin noch nicht erkannt hat.«

»Publikum?«

»Natürlich. Du hast doch sicher nicht vergessen, daß sie in Teleo City immer noch vor einem Theaterpublikum spielen? Deswegen möchte ich dort mein Debut geben. Ich habe immer besser gespielt, wenn Leute im Studio waren, damit ich die Reaktionen einschätzen konnte. Ich glaube, den meisten Künstlern geht es so. Es ist jedenfalls alles arrangiert.«

»Weiß Maltzer davon?«

Sie zappelte unbehaglich. »Noch nicht.«

»Aber er wird doch auch seine Zustimmung geben müssen, oder nicht? Ich meine ...«

»Jetzt paß einmal auf, John! Das ist auch so eine Idee, die ihr euch aus dem Kopf schlagen müßt, du und Maltzer. Ich bin nicht sein Eigentum. In gewissem Sinne war er nur mein Arzt während einer langen Krankheit, aber ich habe das Recht, ihn zu entlassen, wenn ich will. Wenn es jemals zu einem Prozeß kommen sollte, glaube ich, daß er eine ganze Menge Geld verlangen könnte für die Arbeit, die er an meinem neuen Körper geleistet hat – eigentlich für den Körper selbst, nachdem der in gewissem Maße seine Maschine ist. Aber er besitzt ihn nicht, und mich auch nicht. Ich bin nicht ganz sicher, wie die Frage vor einem Gerichtshof entschieden würde – auch hier haben wir wieder ein Problem ohne Präzedenzfall. Der Körper mag sein Werk sein, aber das Gehirn, das mehr daraus macht als eine Ansammlung von Metallringen, das bin *ich*, und er könnte mich nicht gegen meinen Willen zurückhalten, selbst wenn er es wollte. Nicht vom gesetzlichen Standpunkt aus, und nicht ...« Sie machte eine seltsame Pause und blickte zur Seite. Zum erstenmal wurde sich Harris bewußt, daß unter der Oberfläche ihres Geistes etwas lag, das ihm ganz fremd war.

»Nun, jedenfalls«, fuhr sie fort, »wird diese Frage nicht auftauchen. Maltzer und ich sind uns im vergangenen Jahr viel zu nahe gewesen, um wegen etwas so Wesentlichem aufeinanderzuprallen. Er weiß im Innersten, daß ich recht habe, und er wird nicht versuchen, mich zurückzuhalten. Sein Werk ist nicht vollendet, ehe ich nicht getan habe, wozu ich gebaut wurde. Und ich beabsichtige, es zu tun.«

Das seltsame, kleine Beben von etwas – etwas, das nicht Deirdre war –, das sich so kurz dicht unter der vertrauten Oberfläche geregt hatte, blieb Harris im Gedächtnis haften als etwas, an das er sich später erinnern und das er überprüfen mußte. Jetzt sagte er nur:

»Gut, ich glaube, ich stimme dir zu. Wann wirst du es schon tun?«

Sie drehte den Kopf, so daß sogar die Glasmaske, durch die sie auf die Welt hinausblickte, von ihm abgewandt und verkürzt und der goldene Helm mit seiner Andeutung von Backenknochen völlig rätselhaft war.

»Heute abend«, sagte sie.

Maltzers magere Hand zitterte so stark, daß er die Scheibe nicht drehen konnte. Er versuchte es zweimal, dann lachte er nervös und zuckte die Achseln zu Harris hin.

»Schalten Sie ein!« sagte er.

Harris blickte auf die Uhr. »Es ist noch nicht so weit. Sie kommt erst in einer halben Stunde dran.«

Maltzer machte eine Bewegung, die heftige Ungeduld ausdrückte. »Schalten Sie ein, schalten Sie ein!«

Harris zuckte seinerseits ein wenig die Schultern und drehte die Scheibe. Auf dem schrägen Schirm über ihnen verschwammen Schatten und Geräusche ineinander, klärten sich dann zu einem düsteren, mittelalterlichen Saal, ein riesiges Gewölbe, durch dessen düstere Atmosphäre sich wie Zwerge Leute in hellen Kostümen bewegten. Da das Stück von Maria von Schottland handelte, trugen die Schauspieler eine Kleidung, die der elisabethanischen Tracht angenähert war, aber nachdem jede Ära dazu tendiert, die Kostüme in die aktuelle Mode zu übersetzen, war das Haar der Frauen in einem Stil frisiert, der Elisabeth schockiert hätte, und die Fußbekleidung der Schauspieler war völlig anachronistisch.

Die Halle verschwamm, und ein Gesicht erschien in weichem Umriß auf dem Schirm. Die dunkle, üppige Schönheit der Schauspielerin, die die Stuartkönigin verkörperte, glühte in samtener Vollkommenheit aus den Wolken ihres mit Perlen durchflochtenen Haars. Maltzer stöhnte.

»Und *damit* muß sie konkurrieren«, sagte er mit hohler Stimme.

»Glauben Sie, das kann sie nicht?«

Maltzer schlug ärgerlich mit den Händen auf die Stuhllehnen. Dann schien ihm plötzlich das Zittern seiner Finger aufzufallen, und er murmelte vor sich hin: »Sehen Sie nur! Ich kann nicht einmal mehr einen Hammer oder eine Säge gebrauchen.« Aber das war beiseite gesprochen. »Natürlich kann sie damit nicht konkurrieren«, rief er gereizt. »Sie hat überhaupt kein Geschlecht. Sie ist keine Frau mehr. Sie weiß es noch nicht, aber sie wird es erfahren.«

Harris starrte ihn an und fühlte sich ein wenig benommen. Irgendwie war ihm der Gedanke vorher überhaupt nicht gekommen, so lebendig war die Illusion der alten Deirdre auch in der neuen gewesen.

»Sie ist jetzt eine Abstraktion«, fuhr Maltzer fort und trommelte mit den Handflächen in schnellem, nervösem Rhythmus auf den Stuhl. »Ich weiß nicht, wie sich das auswirken wird, aber es wird eine Veränderung geben. Erinnern Sie sich an Abelard? Sie hat alles verloren, was sie wesensmäßig zu dem machte, was das Publikum wollte, und sie wird es auf die schwierige Art herausfinden. Danach ...« Er grinste freudlos und schwieg.

»Sie hat nicht alles verloren«, verteidigte Harris sie. »Sie kann so gut wie immer singen und tanzen, vielleicht sogar noch besser. Sie besitzt immer noch Anmut und Charme und ...«

»Ja, aber woher kamen diese Anmut und dieser Charme? Nicht aus den Gewohnheitsmustern in ihrem Gehirn. Nein, aus menschlichen Kontakten, aus all den Dingen, die einen empfindsamen Geist zur Kreativität stimulieren. Und sie hat drei ihrer fünf Sinne verloren. Alles, was sie nicht sehen und hören kann, ist für sie verloren. Einer der stärksten Antriebsreize für eine Frau ihres Typs war das Wissen um die Konkurrenz der Geschlechter. Sie wissen, wie sie zu sprühen begann, sobald ein Mann ins Zimmer trat? All das ist vorbei, und es war etwas Wesentliches. Sie wissen, wie der Alkohol sie stimulierte? Das hat sie verloren. Sie könnte Essen und Trinken nicht schmecken, selbst wenn sie es bräuchte. Parfum, Blumen, all die Düfte, auf die wir reagieren, bedeuten ihr jetzt nichts mehr. Sie kann nichts mehr mit feinem Tastgefühl spüren. Sie pflegte sich mit Luxus zu umgeben, daraus bezog sie ihre Anregungen – auch das ist alles vorbei. Sie ist von allen physischen Kontakten ausgeschlossen.«

Er schielte auf den Bildschirm, ohne ihn wahrzunehmen, sein Gesicht hatte sich so verzogen, daß es aussah wie ein Totenschädel. Während des vergangenen Jahres schien alles Fleisch von seinen Knochen geschwunden zu sein, und Harris dachte beinahe eifersüchtig, daß er sich sogar in dieser Beziehung Deirdre und ihrer Fleischlosigkeit jede Woche mehr annäherte.

»Das Sehen«, sagte Maltzer, »ist der am höchsten zivilisierte Sinn von allen. Er trat als letzter auf. Die anderen Sinne verbinden uns eng mit den tiefsten Wurzeln des Lebens; ich glaube, wir empfinden mit ihnen intensiver, als wir wahrhaben. Die Dinge, die wir durch Geschmack, Geruch und Tasten erkennen, stimulieren uns unmittelbar, ohne den Umweg über die Zentren des bewußten Denkens. Sie wissen, wie oft ein Geschmack oder ein Duft eine Erinnerung zurückruft, auf so subtile Weise, daß man nicht genau weiß, wodurch sie eigentlich ausgelöst wurde. Wir brauchen diese primitiven Sinne, damit sie uns mit der Natur und mit unserer Rasse verbinden. Aus diesen Bindungen bezog Deirdre ihre Vitalität, ohne sich dessen bewußt zu sein. Das Sehen ist etwas Kaltes, Intellektuelles, verglichen mit den anderen Sinnen. Aber es ist alles, woraus sie jetzt noch schöpfen kann. Sie ist kein menschliches Wesen mehr, und ich glaube, die Menschlichkeit, die noch in ihr ist, wird langsam versickern und niemals ersetzt werden. Abelard war in gewissem Sinne ein Prototyp. Aber Deirdres Verlust ist vollständig.«

»Sie ist kein Mensch«, stimmte Harris langsam zu. »Aber sie ist auch kein reiner Roboter. Sie ist etwas, das irgendwo zwischen diesen beiden steht, und ich glaube, es ist ein Fehler, wenn man zu erraten versucht, was genau das Ergebnis sein wird oder wo es liegen wird.«

»Ich brauche nicht zu raten«, sagte Maltzer mit grimmiger Stimme. »Ich weiß es. Ich wünschte, ich hätte sie sterben lassen. Ich habe ihr etwas angetan, das tausendmal schlimmer ist als alles, was das Feuer je hätte anrichten können. Ich hätte sie darin umkommen lassen sollen.«

»Warten Sie!« sagte Harris. »Warten Sie ab! Ich glaube, Sie haben unrecht.«

Auf dem Fernsehschirm trat Maria von Schottland ihren letzten Gang auf das Schafott an, die traditionell scharlachrote Robe schmiegte sich warm an die weichen, jungen Kurven, die auf ihre Art ebenso anachronistisch waren wie die Slipper unter der Robe, denn, wie jedermann außer den Bühnenschriftstellern weiß, war Maria weit im mittleren Alter, als sie starb. Anmutig neigte diese Maria späterer Jahre den Kopf, strich das lange Haar beiseite und kniete sich vor dem Block nieder.

Maltzer sah in steinerner Ruhe zu und hatte eine völlig andere Frau vor Augen.

»Ich hätte es nicht zulassen dürfen«, murmelte er. »Ich hätte nicht zulassen dürfen, daß sie das tat.«

»Glauben Sie wirklich, Sie hätten sie aufgehalten, wenn Sie gekonnt hätten?« fragte Harris ruhig. Und nach einer kurzen Pause schüttelte der andere ruckartig den Kopf.

»Nein, ich glaube nicht. Ich denke immer, wenn ich ein wenig länger gearbeitet und gewartet hätte, dann hätte ich es ihr vielleicht leichter machen können, aber ... nein, ich glaube nicht. Sie muß ihnen früher oder später gegenübertreten, so wie sie ist.« Er stand unvermittelt auf und schob seinen Stuhl zurück. »Wenn sie nur nicht so ... so zerbrechlich wäre. Sie weiß nicht, auf wie unsicherer Balance ihr Verstand schaukelt. Wir haben ihr gegeben, was wir konnten – die Künstler, die Designer und ich, wir haben alle unser Bestes gegeben –, aber sie ist so erbärmlich im Nachteil, trotz allem, was wir tun konnten. Sie wird immer eine Abstraktion sein, und ein ... ein Monstrum, abgeschnitten von der Welt durch Behinderungen, die auf ihre Art schlimmer sind als alles, was je ein menschliches Wesen erlitten hat. Früher oder später wird sie es erkennen. Und dann ...« Er begann, mit schnellen, unregelmäßigen Schritten auf- und abzugehen und in die Hände zu klatschen. Sein Gesicht zuckte in einem kleinen Tic, der ein Auge zum Zwinkern zusammenzog und es in unregelmäßigen Abständen wieder entkrampfte. Harris konnte sehen, wie nahe dieser Mann dem Zusammenbruch war.

»Können Sie sich vorstellen, wie es ist?« fragte Maltzer heftig. »Eingesperrt in einen mechanischen Körper wie den ihren, ausgeschlossen von allen menschlichen Kontakten, abgesehen von dem, was durch den Gesichts- und Gehörsinn einsickert? Zu wissen, daß man kein Mensch mehr ist? Sie hat schon genug Schocks durchgemacht. Wenn dieser Schock sie voll trifft ...«

»Halten Sie den Mund!« sagte Harris grob. »Sie tun ihr keinen Gefallen, wenn Sie selber zusammenbrechen. Da – die Show beginnt.«

Große, goldene Vorhänge waren über der unglücklichen Königin von Schottland niedergegangen und teilten sich jetzt wieder, aller Kummer, alle Frustration waren wieder einmal weggewischt, so sauber, wie die vorbeiziehenden Jahrhunderte sie schon ausgemerzt hatten. Jetzt hüpfte eine Reihe von winzigen Tänzern, die Beine schlenkernd, unter dem gewaltigen Gewölbe der Bühne mit der Präzision kleiner, mechanischer Puppen umher, die zu klein und vollkommen sind, um wirklich zu sein. Das Auge der Kamera stürzte auf sie hinunter, strich die Reihe entlang, ein steif lächelndes Gesicht nach dem anderen wirbelte vorbei wie Zaunpfähle. Dann hob sich der Blick in die Dachsparren hinauf und sah aus großer Höhe auf sie herab, die grotesk verkürzten Gestalten hüpften selbst aus diesem unnatürlichen Winkel heraus immer noch in perfektem Rhythmus.

Es gab Beifall von einem für den Zuschauer unsichtbaren Publikum. Dann kam jemand heraus und führte einen Tanz mit brennenden Fackeln vor, die lange, sich schlängelnde Feuerbänder unter Wolken von etwas, das wie Baumwolle aussah, aber höchstwahrscheinlich Asbest war, verströmten. Dann posierte eine Gruppe in phantastischen, pseudo-historischen Kostümen durch die neue Tanzform des Gesangsballetts, grob einer Handlung folgend, die als ›Les Sylphides‹ angekündigt worden war, aber wenig damit gemein hatte. Danach kamen wieder die Präzisionstänzer an die Reihe, feierlich und reizend wie tanzende Puppen.

Maltzer begann, Zeichen gefährlicher Spannung zu zeigen, als eine Nummer auf die andere folgte. Deirdre sollte natürlich erst am Schluß kommen. Es schien tatsächlich sehr lange zu dauern, bis ein Gesicht in Großaufnahme die Bühne ablöste und ein Zeremonienmeister mit einem Gesicht wie eine liebenswürdige Marionette als Finale eine ganz besondere Nummer ankündigte. Seine Stimme kippte beinahe um vor Aufregung – vielleicht hatte auch er erst einen Augenblick vorher erfahren, was dem Publikum bevorstand.

Keiner der beiden Männer hörte, was er eigentlich sagte, aber beide waren sich einer gewissen, undefinierbaren Aufregung bewußt, die im Publikum entstand, Gemurmel, Rascheln, eine sich steigernde Vorfreude, als wäre hier die Zeit rückwärts gelaufen und die Nachricht von der großen Überraschung schon verkündet worden.

Dann erschienen wieder die goldenen Vorhänge. Sie zitterten und teilten sich in langen, hochstrebenden Bögen, und dazwischen lag die Bühne, mit einem schimmernden, goldenen Dunst erfüllt. Es war, wie Harris einen Augenblick später erkannte, einfach eine Reihe von Gazevorhängen, aber sie bewirkten einen Effekt wundervoller, sonderbarer Erwartung, als müsse in dem Dunst etwas ganz Großartiges verborgen sein. So mochte die Welt am ersten Schöpfungsmorgen ausgesehen haben, ehe Himmel und Erde in Gottes Geist Gestalt angenommen hatten. Es war eine einmalig glückliche Wahl des Bühnenbildes in einer Symbolik, obwohl sich Harris fragte, wieviel zwingende Notwendigkeit wohl bei der Auswahl mitgespielt haben mochte, denn es konnte nicht viel Zeit gewesen sein, um eine aufwendige Kulisse vorzubereiten.

Das Publikum saß völlig still, und es lag Spannung in der Luft. Das war keine gewöhnliche Pause vor einer neuen Nummer. Niemand hatte etwas erfahren, bestimmt nicht, und doch schienen alle etwas zu ahnen.

Der schimmernde Dunst zitterte und begann, sich aufzulösen. Schleier um Schleier. Dahinter war es dunkel, etwas, das wie eine Reihe von glänzenden Pfeilern in einer Balustrade aussah, begann allmählich Gestalt anzunehmen, als sich der Dunst in leuchtenden Falten zurückzog. Jetzt konnte man sehen, daß die Balustrade sich nach oben schwang, von rechts und links bis ans obere Ende einer Treppe. Bühne und Treppe waren mit schwarzem Samt ausgeschlagen; schwarze Samtbehänge hingen gleich hinter dem Balkon leicht geöffnet, ein winziger Ausschnitt eines dunklen Himmels mit zitternden, schwach leuchtenden synthetischen Sternen war dahinter zu erkennen.

Der letzte Vorhang aus goldener Gaze wurde beiseite gezogen. Die Bühne war leer. Oder sie schien leer. Aber selbst über die Entfernung zwischen diesem Schirm und dem Ort, den er zeigte, hinweg glaubte Harris zu erkennen, daß das Publikum nicht erwartete, den Künstler aus den Kulissen kommen zu sehen. Es gab kein Rascheln, kein Husten, kein Gefühl der Ungeduld. Eine Persönlichkeit auf der Bühne beherrschte alles, seitdem der Vorhang beiseite gezogen war; sie erfüllte das Theater mit ihrer ruhigen, bezwingenden Autorität. Sie schätzte den richtigen Zeitpunkt genau ab, hielt das Publikum hin, wie ein Dirigent mit erhobenem Stab die Augen seines Orchesters auf sich zieht und in Bann hält.

Einen Augenblick lang war keine Bewegung auf der Bühne zu sehen. Dann regte sich oben auf der Treppe, wo die beiden Kurven der Säulenbalustrade zusammentrafen, eine Gestalt.

Bis zu diesem Augenblick war sie wie eine weitere, glänzende Säule in der Reihe der anderen erschienen. Jetzt wiegte sie sich bedachtsam, fing das Licht ein, ließ es blinken und wie geschmolzen über die Glieder und das Gewand aus Metallmaschen laufen. Sie wiegte sich gerade so viel, um zu zeigen, daß sie da war. Dann, als aller Augen sich auf sie richteten, stand sie ruhig da, um ihnen Gelegenheit zu geben, sich sattzusehen. Der Bildschirm zeigte keinen Wechsel in die Nahaufnahme. Ihr Geheimnis blieb gewahrt, die Fernsehzuschauer sahen sie nicht deutlicher als das Publikum im Theater.

Viele hatten sie wohl zuerst für einen wundervoll belebten Roboter gehalten, der vielleicht an Drähten hing, die vor dem Samt unsichtbar waren, denn sie war sicher keine in Metall gekleidete Frau – dazu waren ihre Proportionen zu zierlich und fein. Und vielleicht war es auch der Eindruck, sie sei ein Roboter, den sie zuerst vermitteln wollte. Sie stand still, wiegte sich nur ein wenig, eine maskierte, undurchdringliche Gestalt, gesichtslos, sehr schmal in dem Gewand, das in so reinen Falten herabhing wie eine griechische Chlamys, obwohl sie keineswegs griechisch wirkte. In dem goldenen Helm mit dem Visier und dem Kettengewand war wieder diese seltsame Ähnlichkeit mit einem Ritter spürbar, mit der Andeutung mittelalterlicher Pracht hinter den einfachen Linien. Nur erinnerte sie in ihrer außerordentlichen Schlankheit nicht an eine menschliche Gestalt in Rüstung, nicht einmal an die vergleichsweise zarte Figur der heiligen Johanna. Es waren das Rittertum und die Zartheit einer anderen Welt, die in ihrer Silhouette inbegriffen waren.

Ein überraschtes Aufatmen war durch das Publikum gegangen, als sie sich bewegte. Jetzt herrschte wieder gespanntes Schweigen, man wartete. Und die Spannung, die Erwartung waren viel tiefgehender als die oberflächliche Bedeutung der Szene sie je hätte hervorrufen können. Selbst jene, die die Gestalt für eine Puppe hielten, schienen zu spüren, daß größere Enthüllungen bevorstanden.

Jetzt kam sie langsam, mit wiegendem Schritt, die Treppe herunter, mit einer Geschmeidigkeit, die nur ein klein wenig die eines Menschen übertraf. Das Wiegen wurde intensiver. Als sie den Bühnenboden erreicht hatte, tanzte sie. Aber es war kein Tanz, den irgendein menschliches Wesen jemals hätte vorführen können. Die langen, langsamen, trägen Rhythmen ihres Körpers wären einer Gestalt unmöglich gewesen, die die Scharniergelenke eines Menschen hatte. (Harris erinnerte sich ungläubig daran, daß er einst gefürchtet hatte, sie mit den Gelenken eines mechanischen Roboters vorzufinden. Und jetzt erschienen die Menschen im Vergleich mit ihr wie mechanische Gliederpuppen.)

Die trägen Rhythmen ihrer Tanzfiguren wirkten improvisiert, wie es bei jedem guten Tanz der Fall sein konnte, aber Harris wußte, wie viele Stunden der Zusammenstellung und der Proben dahinterstecken mußten, welch mühsames Einprägen fremder, neuer Schritte in das Gehirn, dieser ersten Schritte, die die alten ersetzen und die Beherrschung metallener Glieder steuern sollten.

Hin und her über den Samtteppich, vor dem Samthintergrund, wo sie die komplizierten Muster ihres schlangenartigen Tanzes, lässig und doch mit solch hypnotischer Wirkung, daß die Luft erfüllt schien mit sich verschlingenden Rhythmen, als hätten ihre langen, sich verjüngenden Glieder ihre eigenen Kopien in der Luft hängen und langsam verschwinden lassen, während sie sich weiterbewegte. In ihrem Geist, das wußte Harris, war die Bühne ein Ganzes, ein Hintergrund, der vollständig mit dem abgemessenen Muster ihres Tanzes ausgefüllt werden mußte, und sie schien beinahe dieses vollständige Muster auf ihr Publikum zu übertragen, damit es sie überall gleichzeitig sah, wobei ihre goldenen Bewegungen langsam in der Luft verblichen, noch lange, nachdem sie weitergegangen war.

Jetzt war auch Musik zu hören, sich verschlingend und in Echos hinter ihr hängend wie die glänzenden Girlanden, die sie mit ihrem Körper wob. Aber es war keine Orchestermusik. Sie summte, tief und lieblich und ohne Worte, während sie auf ihren leichtfüßigen, verwickelten Pfaden über die Bühne glitt. Und das Volumen der Musik war erstaunlich. Sie schien das Theater zu erfüllen, und sie war nicht etwa durch verborgene Lautsprecher verstärkt. Das konnte man hören. Irgendwie hatte man, ehe man ihre Musik gehört hatte, nie bemerkt, welch subtile Verzerrungen die Lautsprecherverstärkung in die Musik einbringt. Diese Musik hier war völlig rein und wahr, wie vielleicht kein Ohr im Publikum jemals zuvor Musik gehört hatte.

Während sie tanzte, schien das Publikum nicht zu atmen. Vielleicht begann es schon zu vermuten, wer und was es war, das sich da vor ihnen bewegte, ohne jegliche Fanfare der Werbung, die man jetzt schon seit Wochen halb erwartet hatte. Und doch war es ohne die Publicity nicht leicht zu glauben, daß die Tänzerin, der man zusah, nicht irgendeine raffiniert geführte Puppe war, die an unsichtbaren Drähten über die Bühne geschwungen wurde.

Nichts, was sie bisher gezeigt hatte, war menschlich gewesen. Der Tanz war kein Tanz, den ein menschliches Wesen hätte ausführen können. Die Musik, die sie summte, kam aus einer Kehle ohne Stimmbänder. Aber jetzt bewegten sich die langen, langsamen Rhythmen auf ihr Ende zu, das Muster straffte sich zum Finale. Und sie endete ebenso unmenschlich, wie sie getanzt hatte, indem sie das Publikum zwang, sie nicht mit Applaus zu unterbrechen; sie beherrschte es jetzt, wie sie es immer getan hatte. Denn jetzt deutete sie an, daß eine Maschine diesen Tanz hätte vorführen können, und daß eine Maschine keinen Applaus erwartet. Wenn das Publikum glaubte, daß unsichtbare Puppenspieler sie durch diese wundervollen Schritte geführt hätten, würde es darauf warten, daß die Puppenspieler erschienen, um ihre Verbeugungen zu machen. Aber das Publikum gehorchte. Es saß still und wartete, was als nächstes kommen sollte. Aber die Stille war gespannt und atemlos.

Der Tanz endete, wie er begonnen hatte. Langsam, beinahe nachlässig schwang sie sich die Samttreppe hinauf, bewegte sich in Rhythmen, die so vollkommen waren wie ihre Musik. Aber als sie das obere Ende der Treppe erreicht hatte, drehte sie sich um und blickte ihr Publikum an, einen Augenblick lang stand sie reglos, wie ein Geschöpf aus Metall ohne Willenskraft, dessen Puppenspieler die Hände lose auf den Drähten liegen hatte.

Dann, überraschend, lachte sie.

Es war ein herrliches Lachen, tief, lieblich und aus voller Kehle. Sie warf den Kopf zurück, wiegte ihren Körper und ließ ihre Schultern zucken, und das Lachen erfüllte das Theater wie vorher die Musik, sein Volumen wurde verstärkt durch den großen Hohlraum des Dachs, und es drang in die Ohren jedes Zuhörers, nicht laut, aber so intim, als säße jeder alleine neben der lachenden Frau.

Und jetzt war sie eine Frau. Die Menschlichkeit war wie ein greifbares Gewand über sie gefallen. Niemand, der je zuvor dieses Lachen gehört hatte, konnte es hier verkennen. Aber noch ehe die Erkenntnis, wer sie war, ihren Zuhörern dämmern konnte, ließ sie das Lachen in Musik übergehen, wie es keine menschliche Stimme hätte fertigbringen können. Sie summte einen bekannten Refrain nahe am Ohr eines jeden Hörers. Und das Summen ging seinerseits in Worte über. Sie sang in ihrer klaren, hellen, lieblichen Stimme:

»Die gelbe Rose von Eden,
Sie blüht in meinem Herzen ...«

Es war Deirdres Lied. Sie hatte es zum erstenmal im Sender gesungen, einen Monat, ehe sie dem Theaterbrand zum Opfer gefallen war. Es war eine alltägliche, kleine Melodie, einfach genug, um den ersten Rang in der Beliebtheit einer Nation einzunehmen, die ihre Lieder immer gerne einfach gehabt hatte. Aber sie hatte auch eine gewisse Aufrichtigkeit, und keinen Hauch von der Vulgarität in Melodie und Rhythmus, die so viele populäre Lieder von vorneherein dazu verdammt, in Vergessenheit zu geraten, sobald der Reiz der Neuheit vorbei ist.

Niemand sonst war je fähig gewesen, das Lied ganz so wie Deirdre zu singen. Es war ganz mit ihr identifiziert worden; obwohl eine Zeitlang nach ihrem Unfall einige Sänger versuchten, es zu ihrem Andenken zu singen, scheiterten sie so offensichtlich daran, dem Lied ihr unverwechselbares Flair zu verleihen, daß das Lied an der reinen Unmöglichkeit, es zu singen, zugrundeging. Niemand summte je wieder die Melodie, ohne an Deirdre zu denken und die angenehme, nostalgische Trauer über etwas zu empfinden, das schön war und verloren ist.

Aber jetzt war es kein trauriges Lied mehr. Wenn jemand noch gezweifelt hätte, wessen Gehirn und Wesen diesem glänzenden, geschmeidigen Metall Leben einhauchte, jetzt waren alle Zweifel beseitigt. Denn die Stimme war Deirdre, und auch das Lied. Und die wundervolle, schwebende Anmut ihrer Eigentümlichkeiten, die das Erkennen ebenso sicher ausmachen wie der Anblick eines vertrauten Gesichts.

Sie hatte die erste Zeile ihres Liedes noch nicht beendet, als das Publikum sie erkannte.

Und es ließ sie nicht zu Ende singen. Diese Auszeichnung der Unterbrechung war ein beredterer Tribut, als es höfliches Warten jemals hätte sein können. Zuerst ging ein Atemzug der Ungläubigkeit durch das Theater, ein langes, seufzendes Keuchen, das Harris beim Zuhören beziehungslos an das Keuchen erinnerte, welches immer noch aufsteigt, wenn ein Matineepublikum den ersten Blick auf den sagenhaften Valentino wirft, der seit so vielen Generationen tot ist. Aber dieses Keuchen klang nicht in einem Seufzer aus, der dann verstummte, gewaltige Spannung lag dahinter, und die steigende Flut der Aufregung plätscherte in leisem Gemurmel und in Spritzern von Beifall auf, die in ein einziges, überwältigendes Gebrüll zusammenflossen. Es erschütterte das Theater. Der Bildschirm zitterte und verschwamm ein wenig, so stark war der übertragene Beifall.

Davon zum Schweigen gebracht stand Deirdre gestikulierend auf der Bühne, verbeugte sich wieder und immer wieder, während der Lärm sie umbrandete, zitterte unmerklich im Gefühl ihres eigenen Triumphes.

Harris hatte den unerträglichen Eindruck, daß sie strahlend lächelte, daß ihr die Tränen über die Wangen strömten. Er glaubte sogar zu sehen, gerade als sich Maltzer vorbeugte, um abzuschalten, daß sie dem Publikum Handküsse zuwarf mit der altehrwürdigen Geste der dankbaren Schauspielerin, ihre goldenen Arme glänzten, als sie von dem gesichtslosen Helm Küsse verstreute, von dem Gesicht, das keinen Mund hatte.

»Nun?« sagte Harris nicht ohne Genugtuung.

Maltzer schüttelte ruckartig den Kopf, die Brille saß unsicher auf seiner Nase, so daß die verschwommenen Augen dahinter zu zucken schienen.

»Natürlich haben sie applaudiert, Sie Narr«, sagte er mit wütender Stimme. »Ich hätte wissen können, daß sie das bei dieser Aufmachung tun würden. Das beweist gar nichts. Oh, es war gerissen von ihr, sie zu überraschen – das gebe ich zu. Aber die Leute applaudierten sich selbst ebenso sehr wie ihr. Aufregung, Dankbarkeit, daß sie bei einer historischen Aufführung dabei sein durften, Massenhysterie – Sie kennen das doch. Jetzt fängt die Prüfung erst an, und das hier hat nicht im mindesten geholfen, sie darauf vorzubereiten. Morbide Neugier, wenn die Nachrichten herauskommen – Leute, die lachen, wenn sie vergißt, daß sie kein Mensch ist. Und sie werden lachen, das wissen Sie. Es gibt immer welche, die lachen. Und der Reiz der Neuheit vergeht. Das langsame Versickern des Menschlichen aus Mangel an Kontakt mit menschlichen Anregungen ...«

Harris erinnerte sich plötzlich und widerwillig an den Augenblick am Nachmittag, den er im Geiste beiseitegeschoben hatte, um später darüber nachzudenken. Das Gefühl, da sei etwas Unbekanntes unter der Oberfläche dessen, was Deirdre sagte. Hatte Maltzer recht? Hatte das Versickern schon angefangen? Oder gab es etwas, das tiefer ging als diese offensichtliche Antwort auf die Frage? Sicherlich hatte sie Erfahrungen gemacht, die zu schrecklich waren, als daß gewöhnliche Menschen sie verstehen konnten. Es mochten immer noch Narben da sein. Oder hatte ihr Geist zusammen mit ihrem Körper etwas Seltsames, Metallisches angenommen, das keinen der Sinne ansprach, mit denen der Geist eines Menschen antworten konnte?

Ein paar Minuten lang sprach keiner von ihnen ein Wort. Dann stand Maltzer unvermittelt auf und blickte mit einem abstrakten, finsteren Gesichtsausdruck auf Harris hinunter.

»Ich wünschte, Sie würden jetzt gehen«, sagte er.

Harris blickte erschrocken zu ihm auf. Maltzer begann wieder mit schnellen, unregelmäßigen Schritten auf- und abzuwandern. Über die Schulter hinweg sagte er:

»Mein Entschluß steht fest, Harris. Ich muß der Sache ein Ende machen.«

Harris stand auf. »Hören Sie!« sagte er. »Sagen Sie

mir nur eines. Wieso sind Sie so sicher, daß Sie recht haben? Können Sie leugnen, daß das meiste davon Spekulation ist – Zeugnis aus zweiter Hand? Vergessen Sie nicht, ich habe mit Deirdre gesprochen, und sie war genauso sicher wie Sie, in der entgegengesetzten Richtung. Haben Sie einen wirklichen Grund für das, was Sie glauben?«

Maltzer nahm seine Brille ab und rieb sich sorgfältig die Nase, er nahm sich lange Zeit dafür. Er schien nur ungern zu antworten. Aber als er es schließlich tat, lag so viel Selbstvertrauen in seiner Stimme, wie Harris es nicht erwartet hatte.

»Ich habe einen Grund«, sagte er, »Aber Sie werden mir nicht glauben. Niemand würde mir glauben.«

»Geben Sie mir eine Chance.«

Maltzer schüttelte den Kopf. »Niemand *könnte* mir glauben. Noch nie standen zwei Menschen in der gleichen Beziehung zueinander wie Deirdre und ich. Ich half ihr, aus völligem Vergessen zurückzukehren. Ich kannte sie, noch ehe sie eine Stimme oder ein Gehör hatte. Sie war nur ein Bewußtsein außer jeglicher Kontrolle, als ich zum erstenmal Verbindung mit ihr aufnahm, halb verrückt war sie von all dem, was geschehen war, und vor Angst vor dem, was als nächstes geschehen würde. In einem sehr wörtlichen Sinne wurde sie aus dieser Lage heraus wiedergeboren, und ich mußte sie jeden Schritt des Weges führen. Ich lernte, ihre Gedanken zu erkennen, ehe sie sie dachte. Und wenn man einmal einem anderen Wesen so nahe gewesen ist, verliert man den Kontakt nicht mehr so leicht.« Er setzte die Brille wieder auf und blickte Harris mit verzerrten Augen durch die dicken Linsen an. »Deirdre ist besorgt«, sagte er. »Ich weiß es. Sie werden mir nicht glauben, aber ich kann – nun, ich kann es spüren. Ich sage Ihnen, ich war ihrem innersten Geist zu nahe, als daß ich mich hier täuschen würde. Sie sehen es vielleicht nicht. Vielleicht weiß sie es noch nicht einmal selbst. Aber die Sorge ist da. Wenn ich bei ihr bin, spüre ich sie. Und ich möchte nicht, daß sie näher an die Oberfläche ihres Geistes kommt, als es schon geschehen ist. Ich werde dem ein Ende machen, ehe es zu spät ist.«

Darauf wußte Harris nichts zu sagen. Es lag zu sehr außerhalb seines eigenen Erfahrungsbereichs. Er schwieg einen Augenblick lang. Dann fragte er einfach: »Wie?«

»Ich bin mir noch nicht sicher. Das muß ich entscheiden, ehe sie zurückkommt. Und ich möchte alleine mit ihr sprechen.«

»Ich glaube, Sie haben unrecht«, sagte Harris ruhig. »Ich glaube, Sie bilden sich da etwas ein. Ich glaube nicht, daß Sie sie aufhalten *können*.«

Maltzer warf ihm einen schiefen Blick zu. »Ich kann sie aufhalten«, sagte er mit sonderbarer Stimme. Er fuhr schnell fort: »Sie hat schon genug – sie ist beinahe ein Mensch. Sie kann normal leben, wie andere Leute, ohne wieder auf den Bildschirm zurückzukehren. Vielleicht reicht ihr diese Kostprobe davon. Ich muß sie davon überzeugen, daß es damit genug ist. Wenn sie sich jetzt zurückzieht, wird sie niemals ahnen, wie grausam ihr eigenes Publikum sein kann, und vielleicht wird dieses tiefsitzende Gefühl von – Kummer, Unbehagen, was immer es ist, nicht an die Oberfläche kommen. Es darf nicht. Sie ist zu zerbrechlich, um das durchzuhalten.« Er klatschte scharf in die Hände. »Ich muß sie aufhalten. Um ihrer selbst willen muß ich es tun!« Er wirbelte wieder herum und sah Harris an. »Werden Sie jetzt gehen?«

Niemals in seinem Leben war Harris weniger bereit gewesen, einen Ort zu verlassen. Er dachte kurz daran, einfach zu sagen: »Nein, ich gehe nicht.« Aber er mußte vor sich selbst zugeben, daß Maltzer zumindest teilweise recht hatte. Das war eine Angelegenheit zwischen Deirdre und ihrem Schöpfer, vielleicht der Höhepunkt jener Vertrautheit eines langen Jahres, die einer Ehe so ähnlich war, daß dieser letzte Kampf um die Vorherrschaft eine Notwendigkeit darstellte, die er anerkannte.

Er würde, dachte er, diese endgültige Auseinandersetzung nicht verbieten, selbst wenn er das könnte. Vielleicht war das ganze Jahr auf diesen einen Augenblick zwischen den beiden zugestrebt, in dem einer oder der andere sich als Sieger erweisen mußte. Keiner von beiden war im Augenblick nach der langen Anspannung des vergangenen Jahres sehr stabil. Es mochte wohl sein, daß die geistige Rettung des einen oder auch beider davon abhing, wie dieser Zusammenprall ausging. Aber weil jeder von beiden in diesem seltsamen Kampf so stark motiviert war, nicht durch egoistische Bedenken, sondern durch die Sorge um den anderen, wußte Harris, daß er es ihnen gestatten mußte, die Sache alleine auszutragen.

Er war auf der Straße und winkte gerade einem Taxi, als ihm die volle Bedeutung einer Bemerkung Maltzers aufging. »Ich kann sie aufhalten«, hatte er mit einem seltsamen Tonfall in der Stimme erklärt.

Plötzlich fröstelte Harris. Maltzer hatte sie geschaffen – natürlich konnte er sie aufhalten, wenn er wollte. Gab es irgendeinen Schlüssel zu dem geschmeidigen, goldenen Körper, der ihn, wenn sein Schöpfer es wollte, bewegungslos machen konnte? Konnte sie im Käfig ihres eigenen Körpers eingesperrt werden? Kein Körper vor diesem in der ganzen Geschichte, dachte er, war möglicherweise besser dafür geeignet, ein Gefängnis für den Geist zu sein als der Deirdres, wenn Maltzer den Schlüssel umdrehen wollte, der sie einschloß. Es mußte viele Möglichkeiten geben, das zu tun. Er konnte ihr einfach die Art von Nahrung vorenthalten, die ihr Gehirn am Leben erhielt, wenn er es so wollte.

Aber Harris konnte nicht glauben, daß er das tun würde. Der Mann war nicht wahnsinnig. Er würde nicht sein eigenes Ziel verraten. Seine Entschlossenheit erwuchs aus seiner Sorge um Deirdre. Er würde nicht einmal im äußersten Notfall versuchen, sie dadurch zu retten, daß er sie im Kerker ihres eigenen Schädels einsperrte.

Einen Augenblick lang zögerte Harris am Randstein, beinahe wäre er umgekehrt. Aber was konnte er tun? Selbst vorausgesetzt, daß Maltzer auf Taktiken zurückgreifen würde, die ihrem innersten Wesen nach ihn selbst besiegen mußten, wie konnte ein Mensch auf der Welt ihn daran hindern, wenn er es raffiniert genug anfing? Aber er würde so etwas niemals tun. Harris wußte, daß er es niemals tun würde. Er stieg langsam, mit gerunzelter Stirn in sein Taxi. Er würde sie beide morgen sehen.

Er traf sie nicht. Harris wurde überschwemmt mit aufgeregten Anrufen wegen der gestrigen Vorstellung, aber die Nachricht, auf die er wartete, kam nicht. Der Tag verging sehr langsam. Gegen Abend gab er sich nach und rief in Maltzers Wohnung an. Deirdres Gesicht erschien auf dem Bildschirm, und diesmal sah er keine erinnerten Gesichtszüge auf der leeren Fläche ihres Helms. Maskiert und gesichtslos sah sie ihn undurchdringlich an.

»Ist auch alles in Ordnung?« fragte er ein wenig unsicher.

»Ja, natürlich«, sagte sie, und zum erstenmal klang ihre Stimme ein wenig metallisch, so, als dächte sie so intensiv an etwas anderes, daß sie sich nicht bemühte, den richtigen Ton zu treffen. »Ich hatte gestern abend ein langes Gespräch mit Maltzer, wenn du das meinst. Du weißt, was er will. Aber bisher ist noch nichts entschieden.«

Harris fühlte sich seltsam abgestoßen durch die plötzliche Erkenntnis ihres metallischen Wesens. Es war unmöglich, aus dem Gesicht oder der Stimme irgend etwas abzulesen. Sie waren beide maskiert.

»Was wirst du tun?« fragte er.

»Genau das, was ich vorhatte«, sagte sie ihm ohne Betonung.

Harris verhaspelte sich ein wenig. Dann, in dem Bemühen, praktisch zu wirken, sagte er: »Soll ich dann also mit den Buchungen anfangen?«

Sie schüttelte den zierlich modellierten Kopf. »Noch nicht. Du hast natürlich die Kritiken von gestern gesehen. Sie – mochten mich, wirklich.« Das war eine stark untertriebene Feststellung, und zum erstenmal schwang ein warmer Ton in ihrer Stimme mit. Aber auch die Geistesabwesenheit war immer noch da. »Ich hatte schon vorher geplant, sie nach meiner ersten Vorstellung ein wenig warten zu lassen«, fuhr sie fort. »Ein paar Wochen auf jeden Fall. Erinnerst du dich noch an die kleine Farm, die ich in Jersey habe? Dort fahre ich heute hin. Ich will niemanden sehen, außer dem Personal. Nicht einmal Maltzer. Nicht einmal dich. Ich habe über vieles nachzudenken. Maltzer hat zugestimmt, alles laufen zu lassen, bis wir beide über die Dinge nachgedacht haben. Er legt auch eine Ruhepause ein. Ich melde mich, sobald ich zurückkomme, John. Ist dir das recht?«

Sie schaltete sich aus, fast noch ehe er Zeit gehabt hatte zu nicken, und noch während der Anfang eines gestammelten Widerspruchs auf seinen Lippen war. Er saß da und starrte auf den Schirm.

Die beiden Wochen, die vergingen, ehe Maltzer ihn wieder anrief, waren die längsten, die Harris jemals erlebt hatte. Er dachte in der Zwischenzeit an viele Dinge. Er glaubte, in dem letzten Gespräch mit Deirdre etwas von der inneren Unruhe gespürt zu haben, von der Maltzer gesprochen hatte – mehr Zerstreutheit als Kummer, aber irgendein Gedanke hatte sie beschäftigt, den sie mit niemandem teilen wollte – oder konnte sie es vielleicht nicht? – nicht einmal mit ihren engsten Vertrauten. Er fragte sich sogar, ob man, wenn ihr Gehirn so fein ausbalanciert war, wie Maltzer befürchtete, jemals wissen würde, ob es abgerutscht war oder nicht. Es gab in jedem Falle so wenig Anzeichen in ihrem unveränderlichen Aussehen.

Am meisten fragte er sich, was zwei Wochen in einer neuen Umgebung ihrem noch nicht erprobten Körper und ihrem neu eingestellten Gehirn antun würden. Wenn Maltzer recht hatte, mochte ein merkliches – Versickern – stattgefunden haben, bis sie sich wieder trafen. Er versuchte, nicht daran zu denken.

Maltzer rief ihn an dem Morgen, für den ihre Rückkehr angesetzt war, über Televisor an. Er sah sehr schlecht aus. Die Ruhepause war wohl gar keine gewesen. Sein Gesicht war jetzt beinahe ein Totenschädel, und die verzerrten Augen hinter den Linsen glühten. Aber er schien seltsam im Frieden mit sich selbst, trotz seines Aussehens. Harris glaubte, er habe eine Entscheidung getroffen, aber was es auch war, es hatte seine Hände nicht daran gehindert, weiterzuzittern, auch der nervöse Tic, der sein Gesicht in Abständen zu einer schiefen Grimasse verzog, war noch da.

»Kommen Sie rüber!« sagte er kurz, ohne Einleitung. »Sie wird in einer halben Stunde hier sein.« Und er schaltete ab, ohne auf eine Antwort zu warten.

Als Harris ankam, stand er am Fenster, blickte hinunter und drückte seine zitternden Hände gegen das Fensterbrett, um sie ruhig zu halten.

»Ich kann sie nicht aufhalten«, sagte er monoton und wieder ohne Einleitung. Harris hatte den Eindruck, als seien seine Gedanken während dieser beiden Wochen immer wieder in denselben Bahnen gelaufen, bis jedes gesprochene Wort nur mehr ein Zwischenspiel der Stimme in den Runden seines Geistes war. »Ich konnte es nicht. Ich habe es sogar mit Drohungen versucht, aber sie wußte, daß ich sie nicht ernst meinte. Es gibt nur einen Ausweg, Harris.« Er blickte kurz auf, hohläugig hinter den Linsen. »Keine Sorge. Ich werde es Ihnen später sagen.«

»Haben Sie ihr alles das erklärt, was Sie mir sagten?«

»Beinahe alles. Ich habe sie sogar auf das ... dieses Gefühl des Kummers angesprochen, und ich *weiß*, daß sie es empfindet. Sie hat es geleugnet. Sie hat gelogen. Wir wußten es beide. Es war nach der Vorstellung schlimmer als vorher. Als ich sie an jenem Abend sah, ich sage Ihnen, ich *wußte* – sie spürt, daß etwas nicht stimmt, aber sie will es nicht zugeben.« Er zuckte die Achseln. »Nun ...«

In der Stille hörten sie schwach das Summen des Lifts, der von der Hubschrauberlandeplattform auf dem Dach herunterkam. Beide Männer wandten sich zur Tür.

Sie hatte sich überhaupt nicht verändert. Albernerweise war Harris ein wenig überrascht. Dann faßte er sich und erinnerte sich, daß sie sich nie verändern würde – nie, bis sie starb. Er selbst mochte weißhaarig und senil werden; sie würde sich ebenso vor ihm bewegen, wie sie es jetzt tat, geschmeidig, golden, rätselhaft.

Und doch, er glaubte, einen schnellen Atemzug zu hören, als sie Maltzer und den Grad seines schnellen Verfalls sah. Sie brauchte zwar keine Atemzüge, aber ihre Stimme zitterte ein wenig, als sie sie begrüßte.

»Ich freue mich, daß ihr beide hier seid«, sagte sie mit einem leichten Zögern in der Stimme. »Es ist ein herrlicher Tag draußen. Jersey war phantastisch. Ich hatte ganz vergessen, wie wunderbar es dort im Sommer ist. Hat das Sanatorium etwas genützt, Maltzer?«

Er zuckte gereizt mit dem Kopf und antwortete nicht. Sie redete weiter mit ihrer hellen Stimme, blieb an der Oberfläche, ohne etwas Wichtiges zu berühren.

Diesmal sah Harris sie so, wie er annahm, daß ihr Publikum sie mit der Zeit sehen würde, nachdem die Überraschung abgeflaut und das Bild der lebendigen Deirdre dem Gedächtnis entschwunden war. Sie war jetzt ganz aus Metall, die Deirdre, die man von heute an kennen würde. Und sie war nicht weniger schön. Sie war nicht einmal weniger menschlich – noch nicht. Ihre Bewegungen waren ein Wunder an biegsamer Grazie, ein Erguß von Geschmeidigkeit an jedem Glied entlang. (Von jetzt an, so erkannte Harris plötzlich, war es ihr Körper, nicht ihr Geist, der die Beweglichkeit haben würde, um Emotionen auszudrücken; sie mußte mit ihren Gliedern und ihrem geschmeidigen Körper unter dem Gewand agieren.)

Aber etwas stimmte nicht. Harris spürte es beinahe greifbar in dem Tonfall, ihrem Ausweichen, an der Art, wie sie mit Worten parierte. Das war es, was Maltzer gemeint hatte, das war es auch, was Harris selbst gespürt hatte, kurz bevor sie aufs Land gegangen war. Nur war es jetzt stark – unverkennbar. Zwischen ihnen und der alten Deirdre, deren Stimme noch immer zu ihnen sprach, war ein Schleier von – Distanziertheit – zugezogen worden. Dahinter war sie bekümmert. Irgendwie, irgendwo hatte sie eine Entdeckung gemacht, die sie tief berührte. Und Harris befürchtete mit Entsetzen, daß er wußte, was für eine Entdeckung das sein mußte. Maltzer hatte recht gehabt.

Der lehnte noch immer am Fenster, starrte blicklos hinaus auf das gewaltige Panorama von New York, das von einem Spinngewebe von Verkehrsbrücken durchkreuzt war, von sonnenerhelltem Glas blitzte, und dessen schwindelerregende Tiefen hinabtauchten in die blauen Schatten der Erdoberfläche. Er sagte jetzt in das helle Geplapper hinein: »Alles in Ordnung mit dir, Deirdre?«

Sie lachte. Es war ein herrliches Lachen. Sie bewegte sich graziös durch das Zimmer, das Sonnenlicht glitzerte auf ihrem klingenden Kettengewand, und sie bückte sich nach einer Zigarettendose auf dem Tisch. Ihre Finger waren flink.

»Willst du eine?« fragte sie und trug die Dose zu Maltzer. Er ließ sich den braunen Zylinder von ihr zwischen die Lippen stecken und anzünden, aber er schien nicht zu bemerken, was er tat. Sie stellte die Dose zurück, ging dann zum Spiegel an der anderen Wand und begann zu probieren, mit einer Reihe von gleitenden Kräuselbewegungen, die Muster aus bleichem Gold in den Spiegel woben. »Natürlich ist alles in Ordnung«, sagte sie.

»Du lügst!«

Deirdre wandte sich nicht um. Sie beobachtete ihn im Spiegel, aber die kräuselnden Bewegungen gingen weiter, langsam, träge, ungestört.

»Nein«, sagte sie zu ihnen beiden.

Maltzer zog heftig an seiner Zigarette. Dann öffnete er mit einem wilden Ruck das versiegelte Fenster und warf den rauchenden Stummel weit hinaus über die Schluchten dort unten. Er sagte:

»Du kannst mich nicht täuschen, Deirdre.« Plötzlich war seine Stimme ganz ruhig. »Ich habe dich geschaffen, meine Liebe. Ich weiß Bescheid. Ich habe dieses Unbehagen in dir gespürt, habe jetzt seit langem verfolgt, wie es wuchs und wuchs. Es ist heute viel stärker, als es vor zwei Wochen war. Irgend etwas ist auf dem Lande mit dir geschehen. Ich weiß nicht, was es war, aber du hast dich verändert. Wirst du dir selbst eingestehen, was es ist, Deirdre? Hast du schon erkannt, daß du nicht auf den Bildschirm zurückkehren darfst!«

»Aber nein«, sagte Deirdre und blickte ihn immer noch nicht an, höchstens indirekt durch den Spiegel. Ihre Gesten waren jetzt langsamer geworden, sie woben träge Muster in die Luft. »Nein, ich habe meinen Entschluß nicht geändert.«

Sie war ganz aus Metall – nach außen hin. Sie nutzte ihre metallene Hülle unfair aus. Sie hatte sich weit nach innen zurückgezogen, hinter die Maske ihrer Stimme und ihrer Gesichtslosigkeit. Selbst ihr Körper, dessen unwillkürliche Bewegungen vielleicht hätten verraten können, was sie empfand, auf die einzige Weise, in der sie jetzt noch dem Verrat ausgesetzt war, vollführte rituelle Bewegungen, die ihre Gefühle vollständig verkleideten. Solange diese verschlungenen, webenden Muster sie beschäftigten, hatte niemand eine Möglichkeit, auch nur aus ihren Bewegungen auf das zu schließen, was in dem verborgenen Gehirn innerhalb ihres Helms vor sich ging.

Harris fiel plötzlich und zum erstenmal die Vollständigkeit ihres Zurückgezogenseins auf. Als er sie zum letztenmal in dieser Wohnung gesehen hatte, war sie ganz Deirdre gewesen, überhaupt nicht maskiert, sie hatte das Metall mit der Wärme und Begeisterung der Frau überströmt, die er so gut gekannt hatte. Seitdem – seit der Vorstellung auf der Bühne – hatte er die vertraute Deirdre nicht wiedergesehen. Leidenschaftlich fragte er sich, warum. Hatte sie Verdacht geschöpft, mitten im Augenblick des Triumphes, welch launischer Herr das Publikum sein konnte? Hatte sie vielleicht das Geräusch von Flüstern und Lachen bei einem kleinen Teil ihrer Zuschauer aufgefangen, auch wenn die große Mehrheit sie gelobt hatte?

Oder hatte Maltzer recht? Vielleicht war Harris' erste Unterhaltung mit ihr das letzte, helle Aufflammen der verlorenen Deirdre gewesen, belebt durch die Aufregung und die Freude des Wiedersehens nach so langer Zeit, eine Lebhaftigkeit, die sie in einer letzten, großen Anstrengung aufgebracht hatte, um ihn zu überzeugen. Jetzt war sie verschwunden, aber ob aus Selbstschutz vor der möglichen Grausamkeit der Menschen, oder weil sie sich in den Zustand des Metall-Seins zurückgezogen hatte, das konnte er nicht erraten. Die Menschlichkeit versickerte vielleicht schnell aus ihr, und der blecherne Gifthauch des Metalls durchdrang das Gehirn in seinem Innern.

Maltzer hatte seine zitternde Hand auf den Rand des geöffneten Fensters gelegt und blickte hinaus. Er sagte mit tieferer Stimme, aus der zum erstenmal der nörgelnde Tonfall verschwunden war:

»Ich habe einen schrecklichen Fehler gemacht, Deirdre. Ich habe dir einen nicht wiedergutzumachenden Schaden zugefügt.«

Er hielt einen Augenblick lang inne, aber Deirdre sagte nichts. Harris wagte nicht zu sprechen. Einen Moment später fuhr Maltzer fort. »Ich habe dich verletzlich gemacht, ohne dir eine Waffe zu geben, damit du gegen deine Feinde kämpfen kannst. Und die menschliche Rasse ist dein Feind, meine Liebe, ob du es jetzt zugibst oder später. Ich glaube, du weißt das auch. Ich glaube, deshalb bist du so still. Ich glaube, du hast das vor zwei Wochen auf der Bühne geargwöhnt, und in Jersey wurde es dir bestätigt, als du dort warst. Sie werden dich nach einiger Zeit hassen, weil du immer noch schön bist, und sie werden dich verfolgen, weil du anders bist – und hilflos. Sobald der Reiz der Neuheit verflogen ist, meine Liebe, wird dein Publikum einfach ein Pöbelhaufen sein.«

Er blickte sie nicht an. Er hatte sich ein wenig vorgebeugt und blickte aus dem Fenster in die Tiefe. Sein Haar bewegte sich im Wind, der in dieser Höhe sehr kräftig blies und schwach gegen den Rand der offenen Scheibe winselte.

»Ich wollte, daß das, was ich für dich tat«, sagte er, »für jeden von Nutzen sein sollte, dem ein Unfall zustößt, der ihn sonst vielleicht vernichtet hätte. Ich hätte wissen müssen, daß mein Geschenk eine schlimmere Vernichtung bedeutet, als es jede Verstümmelung sein könnte. Ich weiß jetzt, daß es nur einen legitimen Weg gibt, auf dem ein Mensch Leben schaffen kann. Wenn er es auf andere Art versucht, so wie ich es tat, wird ihm eine Lektion erteilt. Erinnerst du dich an die Lektion des Forschers Frankenstein? Auch er hat gelernt. In gewisser Weise hatte er Glück – mit seiner Art zu lernen. Er brauchte nicht zuzusehen, was hinterher geschah. Vielleicht hätte er nicht den Mut dazu gehabt – ich *weiß*, daß ich ihn nicht habe.«

Harris merkte, daß er aufgestanden war, ohne sich erinnern zu können, wann er sich erhoben hatte. Er wußte plötzlich, was gleich geschehen würde. Er durchschaute Maltzers entschlossene Haltung, seine neue, unnatürliche Ruhe. Er wußte sogar, daß Maltzer ihn deshalb heute hierhergebeten hatte, damit Deirdre nicht allein zurückbleiben sollte. Denn er erinnerte sich, daß auch Frankenstein mit seinem Leben für die widerrechtliche Schaffung von Leben bezahlt hatte.

Maltzer beugte jetzt Kopf und Schultern aus dem Fenster und blickte mit beinahe hypnotisierter Faszination hinunter. Seine Stimme drang schwach zu ihnen durch den Wind, fast als läge schon eine Schranke zwischen ihnen.

Deirdre hatte sich nicht bewegt. Ihre ausdruckslose Maske beobachtete ihn ruhig im Spiegel. Sie *mußte* begriffen haben. Und doch gab sie kein Zeichen, außer daß die windenden Bewegungen ihrer Arme jetzt beinahe aufgehört hatten, so langsam waren sie geworden. Wie ein Tanz in einem Alptraum, unter Wasser.

Es war natürlich unmöglich für sie, irgendein Gefühl auszudrücken. Die Tatsache, daß ihr Gesicht keine Gefühle zeigte, konnte man ihr fairerweise nicht zum Vorwurf machen. Aber sie sah so ganz ungerührt zu – keiner machte eine Bewegung in Richtung auf das Fenster. Ein falscher Schritt konnte Maltzer jetzt hinunterstürzen lassen. Sie schwiegen und lauschten seiner Stimme.

»Wir, die wir widerrechtlich Leben in die Welt bringen«, sagte Maltzer beinahe nachdenklich, »müssen dafür Platz machen, indem wir uns selbst entfernen. Das scheint eine unbeugsame Regel zu sein. Sie funktioniert automatisch. Das, was wir schaffen, macht uns das Leben unerträglich. Nein, du kannst nichts dagegen machen, meine Liebe. Ich habe dich gebeten, etwas zu tun, und habe dich doch so geschaffen, daß du unfähig bist, es zu tun. Ich schuf dich, damit du eine bestimmte Tätigkeit ausüben konntest, und ich habe dich dann gebeten, auf das einzige zu verzichten, wozu du geschaffen bist. Ich glaube, wenn du es tust, wird es dich zerstören, aber die Schuld liegt ganz allein bei mir, nicht bei dir. Ich bitte dich nicht einmal mehr, den Bildschirm aufzugeben. Ich weiß, daß du das im Leben nicht kannst. Aber ich kann nicht weiterleben und dir dabei zusehen. Ich habe meine ganze Geschicklichkeit und all meine Liebe in ein letztes Meisterwerk gelegt, und ich kann es nicht ertragen zuzusehen, wie es zerstört wird. Ich kann nicht weiterleben und zusehen, wie du nur das tust, wozu ich dich gemacht habe, und wie du dich ruinierst, weil du es tun mußt.

Aber ehe ich gehe, muß ich noch sicherstellen, daß du mich verstehst.« Er beugte sich ein wenig weiter hinaus, blickte hinunter, und seine Stimme klang noch schwächer, weil das Glas dazwischenlag. Er sagte jetzt beinahe unerträgliche Dinge, aber sehr distanziert, in einem kühlen, leidenschaftslosen Ton, der durch Wind und Glas gefiltert wurde, das ferne Summen der Stadt mischte sich darunter, so daß die Worte ganz sonderbar ihrer Schärfe beraubt wurden. »Ich kann ein Feigling sein«, sagte er, »und vor den Folgen meines Tuns fliehen, aber ich kann nicht gehen und dich zurücklassen – ohne daß du verstehst. Das wäre noch schlimmer als der Gedanke an dein Scheitern, wenn ich denken müßte, du seist verwirrt und bestürzt, weil sich der Pöbel gegen dich wendet. Was ich dir sage, meine Liebe, sind keine wirklichen Neuigkeiten – ich glaube, du spürst es schon, obwohl du es dir vielleicht selbst nicht eingestehst. Wir sind uns zu nahe gewesen, um uns zu belügen. Deirdre – ich weiß, wenn du nicht die Wahrheit sagst. Ich kenne den Kummer, der in deinem Bewußtsein immer größer geworden ist. Du bist nicht ganz menschlich, meine Liebe. Ich glaube, du weißt es. In so vielen Dingen mußt du, trotz allem, was ich für dich tun könnte, immer weniger als ein Mensch bleiben. Du hast die Empfindungen verloren, die den Kontakt mit der Menschheit herstellen. Sehen und Hören sind alles, was bleibt, und das Sehen ist, wie ich schon früher sagte, in der Entwicklung der letzte und kälteste der Sinne. Und du schwebst so haarscharf auf einer Art dünnem Rand der Vernunft. Du bist nur ein klarer, leuchtender Geist, der einen Metallkörper belebt, eine Kerzenflamme in einem Glas. Und du bist ebenso gefährlich verwundbar durch den Wind.«

Er machte eine Pause. »Versuche, dich nicht völlig von ihnen ruinieren zu lassen«, sagte er nach einer Weile. »Wenn sie sich gegen dich wenden, wenn sie herausfinden, daß du hilfloser bist als sie – ich wünschte, ich hätte dich stärker machen können, Deirdre. Aber ich konnte es nicht. Ich war geschickter, als es gut war für dich und für mich, aber dafür nicht geschickt genug.«

Er schwieg wieder kurz und blickte hinab. Er balancierte jetzt gefährlich mehr als zur Hälfte außerhalb des Fensterbretts, nur mit einer Hand stützte er sich an die Scheibe. Harris sah mit schmerzlicher Unentschlossenheit zu, nicht sicher, ob er ihn mit einem plötzlichen Sprung rechtzeitig erreichen oder den letzten Ausschlag zur Tat geben würde. Deirdre wob noch immer ihre goldenen Muster, langsam und unveränderlich, blickte in den Spiegel und auf ihr Spiegelbild, ihr Gesicht und ihre maskierten Augen waren rätselhaft.

»Ich wünsche mir aber eines«, sagte Maltzer mit seiner fernen Stimme. »Ich wünsche mir – ehe ich Schluß mache –, daß du mir die Wahrheit sagst, Deirdre. Ich wäre glücklicher, wenn ich sicher sein könnte, daß ich – dich erreicht habe. Verstehst du, was ich gesagt habe? Glaubst du mir? Wenn du es nämlich nicht tust, dann weiß ich, daß es keine Hoffnung mehr für dich gibt. Wenn du deine eigenen Zweifel eingestehst – und ich weiß, daß du zweifelst –, dann könnte ich mir denken, daß du vielleicht doch noch eine Chance hast. Hast du mich angelogen, Deirdre? Weißt du, wie ... wie falsch ich dich gemacht habe?«

Es herrschte Schweigen. Dann, ganz leise, wie ein Hauch, antwortete Deirdre. Die Stimme schien in der Luft zu hängen, weil sie ja keine Lippen hatte, durch deren Bewegung die Phantasie sie hätte lokalisieren können.

»Wirst du mir zuhören, Maltzer?« fragte sie.

»Ich werde warten«, sagte er. »Sprich weiter! Ja oder nein?«

Langsam ließ sie ihre Arme seitlich heruntersinken. Sehr fließend und ruhig wandte sie sich vom Spiegel ab und sah ihn an. Sie wiegte sich ein wenig und ließ ihr Metallgewand erklirren.

»Ich werde dir antworten«, sagte sie. »Aber ich glaube nicht, daß ich diese Frage beantworten werde. Nicht mit ja oder nein jedenfalls. Ich werde ein wenig umhergehen, Maltzer. Ich habe dir etwas zu sagen, und ich kann nicht reden, wenn ich stillstehen muß. Wirst du zulassen, daß ich umhergehe, ohne daß du – hinunterspringst?«

Er nickte abwesend. »Aus dieser Entfernung kannst du dich nicht einmischen«, sagte er. »Aber bleib so weit weg! Was willst du sagen?«

Sie begann an ihrem Ende des Zimmers ein kleines Stück auf und ab zu gehen, mit fließender Leichtigkeit. Der Tisch mit der Zigarettendose stand ihr im Wege, und sie schob ihn vorsichtig beiseite, Maltzer dabei im Auge behaltend und ohne eine schnelle Bewegung zu machen, die ihn hätte erschrecken können.

»Ich bin nicht – nun, untermenschlich«, sagte sie mit einem leichten Ausdruck von Gekränktheit in der Stimme. »Ich werde das gleich beweisen, aber vorher möchte ich noch etwas anderes sagen. Du mußt versprechen, abzuwarten und mir zuzuhören. In deiner Argumentation ist ein Fehler, und das ärgert mich. Ich bin kein Frankensteinsches Ungeheuer, aus totem

Fleisch gemacht. Ich bin ich selbst – lebendig. Du hast mein Leben nicht geschaffen, du hast es nur erhalten. Ich bin kein Roboter, dem Zwänge eingebaut sind, denen er gehorchen muß. Ich habe einen freien Willen und bin unabhängig, und – Maltzer – ich bin ein Mensch!«

Harris hatte sich ein wenig entspannt. Sie wußte, was sie tat. Er hatte keine Ahnung, was sie plante, aber er war jetzt bereit, es abzuwarten. Sie war nicht der gleichgültige Automat, für den er sie gehalten hatte. Er sah zu, wie sie im Laufe ihres Auf- und Abgehens wieder an den Tisch kam, wie sie sich darüber beugte, die augenlose Maske auf Maltzer gerichtet, um sicherzugehen, daß eine Veränderung ihrer Bewegungen ihn nicht erschreckte.

»Ich bin ein Mensch«, wiederholte sie, und ihre Stimme summte schwach und sehr lieblich. »Glaubt ihr das etwa nicht?« fragte sie, indem sie sich aufrichtete und sie beide ansah. Und dann waren plötzlich, beinahe überwältigend, der alte, glühende Zauber und die alte Wärme wieder um sie. Sie war nicht länger ein Roboter, nicht länger rätselhaft. Harris konnte ebenso deutlich wie bei der ersten Begegnung das Fleisch sehen, an das er sich erinnerte, immer noch reizend und schön, so wie ihre Stimme es ihm ins Gedächtnis rief. Sie stand da und wiegte sich ein wenig, wie sie es immer getan hatte, den Kopf auf die Seite gelegt, und lachte glucksend über sie beide. Es war ein so weicher, lieblicher Klang, so warm und vertraut.

»Natürlich bin ich ich selbst«, sagte sie zu ihnen, und als ihnen die Worte im Ohr klangen, konnte keiner von ihnen daran zweifeln. Ihre Stimme hatte hypnotische Kraft. Sie wandte sich ab und begann wieder, auf- und abzugehen, und so mächtig war die menschliche Persönlichkeit, die sie um sich heraufbeschworen hatte, daß sie ihnen in kräftigen Wellen entgegenbrandete, als wäre ihr Körper ein Ofen, der diese angenehmen Wärmestrahlen ausschickte. »Ich habe gewisse Behinderungen, das weiß ich«, sagte sie. »Aber mein Publikum wird es nie erfahren. Ich werde es ihm nicht sagen. Ich denke, ihr werdet mir glauben, ihr beide, wenn ich sage, daß ich die Julia spielen könnte, genauso, wie ich jetzt bin, mit einem Ensemble aus gewöhnlichen Menschen, und daß die Welt es akzeptieren würde. Glaubst du, daß ich das könnte, John? Maltzer, glaubst du nicht, daß ich es könnte?«

Sie blieb am entfernten Ende ihrer Bahn stehen und wandte sich zu ihnen um, und beide starrten sie wortlos an. Für Harris war sie die Deirdre, die er immer gekannt hatte, aus bleichem Gold, außergewöhnlich anmutig in den Stellungen, an die er sich erinnerte, ihr innerer Glanz schien durch das Metall ebenso hell, wie er je durch das Fleisch geschienen hatte. Er fragte sich jetzt nicht, ob der Glanz echt war. Später würde er wieder glauben, daß er vielleicht nur eine Verkleidung war, etwas wie ein Gewand, das sie mit ihrem verlorenen Körper abgelegt hatte und nur dann wieder anzog, wenn sie es wollte. Jetzt war der Bann ihres bezwingenden Charmes zu stark für Zweifel. Er beobachtete sie, für den Augenblick überzeugt, daß sie alles das war, was sie zu sein schien. Sie konnte die Julia spielen, wenn sie es behauptete. Sie konnte ein ganzes Publikum ebenso leicht beeinflussen, wie sie ihn beeinflußte. Ja, an ihr war gerade jetzt etwas, das ihn mehr von ihrer Menschlichkeit überzeugte als alles, was er vorher bemerkt hatte. Er erkannte das in einem Sekundenbruchteil des Bewußtwerdens, ehe er sah, was es wirklich war.

Sie blickte Maltzer an. Auch er beobachtete sie, gegen seinen Willen gebannt, ganz überzeugt. Sie blickte von einem zum anderen. Dann legte sie den Kopf zurück, und Lachen quoll keuchend, in einem großen Schwall aus ihrer Kehle. Sie wurde von seiner Gewalt geschüttelt. Harris konnte beinahe sehen, wie ihr runder Hals mit den süßen, tiefen Wellen des Gelächters pulsierte, die sie erschütterten. Ehrliche Heiterkeit, mit ein wenig Spott darin.

Dann hob sie den Arm und warf ihre Zigarette in den leeren Kamin.

Harris keuchte, und einen Augenblick lang schaltete sein Bewußtsein in blinder Auflehnung ab. Er hatte doch nicht hier gesessen, einem Roboter beim Rauchen zugesehen und das als normal akzeptiert? Das war nicht möglich! Und doch war es so. Das war der letzte Schritt zur Überzeugung gewesen, der seinen hypnotisierten Geist dazu gebracht hatte, ihre Menschlichkeit zu akzeptieren. Und sie hatte es so geschickt gemacht, so natürlich, hatte ihre strahlende Menschlichkeit mit solcher Rechtmäßigkeit getragen, daß sein beobachtender Geist nicht einmal in Frage gestellt hatte, was sie tat.

Er blickte Maltzer an. Der Mann hing immer noch halb über dem Fenstersims, aber durch die Fensteröffnung starrte auch er in betäubter Ungläubigkeit herein, und Harris wußte, daß sie beide derselben Täuschung erlegen waren.

Deirdre schüttelte sich immer noch ein wenig vor Lachen. »Nun«, fragte sie, und das volltönende Gelächter ließ ihre Stimme erbeben, »bin ich nun ganz ein Roboter?«

Harris öffnete den Mund zum Sprechen, sagte aber kein Wort. Das war nicht seine Angelegenheit. Die Nebenhandlung spielte sich nur zwischen Deirdre und Maltzer ab; er durfte sich da nicht einmischen. Er wandte den Kopf zum Fenster und wartete.

Und einen Augenblick lang schien Maltzers Überzeugung erschüttert zu sein.

»Du ... du bist wirklich eine Schauspielerin«, gestand er langsam ein. »Aber ich ... ich bin nicht überzeugt, daß ich unrecht habe. Ich glaube ...« Er hielt inne. Der nörgelnde Ton war wieder in seiner Stimme, und er schien erneut von den alten Zweifeln und dem alten Entsetzen gequält. Dann sah Harris, wie er sich versteifte. Er sah, wie die Entschlossenheit zurückkehrte, und er verstand auch, warum. Maltzer war schon zu weit auf dem kalten, einsamen Weg gegangen, den er gewählt hatte, um noch umzukehren, selbst aufgrund von stärkeren Beweisen als diesen. Er war erst nach geistigem Ringen zu seinen Schlüssen gelangt, und dieses Ringen war zu entsetzlich, als daß er sich ihm noch einmal hätte stellen können. Sicherheit und Frieden erwarteten ihn auf dem Weg, für den er sich gewappnet hatte. Er war zu müde, zu erschöpft nach monatelangen Konflikten, um den Weg wieder zurückzugehen und von neuem anzufangen. Harris konnte sehen, wie er nach einem Ausweg suchte, und einen Augenblick später sah er, wie er ihn fand.

»Das war ein Trick«, sagte Maltzer hohl. »Vielleicht könntest du ihn auch vor einem größeren Publikum anwenden. Vielleicht kennst du auch noch mehr Tricks. Mag sein, daß ich unrecht habe. Aber, Deirdre ...« – seine Stimme wurde drängend –, »du hast mir die eine Frage nicht beantwortet, die mir wichtig ist. Du kannst nicht darauf antworten. Du spürst – Entsetzen. Du hast deine eigene Unzulänglichkeit erfahren, wie gut du sie auch vor uns verbergen kannst – sogar vor uns. Ich weiß Bescheid. Kannst du das leugnen, Deirdre?«

Sie lachte nicht mehr. Sie ließ die Arme sinken, und der biegsame, goldene Körper schien ein wenig zusammenzusacken, als hätte das Gehirn, das noch vor einem Augenblick starke, sichere Wellen der Zuversicht ausgeschickt hatte, in seiner Energie nachgelassen und als hätten gleichzeitig die unsichtbaren magnetischen Muskeln ihrer Glieder an Kraft verloren. Ein wenig von der strahlenden Menschlichkeit begann zu verblassen. Sie zog sich in ihr Inneres zurück und war verschwunden, als würde das Feuer im Ofen ihres Körpers zusammensinken und abkühlen.

»Maltzer«, sagte sie unsicher, »ich kann darauf nicht antworten – noch nicht. Ich kann es nicht.«

Und dann, während sie noch angstvoll darauf warteten, daß sie den Satz beendete, loderte sie auf. Sie war keine starre Gestalt mehr – sie loderte auf.

Es war ein Vorgang, dem kein Auge zusehen und ihn in Begriffe umsetzen konnte, denen das Gehirn zu folgen vermochte; die Bewegung war zu schnell. Maltzer im Fenster war eine ganze Raumbreite von ihr entfernt. Er hatte sich in dieser Entfernung sicher gefühlt, wohl wissend, daß kein normales Wesen ihn erreichen konnte, ehe er zum Handeln kam. Aber Deirdre war weder normal noch ein Mensch.

In demselben Augenblick, in dem sie zusammengesunken vor dem Spiegel stand, war sie gleichzeitig an Maltzers Seite. Ihre Bewegung hob die Zeit auf und vernichtete den Raum. Und wie eine glühende Zigarettenspitze im Dunkeln geschlossene Kreise vor den Augen beschreibt, wenn der Raucher sie schnell bewegt, so loderte Deirdre in einem durchgehenden Blitz goldener Bewegungen durch den Raum.

Aber seltsamerweise war sie nicht verschwommen. Harris fühlte beim Zusehen, wie sein Bewußtsein wieder leer wurde, aber weniger vor Überraschung, sondern deswegen, weil kein normales Auge und auch kein normales Gehirn begreifen konnten, was er da sah.

(In diesem Augenblick unerträglicher Spannung hielt sein komplexes, menschliches Gehirn plötzlich inne, vernichtete die Zeit auf seine eigene Weise, und zog sich in eine kühle Ecke seiner selbst zurück, um blitzartig innerhalb einer Sekunde zu analysieren, was er gerade gesehen hatte. Das Gehirn konnte das zeitlos tun; Worte sind langsam. Aber er wußte, er war Zeuge einer Art von vierdimensionaler, menschlicher Bewegung gewesen, einer Parabel vierdimensionaler Handlung. Ein eindimensionaler Punkt schafft, durch den Raum bewegt, eine zweidimensionale Linie, die, wenn sie ihrerseits bewegt wird, einen dreidimensionalen Würfel ergibt. Theoretisch würde der Würfel, wenn er bewegt wird, eine vierdimensionale Figur hervorbringen. Kein menschliches Wesen hatte jemals zuvor gesehen, wie eine dreidimensionale Figur durch Zeit und Raum bewegt wurde – bis zu diesem Augenblick. Deirdre war nicht verwischt; jede Bewegung, die sie machte, war deutlich, aber nicht wie sich bewegende Gestalten auf einem Filmstreifen. Es hatte keine Ähnlichkeit mit irgend etwas, was diejenigen, die unsere Sprache verwenden, jemals zuvor gesehen, oder wofür sie Worte gebildet hätten. Der Geist sah, aber er konnte nicht begreifen. Weder Worte noch Gedanken konnten das, was geschehen war, in Begriffe auflösen, die ein menschliches Gehirn zu erfassen vermochte. Und vielleicht hatte sie sich auch gar nicht wirklich und buchstäblich durch die vierte Dimension bewegt. Vielleicht, nachdem Harris fähig war, sie zu sehen, war es nur beinahe, nicht ganz, dieses Unvorstellbare gewesen. Aber es war nahe genug herangekommen.)

Während sie für das Auge des langsamen Bewußtseins immer noch am anderen Ende des Zimmers stand, war sie schon an Maltzers Seite. Ihre langen, biegsamen Finger packten sanft, aber sehr bestimmt seinen Arm. Sie wartete ...

Der Raum flimmerte. Plötzlich schlug Harris heftige Hitze ins Gesicht. Dann beruhigte sich die Luft wieder, und Deirdre sagte leise, mit traurigem Flüstern: »Es tut mir leid – ich mußte es tun. Es tut mir leid – ich wollte nicht, daß ihr es erfahrt ...«

Die Zeit holte Harris ein. Er sah, wie sie auch Maltzer überholte, sah, wie der Mann sich krampfhaft von den zupackenden Händen losreißen wollte, in dem lächerlich vergeblichen Versuch, etwas zu verhindern, was schon geschehen war. Sogar die Gedanken waren langsam im Vergleich mit Deirdres Flinkheit.

Der scharfe Ruck nach außen war stark. Er war stark genug, den Griff menschlicher Hände zu brechen und

Maltzer hinaus und hinunter in die verschwimmenden Abgründe New Yorks zu schleudern. Der Geist sprang vorwärts, auf einen logischen Schluß zu, er sah, wie er sich wand und drehte und immer kleiner wurde, wie er mit gräßlicher Schnelligkeit zu einem winzigen, dunklen Punkt schrumpfte, der durch das Sonnenlicht auf die Schatten nahe der Erde zustürzte. Das Bewußtsein beschwor sogar einen schrillen, dünnen Schrei herauf, der mit dem stürzenden Körper hinunterfiel und hinter ihm in der zitternden Luft hing.

Aber das Bewußtsein kalkulierte mit menschlichen Faktoren.

Mit einer sanften, fließenden Bewegung hob Deirdre Maltzer vom Fensterbrett und trug ihn mit müheloser Leichtigkeit zurück in die Sicherheit des Zimmers. Sie setzte ihn vor einem Sofa ab, ihre goldenen Finger lösten sich langsam von seinem Arm, so daß er wieder die Kontrolle über seinen Körper gewinnen konnte, ehe sie ihn losließ.

Er sank ohne ein Wort auf das Sofa. Niemand sprach während einer unmeßbaren Zeitspanne. Harris konnte nicht. Deirdre wartete geduldig. Es war Maltzer, der zuerst die Sprache wiederfand, und er kam auf das alte Thema zurück, als hätte sein Geist die Kerbe noch nicht verlassen, die er so tief ausgefahren hatte.

»Nun gut«, sagte er atemlos. »Gut, diesmal konntest du mich abhalten. Aber ich weiß Bescheid, verstehst du. Ich weiß! Du kannst vor mir deine Gefühle nicht verbergen. Deirdre. Ich weiß, welche Unruhe du empfindest. Und beim nächstenmal – beim nächstenmal werde ich vorher nicht mehr sprechen!«

Deirdre ließ das Geräusch eines Seufzers hören. Sie hatte keine Lungen, um den Atem auszustoßen, den sie imitierte, aber es war schwer, sich dessen bewußt zu sein. Es war schwer zu verstehen, warum sie nach der schrecklichen Anstrengung der letzten Minuten nicht nach Atem rang; der Geist wußte zwar, warum, aber er konnte den Grund nicht akzeptieren. Sie war immer noch zu menschlich.

»Du begreifst immer noch nicht«, sagte sie. »Denk nach, Maltzer! Denk nach!«

Neben dem Sofa war ein Sitzkissen. Sie ließ sich anmutig darauf niederfallen und umschlang ihre Knie unter dem Gewand. Ihr Kopf neigte sich zurück, um Maltzers Gesicht zu betrachten. Sie sah jetzt nur betäubte Verständnislosigkeit darauf; er hatte zu viele emotionale Stürme durchgemacht, um überhaupt denken zu können.

»Nun gut«, sagte sie zu ihm. »Hör zu! – Ich gestehe es ein. Du hast recht. Ich bin unglücklich. Ich weiß, daß es richtig war, was du sagtest – aber nicht aus dem Grund, aus dem du glaubst. Die Menschheit und ich sind weit voneinander entfernt, und wir entfernen uns immer weiter. Der Spalt wird schwer zu überbrücken sein. Hörst du mir zu, Maltzer?«

Harris sah, welch gewaltige Anstrengung es Maltzer kostete, aufzuwachen. Er sah, wie der Mann sein Gehirn wieder konzentrierte und sich mit müden, steifen Gliedern auf dem Sofa aufrichtete.

»Du ... du gibst es also zu?« fragte er verwirrt.

Deirdre schüttelte energisch den Kopf.

»Hältst du mich immer noch für zart?« fragte sie. »Weißt du, daß ich dich mit ausgestreckten Armen durch das halbe Zimmer bis hierher getragen habe? Begreifst du, daß du für mich *nichts* wiegst? Ich könnte ...« – sie blickte sich im Zimmer um und machte eine plötzliche Bewegung von ziemlich erschreckender Gewalttätigkeit – »dieses Gebäude niederreißen«, sagte sie ruhig. »Ich könnte mir, glaube ich, einen Weg durch diese Wände bahnen. Ich habe bisher noch keine Grenze für die Kraft gefunden, die ich aufbringen kann, wenn ich will.« Sie hielt die goldenen Hände hoch und blickte sie an. »Das Metall würde vielleicht brechen«, sagte sie nachdenklich, »aber schließlich spüre ich nichts ...«

Maltzer keuchte: »Deirdre ...«

Sie blickte auf, wahrscheinlich mit einem Lächeln. Es war deutlich in ihrer Stimme zu hören. »Oh, ich werde es sicher nicht tun. Ich hätte es auch nicht nötig, es mit den Händen zu tun, wenn ich es wollte. Schaut – hört!«

Sie legte den Kopf zurück, und ein tiefes, vibrierendes Summen sammelte sich und wuchs in dem Teil, den man immer noch für ihre Kehle hielt. Es vertiefte sich schnell, und die Ohren begannen ihnen zu dröhnen. Es wurde tiefer, und die Möbel vibrierten. Die Wände begannen beinahe unmerklich zu zittern. Der Raum war bis zum Platzen gefüllt mit einem Laut, der jedes Atom mit einer schrecklichen, zertrümmernden Kraft auf das benachbarte schlagen ließ.

Der Laut verklang. Das Summen erstarb. Dann lachte Deirdre und produzierte einen Laut in einer ganz anderen Tonhöhe. Er schien wie ein Arm in gerader Richtung auszugreifen – zum Fenster hin. Die geöffnete Scheibe zitterte. Deirdre verstärkte ihr Summen, und langsam, mit unmerklichen Stößen, die zu einer gleichmäßigen Bewegung zusammenflossen, rückte das Fenster weiter, bis es geschlossen war.

»Ihr seht«, sagte Deirdre. »Nicht wahr?«

Aber immer noch konnte Maltzer nur staunen. Auch Harris staunte, aber sein Geist begann langsam zu akzeptieren, was sie sagen wollte. Sie waren beide zu betäubt, um schon voreilige Schlüsse zu ziehen.

Deirdre stand ungeduldig auf und begann wieder, unter dem Klirren ihres Metallgewandes und dem Blinken reflektierten Lichts auf- und abzugehen. In ihrer Geschmeidigkeit war sie einem Panther ähnlich. Sie konnten jetzt die Kraft hinter der fließenden Bewegung sehen; sie hielten sie nicht mehr für hilflos, aber waren immer noch weit davon entfernt, die Wahrheit zu begreifen.

»Du hattest unrecht, was mich angeht, Maltzer«,

sagte sie, um Geduld bemüht. »Aber du hattest auf eine dir unbegreifliche Art auch recht. Ich habe keine Angst vor den Menschen. Ich habe nichts zu befürchten von ihnen. Ja ...« – ihrer Stimme war ein Hauch von Verachtung beigemischt –, »ich habe sogar schon einen Modetrend in der Damenkleidung begründet. Bis nächste Woche wird keine Frau mehr auf die Straße gehen ohne eine Maske, wie ich sie trage, und jedes Kleid, das nicht wie eine Chlamys geschnitten ist, wird unmodern sein. Ich habe keine Angst vor den Menschen! Ich werde den Kontakt mit ihnen nicht verlieren, wenn ich es nicht selbst will. Ich habe eine Menge gelernt – ich habe schon viel zuviel gelernt!«

Ihre Stimme verklang für einen Augenblick, und Harris hatte eine kurze, erschreckende Vision, wie sie in der Einsamkeit ihrer Farm experimentierte, wie sie die Reichweite ihrer Stimme testete, ihre Sehfähigkeit – konnte sie mikroskopisch und teleskopisch sehen? –, und war ihr Gehör genauso unnormal flexibel wie ihre Stimme?

»Du hattest Angst, ich hätte Tast-, Geruchs- und Geschmackssinn verloren«, fuhr sie fort, während sie immer noch mit diesen kraftvollen, tigerähnlichen Schritten auf- und abging. »Hören und Sehen sind nicht genug, glaubst du? Aber warum glaubst du, daß das Sehen der letzte der Sinne ist? Es ist vielleicht der späteste, Maltzer – Harris –, aber warum haltet ihr es für den letzten?«

Vielleicht hatte sie das nicht geflüstert. Vielleicht war es nur ihr Gehör, das diesen Satz schwach und entfernt klingen ließ, während sich das Gehirn zusammenzog und den Gedanken in seiner betäubenden Ganzheit nicht eindringen lassen wollte.

»Nein«, sagte Deirdre, »ich habe die Verbindung mit der menschlichen Rasse nicht verloren. Ich werde sie nie verlieren, es sei denn, ich will es selbst so. Es ist zu einfach ... zu einfach.«

Sie blickte auf ihre glänzenden Füße, während sie auf- und abging, und ihr maskiertes Gesicht war abgewandt. Kummer klang jetzt in ihrer weichen Stimme mit.

»Ich wollte nicht, daß ihr es erfahrt«, sagte sie. »Ich hätte es euch auch niemals wissen lassen, wenn das nicht geschehen wäre. Aber ich konnte nicht zulassen, daß du in dem Glauben gingst, du wärest gescheitert. Du hast eine vollkommene Maschine gebaut, Maltzer. Sie ist vollkommener, als du selbst weißt.«

»Aber Deirdre«, hauchte Maltzer, und seine Augen hingen fasziniert und immer noch ungläubig an ihr, »aber Deirdre, wenn wir Erfolg hatten – was stimmt dann nicht? Ich kann es noch jetzt spüren – ich habe es die ganze Zeit gespürt. Du bist so unglücklich – du bist es immer noch. Warum denn, Deirdre?«

Sie hob den Kopf und blickte ihn an, ohne Augen, aber mit einem durchdringenden Starren.

»Wieso bist du dessen so sicher?« fragte sie überaus sanft.

»Du glaubst wirklich, ich könnte mich täuschen, so gut, wie ich dich kenne? Aber ich bin nicht Frankenstein ... Du sagst, mein Werk sei makellos? Was ist dann ...«

»Könntest du diesen Körper jemals wiederholen?« fragte sie.

Maltzer sah auf seine zitternden Hände hinunter. »Ich weiß es nicht. Ich bezweifle es. Ich ...«

»Könnte es jemand anders?«

Er schwieg. Deirdre antwortete für ihn. »Ich glaube nicht, daß irgend jemand es könnte. Ich glaube, es war Zufall. Eine Art von Mutation in der Mitte zwischen Fleisch und Metall. Etwas Zufälliges – und Unnatürliches, das auf einem falschen Weg der Evolution abgebogen ist, der in einer Sackgasse endet. Ein anderes Gehirn würde in einem solchen Körper vielleicht absterben oder wahnsinnig werden, wie du es von mir angenommen hast. Die Synapsen sind zu zart. Du hattest – nennen wir es Glück – mit mir. Soviel ich bis jetzt weiß, glaube ich nicht, daß eine – barocke Gestalt wie ich noch einmal vorkommen könnte.« Sie hielt einen Augenblick lang inne. »Was du getan hast, war in gewissem Sinne das Feuer für den Phoenix zu entzünden. Und der Phoenix steigt vollkommen und erneuert aus seiner eigenen Asche. Weißt du noch, warum er sich auf diese Weise reproduzieren mußte?«

Maltzer schüttelte den Kopf.

»Ich werde es dir sagen«, sagte sie. »Weil es nur einen einzigen Phoenix gab. Nur einen einzigen auf der ganzen, weiten Welt.«

Sie sahen sich schweigend an. Dann zuckte Deirdre ein wenig mit den Achseln.

»Er kam natürlich immer vollkommen aus dem Feuer. Ich bin nicht schwach, Maltzer. Deswegen brauchst du dir keine Sorgen mehr zu machen. Ich bin nicht verwundbar und hilflos. Ich bin kein Untermensch.« Sie lachte trocken. »Ich nehme an«, sagte sie, »daß ich ein – Übermensch bin.«

»Aber – nicht glücklich.«

»Ich fürchte, nein. Es ist nicht so, daß ich unglücklich wäre – aber ich habe Angst. Ich will mich nicht so weit von der menschlichen Rasse entfernen. Ich wünschte, ich brauchte es nicht. Deswegen gehe ich auf die Bühne zurück – um so lange mit den Menschen in Berührung zu bleiben, wie ich kann. Aber ich wünschte, es könnte noch andere von meiner Art geben. Ich bin ... ich bin einsam, Maltzer.«

Wieder Schweigen. Dann sagte Maltzer mit einer Stimme, die ebenso entfernt war wie vorher, als er durch das Glas mit ihnen gesprochen hatte, über die Abgründe hinweg, so tief wie das Vergessen:

»Dann bin ich also doch Frankenstein.«

»Vielleicht«, sagte Deirdre sehr leise. »Ich weiß es nicht. Vielleicht.«

Sie wandte sich ab und ging geschmeidig, kraftvoll durch das Zimmer zum Fenster. Jetzt, nachdem Harris Bescheid wußte, konnte er beinahe die reine Kraft um ihre Glieder surren hören, wenn sie ging. Sie lehnte ihre goldene Stirn gegen das Glas – es klirrte schwach, mit einem melodischen Laut – und blickte hinab in die Tiefen, über denen Maltzer gehangen hatte. Ihre Stimme war nachdenklich, als sie in diesen schwindelerregenden Raum sah, der ihrem Schöpfer Vergessen verheißen hatte.

»Ich kann mir nur eine Grenze vorstellen«, sagte sie beinahe unhörbar. »Nur eine. Mein Gehirn wird sich in weiteren vierzig Jahren oder so erschöpfen. Bis dahin werde ich lernen ... ich werde mich verändern ... ich werde mehr wissen, als ich heute ahnen kann. Ich werde mich verändern – das macht mir Angst. Ich denke nicht gerne darüber nach.« Sie legte ihre geschwungene, goldene Hand auf den Griff und schob das Fenster ein wenig auf, ganz mühelos. Der Wind winselte um die Kante. »Ich könnte jetzt damit Schluß machen, wenn ich wollte«, sagte sie. »Wenn ich wollte. Aber ich kann es nicht wirklich. Es ist noch so vieles unversucht. Mein Gehirn ist menschlich, und kein menschliches Gehirn könnte solche Möglichkeiten ungeprüft lassen. Ich frage mich aber ... ich frage mich wirklich ...«

Ihre Stimme klang weich und vertraut in Harris' Ohren, die Stimme, mit der Deirdre gesprochen und gesungen hatte, die so süß gewesen war, daß sie eine ganze Welt verzaubert hatte. Aber als die Geistesabwesenheit über sie kam, schlich sich eine gewisse Flachheit in den Klang ein. Wenn sie nicht auf ihre eigene Stimme hörte, hielt sich diese nicht ganz im richtigen Tonfall. Es klang, als spräche sie in einem Raum aus Blech, und als würden die Wände das Gesprochene als Echo zurückwerfen.

»Ich frage mich«, wiederholte sie, und in ihrer

Stimme war schon ein entfernt metallischer Klang zu hören.